U0862864

天津市宣傳文化『五個一批』人才培養工程（第六批）資助項目

金鉞友朋往來書札

索寶祥題

胡艷傑 編

國家圖書館出版社

圖書在版編目(CIP)數據

金鉞友朋往來書札/胡艷傑編. —北京:國家圖書館出版社,2021.4
ISBN 978-7-5013-7044-3

Ⅰ. ①金… Ⅱ. ①胡… Ⅲ. ①書信集-中國-現代 Ⅳ. ①I266.5

中國版本圖書館 CIP 數據核字(2020)第 236919 號

書　　名 金鉞友朋往來書札
著　　者 胡艷傑　編
責任編輯 南江濤　潘雲俠
封面設計 徐新狀

出版發行 國家圖書館出版社(北京市西城區文津街 7 號　100034)
(原書目文獻出版社　北京圖書館出版社)
010-66114536　63802249　nlcpress@nlc.cn(郵購)
網　　址 http://www.nlcpress.com
印　　裝 河北三河弘翰印務有限公司
版次印次 2021 年 4 月第 1 版　2021 年 4 月第 1 次印刷

開　　本 889×1194(毫米)　1/16
印　　張 35.75
書　　號 ISBN 978-7-5013-7044-3
定　　價 600.00 圓

前言

金鉞（一八九二—一九七二），字浚宣，號屏廬，天津人，清末監生，能文善畫竹，尤擅墨竹，以書法會通，官民政部員外郎。辛亥革命後，他專心於著述、文獻搜集整理，曾任崇化學會董事、天津修志局編修、城南詩社社員。著有《戊午吟草》《辛亥雜纂》《屏廬題畫》《屏廬文稿》《續稿》等，輯有《許學四種》《天津金氏家集》等，刊印了《天津文抄》《廣瘟疫論》《欲起竹間樓存稿》《曝書亭拾遺》《王仁安集》《屏廬叢刻》《天津縣志》等。其常用之印章有『天津金氏』『屏廬』『金鉞之印』『金屏廬長壽』等。名其居曰『心遠樓』，取陶淵明詩『心遠地自偏』之意。二十世紀二三十年代，金鉞出資在北京文楷齋刻印自著圖書及鄉邦文獻。高凌雯在《志餘隨筆》中寫道：『天津有藏書之家，無刻書之人，近惟浚宣喜爲此。網羅舊籍，日事鉛槧，十餘年來未嘗有間。由其先人撰述，推及鄉人著作，已刊行二十餘種。』金鉞被世人稱爲天津近代喜好刻書的藏書家，爲保存和傳播鄉邦文獻做出了貢獻。

金鉞藏書、藏版及書札，作爲天津圖書館地方文獻特色資源之一，一直没有得到系統的整理與研究。二〇一四年，我申請了天津市藝術科學規劃項目：天津近代文化名流刻書家金鉞研究（項目編號：B 14015），二〇一八年結項，對金鉞書札、著述、刻書、藏書、社會活動等方面進行了初步的整理與研究。其中主要是釋讀金鉞與友朋往來書札文字，揭示出其史料價值，對於其書法藝術難以展現。如王守恂書法，金鉞評之曰：『仁老書法孤芳澹逸，冰雪澄清。所謂楚調自歌，不謬風雅，乃别具一種幽秀之氣，正未可與書家之書同日語矣。』《金鉞友朋書札》的出版，將展示金鉞友朋書札的史料與藝術價值。

一、友朋致金鉞書札

此次整理所見友朋致金鉞書札，多爲李世瑜所搜集的劫餘資料，其中裝訂成册者有四種，包括高凌雯手札、《王仁安先生手札》《玉牒元博生先生手札》、雜訂手札。雜訂手札收藏了金興祥、翁之熹、周善培、張頤、陳中嶽、沈曾邁、徐世章、趙元禮、王新銘、羅振玉等人書札，今按生年排序。友朋致金鉞書札二百零五通，另有附録二通。

二、金鉞致友朋書札

這些書札當爲高凌雯、王賡綸收藏，先存崇化學會，後入藏天津圖書館，是研究天津近代文人交往的重要史料。金鉞致高凌雯書札，主要見於《王守恂等致高彤皆函札》，共四册，收録王守恂、章梫、金鉞等致高凌雯書札，其中金鉞寫給高凌雯者一册，共七十三通。金鉞致王賡綸書札，主要見於《書翰珍存》一册，收録金鉞、徐振五等人書信，其中金鉞致王賡綸書札十通。另有《書函珍存》一册，收録趙元禮、王守恂、金鉞等人至王賡綸書札，其中金鉞致其書札二通。此次搜集到金鉞致友朋書札共九十六通，另有附録一通。

三、未見金鉞與友朋書札

從今天見到的書札可知，金鉞與朋友書札，關係密切、往來頻繁者，皆單獨成册。偶有往來者，也黏貼成册。金鉞對於書札搜集整理，是一種有意識的、自覺的行爲。從《屏廬文續稿》中所收《高彤皆手札跋》《章一山手札跋》《章式之手札跋》《仁安存函跋》《羅貞松手札跋》《王漢甫手札跋》可知，金鉞收藏裝幀友朋書札有六種。

（一）高凌雯手札

《高彤皆手札跋》云：『高彤老手札此一巨册外尚有數十通，以世變孔亟未能再付裝池，近始薈萃，綴爲一帙，傀免散失已耳。』由此推之，高凌雯致金鉞書札當有『一巨册』，今則僅見十七通，當爲巨册之外之『數十通』。

（二）章梫手札

章梫（一八六一—一九四九），名正耀，字立光，號一山，浙江三門人。著名學者、教育家、書法家，外交家章文晋的祖父。清光緒三十年（一九〇四）進士，殿試選授翰林院檢討。歷任京師大學堂譯學館提調、監督，國史館協修、纂修、功臣館總纂，郵傳部、交通部傳習所監督、北京女子師範學校校長等職。工詩能文，編有《康熙政要》等。

《章一山手札跋》云：『此章一老僑津時貽予手札。自丁丑訖丁亥，前後十年。是秋南旋，越歲，己丑卒於杭州，年八十九矣。回首前塵，撫簡三歎。一老名梫，字一山，别署抱冬，浙江寧海人。光緒甲辰進士，入翰林由檢討官至學部左丞。滄桑遯迹，篤志不渝，著有《一山詩文存》行世。尤善草書，逸趣横生。至八十後作，心手相應，猶有玉潤珠圓之致。以視山舟，何多讓也。嗟乎！玉堂遺獻，雲散風流，古調不彈，新花異様，似此清華妙墨，其在今日，益足視爲五雲之彩，襲而珍之者矣。辛卯四月。』

（三）章鈺手札

章鈺（一八六四—一九三七），字式之，一字堅孟，號茗簃，又號汝玉，别號蟄存、負翁，晚號北池逸老、霜根老人、全貧居士等，江蘇長洲（今蘇州）人。清光緒三十年（一九〇四）進士，曾任外務部主事兼京師圖書館編修。辛亥革命後，寓居天津，曾主崇化學會講席多年。近代藏書家、校勘學家，藏書室名『四當齋』。著有《集殷虚文字楹帖彙編》《章氏四當齋藏書目》《四當齋集》等。

此册書簽題：『長洲章茗簃先生手札屏廬珍襲』，鈐『屏廬』朱文方印。

是册上有金鉞題記云：『此長洲章式之先生鈺手札，起戊午，訖丙子，彙裝成册已越十年。先生卒於丁丑，春秋七十有三，典型宛在，翰墨猶新，舊學商量，輒失圭臬。吾津崇化學會延先生主皋比者十年，惟惜世際亂離，不遑泣誦，且鼓篋之士亦多迫於生計，鮮克有終，以故雖桃李廣栽而結實未茂，萃萃在望，衣缽罕傳耳。先生尺素詞翰畫妍，晚年書法益加整飭，藉見其準繩自律，老而彌嚴，經師人師，信無愧已。庚寅三月望前二日，屏廬金鉞記於心遠樓晴牕下。』末鈐『屏廬』朱文方印，『浚宣』朱文方印，『鉞』朱文方印。此册今爲天津私人收藏。

《章式之手札跋》一文包含三篇題記，其一即上述書册之題記，其二、三爲是年五月再記，未見於書札册頁之上。

（四）王守恂手札

《仁安存函跋》云：『此仁安存函，爲其手自題耑而黏貼者共三十五册，外附原函未黏者計四十餘通，自其通籍以前，迄於宦遊二十載復歸鄉里後，凡一生之戚友及諸師長悉見於斯，即下走亦忝廁其間，首尾完具，歷年無闕。若選其精者，將來飾以裝潢，而寶藏之，洵巨觀也。惟黏存至壬戌三月而止，其時仁安五十九歲，越十四年丙子，壽七十三方歸道山。雖其晚年杜門謝客，交遊殊稀，而故舊問訊所難免，函札積存當尚不少，惜未照前續登於册，今已星散無從究詰矣。憶昔仁安嘗自謂身後景象不堪設想，詎意於其故後甫閲數月，世局即遘奇變，民生日困，漸至米薪昂於珠桂，比已人皆將有山窮水盡之虞。此册之竟致流落市廛，似亦無足深怪也。日前書估某攜來求售，予觸物感懷，不勝悽惻，既經遇合，又烏可失之交臂耶？且竭數日夕力，審讀之後，尤幸其爲全璧依然，遂即酬以厚值，聊代保存而已。并將所附未黏册中之函補綴於後，用書梗概，以志翰墨良緣。或亦吾亡友靈爽式憑，俾輾轉歸諸予齋，庶免再罹漂泊之厄，而有以爲之愛護歟！乙酉二月。』

王守恂自己收藏友朋書札黏貼成三十五册，去世後被金鉞購得，并將未黏貼之信函黏貼於後，作此題跋。這三十五册中之信札，必然包含金鉞致其書札。

（五）羅振玉手札

《羅貞松手札跋》云：『此上虞羅貞松先生手札，及其初由海東旋，僑津沽，尋復移寓旅順，先後所貽者也。起戊午春，迄辛未夏，嗣後煙塵莽莽，天各一方。徒縈雲樹之思，無復雁魚之寄。流光如駛，忽越二十年矣。今先生墓草已宿，而予亦景迫桑榆，飾巾待盡。感懷耆舊，能勿黯然？先生卒於庚辰，年七十有五。』

（六）王崇烈手札

王崇烈（一八七〇—一九一九），字漢甫，山東福山人，王懿榮之子。清光緒二十年（一八九四）舉人，光緒二十四年（一八九八）授直隸候補知州，後經保薦爲候補知府、候補道，駐天津。在經學、金石學、訓詁學方面頗有成就。著有《史宬存稿》《殷墟文字解》《智雨齋文集》等。

《王漢甫手札跋》云：『福山王漢甫先生崇烈爲文敏公之子，承其家學，竺嗜金石，書法尤酷肖乃翁。此其手札若干通，皆在戊午己未間者，蓋先生即卒於己未之秋，年未周甲。時予方二十七八，今踰三十年矣。俯仰之間，滄桑幾易，緬懷舊雨，感喟良多。爾時予將有《許學四種》之刻，曾出稿本與之相商，尚蒙長札參訂，慫恿精雕，即册中末一通也。惜書成後，先生已不及見矣。庚寅二月。』

除經金鉞裝訂收藏未見之書札外，另有王彦超藏金鉞書札。王彦超自幼即赴日留學，因此國學根底較薄，不會寫詩，字迹也零亂。一九六二年，他給金鉞的二通信札中提到：『弟以幼年留學三島，舊學荒蕪，故對於致好惠札寫作俱佳者視同珍寶，概付裝池，俾便閱讀，如同晤語。前如汪憬吾先生惠札，弟早已裝成一册，經章一老題簽，并承吾兄揮惠跋語。今日讀之曠若覆面，感慨殊深。承示二簽，可由（慎老所書，屬代題字樣，雖書信今而傳後，究嫌妥善耳）大筆揮惠，弟更喜出望外矣。』另一通云：『吾兄惠札壬午迄今垂二十年，近裝兩册，已函請慎老著簽。』由此可知，金鉞致其信札王彦超曾整理收藏，是否傳世，今在何處，待考。

此次所收之三百零四通，僅是金鉞友朋書札一部分。今以此爲起點，若有書緣，陸續搜集，以成續編。

胡艷傑

二〇二〇年七月於天津

目録

友朋致金鉞書札

附

金鉞致友朋書札

之與第二句亦不應處之此所不改

西泠

想是原本之譌譯者未至其地故不知也

靜月

原句蓋謂瀑聲無人能聽方論與月能寂

改靜夜聞則是有人聽矣與上未貫此不以兩

字稍湊爲穩

青瀚

說苑鄂君乘青翰之舟韓翃詩青翰舟中有

鄂君瀚字實誤

琴為琹之譌　簟為簞之誤　嶠為別體

以上失檢

剏新字甚閡係可以不設

補刻原跋不假前輩之甚感也所
排位置及更改處妥洽之至惟原
文中將就二字張所作言降就之
意未免欠雅再以日就月將奉義
緝之文覺雖通而改就非付雕鐫乞
酌定屢思遣詞以證遠紙上難終第
感此行也此布悃忱
浚宣仁兄著祺　弟凌爰拜啓　初六日

蒼虬詩集並書稿及雜志均照
收訖，謝謝。容代分贈同人，俾不忘
時再出詩也。田盤紀游間有小誤，已
代簽出，並書閱跋，以與後先輝映，句
蓋語後與先生之作，又法稿有不勝可
否？續印時將與字酌易，請
裁定此頌。
浚宣仁兄刻安　朱復叟拜啟　十七日

浚宣仁兄左右黄竹詩補校閱而周答
出小誤數條並有參以意見處也
檢字前讀安林麓村事歷欲考訂順塘
外有錯誤及早段版並鈔舊志一綫又鄭
氏胃蒼蹟記一冊志乃雜鈔一冊並將於
疑者二則別紙詳開樹[?]一併送上乞與
墨緣彙觀及不刻書譜所有款識印記
彼此互證冀得其真澉齋藏書無多求

由彼究碩

助我也

大書屏幅已收到謝謝人物藏文草行本

請再賜一部特賜其齋震山不允印年

傳云城宅由敝處順便派人走取西方甌

脱之地雨後異常泥濘舉步遑遑也

此布順頌　前詩文設稿順〻閱

著安　弟高凌霨拜啓　廿九日

錢文端壽安蘗村文謂其樂善好施及修城

事與舊志安爲義傳同故謂安爲義即蘗村也

當日志書定稿之據

鄧書謂明珠敗後蘗村業鹽天津而萃蹤以商人

之名冠諸安爲義之上故謂爲義即蘗村爲屬

近似然爲義自願修城何必及其子或者其子出

資而歸美於父文謂已名以邀異日之獎勵安蘗

村之於爲義猶查蓮坡之於天行亦未可知也可

疑者一
岐與七音相近取以為名亦似有因然僕者役也七者粗名也人方避之不暇又何能以之自標榜書文謂安七一作巖圖則是其名為有未確或者安七未必即安岐因安為義有子名安岐而誤記與安七為一人抑或安為義是安七而誤以父為子但此皆臆度彼鄭氏以近人而記二百年前事不敢必其無本此又可疑者一

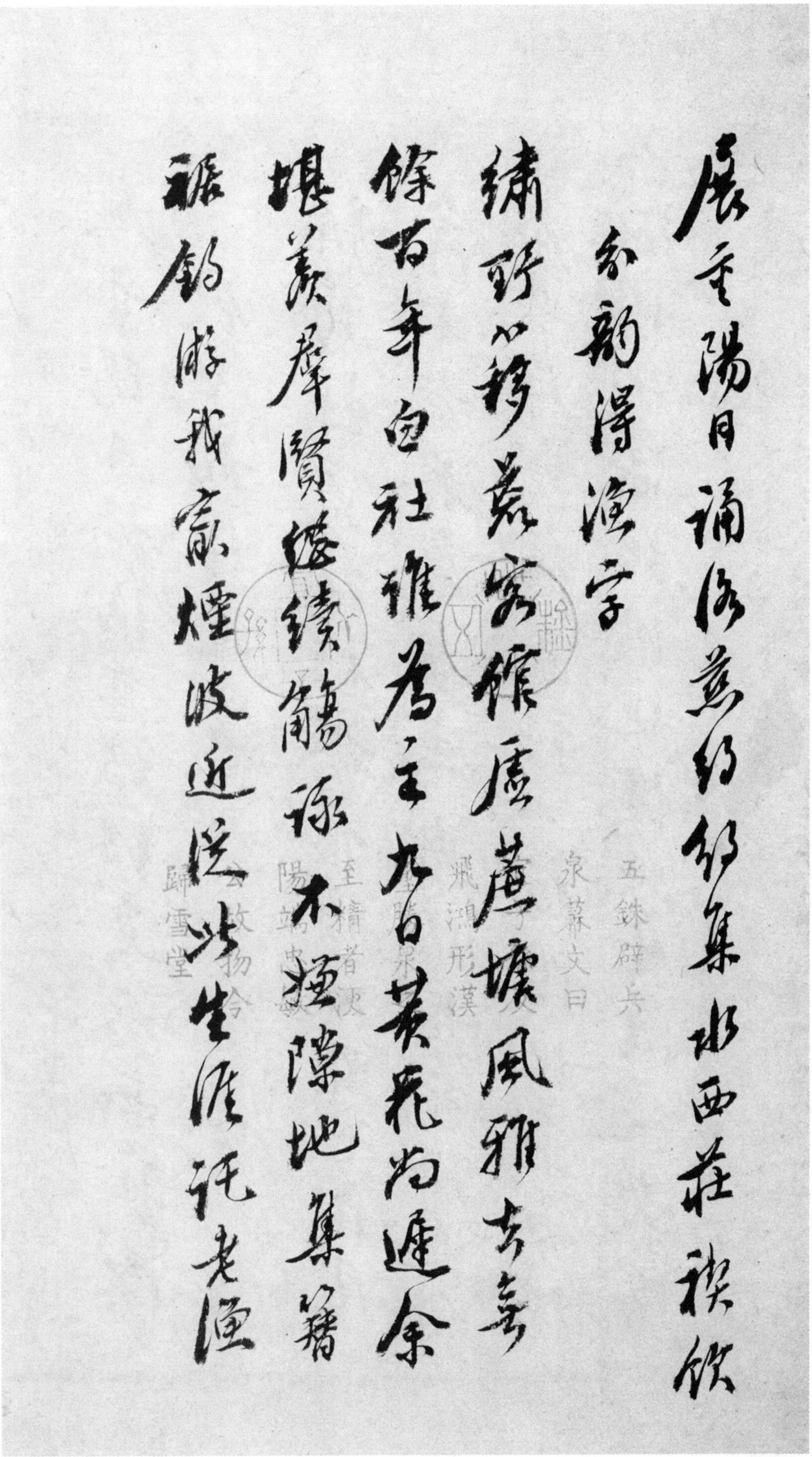

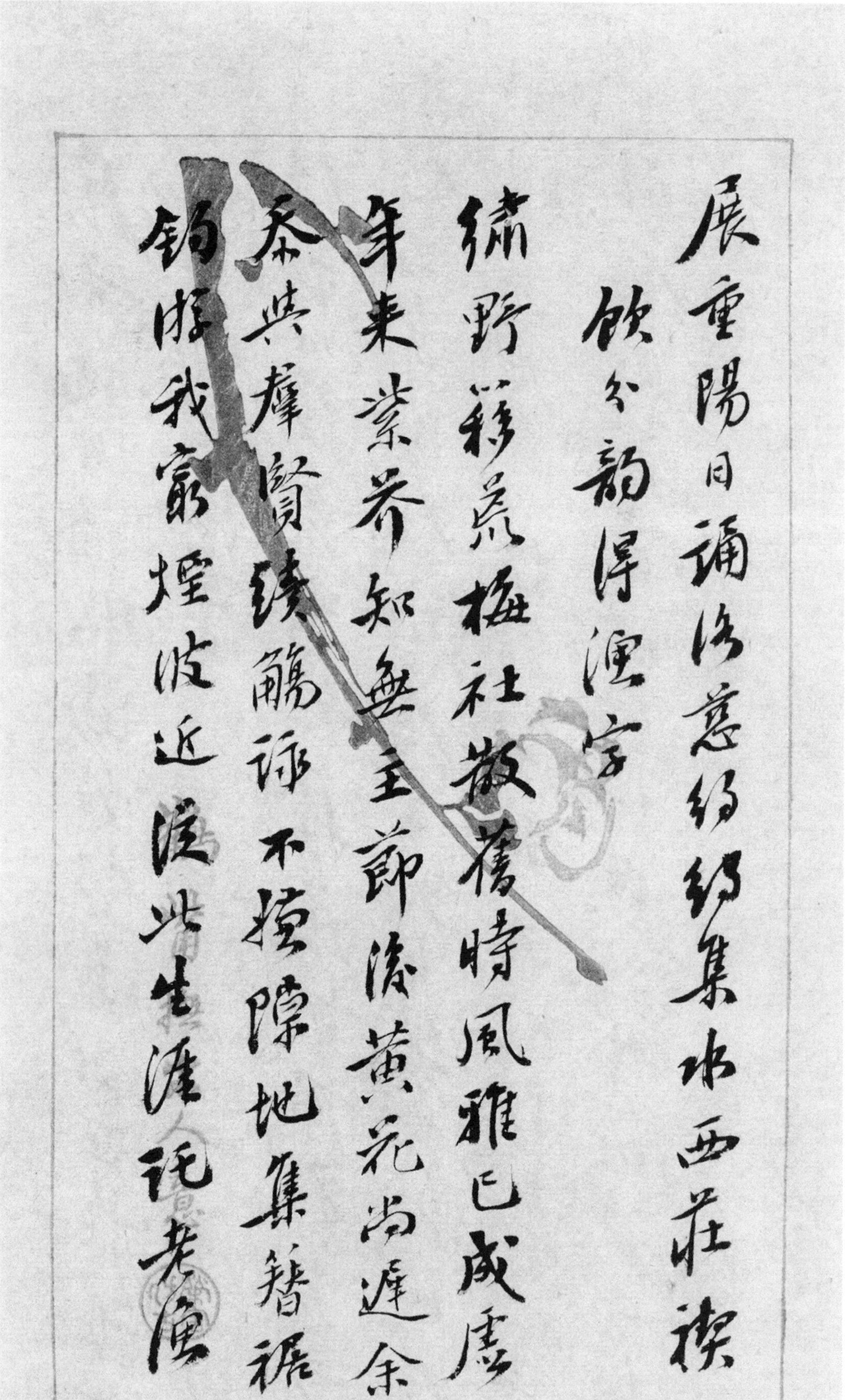

展重陽日誦後意紛紛集水西莊禊
飲分韻得煙字
繡野簃荒梅社散舊時風雅已成塵
年來業莽知無主節後黃花尚遲余
忝與羣賢續觴詠不揎隙地集簪裾
釣游我家煙波近從此生涯託老廛

浚宣仁兄著席兩接
來書一一誦悉舟次為周則為安岐之
字可以無疑然儀與義亦未嘗無間以
勝度之安岐當是麓村而尚義則為其
父但無明證未敢遽定耳請緩緩搜考
若玉甚可考時則志書之改亦甚容易
稍更數字便可面圖下去不遲來定以
前且勿印刷也連日讀蓮坡詩話頗

覺有味惟書中筆畫小誤以外尚有全

字為錯者容開單呈

閱時代名人小像請轉簡賜寄一振眼

界也 此布順頌

近安

弟凌叟拜啓 初一日

來件收訖一一敬悉麓村私安七號
考有碑誌容一二日具說以達然
於安岐傳無與也拙詩咸時花纖濃
濺似應讀及改派甚好遵改詩派
中秋字已列一等奉上此覆即請
渡宣仁兄刻安　弟雯拜啓初二日

潑宣仁兄著席前接

大函並承書册一一領悉安岐印楚荒村跋見觀

畫詩後及各印記印可據以跋易志傳已另

開一單請　齋文楷照跋此次訪補闕

並為前人辨誣功殺不少為之一快案明

珠羅相仍官禁廷至康熙四十七年始以

內大臣終　竊意安氏非事納蘭者當是安

為義雖之人物故未必遽然辭去文端壽文

謂安氏居津水三十年則其徙家天津當在
康熙四十年傍其家所仍與之相依時公子
賓客歆為風雅麓村以其父故亦出入其
門與公子為文字之友遂緣蒙觀廣文歆雅
深慕其人肩摊之作書內雅俗雜陳文法
未優以此知麓村之號由訛而來從隱讀書
作文入手與其身分[似]正相合却見此然以為
定君麓村深入此像固雖但原書一氣云云乎

插入拙作志餘隨筆類此者甚多如由翻
查蓮坡之同不讓丁錢文瑞之絕婚搬將
此事詳載隨筆中亦足以示後人後面
前所存各書冊容將家傳閱畢一併奉
還遲遲乞見
諒為幸天寒行將
遍過城宅念之順頌
台安　弟凌霄拜啟　十七日

滂宣仁兄左右昨得

手示誦悉一切費神無比已是考

證矣大約安政印是楚麓村可以無疑

不過楚麓村名待志未敢遽定蓋慎之

也志書於為義存下有號楚麓村三字深

悔函稿擬刪去易其先生三字將來敘

其收藏一節且借予岐侯城以後院只

岐侯便可照胡下去處閒細單為有

其他誤字一併飭令文楷齋補外
有麓村所要七本一併呈
學易者象傳已讀過一冊讀畢再
行奉還　舍弟往在武昌曾借此稿照
過一通未及即行遂逢年底玻璃全
失未免可惜都當刊行其續而稿不須
兩處容遣詣一觀易稿可長談此頌
箸安　弟凌霄拜啟　初五日

安麓村非安岐考

駿鄧氏胃荃頊記

案明珠於康熙二十七年被黜天津佟城在雍正三年壽文謂六閱寒暑工竣錢文端去位在乾隆壬申則此壽文之作當在雍正八年以後乾隆十七年以前姑假定為雍正八年上距明珠之敗已閱四十二載矣而麓村年才五十則未嘗服事權相而知且文端亦必不為權相家人進祝嘏之詞文字揄揚至如斯之欽仰也又案

姜西溟傳中有明珠僕安三將條索外云云何
安氏之多如此耶書而〔所〕載又或有誤要之無論
為安七為安三決非麓村麓村有父且明珠豈
倘未即死之尚有風雅公子不敢謂安氏於納蘭
總無所聞然知為非其僕也

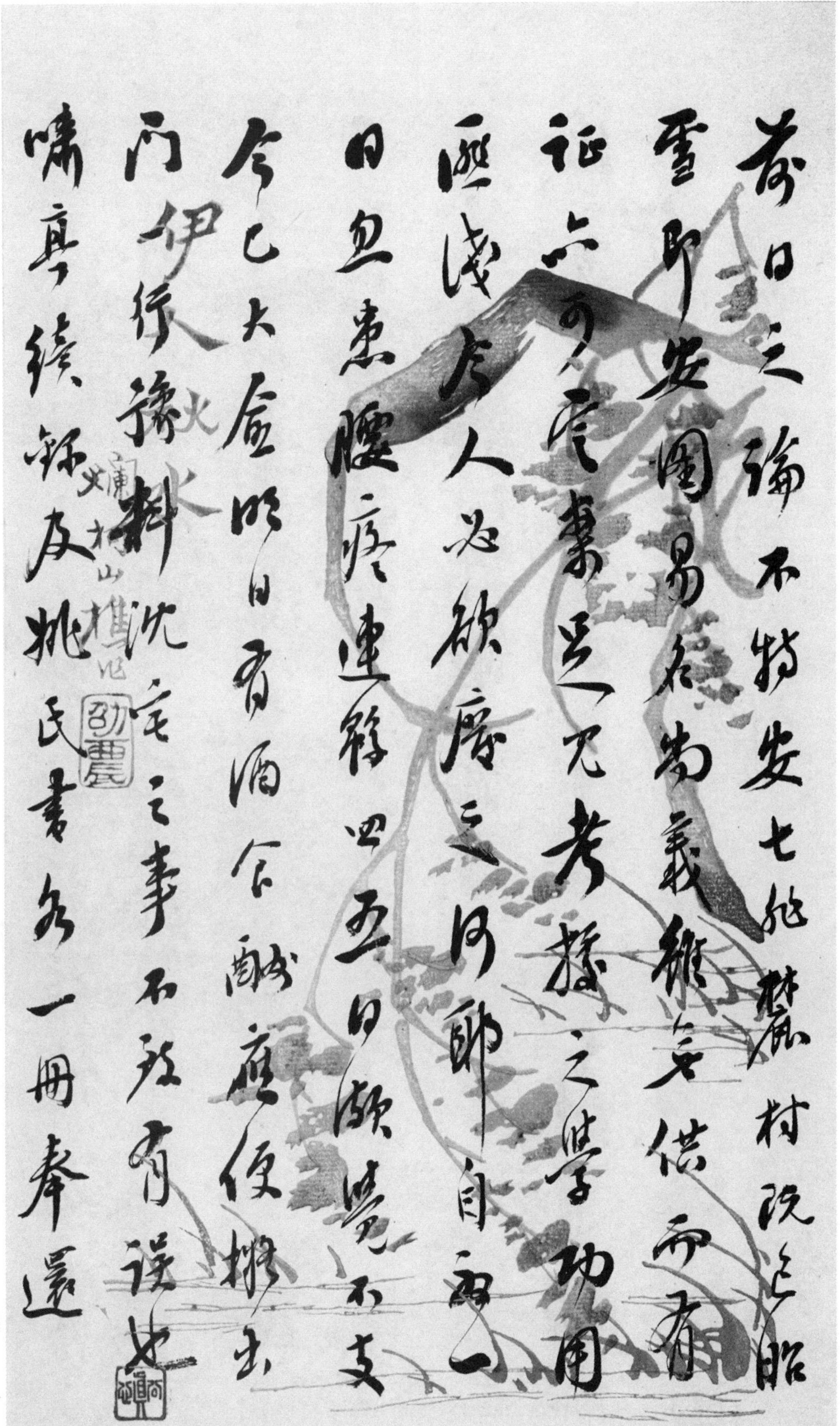

前日之論不特安七能麓村既已昭
重即安圖易名爲義維合供而有
證亦可見集已之見考據之學功用
既淺今人必欲廢之耶自取一
日見患腰疼連發四五日頗覺不支
今已大愈昨日有酒食酬應便搬出
門伊作豫料沈宅之事不致有誤也
晴真續録及姚氏書各一冊奉還

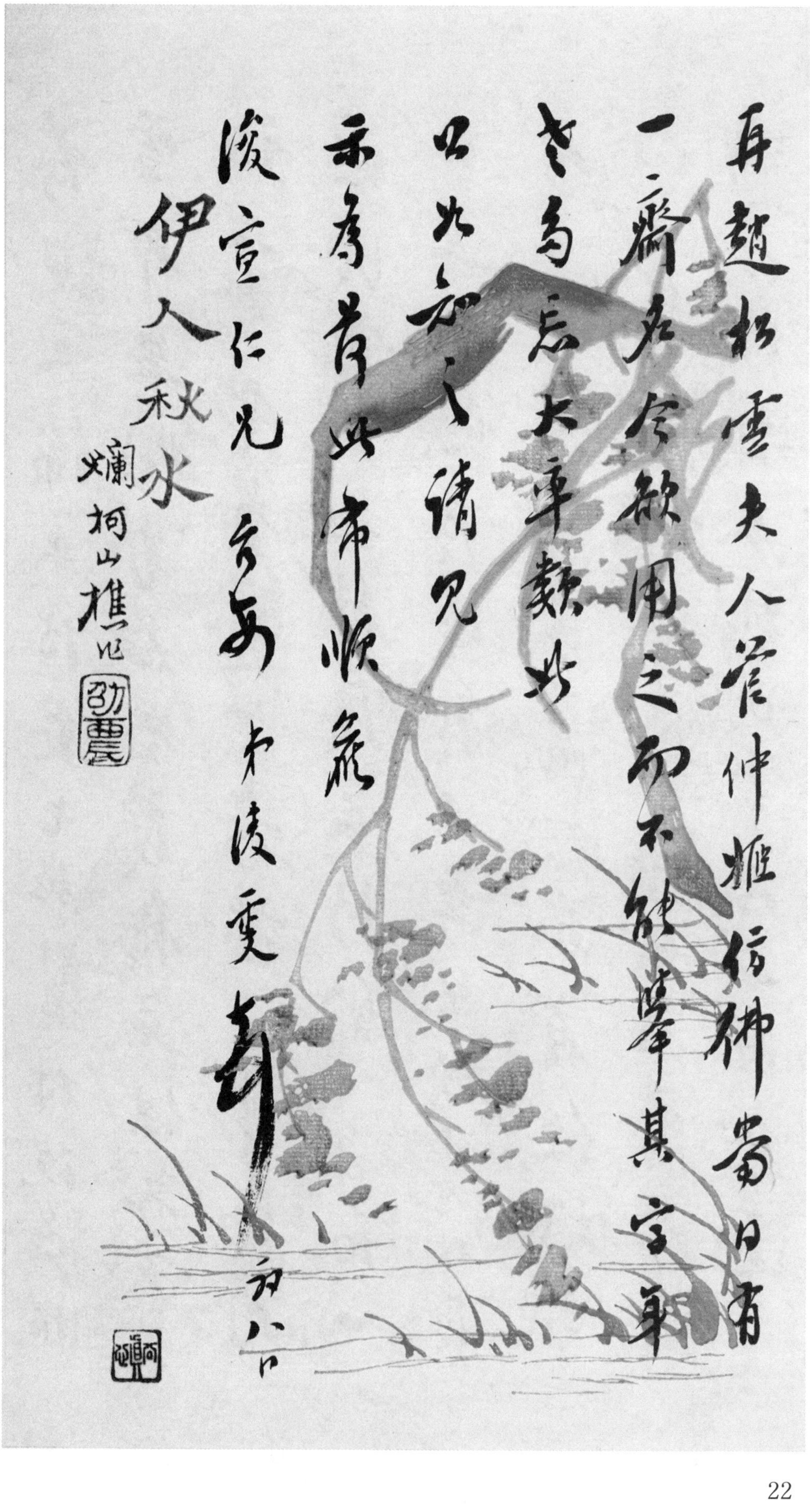
再趙松雪夫人管仲姬仿佛當日有
一齋名今欲用之而不能舉其字耳
伊人秋水
斕柯山樵

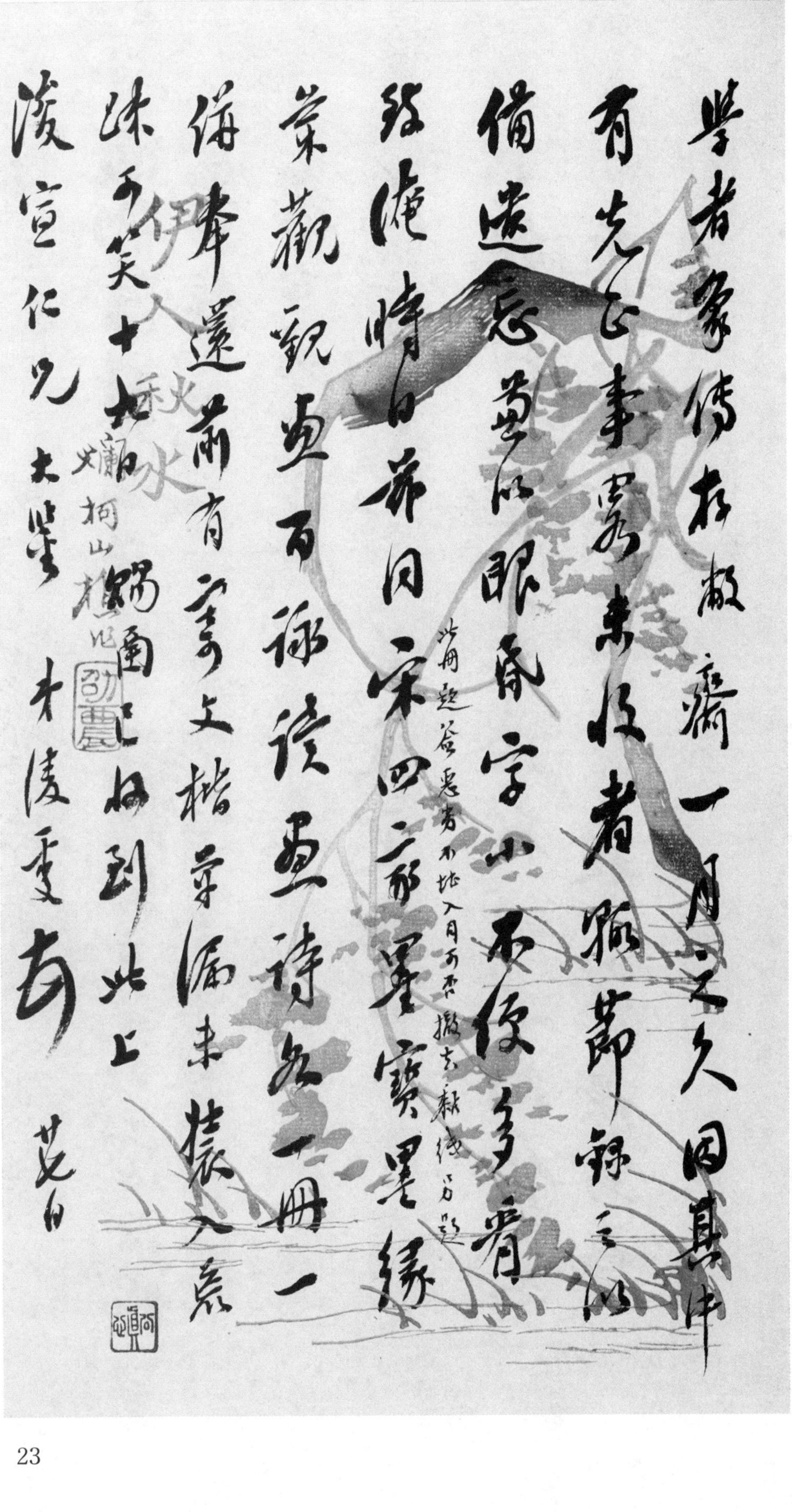

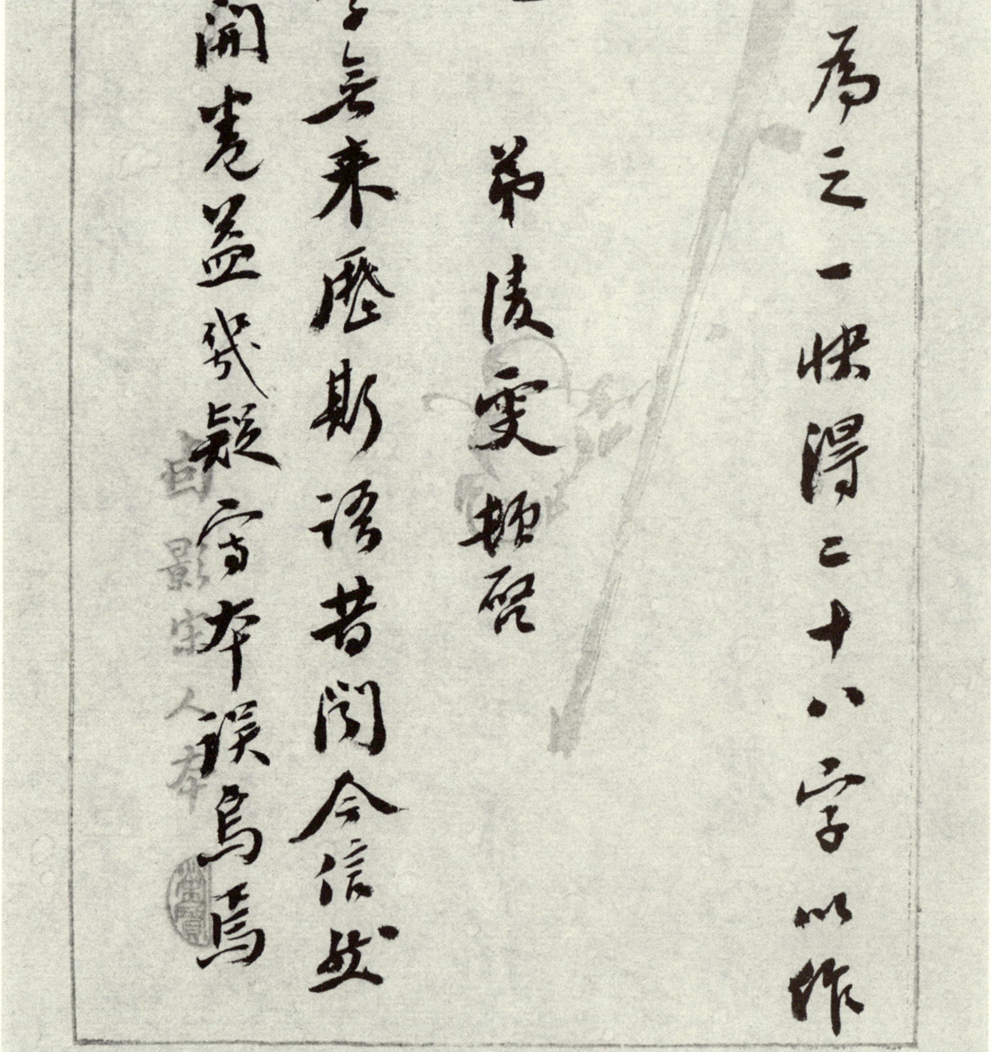
前書讀竟爲之一快得二十八字以作
會餘
靜心兆工
浚宣仁兄　節候變頓
杜詩無字無來歷斯語昔聞今信然
不是何逢關老蓋幾疑字誤鳥焉焉

送人挽联原拟自书，又因草草不
良，心手不合，并不成字，或须更换，以
此仍乞
大笔，庶为长善。联文附后，挽廿五日。
来函所谈，已托社主孙某君归来商酌。
其一诗略加评语送呈
台阅。此布，顺颂
俊宜仁兄近安　弟凌霄拜启　廿二日

趙母李夫人靈右

夜績晨炊聞道虞風崇儉

撫東峯業每觀花史輒稱賢

侍生高凌雯拜輓

送趙堯生歸蜀

歸計真忘蜀道難
燈前孫況醉鄉寬
晴人自古為時棄
諫草零星作史看
天地故雁窮位置
文章曾不殺饑寒
荻花楓葉瞿塘路
後夜相思寸寸灘

此某君二十年前之作頃睽寐憶似宋諸
之育詹音者腹睽剡粗與作露殘揭梅宛

陵之波也此君嘗云秋興八首被江湖滿
地一漁翁一句足詩昔袁簡齋不滿之云
於秋興中叢菊信宿兩聯並律四句耳
此君今所不滿之云者乃至六十三句之多甚
學識文高出隨園數十倍矣是直有極
疾已耳可發一笑

昨日去門早詩社午泰康晚桃山
術歸來已子初矣原文取回但易去一
處改處或仍送來細思學生既有此
舉同人不可無此點綴不揣冒昧亦
作一篇借勝清就
正程九時寫之件容送去希不誤用
此復即頌
浚宣仁兄台安　愚弟浚雯拜啟　十六日

送去風竹一幅畫亦似好也
頃寄又冊頁一件書者為李天雲
向林與　埜田公有舊其曰伊外舅
未知所謂伊者指何人而言尤不解
者向林為查信堂畫兄查慕和為信
堂姪於開首一段乃無記識之意
書信書為有畫兄來曰香史者其
子孫之為二冊舅並刊之作所謂

二林者常即北公之新志長績

門內文有小楷宜面商改法寫稿

九對聯已送去不日即可書就北平

收到

浚宣仁兄著安 弟凌文敬啓

二件閣筆請暫留俟送對聯就便取回

接讀紀游擷篇，得見一錯字，另草，請照改。新志擔篇，俟業齊送上。當河志寺就便一覽，再作商量。昨午暴熱，已出門復折回，一日夜汗流被體，夏日可畏，自此振矣悵然。浚宜仁兄刻安。弟淩雯拜啓。初八日畢王之說果出甯河志，誤已釋矣。
我素如據甯河志云五字，似可卸責
矣。但修方志不信國史，偏志有誤而
不
為之，乃則仍我之誤也。甯稿云既為墨
礙，不如合去，但將壽畢王改為作鎮
時乃下文云能接氣，一本自當面商也。附
送新志五本，甯河志一本，此本收藏。
復堂仁兄年安 弟凌霞頓首 初九日

來諭內擬改之七字請減去樸字加謂字亦書寓何志頌劉仁恭所以築城曰界城如此似可定稿矣式之壽聯昨已對成云馬鄭於今能接踵將先到者總齊肩語頗渾融但下聯用本事出聯湊成未免不甚愜何如乞代酌定此致

浚宣仁兄台鑒 弟高凌霨拜啟 十二日早

浚宣仁兄著席：五月杪之熱炎不能支，幸入伏稍戢其威，但動輒流汗，衣衫常溼，故自前與仁安在尊處聚談後至今僅出門一次耳。潤中為林墨青作一興學記，力求簡潔，惟疏散之弊，超逸之謂，終不可到，殆功力淺也。錄似

卓鑒。弟於呂應齋手務生

示下及今尚可改篆備一千石賠笺

滌來矣特屬清曉小住爲僕書畫

之餘有何高興秋涼至即寄來讀

一時也順頌

大安

弟高凌霨頓首

又稿不須壽田潮手爲之底稿也

林君興學碑記

自國家遭庚子之難人咸謂欲救危亡莫急於學而天津舊有之學大率教成材備時需難為根本之圖則又莫急於小學嚴公範孫主此議林君墨青承其指而力行之集資並舉天津興學之名於以著小學必設於都市故先以會文問津兩書院改為之二者所費醵自士紳於時别籌費而擇地以建者首城隍廟後復益以警務處於是城之西衛背育學其在城東者曰鹽關廳曰西方菴曰過街閣在城西者曰慈惠寺曰育德菴曰放生院城北

衣補盧

占地廣故建置多曰河北大寺曰藥王廟曰直指菴曰玉皇廟曰隄頭惟城南稍後以賤民户稀也自癸卯以迄丙午春籌經費孳孳勞民為民立小學二官立小學十有三復於其間置一簡易師範四宣講所各半日學堂而女學亦權輿於此會君為學務參議未幾即勸學所立仍為總董事凡所設施歲有增益越二年出游日本既歸國屬辦社會教育董理十一女校遂以廣智館長終君之辦學也其初固重小學矣既而知不教於家徒教於塾無益也於是更重女子之學既而又知雖

教於家終身於外而一傅衆咻之患不可以不除於是
凡風俗之窳足以害人心者必思有以矯其失而歸於
正雖至猥屑身賤抑而不辭蓋勞心瘁神視茲事若性
命者逾三十年至是而君已頹然老矣嘗綜莅事其時
人習故常而忽有改弦易轍之舉聞者懷疑當者騰謗
甚至僚寀道覿一見君則惴惴以為大禍將至及其後
出入相遇多君所成就之人拱而立者道相屬也君諱
兆翰號青其字天津縣學附生以辦學功奬內閣中書
銜卒於癸酉翌年其友高凌雯為之記將以勸諸右俾

衣補廬

鄉人思之胥所式爲銘曰
聿有創始人或尼榛荊塞道勷狐蹤壯夫掉臂忘難易
欲觀成效察其既鄉校甡甡桑梓誼前有作者後莫愧
謂予不信徵傳記誨人子弟誦孰嗣

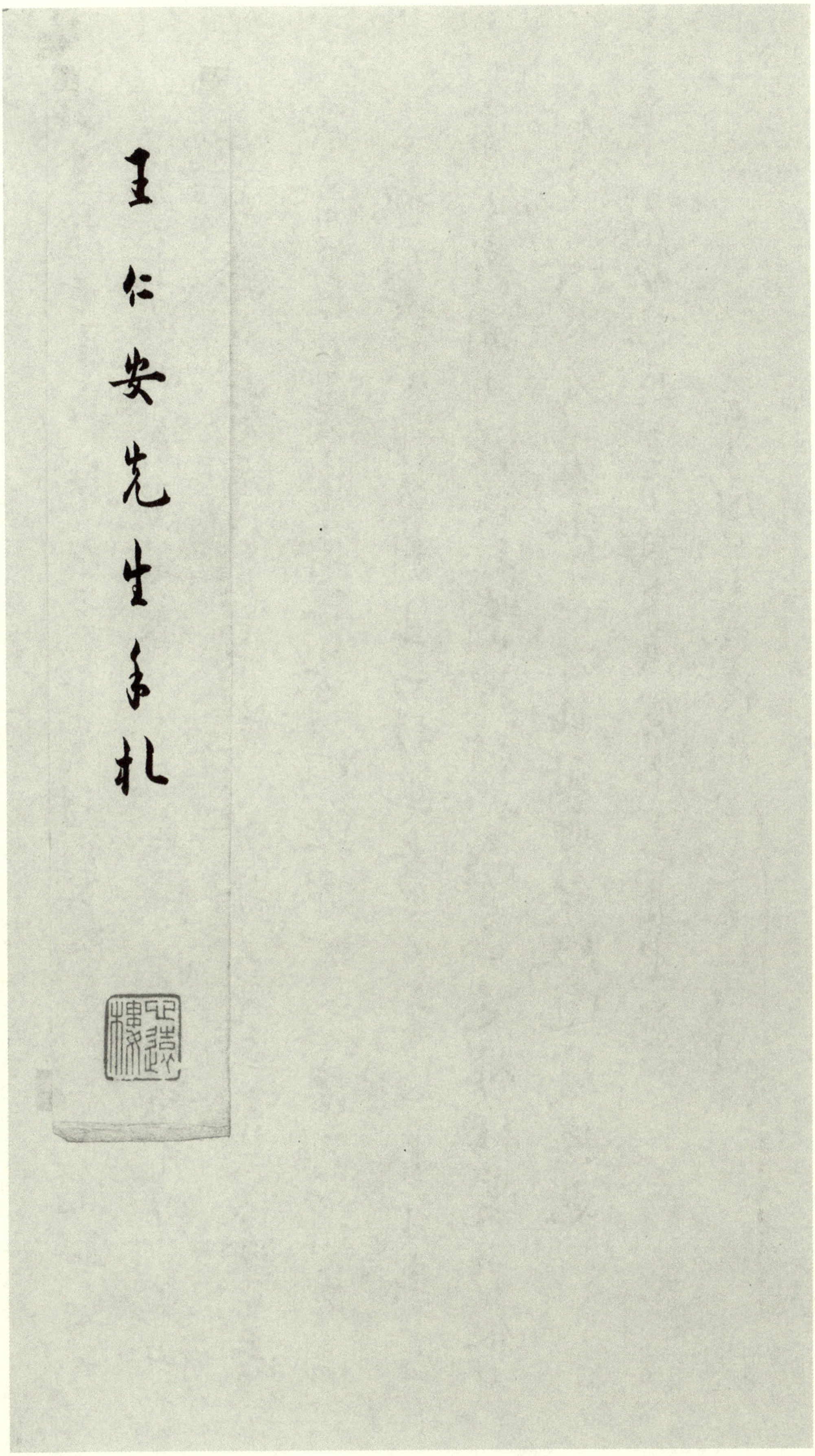
王仁安先生手札

此王仁老手札起戊午春訖丙子夏是冬病没年七十
三翌年風雲陡作桑海貿遷其時恰先數月蜕登仙
去未為不幸撫今思昔舊夢難尋固有不勝其浩
歎者耳仁老書法孤芳瀟逸冰雪澂清所謂楚調
自歌不謬風雅乃別具一種幽秀之筆正未可與書
家之書同日語矣短簡披循如承色笑緋細隻影悵悵
何之每思舊友取書之有此冊所以珍逾瓊瑤也
裝就越十年歲次庚寅冬十一月望前
屏廬金鉞識於心遠樓

大著讀一過談有源本不泥
於古頗通於今均傑作也說
轉注取東原尤與鄙意相
合可即寫定刊行

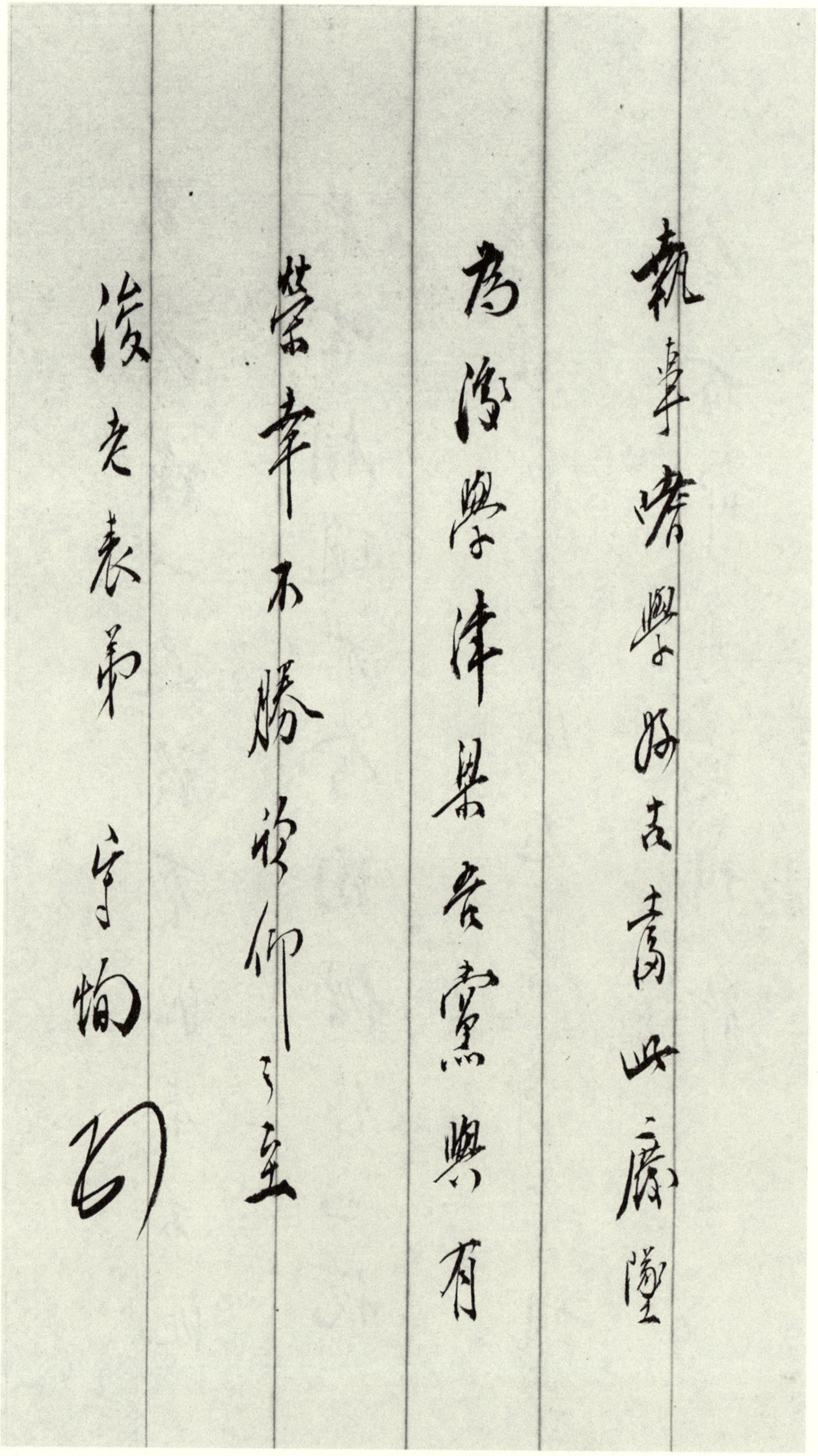
執事嗜學好古高此廉隅
為浙學津梁吾黨與有
榮幸不勝欽仰之至
俊老表弟 守恂 頓

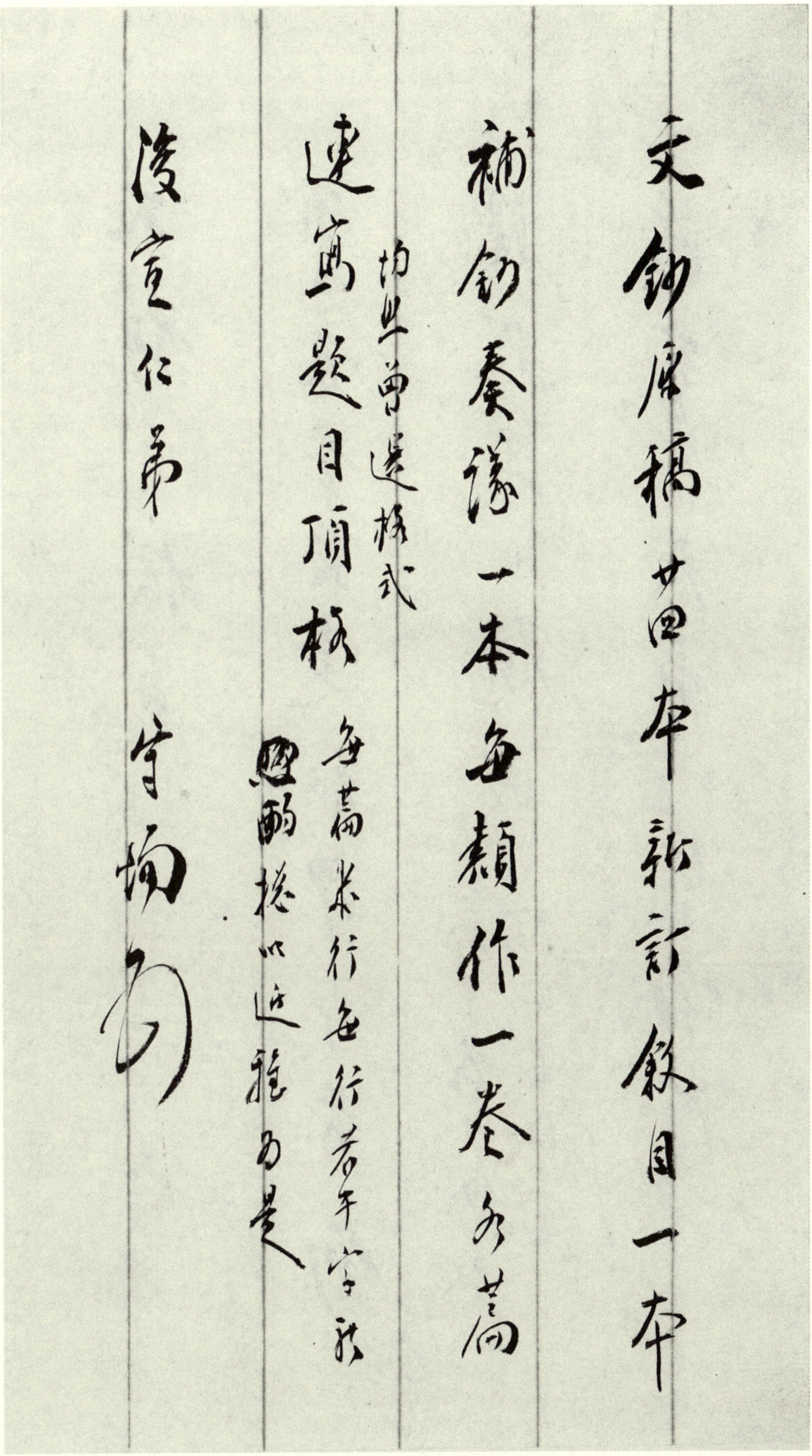

文鈔原稿廿四本新訂叙目一本
補鈔奏議一本每類作一卷多篇
均照曾選格式
速寫題目頂格　每篇幾行每行若干字祈
斟酌總以近體為是
浚宣仁弟　守恂

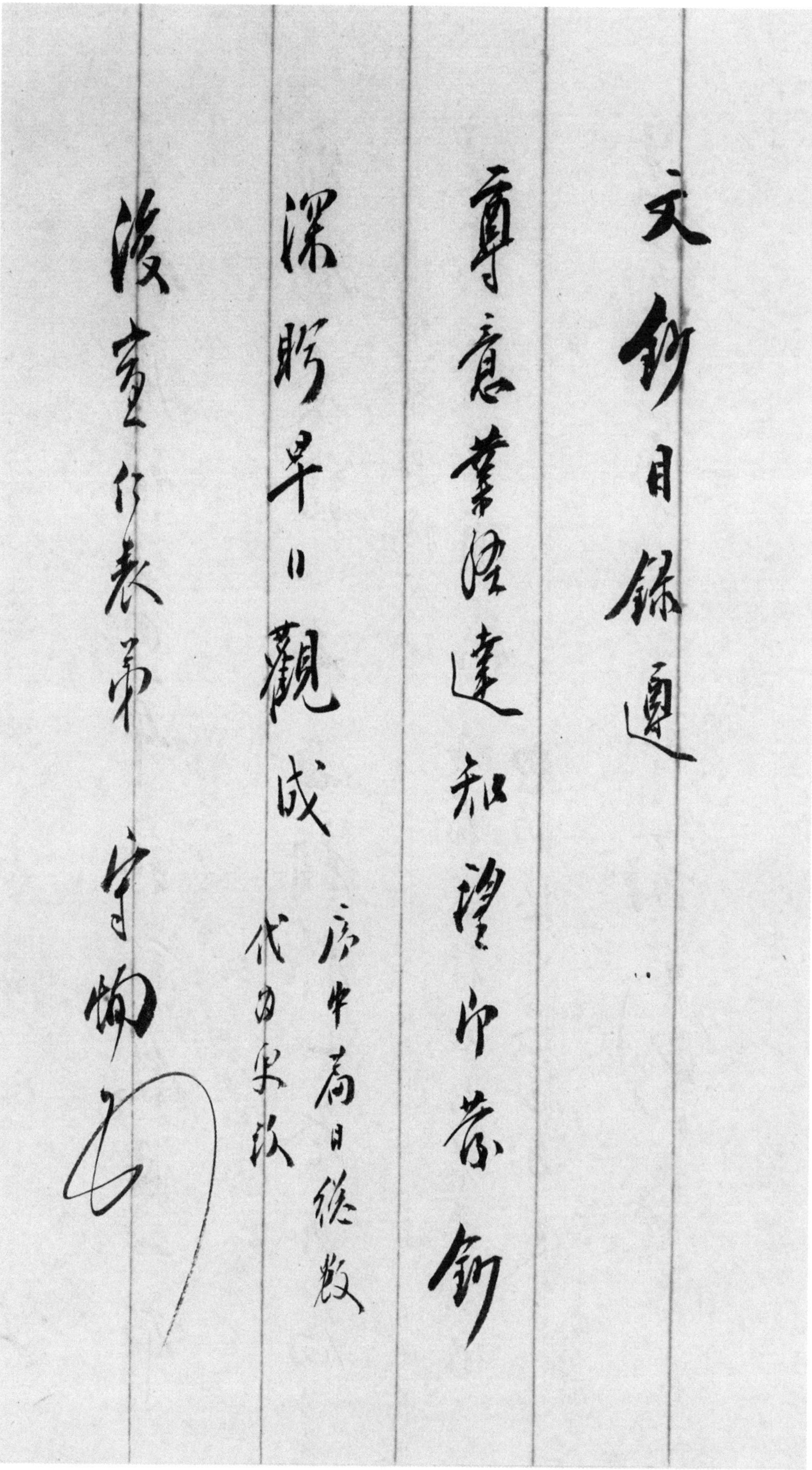
文鈔目錄遵
尊意業經達知謹即奉鈔
深盼早日觀成
序中前日後數
代由某致
復查行表弟 守悔

遠西官職俟政數再覆

繹俟面復

浚定表弟　宇恂西

屏仲緻

達西任之通政副使其他
有疑可開示詳查
設宜表示
宇恂頓首

文鈔傳男梅小樹先生處
原稿記得失載於登
補著有聞妙香館詩稿
尊札陽剛陰柔之說另覆
後查表弟宇恂頓

文劍想已寓目望將原稿

賜繳文形皆歸檔再索青

箋續詩劍稿來編訂

淺宜仁弟 守恂

文鈔點讀一過應行修
改之字另紙呈核刻下
刷印不多正好改後再
續印

浚弟如見

守恂

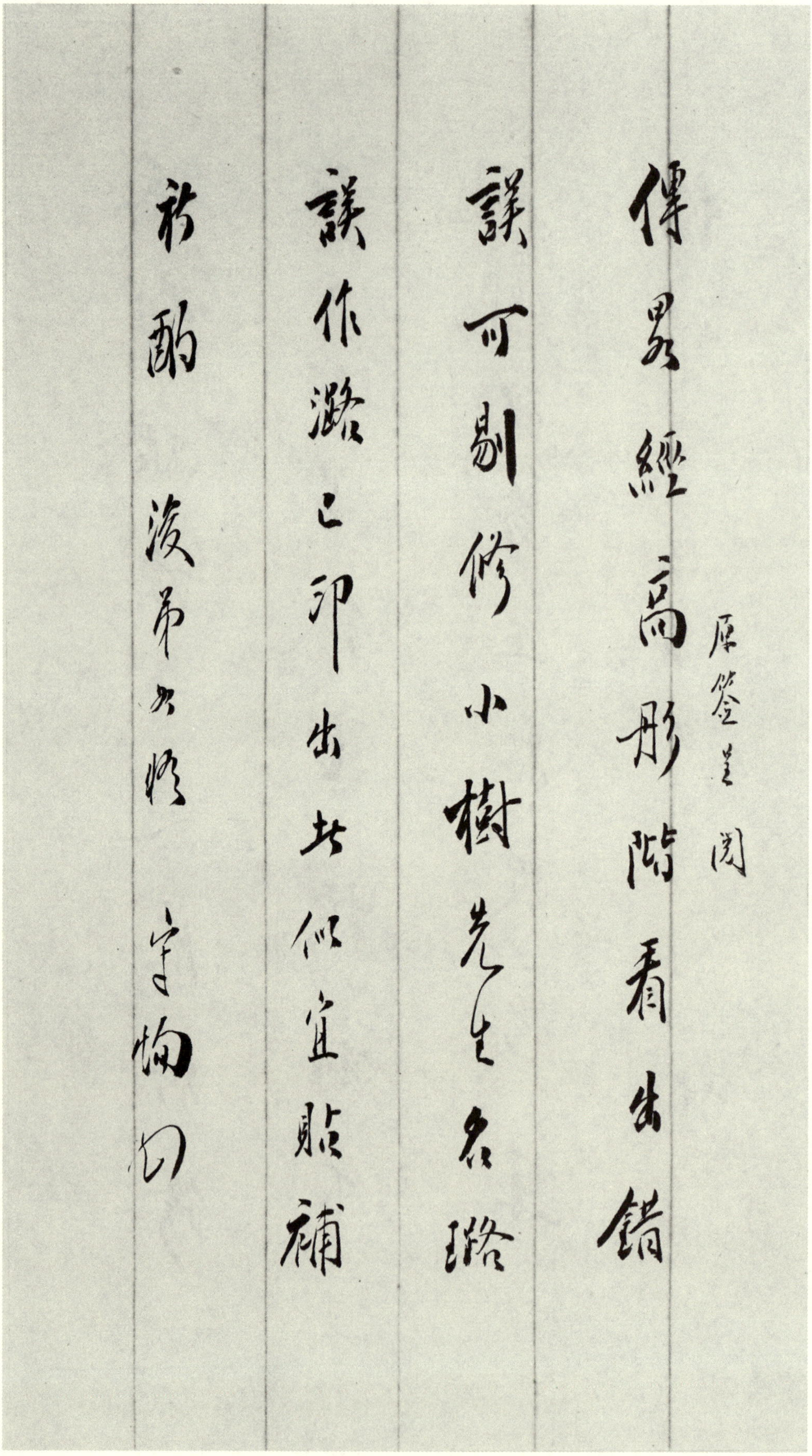

傳畧經高彤階看出錯 原簽呈閱
誤可删修小樹先生名璐
誤作潞已印出者似宜貼補
祈酌 浚弟如將 宇恂 叩

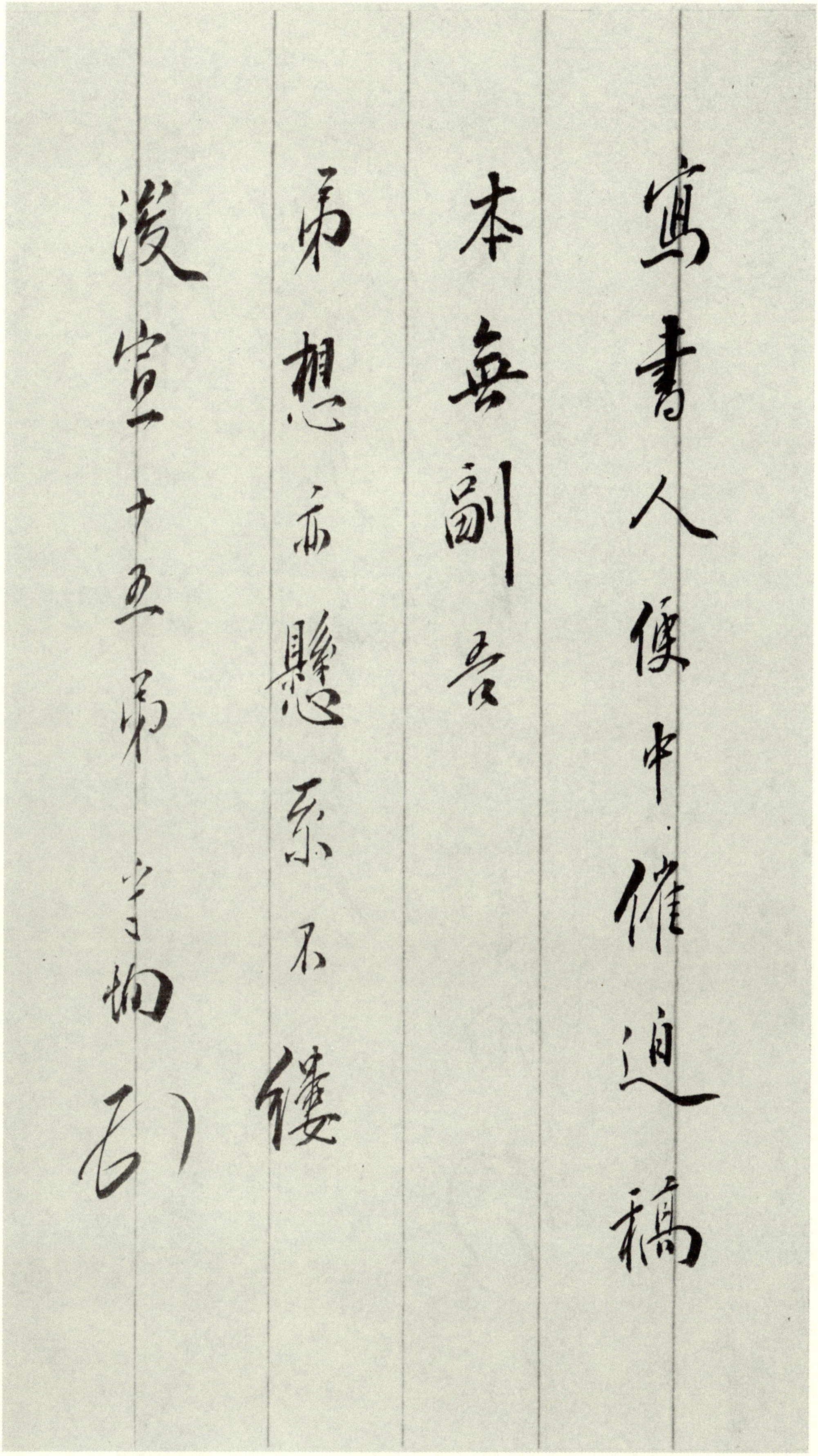
寫書人便中催迫稿
本無副吾
弟想亦懸系不縷
浚宣十五弟 守恂 叩

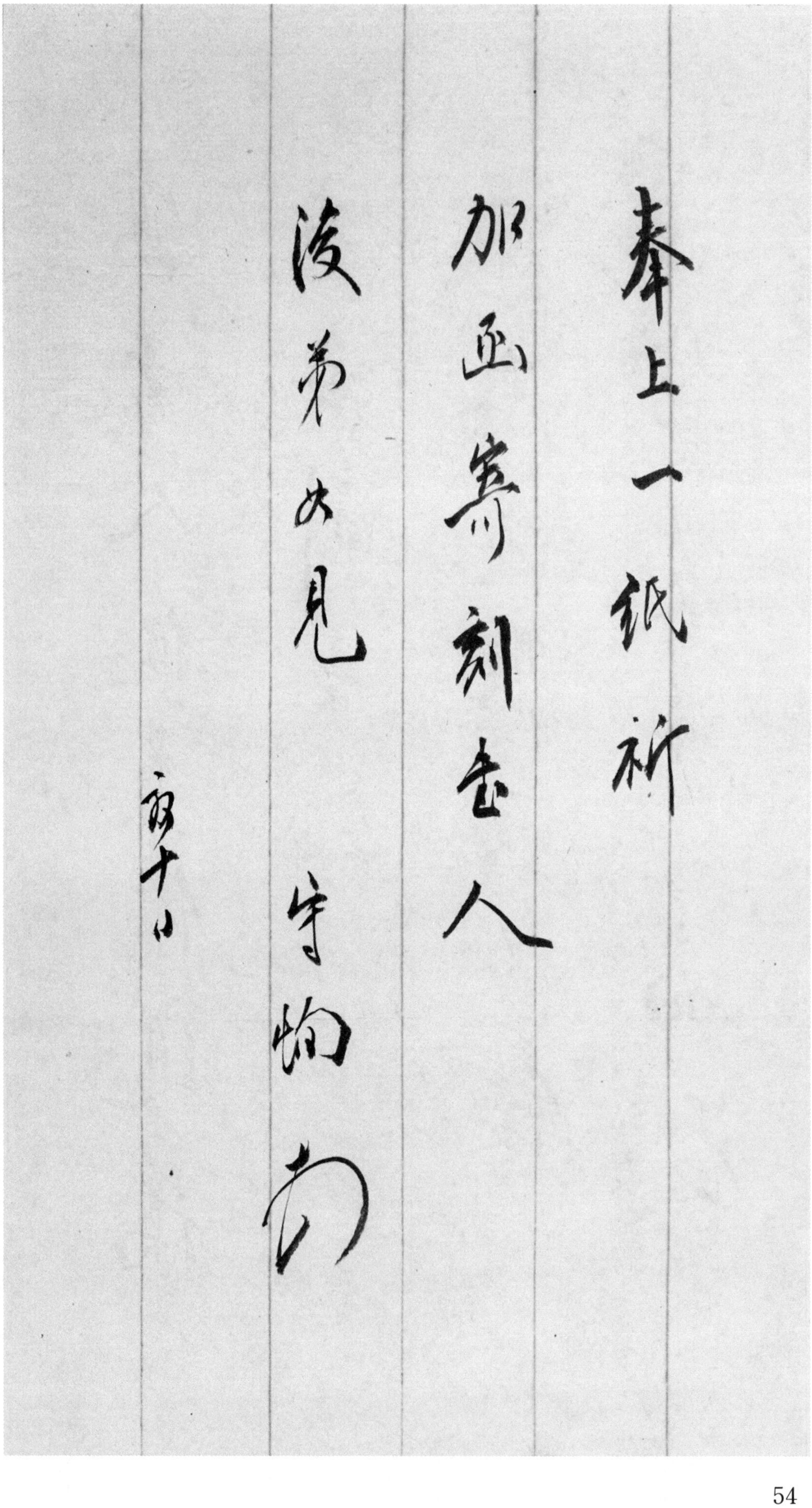
奉上一纸祈
加函寄刻書人
俊弟如見　守怡书
初十日

寫成兩種親校一過仍祈
請同人覆校此後寫出之
件均可先自校一過此時費
事上校刻省矣
淩弟如面
守恂手

致遠堂集奉繳凡加墨處
均折角用待覆校再棣作華
記之條中有空隔處寫真稿
時照空一格校時祈留意
淺宦表弟　守恂頓首
十月十九日

現輯庚子京城褒卹錄山東王
文敏請卹係山東巡撫袁代奏
所得案據缺漏此件王漢甫已
故其家人云有可證此者於詢問
伊家云有此件望速抄來編入
滌宣表弟　守恂

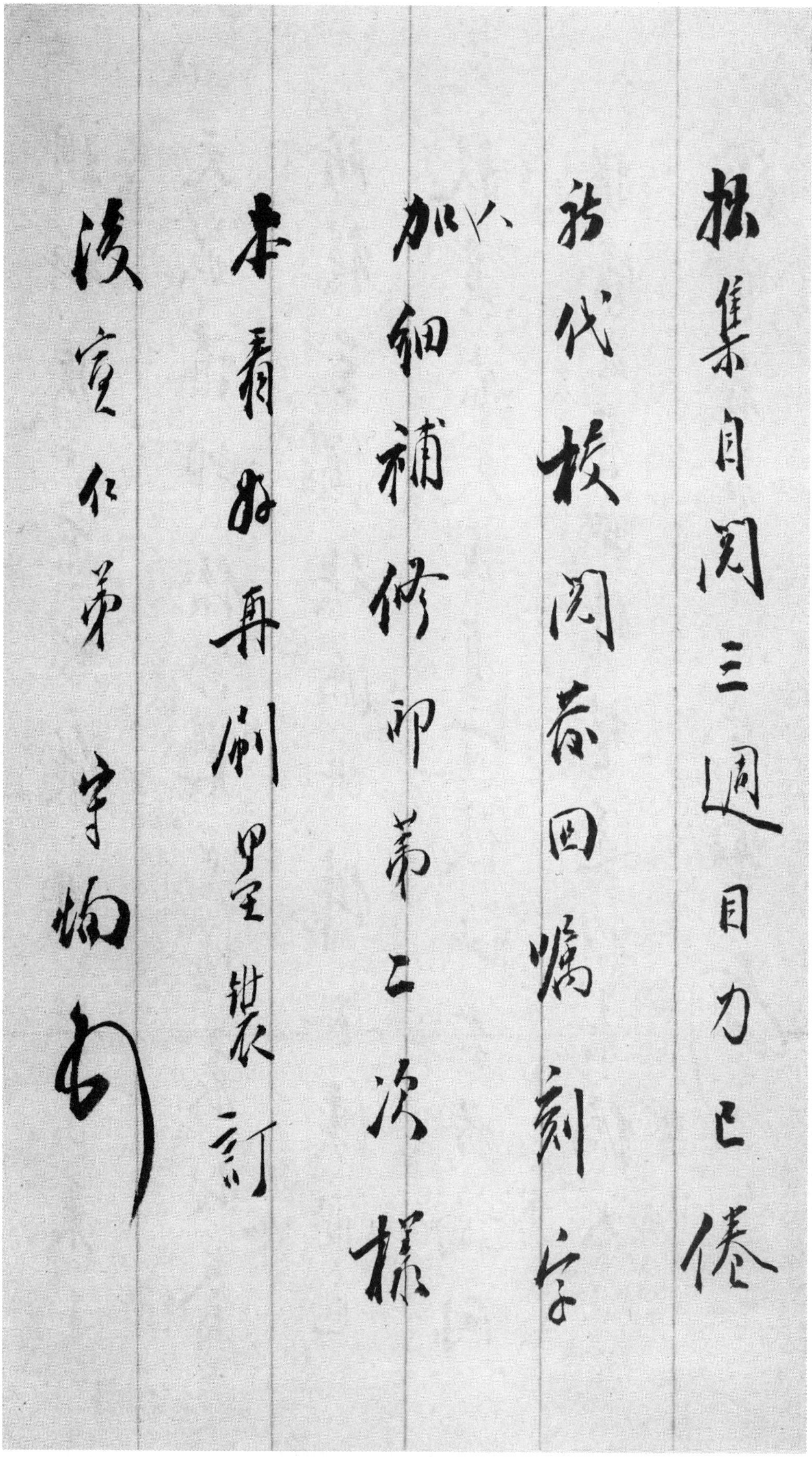

拙集自閱三週目力已倦
務代校閱若回囑刻字
加以細補修印第二次樣
本看好再刷墨裝訂
復宣仁弟 字囑
功

詩說吾兄續廷大友

抄集錯誤單一紙求

鑒核於散片修改並求在印就

書貼補此事深得大力精心中

懷感激莫可言狀

後宣仁弟 守恂句

擬集想已交工修今照範孫
云乞天津文鈔兩部分送直隸
山西圖書館請由
尊處逕送範孫處多一二部
亦好
浚宣仁弟
手泐
句
初四日

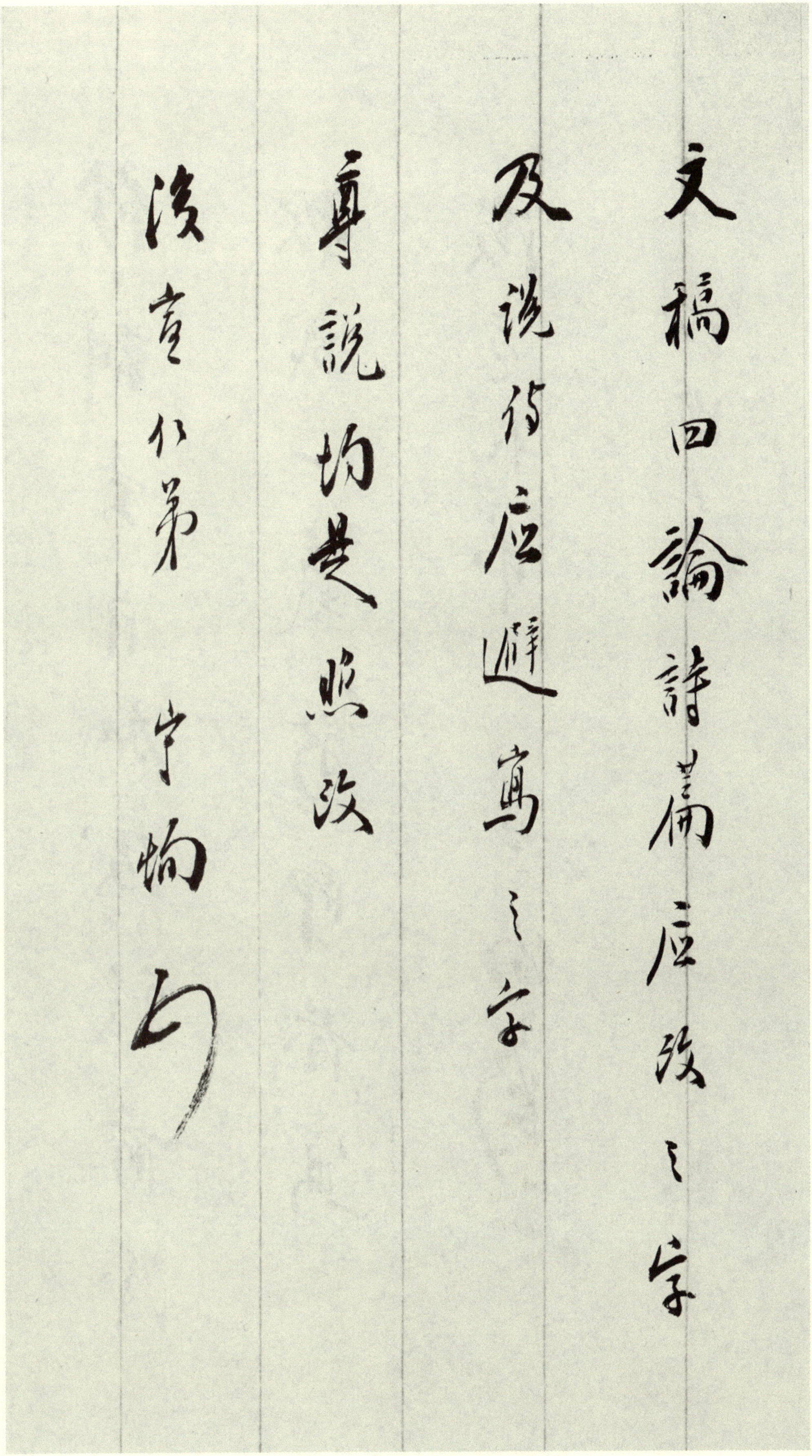
文稿四論詩篇后改三字
及說作后避寫三字
尊說均是照改
後賓仁弟 守恂 上

續刻書自加跋語而後
便成一氣新即發寫
後交仆弟　學恂頓首
跋附呈

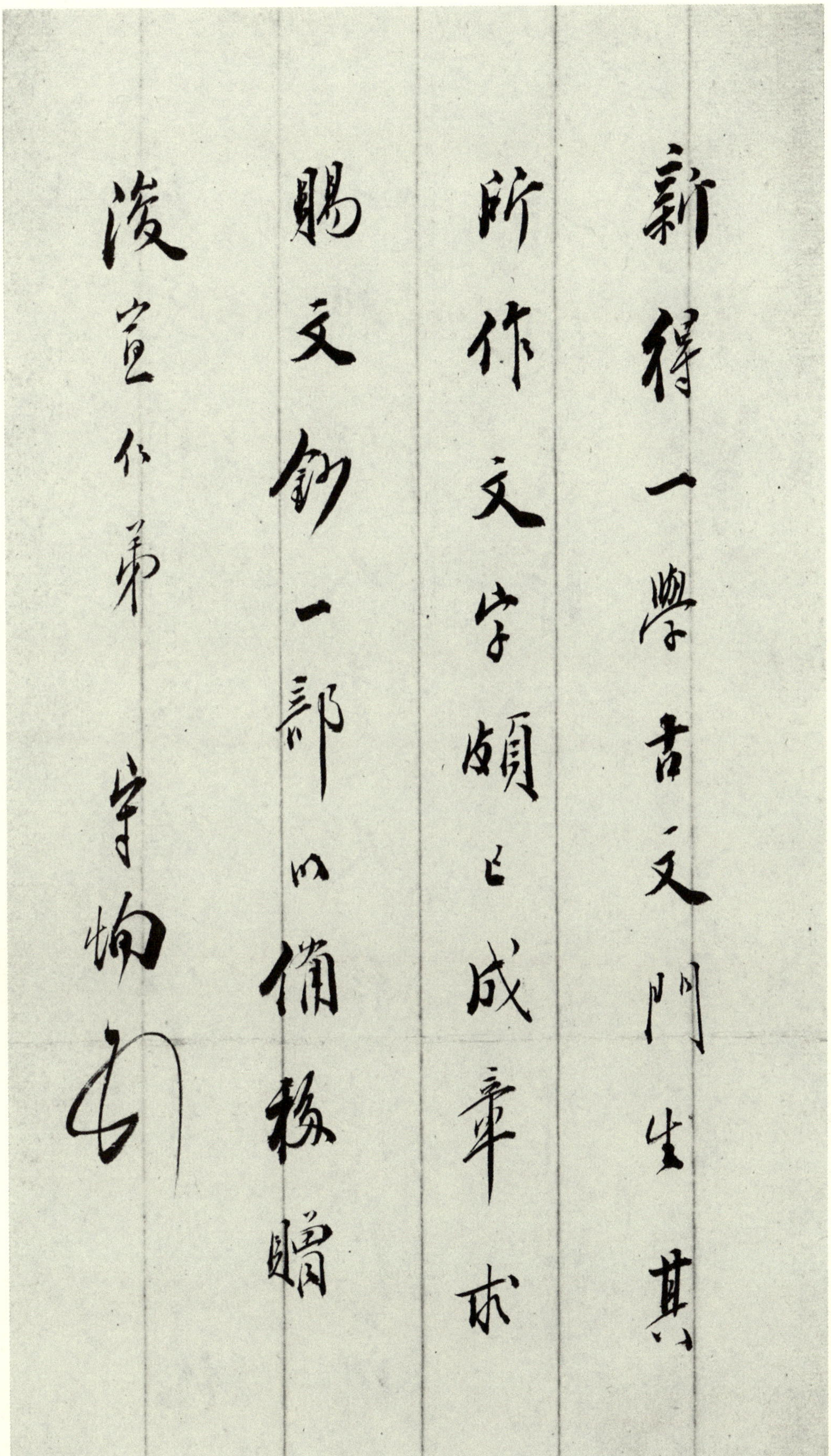
新得一學吉文門生其
所作文字頗已成章求
賜文鈔一部以備移贈
後宜仁弟 宇恂

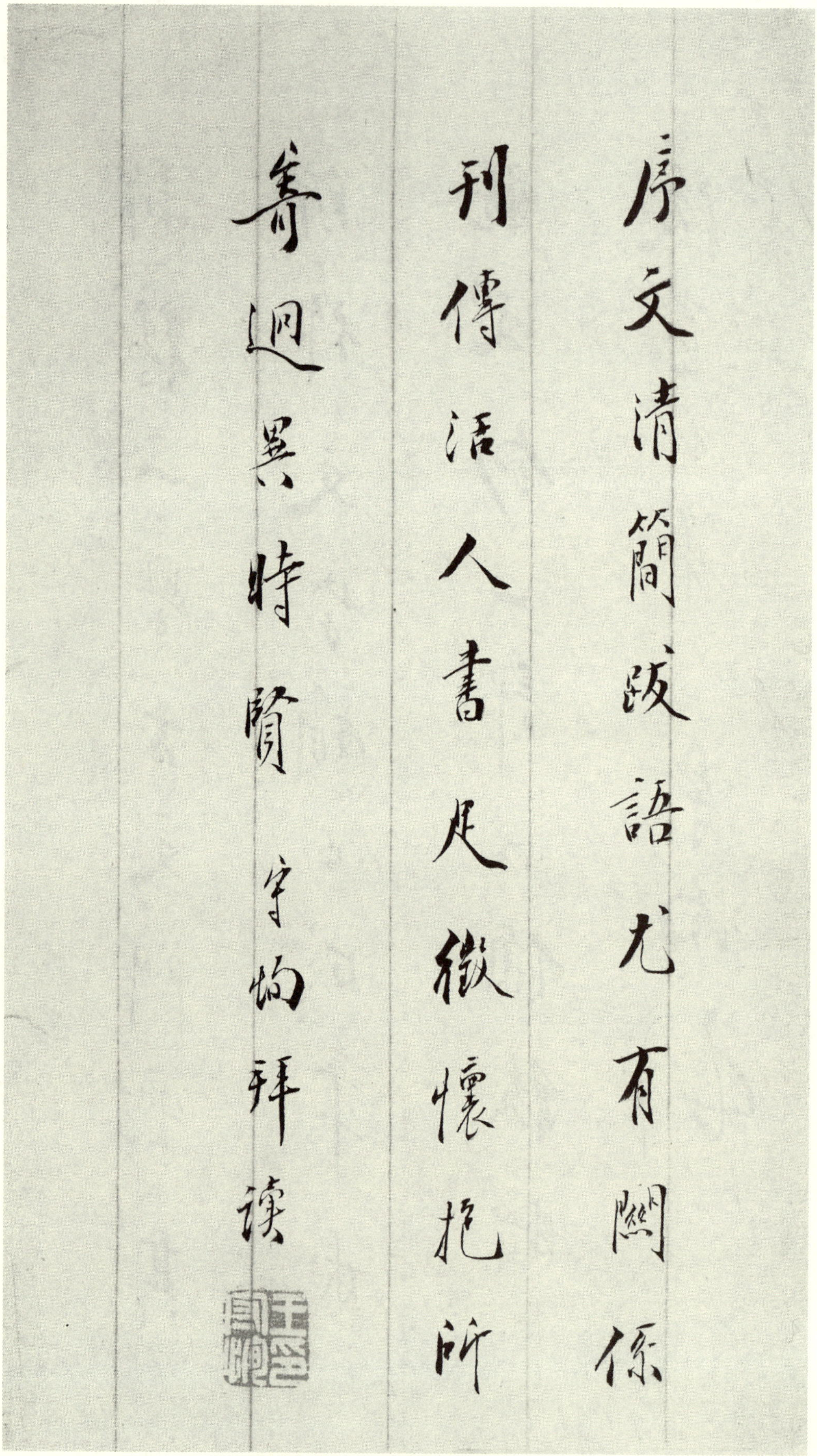

序文清簡跋語尤有關係
刊傳活人書足徵懷抱所
寄迥異時賢　宇恂拜讀

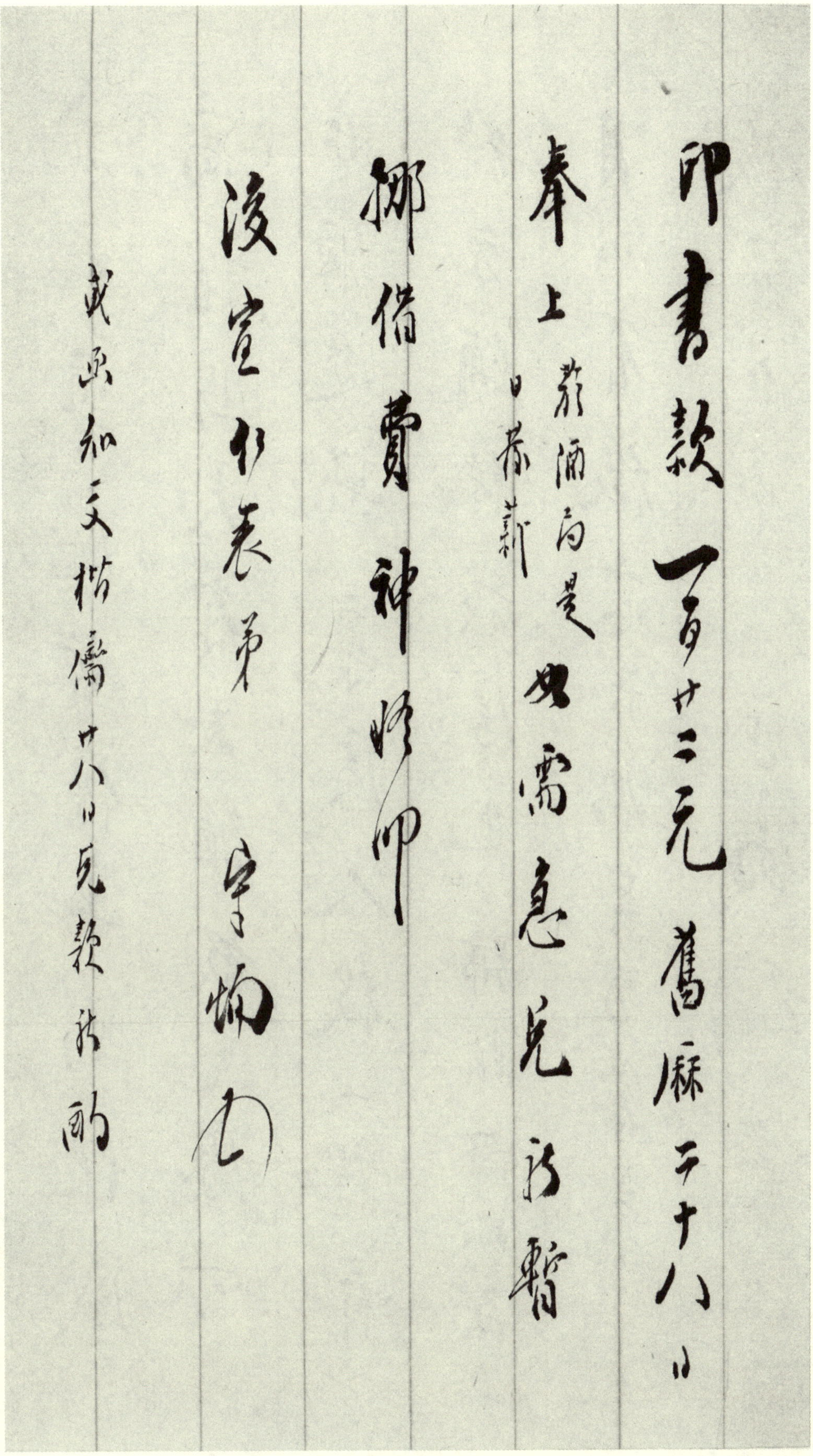
印書款一百廿二元 舊曆二十八日
奉上 蔡酒為是 如需急先請暫
日茶薪
挪借費神將卿
復宣作表弟字幅也
武原知文楷儕廿八日兄款敬酌

允在尊處暫停車馬深感
高誼馬夫有不循教處呵
斥驅逐與尊處人役一體看
待方顯待我厚也歸頭門政每
月小有微意訪候其勿客氣
淺宣仁弟 守恂頓

覺迷錄奉諭收回故頒發
之書罕有存者尋常翻閱時
有新知讀書所以有趣味也
詠菊詩頗不俗
特紙草可以不再加入矣
滂宜表弟　守愉

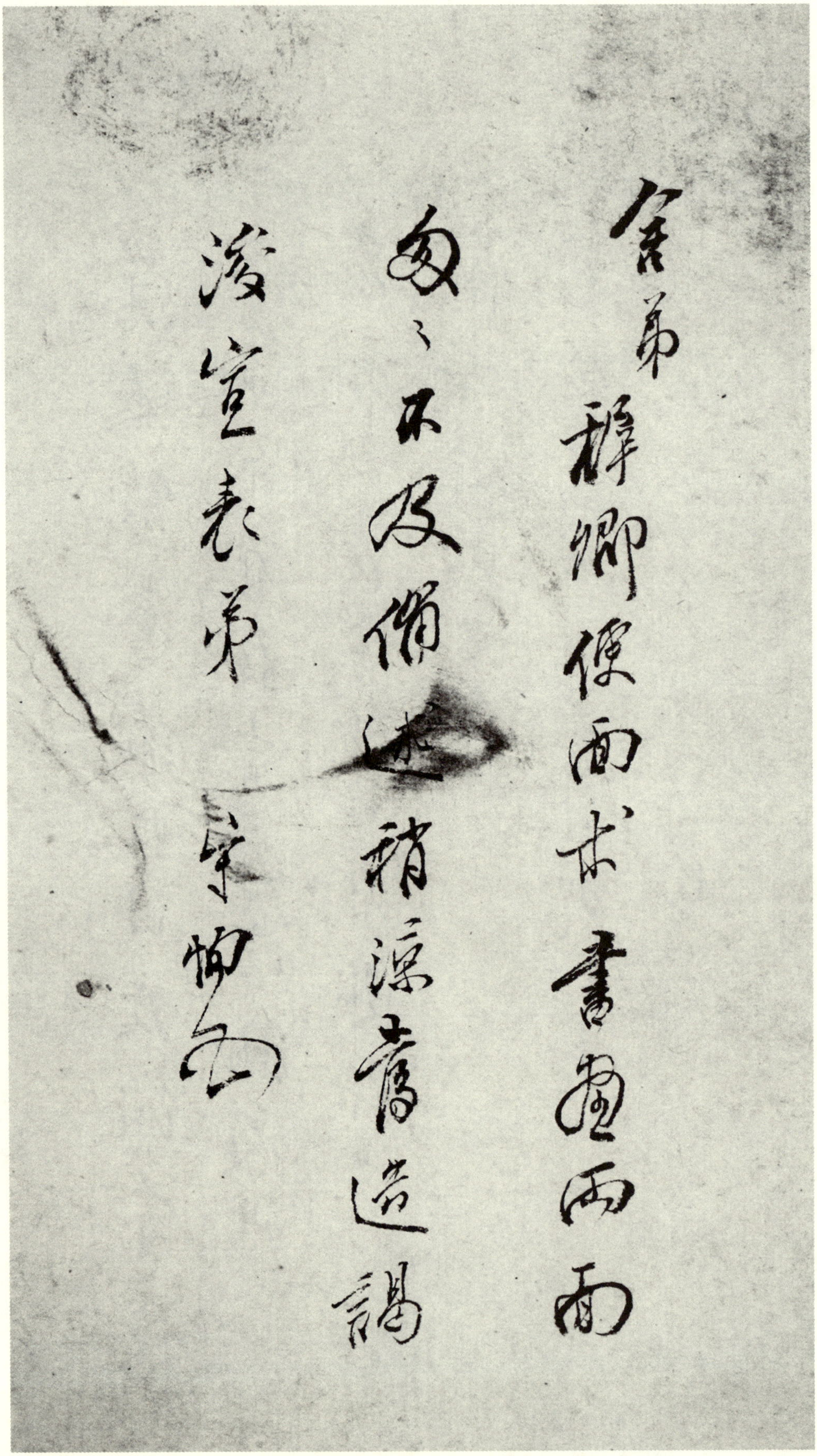

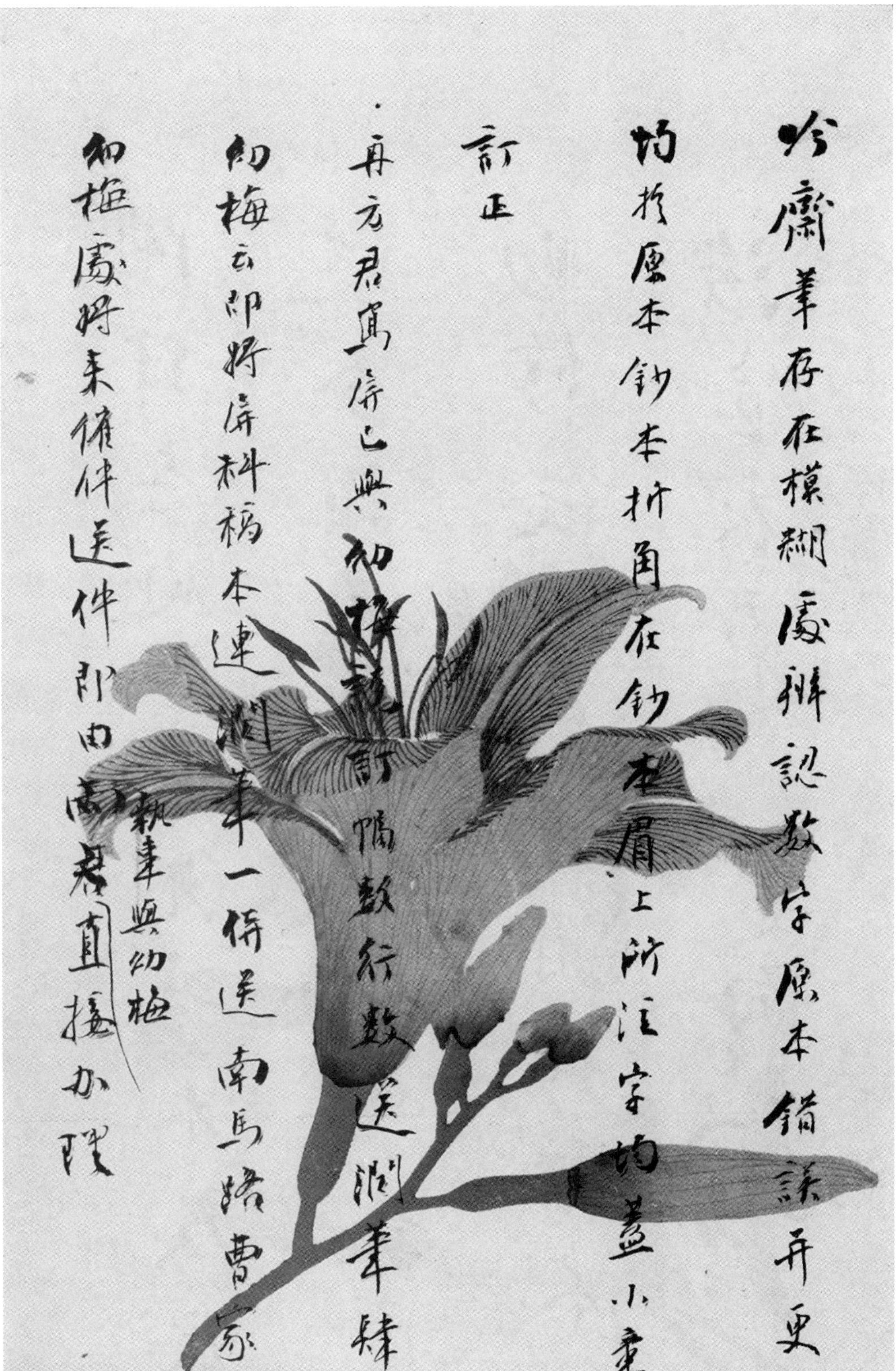
吟齋華存在模糊處辨認數字原本錯誤并更正數字
均於原本鈔本折角在鈔本眉上所注字均甚小承以待
訂正
再方君真併已與幼梅訂明數行數送潤筆肆拾元并
幼梅云即將併料稿本連潤筆一併送南馬路曹家胡同趙
幼梅處將來備件送件即由尊君直接办理
執筆與幼梅

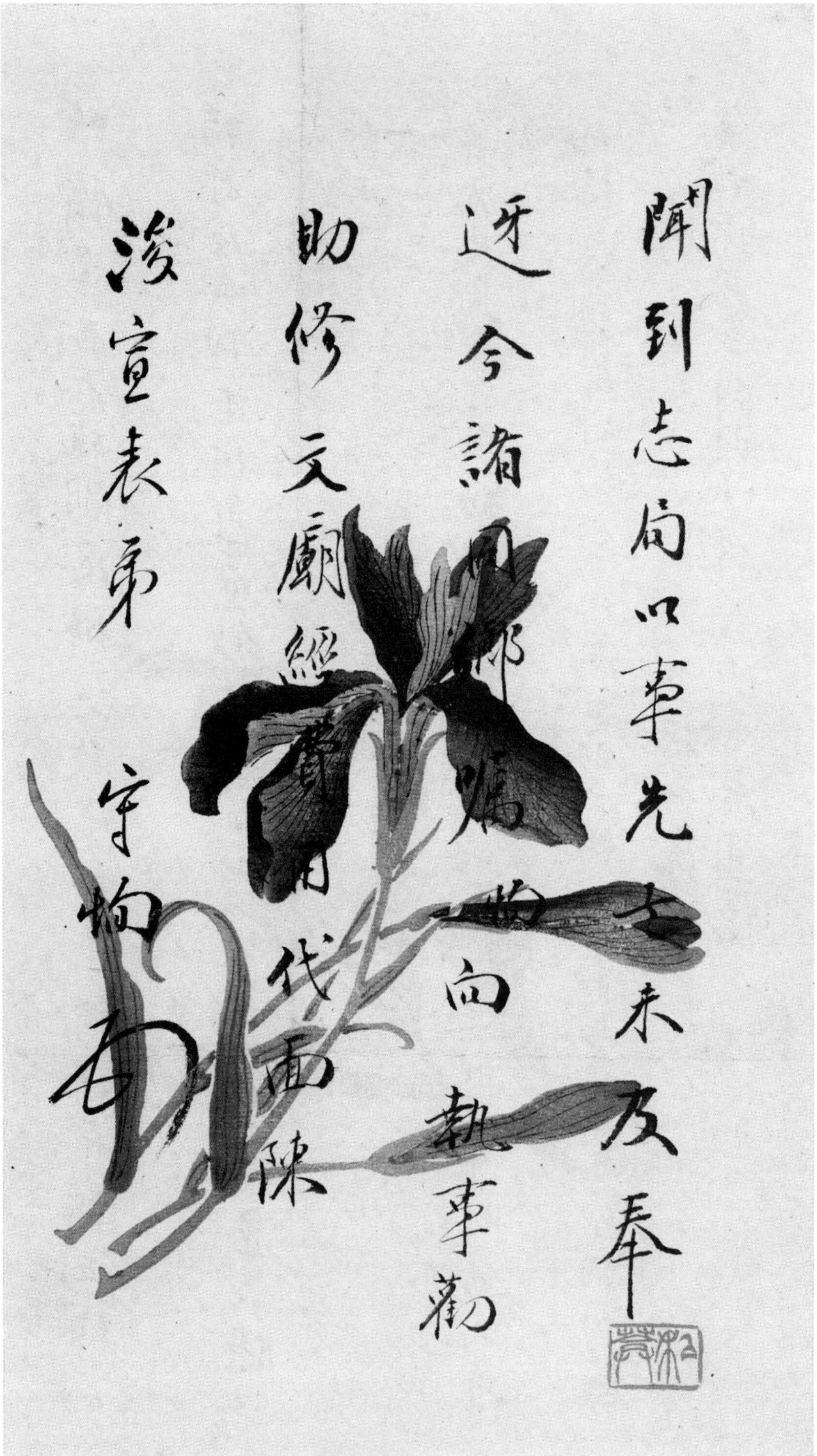

聞到志局以事先去未及奉
逕今諸同鄉[illegible]約向執事勸
助修文廟經費用代函陳
後宣表弟
守怡[illegible]

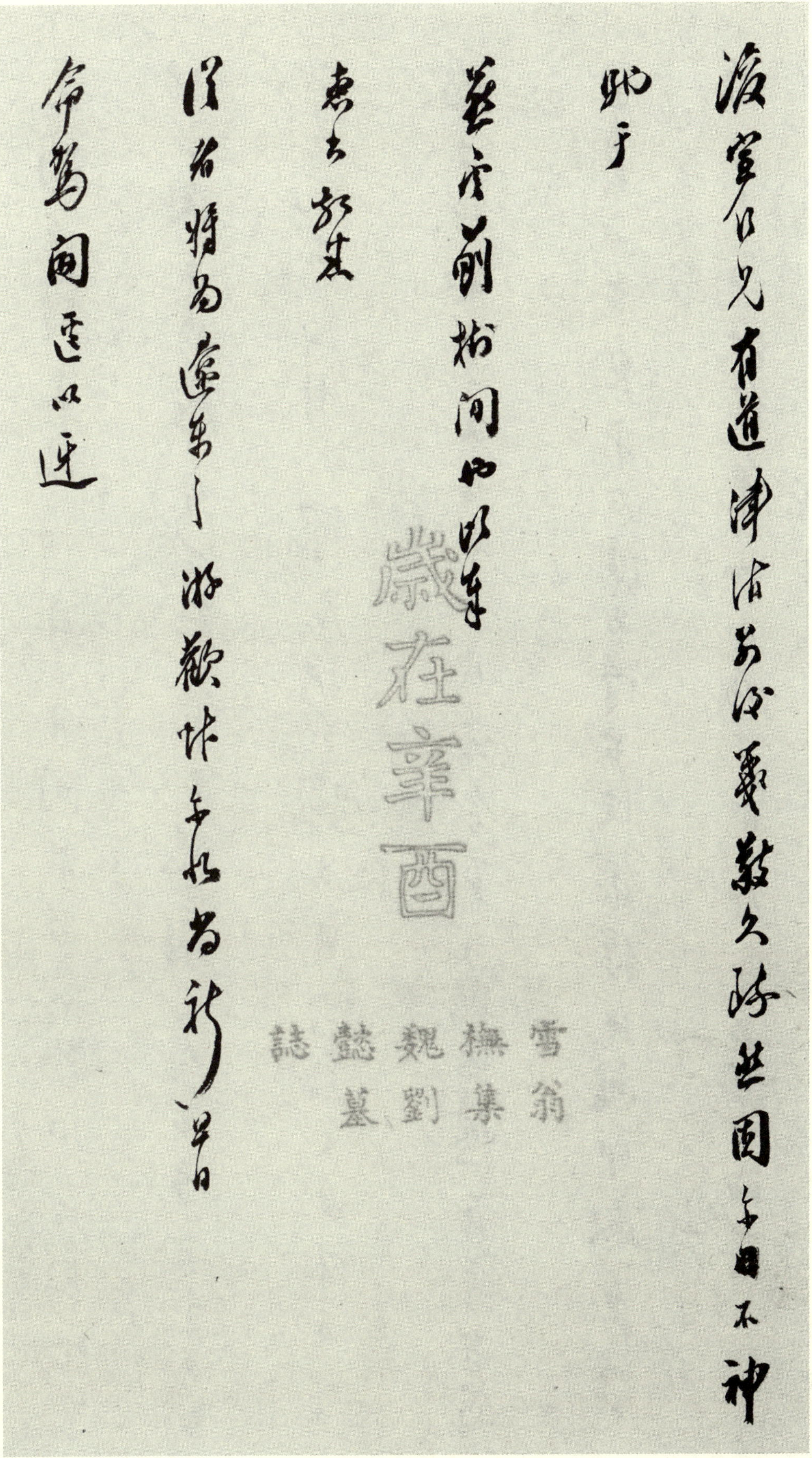
歲在辛酉
雪翁撫集魏劉懿墓誌

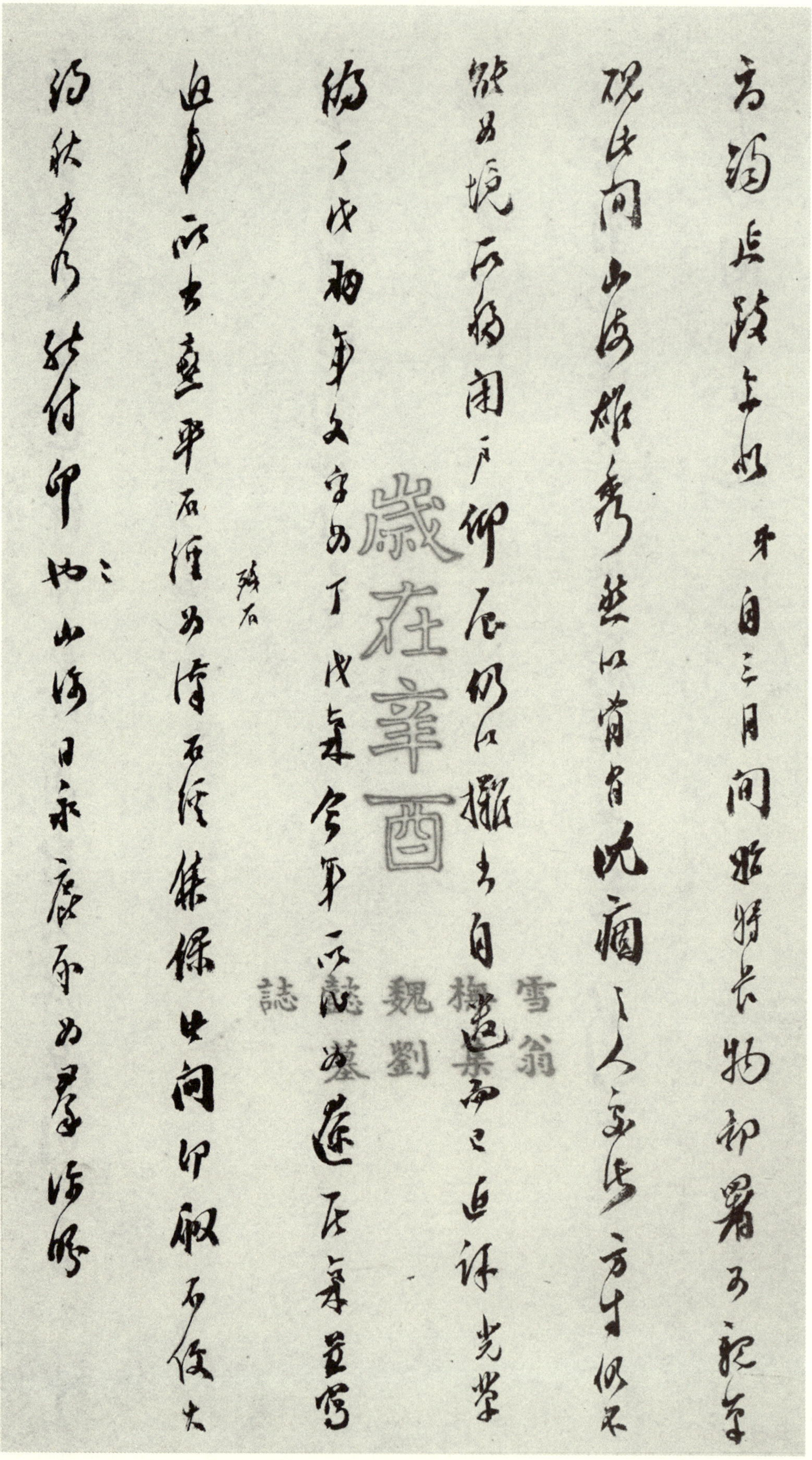
歲在辛酉
雪翁
梅集
魏劉
懿基
誌

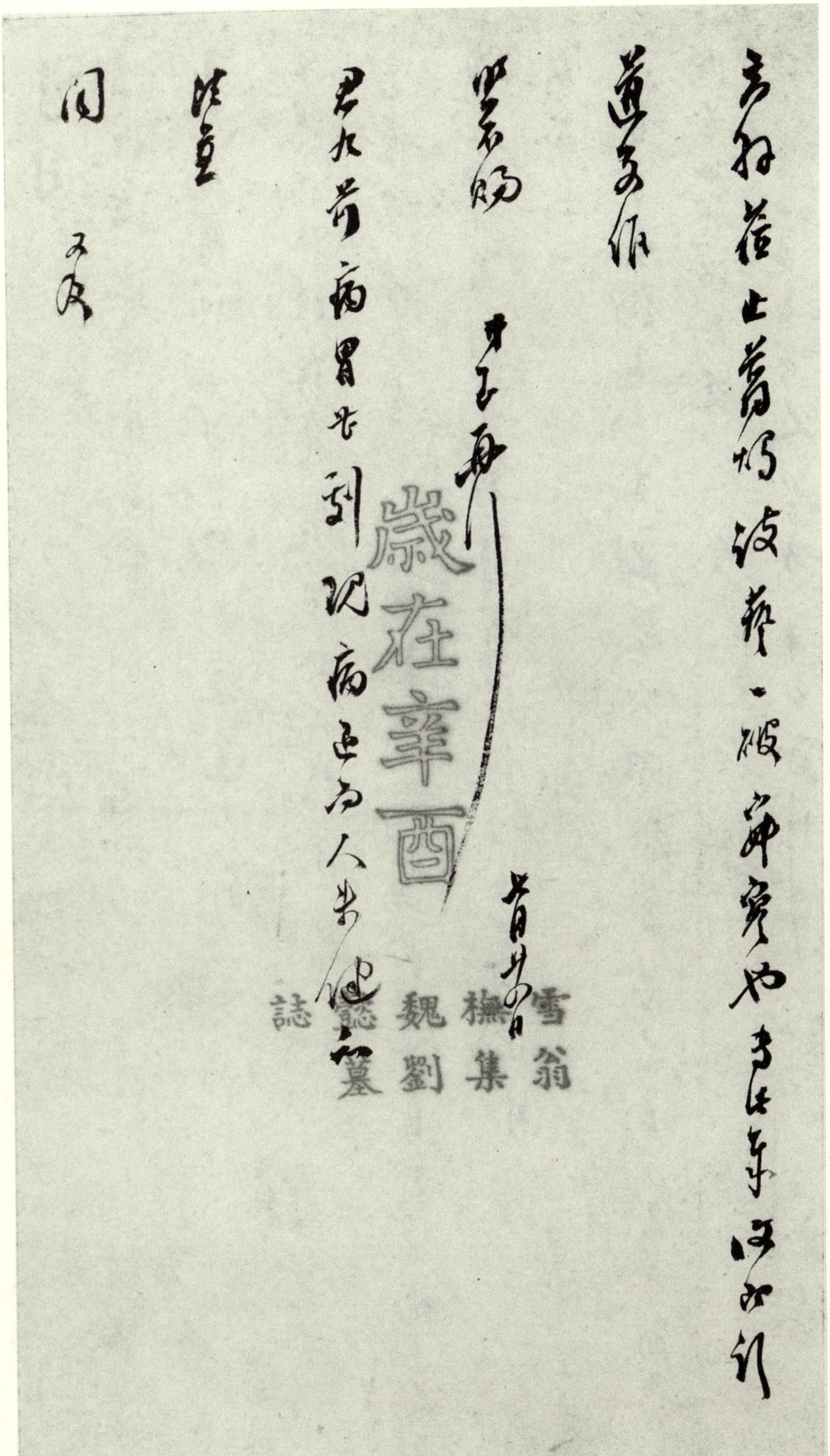

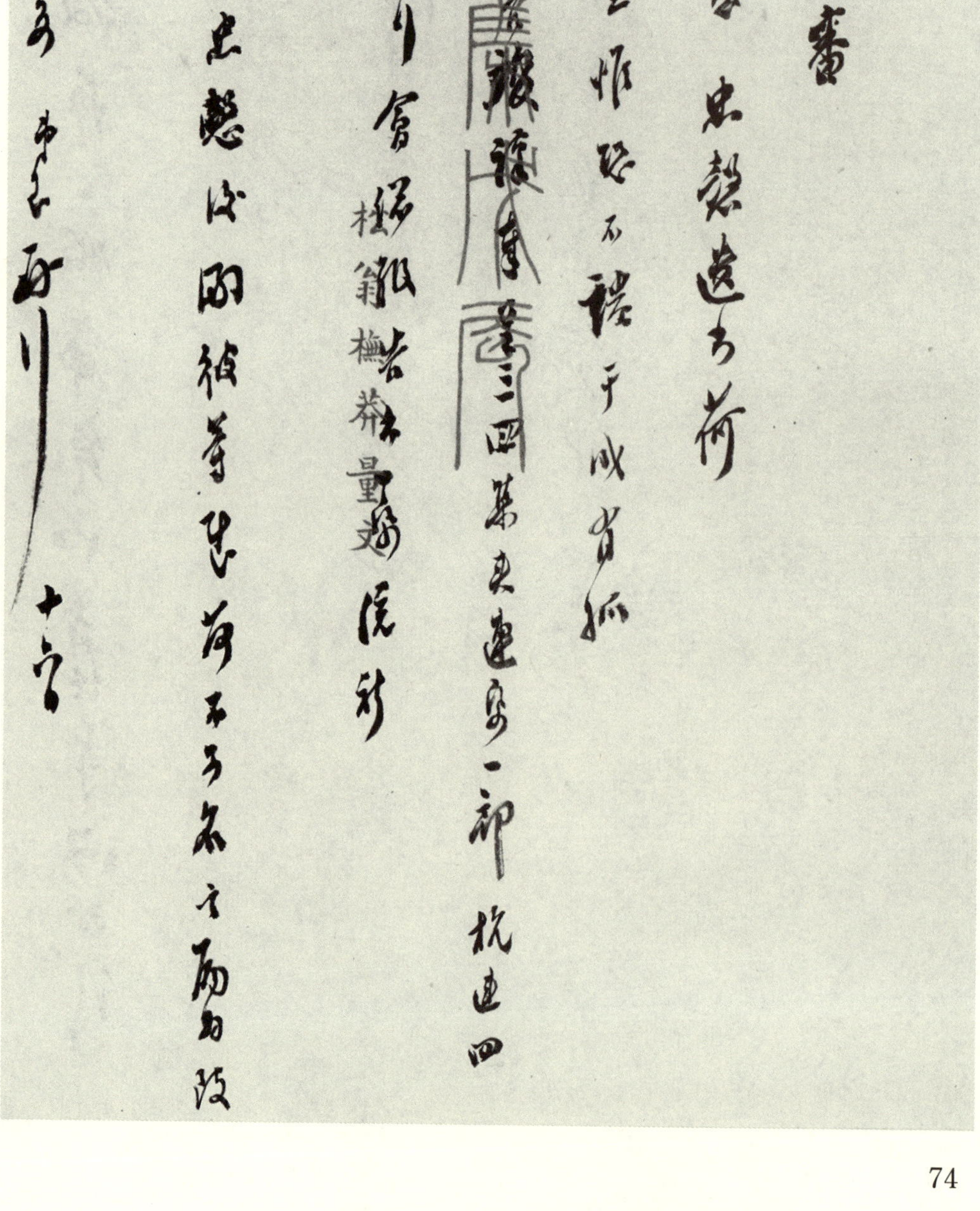

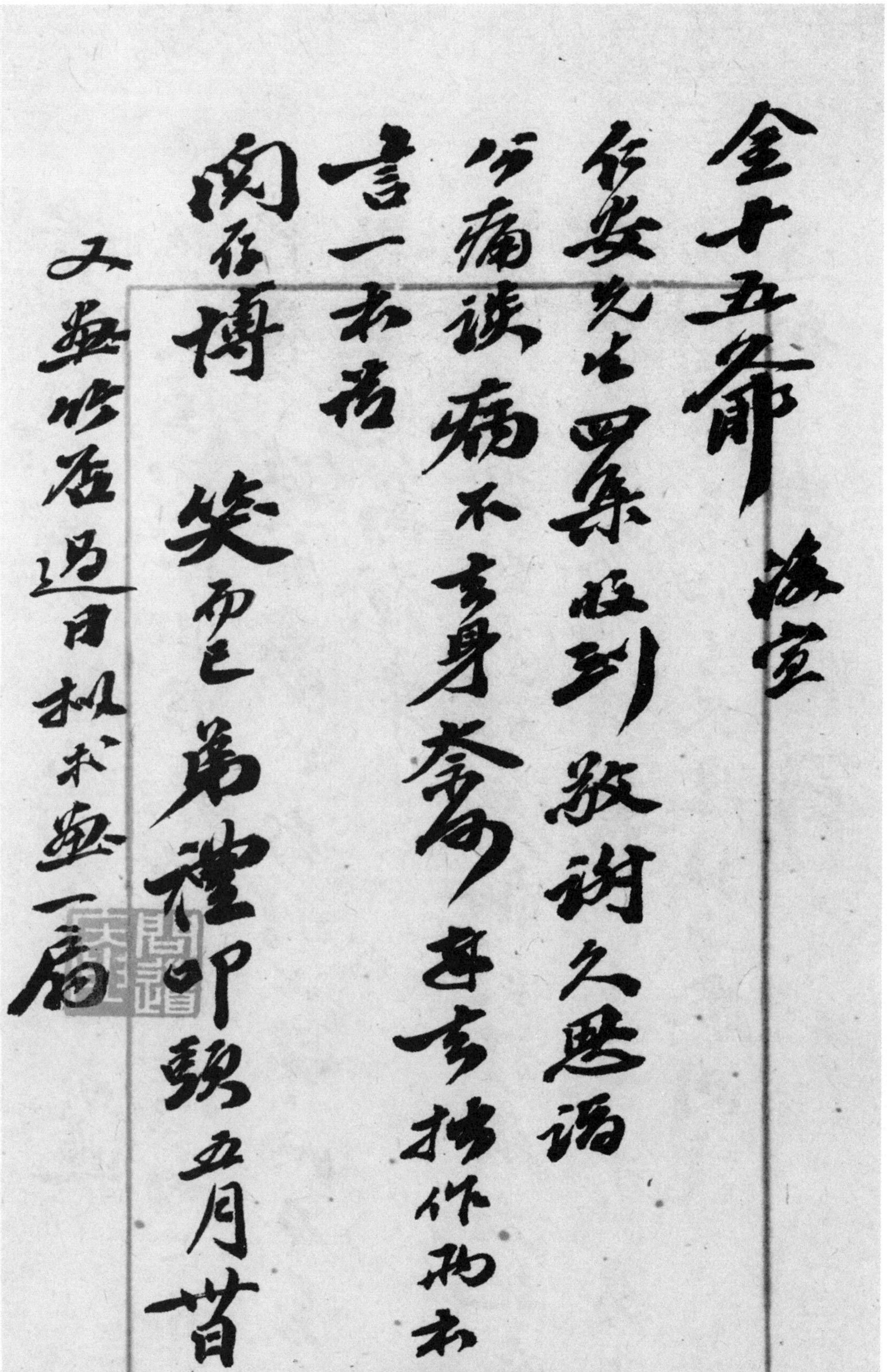
金十五爷侍史：
行安先生四条收到，敬谢。久思请
公痛谈，病不去身，奈何。其去拓作所未又新
言一示吾
阅存博 笑而已。弟礼叩头 五月廿日
又画昨居过日拟求画一扇

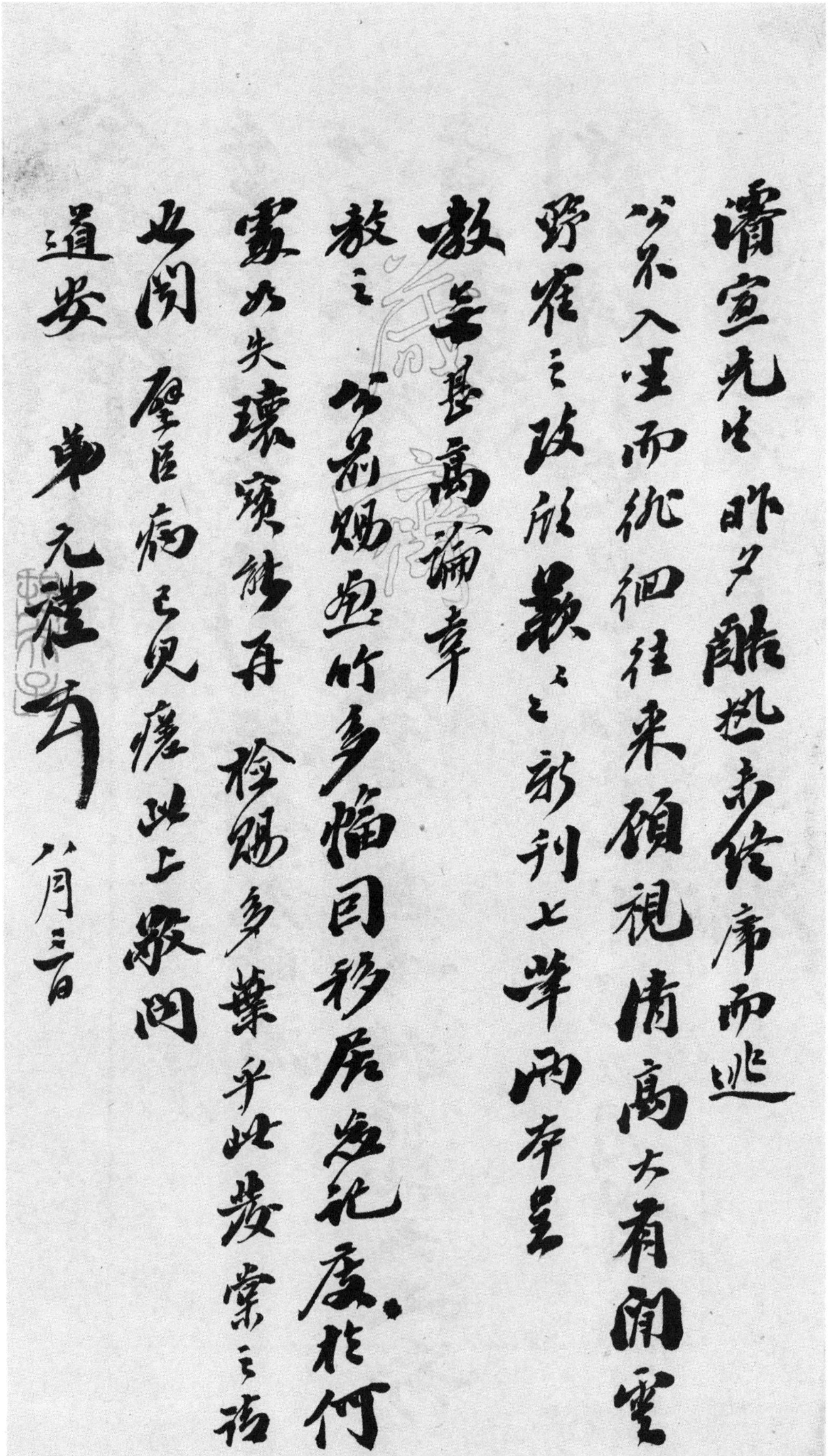

濟宣先生：昨夕酣甚，未終席而逃。
公不入坐而俯仰往來，頗視清高，大有閒雲
野鶴之致，欣歎歎之。新刊七律兩本呈
教，并乞高論章
教之。公前賜畫竹多幅，因移居無紀，度於何
處如失壞，竟能再檢賜多葉乎？此最棠之語
也。聞塵臣病已見瘥，此上聚因
道安。弟元禮頓首
八月二日

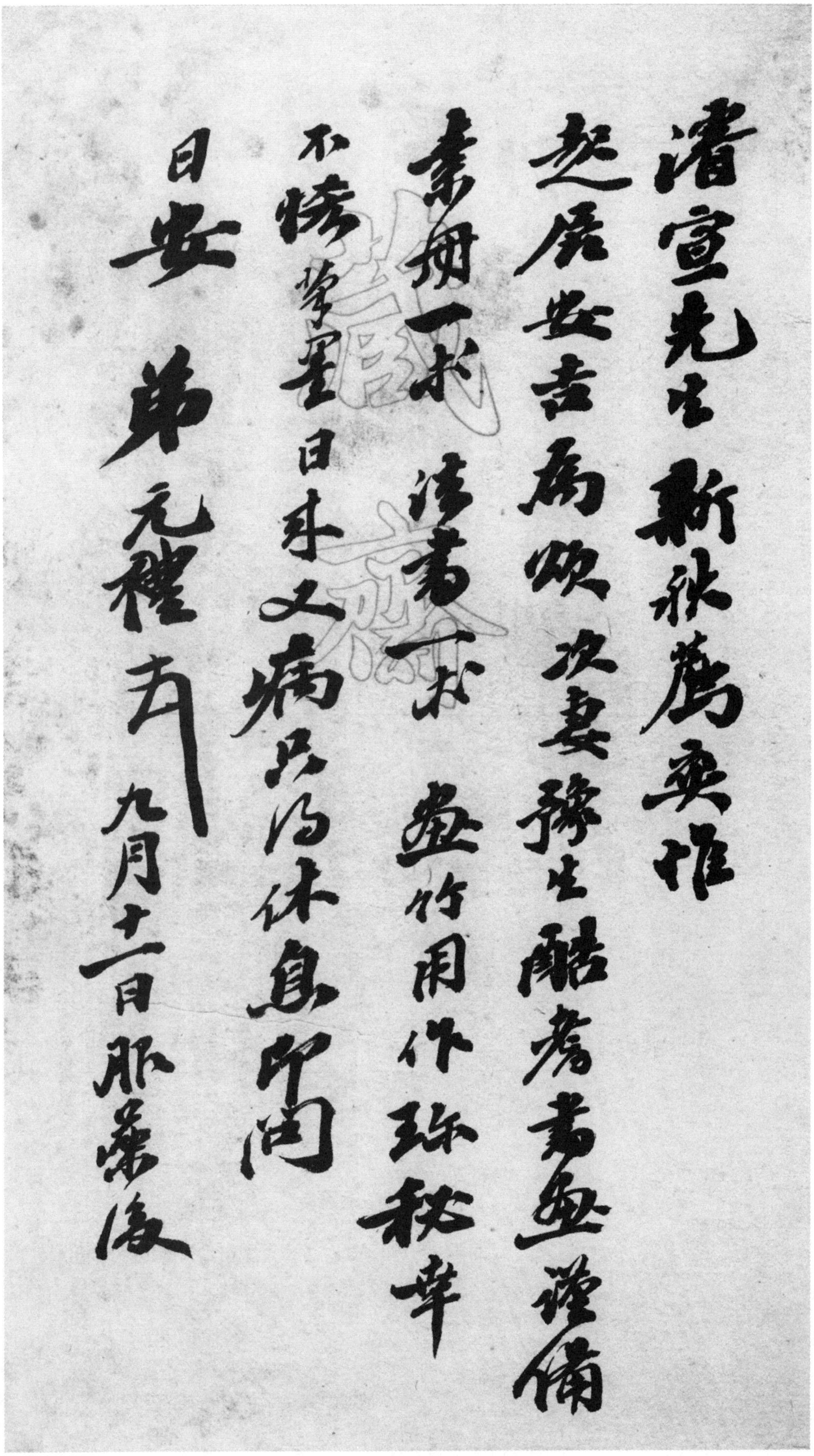

濬宣先生　新秋薦爽惟
起居安吉為頌　次晏豫生酷爱書畫謹備
素冊一本　法書一本　畫竹用作珍秘幸
不惜揮墨　日來又病只得休息即問
日安　弟元禮頓首
九月十一日那藻像

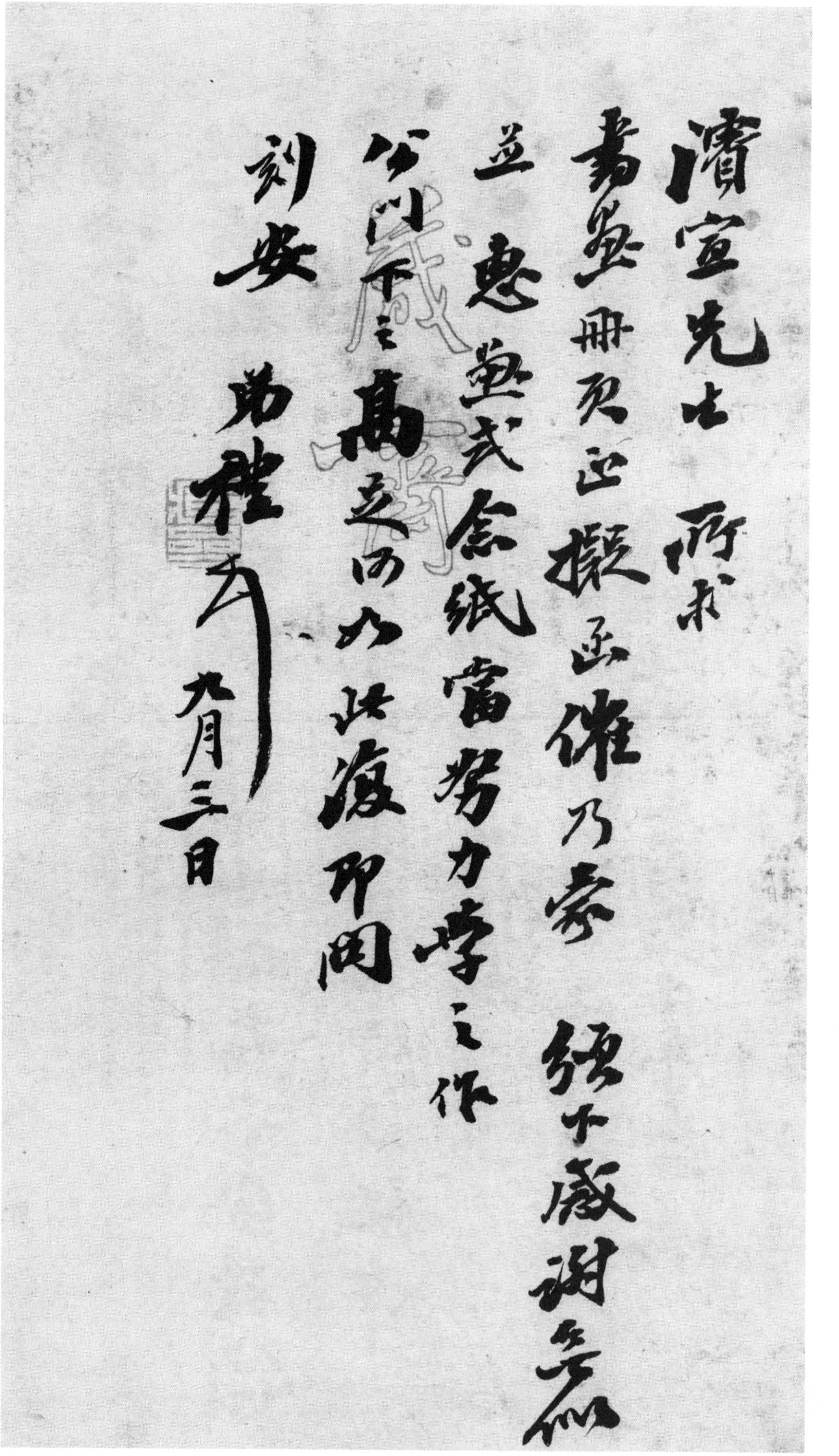
濟宣先生 所求
書畫冊頁正擬函催乃蒙 頒下感謝無似
並 惠畫式念紙當努力學之作
公以下之高足可以比海印閣
刻安 弟程□□
九月三日

濟宣仁兄大人道長：比未晤

教，非

起居安吉為頌。弟在南皮張氏宅為陪

理老親主病務，十分冗煩，為慶幸。知

念附 閱年前

貴宗大本先生所編津人著書目捐示

公卷注甚夥，弟以為似應按經史子集

分目較為大雅。金君非立圖書館，何必

龔以此洋貂未審

公以爲何如 此書欲並還否 語示 望速上乞

書與前四件求 賜墨文跋題八葉求

教。第指其疵謬爲此問

道安 弟元禮再 二月十四 夢齡 鑒條 係女教兒

範老昨日爲八十冥慶弟以一詩爲奠見之

庸齋交甄擱姑紀念品係一便面李煜一

葉澧 查存

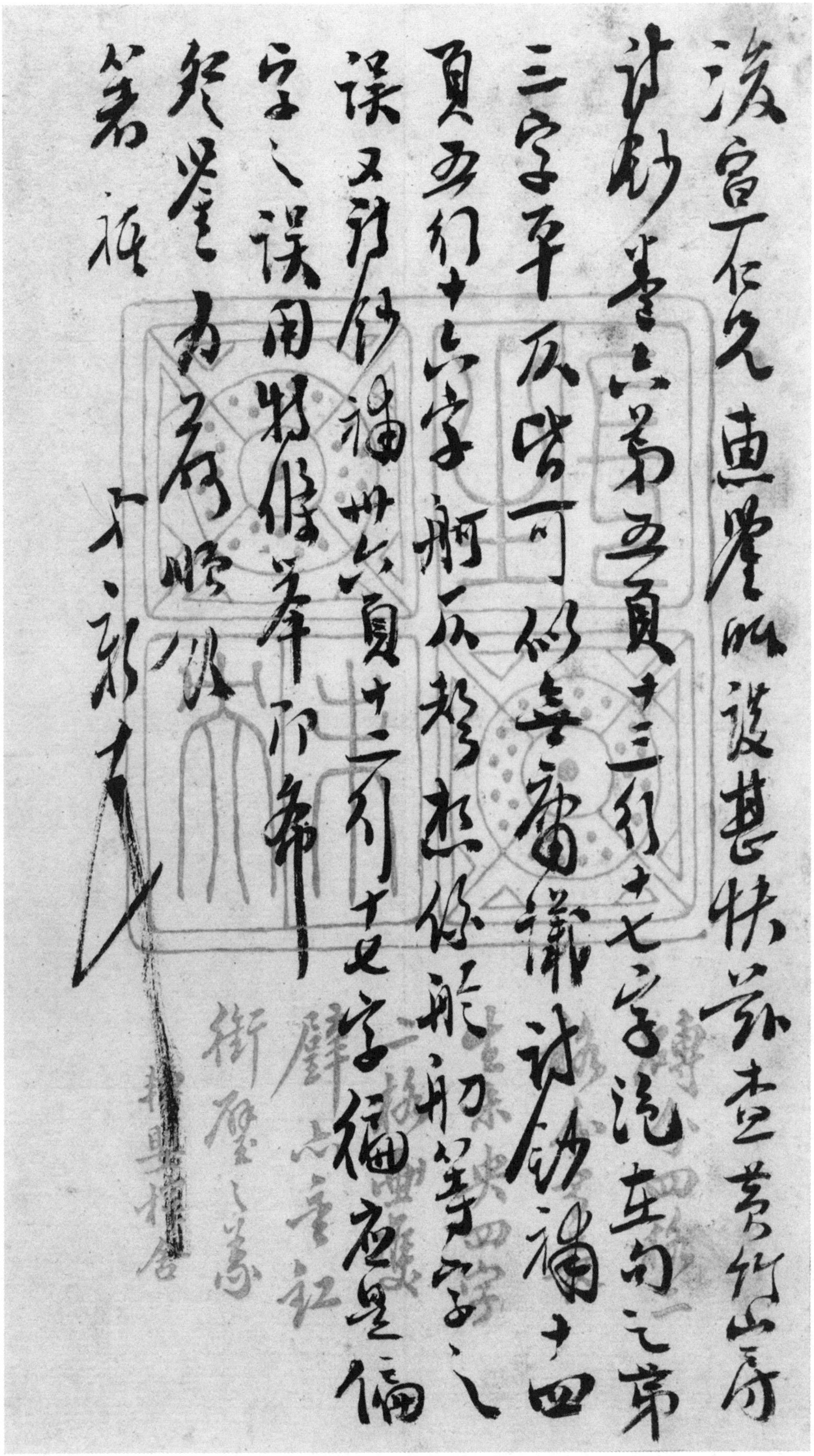

後宮不允，連覆所議甚快。昨查黃竹山房
詩鈔卷六第五頁十三行十七字注左旁之第
三字平反皆可，似無庸議。詩鈔補十四
頁五行十六字舸反[illegible]，恐係舴艋等字之
誤。又詩鈔補卅六頁十二行十七字編應是偏
字之誤，用特錄奉，即希
察鑒為荷，順頌
著祺

展上巳詩談快甚甚抄　竹坡老人李綾本條幅請
又　野田老人李楷冊一本奉贈
珍藏特致
浚宣賢表阮鑒家　服年弟
三月十九日

吾子理歸裝殷勤謝良友車馬久未至特喜淹留

久（家人買車來接久不至）祗此意所戀者頻搔首

三間白板屋兩畝青蓮花流水遶村夜過橋是我家不

爲懷蓴鱸亦爲營桑麻

蘭爲王者香斯花君子節臭味何必同吾自保清潔此意

老梅知清心若冰雪

終南有佳境欲往戀多露蒼茫煙霧深保身歧途誤

驢背載夕陽笑指還鄉渡（邑河名）秋浦作

風清粟前重朝端去住原心印月次寬悵別故園經廿載
蓑花流水謝鐸冠
蕭然襆被出青門此日離情慘客魂十宗到家何所事
且將耕讀教兒孫
竹籬茅舍傍柴扉朝看青山暮看雲回首 鳳城珠
簇與伴戲人間淡送生涯
潯陽我昔住三年鄉社風光在眼前塘畔藕花村畔柳何
時卜築芸林東

先示考功索書遲遲數月未報適秋浦侍御歸里

有留別之作余亦有送行詩遂集錄就正焉

竹坡金世經并識

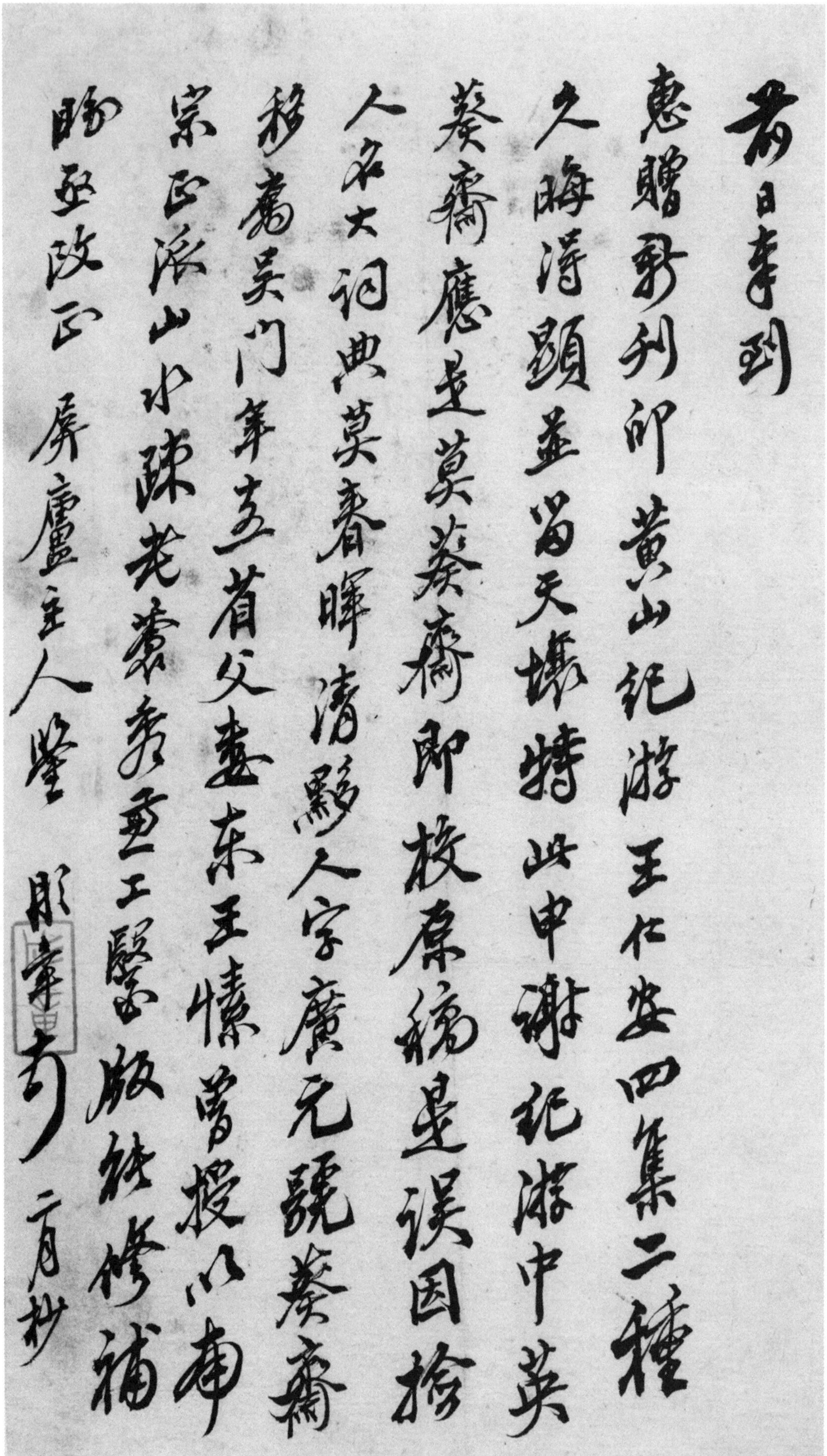
前日李到
惠贈新刊印黄山紀游王仁安四集二種
久晦得題并留天壤特此申謝紀游中英
蓉齋應是莫蓉齋即校原稿是誤因檢
人名大詞典莫春暉清影人字廣元號蓉齋
移寓吳門年七十肖父妻東王愫曾授以奉
宗正派山水疏花叢竹畫工醫版純修補
聊至改正 彥廬主人鑒
彭年 二月杪

昨擾敬謝，明日正午祇具蔬筍

敬乞

枉臨一聚

浚宣先生

周善培頓首

十月初六

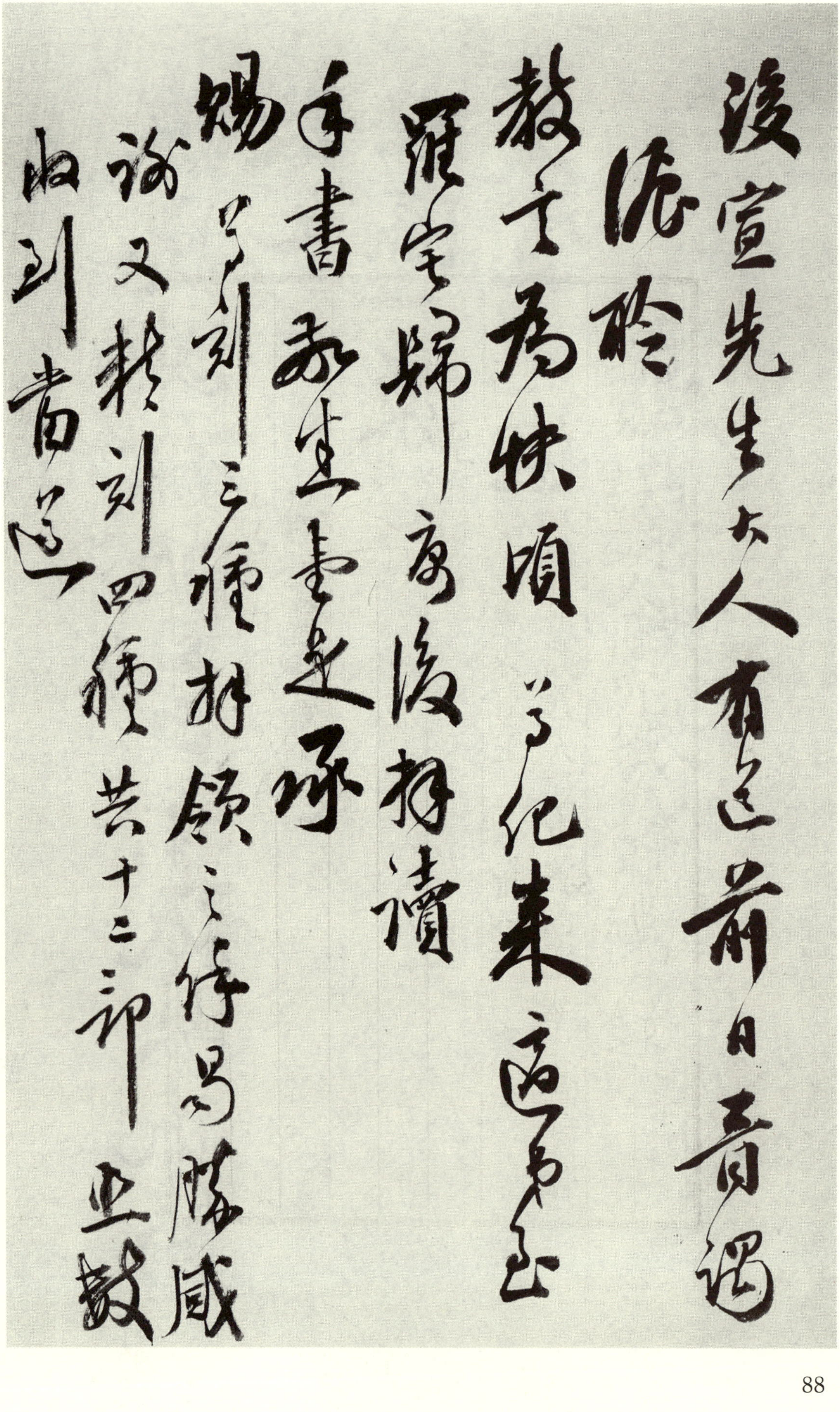
浚宣先生大人有道前日晉謁
流於
教言為快頃以紀來函遂出
羅寄歸家後拜讀
手書兼生委託承
賜其刻三種拜領之餘得爲勝感
謝又拜刻四種共十二部並致
收到當盛

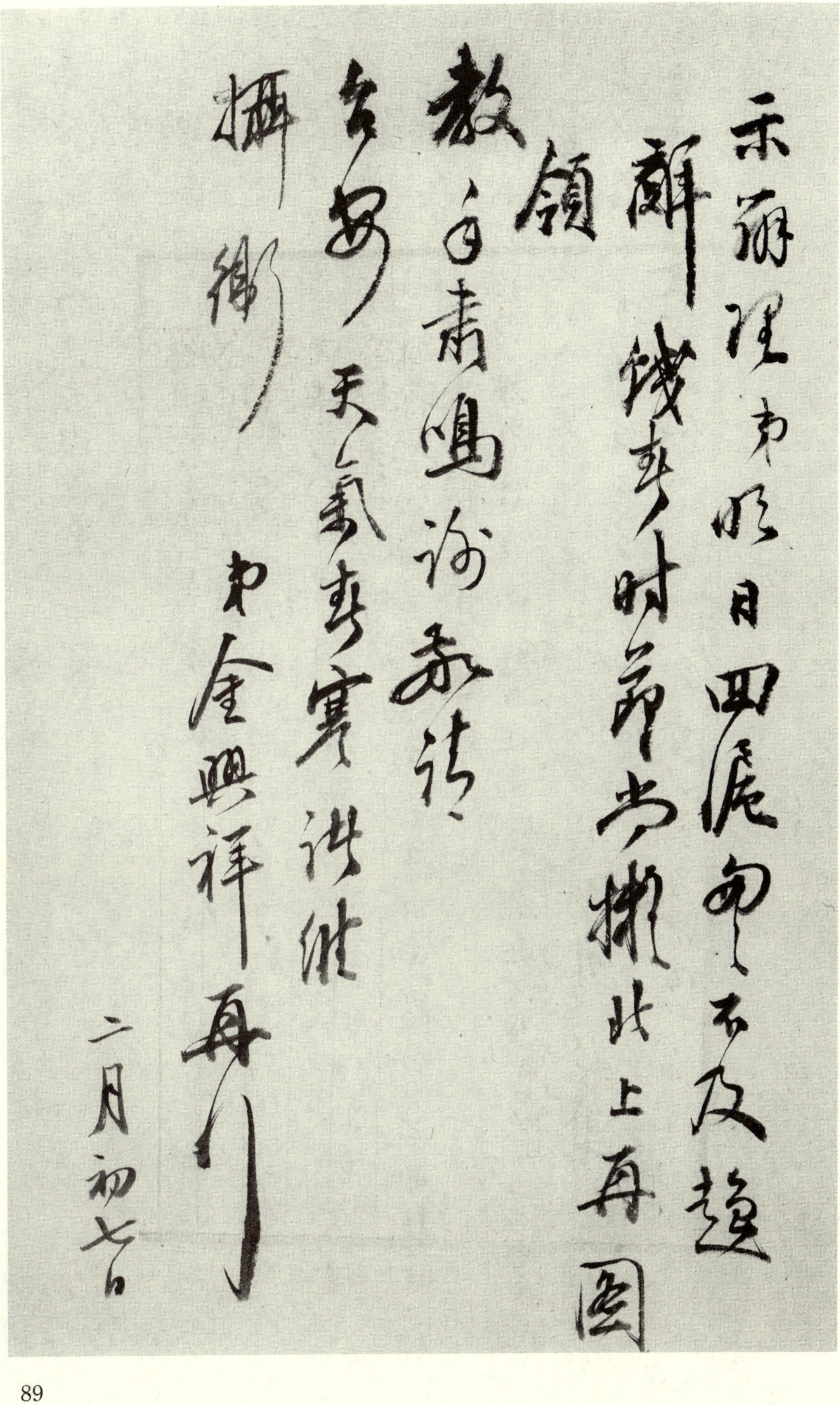
禾翁理事昨日回廠即不及趨辭
錢事人時節尚擁北上再圖
領
教手肅鳴謝並請
台安 天氣甚寒諸維
攝衛
弟金興祥再拜
二月初七日

居彦先生侍史：正深驰想，适奉
手书，备承
垂注，感纫无已。弟十一月赴西安，旋患中风，归后觉身麻左
体重，体治不愈，渭倒，左臂腿（左股）僵，延致医治，服药后始得延针灸。
刘君道信为之针灸，胸部腰痛不能治，卧十日始渐好转，现腰
之酸痛已止，惟筋未舒，以致伸缩动转均不自由，据医云非静卧
三个月不能复元，只得安心静养，用纾
锦念。前月政院拨发还文史馆员月薪乃七十万元，幸有此
千以资补偿之，得失一乘除也。近有白云夏爱意未已，元开为得失相
兼顾，怨天尤以寿终，感叹何既耶。
道安。顺请
褆福。
弟宗浩再拜 十二月十五日伏枕书

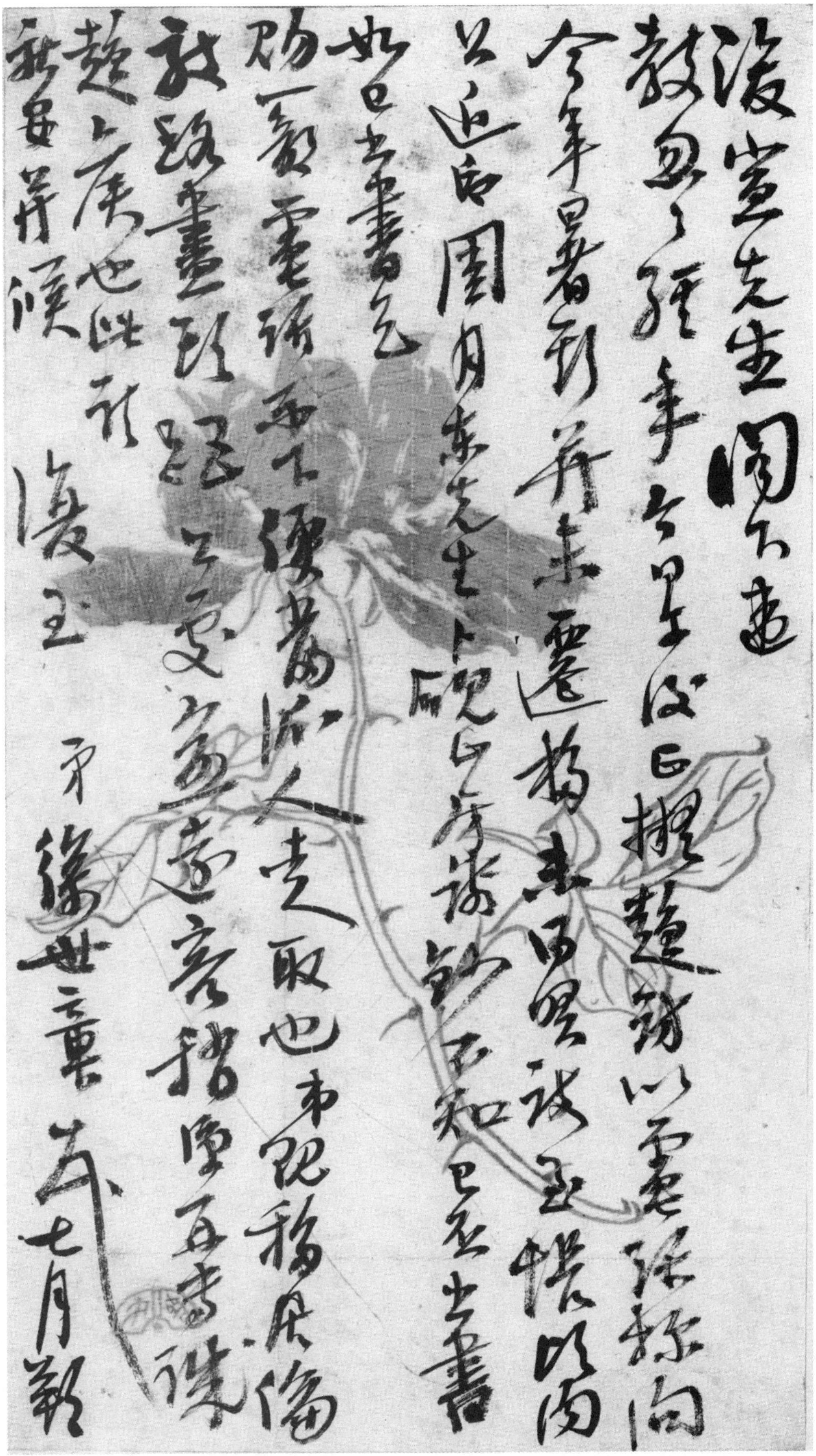

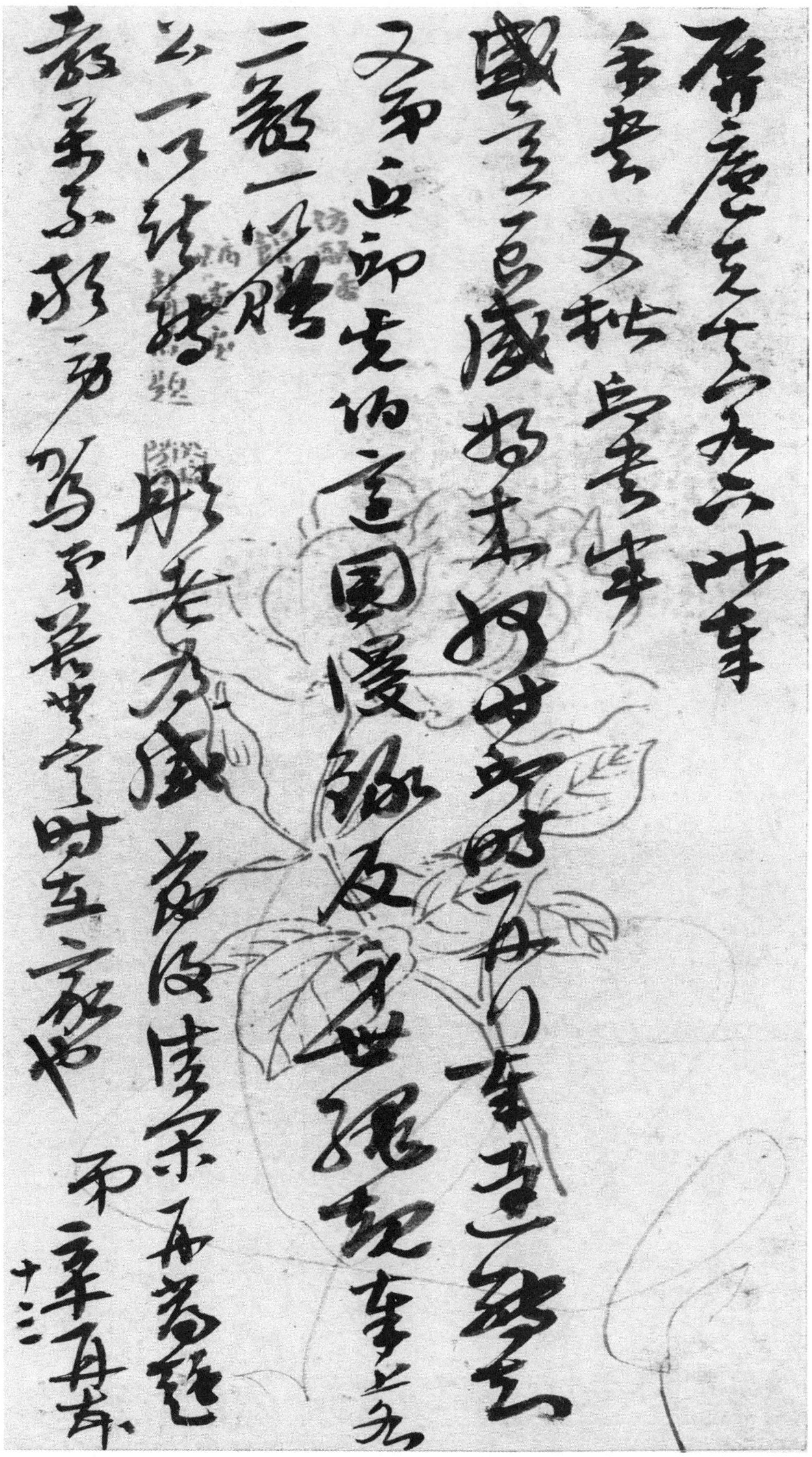

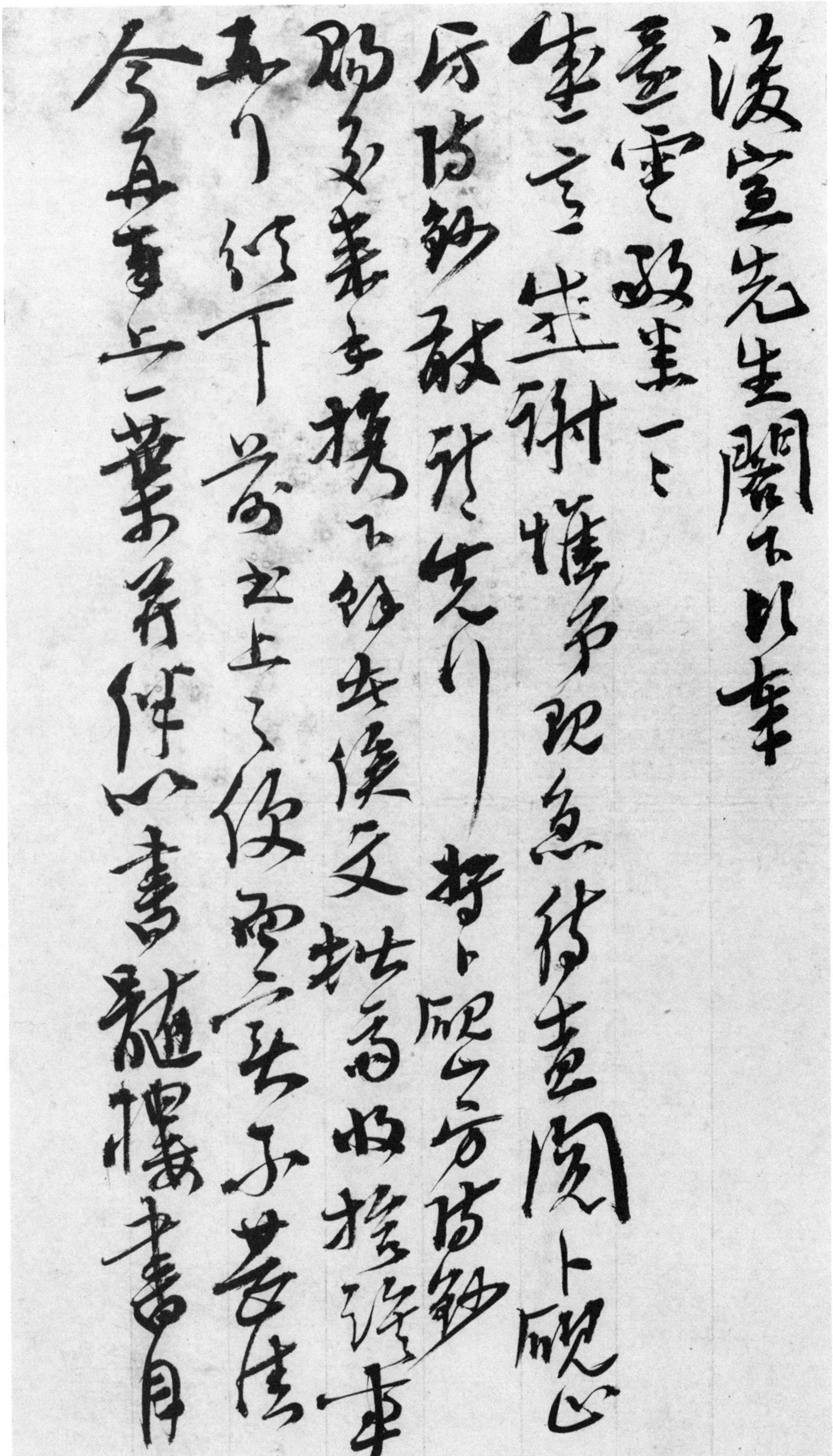

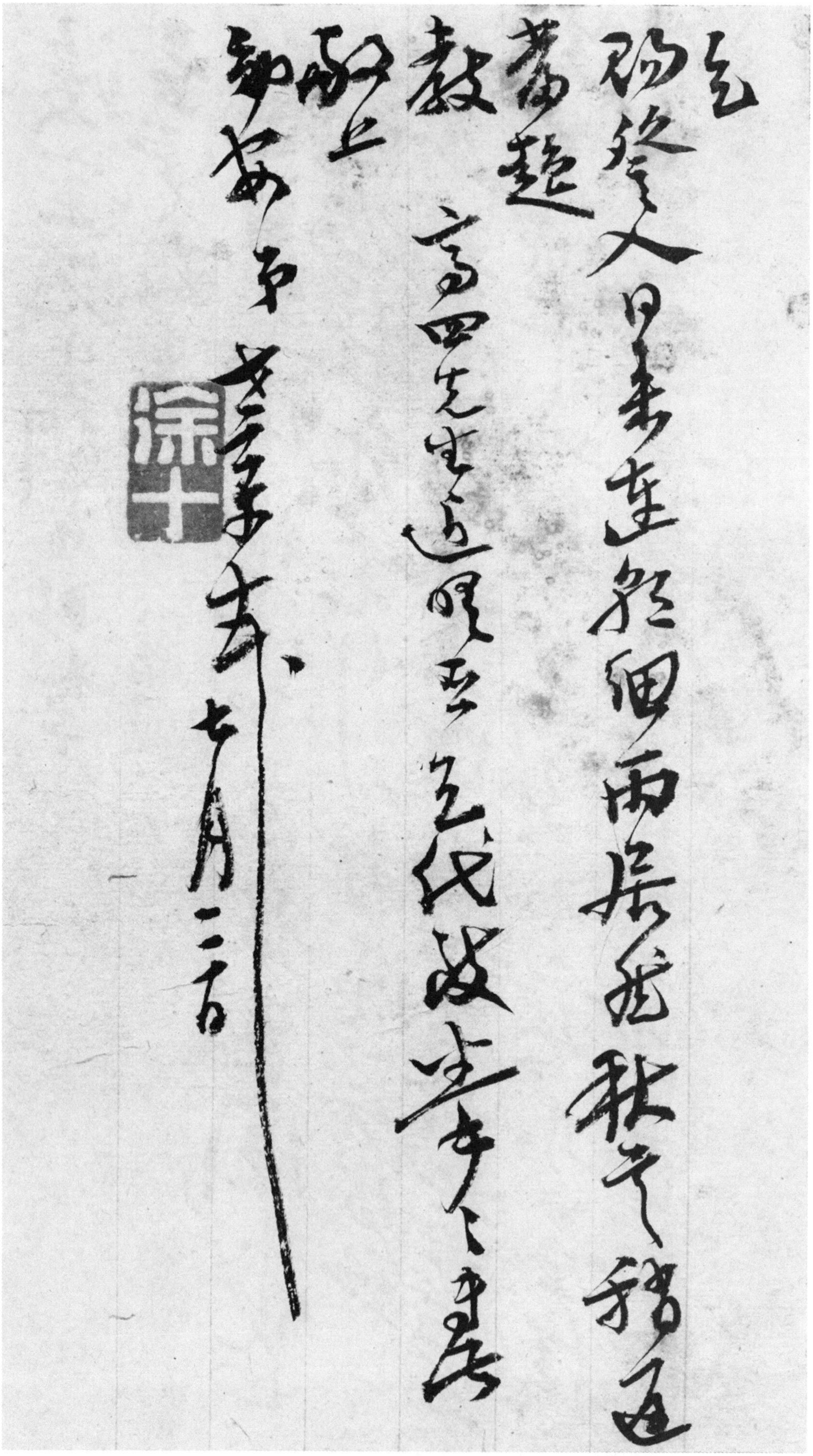

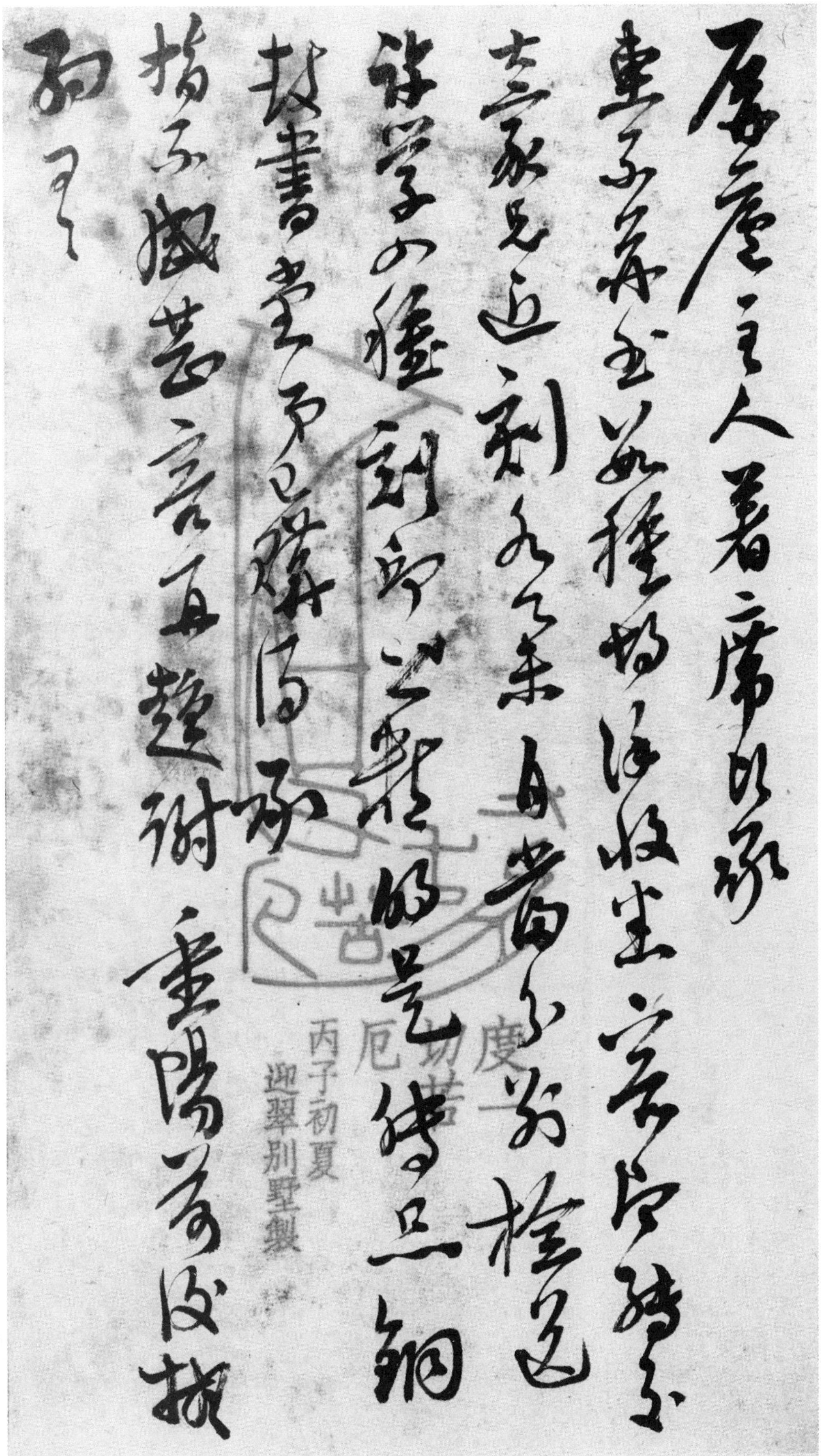
度一切苦厄
丙子初夏
迎翠別墅製

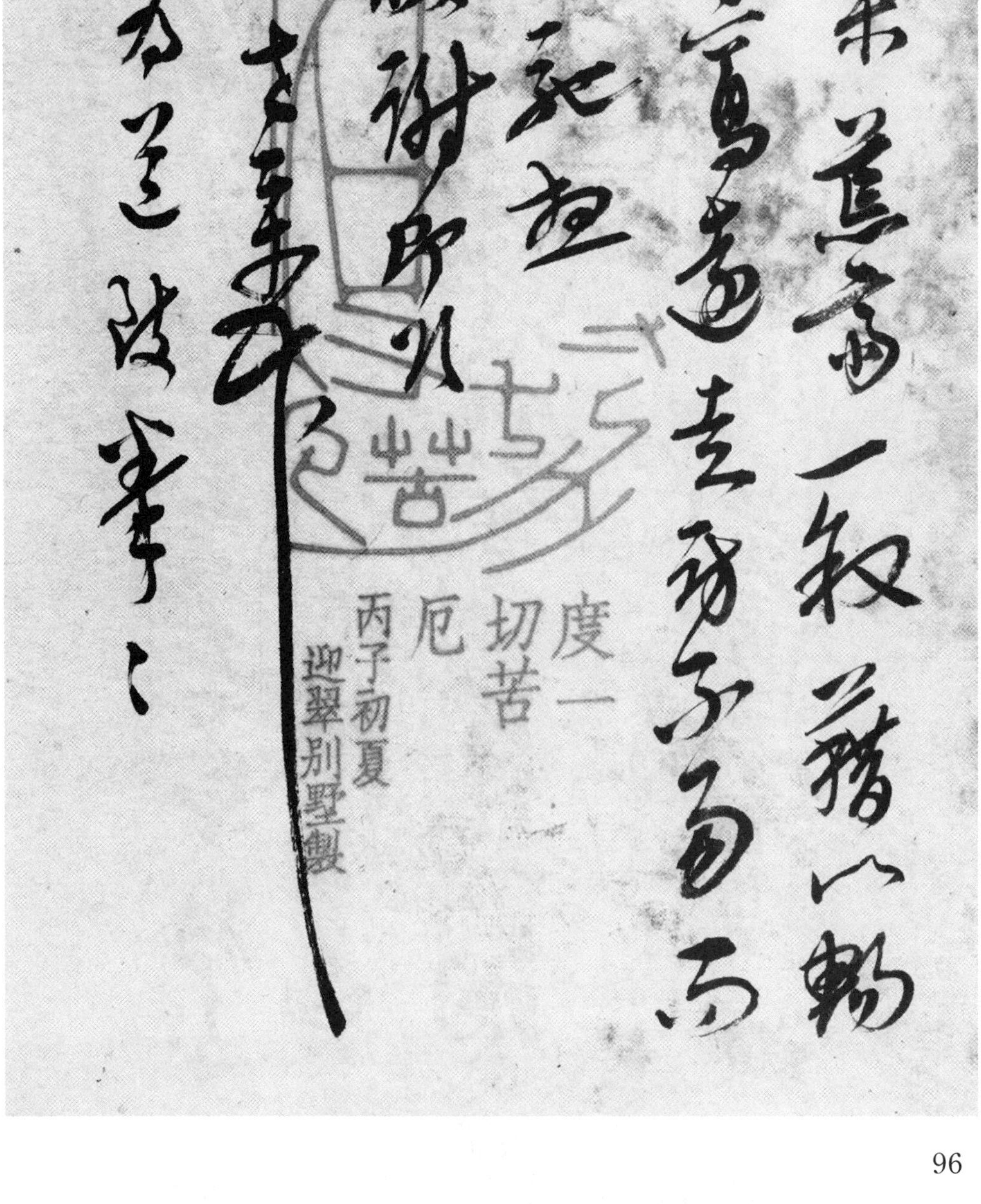
度一切苦厄
丙子初夏
迎翠別墅製

滌質吾兄惠鑒：前承
大筆揮毫便面，壽印閣謝。滌山先人
祀堂。比維
興居迪吉為頌。弟寓京東樓，夏日炎炎，
寢食俱廢，屢擬來津小住，以避炎炎，
因係不獲走行，正為悵惘。茲為
津友商同住處備得，并議為來
津小住數日，藉可暢領

教益一別津沽瞬已五載想念方面
情形應大有變革矣嘉寅人若
君輩不能不堪回首話前朝之感
慎老諒常筆談便乞
代為致意昭緯佳河西歷無錫路
不知時有趨候否如收珍
頤安 並賀
節禧 [illegible] 頓首 端午前二日

渡宸吾兄道鉴：日前接奉
大札，嘱将崇德老人纂达摩法寄津南
年係借钞者，兹另录一份附呈
察阅。弟三十年前曾习太极拳二十年，此
法分四个纲领，动静功及太极拳两者
功用异而有之，且必须并行，尤便于练
习。其中以首尾两式及补气各式功效显
著，津液下咽与胃消化极有益处，亦
兄亦将有益于斯，并希阅后。此颂
撰安
弟 存超 手 三月廿一日

謹啓者兄出發前曾具上寸函謝荷
青及章二小姐北京地址不知已
代查明否上年嫂夫人帶
〃筆擇出來時錢感念仍今年八月
為大小兒五秩之年叔代求
尊作一紙留為紀念米墨均可乞寄
兄能繪便者擇一紙投下是所盼
詳前函不贅此候
儷安

弟彥超拜 七月十五日

滋侄吾兄尊右：日前接奉十七日
手教，誦悉吾兄習靜經過情形，具見
道體康健，精神矍鑠，故能成效顯著，
佩仰無似。弟近年以來，除每晚就寢前
仍舊靜坐外，並在早晨起牀前揭巴
增子圓、郭佩伯、點萬氏子振、角沈硯齋
鄱陽之李壽伯諸公所創行之崇德老
人道摩法，學習二十分鐘，此法妙在只宜
臥行，不得立行及坐行，據云性久可

滢宣吾兄尊右：日前接读
手教，祇悉壹是。北来早晚颇凉，未识吾
兄头眩能见愈否？良念。承
示江湖满地尤兵，兵堪虞。倚吾
兄有所闻，务祈 见示为盼。弟拟秋后
时，或往内蒙，或伴家兄前往杭一
遊路耳。匆复，祇颂
道安
弟 彭起 顿 六月廿三日

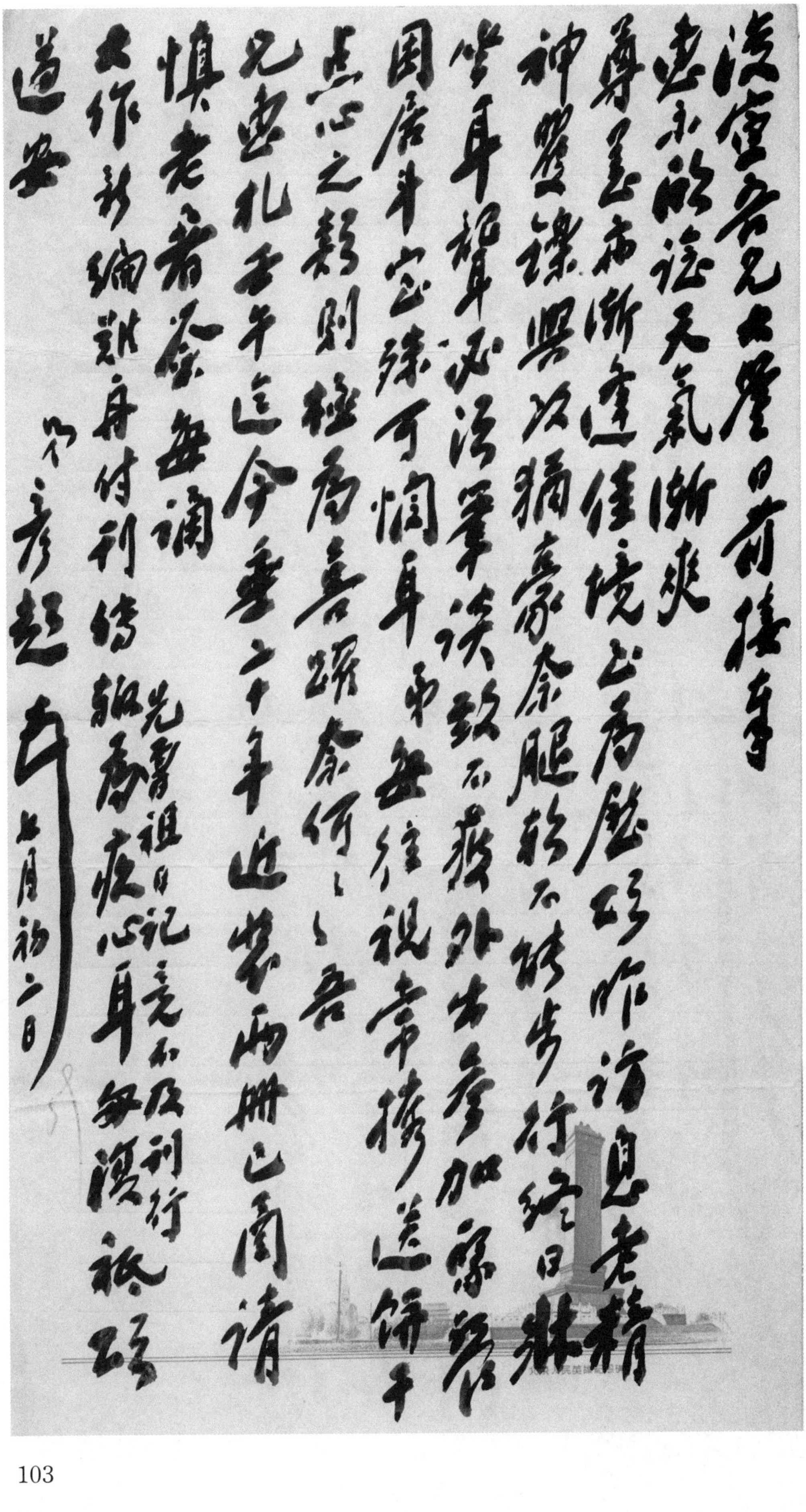

後覺吾兄大鑒：日前接奉
惠示，欣諗天氣漸漸爽，
尊恙亦漸漸達佳境，至為慰。昨詢息老，精
神體健，興致猶豪，奈腿軟不能步行，終日杜
坐耳。裕耳兄近況筆談，致不獲外出參加雅集，
困居斗室，殊可悶耳，而無往視，常檢送餅干
點心之類，則極為喜歡，奈何奈何。吾
兄惠札，舊年迄今垂二十年，近著兩冊已商請
慎老看看無論
大作新編難再付刊，待鈔存收心耳多讀。祇頌（先曾祖日記竟不及刊行）
道安
弟 彥超 頓首 八月初六日

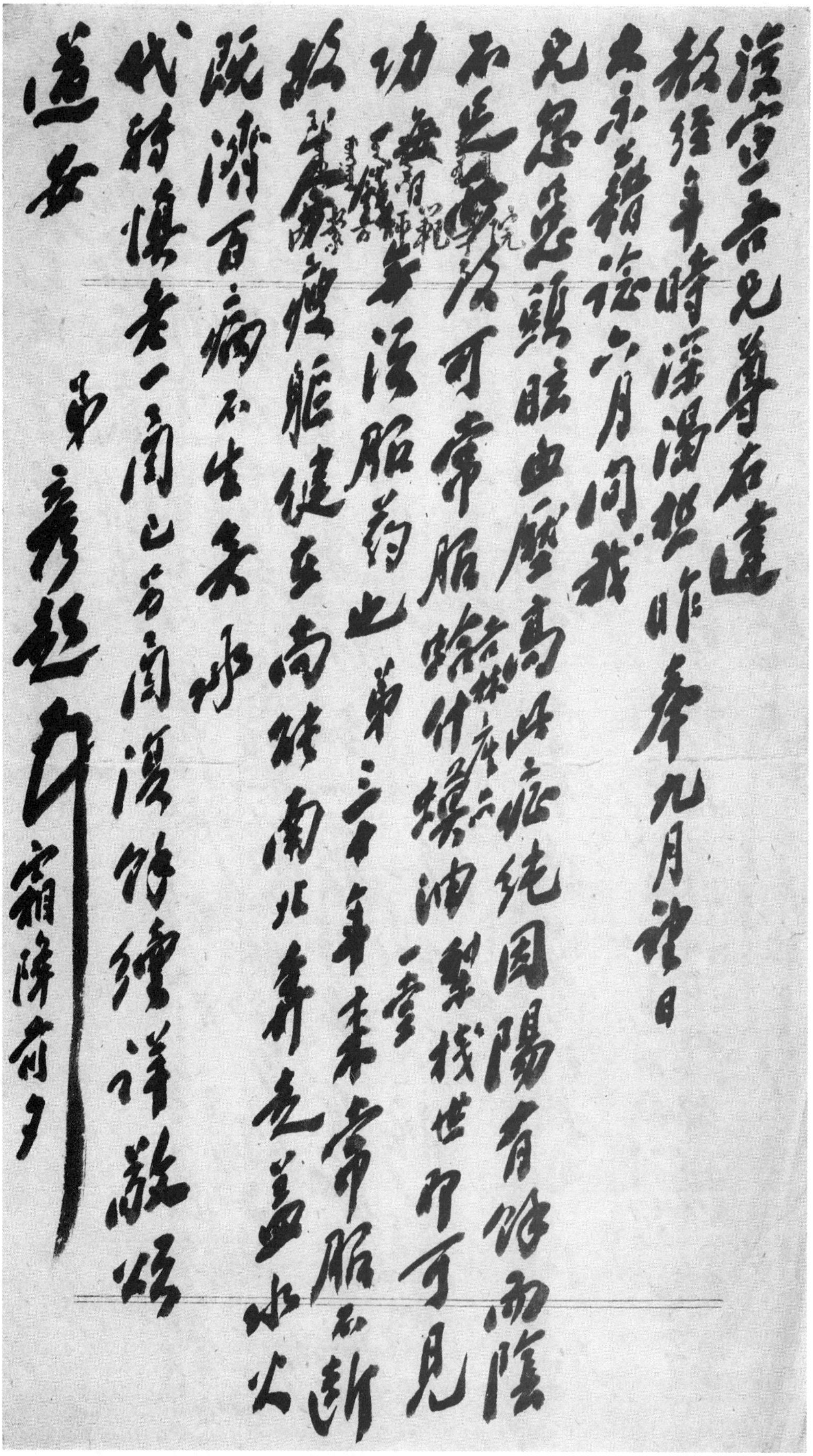
漢宣吾兄尊右：違
教經年，時深渴想。昨奉九月廿日
來示，藉悉六月間我
兄患頭眩血壓高，此症純因陽有餘而陰
不足，[illegible]最有效，可常服。餘[illegible]什模油梨找世可見
功。無[illegible]安，須服藥也。弟三年來常服不斷，
故[illegible]康健，在尚能南北奔走無恙，水火
既濟，百病不生矣。此
代轉慎老一函，已另函漢陰詳覆。敬頌
道安
弟 彥超 頓首 霜降前夕

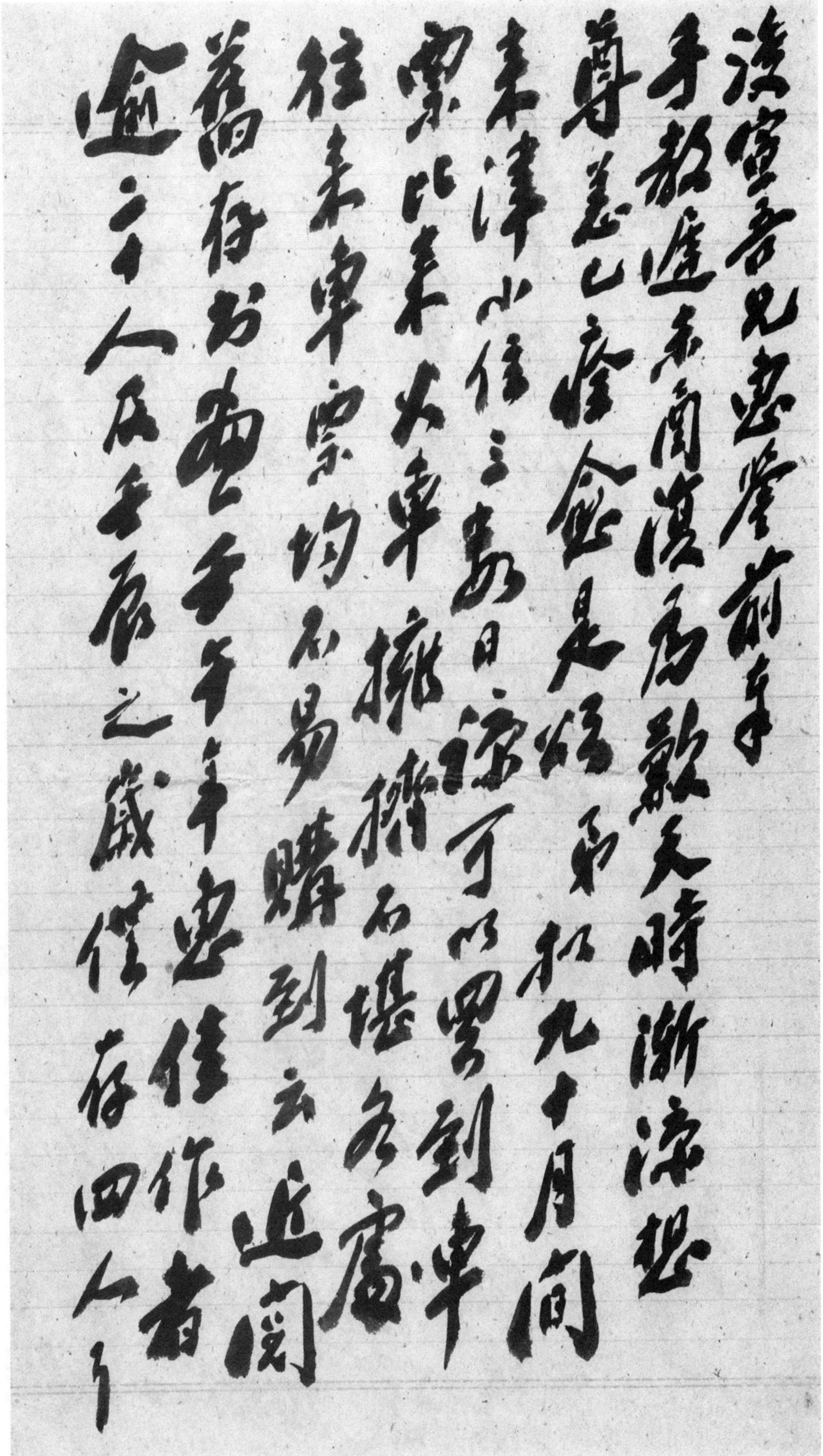
滌宣吾兄惠鑒前承
手教遠承關注為歉天時漸涼想
尊恙已痊愈是好弟擬九十月間
來津小住三數日諒可以買到車
票北來火車擁擠不堪免當
往來車票均不易購到云近聞
舊存書畫千年來佳作者
僉云人及吾兄之藏僅存四人了

接奉读展诗句有非我兵戈催白发

遂令我旧为君费缠不禁感慨系之

余慎老近状何似时有通讯否北京

可游之处甚多耄耋诸老时有聚

谈之会否以解见招闻尚少寂寞

亦感什杂代简即复顺颂

秋安

弟 存悲 上

七月十二日

浚宣吾兄尊右不通音問倏忽二月正擬
箋候
起居接奉初夏
安示並蒙
賜繪內子便面俾得及時奉揚
仁風至為銘感吾
兄沉疴已全愈否想係風濕所致北京
四时可遊之處甚多惜
大駕不能蒞京小住於遊山玩水既是貴

北京——天安門

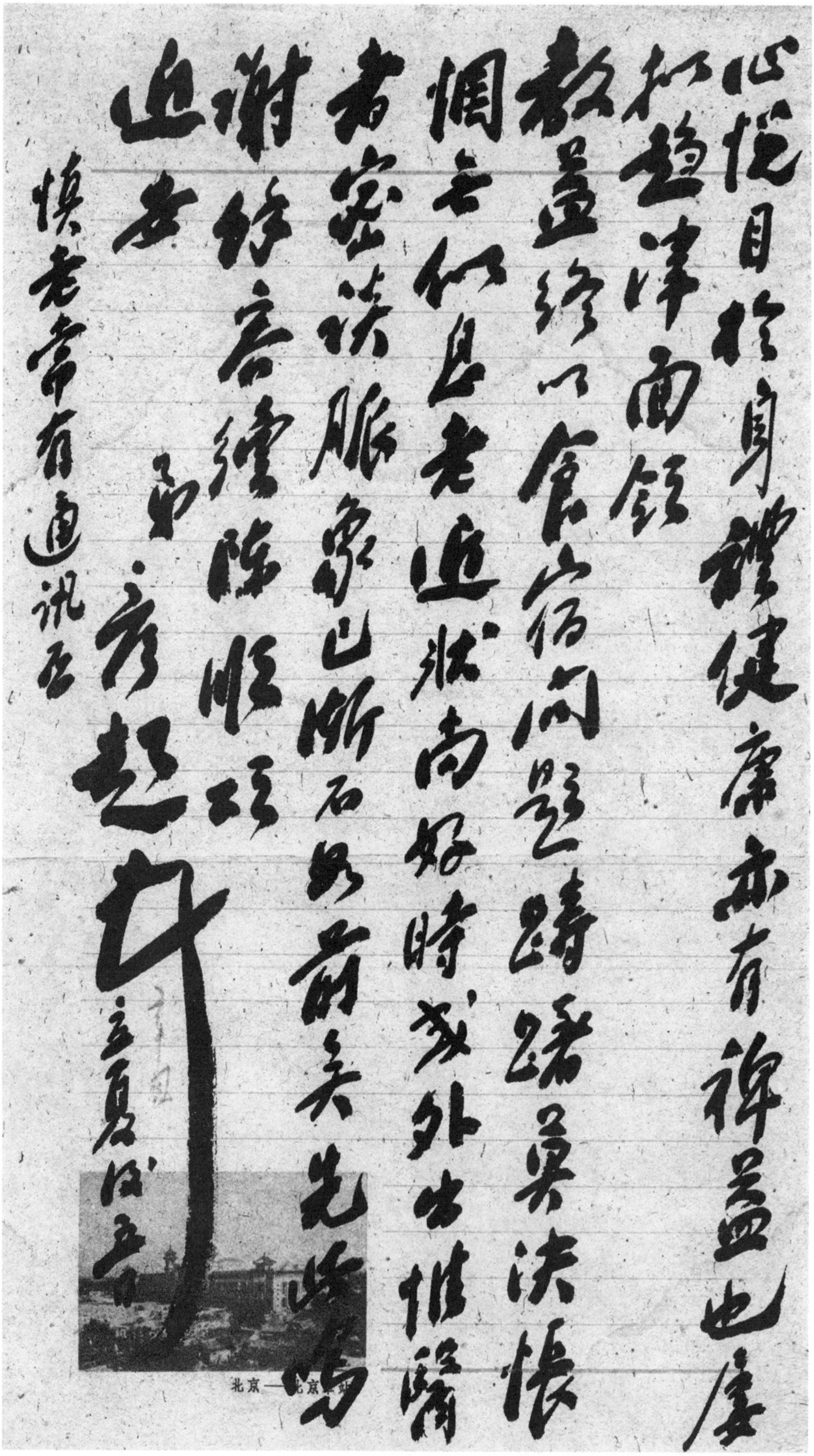

心悦目，於身體健康亦有裨益也。康
均趙津南領
教，益給以食宿問題，躊躇莫決，悵
惘無似。且老進狀尚好，時或外出排解
書室積脹，象已斷石，此前矣先修為
謝，修啓繪陳雅懷
道安
弟　彦　起
立夏後五日
慎老常有通訊否

北京——北京車站

淩霄吾兄尊右：昨奉
延寄祝壽畫及賤辰承
雅華蒙
寵錫佳作，高誼雲情，感銘肺腑。且
老仙遊訪僑又廿一筆談之處青林展覽
文生形無忘維仍髮叢迎人含文藝自
奔貴壇早石與同感國際情形漸
趨略張君也問題印度問題推背

圖所謂生我者猴，死我者鵰，城中西廢
旗旗美前人不及，以人才為期，張石
遠歟（北京日來天氣溫暖，連日微雨，傷
佛春陰之撤矣）。行春令，即康節詩
六大祖塑藝，雁門秋完，陰在曼，隨趙氏
收（指台灣而言）。一院梨花春有來遠，省風雨凄涼
慈兄意以為如何。肅復，順頌
台安
弟彥超手
十二月初六日

毅宣吾兄惠鑒：日前奉[illegible]
手教，祗悉一一。息老終日危坐斗室，殊
感善悶，不免弄此筆墨，惹出許多
是非，竟出為有關方面注意人物，
以舊友均避之，不往來，惟愛棣達弟則
不以為意，仍時往筆談，近尚揮毫一
扇，有賭名如見唐之清鎮文武兼傳
手彥超等句，筆力雄偉，與以獨之家

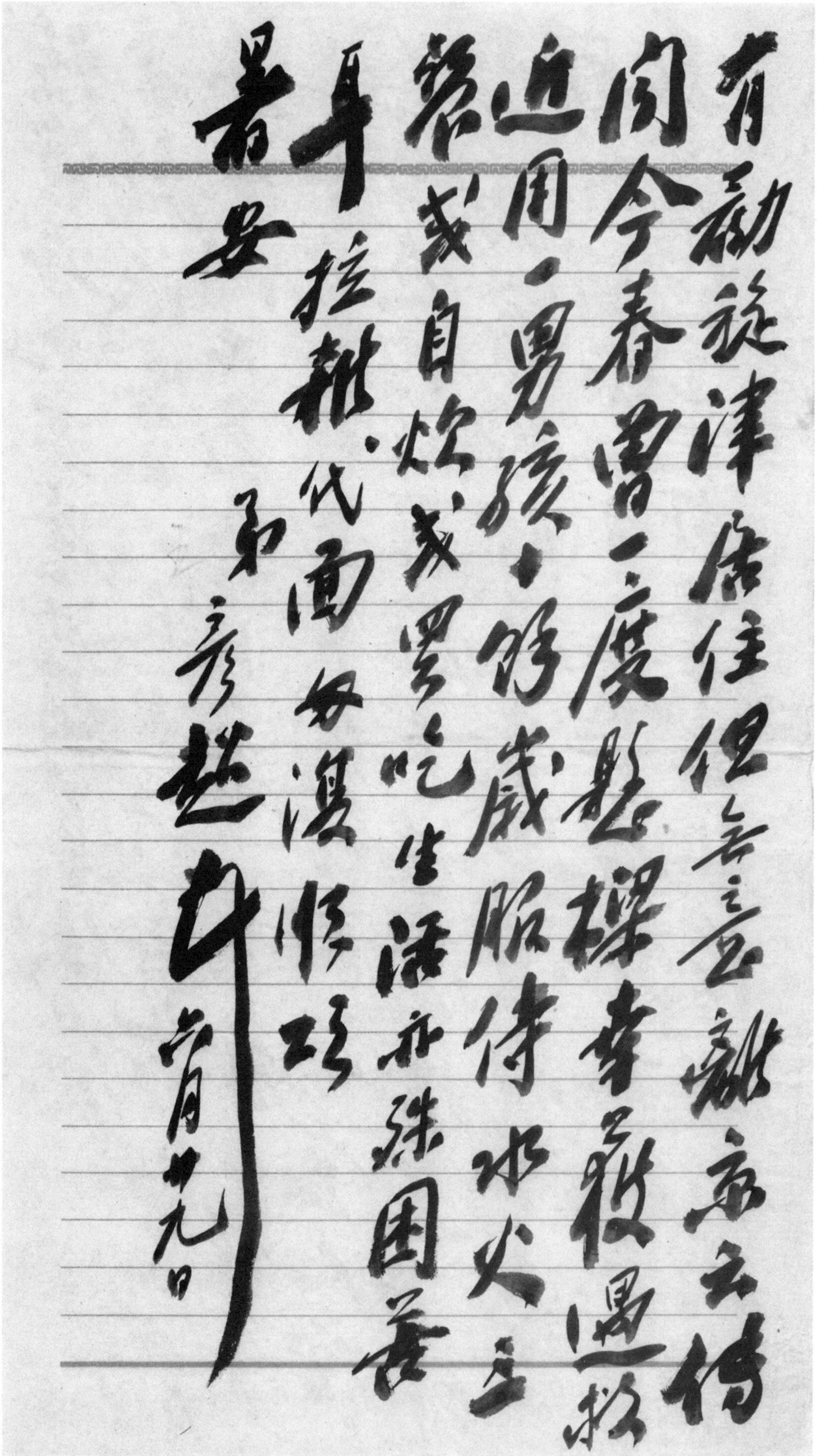
有勳旋津係佳但吾之至親亦云傳
聞今春曾一度懸樑幸獲遇救
近聞一男孩將滿歲服侍水火之
勞我自炊我買吃生活亦殊困苦
耳拉雜代面毋復修函
暑安
弟彥棻上 六月廿九日

谡庵吾兄左右：正驰系间，接奉書
手教，敬悉種切。弟以幼年蜀学三島[illegible]学，
荒[illegible]甚故，對手正好。惠札寫作俱佳，昔視同
珍寶，概付装池，俾便閲讀，以同時語
注[illegible]吾先生惠札，弟早已装集一册，经章一。前如
老題簽並题吾
兄揮惠跋語，今日讀之，瞻若靈運，函感慨殊深。
承示二签，可由 慎老所属代题字，稍縱云
大筆揮惠，弟定意出池外，冬天時漸涼。 信令兩侍同完[illegible][illegible]再
尊恙何似？良念無復。祇頌
道安
弟 方超 拜 中元

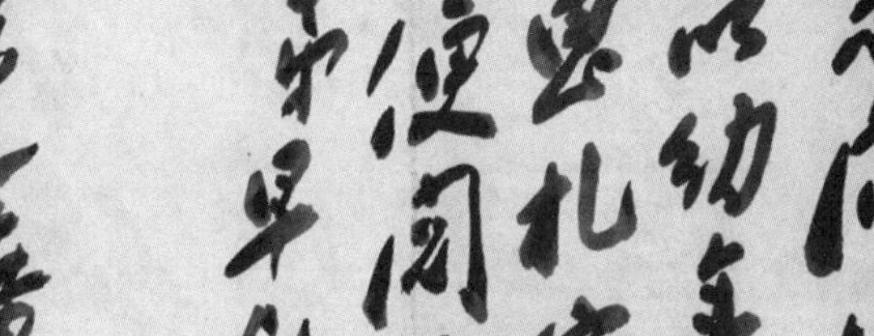

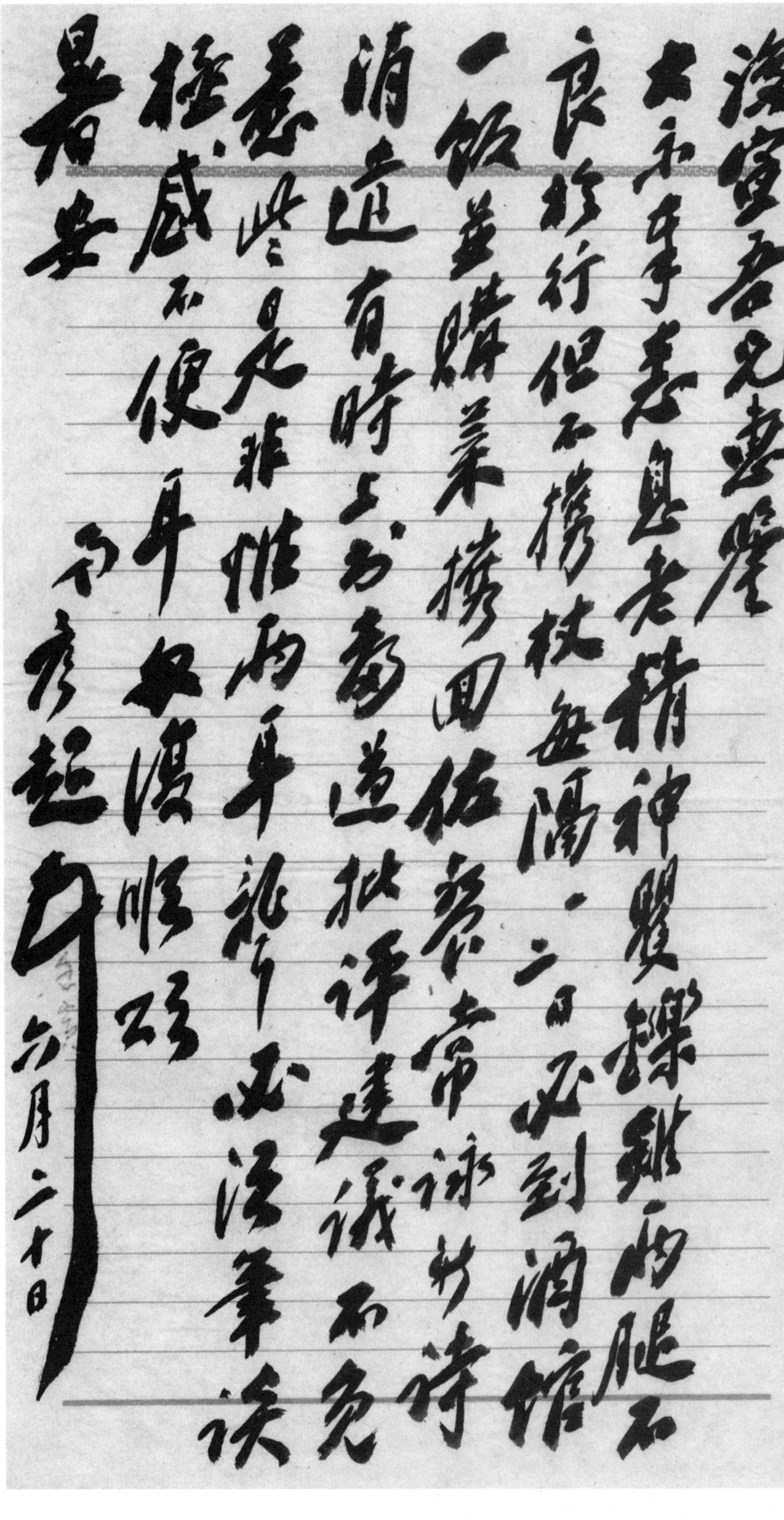
滂宣吾兄惠鉴

大示奉悉。具老精神矍鑠，兩腿不良於行，但不携杖每隔二日必到酒館一飯，並購菜携回佐餐，常詠竹詩消遣。有時亦為畫道批評建議，不免惹些些是非，惟兩耳聾，必須筆談，極感不便。專此順頌[illegible]

暑安

弟 庚起上

六月二十日

滋宣吾兄惠鉴：前年
手教遲遲未復為罪，瞬屆中秋，維
興居迪吉是頌。北京親友時有寄來之
會，蓋緣市場供應只菜蔬一二種，藉
此解饞。不知津市亦如是否？慎老諒常
晤敘，承擬慎園啟事及乃戴果園初
作詩稿遞與妙用無窮，誠如我
兄所云，望九高年妙筆如是，大椿留

上之千春之間定然不爽也家兄彥和
亦向與生人縱日酒樓戲館僕僕風塵
精神矍鑠亦不亞慎老之存老叟
還童之概吾儕年方未許興以遠
而及此奈何々々無邊順頌
秋安 並賀
節禧
弟彥超上
中秋前五日

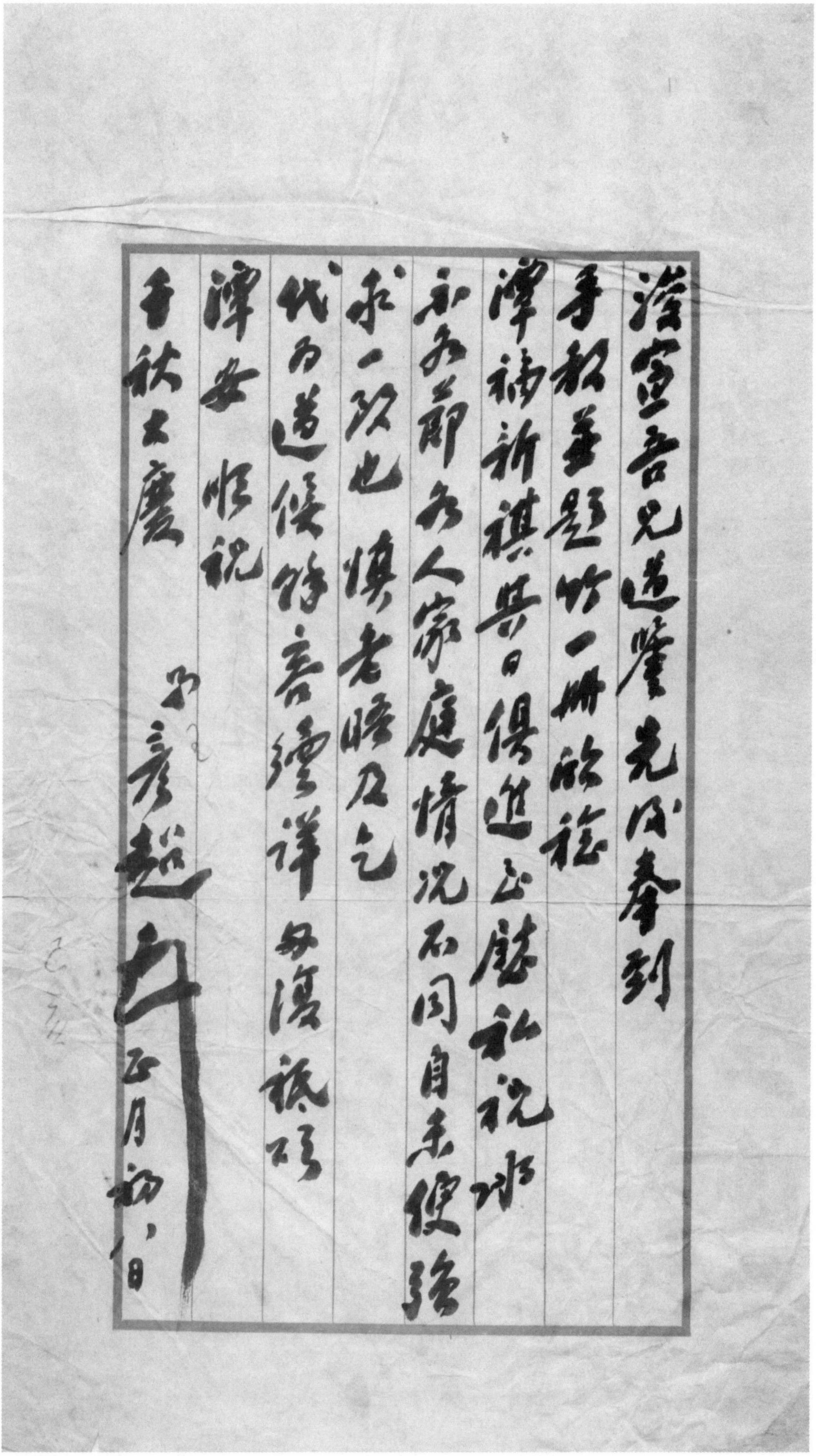

澹寧吾兄道鑒：先後奉到
手教並題竹一册，欣悉
潭禧新祺，昔日得進，正懿私祝。承
示知節為人家庭情况不同，自未便強
求一致也。慎老晤及，乞
代為道候。餘待音續詳，匆復，祗頌
潭安，並祝
千秋大慶
弟彥越
正月初八日

淮舟吾兄惠鑒：日前曾上寸函並近照

一張，諒荷

青及。頃又接奉

尊繪朱竹一幅，欣感莫銘。憶在敵

偽時期，津特務機關長張弟

任歲集長官，弟二處殷（東京同學）楷代

市長溫世珍家叔，並以四事勸弟

任職市府，弟未來應允。又陳澂老

姊丈一再囑下繼那任韓長之職下
告以務係大清帝國財吾修世受
國恩義不容辭今則辭執政先生
方離前程發表意言以答富貴
浮雲尚全性命及今愚之猶覺
悚然於耗代向肅復鳴謝祇頌
頤安
弟 孝超 氏
十月二十二日

逖生吾兄賜鑒：日前接奉
手示，祗悉。夏令於吾
兄頭眩舊疾恐不相宜，未審日來何似，殊
深系念。弟已於暮春回閩掃墓，離鄉
已逾卅載，親友寥若晨星，真有隔
世之感。在閩匝月，連朝陰雨，不得不冒
雨到先塋祭掃，及至先公墓塋時，天
忽轉霽，瞬間旭日當空，及祭畢下山，仍
復陰雨霏霏，道途濘濕，將離閩時旋

人忽持視君舊存字畫一箱，約近百年之物，
蠹蛀殆盡，無片紙可寫，所可異者中存
先高祖紫庭公碧蘅介壽圖一幅，長
四尺，寬三尺，約百六十年，完整無恙。予三
十年前曾刊行 先集，修譜並先後刊
印族譜四次，將歷代遺像集製版刊行，
其中獨缺 先高祖遺像，耿耿於懷，引
為憾事，而此次回鄉無意中竟獲此
圖像，且未為蟲蛀，冥冥中似有呵護

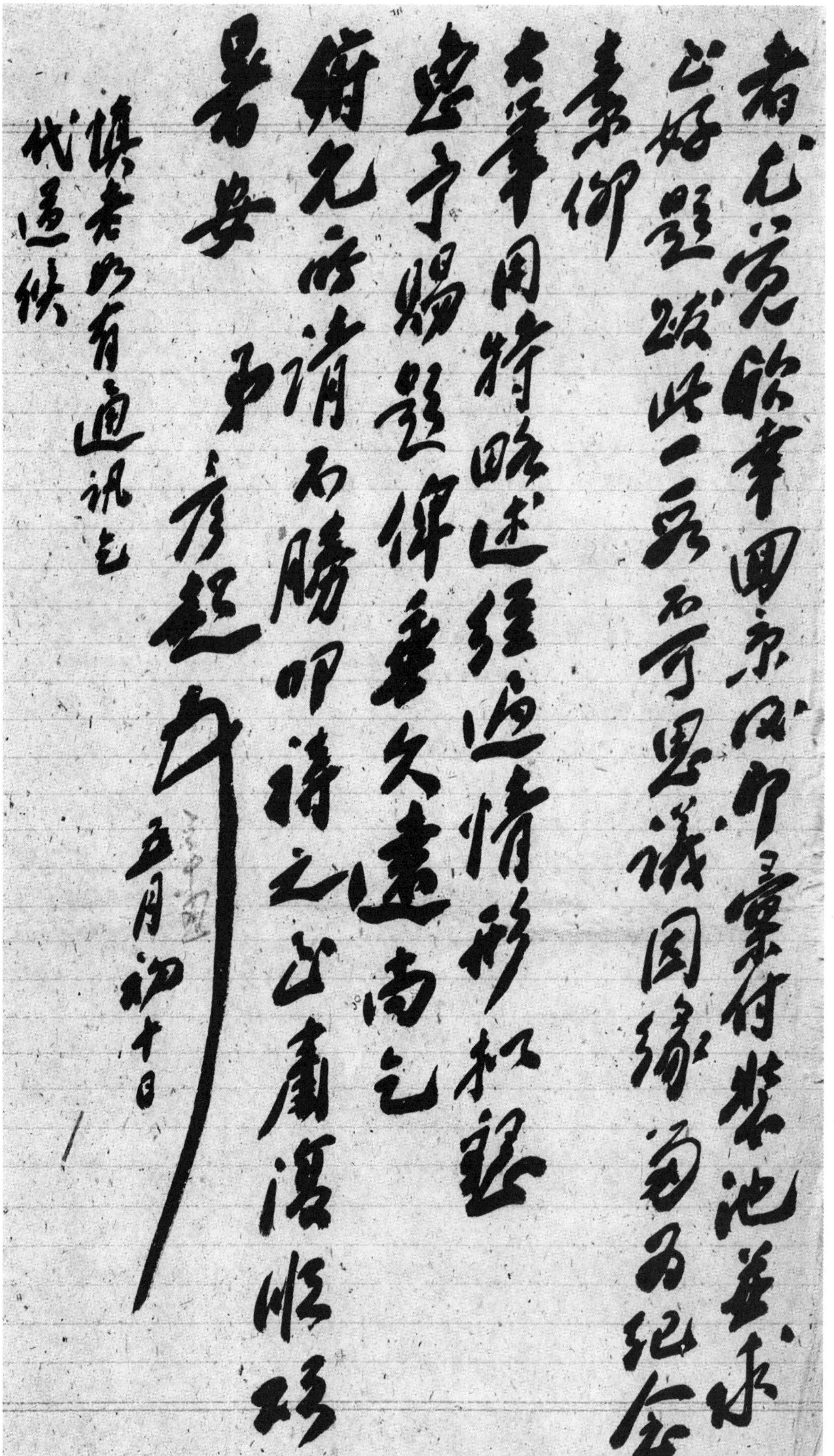
者尤觉欲奉回京以即寄付装池并求
公好题跋此一段不可思议因缘留为纪念
素仰
大笔用特略述经过情形权恳
惠予赐题俾垂久远尚乞
俯允所请不胜叩祷之至肃复顺颂
暑安　弟彦超手　五月初十日
慎老如有通讯乞
代道候

浚濱吾兄道鑒：昨奉初六日
惠教敬悉壹是。呼市陽光特給陸
舍弟不祈寒五年前即曾住此四
閲月，後下寓一次移北京爲瞻。內子共
生長男四女，現存三男一女。大小兒世威今
年已五十歲，現任工程師。二小兒世儀今
年四十三歲，於戊子年經美國華盛頓
大學聘任教授，五年暑假經德國
各大以学聘請濟濟來歸，出國已十五

京文62.11.一邮一樁树制木厂制

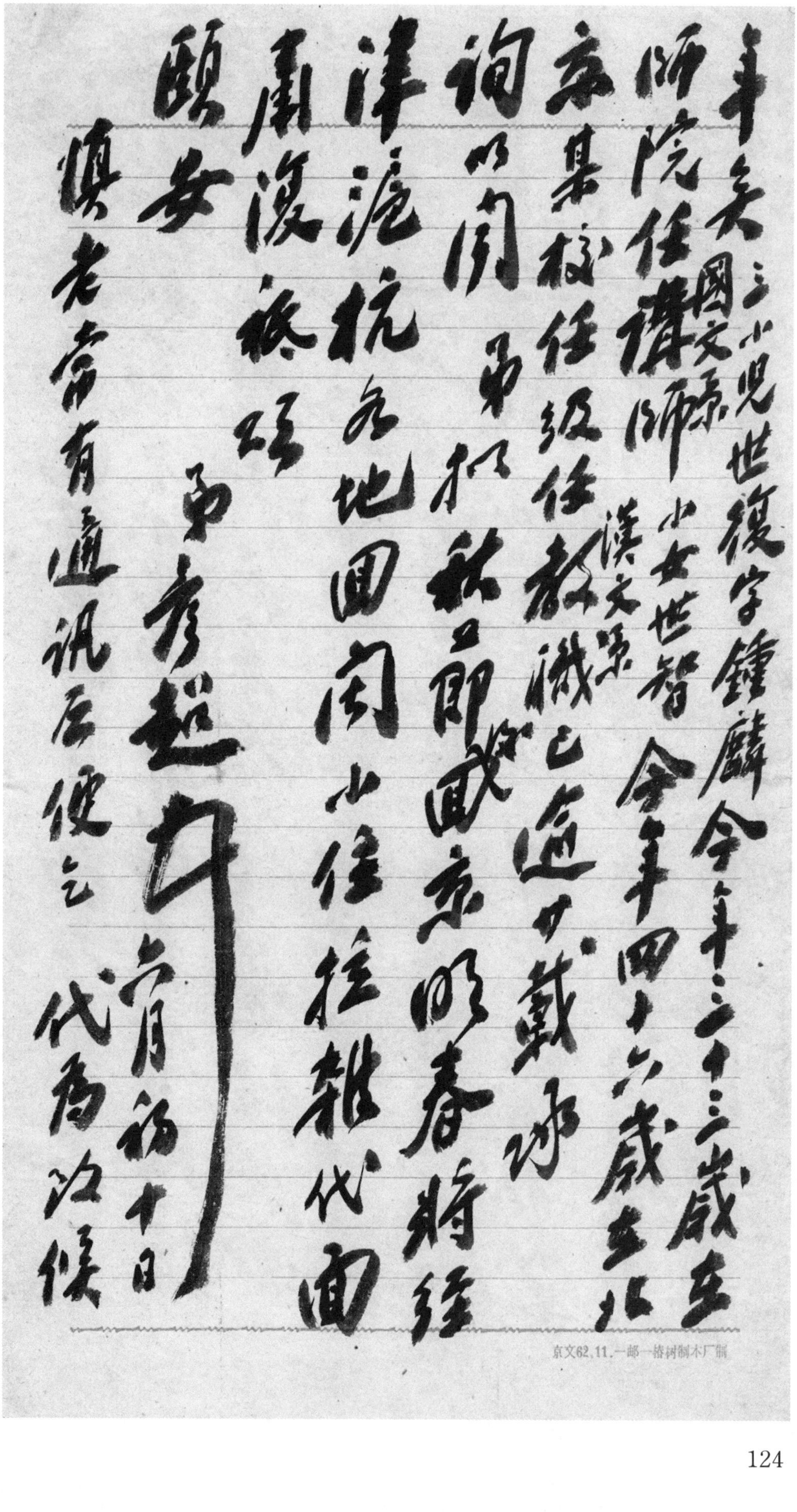

年矣。三小兒世復，字鍾麟，今年六十三歲，在
師院任講師（國文系），小女世智，今年四十六歲，在北
京某校任級任教（漢文系）職，已逾廿載。承
詢以聞。弟擬秋後即赴京，明春將經
津滬杭各地回閩小住。往雜代面，
率復，祇頌
頤安
弟彥超頓首 六月初十日
慎老台有適訊后，便乞代為問候

京文62.11.一郵一椿树制木厂

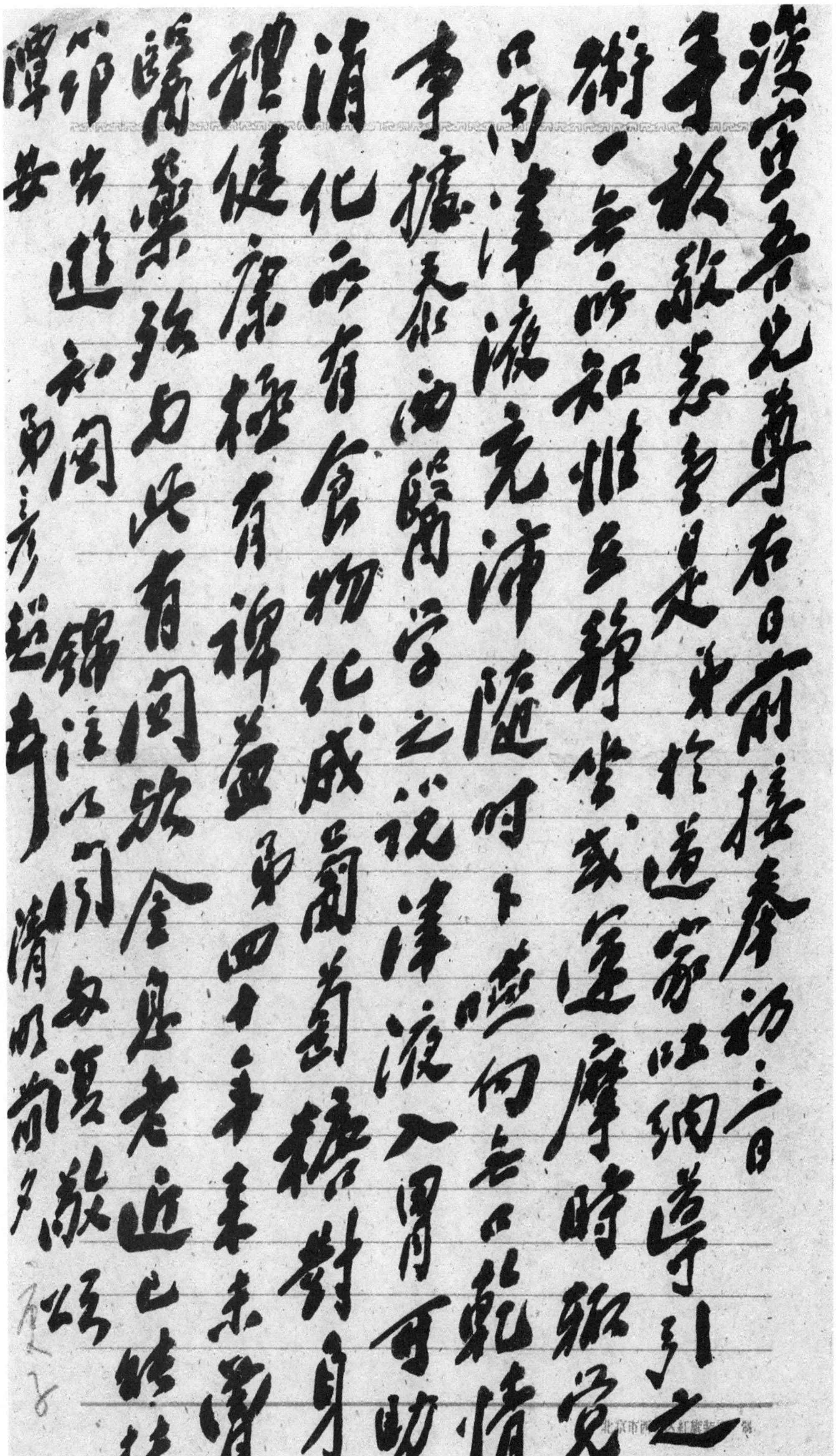

淡安吾兄尊右：日前接奉初六日
手教，敬悉吾兄於道家吐納導引之
術亦所知，惟主靜坐或運摩時覺
口內津液充沛，隨時下嚥，何無口乾情
事。據泰西醫學之說，津液入胃可助
消化所有食物，化成滋養料，對身
體健康極有裨益。弟四十年來嘗
醫藥強身，此有關於全身老道也。特扶
筇出遊，知聞錦注，以問如冀。敬頌
禪安
弟彥超手 清明前夕

滂宜吾兄先生尊右：久疏笺候，比维
兴居佳胜为颂。弟於前月即回国，归来住卿经月，
卅载桑梓，常见先生说话尚多意，惟城郭
人民觉已非。六月回沪，小住几日，于巧节回京。
原拟中秋后来津一行，俾可趋承
教益，而料其有西北之行，於八月杪到此，气候温
暖，街道较津市宽广，建筑宏伟，惟学校宿
舍距城市有五里之遥，绝似农村情景，实於
养静游览。何日回京，尚难确定也。专此祗颂
道安
慎老如有通讯，乞代问候。
弟 王彦超 九月初五日
已复

滂喜吾兄道席：正盼念間，接奉
手教，並蒙
賜繪扇面，捧誦之餘，欣感無似。吾
兄年逾古稀，而出繪秀媚，獨步青春，
洵屬有壽之徵，尤深快慰。天時漸熱，
諸維
珍攝是禱，無復鳴謝。祗頌
頤安

弟 彦超 拜

四月二十日

慎老如有通訊，乞代道候。

浚宣我兄先生尊右：昨寄竹谱一册，谅入
记室。得手廿四日
惠示敬悉
兴居适吉，诸凡如意，以慰私祝。愚老所言亦
属公理，于和家兄今岁亦八十有四，现住
一室，饮食起居均须亲自料理，诸感
不便，颇悔当年倘及时续弦，自不至
如是也。经验之谈，未审

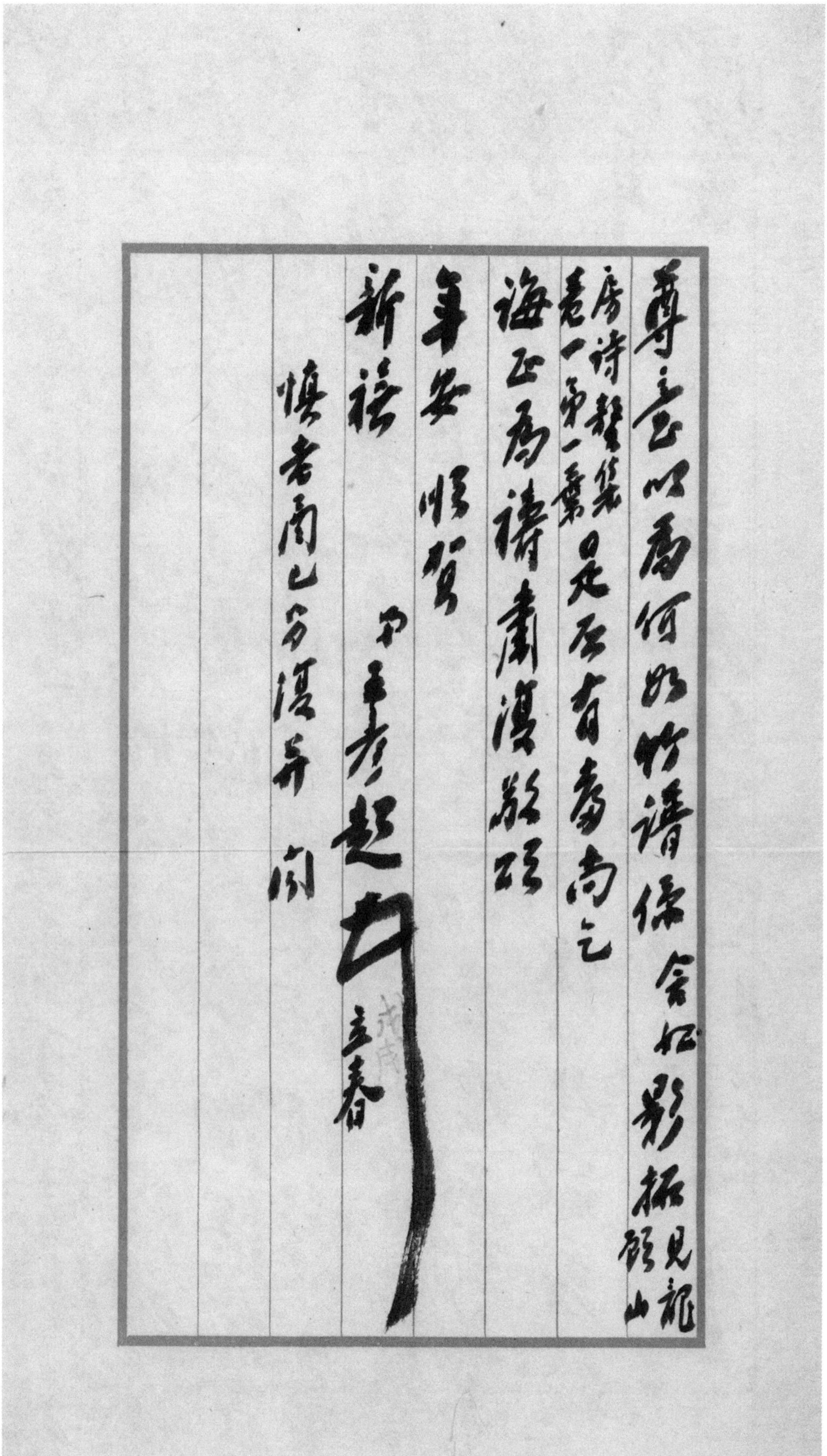
尊意以爲何如。竹譜係舍姪影摹，見龍館山房詩聲集卷一第一葉，是否有誤，尚乞
誨正爲禱。肅復，敬頌
年安，順賀
新禧。　弟王孝起　立春
慎老同此，另復并聞。

由何而黑甚公所患脱发症何以为佳新
牙云兄前年移来时全息老亦将为程
氣功療法著述見贈其中有闡道家氣
功為節治有師傳在則易滋流弊者
年新羅異老之瘋狂汲療國前車之鑒
此譯教靜坐所謂首先放下一切妄念而安能
心著相故能流行（所謂搖於術之相宗着也）不生但求致成精
緩再
接觸代達尊閣湯藥效
澤安
弟彦超
十二月廿二日
（商稼）

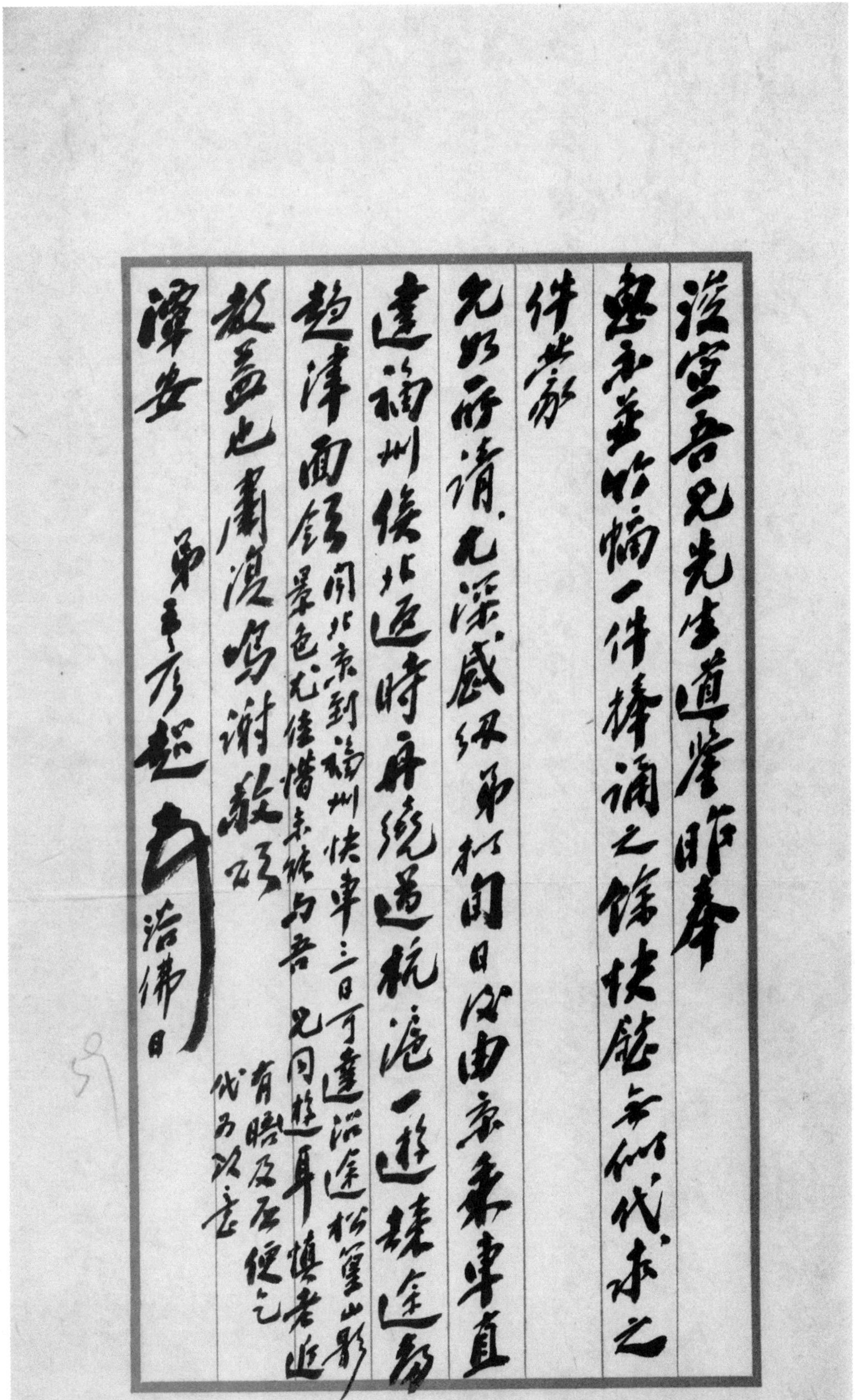
滄宣吾兄先生道鑒：昨奉
惠示並收幅一件，捧誦之餘，快慰無似。代求之
件，共蒙
先生所請，尤深感紉。弟於日內由京乘車直
達福州，俟北返時再繞道杭滬一游，逢來途寄
趨津面領。聞北京到福州快車三日可達，沿途松篁山影
墨色尤佳，借來能與吾兄同賞耳。慎君近有暇否？便乞代為致意
教益也。肅復鳴謝，敬頌
撰安
弟 趙 浩佛 日

渡弟以見自居　茲處已兩月有餘往返京津邑
兩次屢將混入危城想其方法竟不得其門勉強進入又
恐難以出路天寒衣薄急待還京乃思函商較為簡捷
不待入城面囑　全援意在不欲進而起所見勸導之概以
和平息訟為是至再至三已有十餘次　二三晤談　仍屢堅持甚長此將不知謹
至昨日情景近思以一法以下皆兄意代另第三者參言　伊欲懇言設部以月費雜費等
不敷開銷為詞參以他事不言其大者只言瑣屑是饑於此為
之易調和也伊每月由張存支八十餘元擬請加增若干以為

而妙其他用度雖不能與　弟平行當優而之較為增
益或總離饗之給　弟近日之不付月費已四个月不給與
裝煤爐與備煤炭之款遂激其怒於兄之調解保為掣肘上
項之物已備齊款皆未付而兄借得四百元清付各項兄即卻之復與
弟從此或借或支兄亦須隨收主張允否　實知不可以小節
牽動大事遂識問去
弟對於分炊樂爭否爭樂則速兩商議否則順兄之
換下台又手功倍　兄對此又指摘不准激成大錯而

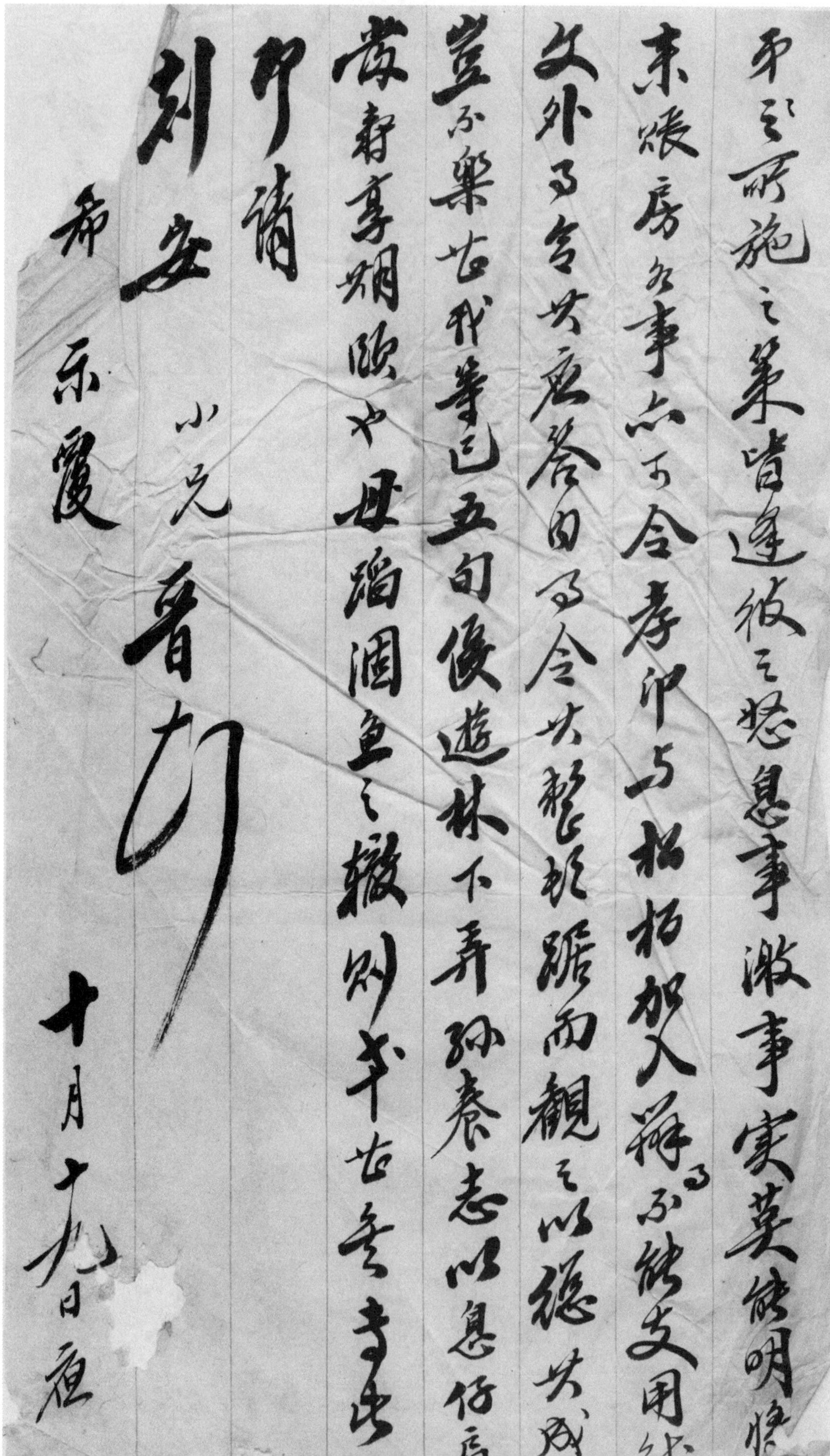

乎之所施之策皆逢彼之怒，息事激事，實莫能明悉。未娘房各事亦不合孝仰与松柏加入，務了不能受用，録文外了無其應答，自了令其龍蛇跳躍而觀之，以總其成，豈不樂也。我等已五旬，後遊林下，弄孫養志，以息仔肩，啖薪享烟賦也，毋蹈涸魚之轍，則幸也未幸甚。

即請
刻安

小兄 晉 頓

希 示覆

十月十九日夜

後弟如見金城別後即至日法交界
糾入行列由法捕指引漸次前趨遂
攀越玉首正值檢隊吃飯之時稍候刻
靜即以入室檢問含糊之擬玉家籍貫時
尽將行由動身返乘與玉家僅一刻又四十分、
事頗爽快之至金錢其只乃多裁稍補
之錢萬勿令幼芝付既費力又費錢居心
實屬未安務照時弟代謝是要以上情形

請電三局昨午會談處或將先函柳
看以釋紫念瑣事今日稍宜以當明日
中談古日意見再由函達諸兄今日
午後昨日來索衣之意甚切已囑廿叙日時來茂
即行約晤勉徇兄致之函望再郵回郵
致吕真好買書否或書即請
胡安兄著力 十月十九日八时

昨晚所發之函与之同时進门忘功秀哉

第　號

浚宣仁丈大人閣下：違
教日久，時切懷思。頃由津寄到
手書，藉審
餐衛咸宜，頤履無量。承
惠令先集，拜領敬誦。曝書亭
詞補遺
尊刻甚好，流傳廣遠，藝林佳
話，歎佩帶

年　月　日

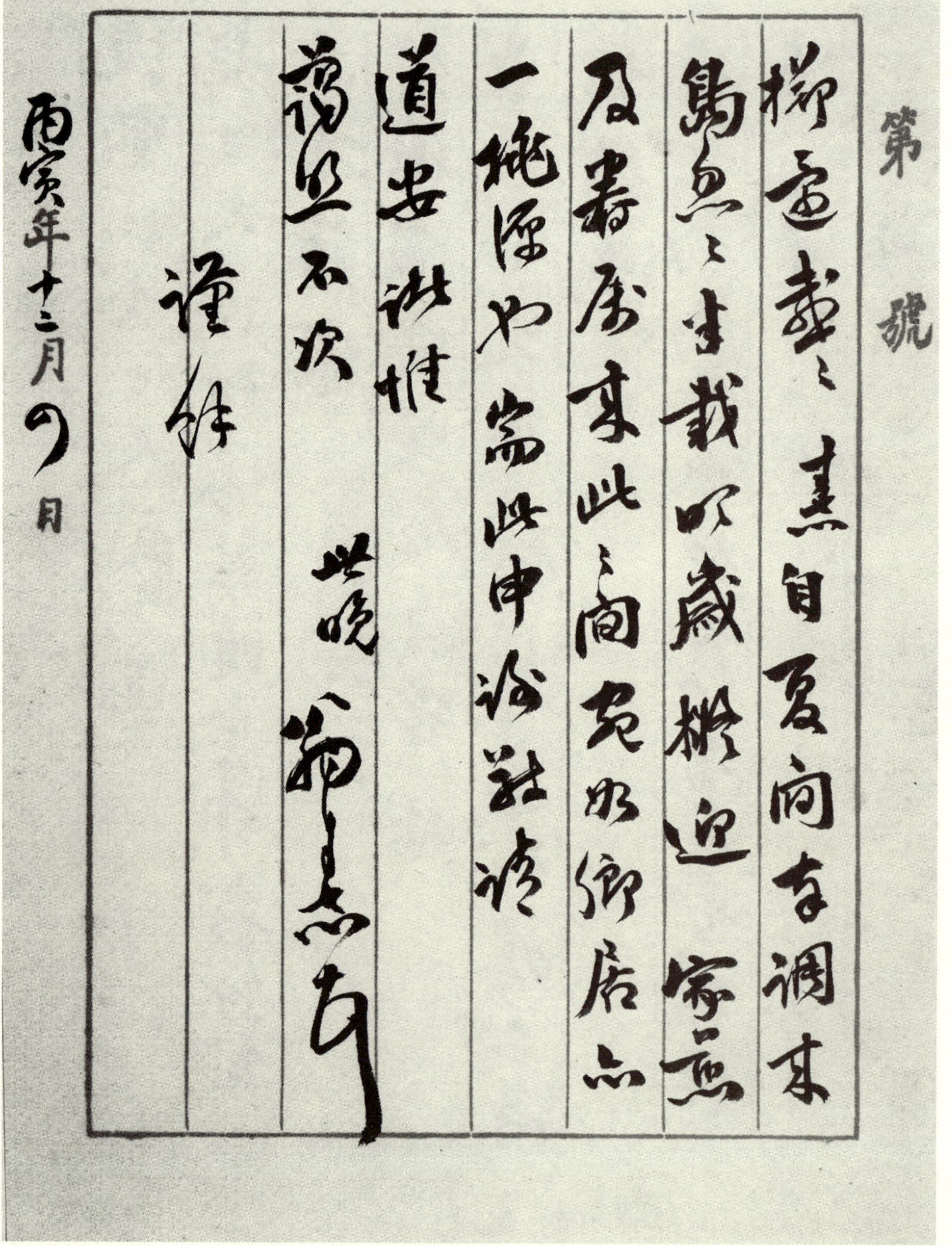

第　號

柳逢盛盛　甚自夏向寺調來
島魚之之哉以歲粉迎寧恵
及壽序東此此向先謝御居亦
一絶深也嵩此中訟對請
道安謹推
爲望不次　世晚　柳□□
謹拜

丙寅年十二月　日

浚老先生賜鑒 接奉
手示 並誦讀之際 適靄春來 即以相示 靄春蘊藉為
人 向不肯有所論列 此次於 大稿竟有所說項 但
屬勿為与人道及 惟念我
公虛懷謙撝 采及浚生意見 故妄竊寄陈 彼如知之
必怪先 為多言 嗟我

以笑而置之則幸甚矣

一、藏諸名山之意也因持以示　相樓處語氣

一、坎離致方黑白為色　顯露時世

一、有不勝浩歎者矣生平信約　相樓處語氣

一、驹光之如駛後何清其無白　似青藤

露者最欣賞結尾語氣渾渾渠之致云似較林楊真

高永興

切。但光之多言，殊失友道，罪甚々々。

石雲先生於暑期中曾有函見示，為寫范老墓碑事，与嚴府商過，至今無結果，光亦未奉復，想必怪光置之不理。其实無言得以报命，概在最近再向嚴作藩一談，當奉陳石老左右，一為解释。久未通候，實因循如

尊座附代问候，尤所企盼。惟不必误严碑一事也。今日
为学会地址登记与民一端有纠纷，先年来血压甚
高，对此困难事头痛万分，舍间人等皆劝先不必为
公家事如此着急，但念会事如此飘摇，地址再有说
项，如何了局，实难以对老辈交代〻〻，特此布臆，敬请
大安
后学 文元 再拜 十二月十四日

高永興

遐老先生赐鉴：危難臨頭，不知所云。未審
尊第若何景狀，至念。會中之被佔，幸
書寶未動，亦頗費周折，同仁与中學方
面，分组看守，一时無恙，惟應變乏款，
又方委先之，杯水稍濟然眉，日期一久，恐
難继，特會中有關係書作家子明及主要
文中諸人佳会應付，数是業主宦有
助侠，计有八人，中学職員亦有人，此十六人

晝夜不離、亦云苦矣、前讀
尊撰夢遊記、無負胴以之語、印懷無一
心發焉、但願有所呵護也、今年金敦淇由南京
來示、益觸無窮之感、知
閣屢注、此書
閣印請
大安
又光再拜 廿八年元旦礮火中

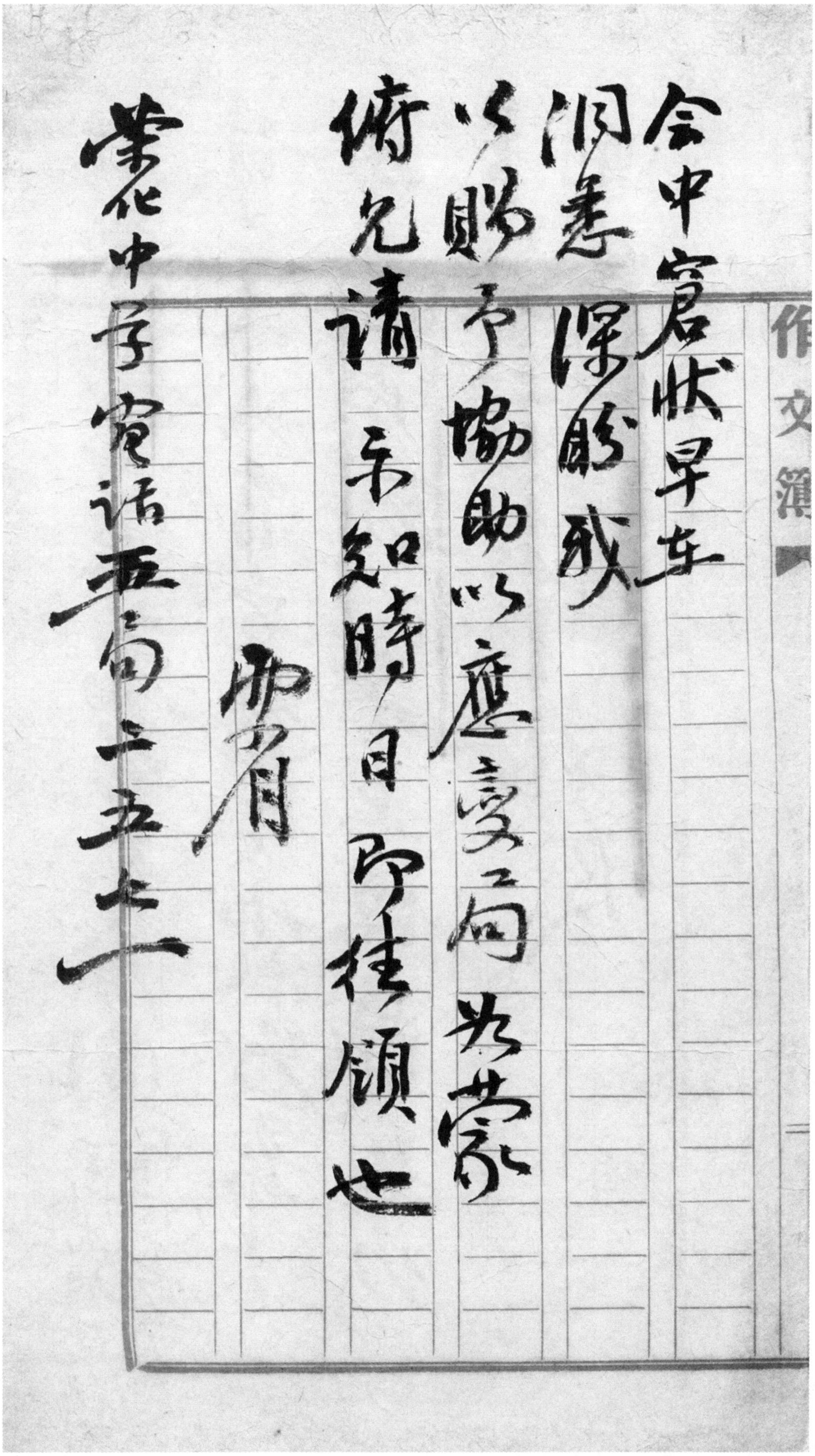

作文簿 一

今中窘狀早在
洞悉深盼我
以賜予協助以應急需如蒙
俯允請示知時日即往領也
卅日
崇化中學電話五二五七一

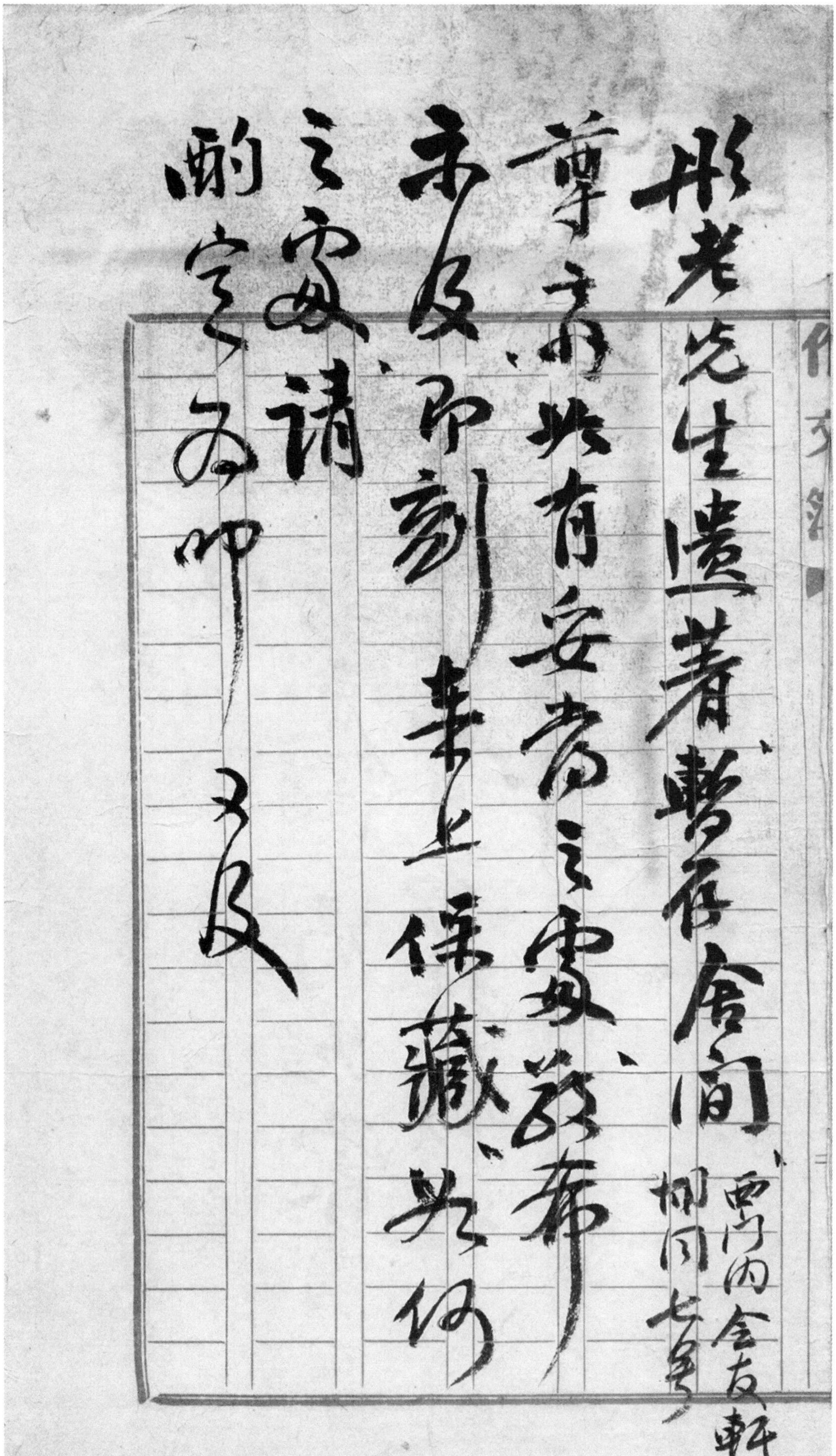

彤老先生遺著暫存舍間（西門內會友軒胡同七號），尊處如有安置之處，敢希示及，即刻奉上保藏。如何之處，請酌定為叩。

又及

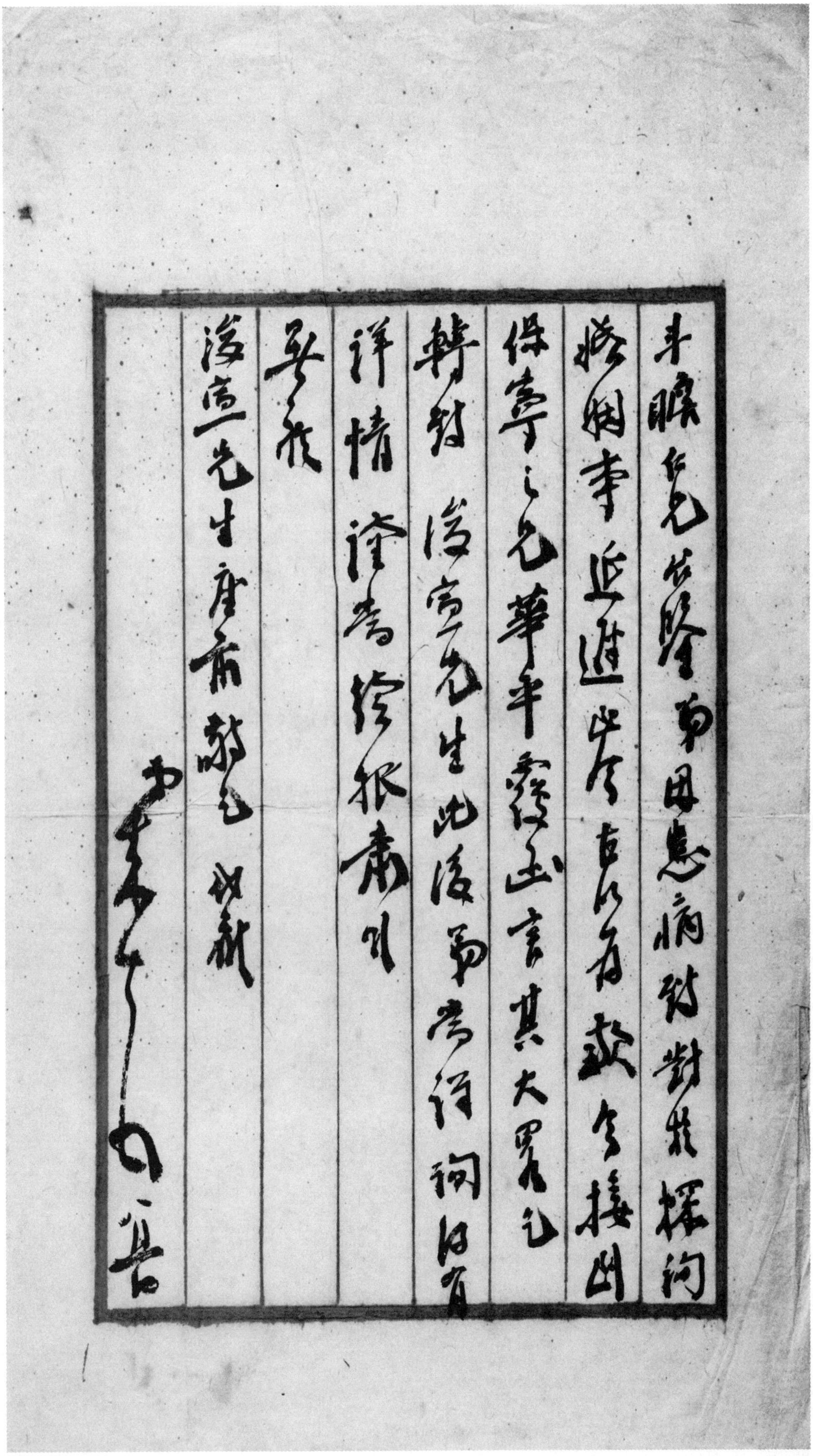

弟眼疾頃愈，前因患病，致對於探詢
猶稍事延遲，出席者有故多接洽
保亭之先生華年露逝言其大略也
轉致　漢宣先生，此後事應行詢明者
詳情請為轉報為荷
至祈
漢宣先生座前敬頌　收祺

斗瞻仁兄台鑒：昨函想收閱。頃晤

黃邦正弟（字華平）談叙，與金宅議

婚經過情形。華平是何之人？渠居長，

現在保育部行作事。仲為張修卿先生

侍婿，在同醫院。議婚本人居季（行四），

體格頗健，中學畢業，有志作育根本。

年尚未考學稱，今年廿四歲，性情類小

孩，未染現時壞習氣，毫無女友

惡劣行為。小蘇州胡同係寓家之房
華姓向與其母居住，故李即隨母居此。
華平另居他處，有時其母亦居華平
處。此二人作能見面為慎之，修撰之紙
呈。據華平所云，萬想現代婚姻重
在雙方本人之意思。雙方既已晤面，倘意
趣不相違，似可作進一步之研究。不過
據華平言，家庭行為方面，慨無方

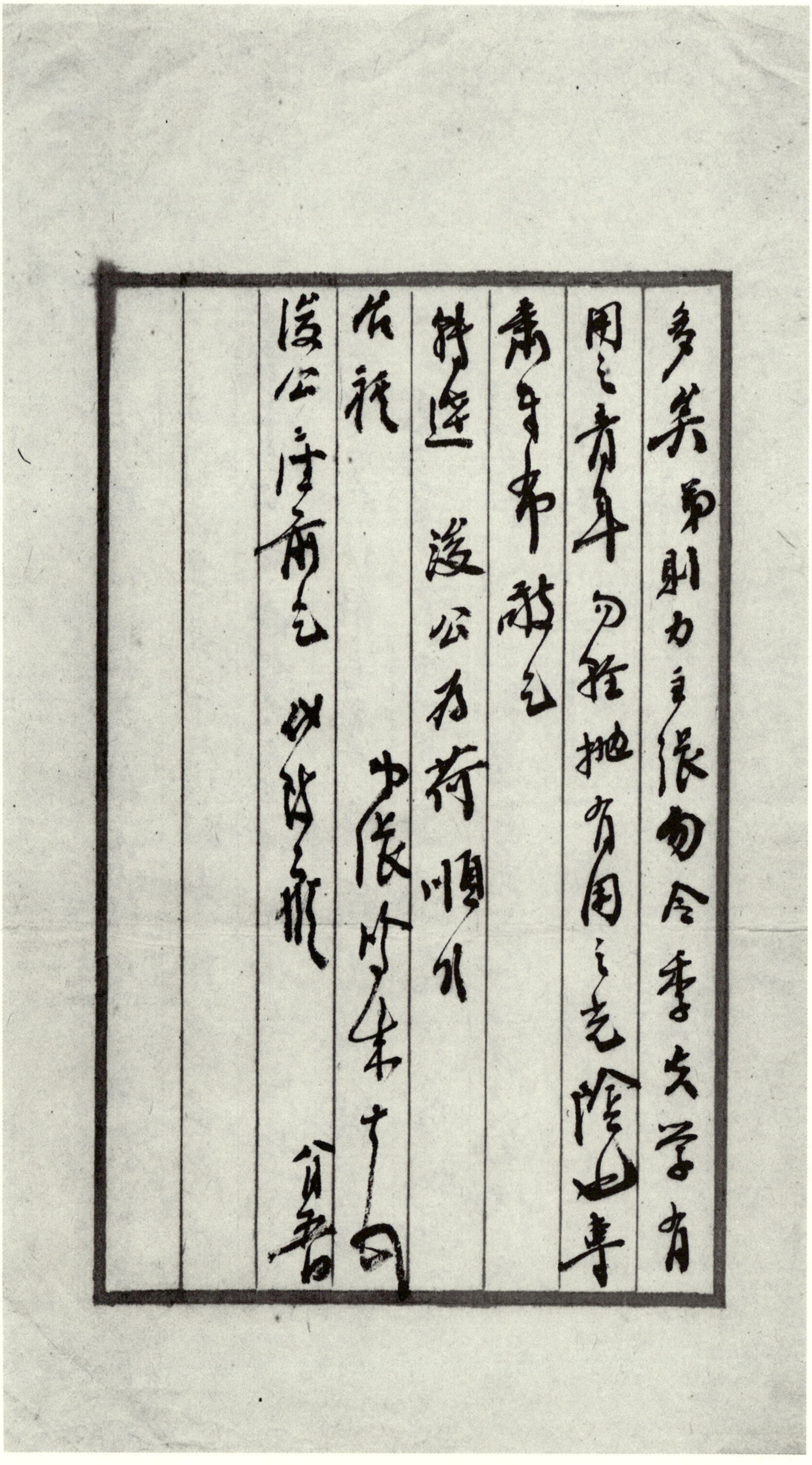

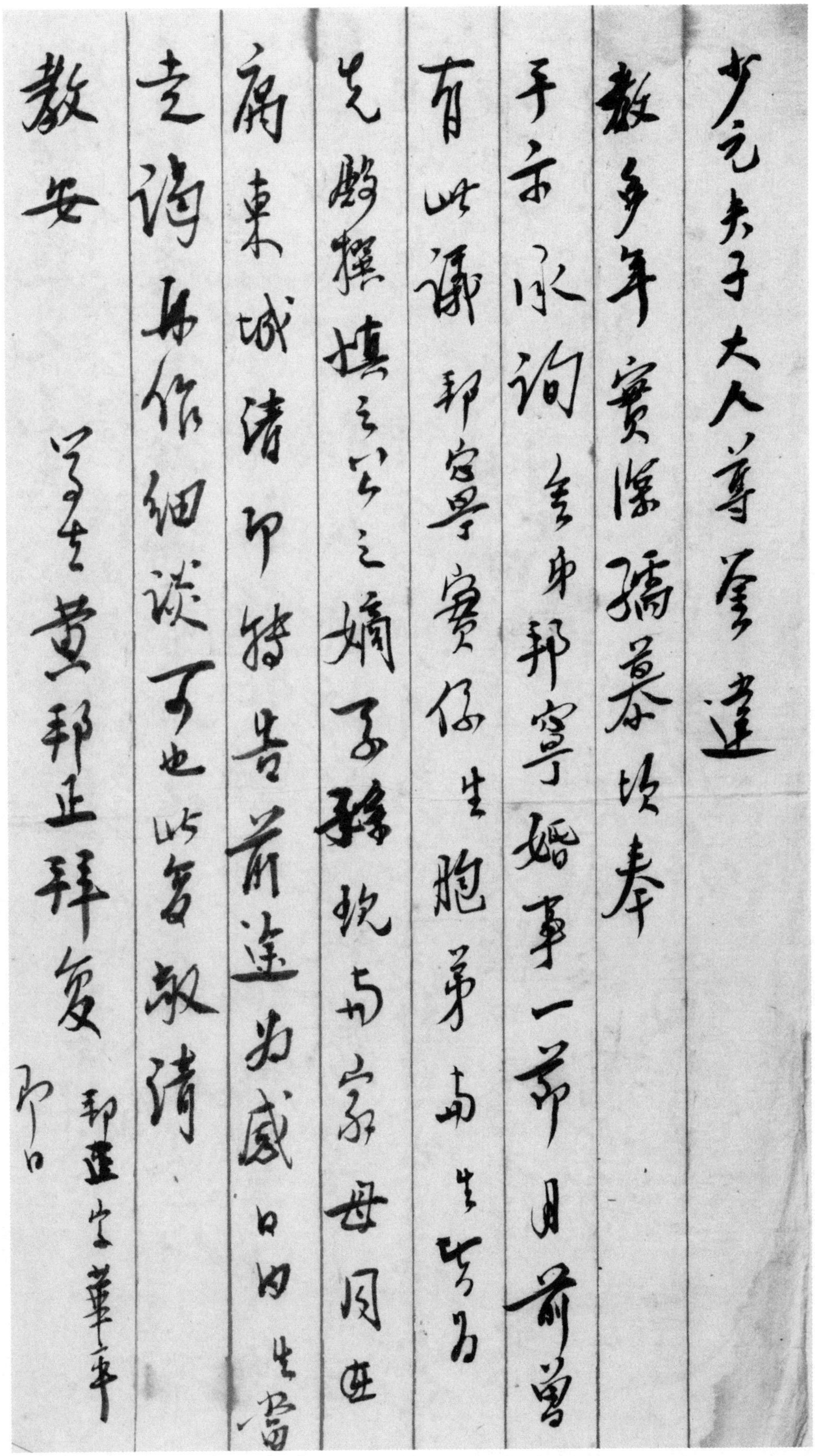

少元夫子大人尊鉴：
教多年，实深孺慕。顷奉
手示，承询 舍中邦宁婚事一节，月前曾
有此议。邦宁实係生胞弟南生长女，
先聆拟填之公之嫡子孙，婉与家母同姓，
寓东城。请即转告前途为感。日内生当
走谒，再作细谈可也。此复，敬请
教安
学生 黄邦正拜复
邦正字华平 即日

浚宣道兄見惠
先德芥舟公黃竹山房詩鈔賦此志謝
青箱書屋數鄉賢黃竹山房足比肩金氏
之先爲會稽籍好飲好遊都有癖共詩共
畫兩能傳故居待訪荷花蕩集中有玉
藕蕩村故居詩今紹興有荷花蕩村疑即其地先
壠還留太極田集中有太極田展墓詩異
代風流通解蠻一編惠我亦前緣
陳中嶽拜稿

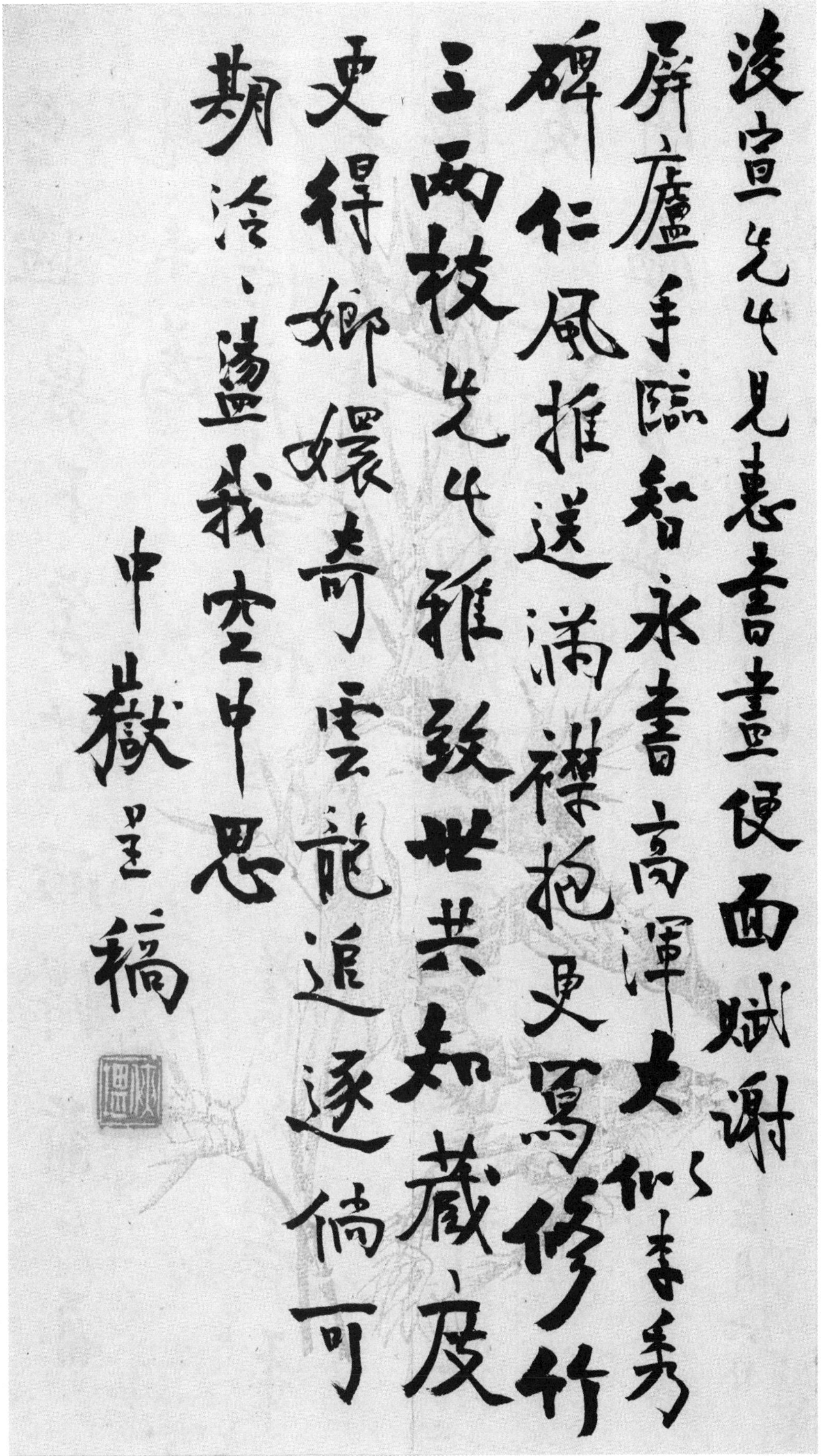
浚宣先生見惠書畫便面賦謝
屏廬手臨智永書高渾大似李秀
碑仁風推送滿襟抱更寫修竹
三兩枝先生雅致世共知藏、度
更得鄉嬛奇雲龍追逐倚可
期洽、蕩盪我空中思
中嶽呈稿

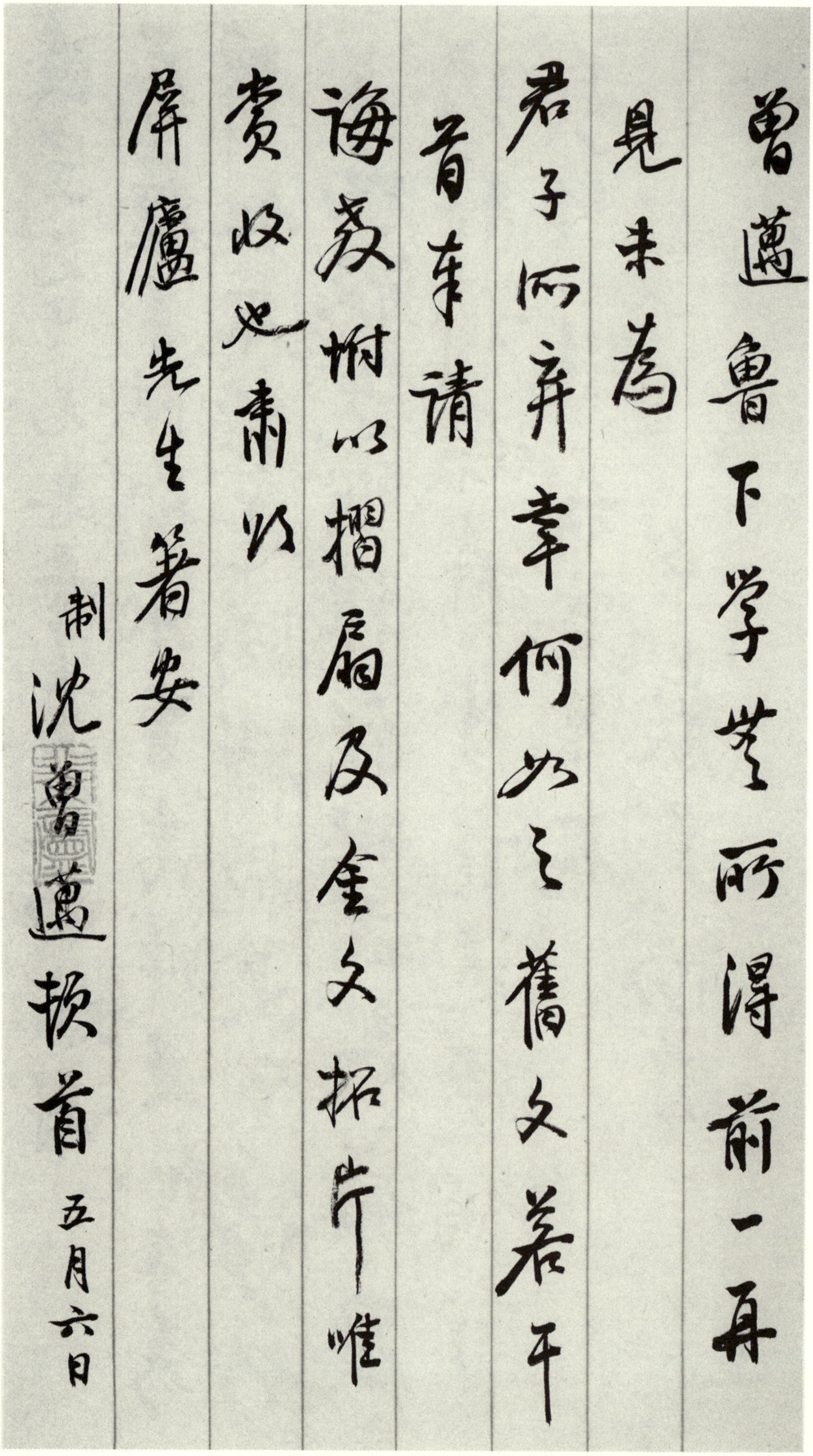

曾邁
魯下學業所得前一再
見未為
君子所弃幸何如之舊文若干
首奉請
誨教樹以摺扇及金文拓片唯
賞收也肅此
屏廬先生著安
制沈曾邁頓首 五月六日

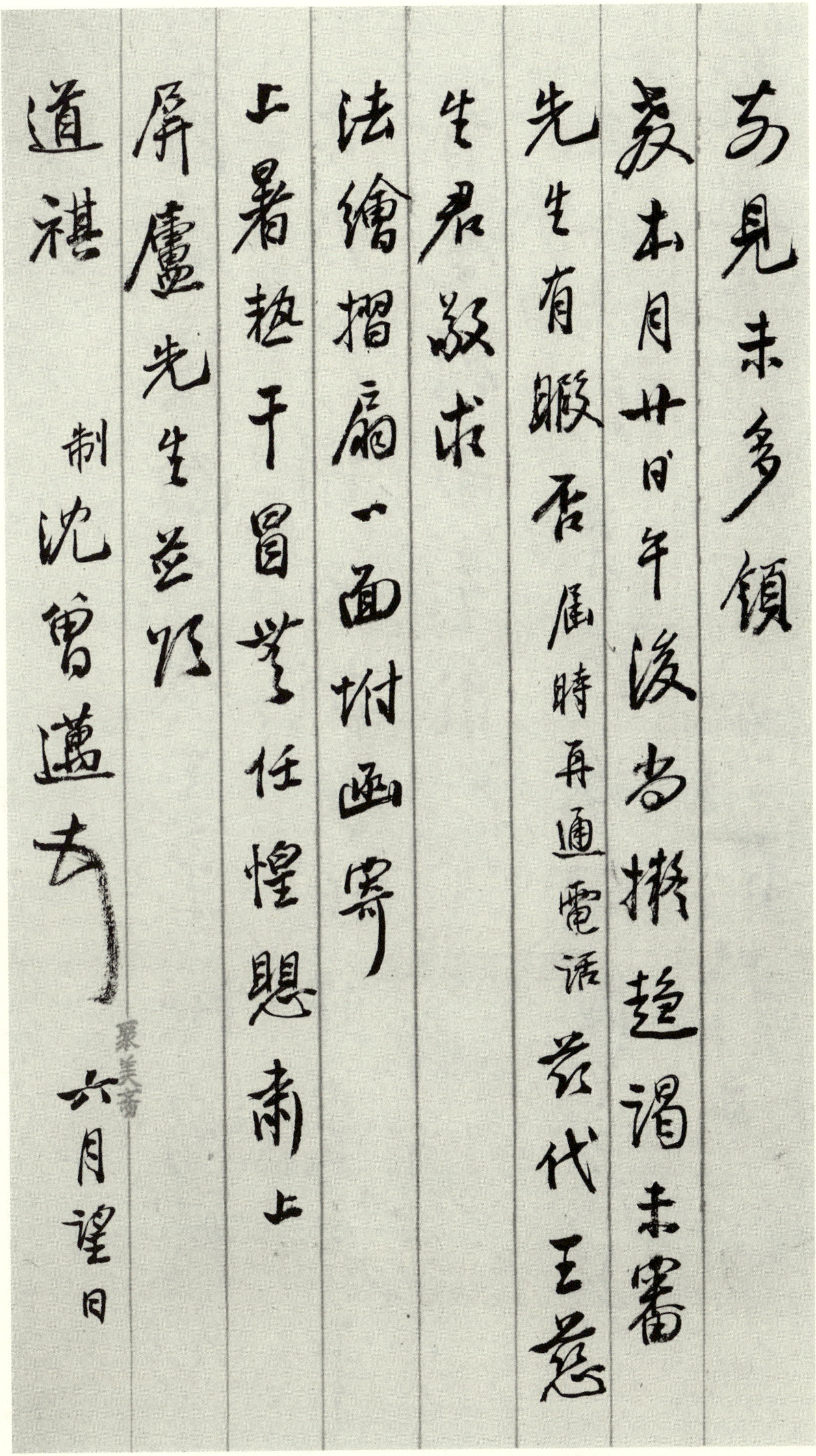
萬見未多領
教本月廿日午後當擬趋謁未審
先生有暇否屆時再通電話茲代王慈
生君敬求
法繪摺扇一面附函寄
上署款干冒瀆任惶懇肅上
屏廬先生並頌
道祺　制沈曾邁去
六月望日

昨承

畫扇發函心感之至激仰無既

未及走謝為歉又近作小文若干

首原擬面呈求

教亦未能果統俟開歲之春矣

屏廬先生道右　曹若邁拜上　十二月一日

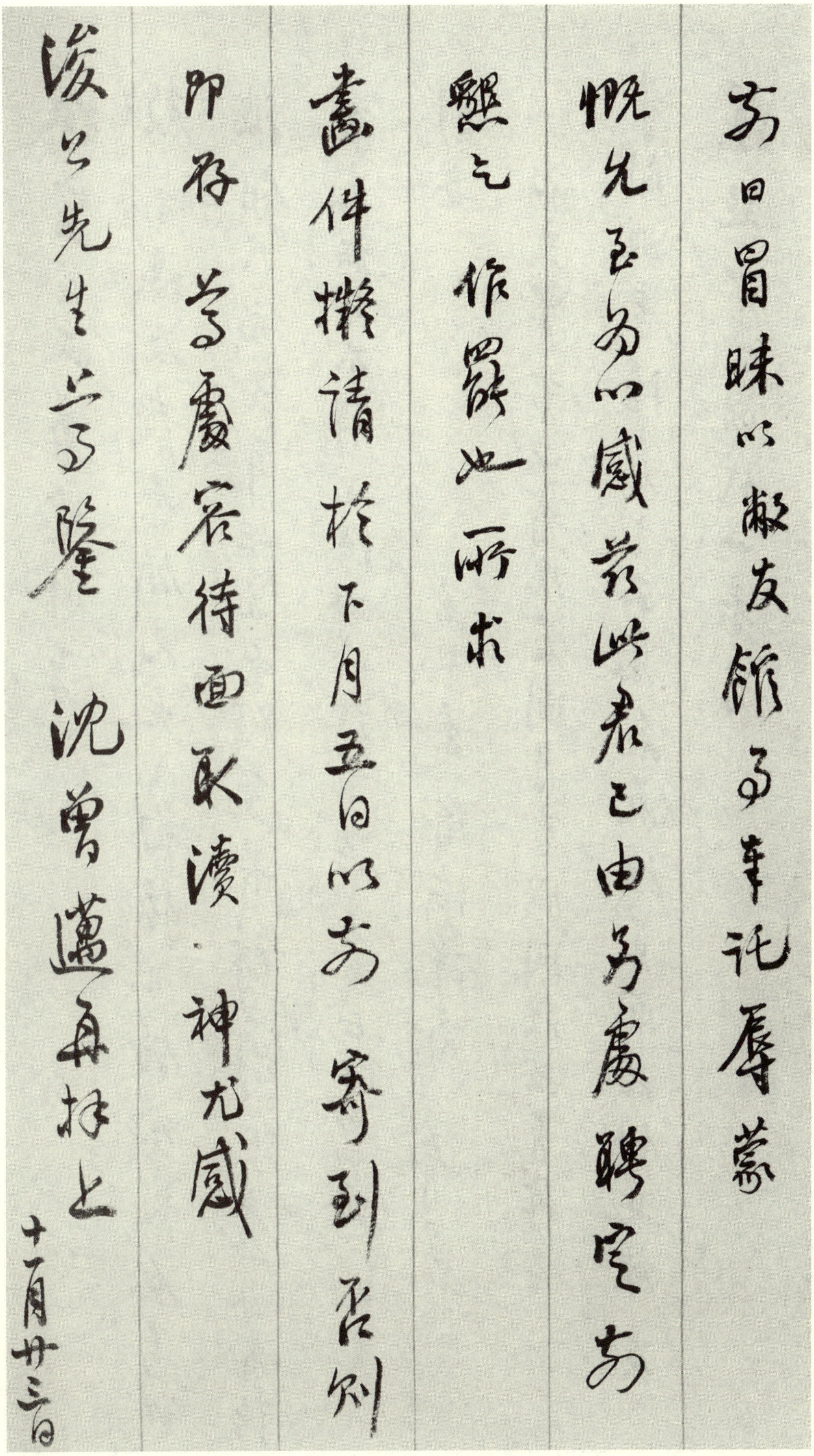
前日冒昧以敝友館事託屬，蒙
慨允至爲心感。茲此君已由弟處聘定矣，
懸之作罷也。所求
畫件擬請於下月五日以前寄到，否則
即存弟處，容待面取。瀆
神尤感。
浚之先生足下鑒　沈曾邁再拜上
十一月廿三日

渡宣仁丈尊鉴：昨奉

教言，读及散原领元老之句，依晓领会散原盖语

彼领於元老耳，但究竟似觉费解，所以文襄每有绝

岁先我所不解之语也。昨得小诗，呈

正求即政。

刻安

晚生庸纶谨肃 五月廿日

己亥四月第四届浣花园月季盛开欣然有作

等闲桃李随春去，又见名花次第开。亦似英雄乘

运起，一番时代一番才。

浚宣仁兄道鉴日昨
贵司事李君来舍面谈修房经过并
承示到
手示敬悉一是当即向工务局友人询问
此事原委据称外间虽免手重拆搂云此
事在未经批示以前当局曾经中转圜现
况该局局长正式由局发批来局完全收回
成命按此事不合之处有二一未经批示发

天津特别市公署警察局用笺

给执照即行完工六凡临街拆盖旧房均应
退让路线并经工务等语经与商酌通融
办法可具呈请求缓到先叙所门墙倾斜
危险已极经区所准拆呈请工务局后经区
严催是以未候批示即照旧址勉为修葺
以防危险早拟将房完全拆修因雨水
连绵乃砖料难觅等困难俟稍缓时
日计画完全照所指应退路线完全

天津特别市公署警察局用箋

修築現在拆修門墻退讓路線無須牽
動全部請格外體恤准予緩時拆蓋
云云如按照大意具呈縣再托局內
人從中疏通或能批准如能批緩即
可敷衍下去如此辦法不知
以為可行專肅敬頌
頤安　愚晚王賡綸謹上　八月廿三
沿革記一部已收到謝謝

天津特別市公署警察局用箋

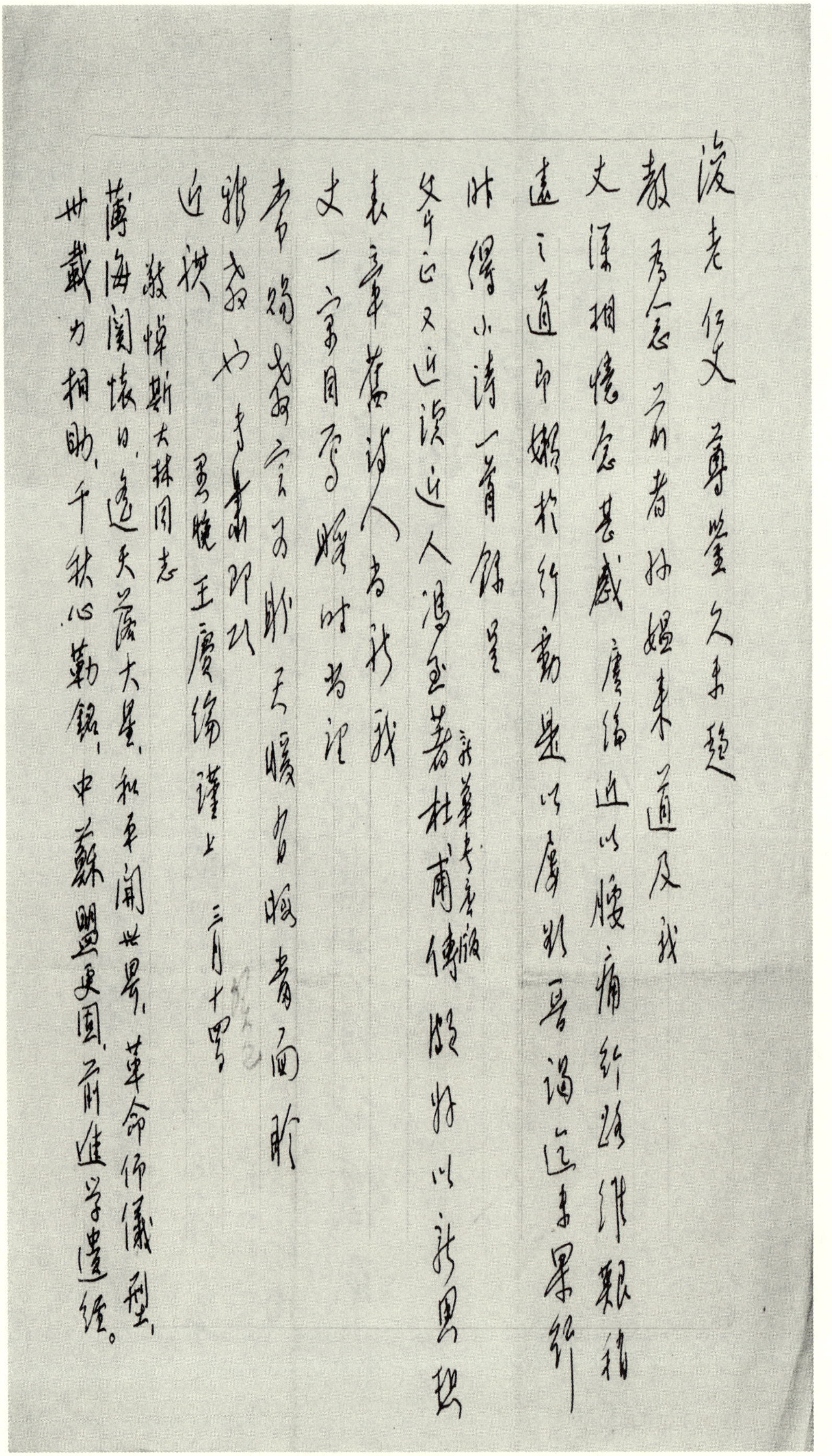

浚老仁丈尊鉴：久未趋
教。前者扬媚来，道及我
丈深相忆念，甚感。庆编近以腰痛、纤维粘结
远之道印，娴于行动，是以屡(?)斯，吾谓近来累行
昨得小诗一首录呈
冬中正又近读近人冯至著杜甫传（新华书店版），颇好，以新思想(?)
表章旧诗人，为我
丈一家目学嫁(?)时书理
来端书写宜多联，天暖当趋寓面聆
雅教也。专肃即颂
近祺
晚王庆编谨上 三月十四

敬悼斯大林同志

薄海同怀日，遥天落大星，和平开世界，革命仰仪型，
卅载力相助，千秋心勒铭，中苏盟更固，前进学遗经。

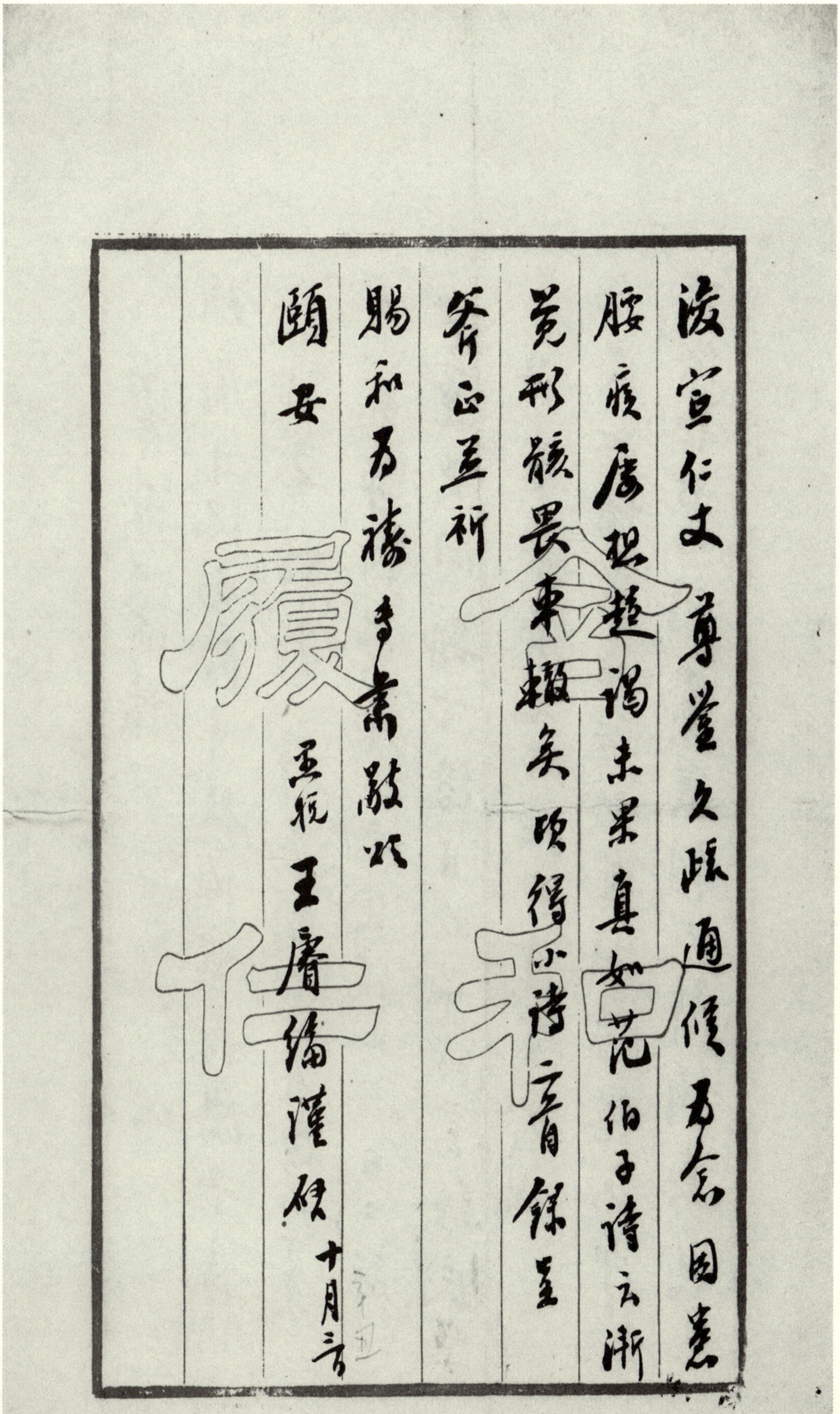
滂宣仁丈尊鉴：久疏通候，殊念。因患腰痛，屡想趋谒，未果。真如范伯子诗云"渐觉形骸畏车辙"矣。顷得小诗，并录呈斧正，并祈

赐和为祷。专肃，敬叩

颐安

[illegible] 王謇编谨启 十月二日

甲午秋日述懷

疏庸自愧病纏身，技悔雕蟲歷苦辛。
歲月無情難諱老，國家有道不憂貧。
和平陣壘層層大（漲），建設山河日日新。
世運大同期可待，且欣已作富強民。

讀李尊宾先生庚午書事感賦

鄉民孤憤群非輕，故舊相傳總不平。
末俗但驚閑外譽，衰朝只解媚夷兵。

志成救民慚清議，義士衛冤博勇名。

里乘何人編信史，長教後世得真情。

按庚午書丁詩即詠燒酒樓事，楊孟吟、

高彤皆諸老輩均有詩，聊作續聲，

不計文字工拙也。

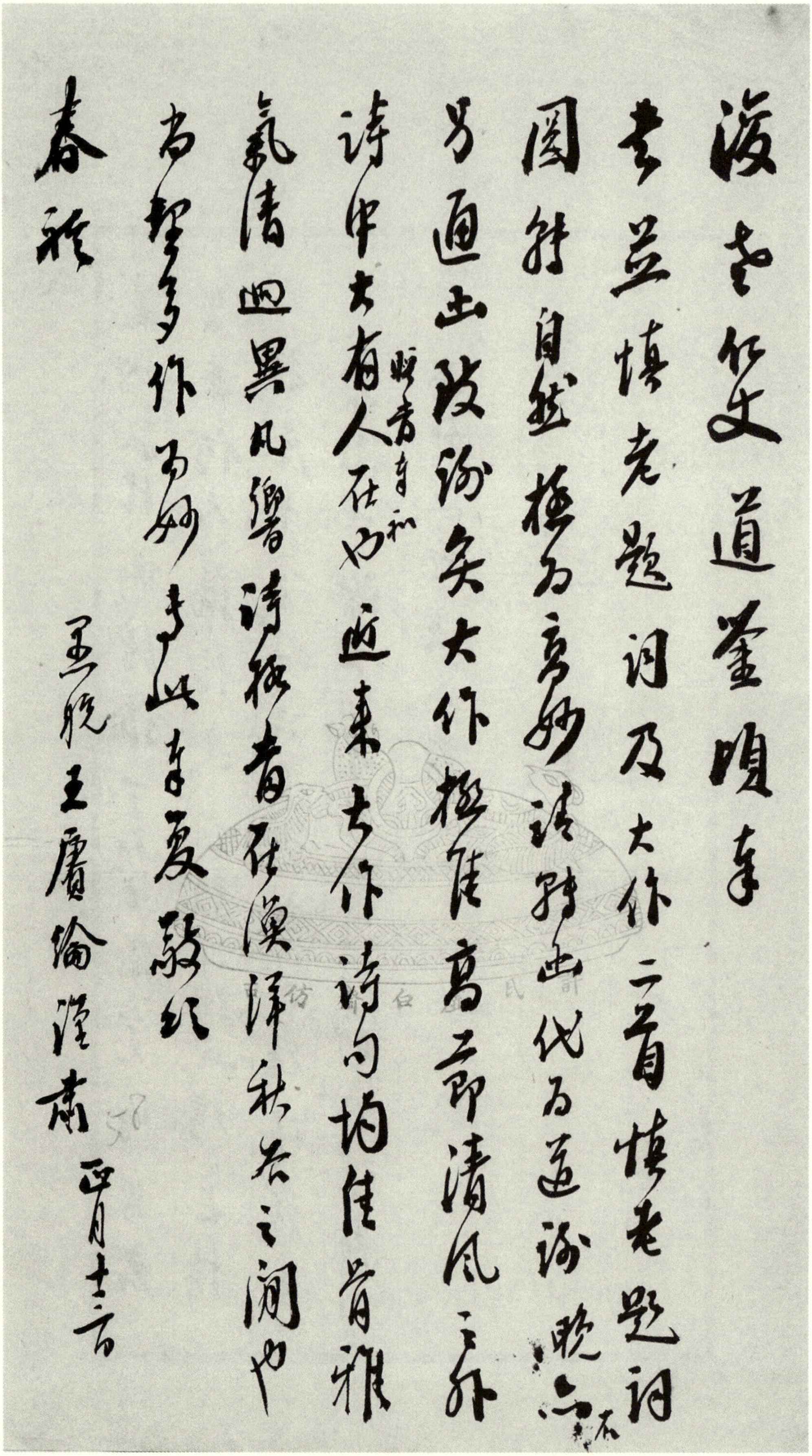
海文道鑒：頃奉
書並續老題詞及大作二首。續老題詞
圖詩自然極為高妙，詩題畫代為道謝，晚亦不
另函道謝矣。大作極佳，高節清風，二者
詩中大有人在也。照前年和近來大作，詩句均佳，肯雅
氣清，迥異凡響。詩稿有在滬澤秋君之間也
為智者多作不妙，未此年夏敬頌
春祺
晚王蘧常謹肅 正月十二日

援老伯丈賜鑒久未通候甚念維
起居安適為祝賡縮身體依然動作維艱非自上月小兒
金鑑由江南來津精神稍形快慰每日仍勉強上班
憶波遷滬能甚自然而已孫媳來輒道及我
丈垂詢關懷之至言甚為感激屢擬肅函問候奈天
熱事煩是未得覆近作小詩數首并特錄請
斧正並希 常賜教言為盼專此敬請
暑安

晚王賡縮謹肅 夏曆六月十二日

喜鑑兒自江南來津

九年艱苦從軍日，塞上風沙已飽諳。且樊籠閒倦鳥，鶯飛草長樂江南。

侵尋老病難行遠（路），寂寞餘生從是盤。游子天涯歸慰我，名山風景能從頭。（近曾遍遊湖南名勝）

示金鑑

髫齡危苦守萱幃，消鑠韶華陶性情。恣賞名山應快意，從今心事要崢嶸。

少年凝靜寡言〻好讀詩書氣自清植品要高行要潔不虞仍恐太分明 用句

我漸學來造精微雜讀詩書之指歸垂老無成恨從沒一門深入發光輝

賦呈榆生字兄並似書法研究會諸公

壯游湖海老猶豪喜寫幽蘭讀楚騷白髮優游娛晚境倚闌仍自喜揮毫

留與書法習年勤觀而吾津張一軍早日大師傳妙訣老安成學子名 趙犀

渋老夫子道鉴：日昨斗胆来谈，并见庐慎老，知

丈代索慎老诗集一部，想不日寄下，特先道谢。

近又作诗二首，附呈于后，敬乞

斧正。手肃，敬颂

秋祺。

孟晓　王虞纶谨上　九月吉

和石林亭五十追和仁安师诗即用其韵为祝

早遇宋璞人（谓仁安师），英玉含辉光，不为凡桃李，松柏

长青苍。读书有特识，士林翰墨场，垚也来同

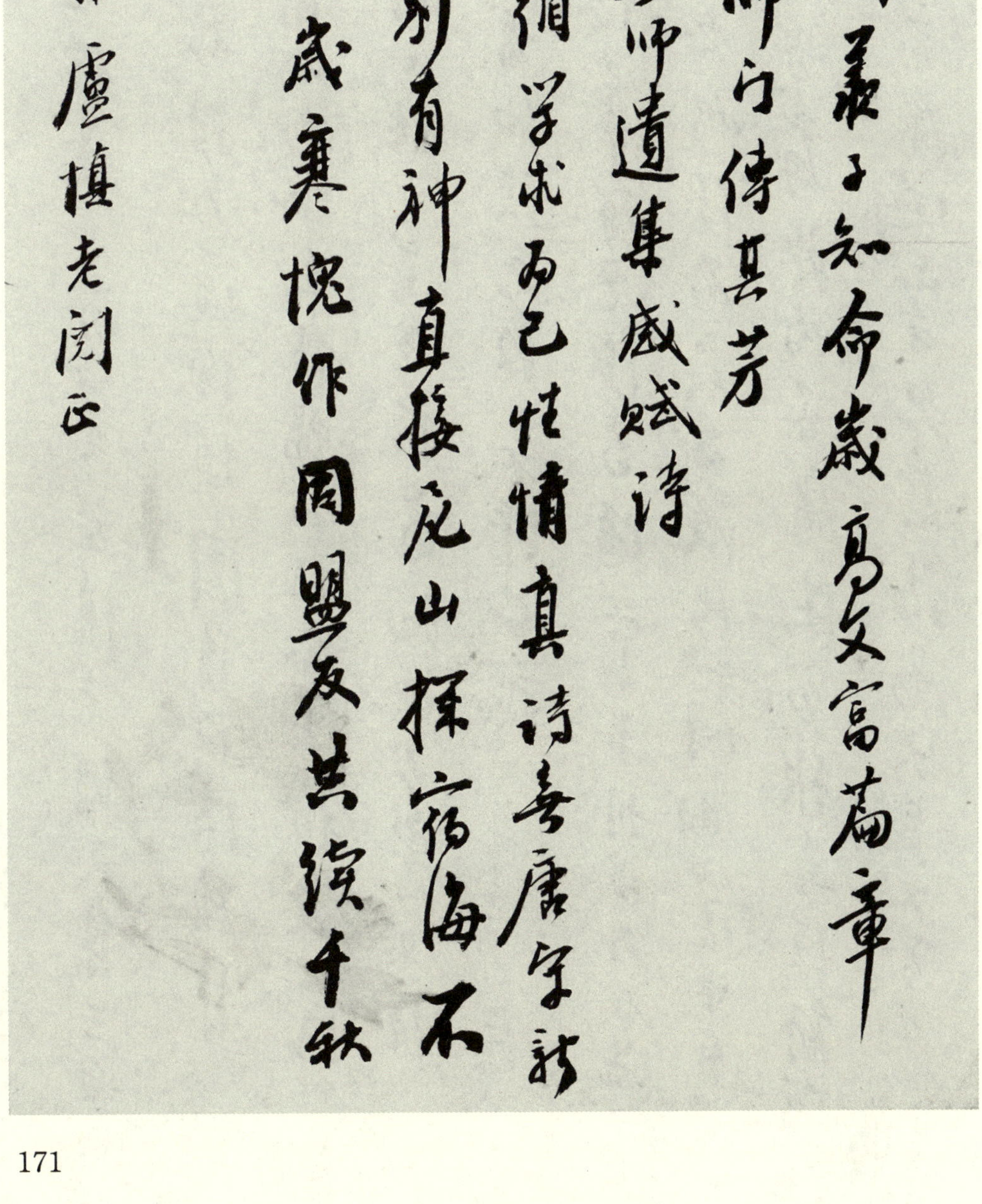
学老病缠风霜裹子知命岁高文富篇章
願借岁寒姿师门传其芳
和松亭读仁安师遗集感赋诗
回首师门教可循学术而已性情真诗希唐宋
开境文墨分姚别有神直接尼山探穷海不
随众派入迷津岁寒愧作同盟友共续千秋
数炷薪
政正 汾安学术 卢慎老阅正

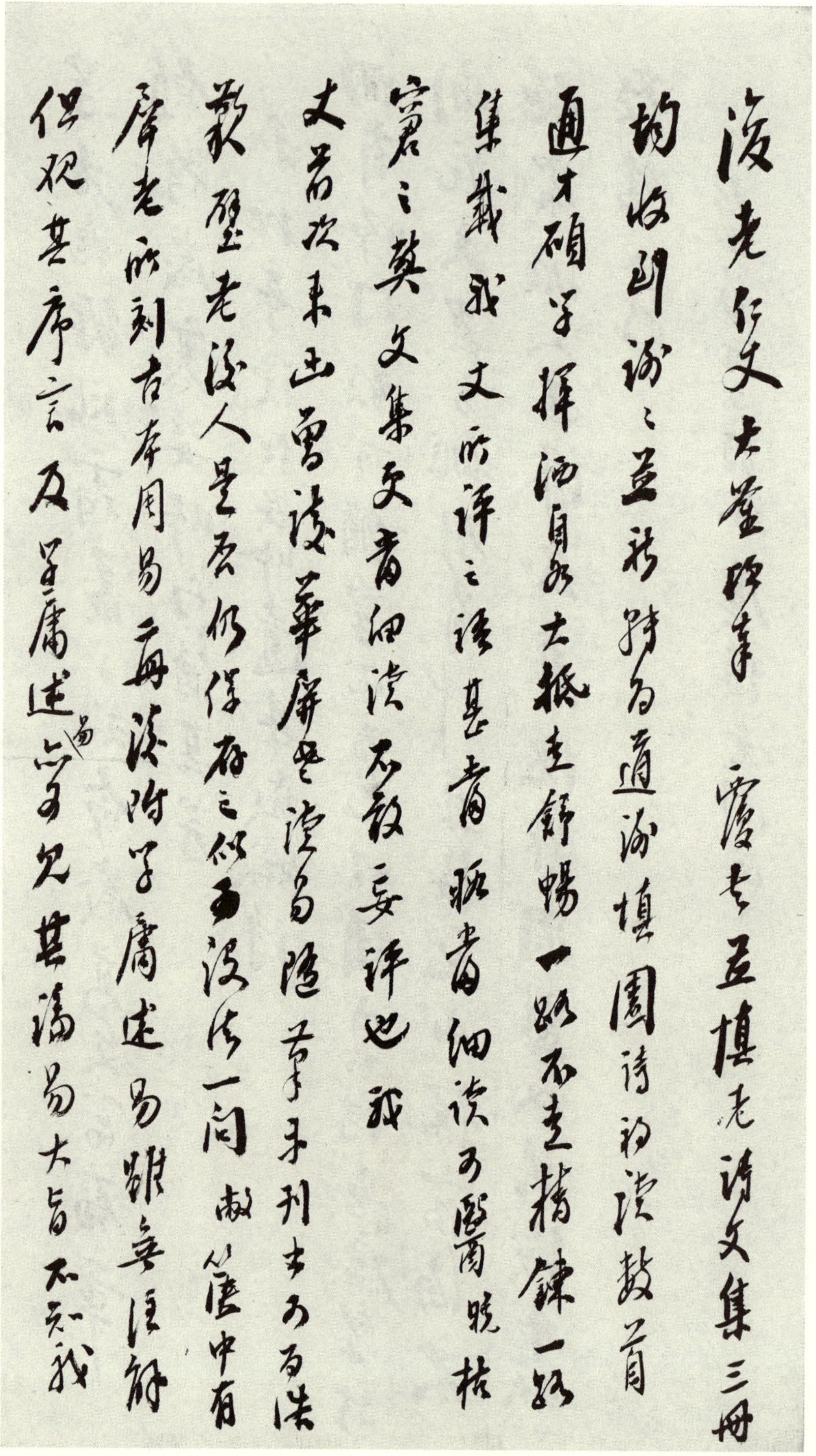

浚老仁丈大鑒：賜寄霞老、益堪老詩文集三冊，均收到，誦之益彰。新詩為遺浴堪園詩詞讀數首，通才碩學，揮灑自如，大抵主舒暢一路，不主精鍊一路。集裁我文所評之語甚當，瑕者細讀可豁曉。枯窘之英文集更當細讀，不敢妄評也。我丈前次來函曾讀華屏之遺隱荀子手刊本百陳，敬璧。屏老後人是否仍保存之，似可復一問。叔公傳中有屏老所刻古本周易，再復附寄屬述易號無注解，但知其序言及其屬述之由，尚見其論易大旨，不知我

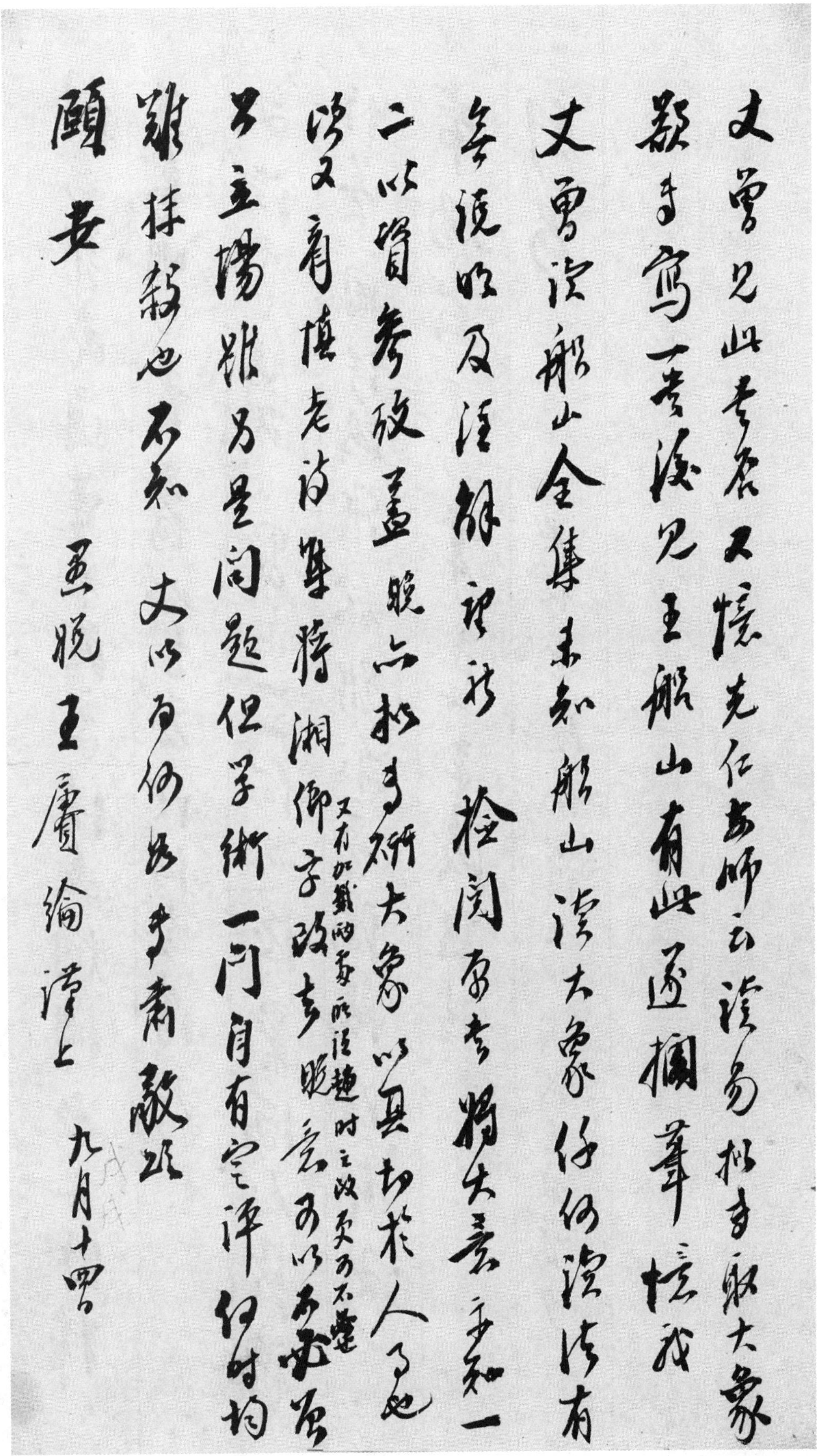
丈曾兄：此書又懷先仁者師云讀易擬予取大象
類予寫一書後見王船山有此遊擱筆據我
丈曾讀船山全集未知船山讀大象何如讀法有
無援明及注解評釋 檢閱予書將大意 示知一
二以資參考 蓋 晚亦擬予新大象以具切於人事也
將又有慎老詩集時湘鄉字跋書眼意亦以為求至
又有加戳的參所注趣时已改更可不暨
其立場雖另是問題但學術一門自有定評何時均
難抹殺也 不知 丈以為何如 專肅 敬頌
頤安 晚王雲綸謹上 九月十四
戊戌

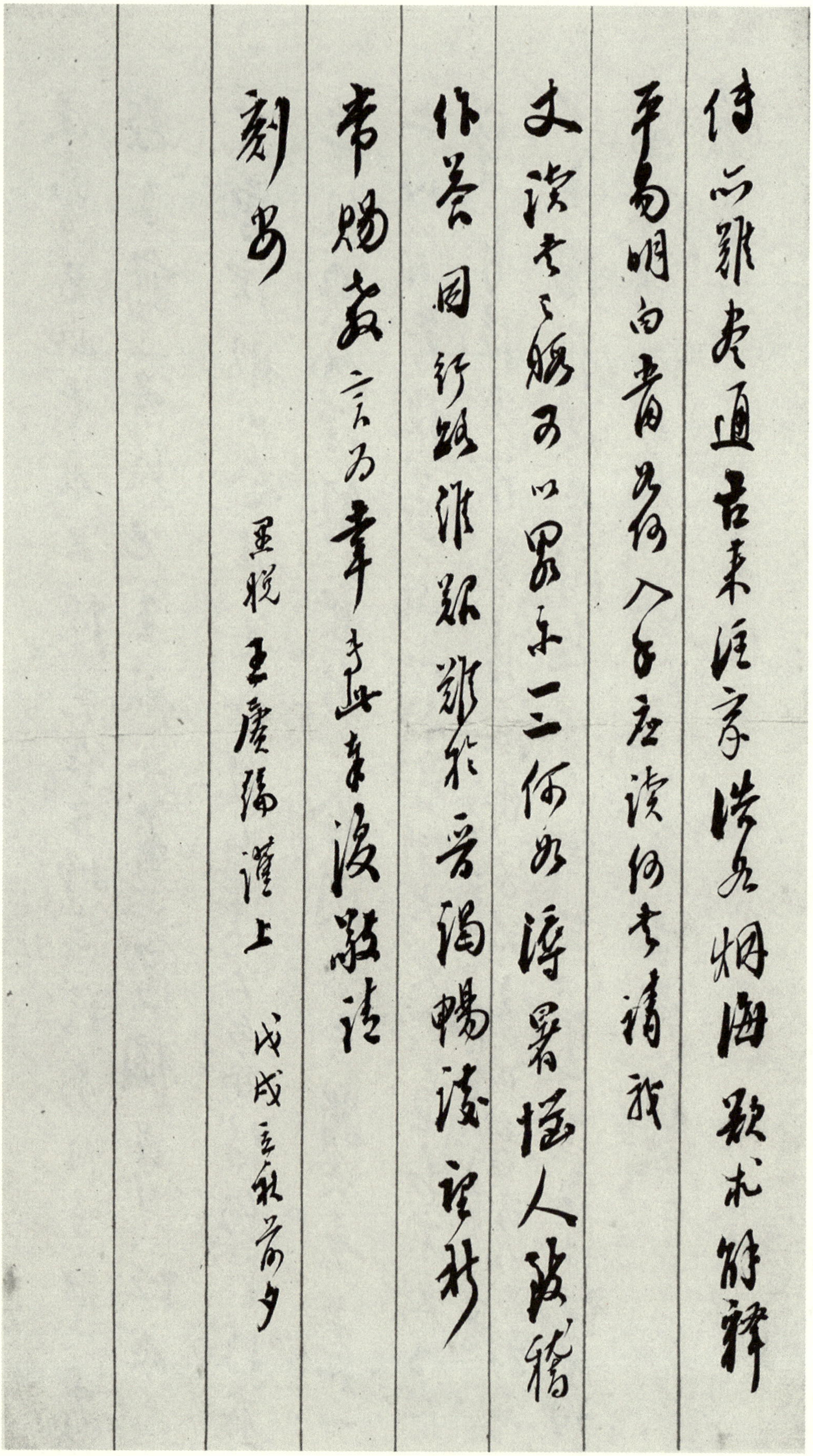

侍以罪老通古來經字浩如煙海難求解釋

平易明白者若有人應讀何書請我

文讀書之暇可以略示一二何如將署揭人後稽

作答因行程非難難於晉謁暢讀理科

希賜教言爲幸專此奉復敬請

刻安

星槎 王慶驥謹上 戊戌立秋前夕

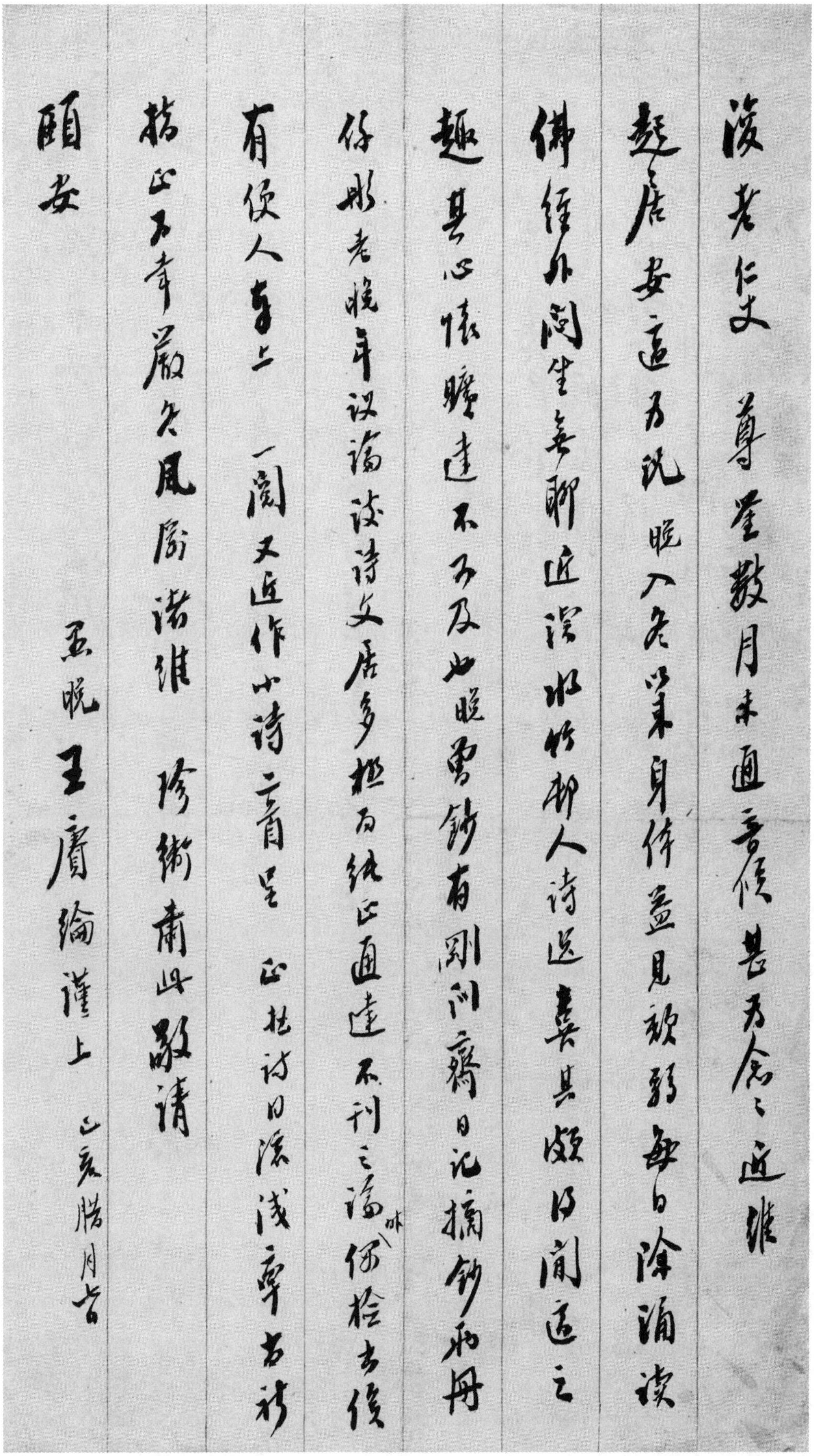

渡老仁丈尊鑒：數月未通音候，甚為念念。近維
起居安適為祝。晚入冬以來，身體益見頹弱，每日除誦讀
佛經外，閒坐無聊。近讀明清人詩選，甚具蕭閒適之
趣，其心懷曠達，不可及也。晚曾鈔有剛門齋日記摘鈔兩冊，
係那老晚年議論讀詩文，居多極為純正通達不刊之論外，係檢出俟
有便人寄上一閱。又近作小詩二首呈正，拙詩自慚淺學，尚祈
指正。不幸嚴冬風厲，諸維珍衛。肅此敬請
頤安

孟晚王賡綸謹上
乙亥臘月廿

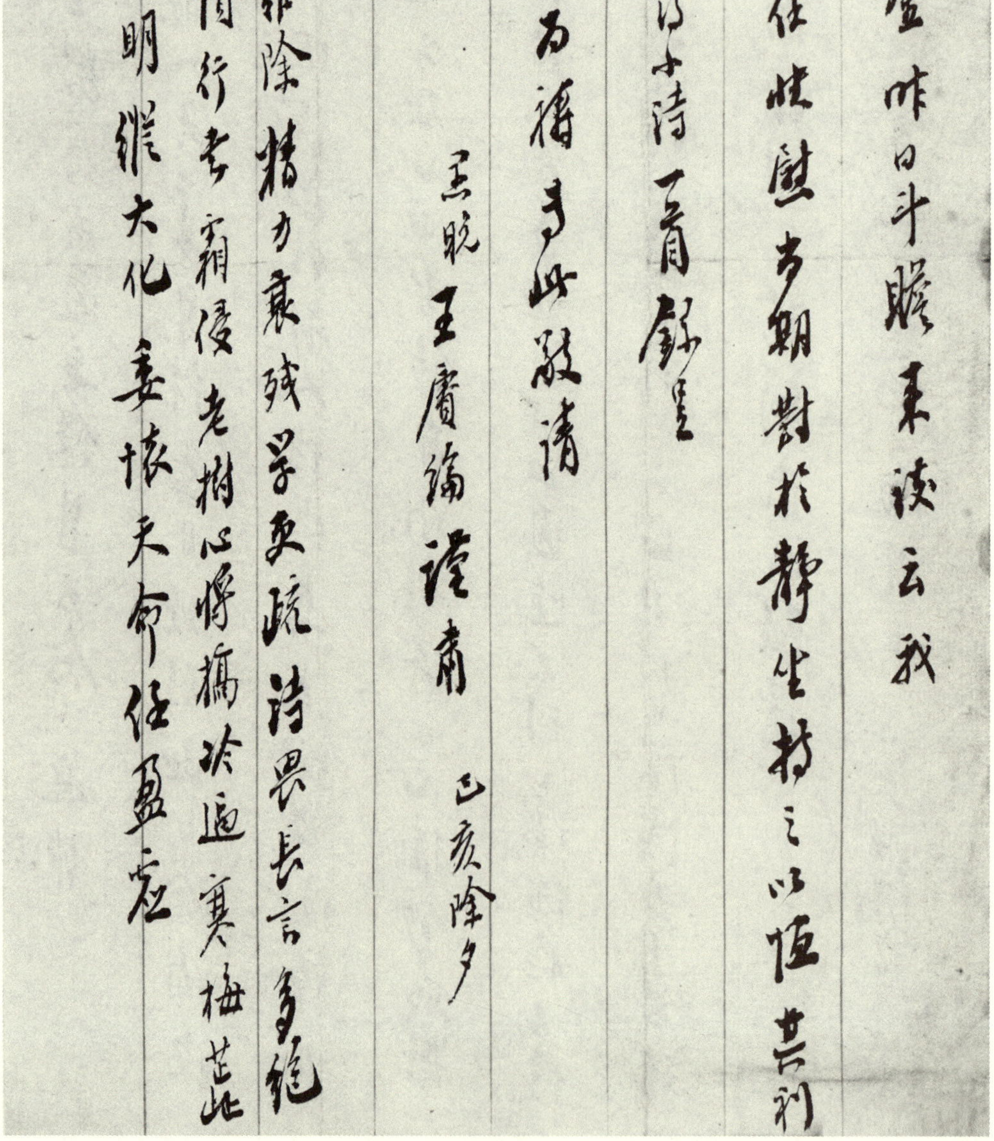

滌老仁丈賜鑒：昨日斗瞻來談，云我丈清恙大愈，無任忻慰。早期對於靜坐持之以恆，其利益不可思議矣。謹以小詩一首錄呈斧正，并希賜和為禱。專此敬請

春安

愚晚 王賡編謹肅 己亥除夕

歲寒述懷

年來老病總難除，精力衰殘學更疏。詩畏長言多絕句，字艱作楷惜行書。霜侵老樹心將槁，冷逼寒梅苦此未舒。恨不淵明能大化，委懷天命任盈虛。

海老仁兄道席久未通信維
福履綏和為頌前呈和杜亭詩稿蒙 峯友頃接除
鏡波兄來信附元旦述懷及和我丈三絕句不知係追和舊
詩抑係新作即推未得我 丈原詩深以為憾讀新
錄及擬讀以便奉和也昨作和詩覺我雅致天津十七年
五律二首無甚意義只應景而已近來有
大作否請示一二專肅敬頌
春祺
愚晚王纘緒謹上 正月十七日

浚老年丈 道履頃奉 來教敬悉

貴體血壓高，靜坐甚效，甚慰。前者即聞

尊體微恙，屢欲煩孫媳探問，因伊亦多病，昨

日伊往 貴府得見 顏色并承

閣注垂詢，勖藹諭

近況稍愈頗慰。晚自中年以後所經常患血

壓高據多方經驗在生活間務使睡眠足少怒少
慮戒酒戒辣食晚間洗足使下部充血上部自清
大便每日一次
至能靜坐坐效更大不外調息靜慮血液周流
因是子靜坐法續編甚好如喜念佛先靜坐念
佛念至心淨如能入定則更善矣現在新學所謂
氣功療法即靜坐也久之定能祛病延年

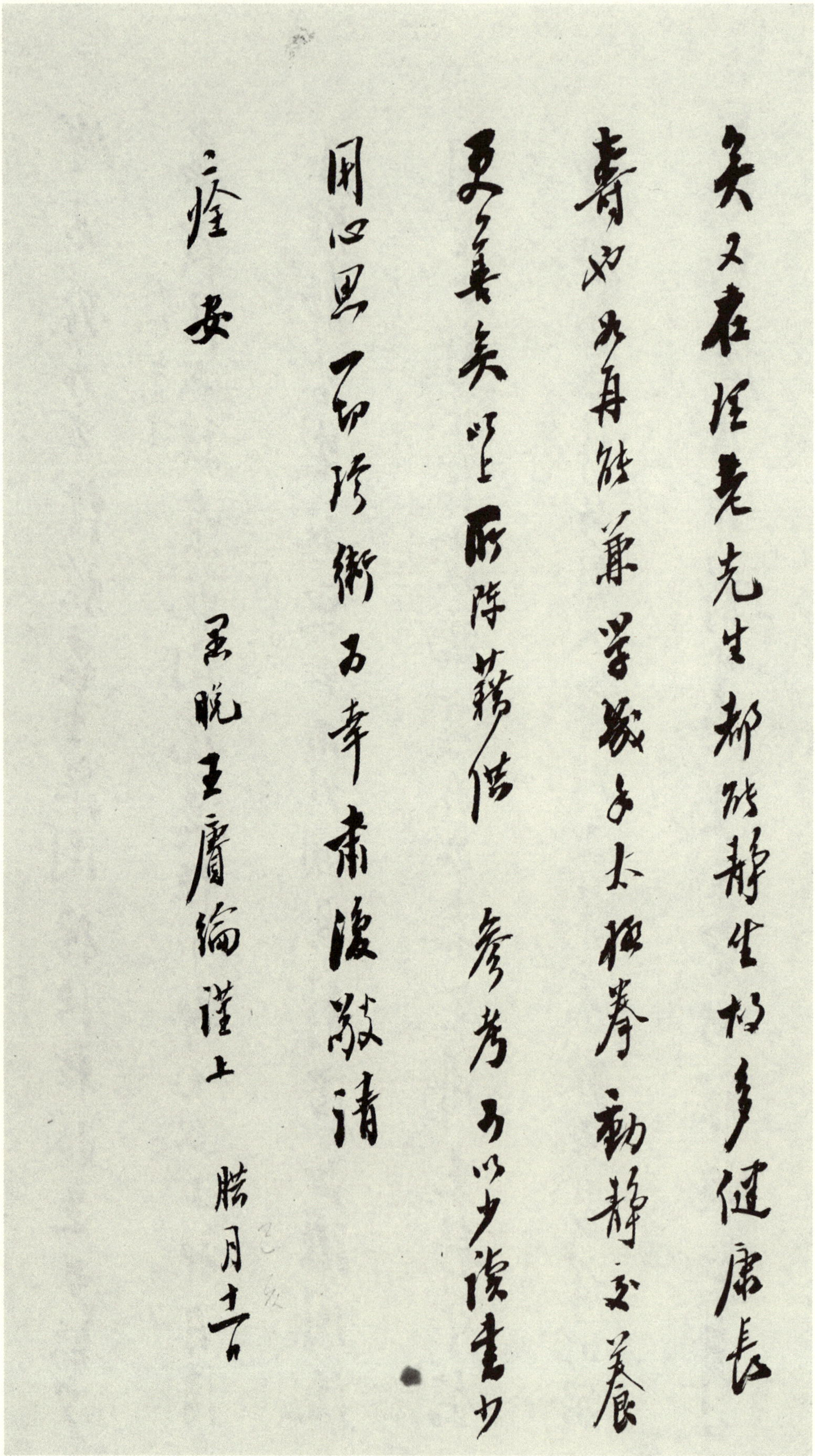
矣。又在經老先生都說靜坐極多健康長壽，必如再能兼學幾手太極拳，動靜交養，更為善矣。以上所陳，藉供參考，可以少讀書，少用心思，多自珍衛為幸。肅復，敬請
痊安
愚晚 王曆編 謹上
臘月十二

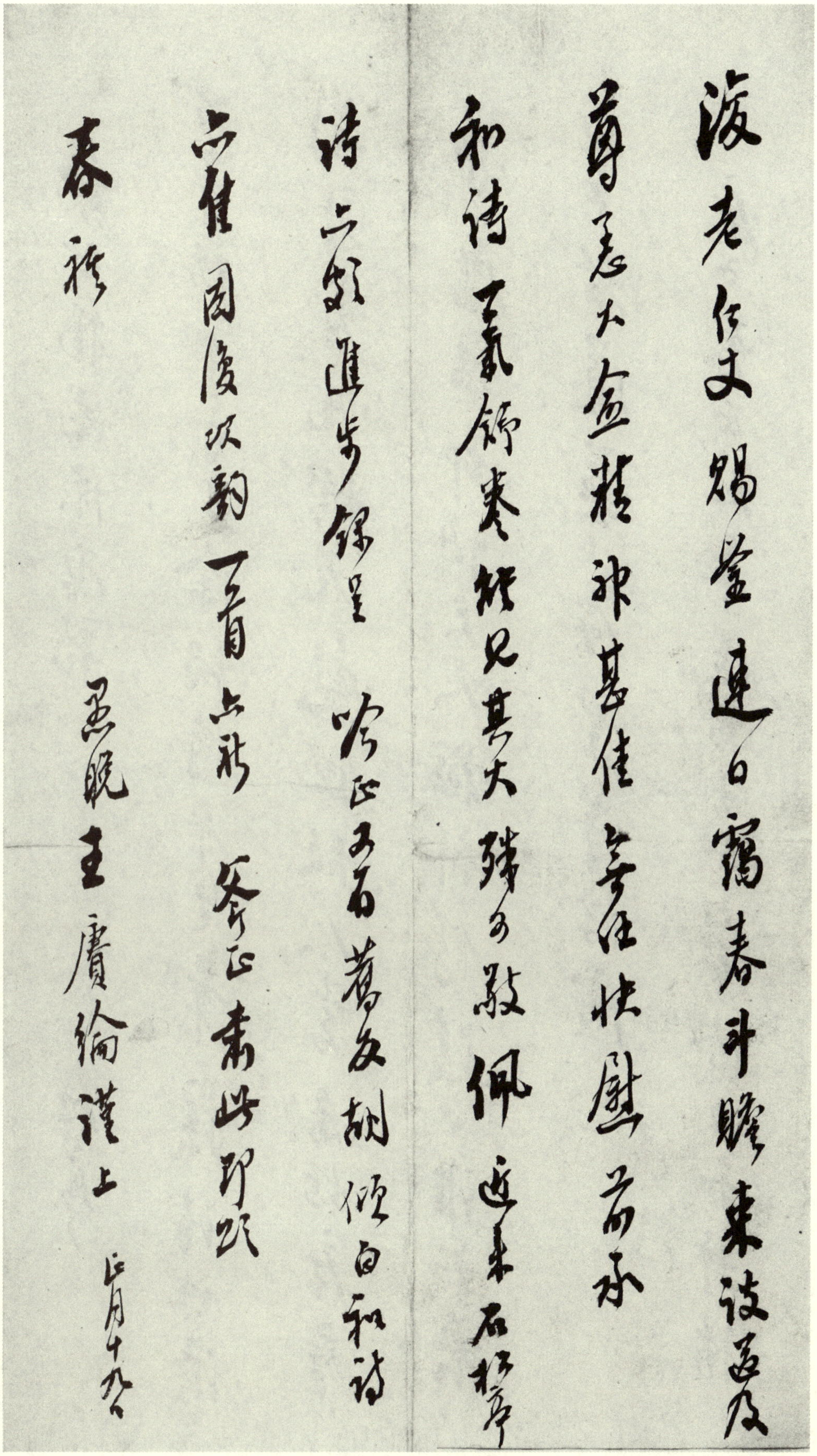

渡老仁丈：賜寄遠白鶴春斗賸來詩並及

尊恙大愈，精神甚佳，無任快慰。前承

和詩一首，氣韻豪健，只其大殊可欽佩。近來石林亭

詩六韻，進步錄呈吟正。又有舊友胡傾白和詩

六佳，因復次韻一首，亦錄奉正。並此即頌

春禧

愚晚王賡綸謹上

正月十六

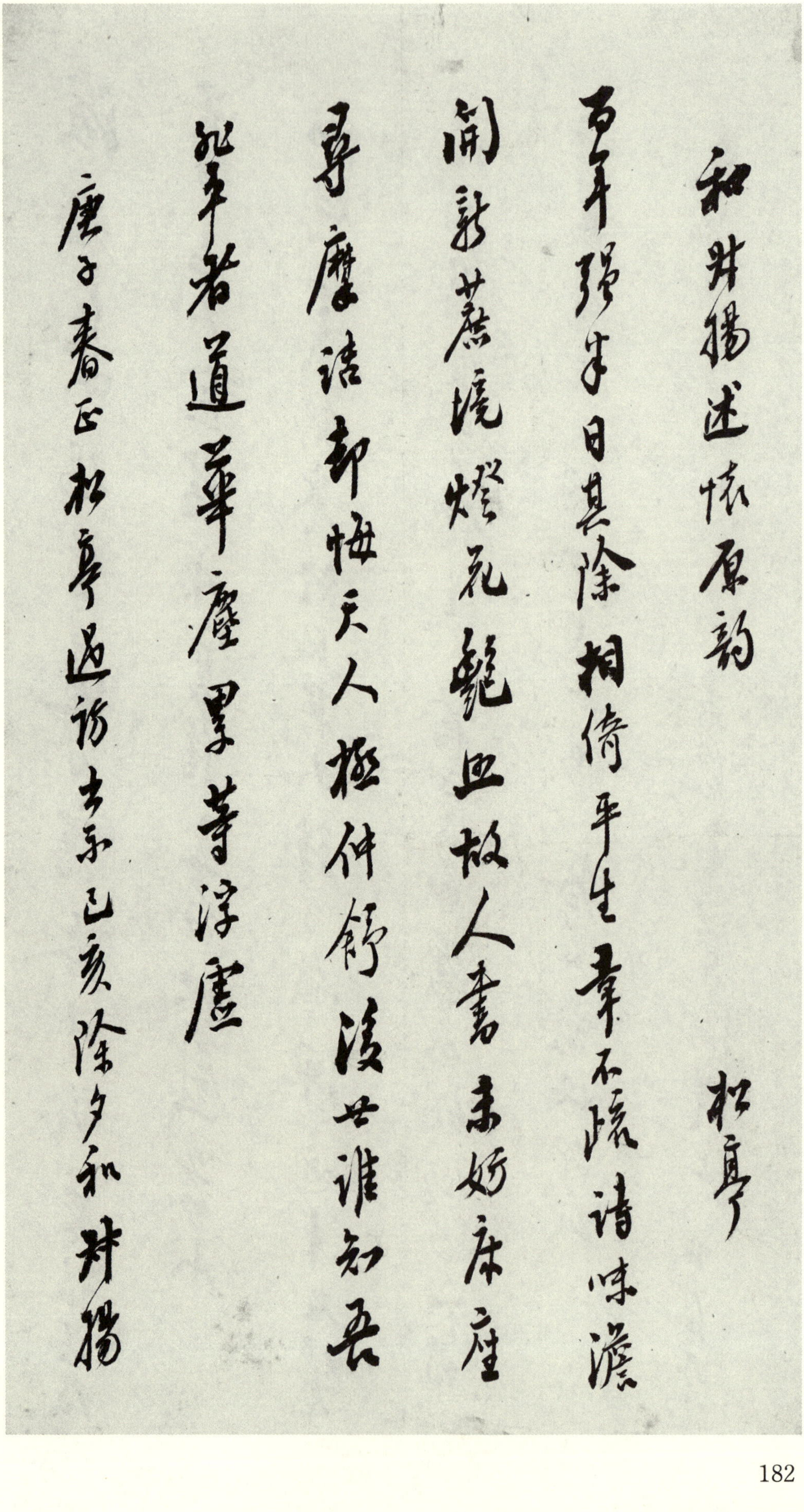

和竹楊述懷原韵　松亭

百年强半日甚除相倚平生事不疏請味濃
開新蔗境燈花艷血故人書未妨康座
尋摩詰却悔天人極仲舒後世誰知吾
輩者道華塵界等浮虛

庚子春正松亭過訪出示己亥除夕和竹楊

歲暮遣懷之作因觸前塵賡和一律并希

二公垂教　　胡君素頓白

白駒速邁歲華除文字靈通性未疏舊雨觸牽陳事跡成春寓理活人書和詩可許追裴迪樸被無慚盡魏舒大患有生真是累君恩實法不妨虛

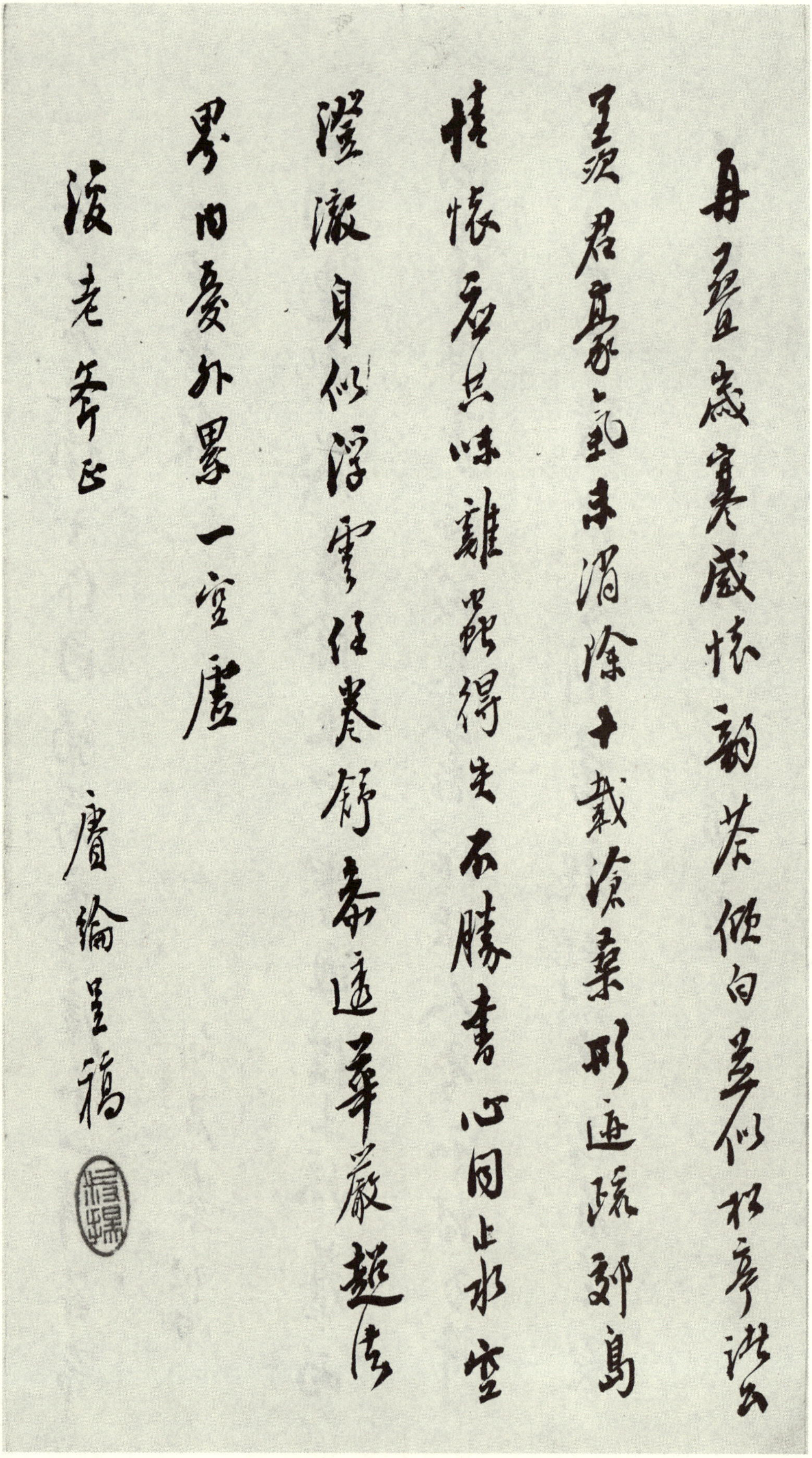

再疊歲寒感懷韻荅似白石似松亭諸公星涙

君家々氣未消除十載滄桑形迹疏郊島情懷君共味離騷得失不勝書心同止水空澄澈身似浮雲任卷舒奇逢華嚴超法界因憂外累一空虛

波老斧正

唐倫呈稿

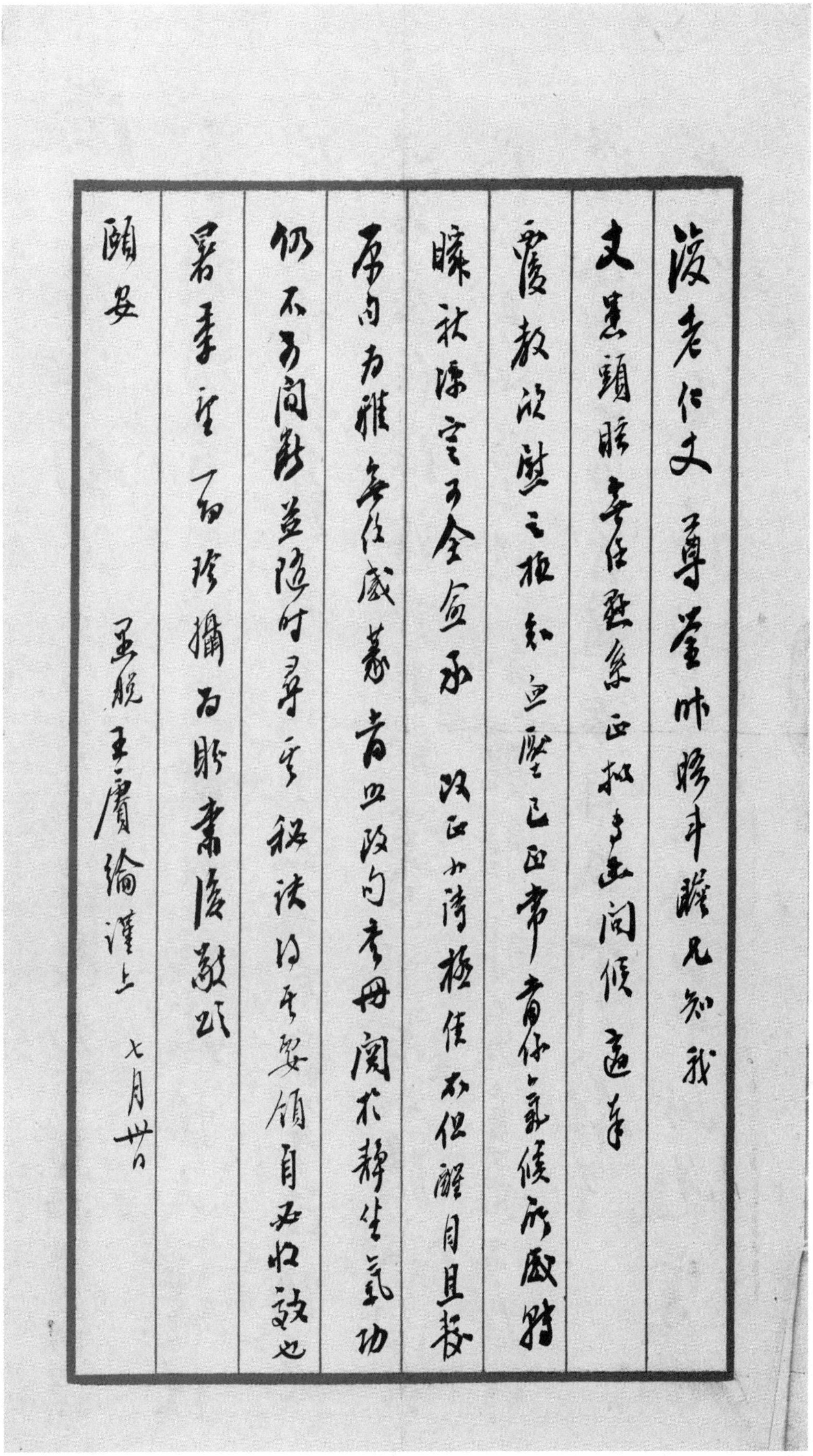
渡老仁丈尊鑒：昨接手翰，兄知我
丈甚顧眷，每任懸系，正擬去函問候，適奉
覆教，敬悉之極，知血壓已正常，貴體亦氣候所感，時
睽秋涼定可全愈矣。改正小詩極佳，不但醒目且較
原句尤雅，每使感慕。貴血壓問題毋論靜坐氣功
仍不可間斷，並隨时尋覓秘訣，得其要領，自必收效也。
暑季至盼珍攝，為盼，肅復，敬頌
頤安
晚 王賡綸 謹上 七月廿日

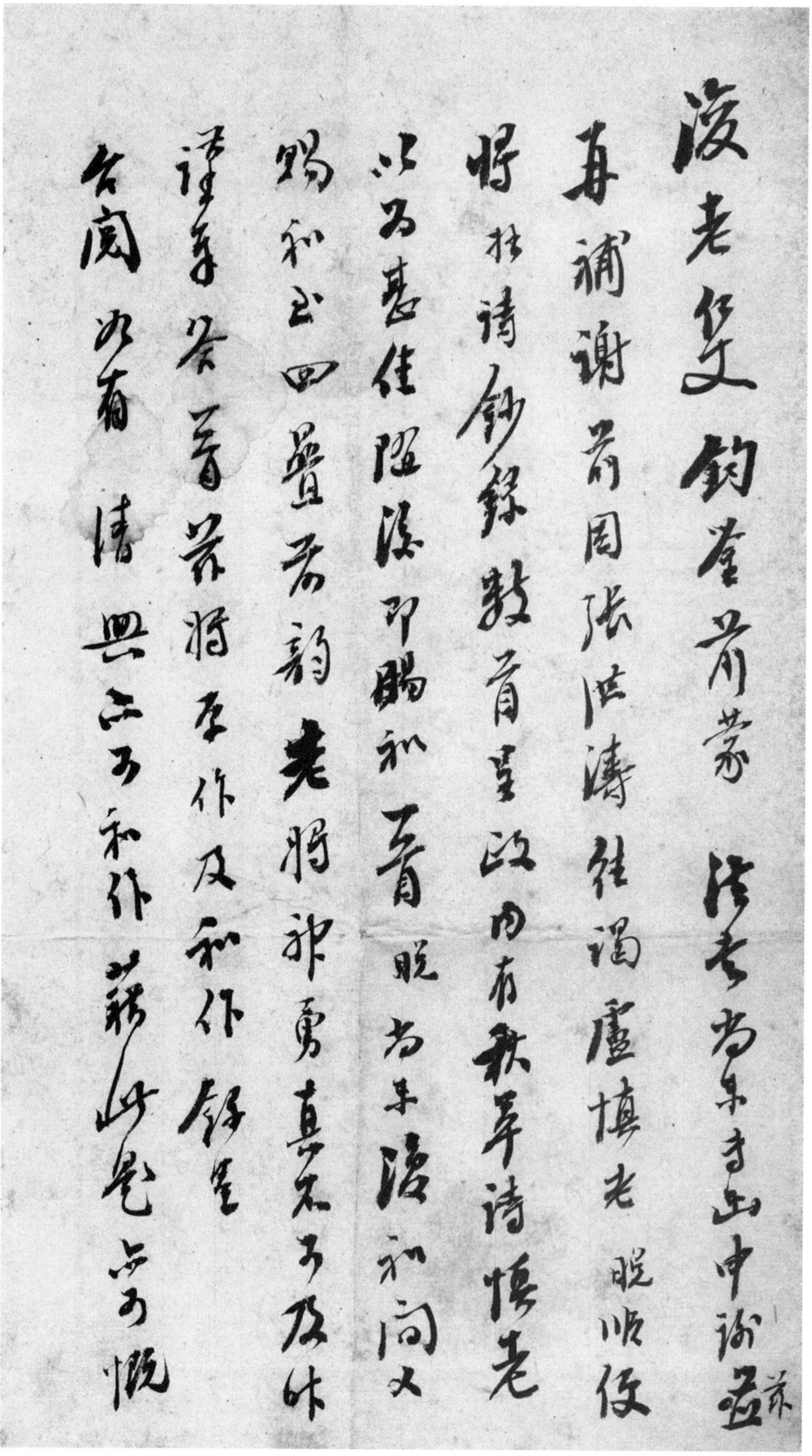

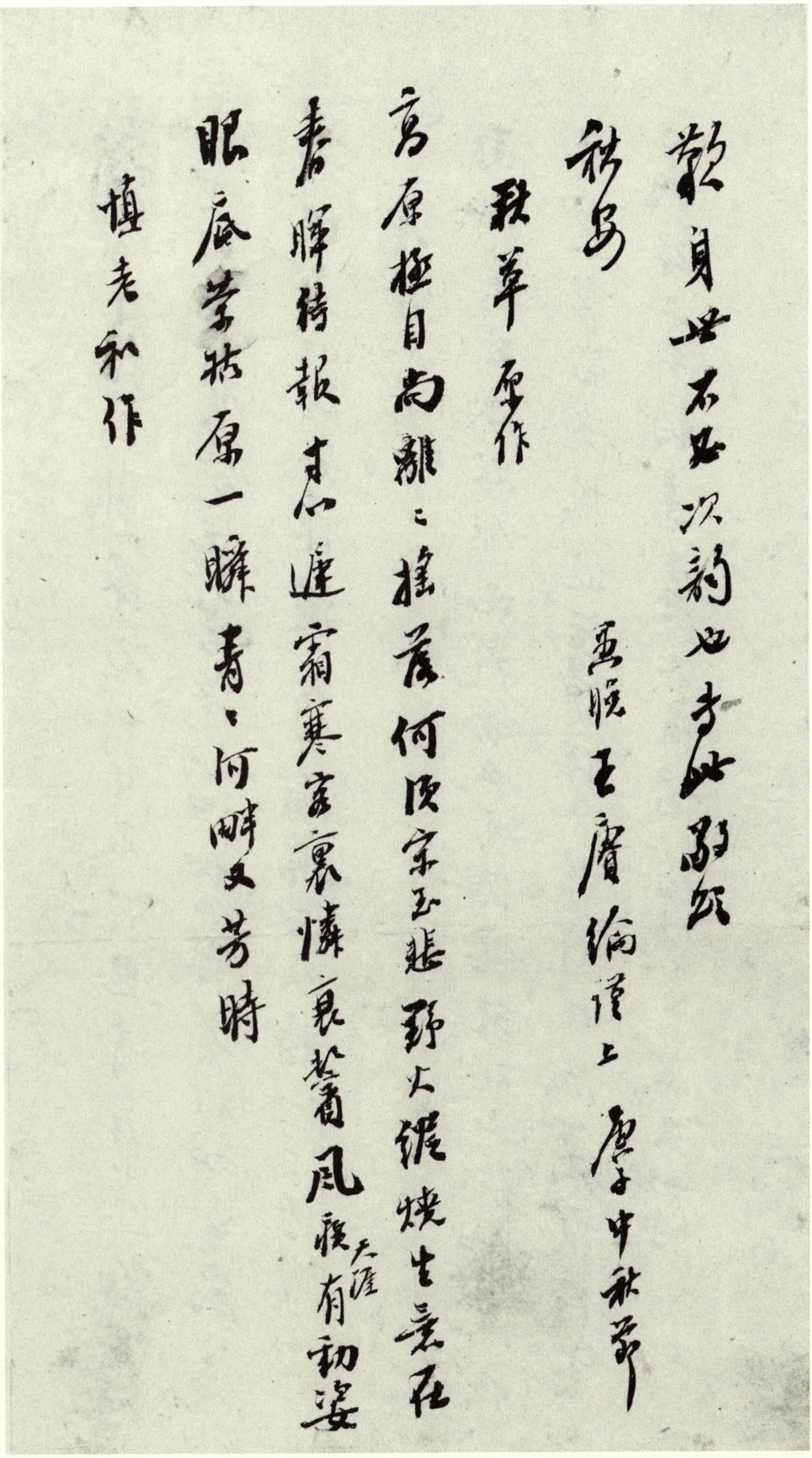

歉身世不如次韵也幸乞郢政

秋安　愚晚王曆綸謹上　庚子中秋節

秋草　原作

高原極目尚離離，搖落何須宋玉悲。野火縱燒生意在，

春暉待報春遲。霜寒家裏憐衰鬢，風痕（天涯）有動姿。

眼底榮枯原一轍，青青何時又芳時。

埴老和作

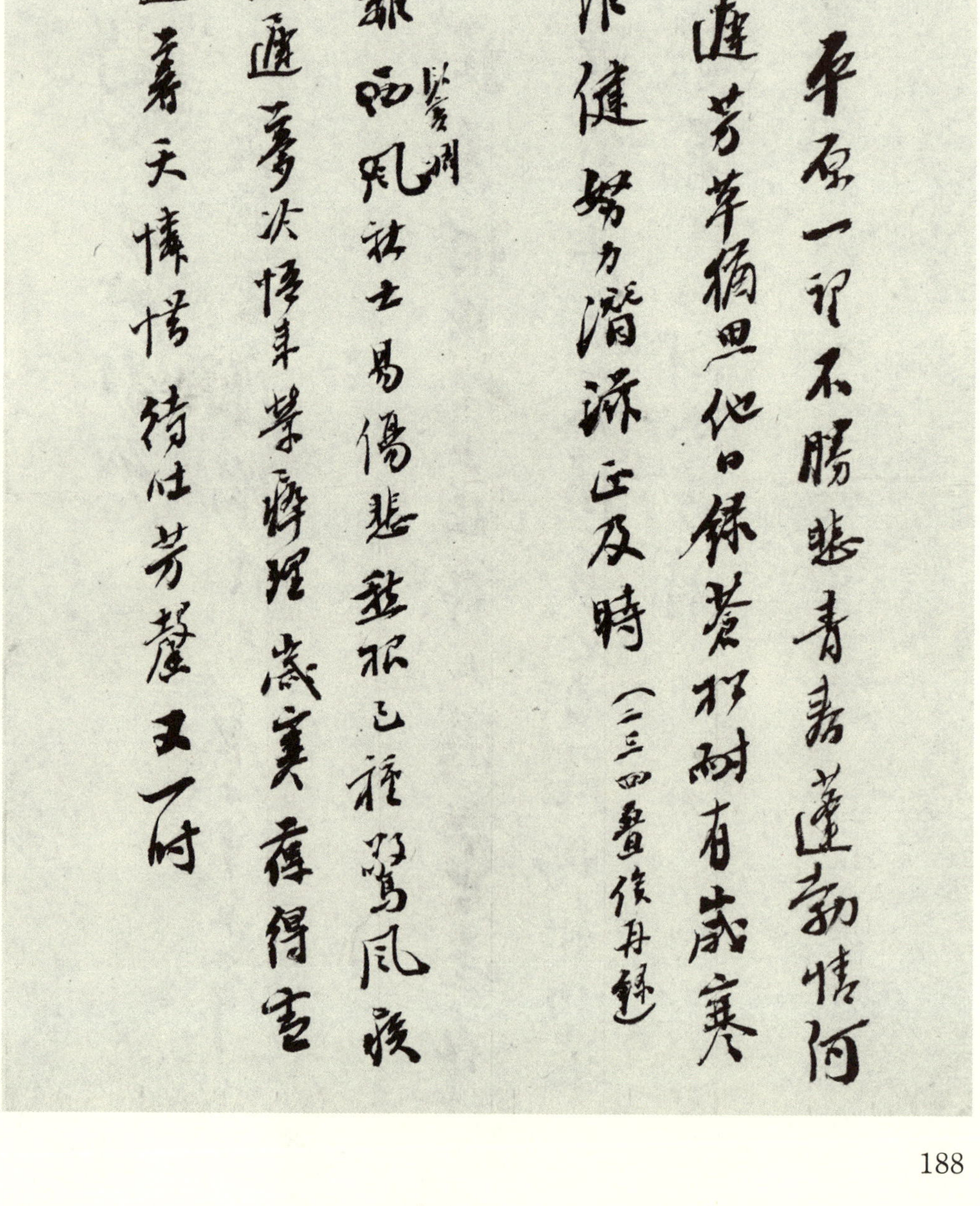

故國三千悵別離 平原一望不勝悲 青青蓬勃情何
世 末路紫林梅已遍 芳草猶思他日綠 蒼松耐有歲寒
姿 明年此際知誰健 努力潛蹤正及時 (二三四疊復丹韻)

唐瑜次韻

南浦蕭疏感怨離 西風(鬱洲)壯士易傷悲 莖根已種好鸞鳳殘
生意常留撫歲遲 夢次悟來芳草理 歲寒尊得雪
霜相姿 裏麵遲暮天慷慨 待仕芳聲更有時

渡老仁丈尊鉴：多日未通候，维

起居安吉为祝。前由张洪涛送上胡屿门先生遗诗，

想已阅。有另册题词亦聆，不墨踢题者何言，兄及

原诗来取更望，兄于以使有所遵循。王晓峰先生

逝世，吾津又损一至人硕果矣。睹曹楼抱影，不知我

丈有何挽词送。多日来晚来作诗，咏怀得一诗，录请渡诗

会正。寒风多厉，敬希珍摄，珍卫。即颂

颐安。

晚王赓缟谨肃　十二月十六日

老后偶成

孱躯何恃御严天，瘦骨风欺冷透绵。菜搅枯肠难熟睡，

镫昏病目废陈编。排排身外无穷事，珍重人间有限年。

熬极本无诗遣兴，用白诗成又违底言诠。

渡老仁兄道鑒 昨奉 霞客并大詩四首及白雲館卷 天機流溢三絕

句先有邈世妄聞高蹈出塵之致 者已錄入詩錄中 然自年和近來寄居多暇

頗欲補讀故細讀古籍及雜體左傳莊子等以補從前疏陋於萬一又將舊作詩

稿盡力刪汰 少作均不存 存目又仁安師賜又得刪汰約存二百餘首 自知井底

蛙鳴難登大雅 惟半生心血 僅此數卷 只可敝帚自珍 留備子孫紀念耳

已鈔完 題曰珠光閣詩稿 私心擬求我 丈為文一敘 藉作箴規 惟屬（且丈知我最深近三十年矣）

難請求未敢啟齒 而近來耆宿凋零 中心酸楚 此非有我 丈极仍冒昧請

求為我 先潔則感深沒齒矣 又珠光閣之名為彤清師所命者 因彤老

曾老閣下拜詩全稿閱畢先示謂詩之裏面功夫等熬夠排詩之表面尚少光彩

應再磨去先來格代命名曰珠光閣如承 作叙不應將此意叙入懷詩 盼之耳

（今年熱更於我較前尤不是甚）

詩近作多已呈正 今再檢舊作數首呈正 閱畢仍希賜還 因有幼梅先生改筆也

又思我 文詩破壽堯文華淵雅仍可精事著作而後學爭作津梁者可正作

序實自愧也 閣於離騷以何詩以何本為善亦請 指示 轉作南鍼 專此

（戴東原有屈原賦注單行本）

手此敬請

頤安

孟晚 王賡編謹上 五月廿四

編學詩三十載 除常讀杜集外 喜學放翁尚齋遺山 於遺山尤好之 稍篤喜其激鍊蒼勁

一城雖用心頗苦 但以才力學力甚不足 雖學步放翁 一如舊作 有時經趙五弟評有神似遺山者 不及

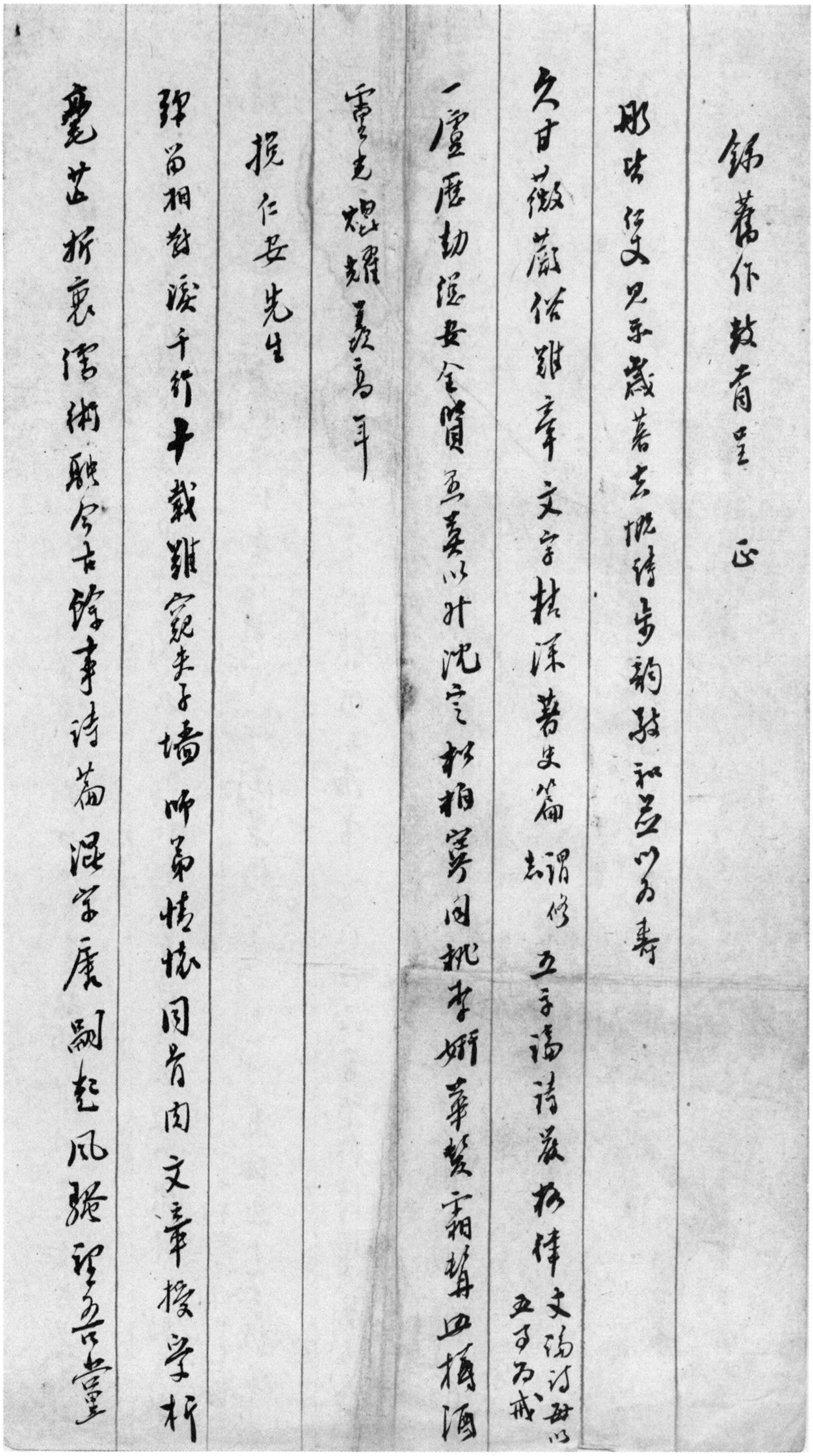
録舊作敬希呈 正
那堪從史第歲暮去批詩句韵敲和益以為壽
久甘薇蕨從離群 文字精深著史篇 謂修志 五字論詩嚴格律 文論詩以五字為戒
一廛歷劫還安全 賢豆羨以外沈寔 杉柏寰同桃李妍 華髮霜相尊酒
重光煜耀善為年
捉仁安先生
殊留相對淚千行 十載難窺夫子墻 師弟情懷同骨肉 文章授學析
毫芒 折衷儒術融今古 餘事詩篇温學 唐副起風騷 望吾堂

仰见予诗有关怀勖我者觉二三子能作风骚谢艺人之句见三集

谁将坠绪拾茫茫

秋草

离原极目尚离离，摇落何须宋玉悲。野火烧残生意在，青鞋待报寸心违。霜寒露冷哀残鬓，风展天涯有劲姿。眼底紫裙拖一瞬，青青须待又芳时。

寿邢晴川八十

多变流离袖手看，风霜阅尽一庵安。过江喜为看山去，修史功同考据难。雅将气节随诗笔健，心怀共话酒杯宽。何欤老鹤精神健，长共

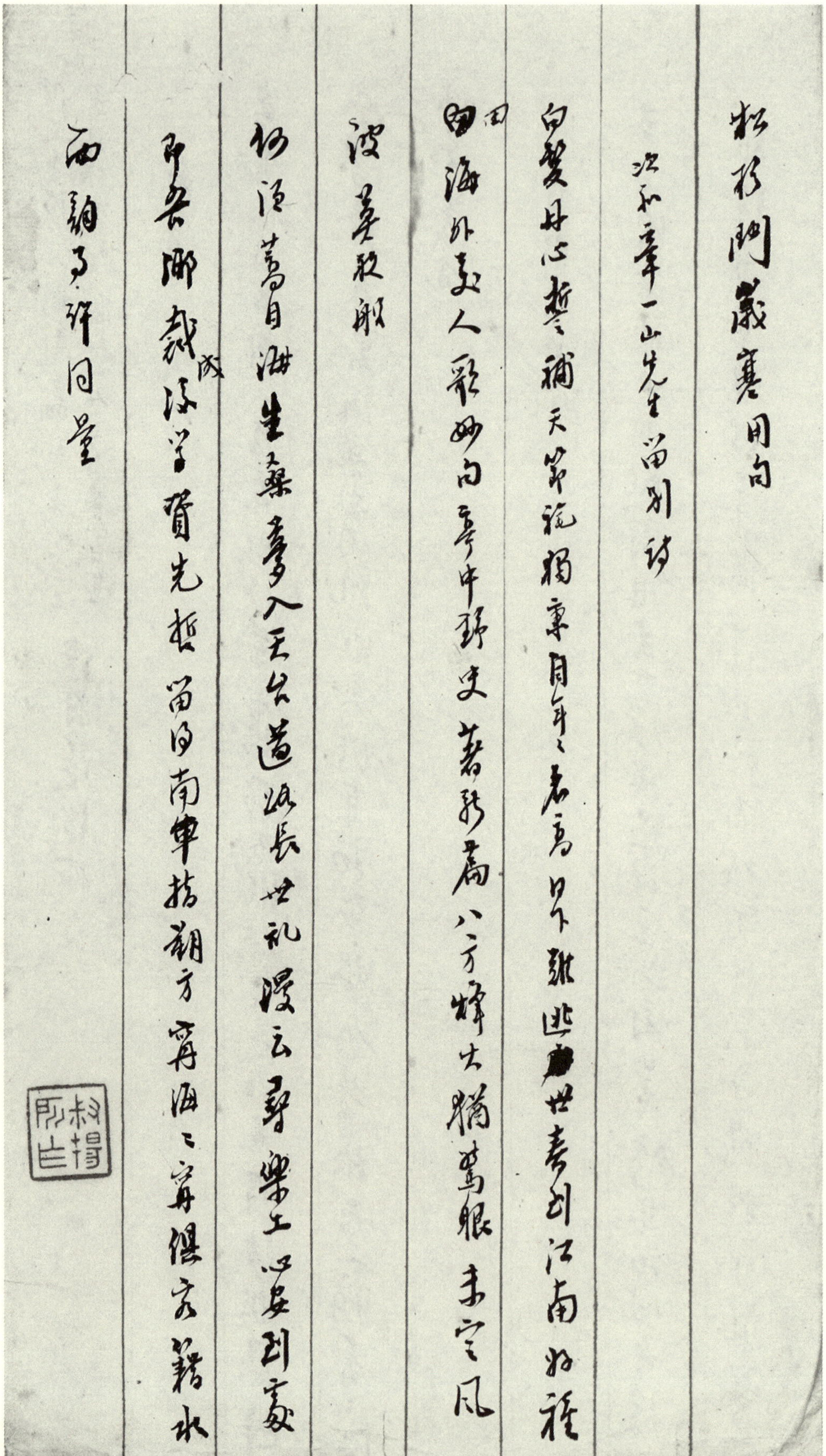
松杉陶叢塞用句
次和辛一山先生留別詩
白髮丹心哲補天 節施獨專自年年 君爲日下孤逃世 春到江南如程
田
留海外數人歌妙句 亭中野史著新篇 八方蜂出猶驚眼 未定風
波莫敢眠
行須萬目海生桑 夢入天台道路長 世亂漫云尋樂土 心安到處
即吾鄉 栽成後學背先哲 留與南車指朝方 寄海之寄俱宗籍水
西翰兄弟同呈

杉揚所作

涉老仁丈賜鑒：久未通候，甚念。昨日孫媛來信述我
丈関懷之至，詢問近况甚詳，頗為感愧。緬自前年患腰
椎間節炎及腿痛後，日勉強工作，自去冬工作告一段落，半年前
时感頭脹且痛，曾經醫院檢查，血壓高230度，又有糖尿病及
腎臟炎。近已請假，每日血壓稍低，仍感頭疼，不能用腦。書（禁食鹽、碱、糖）
籍已不敢看，本想整理暢讀，又以行動維艱，坐三輪車往
來均頗痛（腰部），是以聊寫近况以當面談。近來曾作三
小詩錄呈
大雅哂政，並望　常賜教言。國老友無多，甚所謂不
好詣人，負爽之愆，遲作答覆。書來耳。　松亭　藹春

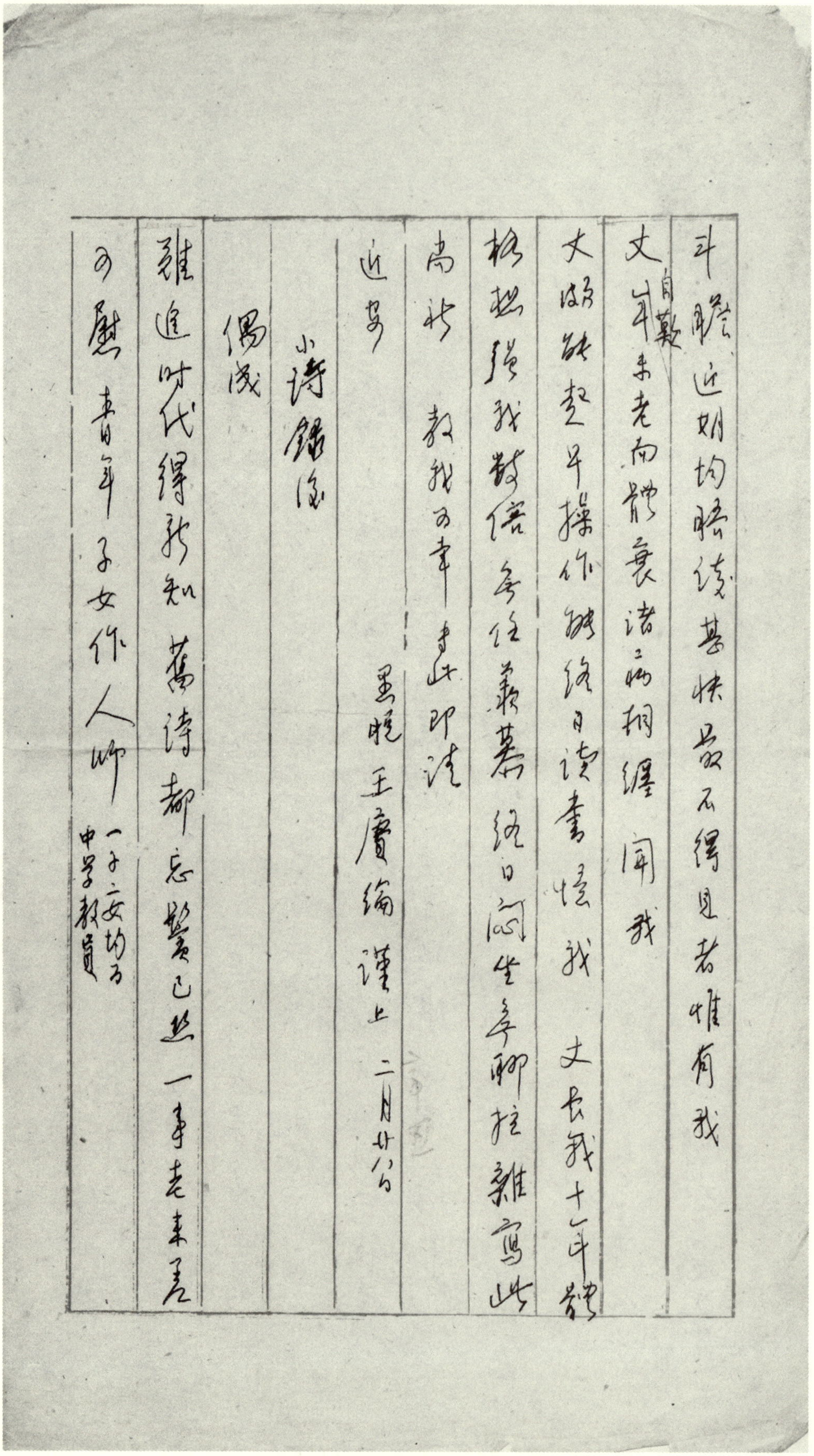

斗瞻近好均称健甚快最不得见者惟有我
丈（自叹）年来老而体衰诸病相缠 闻我
丈犹能起早操作犹能日读书 慰我 丈长我十八年龄
精神强我数倍令我羡慕 终日闲坐无聊拉杂写此
尚祈 教我 万年来此即请
近安 墨晓 王庚编 谨上 二月廿六
小诗录后
偶成
难追时代得新知 旧诗都忘鬓已丝 一事老来差
可慰 青年子女作人师 一子二女均为中学教员

滌文尊兄：今讀
來示並大作五律，想見精懷幽抱，謹次韵一首，即以奉
贈，尚祈
吟正為幸。即頌
刻祺
生晚王廣編謹上 三月十日

老宿傳家學，唯君炳一星。篇章追上古，文
獻表先型。遯世心無悶，謳懷廣有銘。風
波千劫變，獨自抱遺經。

復老侍者尊座昨奉　霞子敬啟　近讀經海一滴
無任欣慰聞吾公保精華鍊性質　余問吾等無老者是以求
吾讀過此佛經仍須（讀）其經之全部方能得其意義所在此
數遍年二資參考也大段佛學不外禪淨兩大宗禪宗必
須自修所得超出三界淨宗則藉賴於他之力仰憑佛力超
生淨土（所謂橫出三界）近來有提倡淨宗者日多以其為徑中之徑（捷）也經則彌陀
經為主以淨宗諸祖師之著述為之輔而其大乘經亦宜廣
為讀誦於學淨土者亦有幫助禪宗則近來閱讀者少

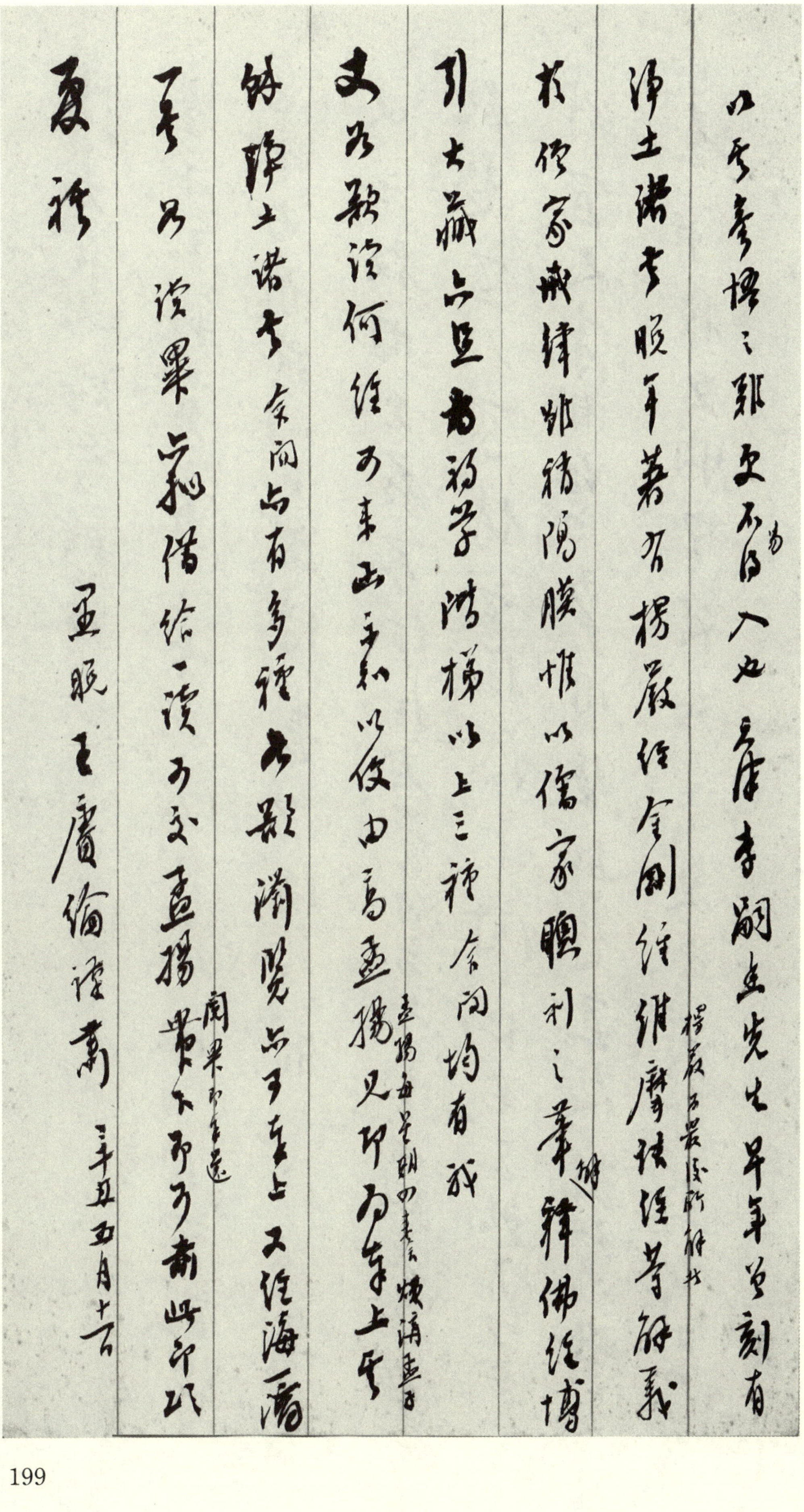

以前奉讀之郵，又不易入也。康李翊灼先生早年曾刻有淨土諸書，晚年著有楞嚴經、金剛經、維摩詰經等解義（楞嚴乃最後所解者），於儒家戒律雖精，隨勝惟以儒家顯利之筆解釋佛經，博引大藏六通書籍，為學者稱揚。以上三種舍間均有藏，文甚難讀。何經不來函示知，以便由高盂揚兄印局年上寄（盂揚兄曾四來云，煩請盂老）。錄淨土諸書，舍間亦有多種，大殿瀏覽亦可，至年上又經海藏，至只讀畢，亦請借給一讀可也。盂揚費心即可寄此印記（閱畢即奉還）。

夏祺

孟晚 王廣綸謹肅

辛丑五月十六

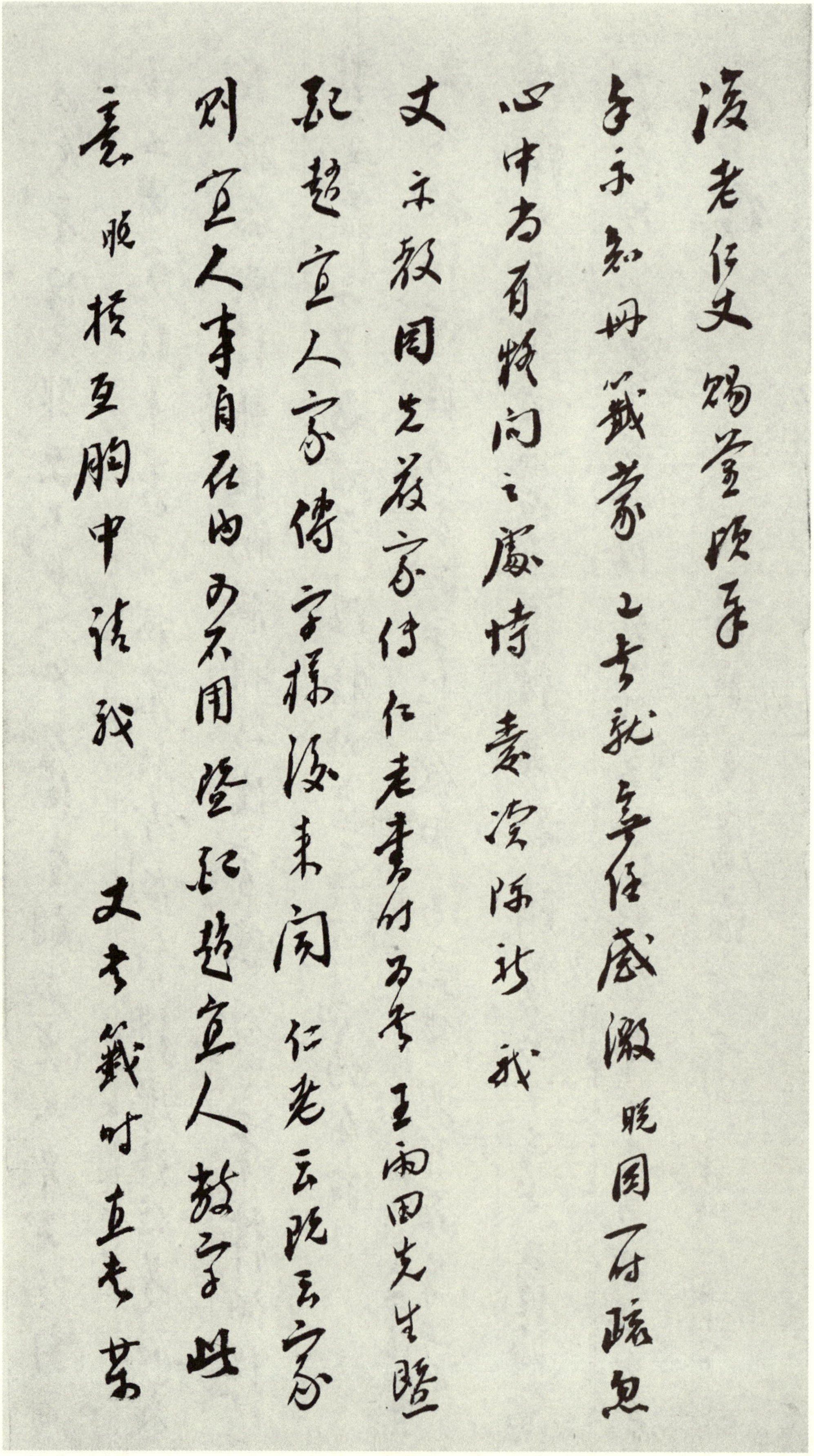

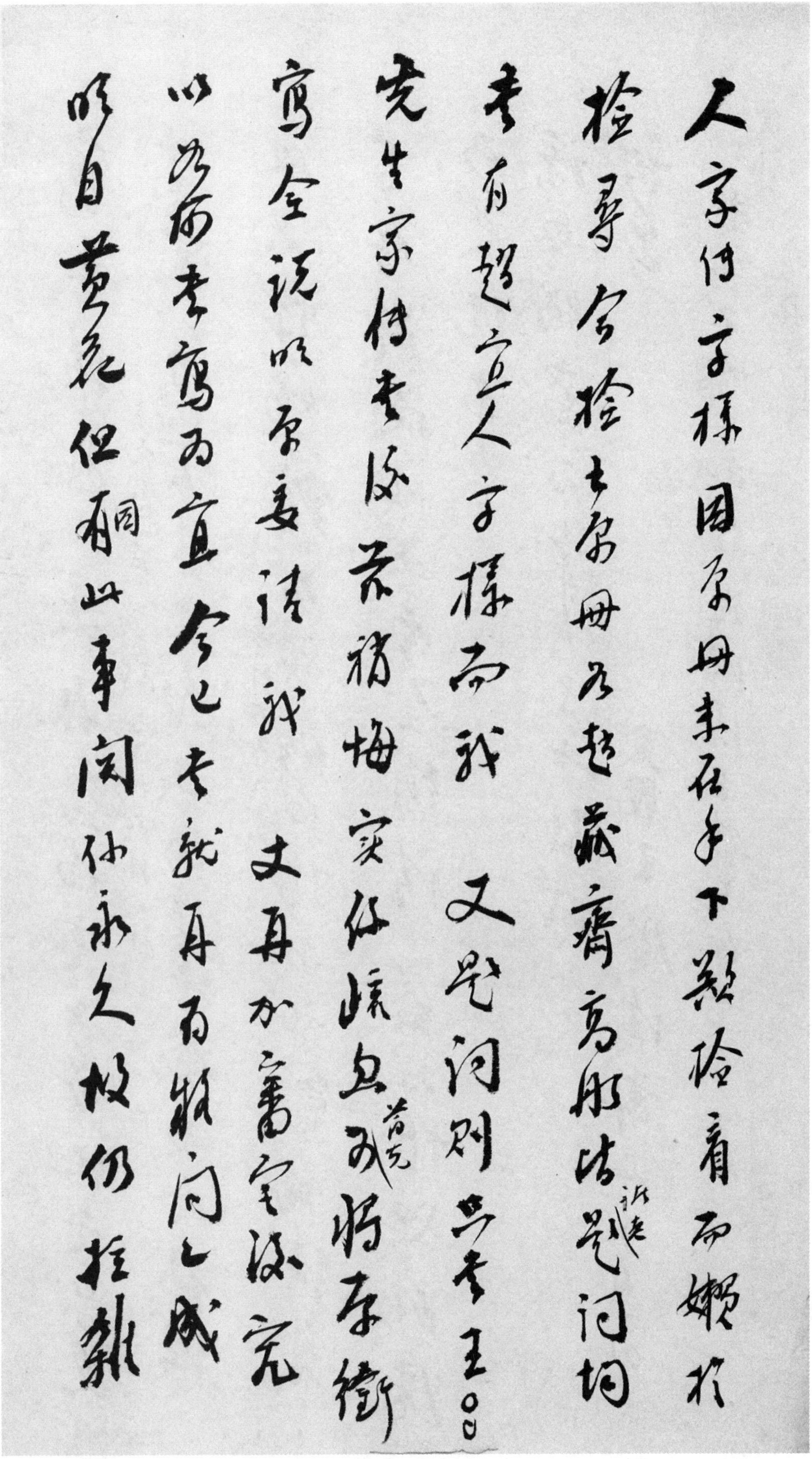
人字付字样因原册未在手下翻检有而懒於
检寻今检出原册及题藏斋高雅诗(诗老)见词均
未有题宜人字样而我 文见词则无来主。
先生家付来后亦稍悔实余嫌且(肯先)盛将来衔
写全说明原委请我 丈再加审定添完
以为将来写而宜今已未就再为补间之成
明白黄花但有(稠)此事闻仍永久故仍拄杖

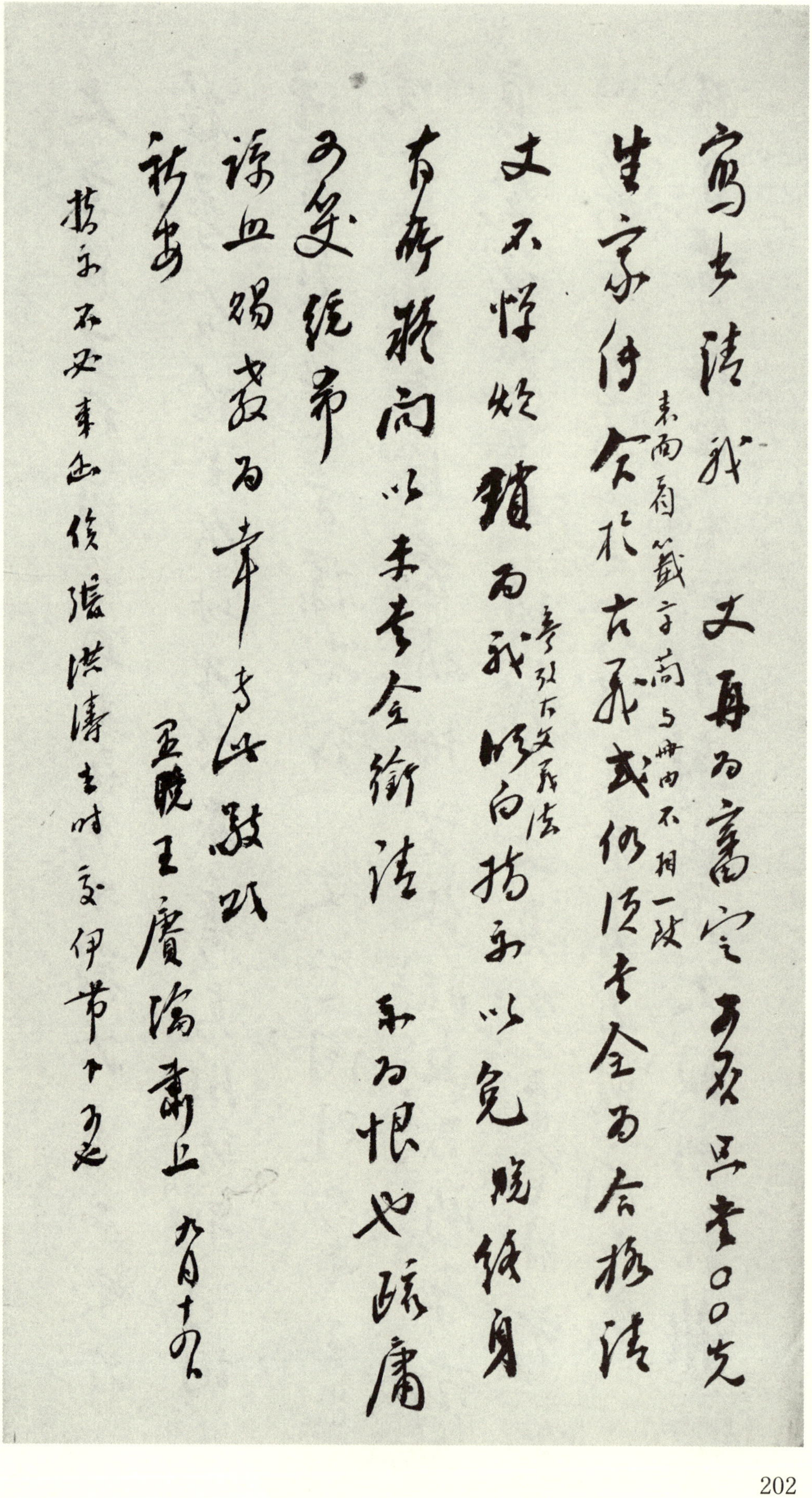
寫本請我文再為審定，再發還書〇〇先生處。件今於古義或仍須重全為合格。請文不憚煩，賜為我明白指示，以免貽誤身有所指向，以來者全衛請示為恨也。疏庸之處，統希諒宥，賜教為幸。專此敬致
秋安

末兩句以箴字尚與冊內不相一致

參改古文義法

丑晚王廣瑜肅上 九月十四

樣本不必來函，俟張洪濤去時交伊帶下可也

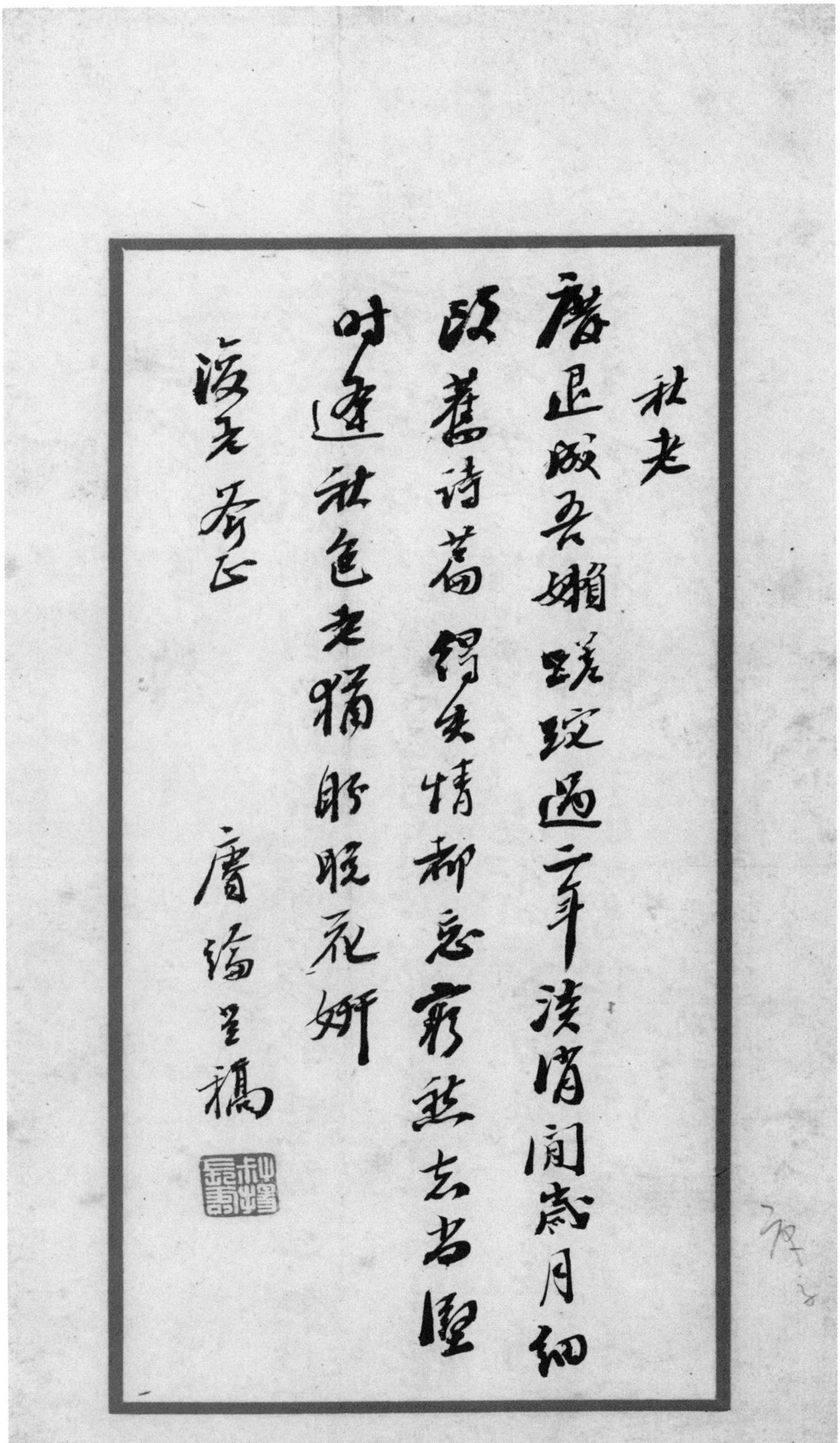
秋老
屢退嚴霜媚蹉跎過二年讀消閒歲月細
改舊詩篇得失情都忘窮愁去書壁
時逢秋色老猶能賞花妍
滄老斧正
唐緯呈稿

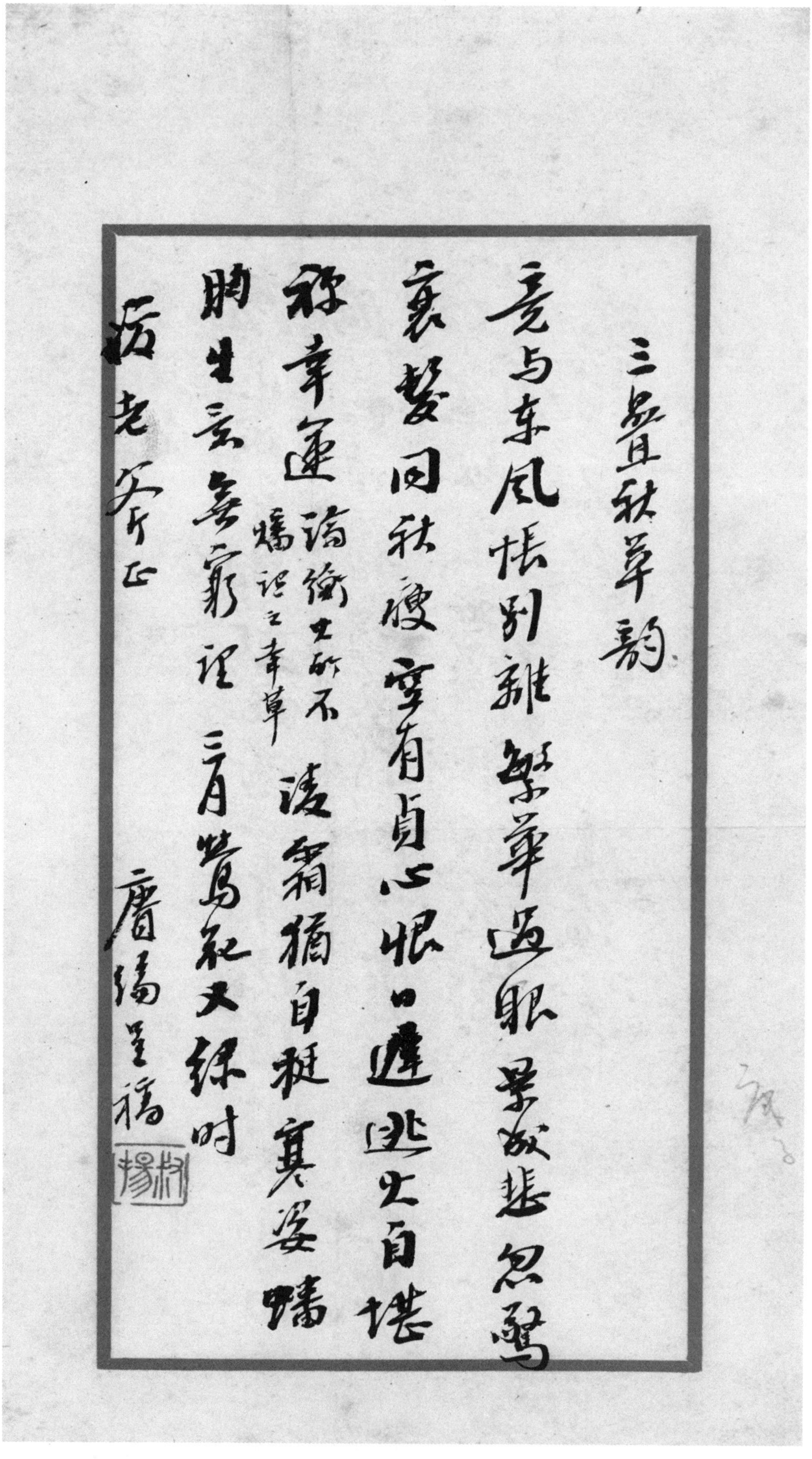
三叠秋草韵

竟与东风怅别离　繁华过眼最教悲　忽惊衰鬓同秋瘦　岂有贞心恨日迟　逃出自堪称幸运　请缨出所不孀识之幸草　凌霜犹自挺真姿　孀胸生云无穷理　三月莺花又绿时

游老斧正

唐孀呈稿

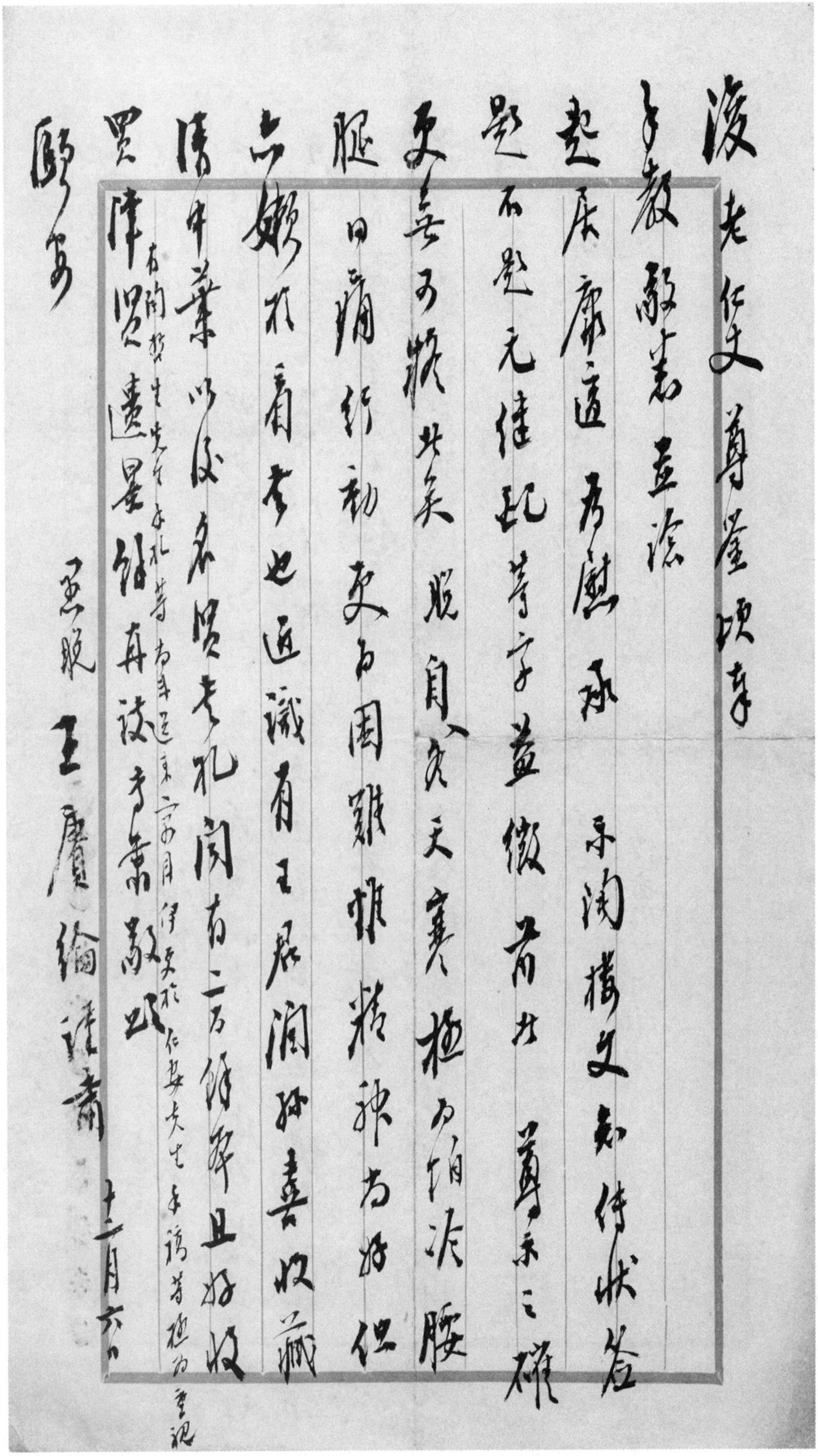

滂老仁丈尊鉴：顷奉
手教，敬悉。益深
垂注。康适为慰。承 示阅携文知侍状后
题，不题元佳跋等字，益徵前於 尊示之确
更无可疑者矣。 履自入冬天寒，极易怕冷，腰
腿日痛，行动更为困难，非精神尚好，但
亦懒於看书也。近识有王君润孙，喜收藏
清中叶以后名贤书札，闻有二万余件，且好收
买津门贤遗墨，能再读否？专肃敬此
颂安

有关於生先生手札等，前年还来二十月，得更於仁安先生手稿等，极为重视

孟服 王履綸谨肃 十二月六日

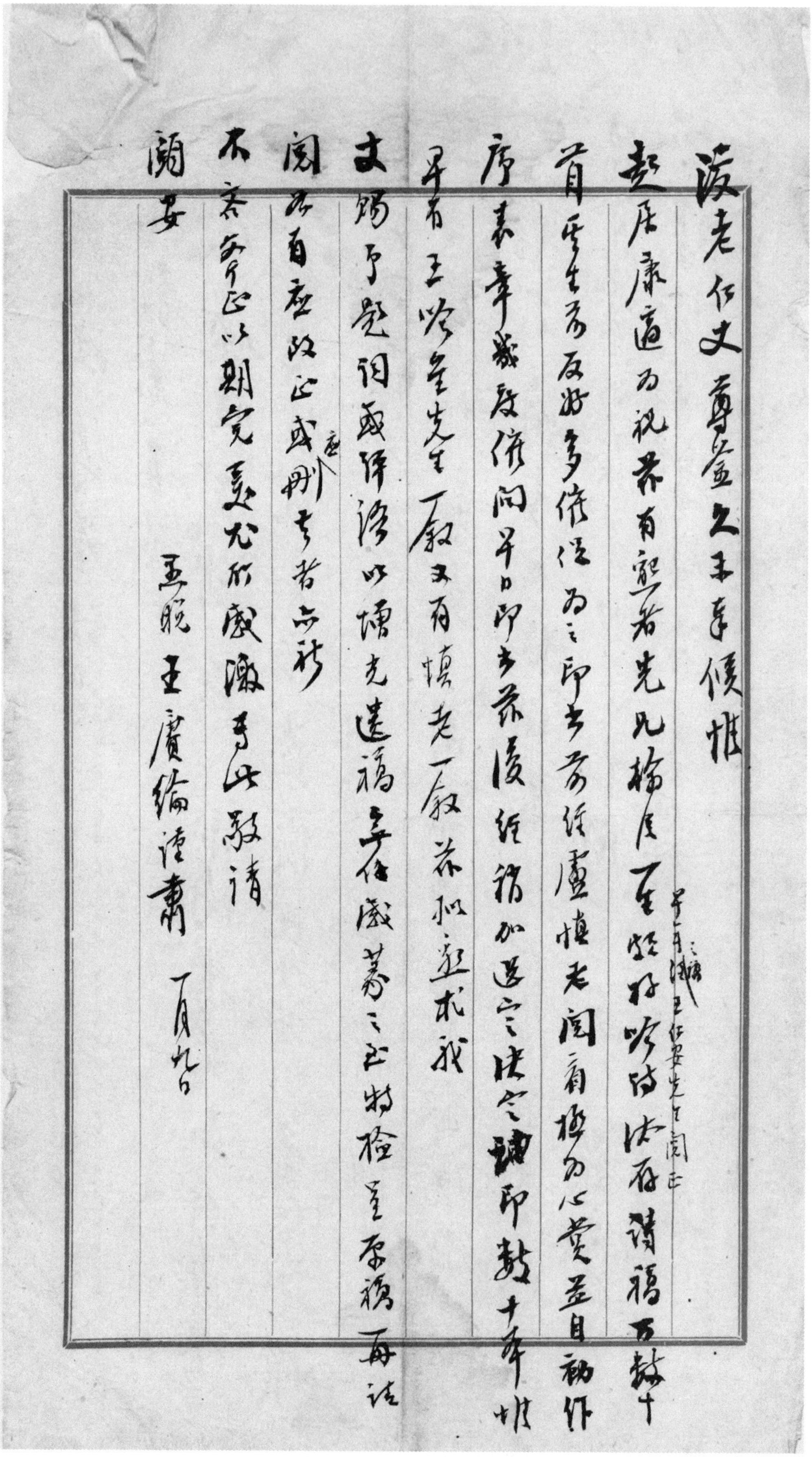

菼老仁丈尊鉴：久未奉候，惟
起居康适为祝。昔有宽若先兄梯度至好吟诗，诗存诗稿万数十
首，平生最反对多倚偎为之，即出予经卢慎老阅看，拊为心赏，并自动作
序表章，几度倚阁。昨日即出示，后经稿加选定，决定缮印数十本，求
乎前王吟笙先生一叙，又有慎老一叙，兹拟迎求我
丈赐予题词或评语以增光远。稿存在藏箧之中，特检呈原稿，再请
阅后有应改正或删去者亦祈
不吝斧正，以期完善，尤所感激。专此敬请
颐安
世晚 王广纶谨肃 一月廿日

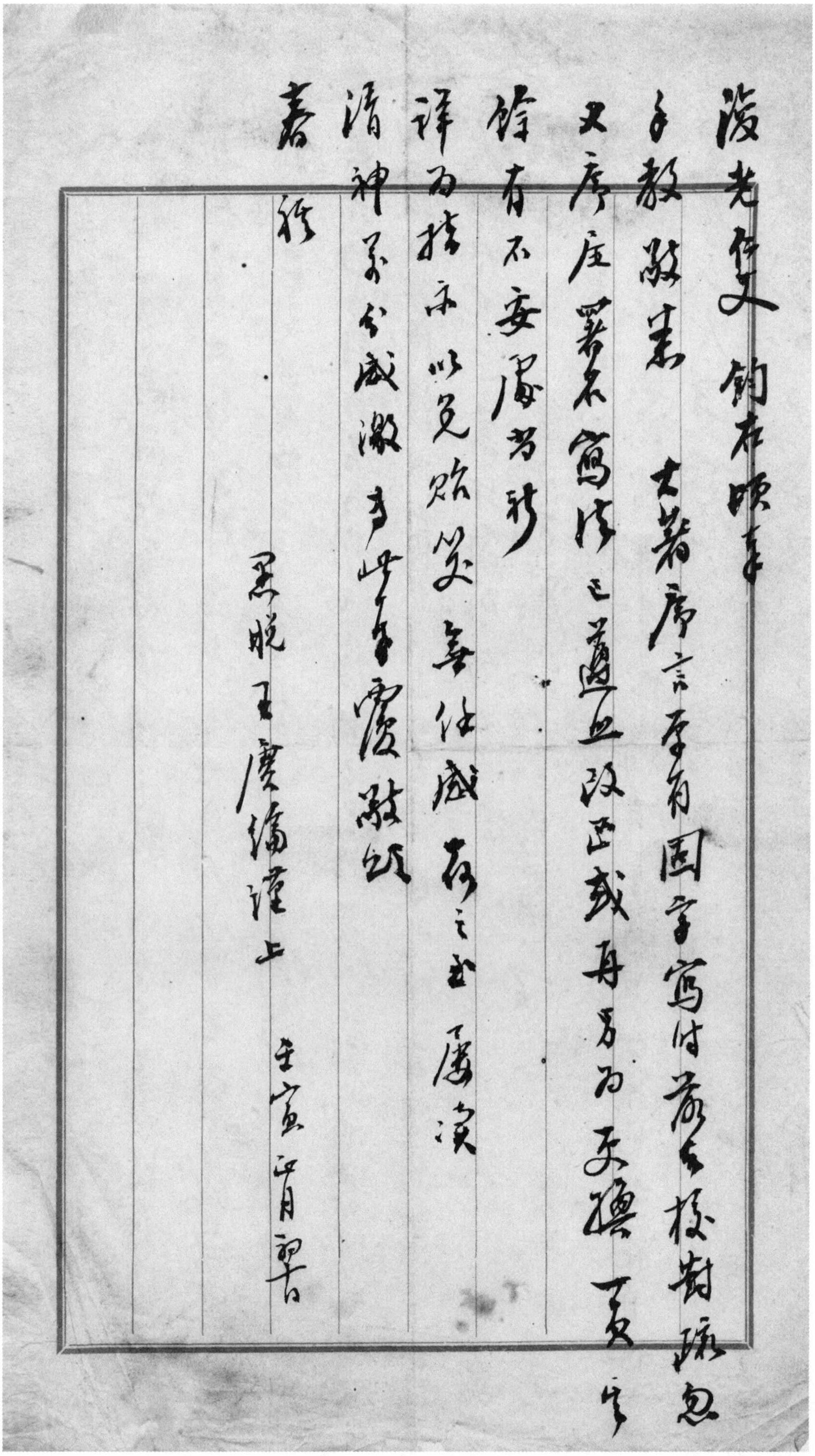
浚先仁兄钧右：顷奉
手教敬悉。大著序言原有四字写付原稿校对疏忽，
又序后署名写法已遵改正，或再另为更换一页寄
馀有不妥处尚祈
详为指示，以免贻笑，无任感荷之至。屡渎
清神，万分感激，专此奉覆，敬颂
春祺
愚晚王庆编谨上
壬寅正月初四日

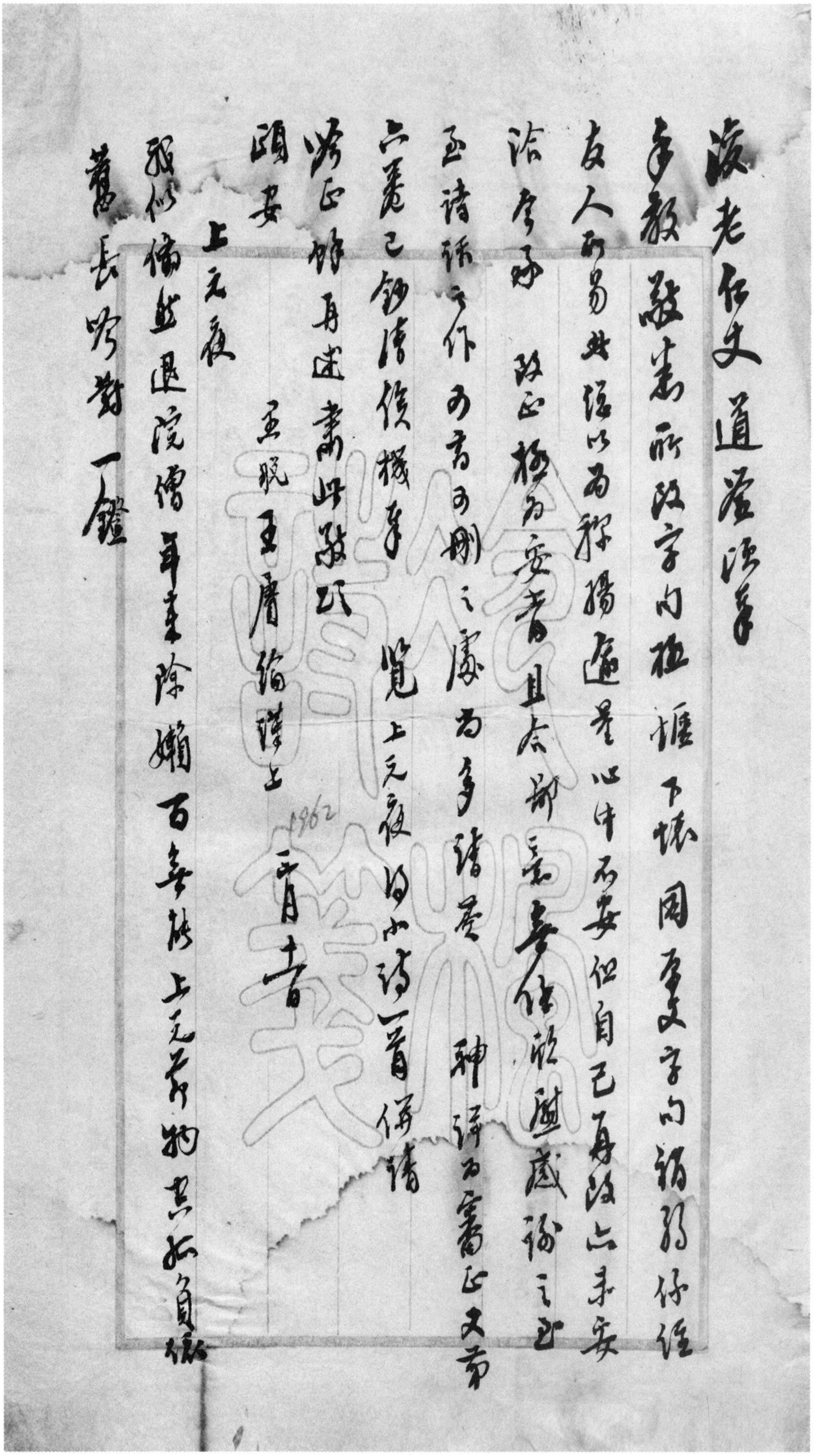

滂老仁丈道席：頃奉
手教，敬悉所改字句極愜下懷，因原文字句確須修經
友人所易，然終以為粗獷，遂是心中不安，但自己再改亦未安
洽。今承 改正，極為妥當，且亦新意更佳，殊感謝之至。
至詩話之作，可商可刪之處為多，請屢 神評為審正文字。
六卷已鈔清，俟機奉 覽。上元夜偶作小詩一首，倂請
斧正。餘再述。書此敬頌
頤安
至晚 王膺緒謹上
1962
一月十二日

上元夜
我似蒲團退院僧，年來除懶百無能。上元節物真孤負，依
舊長吟對一鐙。

波老仁丈尊鉴：顷奉
手教敬悉。拙诗谬蒙誉 清神详两首正寄往，感激之至。谨按
所指出廿開首一句未解一一奉覆，仍请 斧正指示，以期妥当。两处皆从
秋老二字似属错出，但古人亦有用过者，如韵府秋老字下所引古人诗句又怀
城南诗社时曾借诵李琴湘诗，为人与社同老。飘然黄叶我下半马走回
海凤凰饿之句。晚年亦有我与同社老之句，但社老二字易为穷寒萧瑟等字
似比较更为妥当。又天老二字古人更多有用者，最习见者为杜少陵诗天意老
题目李长吉诗天若有情天亦老，至韵府天老字下所引古史等甚多，从略
殊论无甚所失检也。又春老、夏老、秋老古人亦有用此语，考诸韵府，皆有例矣
又湛山絶句晦字应作诲字，三月廿日一首，连字应作速字，首字应作为字

周梅村大疏忽之过　应即改正遵教(?)

文楼图之精细也　又章机叶所云周王仁先曾同过　脂斋时亦曾于邸(?)

仁老制为李煦之时事揭　仁老李诗在三集中海天集三页亦作其半倒作诗

即(周)章机叶对揆死人　既因事实相较即坚但(?)用仁老李句三字相对以

阅者自宜得另找典实破袭前人不笑也　现读诗源中有章机叶一条云古

「题记」注谓李煌云云　后云章机叶所之前却数十间题匾相就即章机状也

赠黄樂甫诗示　路上楼为兴重楼李作诗之意即因黄秘书为设诗　伊丹(?)为在楼上

眼盘(?)秋之读诗　当日因挥腿不良於行　拍上楼者记得我未读　因主要是

拍登楼因登楼　而用王粲　以切己姓　上句又用梅村不能谐人负累过　但题　为赠人

後二句例亦自已　觉不甚妥　示　改正极妥　当日残缘　无健笔赋登楼　二似有怕

（小注擬字易畀字擬乞）

登樓之意但因臨時觸痛怕上樓之意似仍不顯露可否斟酌
文意而推敲之處情意直陳不情之至經帝
苍無樓字而歸至秋色老三字誤之又前所引書不再疑至點綴中經尋
字樣似可任換不聽所改據當依用再與請遠商又見詩詞所引或作淺尋
寢尊人意亦意似可通用以推敲者其請正
妻丑仍此
詳之而講書此敬請
壽安

弟 王履緘謹上

六月廿六

962

渡老仁丈
端翁阁下：
手教敬悉，而於詩題 清神丁寧一一訂正，無任感荷之至，當即
逐一修正之，并又函北眡早年輯有王仁安先生談藝錄，近年
此頃為所內談藝記聞
輯有詩話六卷，一編均求正於我
丈，請詳爲校正芟削，以竟緒業於大雅，廣收讀 神不妥
之至，衷心感激，非言語所能致謝，已照錄悵
壽，並不盡縷，書此敬頌
壽禧
晚玉庸编謹上 三月三日

渡老作文钧右：昨由高亚扬兄上拙著二种，谅邀
鉴及。阅於诗话所辑，以摘录高彤老论诗之语最多，缘以彤老晚年曾
有日记之作，内中大半皆是论诗文之作，所论议均平正通达，不卑不抗。晚岁即
与彤老言，要由晚摘录（除琐事不录），并建议读书均经过彤老亲阅订，
共两册，而此部之彤老晚年定论，极为可存可传之作，但因不能刊刻於其诗
话中，大约将其论诗之语撮拿全部摘入，若撰诗话作法似属有益，
乖体例，但因外间无传，特以珍存宝贵资料，亦只有多录以公同好，请我
文阅时详为校正，有何意见，请详为指示，俾便有所遵循，至所钞彤
老日记，系彤老先生亲为删削，留日记摘钞後一併送请
核阅，如认为可存，可请
赐给题词或简单序言，以期永存不朽。又阅於王仁老之谈艺录，及拙作

詩話題我 文內亦不外亦隨意攝錄詩話評語等以增光寵之意
偉國詩話想我 文章早載成，但近世不以虛作璞突而厭之，此晚因現在
印本一百冊，如將來得有機緣，望將紅老、冊老談藝之作印出或合印
一冊，不知有此體例否？晚因此二老談藝之造詣，均有可傳，並均作詩述之律學，此
二老談藝之作印出之後，擬將詩話及每月聯重蓋詩話中之二老稿付之梓
而更精編，辭不精者尚有刪削之處，其出處亦以其為有一處事實（遠）現已
賴於再聯矣。內中每少個人發揮之論，此晚素所短也。柱新而後復希
垂察而再事斟酌是禱
春安
晚 王賡編謹肅 三月廿日
1962

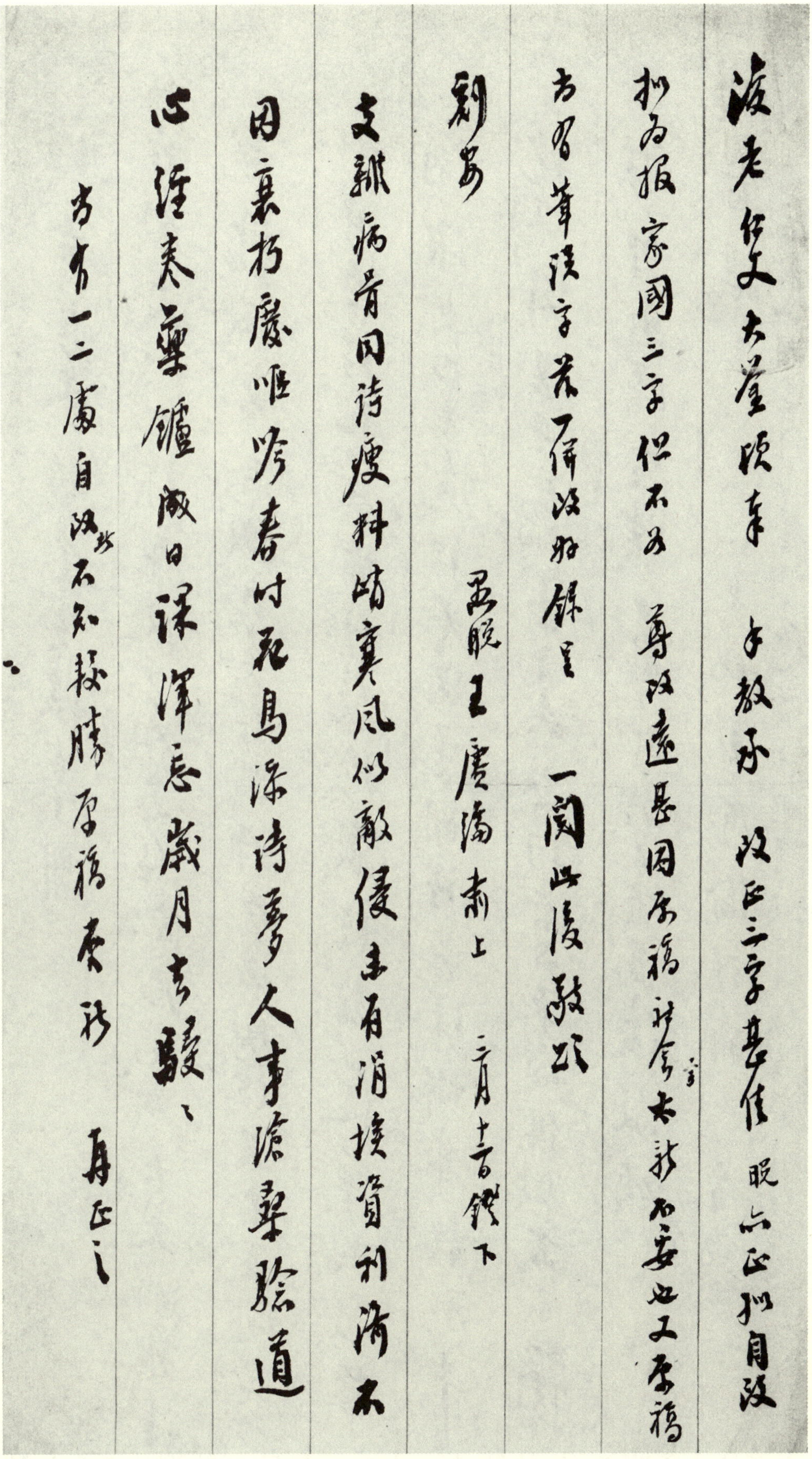

渡老仁兄大屋硕事 手教示 改正二字甚佳 晚亦正拟自改

拟为报家国三字但不如 尊改远甚 因原稿社会太新不妥也又原稿

方寸草从字若屏改为 录呈 一阅 此复 敬颂

刻安

愚晚王廣濤肃上 二月十二日镫下

文虢病肯同诗瘦料峭寒风似敵侵未有消搖资利济不

因衰朽廢唯吟春时花鸟添诗梦人事沧桑验道

心經来藥鑪微日课浑忘岁月去骎骎

方寸一二处自以为不知稳惬否原稿奉趁 再正之

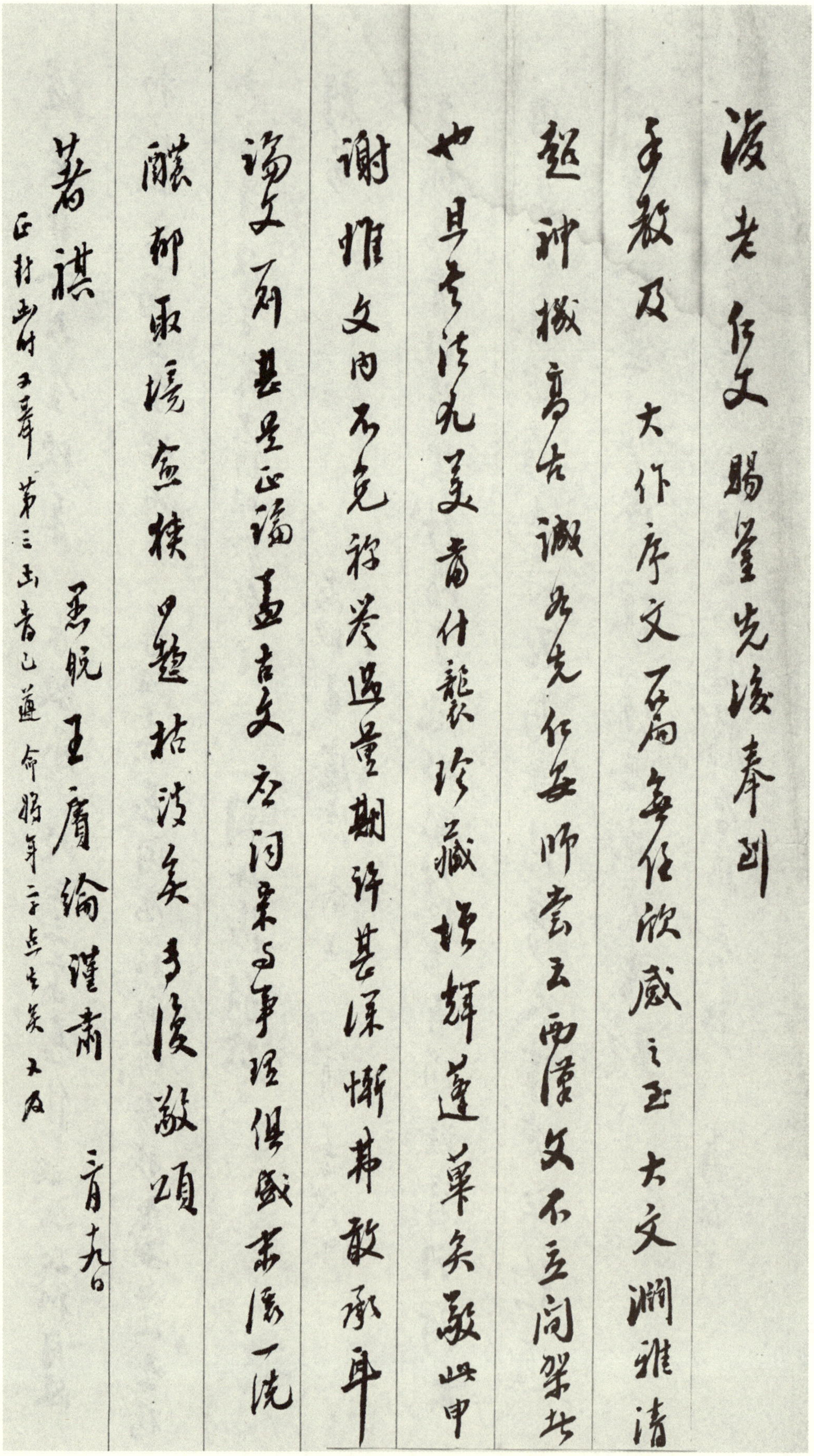
潑老仁兄賜鑒：先後奉到
手教及大作序文兩篇，無任欣感之至。大文淵雅清
超，神機高古，識為先仁兄師袁王，西漢文不立間架者
也。且先德尤是當代龍襲珍藏，快轉蓬華矣。敬此申
謝。惟文內不免移卷過量斟酌，甚深慚赧。敢承再
論文，爾甚是正論。嘉吉文在同業為事理俱盛，當屬一流
釀柳取境，無模題特，法矣。專復，敬頌
著祺
愚晚王賡綸謹肅　三月十九日
正村學府五年第三出書已遵命將第二十五矢又及

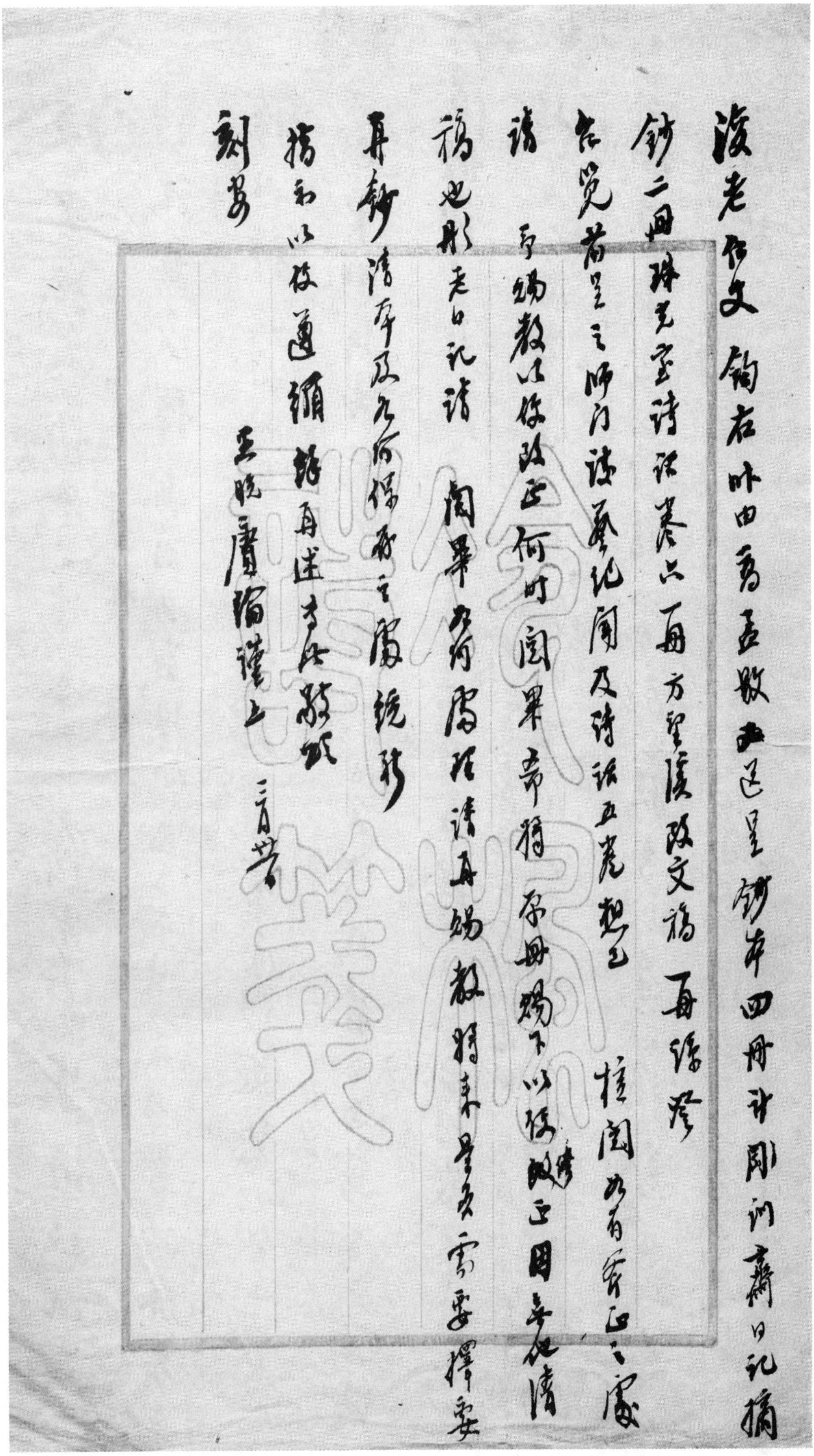

渡老仁丈鈞右：昨由鹿五敬送呈鈔本四冊，計開潮齋日記稿
鈔二冊、瑤光室詩話卷六一冊、方望溪致文稿一冊，請登
台覽。前呈之師門讀藝紀聞及詩話五卷想已 檢閱，如有舛誤之處
請 予賜教，以便改正。何時 閱畢，亦請將原冊賜下，以便續改正，因亟欲清
稿也。彤老日記請 閱畢，亦祈賜還，請再賜教，將來是否需要擇要
再鈔。清本及各冊得暇至處繞就
指示，以便遵循。諸再述，李(?)屬敬頌
刻安
世晚賡瑞謹上 三月

渡老尊丈鈞鑒：昨奉 霞老教言，所談沈度東

詩話，欲覓擇其尤可存者錄示一二，以實拙著詩話。厥大

論及柿碑文所見甚是，柿文之可貴，所謂文起八代之衰也。

又為曾湘鄉所讀九部書之一，世又讀及昔日與高王二翁論

日修襟之快，似可為論學者所可多得。晚亦有同感，曾於王師

揖有紅安先生讀藝錄，於高師鈔有闕問齋日記摘鈔，

因高師晚年有日記論詩文者，存于晚，摘鈔存

亦每時事授讀舊書，而發為此文，霞翁駁正。

道祺

晚 王賡倫謹上 夏四月六日

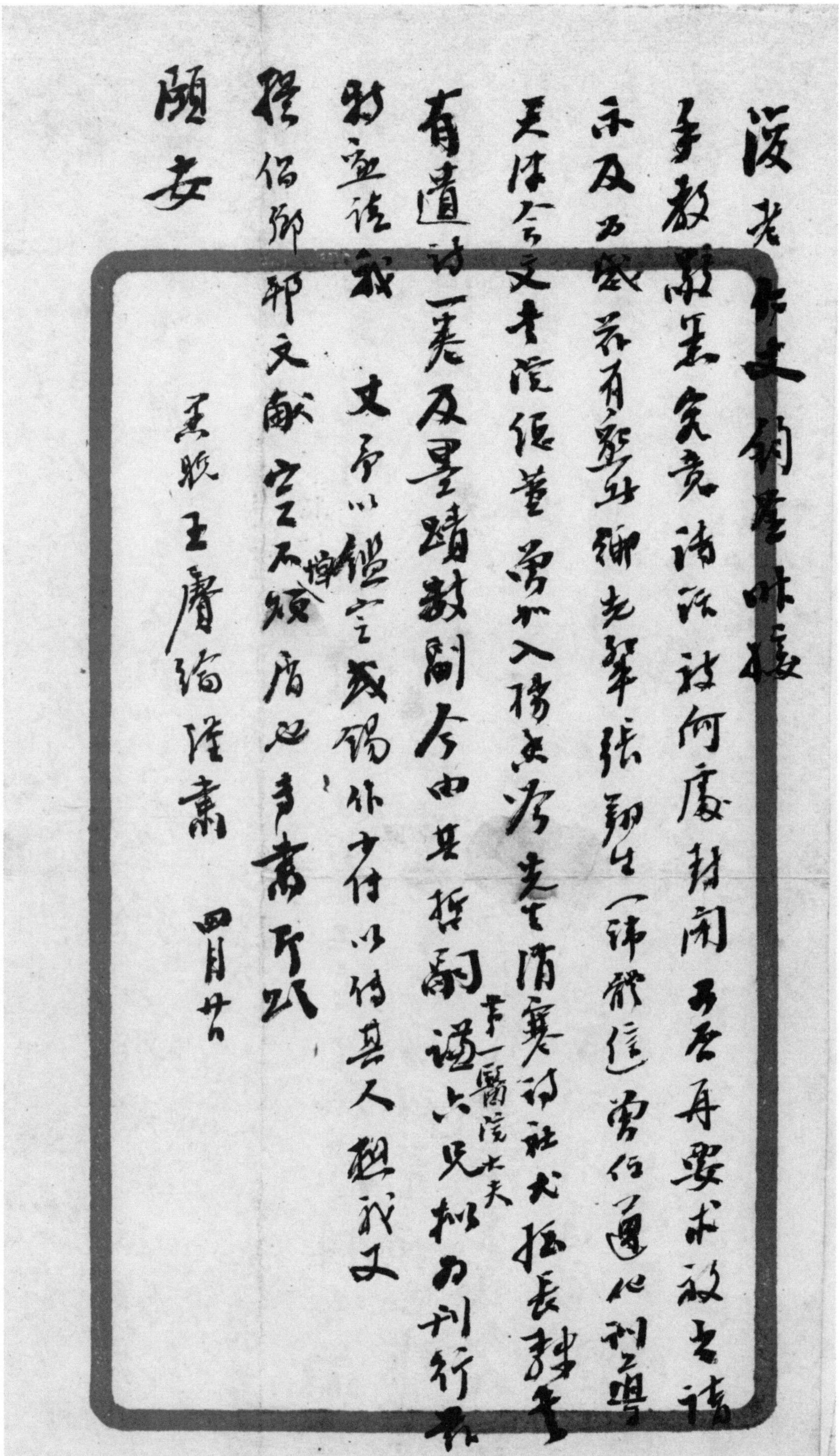
筱老仁丈鈞鑒：昨接
手教，敬悉。先兗詩話於何處刊開，不否再要求敘之請
示及。又鐵若有盤鄭御史華張鄭生（一諱欽信）曾任通州判之粵
天津分文書院經董，曾加入梅東滄先生消寒詩社，尤擅長隸書，
有遺詩一卷及墨蹟數副，今由其哲嗣（市一醫院大夫）譜六兄擬為刊行，敬
特函請
文丈以鑑定之筆錫作序，付以傳其人。想我文
提倡鄉邦文獻，定不吝撰，盼乞手書示之。
頤安
晚王層縉謹肅 四月廿

波老仁丈鈞右：昨由介紹袁章卿先舉張翔生先生

賁上一函，諒邀

鑒及。據張君事蹟，亦非老於志館

者有敘述（已去館隨章某五年耳），除於廿年來全無知者在甘

肅事，則不易詳，其實不知我。文獻為本，至他資料無関

南海於津人書法極精，存張可也。至於詩稿副本，曉已讀一過，

詩格不高，且無甚發聲，向來之古典修整華竹氣，渙甚自然此刻行

是否須要精審選擇為妙，詳為審定也。又於精通鑑譯一

專讀編一年之久方見妙我，至望定我喝詳該某任在精讀

編，因未讀通鑑，已通鑑輯覽選序，更不得間過正編，則仍看通

鑒：昨喜兄來言趨行，隨承所錄共三萃本五冊，因懼失稍
多又細，不能擇取其精從之語，錄乃四卷，用校自己，翻閱竟遺忘
弟今年所稱著述也。晚今年已六十有一矣，身體衰弱，旦夕就暮之人，一
生只有法務工作而有鄭文敘論詩稿六卷及此零星小品，欲稍印，實有愧
所及救拯之數而慊之，後不足也。遠隨我文藏四十年，藉以教益
甚多，不失功我領身之良師也。故凡所積構案劣矣
文鑒之方據心得也。滋瀾之形乃言語所難形容也。推雅書此
諸希荃亮，手肅敬頌
刻安

弟晚 王贗倫謹上 四月廿三日

滂老仁兄尊前　承
賜作詩序文字既高古雅素清光而遒勁每一展讀覺
錦箋寶翰光氣常新根自慚疏庸未無依舊蓬珠未吐
光也近來自春因關節炎病日趨發展不但行路維艱即
舉動作亦感困難腰背時痛近根日誦金經消除病業　按
金剛經校人甚執謂人智慧義蘊無窮注解者以江味農講
義為最也　專此佈肥並此奉候　敬請
頤安

星曉　王膺綸謹肅

四月廿九日

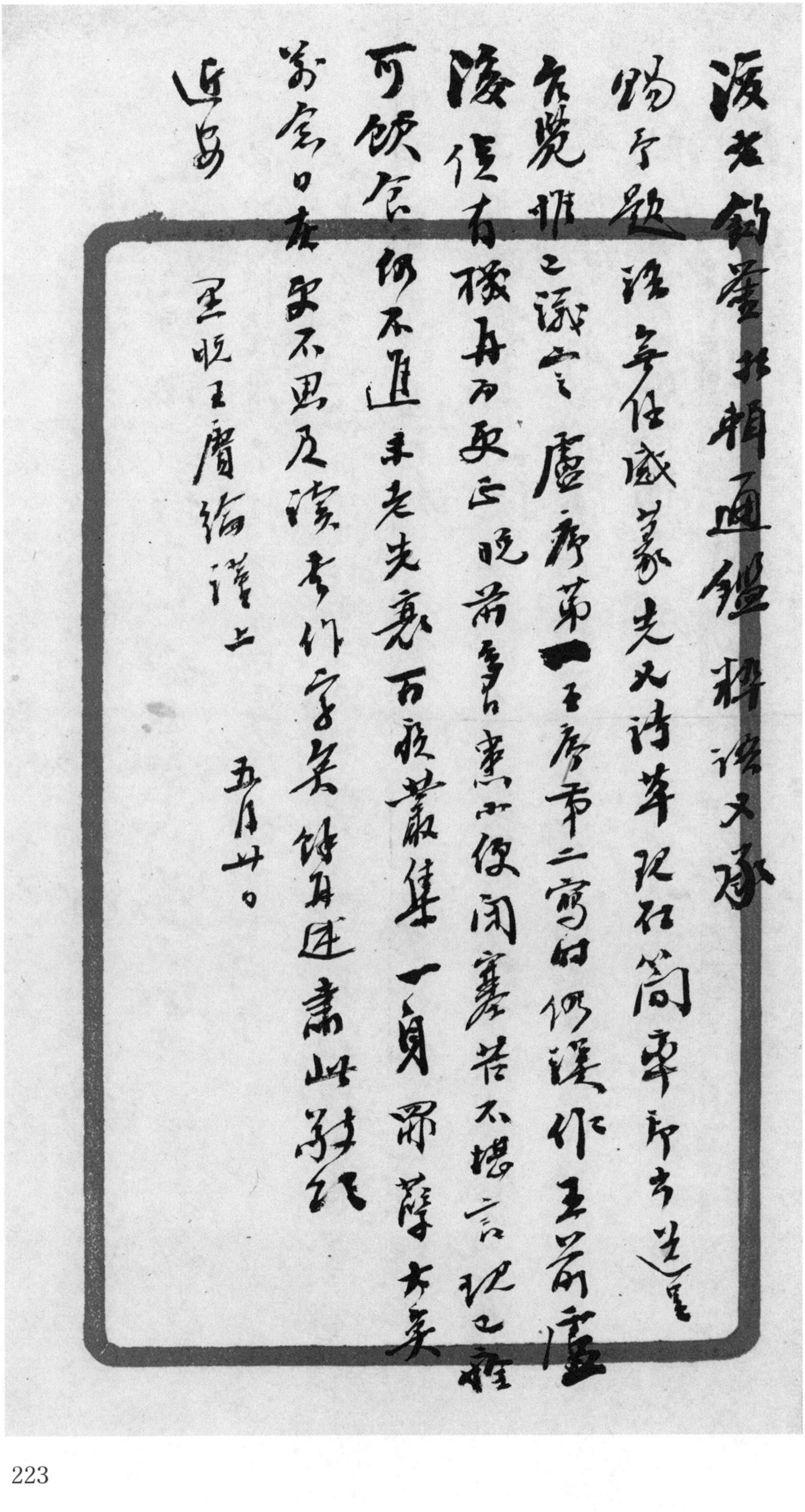
援老鈞鑒：拜賜通鑑釋證，又承
賜予題語，并代識篆先父詩草，現在簡率，即當送呈。
亦覺非之識云：盧序第一，王序第二，寫時誤作王前盧
後，但有機會可更正。晚前患心臟閉塞，苦不堪言，現已痊
可，飲食仍不進。承老先生惠下叢集一冊，眾薄大矣。
前容日來實不思及讀書作字矣。餘再述。肅此敬頌
近安
里晚王曆綸謹上　五月廿日

滌老仁兄鈞右：昨由高君孟揚交來詩話暨修經我
兄賜題評語，獎飾有加，慚感交並。蓋久我
公獎掖後進，不憚勞累，無任感謝。至所
指出各條，均極正確，均已遵循刪正矣。至所談楊子勤雪橋詩
話，昭尚未讀過，不知尊齋亦有此書否？擬託借一讀，請亞俠
交孟揚帶下一讀。另昭所作文字孟揚有冊，先擬鈔錄存一冊，請
校閱。又昭輯有通鑑粹語一種，已抄清，不日亦送請
閱正也。專此覆謝，敬頌
頤安

晚王曆濤謹肅　四月十四

渡老仁丈尊鉴：昨年高君孟敦来谈，知渠为彤老亲戚，且云係我丈介绍。另有画家君，人极其雅，通达且善鉴书画，所谈甚洽，当嘱其常来。甫去后即接到我丈介绍函矣。苏交有邵亚、有张君陆涛（中学教员），人极好学，于百诗经言注等，且精于篆刻，并喜学诗，常来谈，闻其集有印选成册，已请由王崇老、编老题字之。仰我

文大名素諳君之介紹當時因未我 文清兄未會故遲
未敢請謁聞孟毅兄談我 文清兄之疾並蒙介紹晉謁
崇階請賜列海芸予題字為任感荷之至肅此敬請
頤安
孟賢 王曆綸謹上 八月十三

渡老侍史 賜鑒 故友張君洪濤印存 蒙
賜題字無任感荷 晚於 雪印存亦見得題二小詩 又近作哭友
人詩及與石林辰論藝作二詩併錄請 正 又頃承洪濤兩
先嚴字侍題識以日我能見 閱 其第二冊之識只有
題詞並無家傳 我已見王○○先生字侍題詞與有一
冊似仍有那仍未我

題洪濤臨古印存

吾鄉印學有宗工，金沈而還到雪翁。謂金瑤田、沈青來、王雪民諸公

令子追蹤師盛漢，不教姿媚染時風。

又題印存

印學由來宗派殊，碔砆莫使亂瓊瑤。熟分雅鄭先師古，第一還須多讀書。

沙邨長壽

澂老仁丈 尊鑒：頃者張洪濤來云及我
丈允諾為吾 先嚴家傳之籤，無任感荷。惟因大小不同及
詞句稍異，恐未説清，兹再細為説明。其稍小之籤為第一冊
所用，第一冊有家傳；稍大而寬者為第二冊所用，因第二冊係孫本
甚根大也（故籤亦大）。第二冊正題詞無家傳也，第一冊則首為家傳
題詞也。瑣瀆 清神，心感不盡也。肅此敬頌
秋祺
世晚 王廣福謹肅 九月九日

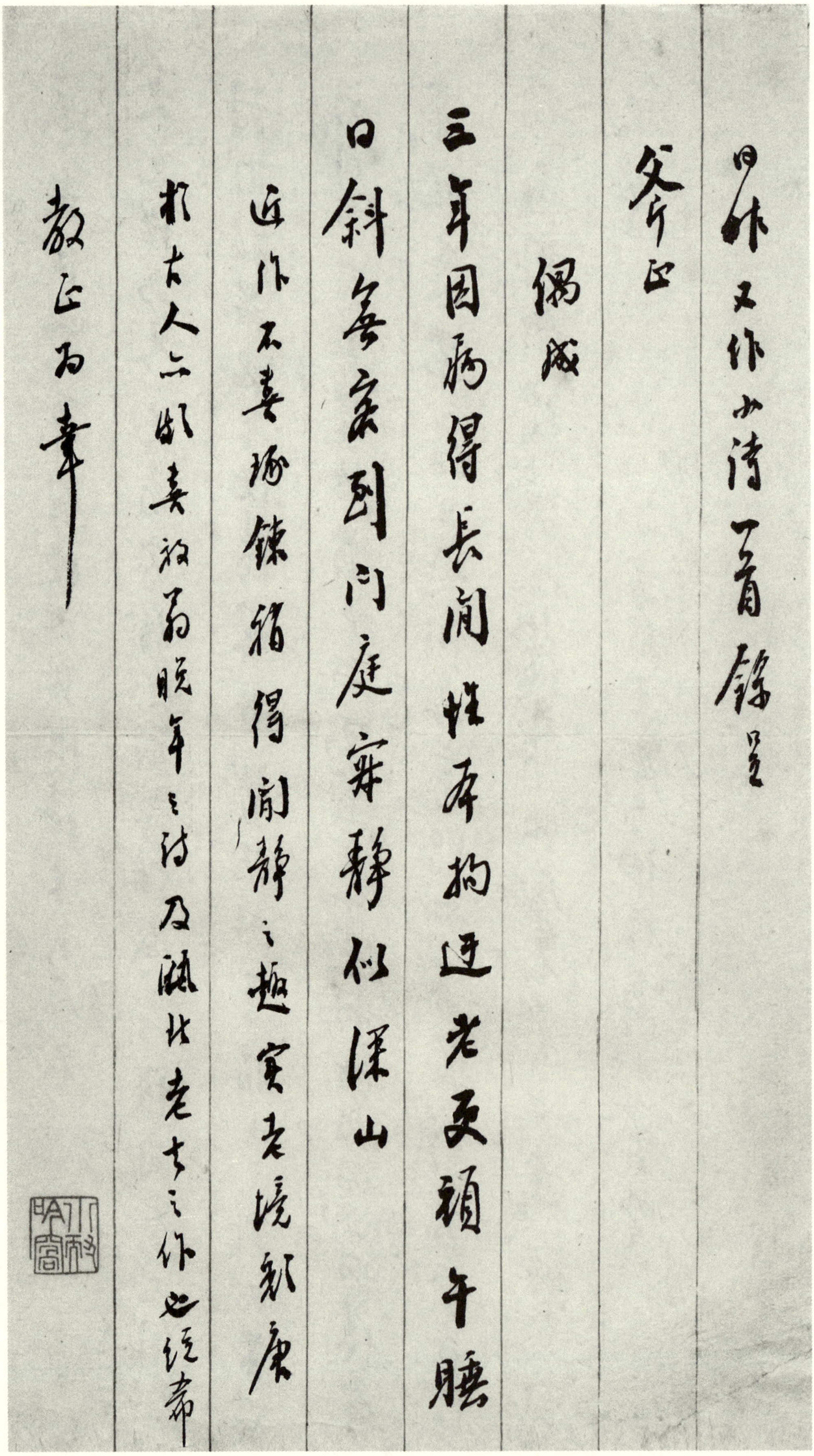
日昨又作小詩一首錄呈
斧正
偶成
三年因病得長閑 性本拘迂老更頑 午睡
日斜無客到 門庭寂靜似深山
近作不甚琢鍊 稍得閒靜之趣 實老境頹唐
於古人亦略喜放翁晚年之詩及湖北老友之作也 統希
教正為幸

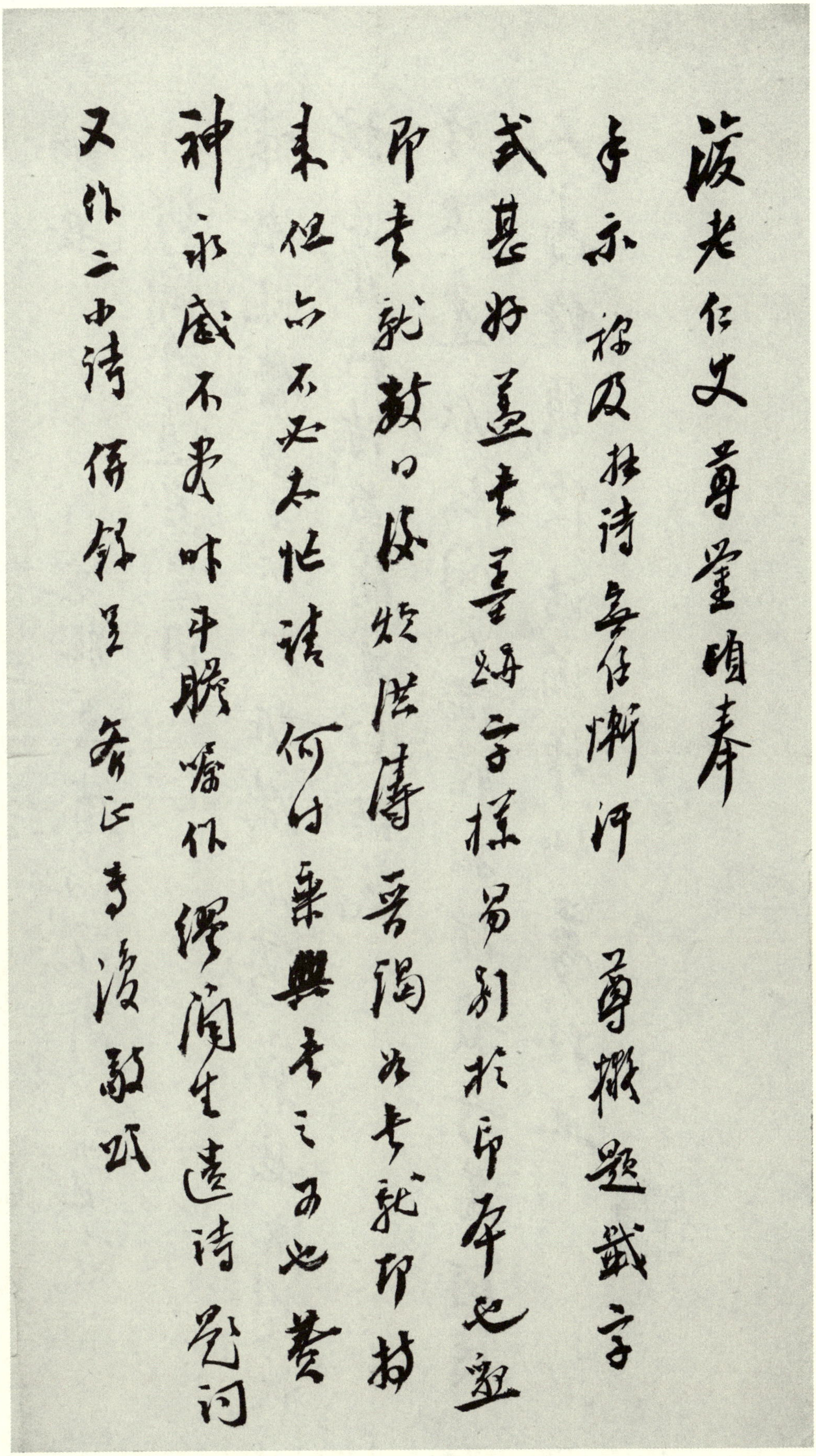

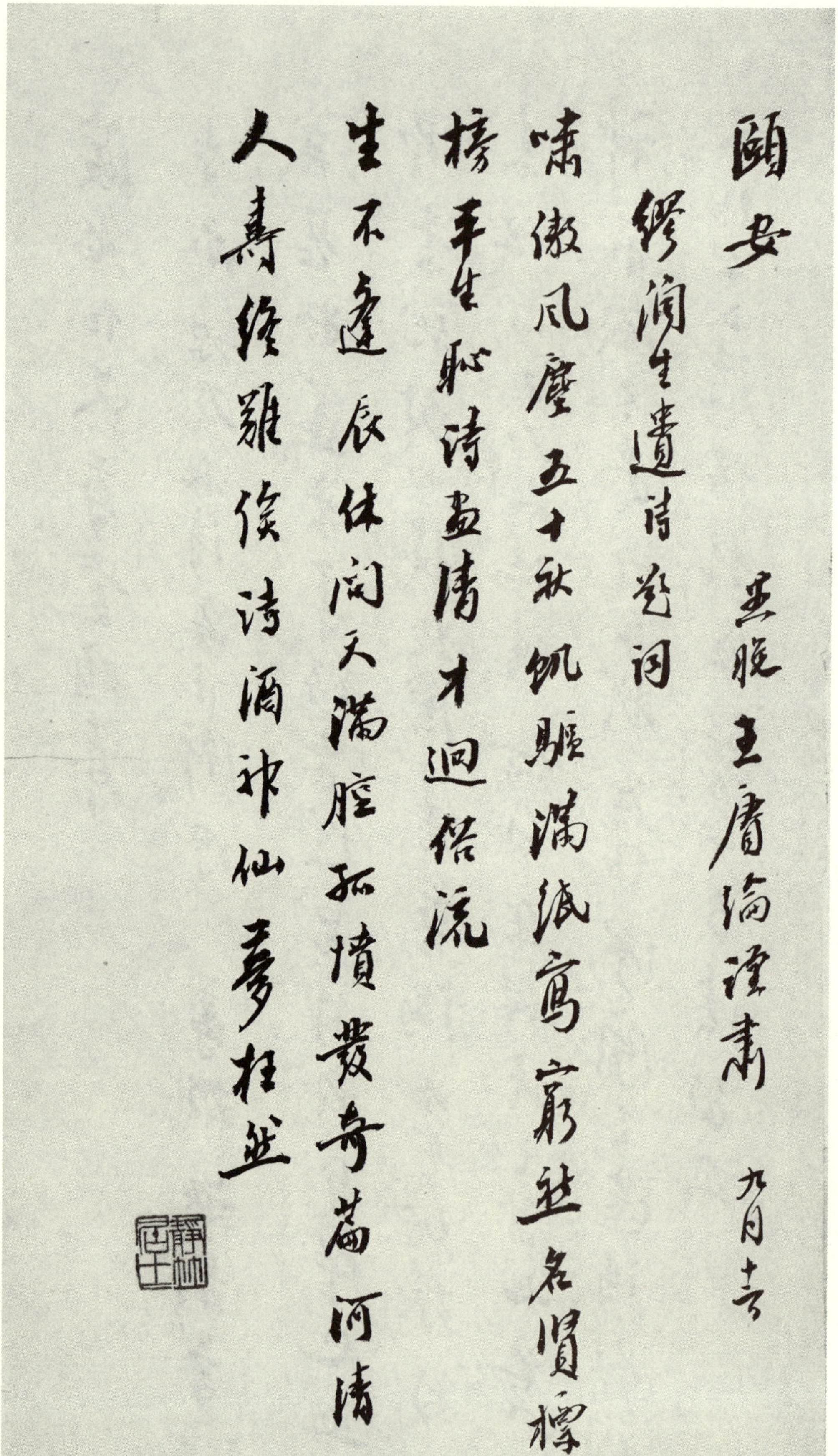
頤安
繆澗先生遺詩題詞
嘯傲風塵五十秋，飢驅滿紙寫窮愁。名賢標
榜平生恥，詩畫清才迴俗流。
生不逢辰休問天，滿腔孤憤費奇篇。河清
人壽終難俟，詩酒神仙夢枉然。
世晚王唐倫謹書 九月十六
靜山居士

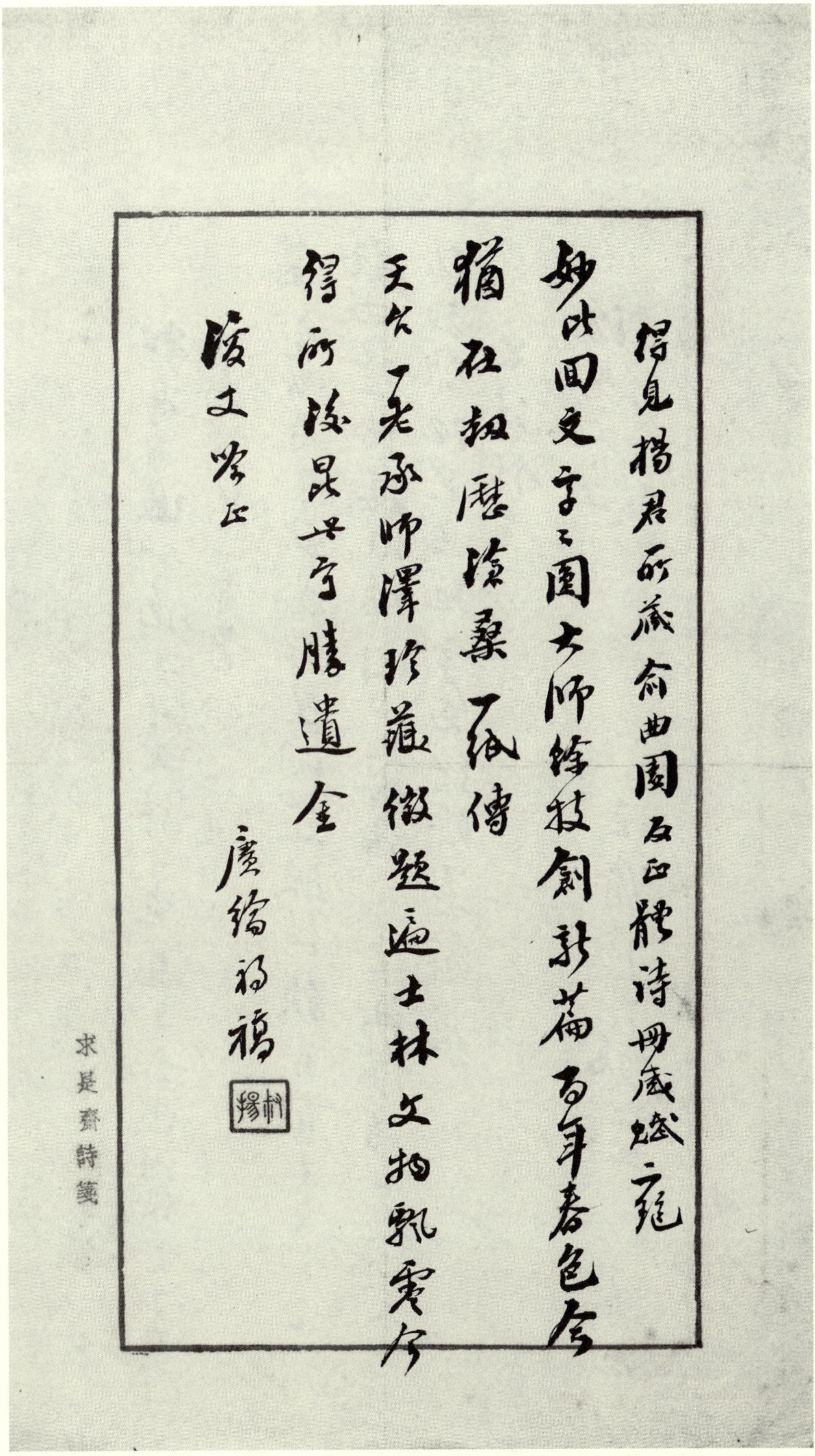
得見楊君所藏俞曲園反正體詩冊感綴二絕
妙以回文字字圓大師餘技創新篇百年春色今
猶在劫歷滄桑一紙傳
天下一老承師澤珍藏徵題遍士林文物飄零盡
得所後昆世守勝遺金
凌文吟正
廣緒福稿

求是齋詩箋

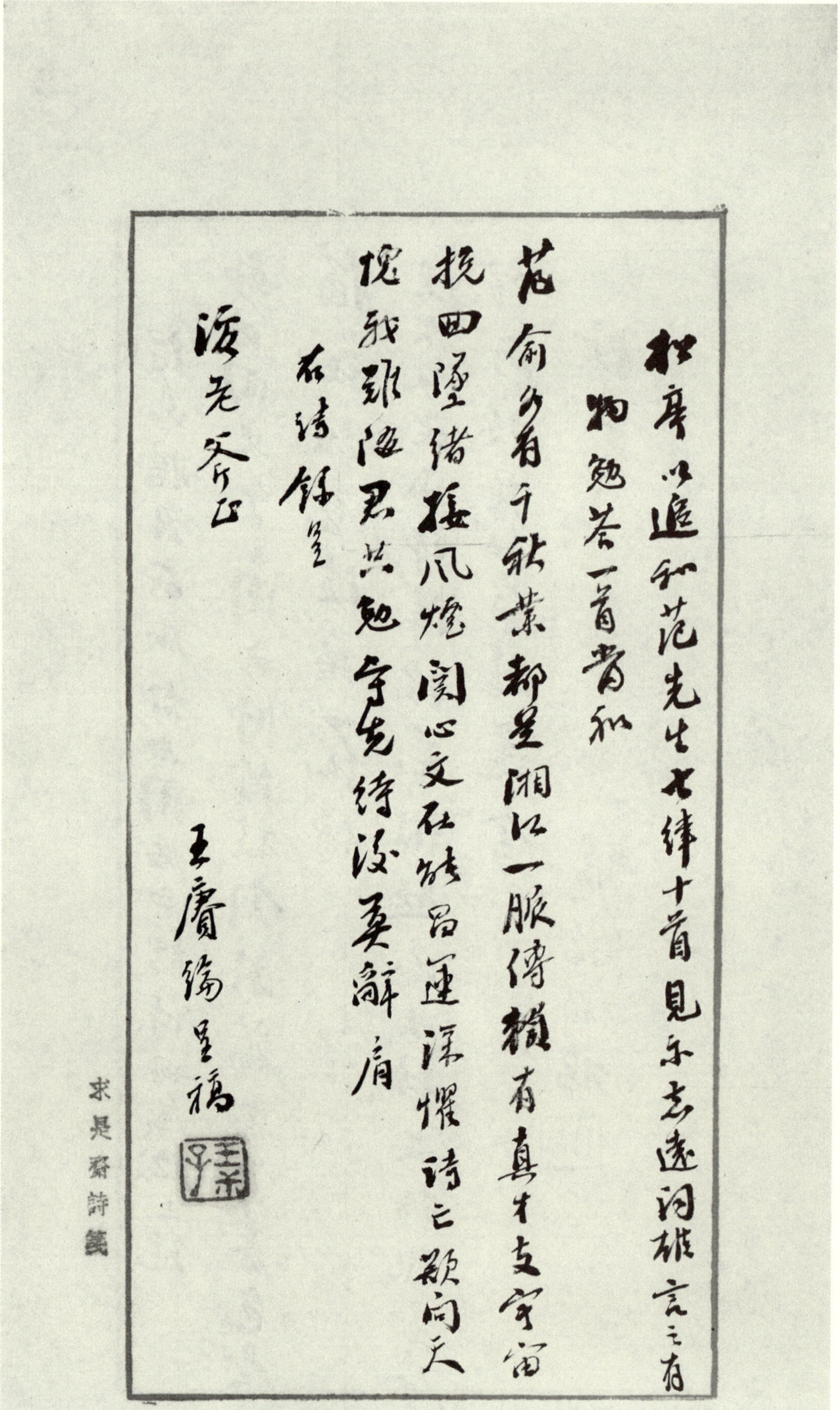

松年以追和范先生七律十首見示志遠詞雄言之有
物勉答一首賡和
范俞多有千秋業都是湘江一脈傳積有真才支宇宙
挽回墜緒接風煙閔心文在能昌運深懼詩亡欲問天
愧我非能君共勉守先待後莫辭肩
右詩錄呈
浚先斧正
王賡錫呈稿

求是齋詩箋

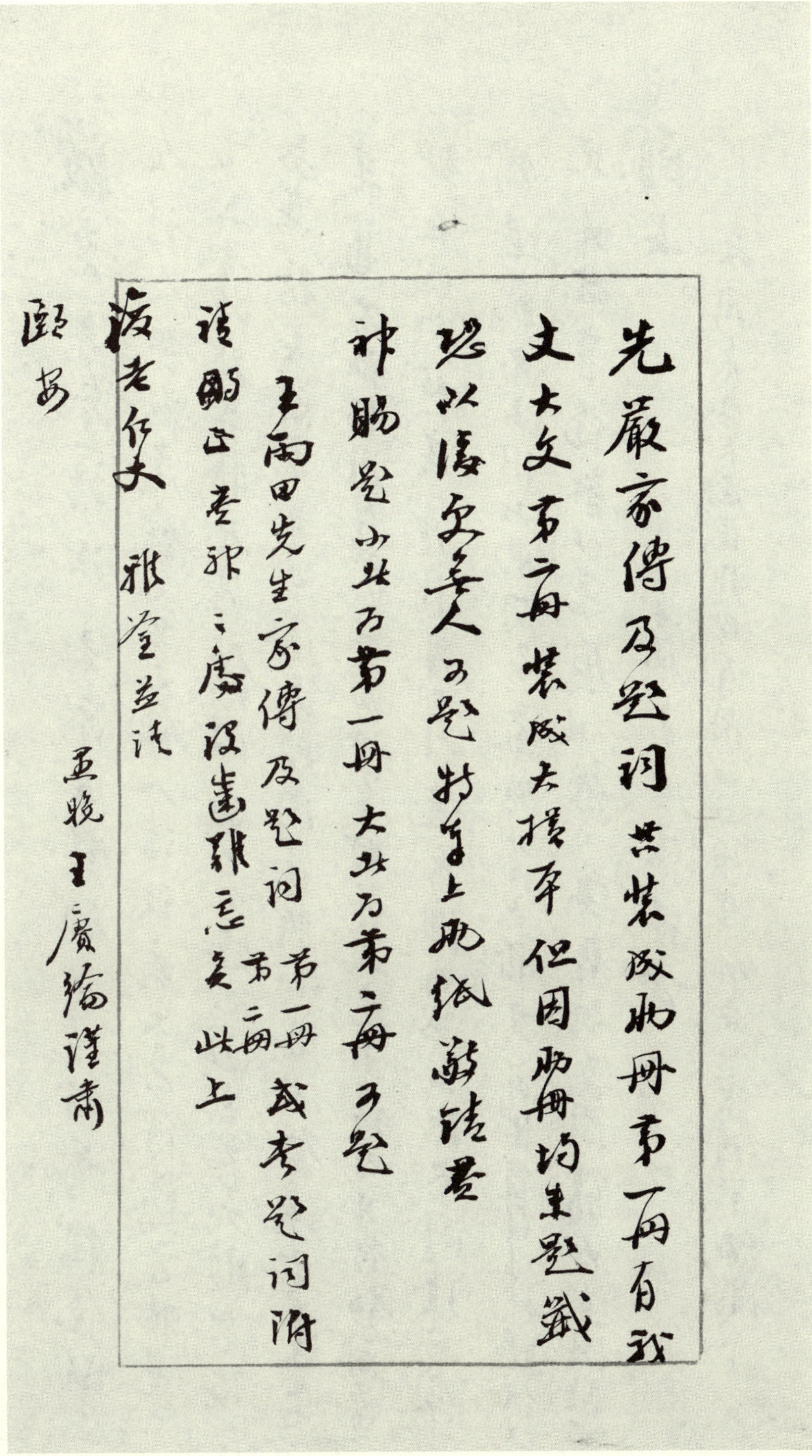

先嚴家傳及題詞 共裝成兩冊 第一冊有我
丈大父第二冊裝成大橫本 但因兩冊均系題識
恐以後無人不題 特先上兩紙敬請
神賜題 小此乃第一冊 大此乃第二冊 不題
王雨田先生家傳及題詞 第一冊 第二冊 或者題詞附
請賜正 若非二處 設遠難忘矣 此上
[illegible]老作文 雅堂並請
頤安
五晚 王慶緒謹肅

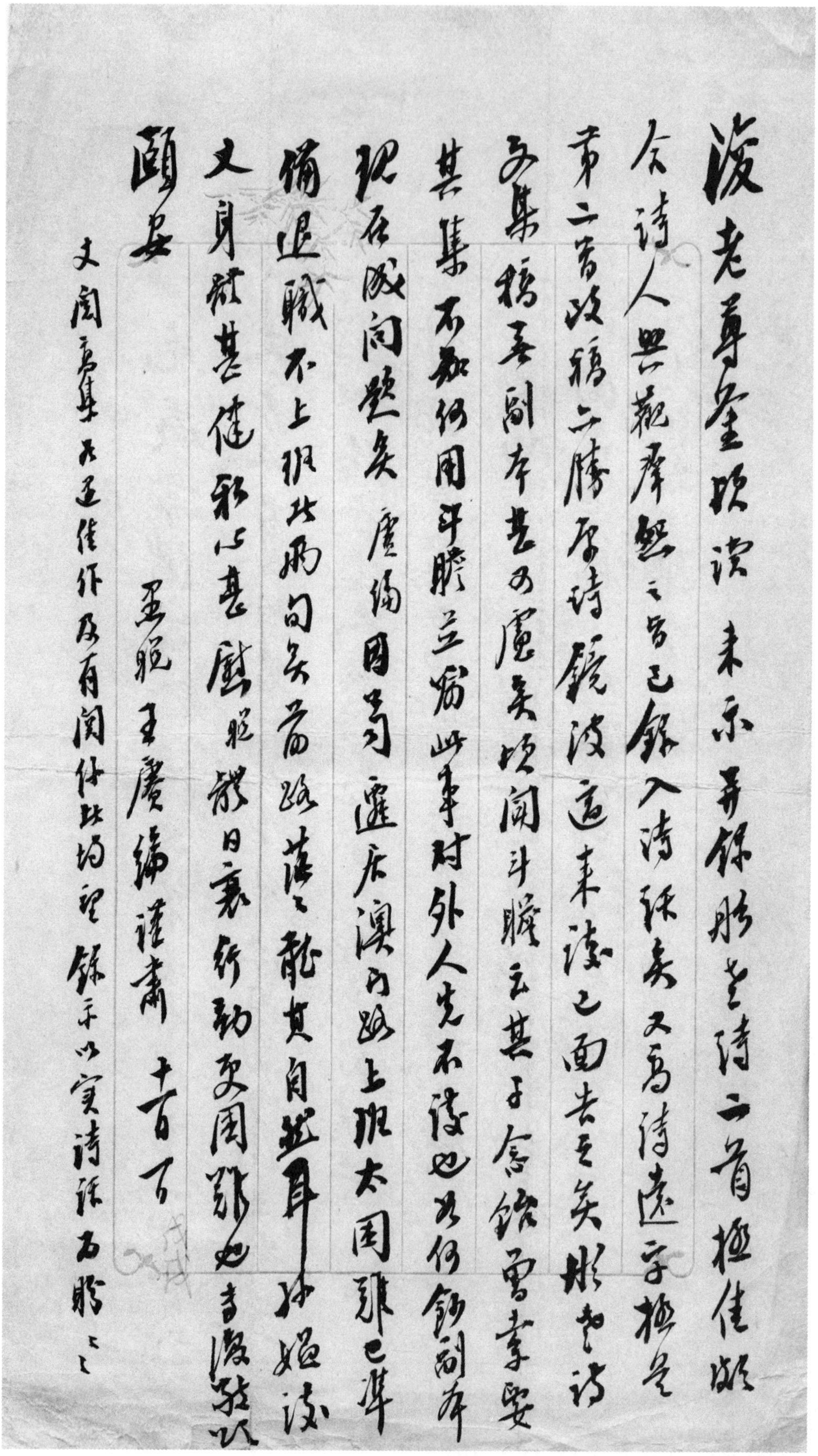
滂老尊鉴：顷读 来示并录所呈诗二首，极佳妙。
今诗人與龍庠錫二首已录入诗录矣。又为诗选字极是。
第二首改稿亦胜原诗。镜波适来谈之，面告之矣。所云诗
文集稿系副本，其正本屡吴顷阅，斗胆云其子念锴曾李要
其集，不知何用，斗胆立窃此事对外人先不谈也。其何钞副本
现在战间暇矣。屡编因为迟，在澳门路上班太困难，已准
备退职，不上班，此两句矣前路落落，龙其自然耳。婢读
文身体甚健，彩心甚慰。聪我日衰，行动更困难也。专此敬颂
颐安
星聪 王庆编 谨肃 十月十日
文阁集之选佳作及有关何北均理录示以实诗录为盼 又又

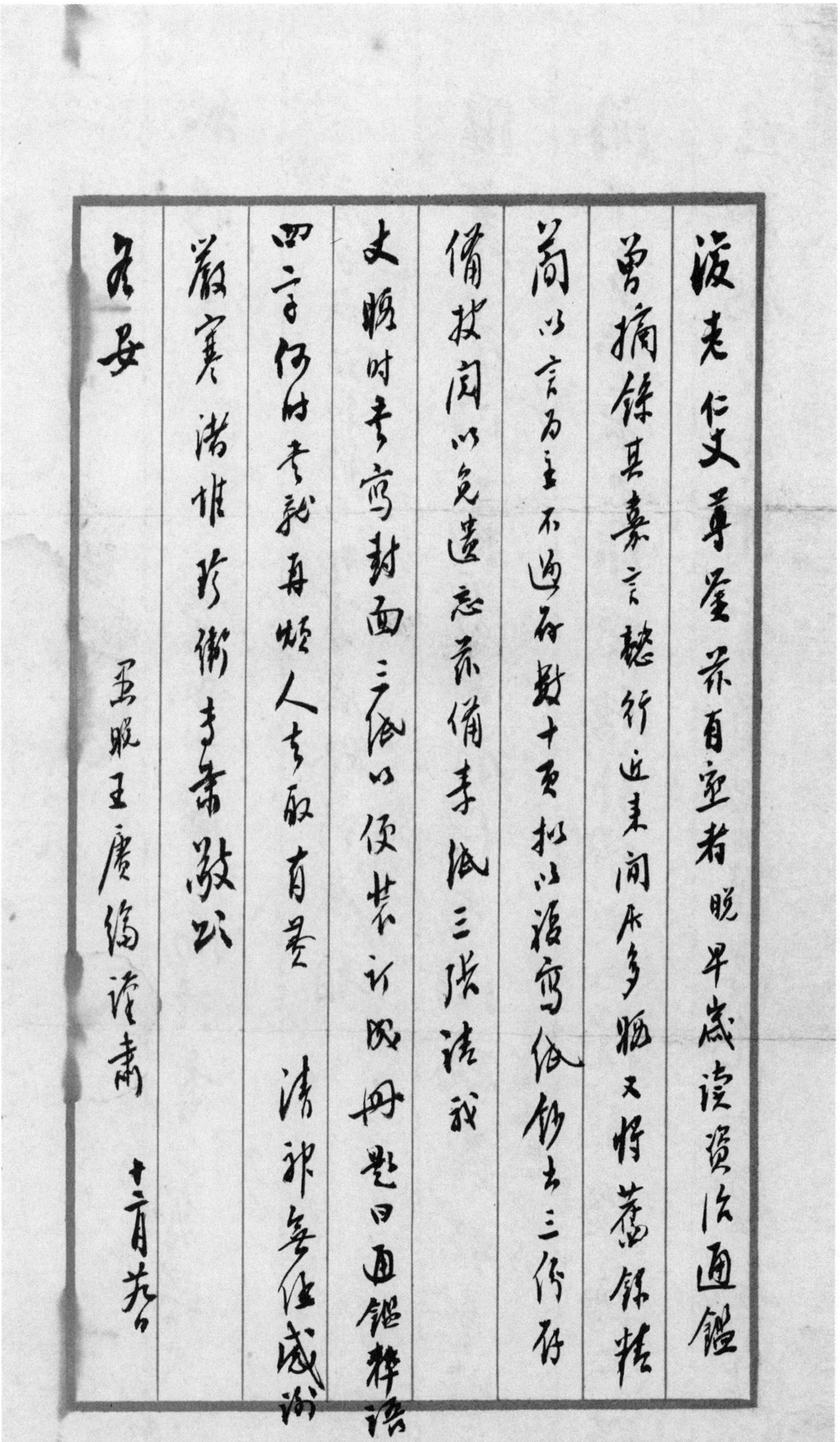
浚老仁丈尊鉴：兹有恳者，晚早岁读资治通鉴，
曾摘录其嘉言懿行，近来间亦多翻，又将旧录精
简，以言为主，不过存数十页，拟以复写纸钞出三份，存
备披阅，以免遗忘。兹备素纸三张，请我
丈暇时书写封面三纸，以便装订成册，题曰通鉴粹语
四字，何时书就，再烦人专取。有费清神，无任感谢。
严寒诸维珍卫。专肃，敬颂
冬安
晚王庚编谨肃 十二月廿四

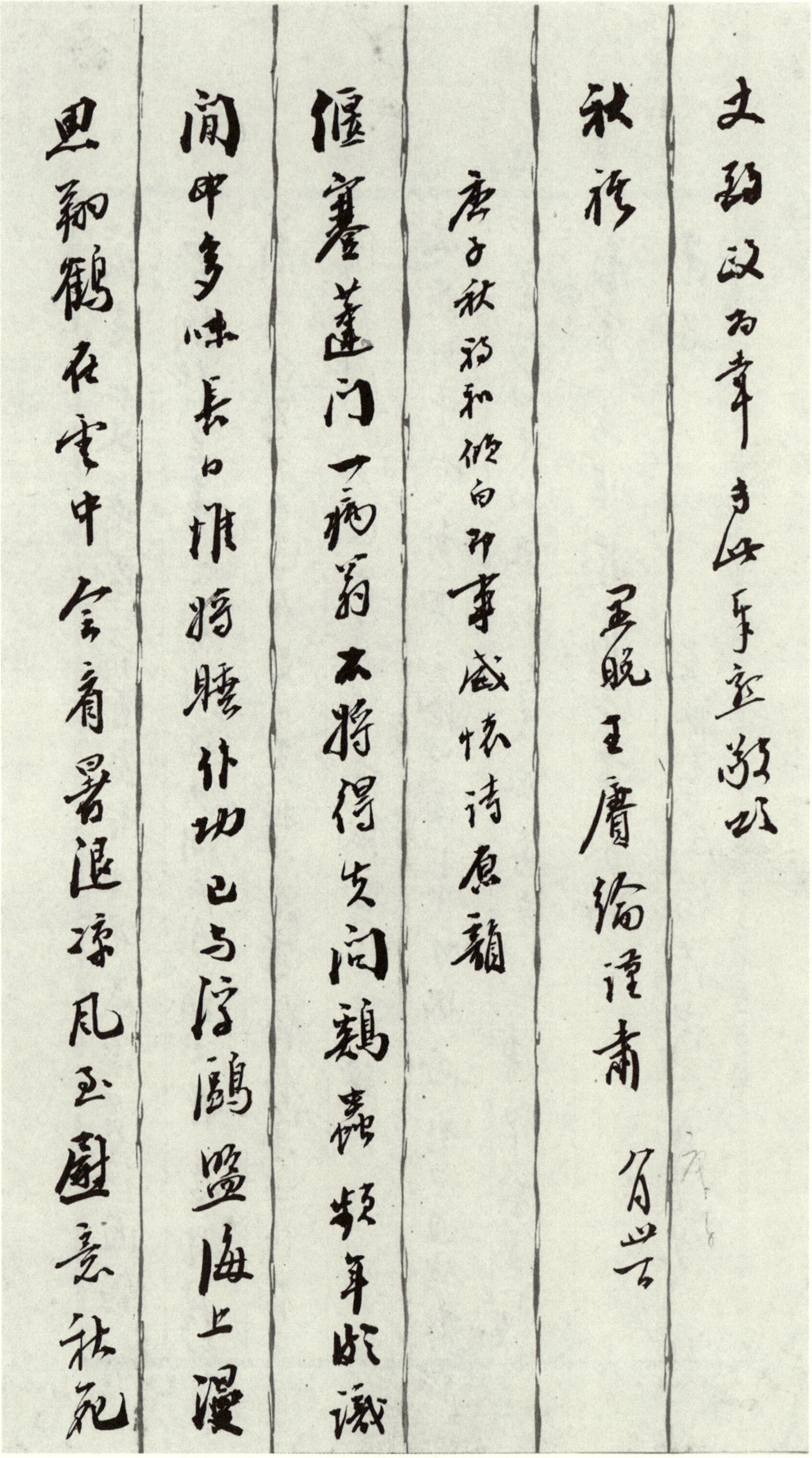
丈翁政右章吉安手迹数以
秋祺　愚晚王蘧常谨肃　有当
庚子秋翁和佩白邗事感怀诗原韵
偃蹇蓬门一病翁不将得失问鸡虫频年此识
閒中多味長日排將勝什功已与浮鸥盟海上漫
思翔鹤在云中会看暑退凉风至匿意秋苑

占自紅

新秋小雨於亭林顧讀藝甚得本源感而有作

最難風雨故人來周越世高讀書銷閒詩書先須敦

士品正塗藻采過非才

莫教聽耳雜蛙鳴須識文章有正聲學得

本源元氣合自然下筆易人驚

浚老仁丈道席 久未通候 維 起居安適為祝 昨承
賜書封面三紙 謝謝 晚近來益覺此世之危 人命之無常 惟有
佛法為可作依歸 日惟誦經念佛 棲心淨土 世間文字不復措意
昨得自娛詩數首 呈求達之 言不可以詩論也 又題平鄭樓園一首
應酬世故而已 深愧哉 丈亦精參佛學 作為晚年安身
立命之方 能得正清淨 萬緣放下 至收益不可思議矣 我丈有
楞嚴圓覺金剛等經 晚手寫淨土日誦諸經及持名功夫 不知
以為何如 晚有意研究晚精識門經 亦供獻參考小資料

也。紓再續陳，專此敬請

頤安

晚 王廣編 謹肅

五月十六

偶成自壽詩

世事攖心恨海波，無多歲月似飛梭。況今更有開言路，追憶文字珍。

時光念佛陀。幼軀存世太無常，未來誰能自主張，惟有一心修淨業，期

安養壽無央。人身萬劫難回，白髮無情日夜催，將我此生成淨業，度

人有願再重來。字義獻詩赫杜，依舊難超生死輪，若以報錢

師淨土，仰賴佛力永離塵。

並請轉達于鄭樓園

海藏詩本高，尤得至勁秘，餘事精八法，骨健氣雄，肆堂下當張子鄭老

有獨嗜，所寫餘遍真，挾微有特識，遠羅樓千樓一樓，好襟辨世受

義深栗人事有欽頹，推此嗜者，鄉紙大志不易，至願爲諸詩訳

錦和無墜

附抄錢李湖南老念佛偈索閱，揚淨土甚精確也

念佛偈 其一

世間無可依惟佛為所歸佛与我同体佛悟我在迷不仗
佛威力苦海难脫離我誠懇力皈命天人師
西方有淨土極樂名最著佛號阿彌陀發願〻普渡九品
妙蓮華彼土人生處十念即往生永仗佛慈護
此土娑婆界彼土極樂國娑婆無量苦彼土無量樂
奈何戀此土不早求解脫念佛願往生頓超生死劫
我念佛一聲彼土一華生念佛功德滿身生蓮華中華
聞見彌陀快樂永無窮雖生最下品猶勝生天宮

七宝羅網張鳥鳴花更香衣食应念至隨意游他方

人人皆善友處處見道場壽命無窮盡直至成法王

釋迦苦口說念念弥陀佛罕勸生他方勸生極樂國

古今往生者彰彰在簡策急速念弥陀不得生疑惑

弥陀如導師步步相追隨弥陀如慈母刻刻莫睽違念

茲後在茲朝斯而夕斯我等歸根處專念永不移

念佛偈 其二

十方一切佛皆稱阿弥陀佛我念弥陀佛即是一切佛

佛性与我性本原無分別我念弥陀佛即是自性佛

我稱彌陀名我想彌陀國佛名是無量佛國號極樂佛
有無量光破我諸迷惑佛有無量德滅我諸罪愆佛
有無量壽使我常依託佛有無量力使我離苦厄佛
以大慈悲出我娑婆界佛以大誓願銷我生死劫十
方無有量徧現彌陀佛衆生無有量攝入彌陀國讚
彌陀功德山窮劫難盡說彌極樂境界凡情不能測但
以至誠心念念不暫輟一念念彌陀六根咸解脫我
以心念佛我心即是佛我以口念佛佛聞來升接
念佛生佛國九品蓮花座見佛聞說法心開成正覺

我願有情衆同念彌陀佛盡此一報身共生極樂國

李士鈐著

權攸西印

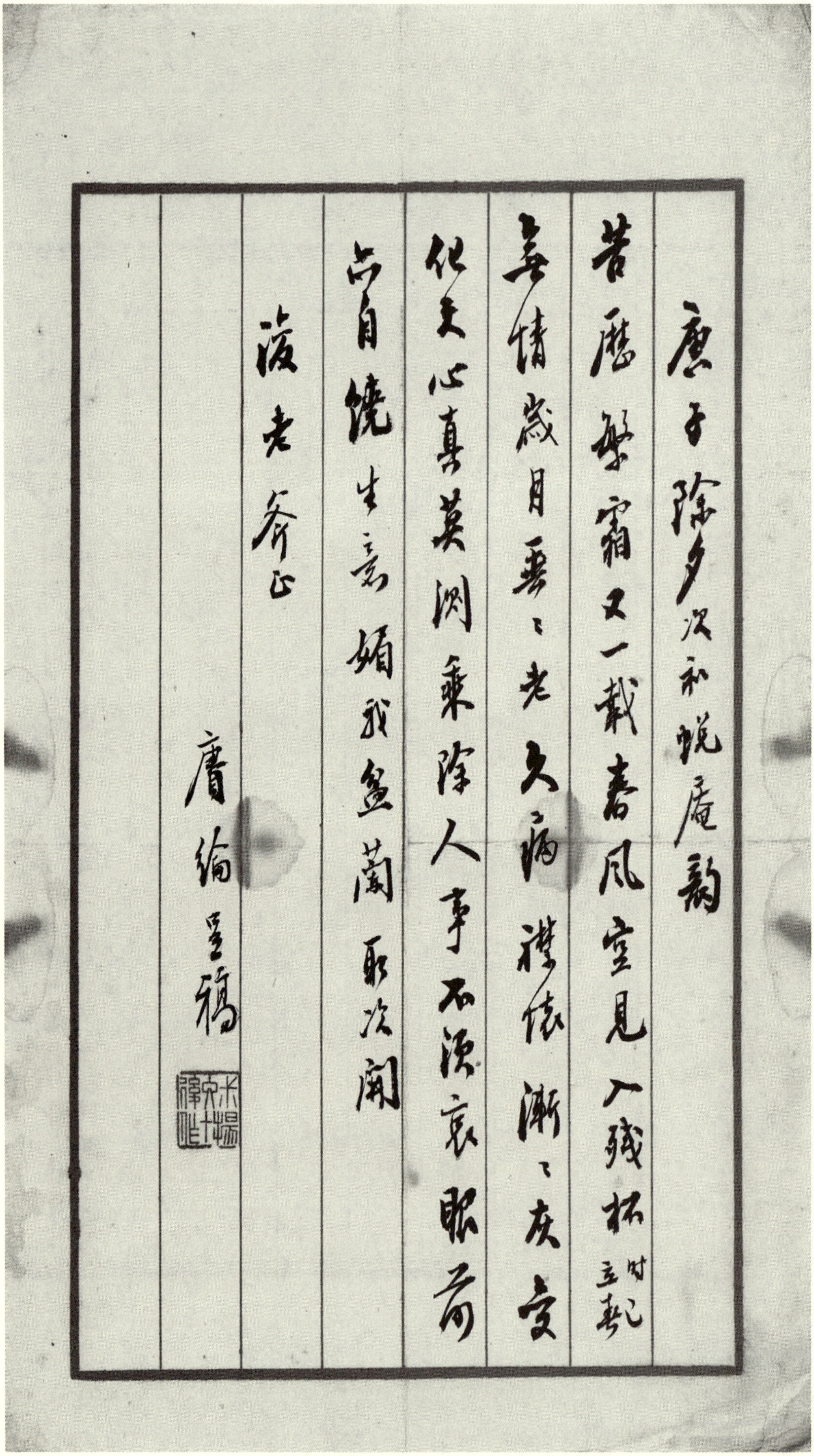

庚子除夕次和蜕庵韵

昔历繁霜又一载，春风空见入残杯（时已立春）。
无情岁月悠悠老，久病襟怀渐渐灰。
化工心真莫测，乘除人事不须哀。眼前
尚有饶生意，媚我盆兰取次开。

蕿老斧正

唐綸呈稿

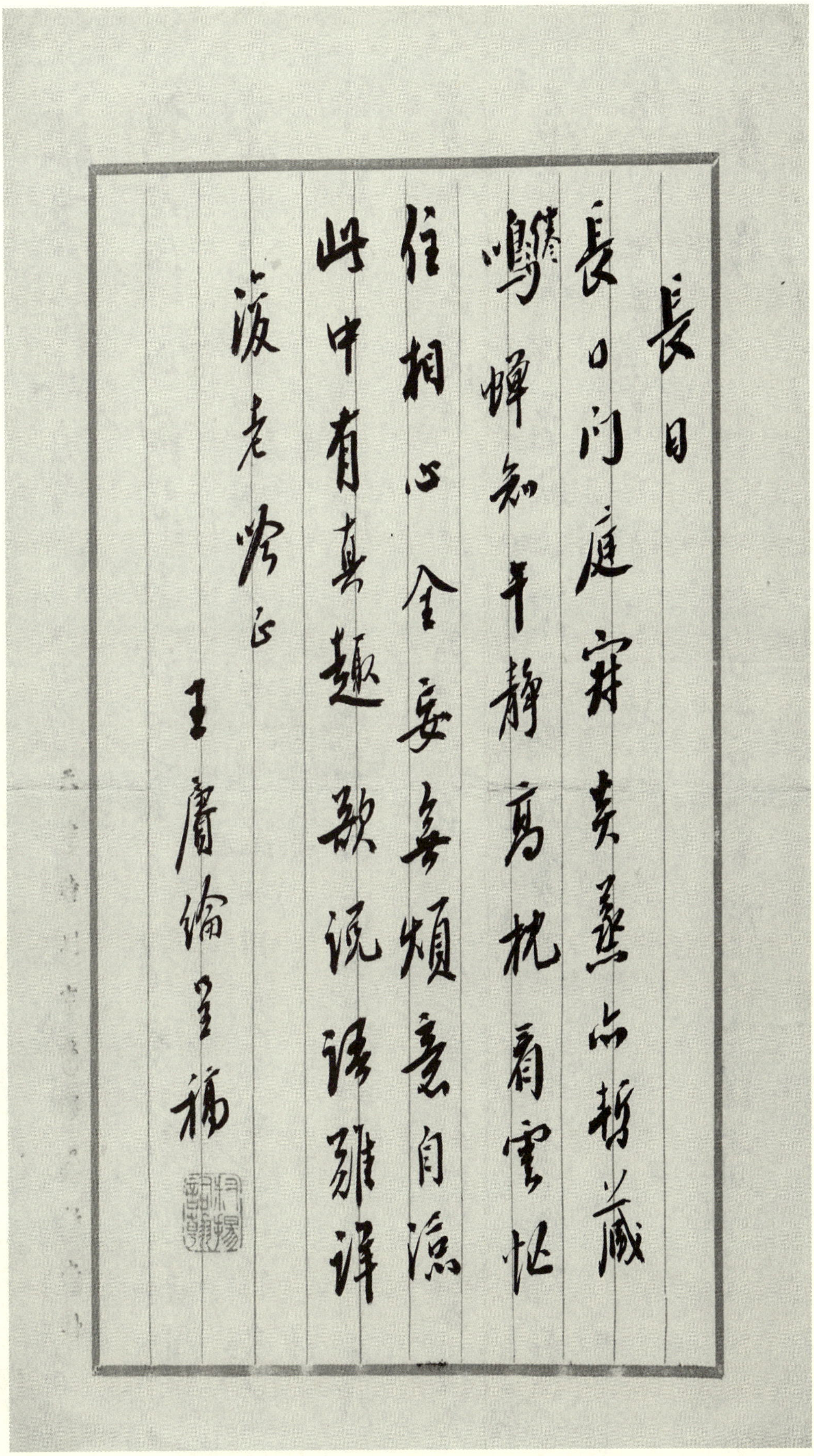
長日

長日門庭寂　黃蕉亦暫藏
鳴蟬知午靜　高枕看雲忙
任相心全妥　無煩意自涼
此中有真趣　欲說語難詳

滄老吟正

王賡綸呈稿

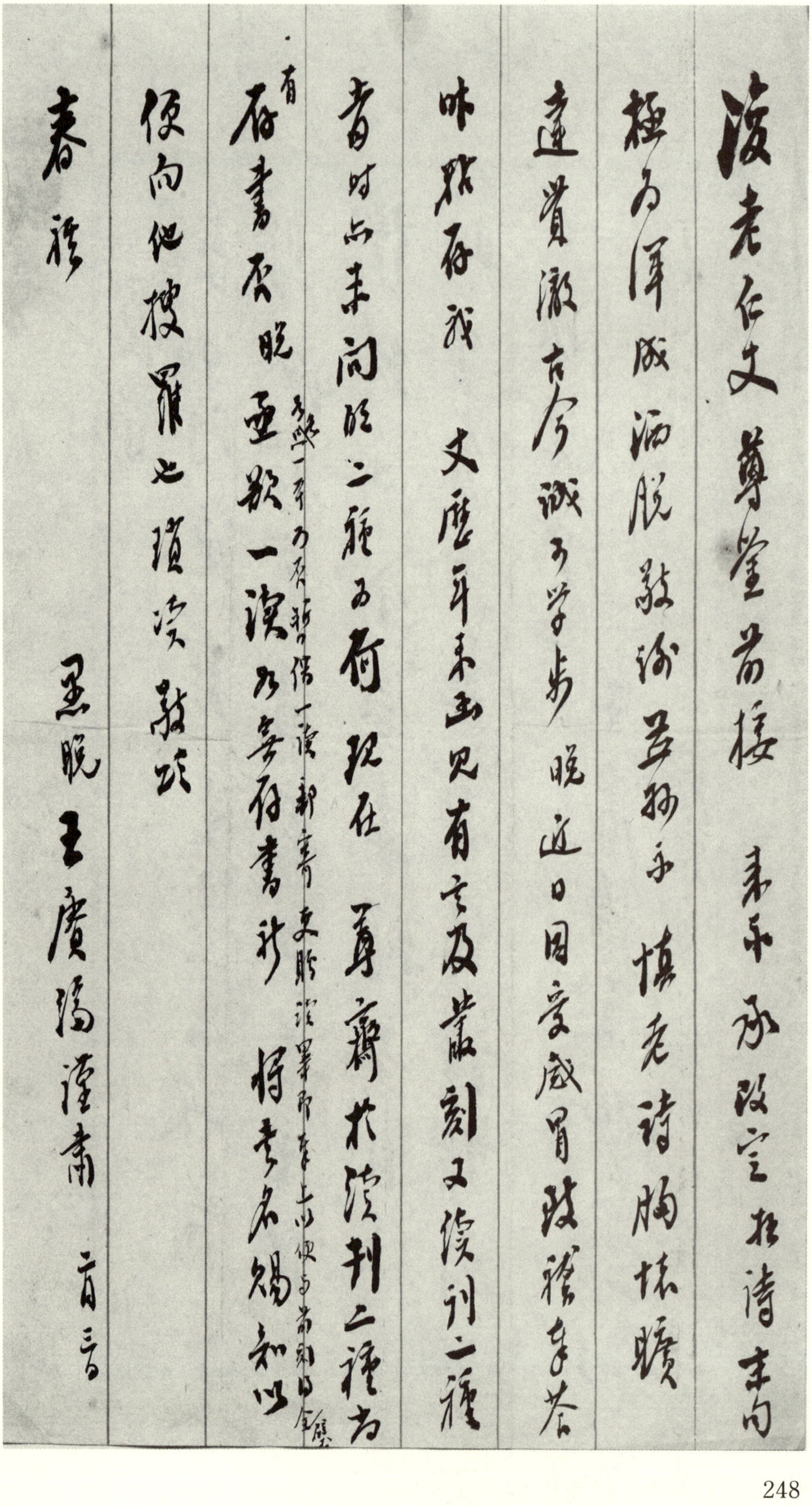

滂老仁丈大鑒頃奉
賜示并大作及邢老詩邢老詩論學論文略見其大較
作閑貴先為精妙於古詩揚棄浮華獨標真諦
不讓空林黃葉之高者更於前也論詩一則首通論文
語極扼要王船山鄙非不真起承轉收之法亦係偏
激之論也以上均當分別錄入拙輯詩話中廣論近擬學
易固易語獨集遺產大概乃定整且近人論者頗多於
所說辯証陳此是否理絲貫澈古今推其讀程

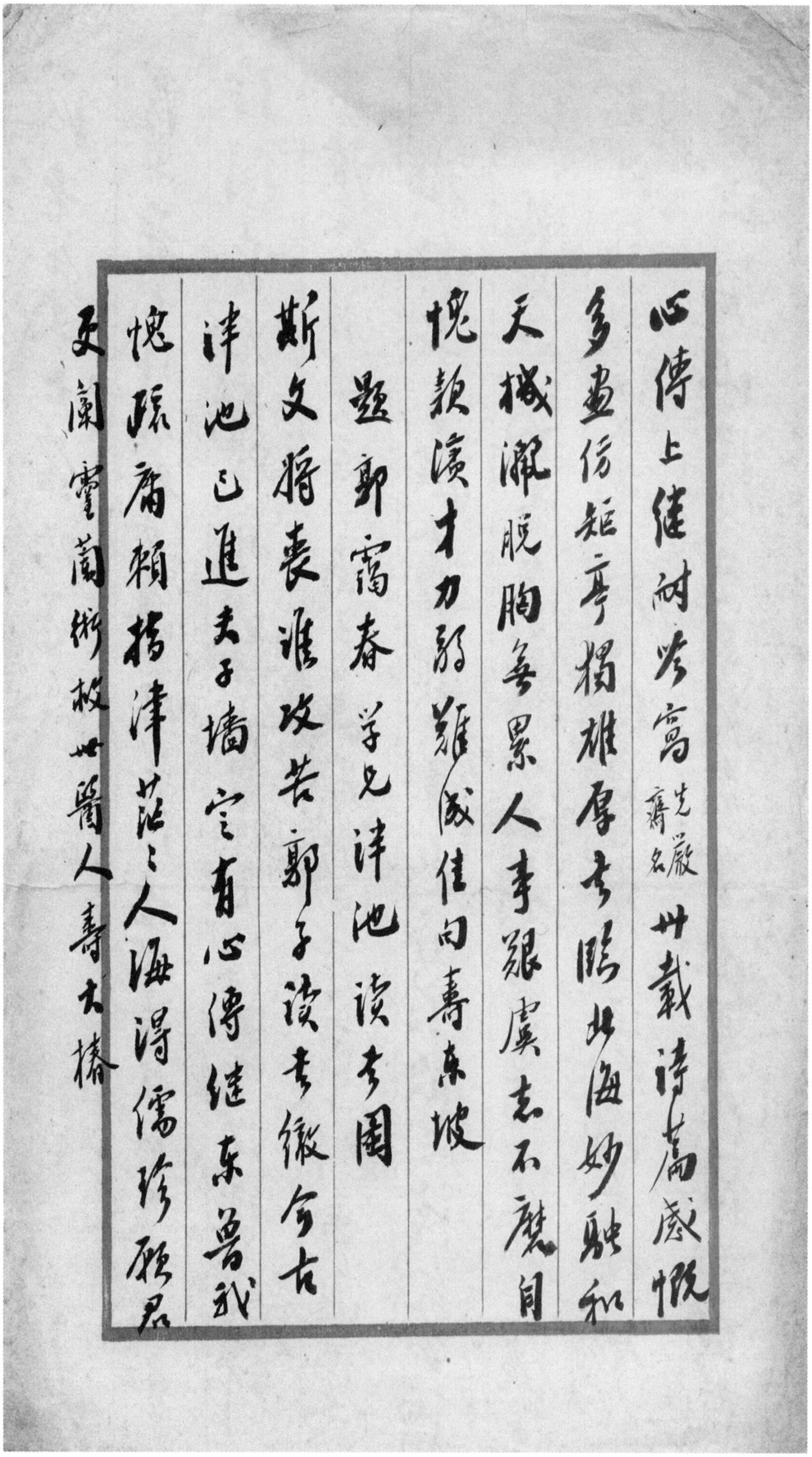

心傳上繼耐岑寓（先嚴齋名）卅載詩篇感慨
多畫仿矩亭獨雄厚書臨北海妙融和
天機灑脫胸無累人事艱虞志不磨自
愧疏慵才力弱難成佳句壽東坡
題郭靄春學兄津沽讀書圖
斯文將喪誰攻苦郭子讀書繼今古
津沽已進夫子牆宮有心傳繼東魯我
愧疏慵賴指津茫茫人海得儒珍願君
更闡靈蘭術救世醫人壽天椿

浚宣仁翁大人有道久仰
德望未親　麈教惆悵之至嘗從桂山兄及
琳揚兄寄見所　鴻箸拜服無已　弟收滙有孟蒓
蓀先生詩冊孟志青先生詩集　敢請
先生慨然賜題則拜賜無既矣恭請
頤安
教弟李賢盦頓首　庚子四月十七
外附詩冊詩集兩件

士寶製牋

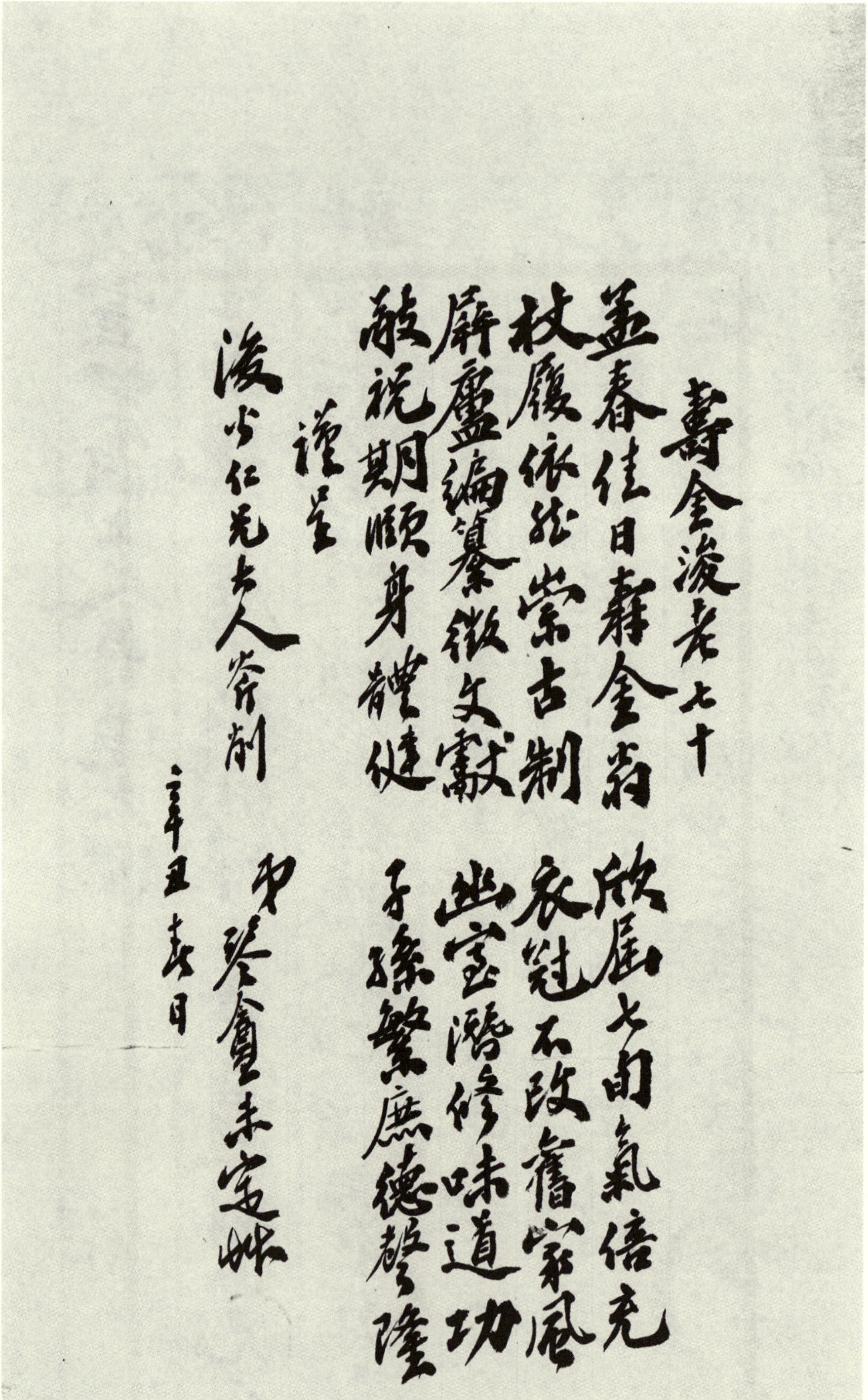

壽金浚老七十

孟春佳日壽金翁
欣屆七旬氣倍充
杖履依然崇古制
衣冠不改舊家風
屏廬編纂徵文獻
幽室潛修味道功
敬祝期頤身體健
子孫繁庶德馨隆

謹呈

浚少仁兄大人斧削

弟 張會來定拜

辛丑春日

浚宣仁兄大人惠存
久欽大君子
陋照表寸心
睹遂瞻韓願
尚冀錫南鍼
李弟琴盦敬贈 時年六十
辛丑二月初一日

後翔仁兄大人惠鑒：昨午登　龍尋瞻
雅範，榮幸之極。仰睇
貴恙極減，與弟欣忭無已。足徵藹藹喜人，先占勿藥。鄙
懷頓釋，可喜可賀。此後對清濕益氣、健脾養胃劑，再以
多服之。貼　貴恙，皆湖及食無味，純屬濕鬱，脾滯消化不
良之象。人有療法，可多之行走，久則日健，少疾。附奉小照
一幀，乞爲題字，雅祈　嘉納。想不逆矣。今托班門奉上
拙作六十述懷一首，敢乞
斧削賜和，但不急之需，俟
貴體康復，再爲勞神，以期其裝池而光寒門。不[illegible]

曰鐵拐辛卯五十初度，至昇陳見根之贈
以磁銅李仙鐵拐古錢一枚，除佩帶外，用特
製箋以作紀念。津門琴盦識

懇之至匆此恭敬

痊安 註頌

寶澤延釐

附小照一幀

小詩一頁

教弟琴盦上

辛丑六月初九

予自劣右足跛杖持鐵手杖因名別署曰鐵拐辛卯五十初度至粵陳兄根之贈以磁銅李仙鐵拐古錢一枚除佩帶外用特製槃以作紀念 津門琴盦識

屏廬仁兄大人道席：杜年姪齎到
手示承賜
佳和琳瑯盈篇增光寒門拜
賜良多無任下澣欣逢
仁兄杖國大慶勉撰俚句藉伸祝悃班門弄
斧佳 公叢論尚乞
郢政藉資趨步無任感
禱孟友馬子楨君久仰我
公雅飲良壽居子擬不日晉謁拜
教謹此先容 杜年姪謹及

尊躬尚有不適，實深以爲念。附上滲濕利
水清體之方，請試二帖，否則賜 示，當即詣
府一診。諸勿受氣，謹此布此，恭請
頤安

愚弟叔和 張介盦手

辛丑四月初十

处方笺

门诊号数

姓名：金浚宣

性别：男　已/未婚

年龄：七十

籍贯

职业

处方日期：六一年五月廿四日

地址

症状及诊断：健脾渗湿利水消肿方

处方：
合欢皮　五加皮　川萆薢　木通
商陆　猪苓　泽泻　六一散
生芪　山药　防己
车前子　川牛夕　生杜仲

用法

中医诊所名称地址

中医师

复诊务带原方

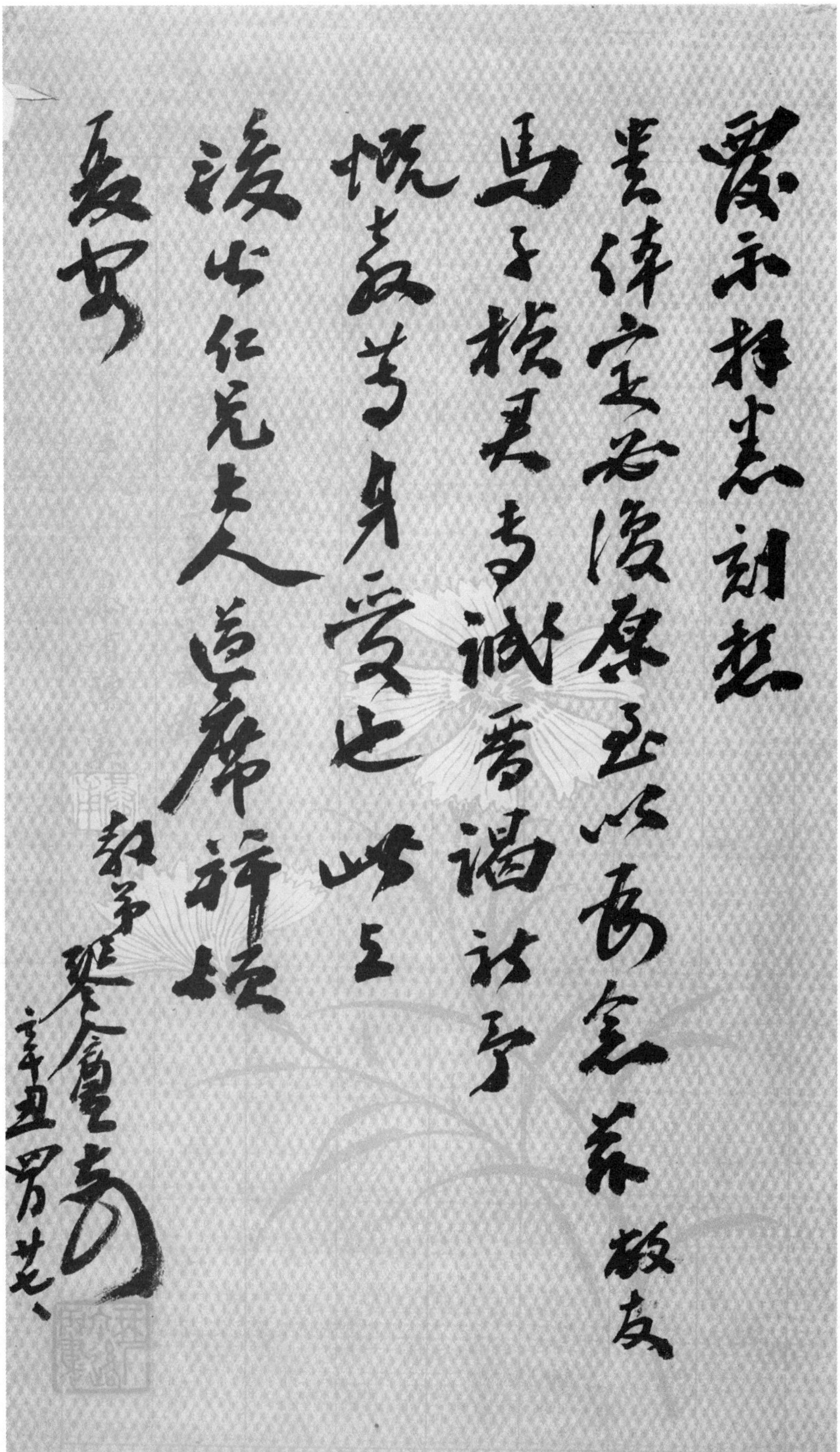

蔚廬仁兄鈞鑒：前接讀 手示，並述拜悉
已照錄冊中。俗務紛紜，未克以莫補寄，茲隨翼
馬子楨先生便務伸續懷。叔揚兄於八月初六日丑刻歸
道山，諒必早悉。老成凋謝，無任愴懷。蒐集近代名流
所著錄目在蒐輯中，惟對近儒之振法黃宅尚多疏
號，光緒呼黃大瞎子及黃三大王，皆不知名諱字號，敬祈
兄台有以示及，則轉錄無誤矣。匆匆達此，即請
頤安

教弟張翕宣方

壬寅九月廿一

厨盧仁兄大人道席久疏候函渴念弥殷刻維
道祉安吉文祉增祥爲無量祝　頌軀祝
論者恒稱以世爲者甚惜眼滄桑用特編輯近代
名流敘舊錄凸現集有七十餘家　士英共十分之七　女孩籍共十分之三
奈以不長於行收識殊陋寡聞之憾即所據之資料如
縣志　續縣志　新志　天津誌略　津門雜記　津門紀略　津人
之詩集　之鄉試硃卷　縉紳　名人壽言錄　哀榮錄　名人年表
之筆記　之文存　津門詩鈔　津門徵獻詩　閩杙
及抄訪友好口述者　尚有墓誌
貴府世系三代子孫辰舊所有著闡之集但此之淺了

雖先達 張曾且大畫師龍節先生與予昇公之關係不清楚

先台之令高、曾、祖、諱字爵秩荷史及令嗣文孫名

字技能擅長詳以示知該補將所聞之 貴氏世系單

凡有關係女詩稿出指明以便註清楚每釋記之之為祿

待教之至此此敬請

秋安

教弟 琴盦 張

壬寅七月廿一

附 貴氏世系單一紙

為輯為存各鄉試硃卷、群言錄、家集錄、社友先生詩僑樓輯示知是否收

用單印本 趙

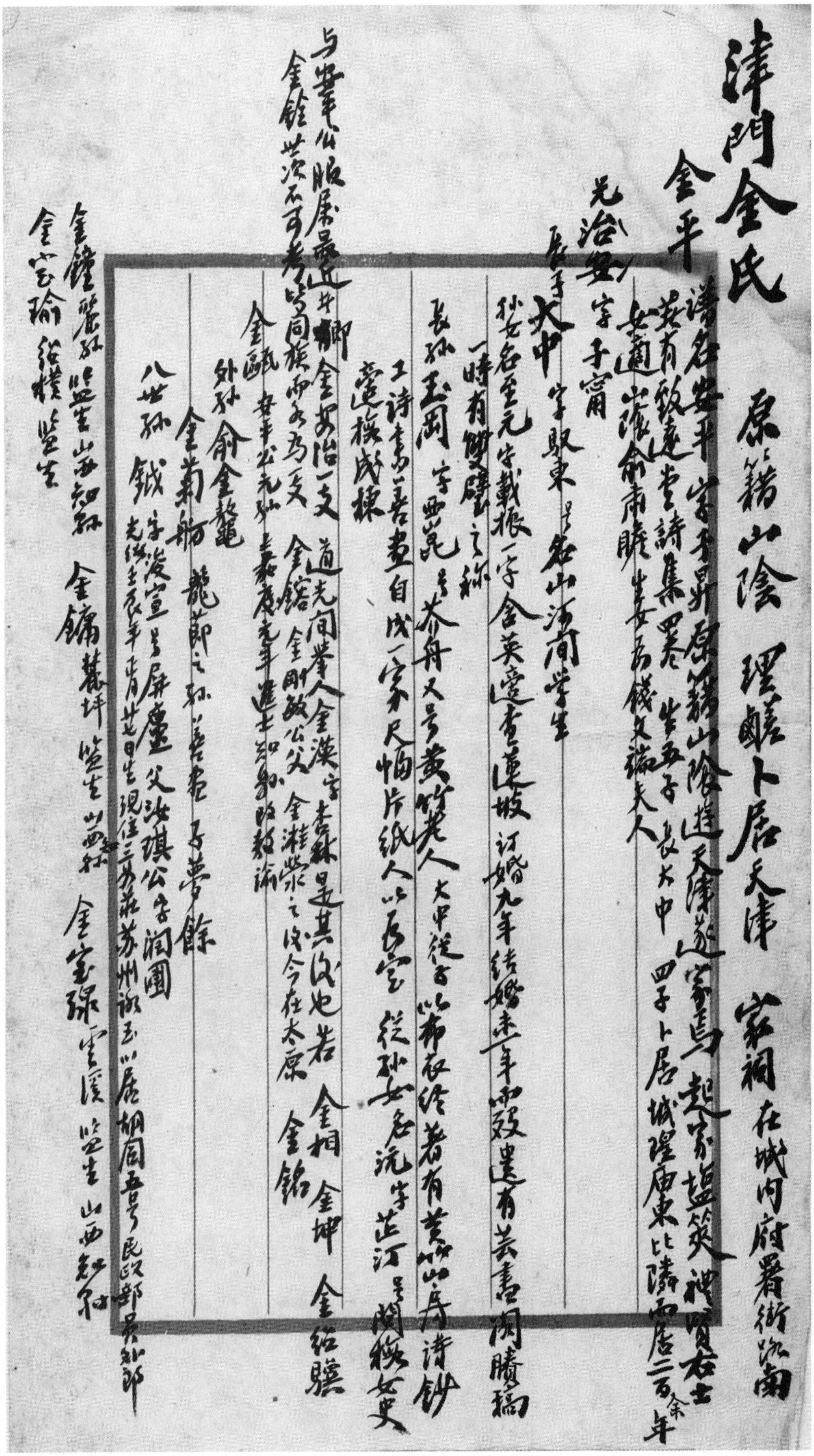
津門金氏

金平 原籍山陰 理鹾卜居天津 家祠在城内府署街迤南

諱在安平 字秀昇 原籍山陰 於道光天津鹾運 字鶴起 家鹽筴 補資右士

著有致遠堂詩集四卷 生五子 長大中 四子卜居城隍廟東北隣而居二百余年

女適山陰俞甫曉 生女名錢文瑞夫人

光治安 字子甯

長子 大中 字取東 號翰山 河南學生

孙女名至元 字載振 一字含英 適查蓮坡 訂婚九年 結婚未一年而歿 遺有芸書閣賸稿

一時有雙璧之稱

長孫 玉岡 字西崑 號芥舟 又號黃竹老人 大中從子 以布衣終 著有黃竹山房詩鈔

工詩書 善畫 自成一家 尺幅片紙人以為寶 從孫女名沅 字芷汀 號閨秀女史

遺稿成稿

与安平公服属最近者 卿 金安治一支 道光間舉人 金漢 字杏林 是其後也 若金相 金坤 金紹騫

金銓 世次不可考 皆同族而為友 金鎔 金同 致公父 金淮 紫之後 今在太原 金銘

金甌 安平公元孫 嘉慶元年進士 知縣 昭毅諭

外孙 俞金鼇

金菊舫 龍節之孫 ……堂 子夢餘

八世孙 鉞 字浚宣 號屏盧 父汝琪公 字潤圃 光緒壬辰年五月廿日生 現住三易巷 蘇州 ……以居 胡同五號 民政部員外郎

金鐘麟 監生 山西知縣 金鏞 ……坪 監生 山西知縣 金寶琛 ……溪 監生 山西知縣

金寶瑜 ……樸 監生

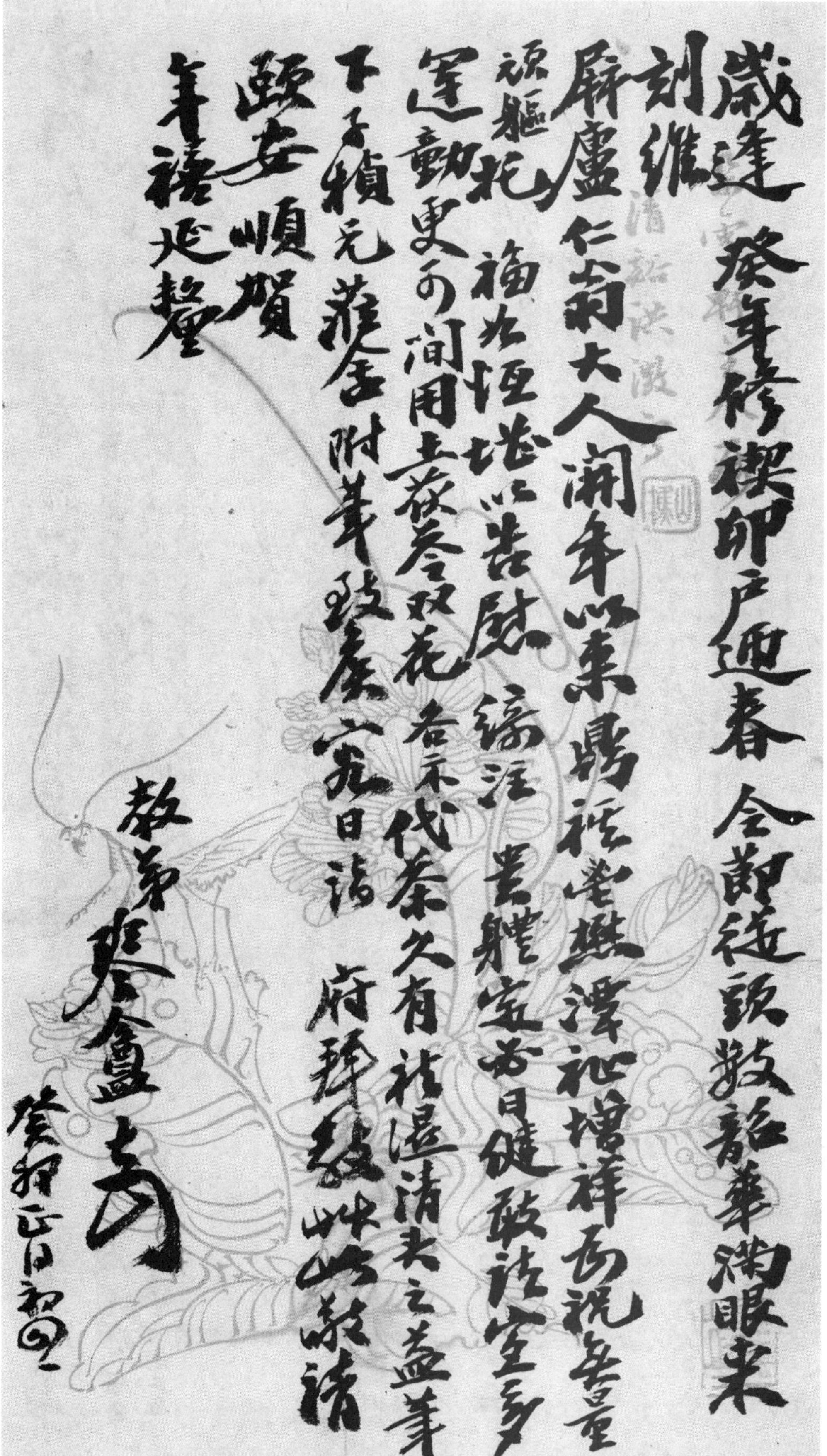
歲逢癸年修禊卯戶迎春令節從頭敬詒青華渤眼來
訓維
麟廬仁翁大人閣下以來鴻禧叠集澤祉增祥為祝無量
頌軀托福如恒堪以告慰綠注貴體定為日健敬請台安多
運動更可開用去歲叄雙花各示代茶久有補益清表之益弟
下子積元氣附筆致候六九日請府拜數此數請
頤安順賀
年禧延鑒
教弟
癸卯正月初四

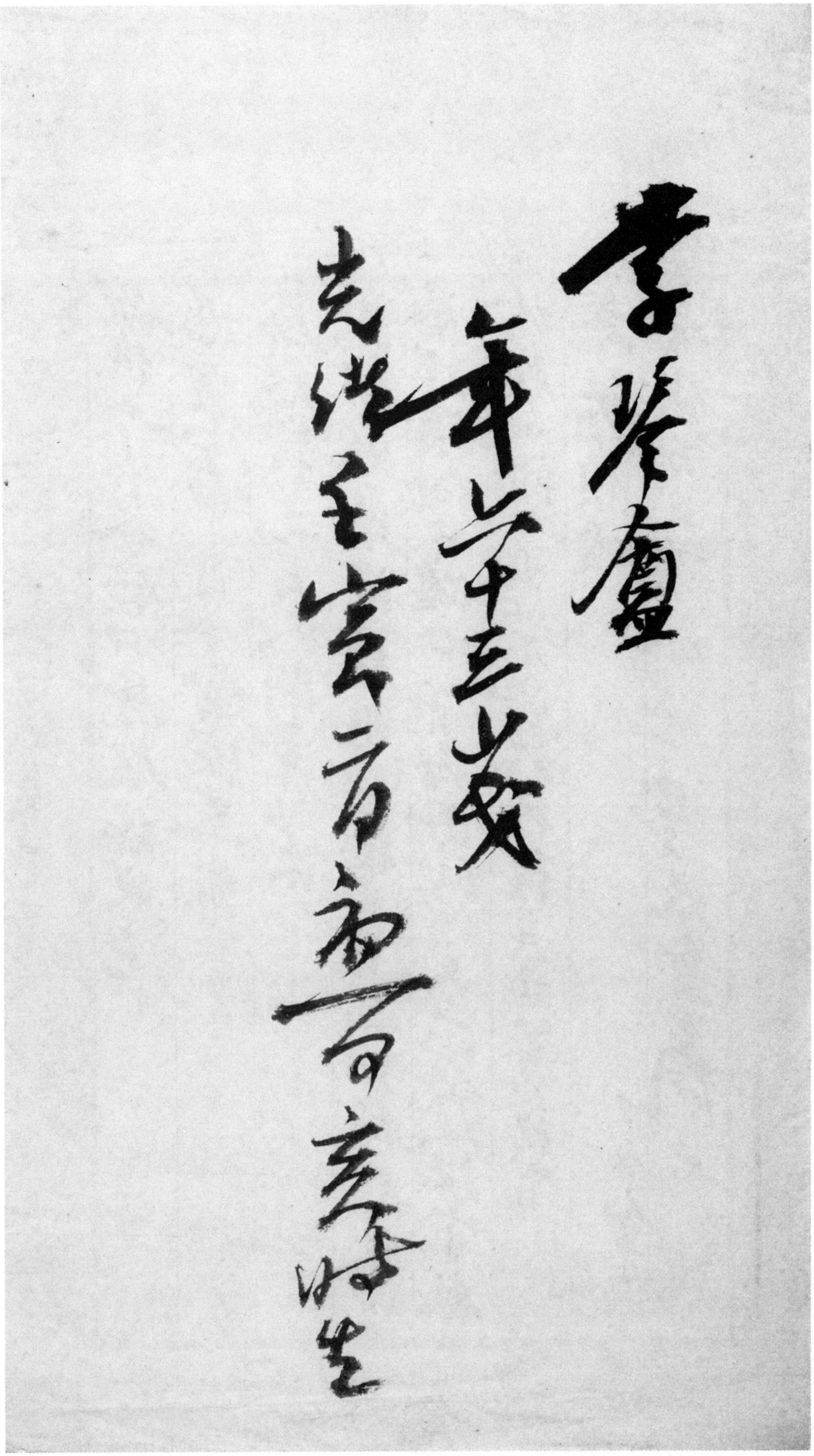

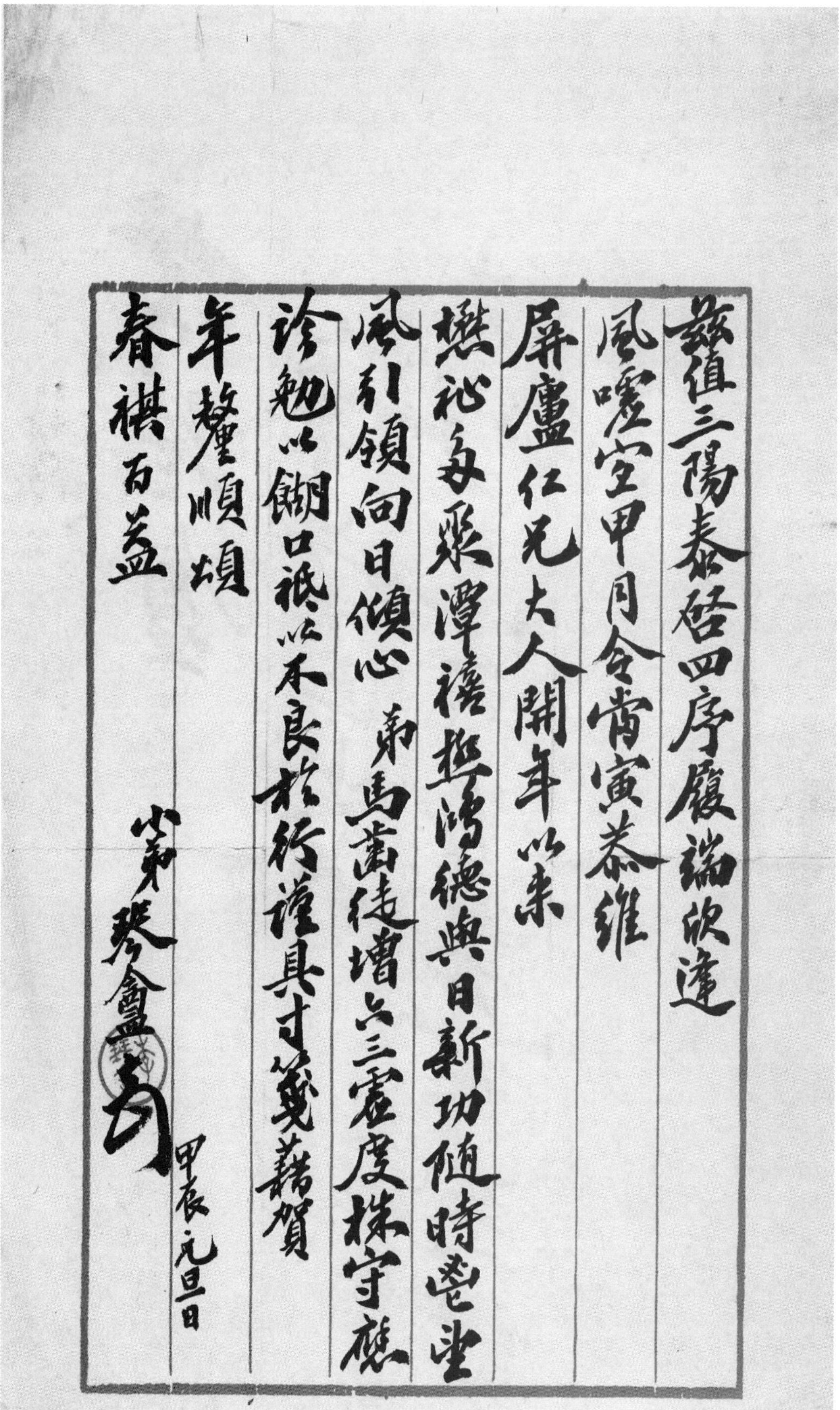
茲值三陽泰啓，四序履端，欣逢
風噓空甲，月令肖寅，恭維
屏盧仁兄大人開年以來
懋祉每乘，潭禧拱鴻，德與日新，功隨時進，望
風引領，向日傾心。弟馬齒徒增，六三虛度，株守硯
誨勉以餬口，祇以不良於行，謹具寸箋，藉賀
年釐，順頌
春祺百益
小弟琴盦[illegible]
甲辰元旦日

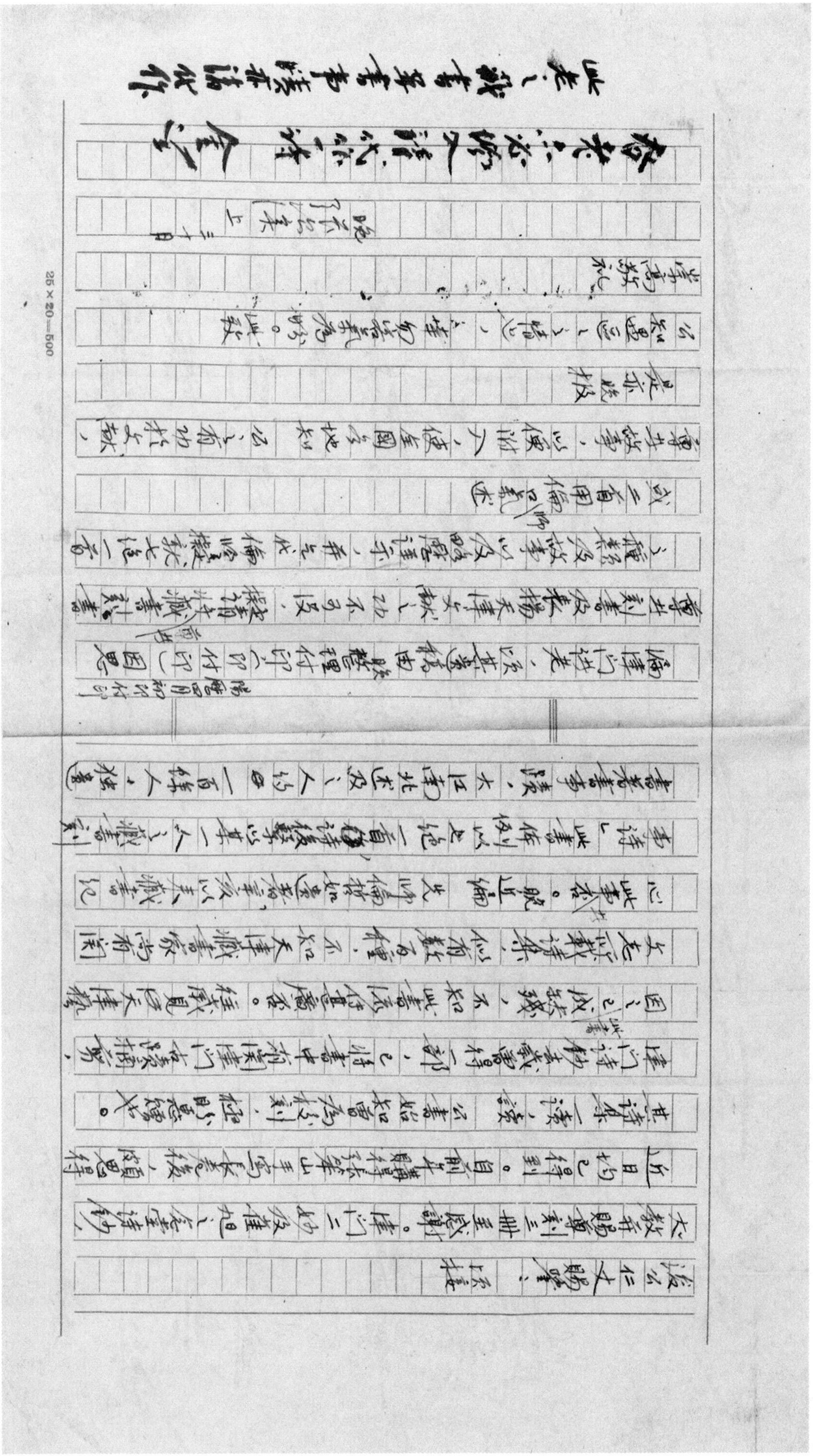

浚公仁丈賜鑒：頃接
大教並賜尊刻三冊，至感謝。津門二妙及崔旭之念堂詩鈔，
近日均已得到。自前年購得張笨山手寫長卷後，頗思得
其詩集一讀，讀 公書始知曾爲校刻，極盼惠贈也。
津門詩鈔去歲曾得一部，已將書中有關津門古蹟摘鈔，
因之已成缺殘，不知此書流傳甚廣否。往歲見天津藝
文志所載詩集，似有數百種，不知天津藏書家尚有關
心此事否。晚近編 先師倫哲如遺著辛亥以來藏書紀
事詩，此書係以七絕一首附詩後繫以某一人之藏書刻
書著書事蹟，大江南北述及之人約一百餘人，独遺
倫津門諸老，頃其遺稿由晚整理付印（陽曆四月初印付印）因思
尊丈刻書及表揚天津文獻之功不可沒，擬請將藏書刻書
之種類及故事以及略歷詳示，並乞代倫師擬就七絕一首
或二首用倫口氣述
尊丈故事，以便附入，使全國各地知 公之有功於文獻，
是亦晚報
公知遇之情也，亦幸勿客氣爲盼。此致
崇高敬禮

晚 雷夢水 上 三十日

春老不必謙，請代作一詩 金
此老之藏書并書事蹟亦請代作

25×20=500

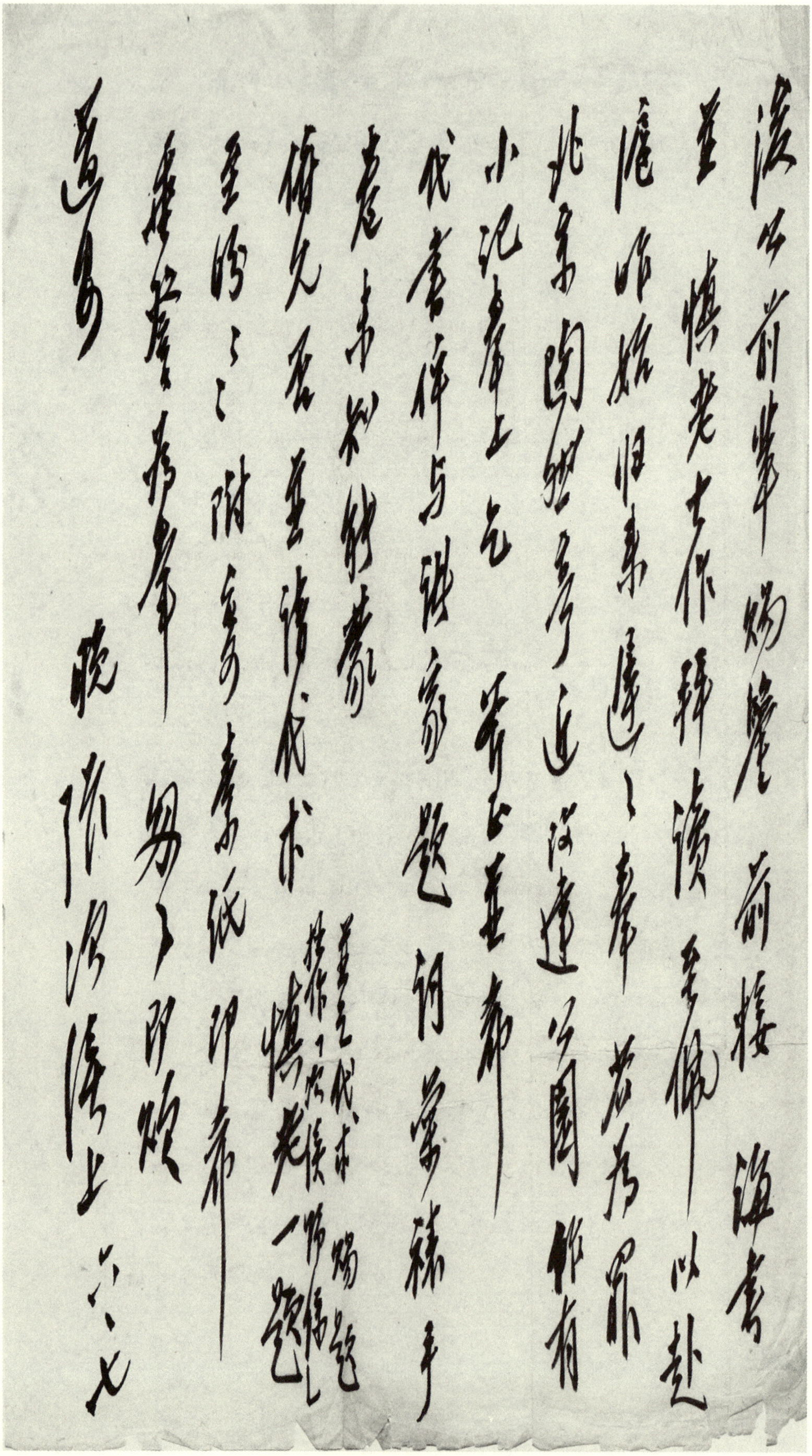
淡公前辈赐鉴：前接海书
并慎老大作，拜读至佩。以赴
沪晤姑归来，遂迟迟奉覆，尤为罪
兆。北京陶然亭近 [illegible] 公园作有
小记奉上，乞 斧正为幸。
代书件与张家题词，当 [illegible] 手
者未能如约敬 [illegible]
倩九丈再请代求 [illegible] 慎老一幅 赐题
至盼至盼。附素纸，请 [illegible]
[illegible] 乞 [illegible]
道安
晚 陈从周上 六、七

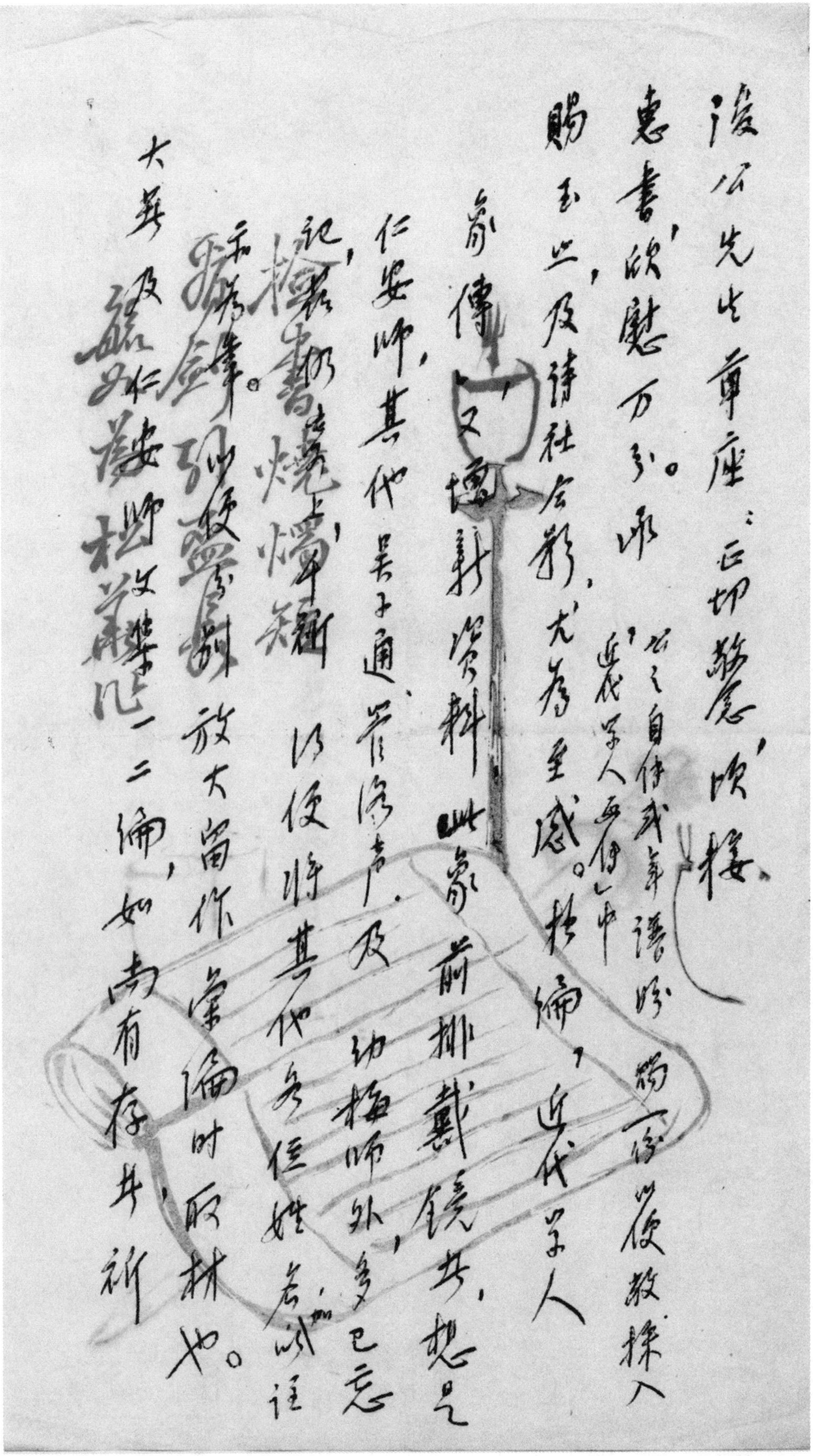

浚公先生尊座：正切懿念，頃接
惠書，欣慰万分。承
賜玉照及詩社合影，尤為至感。拙編，近代学人
翁傳，又擬新資料，此處前排戴鏡者，想是
仁安師，其他是子通、严修声，及幼梅師外，多已忘
記，擬收書燒上，燭年衡，仍便將其他各位姓名，如以注
和為韋。少便，放大留作紀編時取材也。
大英及仁安師女集一二編，如尚有存，並祈

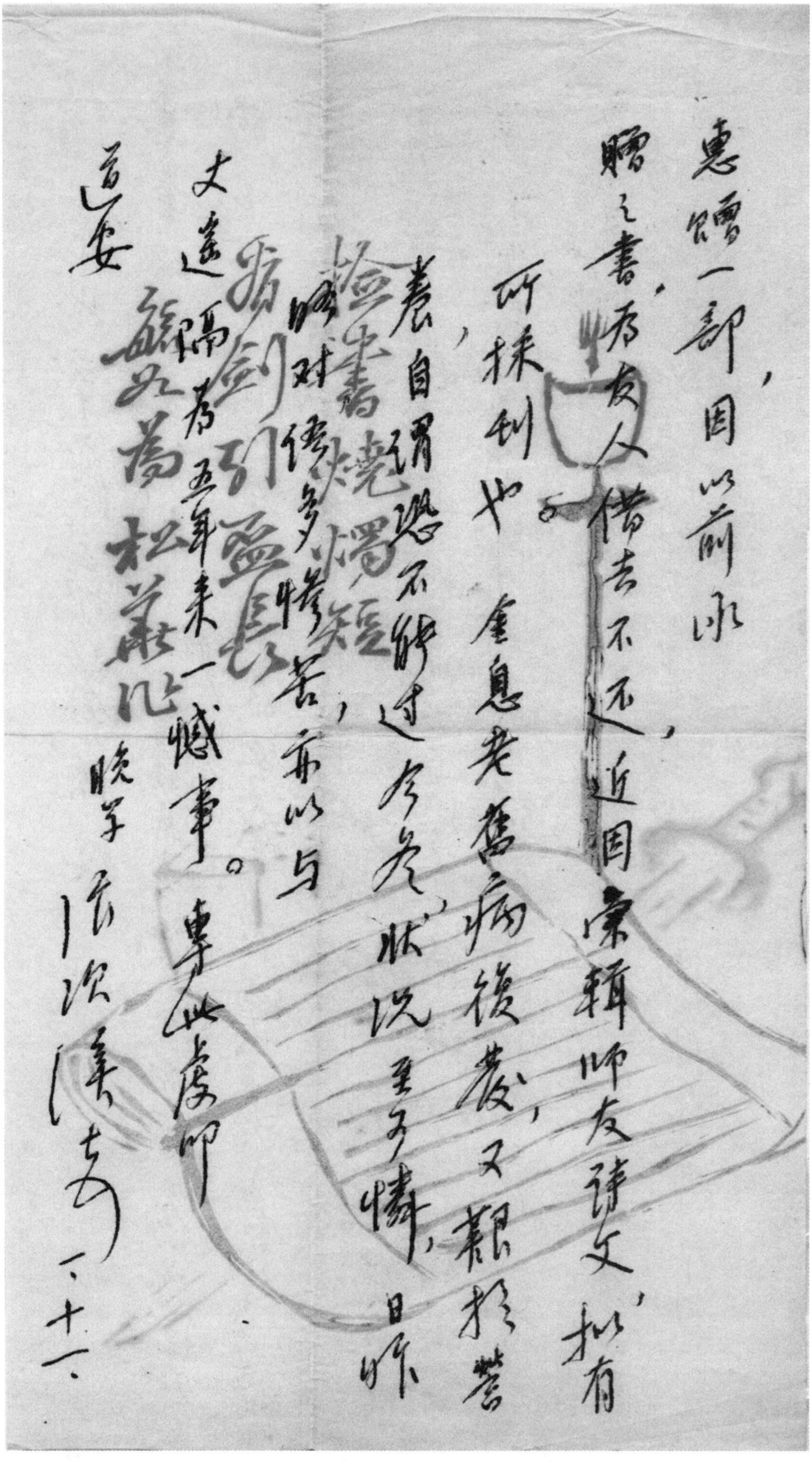

惠赠一部，因以前承

赠之书为友人借去不还，近因汇辑师友诗文，拟有

所採剟也。金息老旧病复发，又艰于誉

养，自谓恐不能过冬，见状况至可怜。日昨

晤对，缘多惨苦，亦以与

丈远隔，为五年来一憾事。专此，虔叩

道安

晚学　张次溪　一、十一

後公長者賜鑒：廿年相别，一朝聚首，快慰可知。先岳双槐暨先内兄之柩，均由晚以汽車運京西山安葬了，却二十年來一件大事緣。先岳与我不同尋常翁婿之誼也。此次往來天津，共住十日，以办理手續，異常費事，心緒不寧，故未走談，為悵。安得与公結鄰，朝夕促膝，存此心念，以俟異日。頌接惠書並賜書幻住圖記，至感謝。當与任公之圖裝裱，永為寒門之傳世之寶。茲再奉上早年兩文，擬求（並先册已）賜書，倘名補一圖，尤所切盼。但求儋竹堂出占景地位，由經求石雪翁補足之，又聞公將出詩集，可否求公賜撰張沅侯自訂年譜序之一篇，錄入（大集中），俾附驥以傳，如賜慨允，懷老亦求代懇題詩事。此復即道安。

晚沅侯上

治公長者賜鑒：十一月十一日誨書早經拜讀，承賜僧

扶陳垣補竹圖並允賜書姓作圖記，至為欣感。一月以來忙於校

事，加以個人私事，心境不寧，致遲作答，想蒙遠恕，至歉至歉。徐

丈石雪半月前跌倒，幸身不適，現仍臥床不能起。金息老

雖所居僅隔一城，以事忙亦久未往候。因思十五年前津門飲

曲之樂，有如隔世矣。念之心悸。茲寄上書紙二幅，乞

公暇之時為作一圖，為書一記，俾亦為寒門傳世之寶，則不勝企盼

之至。近日北京城內為環境衛生，令所有墳墓遷出城外。先

君暨先慈故墓均須遷移，一時又無妥善之處，及一切再之需

款，尤令人焦愁。聞北京城內有八萬座墳，則又不僅我一人如此。

因念先岳父母海鹽徐蔚如丈及先內子之墓均在天津八里

台吳家窯極樂園公墓，未知天津八里台一帶情況亦與北京相同否。晚

為此事異常不放心，又以事牽無法到津，敬懇

尊者設法代為託人到八里台一看，並時時代囑極樂園辦公室人通信

隨時與晚聯系，如有公家佔用須遷移時，事先通知，以免誤事。

尊者素以仁慈為懷，對晚向極愛重，諒能代辦也。不情之請，務乞

勿卻為幸。專此拜懇，虔叩

崇安。

晚學 張次溪 十二、十四日

附上拙作一篇，懇求代書，並求 賜題。（後与同文者家族切系統）又叩

援庵仁丈賜鑒：近數月以來，每日上下班之外，加以參加各會，精
力交疲，以故疏於箋候，為罪。前求書之扶疏亭補竹圖記暨 尊
繪幽篁何時得暇，務懇 賜書為幸。頃接三月二十晨快函，承
示吳窑公墓消息，殁存均感。先外舅徐蔚如先生，名文蔚，暨先岳
母徐太夫人，內兄徐兆曾，三櫬均在吳窑大街三十一號極樂園
公墓內，樹有石碑，即題徐府君文蔚奉祀子徐肇欽（三櫬在一起）。未知極樂園
公墓亦在急於遷移否。晚鑒於北京所云公家代遷云云，屍骨亂
拋，目不忍睹，故無論如何，以自遷為安。我 公仁者，當有以玉成，則
殁存均感 大德矣。茲有瑣事奉懇於下：
一、務懇設法托人到極樂園一詢，遷墳手續如何，如盧慎之老先
生有墳在極樂園，若亦擬遷，如盧宅有工人可托，一起代辦，由敝

輔仁大學

處酌送其工人酒錢何如。
一、遷墳如須鋪保，在津晚識多不熟，可否托代。
一、遷往天津何處較為妥當，未知離市區較遠之地有無其他公
墓，或有無朋友之地可以在五六年內暫為寄埋之處否。
一、遷移各費乞代一詢，盧宅三棺約須若干。
一、務乞代為事先通知極樂園公墓，徐蔚如、文蔚夫婦及其子之
墓務乞查紀，萬勿以為無主代遷，至要至要。
種種瑣事，知 公高義，故敢奉懇，想不見罪也。晚得（候） 尊示後當
即設法籌款，因告假不便，屆時或擇一星期六到津，星期日辦妥，
故須事先托 公代托熟手料理，若候晚到時，諸事來不及辦矣。
又，晚到津後有無旅館可以下榻，以離津久，諸事外行，亦乞 示及。專此
拜懇，虔叩
崇安

晚 張次溪 三、廿二。

後宣仁丈：頃接 誨書，至為欣慰。晚少歲旅居津門，得接 藏齋師教誨，獲益實深，故視此土不啻第二故鄉，爰深思蒐集津門文獻以留紀念，並擬輯竹枝詞一類記述景物詩詞，二十年來小有所得，恐遺漏必多，茲將草目附呈，請 指正，並希 見借佳什，俾便增補為盼。又有請教之處，並乞 指示為幸。

一、梅成棟津門詩鈔之外，尚有其他此類之書否？

二、近得崔旭念堂詩鈔，及津門二妙集，此書外間易得否？

三、近得楊光儀碧琅玕館詩鈔，似非全集，不知尚有其他之集否？

四、楊無怪之詩有專集否？

五、類似張燾所著津門雜記之書，尚有若干種？

六、津人詩集中如有記述景物之竹枝詞，能借抄否？

七、近五十年津門故事及文人動態，倘能由 大筆記述，必可永垂不朽，不知 尊意有此心情否？

八、錢小先以寫竹見贈，至感。先公一生最喜幽篁，嘗自号篁溪釣徒，敢乞 賜繪篁溪歸釣圖一幀。

九、以前尊刻之書如有富裕，即盼惠賜一冊。

十、拙作陶然亭及部分記述北京街道故事，下月可以出版，屆時當寄贈。

專此，虔叩

道安

晚 張次溪 三、廿三日

慎之先生晤時乞代問好，並乞代求贈一幀。

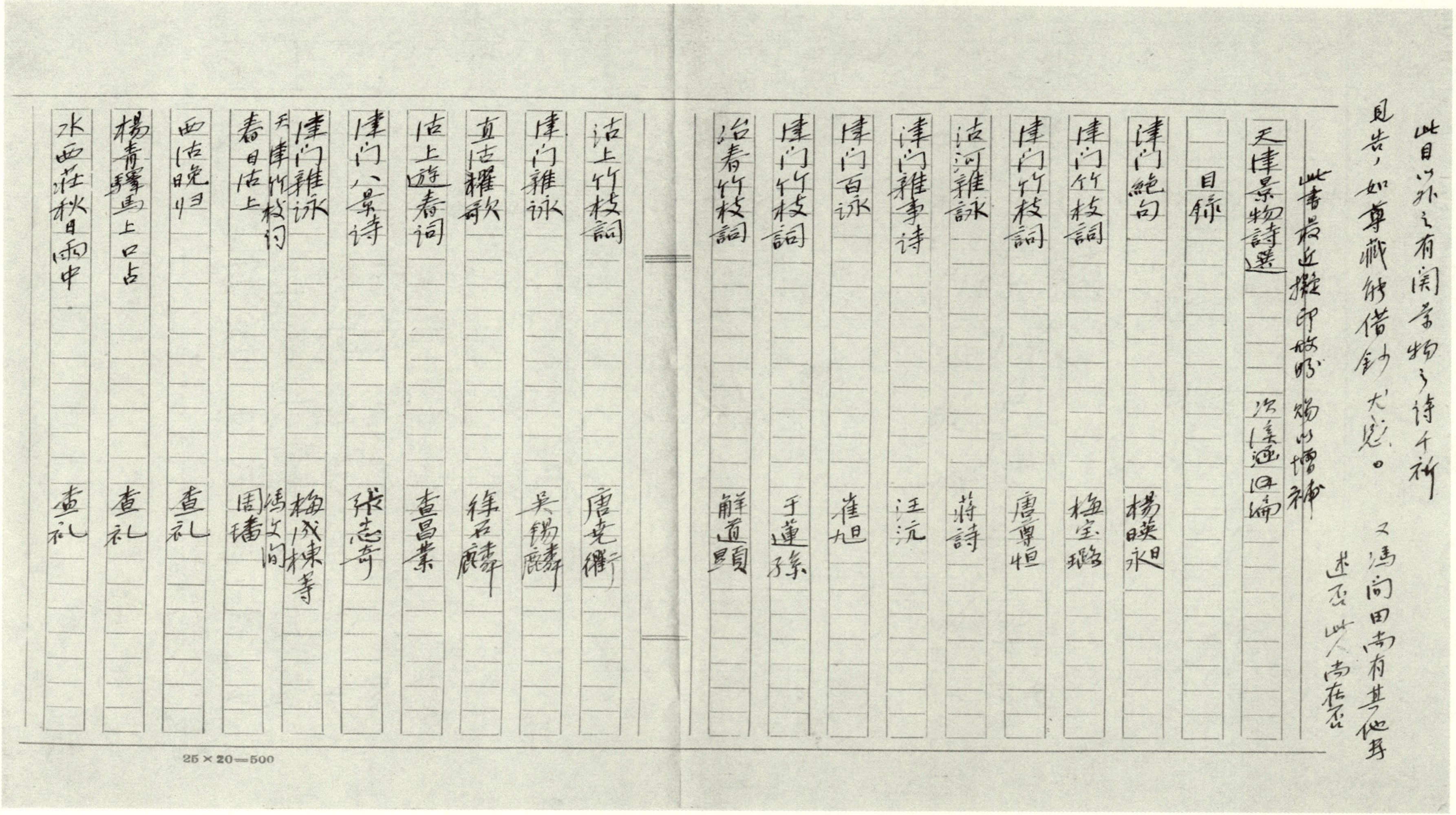
天津景物詩選　沈遂通旧編

此書最近擬印成冊，偏以增補

目録

津门絶句　楊暎昶

津门竹枝詞　梅宝璐

津门竹枝詞　唐尊恒

沽河雜詠　蔣詩

津门雜事詩　汪沆

津门百詠　崔旭

津门竹枝詞　于蓮孫

冶春竹枝詞　鮮道顯

沽上竹枝詞　唐尭衢

津门雜詠　吳錫麟

直沽棹歌　梓石麟

沽上游春詞　查昌業

津门八景詩　張志奇

津门雜詠　梅成棟等

天津竹枝词　馮文洵

春日沽上　周璠

西沽晚归　查礼

楊青驛馬上口占　查礼

水西莊秋日雨中　查礼

此目以外之有関景物之詩，千祈見告，如尊藏能借鈔尤感。

又馮问田尚有其他舟述否？此人尚在否？

25×20=500

直沽罛师歌　金大中

江乡初夏　華蘭

王員外故宅　王昭

過查氏水西莊故宅　袁浩

直沽舟中　宋訥

張氏問津園　沈一揆

津门道中　王瑋慶

之葛沽舟中雜诗　吳雯

津门小令　樊彬

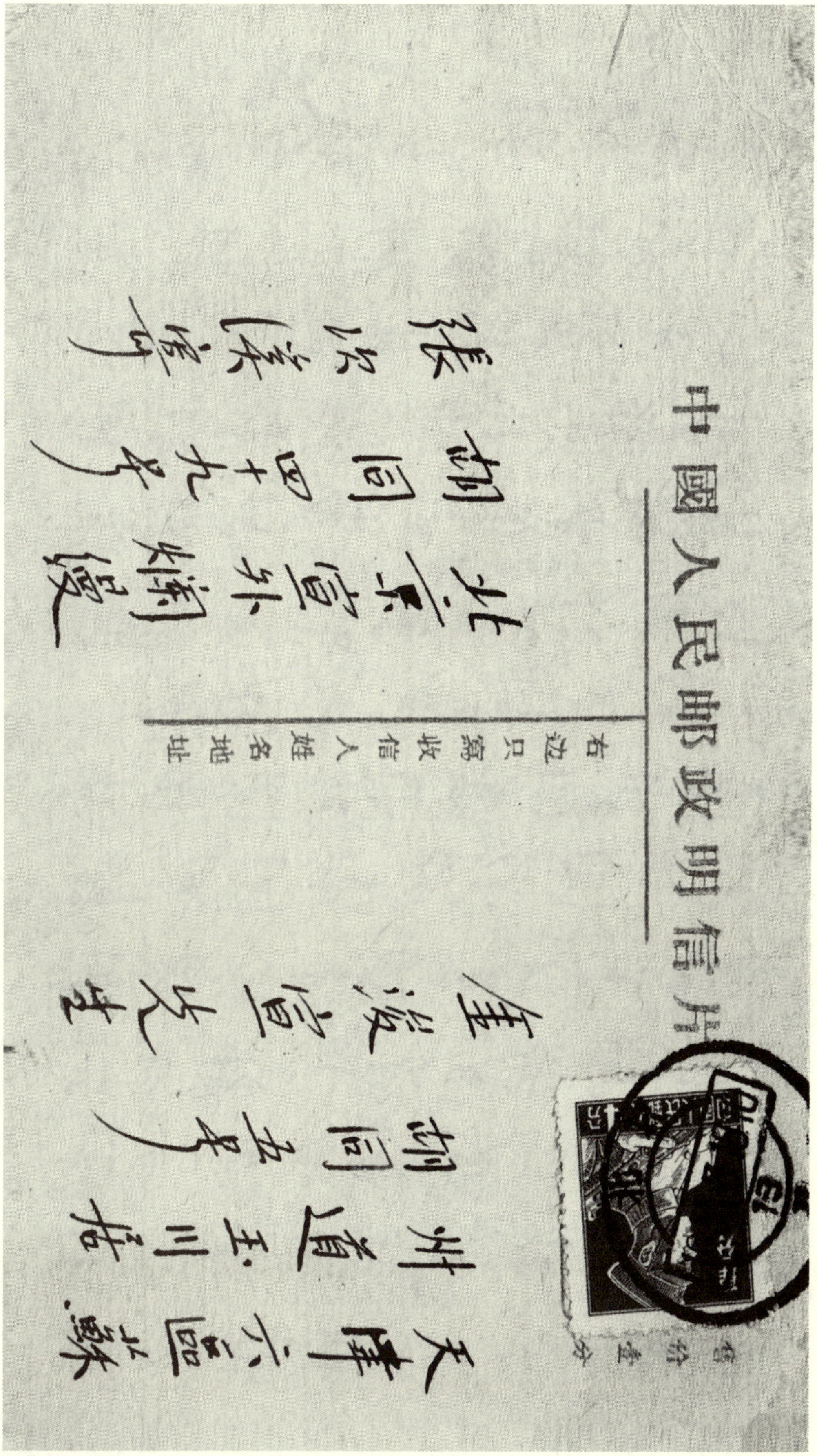
中國人民郵政明信片
售价壹分
右边只寫收信人姓名地址
天津六區蘇州道玉川居胡同五号
金浚宣先生
北京宣外爛缦胡同四十九号
張次溪寄

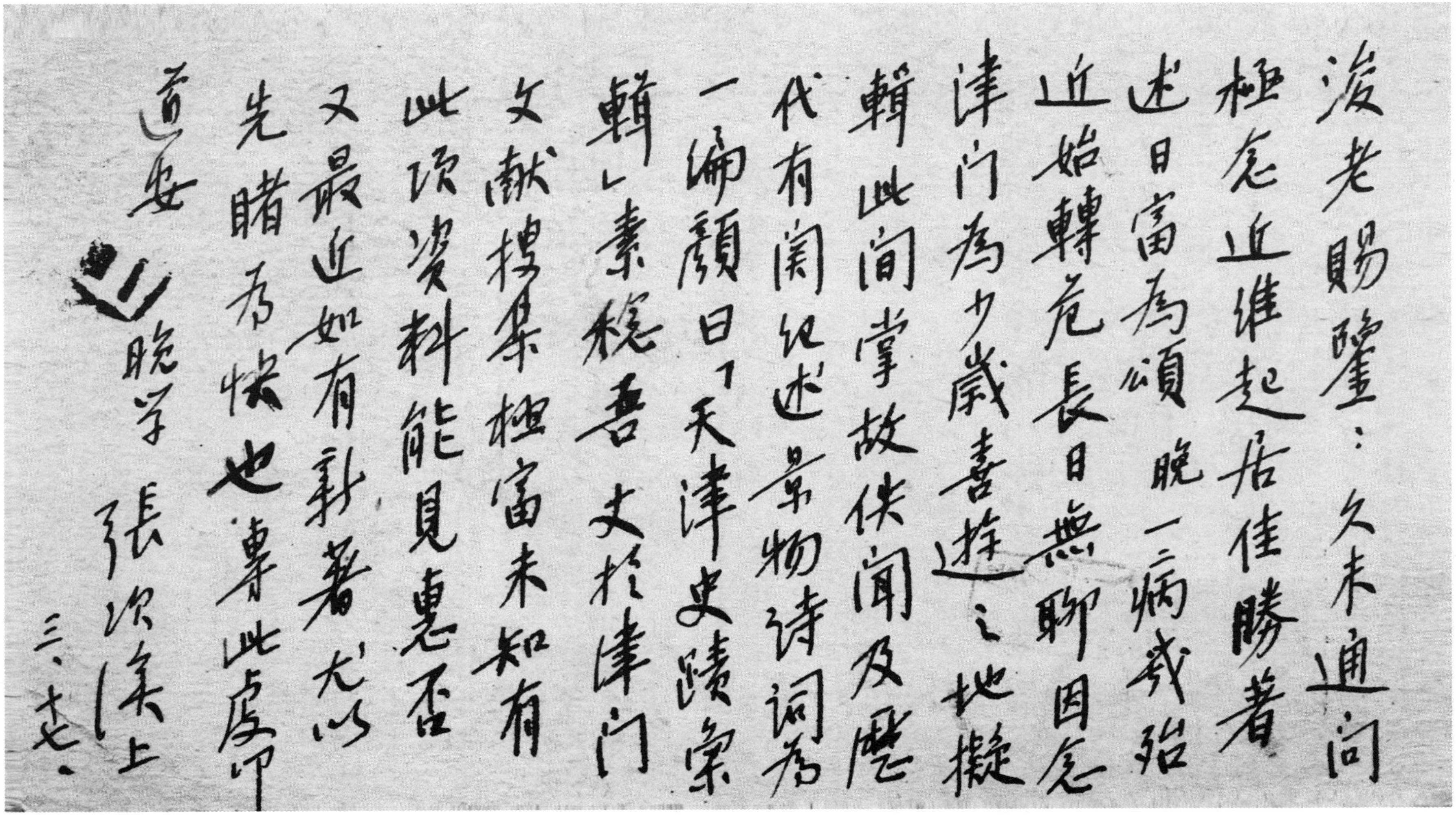
浚老賜鑒：久未通問
極念近維起居佳勝著
述日富為頌晚一病幾殆
近始轉危長日無聊因念
津門為少歲嬉遊之地擬
輯此間掌故佚聞及歷
代有關紀述景物詩詞為
一編顏曰「天津史蹟叢
輯」業稿吾丈於津門
文獻搜集極富未知有
此項資料能見惠否
又最近如有新著尤以
先睹為快也專此虔叩
道安 晚學 張次溪上
三、十七。

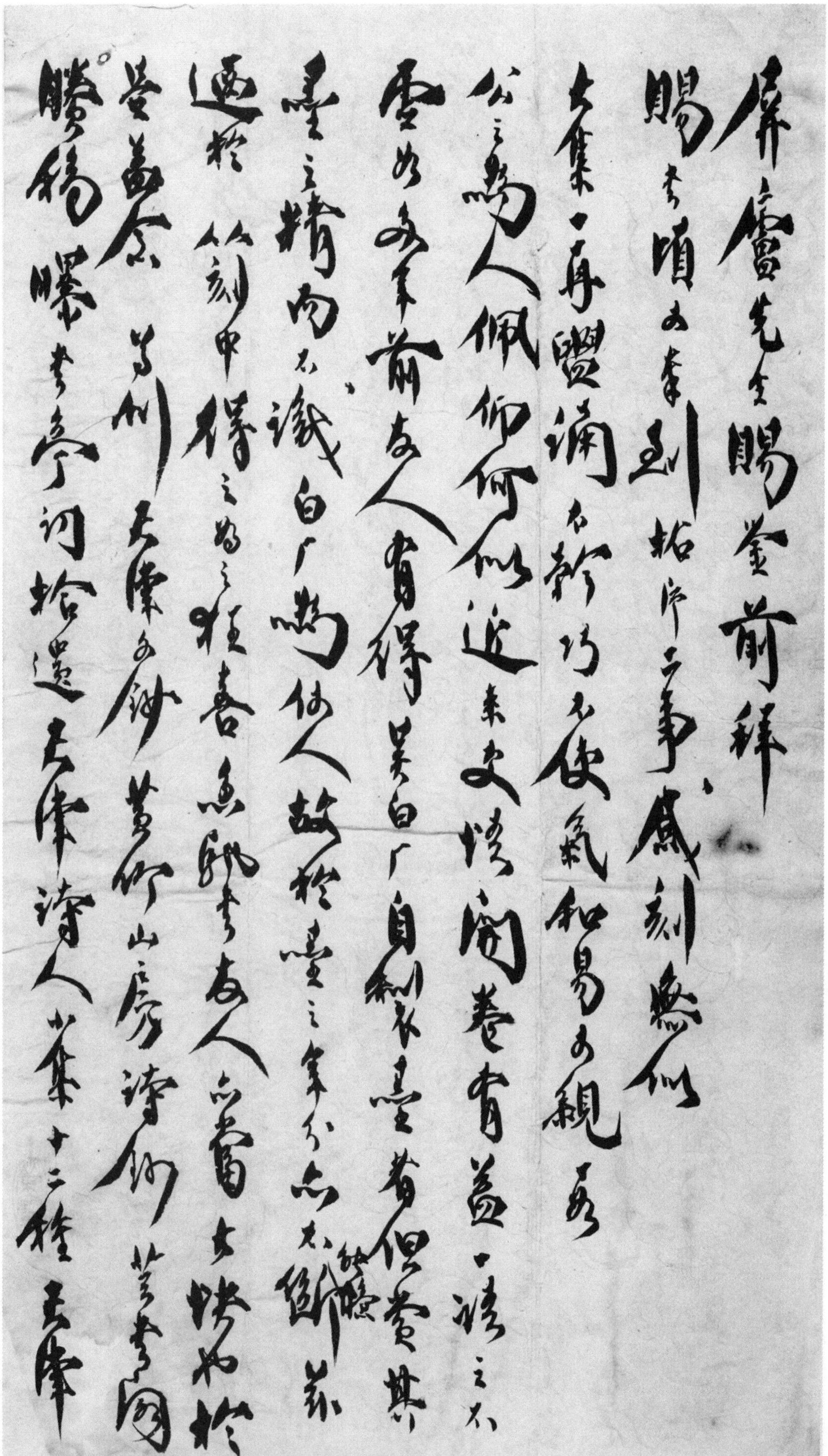

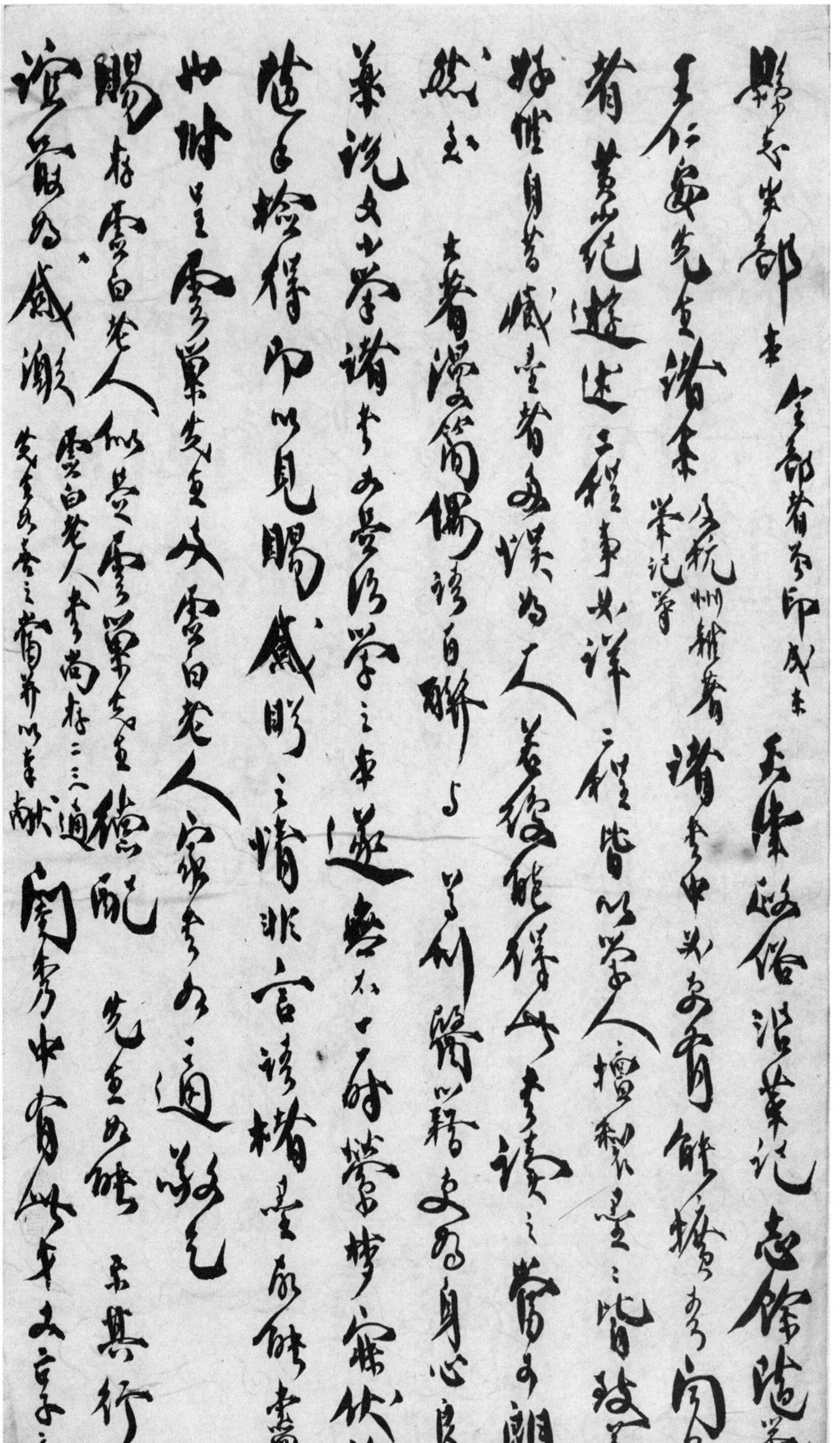

來書所贊文不知先生者著述若文蓋指前皆張鄴山著
札冊均裝弟人先生者 弟人大人曰香嚴夫人即是鄴山先生之夫人為譚友其
中所述不惟其詳其篤 弟人曾與鄴山曾有銘贈 文稿先生趣增不知
弟人先生行述不知其有何小米遺稿之以為人請其少借其女
送不及先生行述巻出不識
先生知其人否想
不為轉示為幸頓首
蒼野
晚 參軒 某

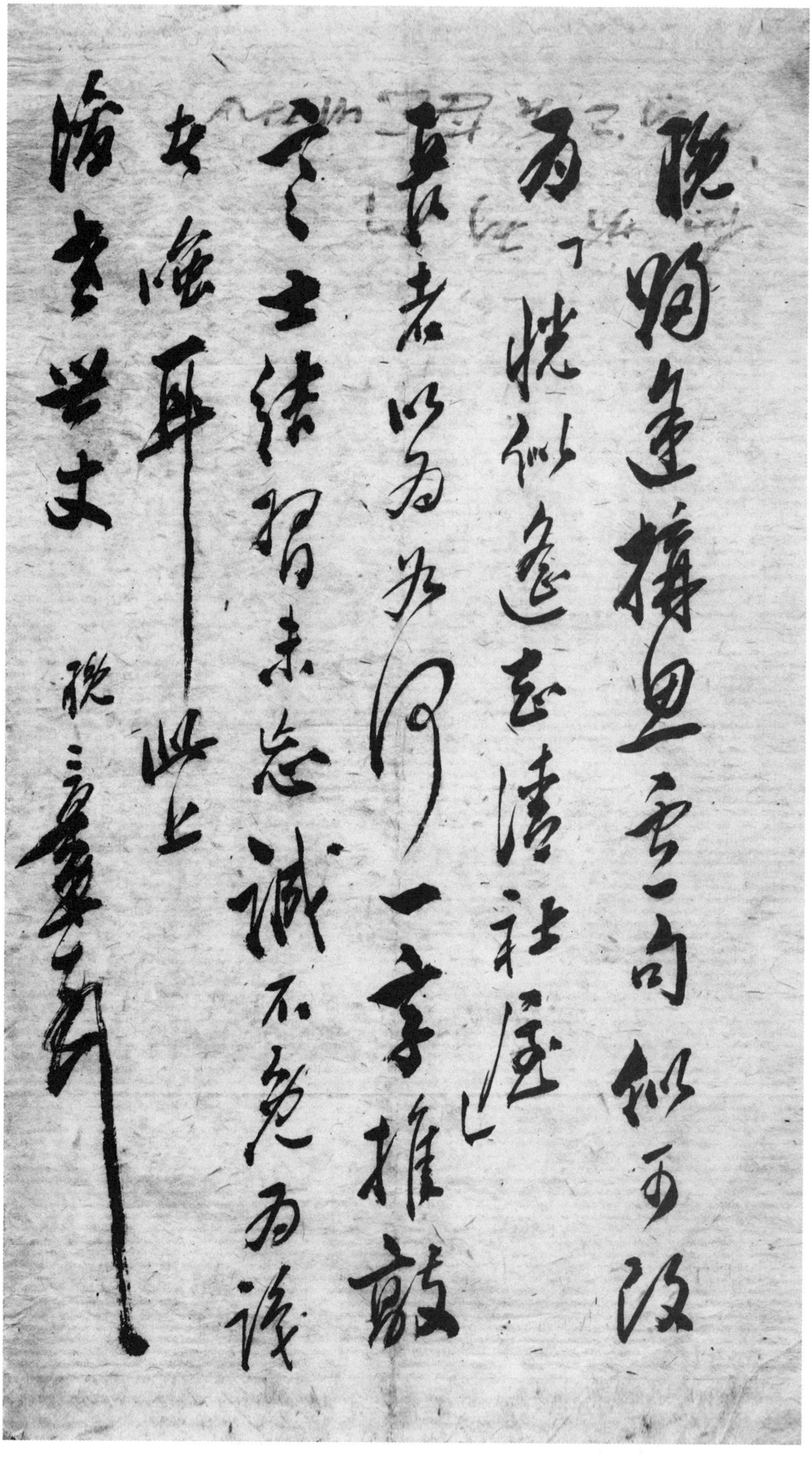

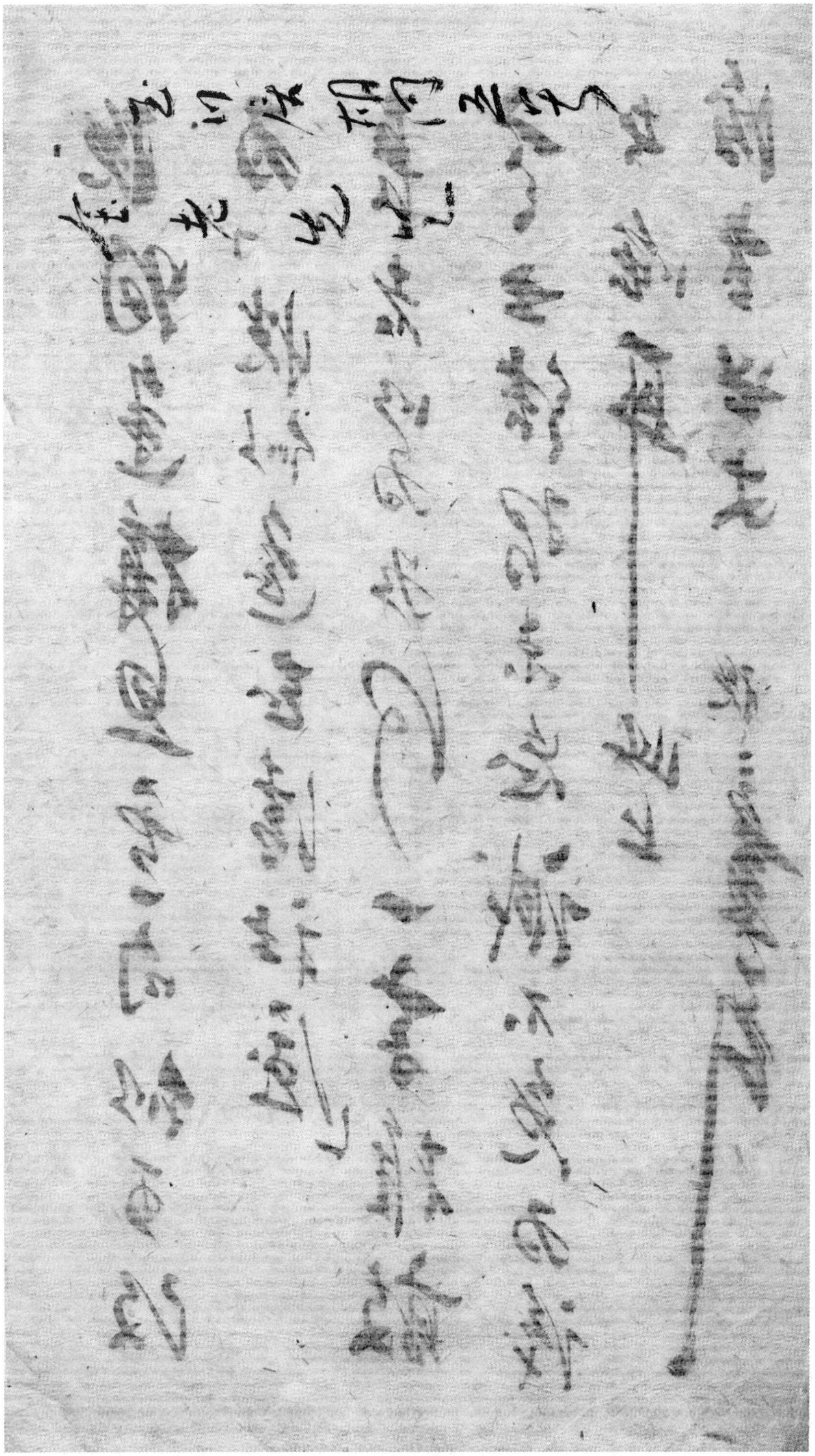

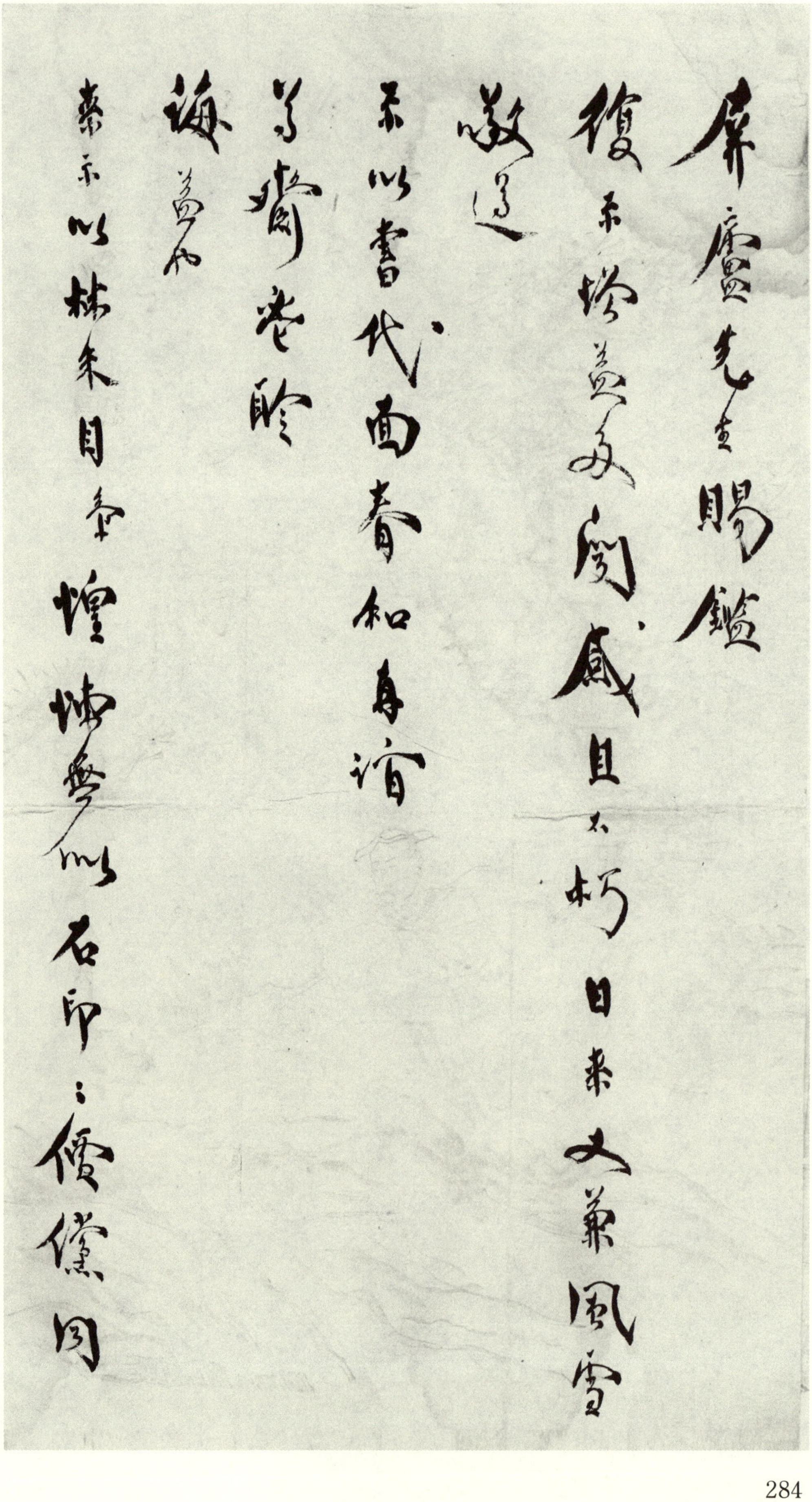

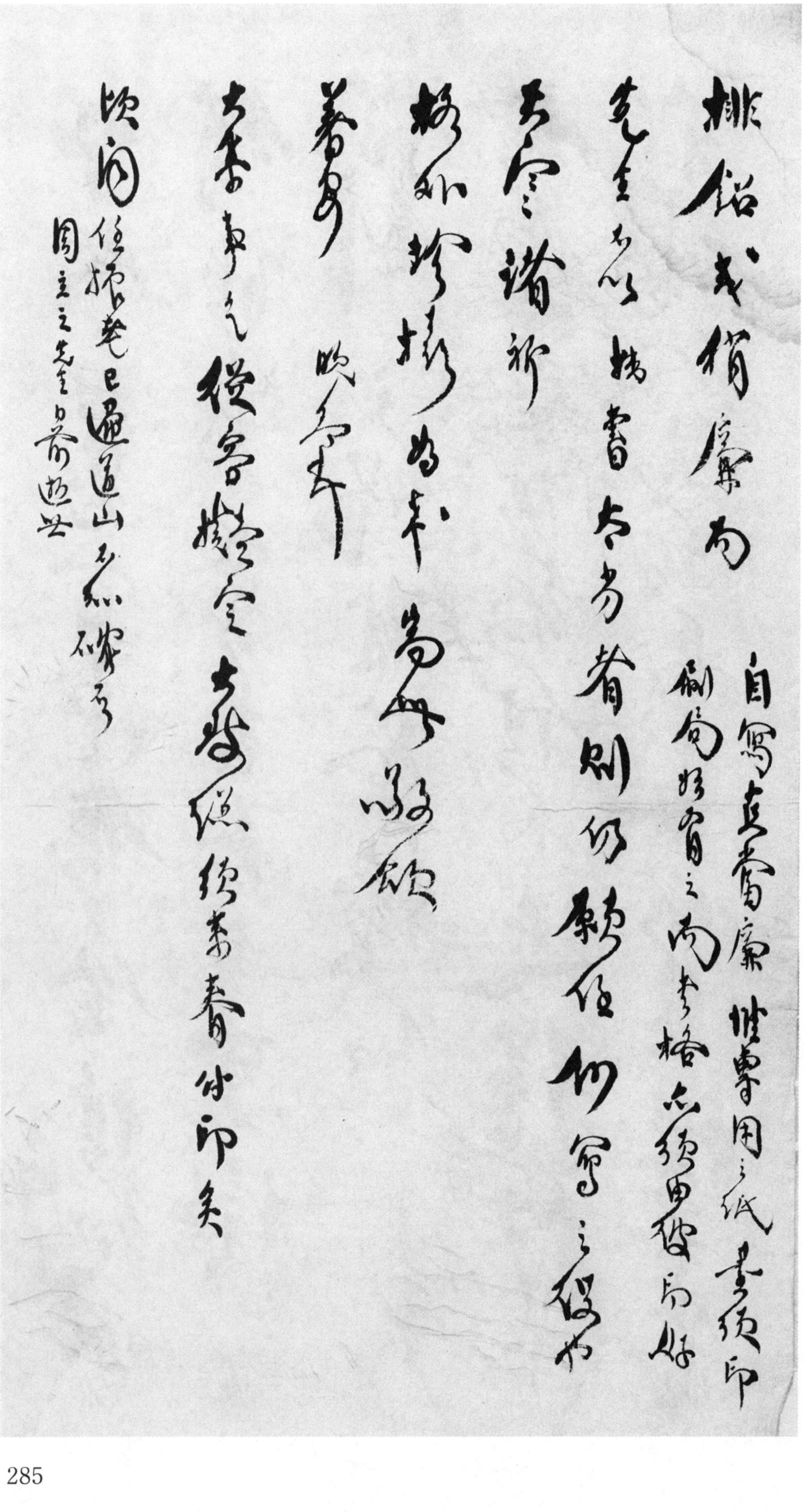

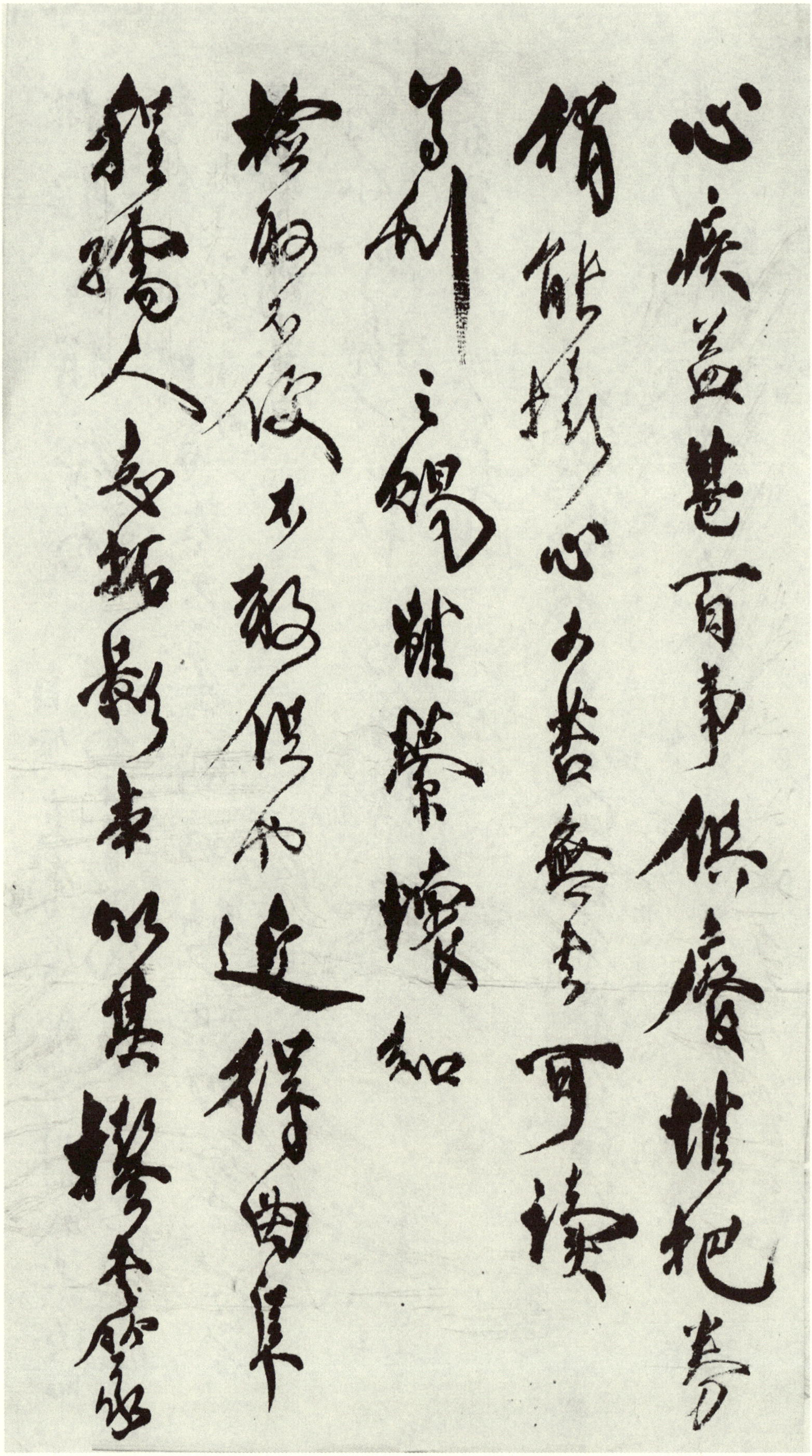

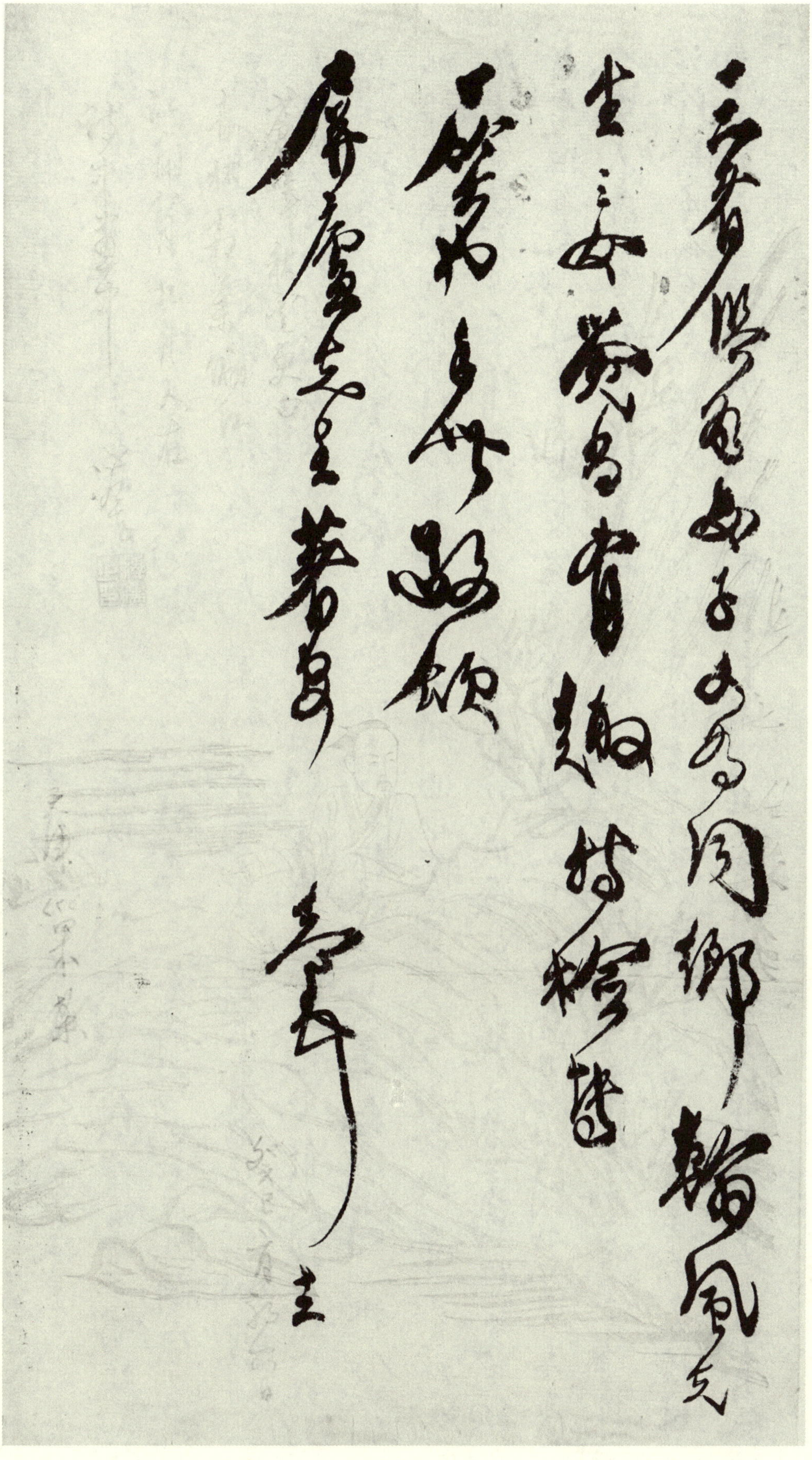

屏廬先生賜鑒：頃奉　復示，並荷　賜示吟稿，讀羨無量。秋人刊集之發售似不
數千葉，紙內容無遺礙。近時張伯駒（鎮芳之子）既自刊其詞集，復有名流資屬校
刊寒雲詞之意。海上去年尚為陳仁先（曾圻）刊其遺著詩詞也。有所顧慮者
前刊印之資頗巨，往往無力為之，木刻尤屬費時費並有存板之累，似鉛印時人
紙價等問題，此係在　先生似無問題。前則至親好友雖難聯能得快讀。此外
真願讀緣（歟）本多者，去屬寄之，故實際需要部數並不太多。無論木刻、排鉛，
以部數較多為宜，否則印本免費贅。三則油印騰寫，修覺過於草率，不成格局。
然文字為學者之精力所凝，不容視其隨便泯滅，故拿觀之甚重，而於　先生欽
折近恒有也。拿近年來搜集諸文集未刊稿，以自既無力任資，期好中并無失
人逝多年未穗（刊）者，前集者則有揚州方地山先生之聯（又其弟澤山聯元）、詩詞，滬上袁寒雲先生之詩詞，
江陰何鬯威先生（秋葉中丞之子，名震彝，清季四公子之一）之詩與詞，山陰壽石工先生之詩詞
（詞生前已刊一部分），先外舅嘉興錢仲聯先生諸著作之詩詞，今存者始可論其人，中亦有數

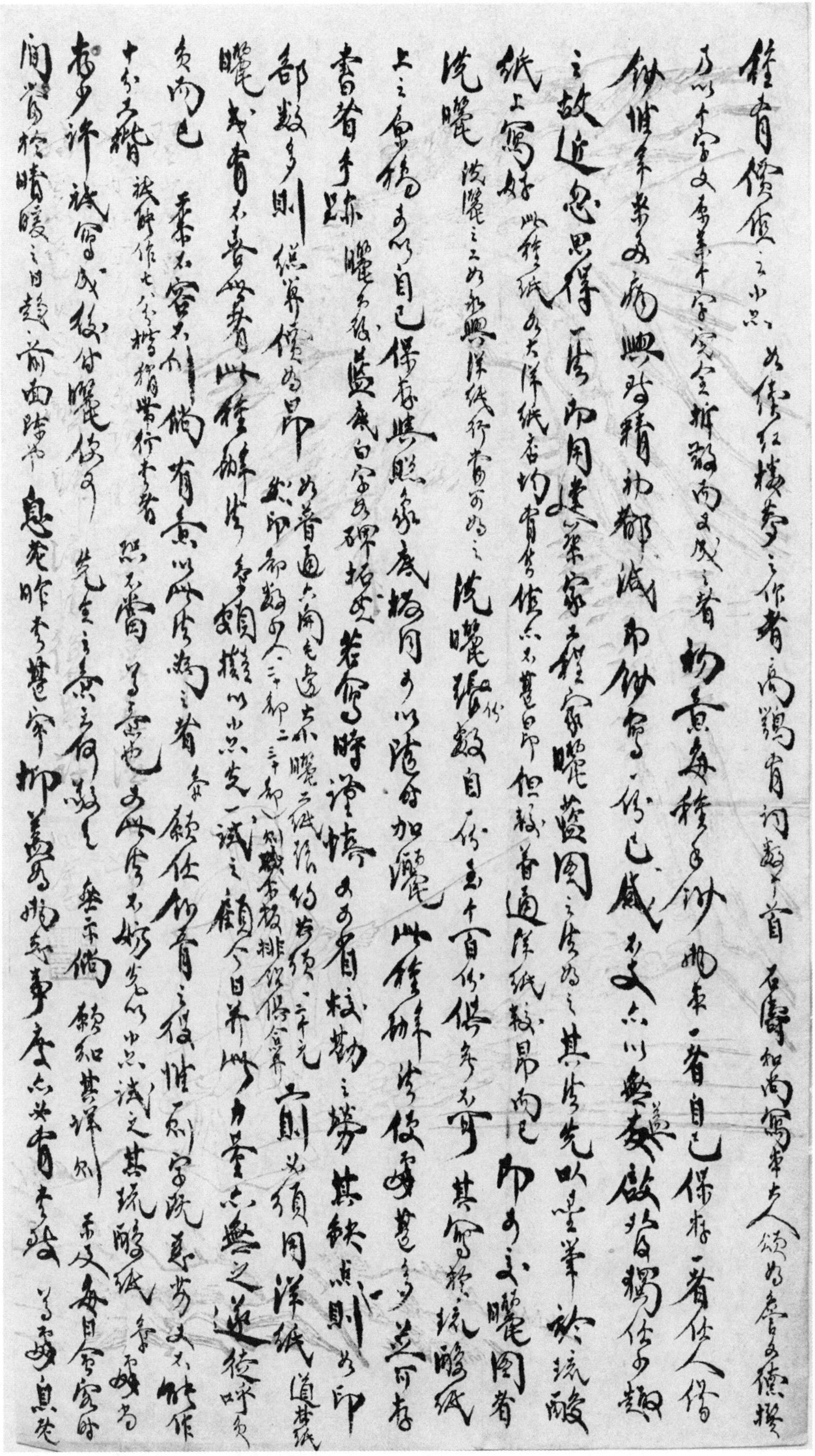
往有僕復之小照，如傳紅樓夢之作者高鶚有詞數首，石齋和尚寫其人[illegible]
為以十字文句集十字完全排齋而文成之者，均意每種手抄兩本，一者自己保存，一者供人借
抄。借來當如寶，興趣精神都減，亦抄寫一份已感不足，亦以無法啟發獨任之趣
之故，近忽思得一法，即用照相家之程序曬藍圖之法為之。其法先以墨筆於琉酸
紙上寫好（此種紙如大洋紙否均有售，值亦不甚昂，即但較普通洋紙數昂而已），即可交曬圖者
洗曬（洗曬之工如照相與洋紙所售可為之），洗曬張數自一份至十百份俱無不可。其寫於琉酸紙
上之原稿可以自己保存，與照相底片同，可以隨時加曬。此種辦法[illegible]，並可存
書者手跡，曬成藍底白字如碑帖然。若寫時注意，可以省校勘之勞。其缺點則為印
部數多則總算價為昂，即如普通大開本書字[illegible]，曬之紙張約若須一二十元[illegible]，則必須用洋紙（道林紙）
曬成，省不若木版排印。此種辦法多頗擬以小照先一試之，顧今日[illegible]力量亦無之道，從呼[illegible]
合而已。[illegible]不容不一備，有意以此法為之者，[illegible]任抄寫之役，惟恐字跡惡劣太不能作
十分之楷（試能作七八分楷，擬當行書者），然不當[illegible]也。如此法不妨先以小照試之，其琉酸紙[illegible]
尤少許試寫成後付曬使可。先生之意以為何如？無不備。[illegible]知其詳[illegible]，亦又每日家[illegible]
間嘗校時暖之日趨，前由[illegible]，息卷昨來甚寄，抑義為[illegible]事，度亦決有不多[illegible]

的是希才难遇，於此大喜。诗文字多不澄，恨要务念及，借尚属司其次添拱，肯遣於此

眷殊为之罕，只为论，不足为外人道也。不识肯否，望示知耳。云白老人札，云还复文，将去於此

数札与云巢先生札，细勘其为云巢先生眷，虽是多云巢先生之大人，或为其婿与其婿，知不为其婿

定。因云巢先生诗札中一叶，亦致桂航者。云巢先生诗札共四纸，计此面均以残破不堪，故称均称

桂航为婿文所知，云白老人（三题表题）之孙，则为肯，云白老人札，贺寿送行诗，及知老人，不将继承一式

其所诗 肯题船山诗等札为婿 及事何札传光普 文亦和其为沈氏眷属，肯则此数札原粘一册，云巢云

白而外，余肯三札，为元直蒙余云巢之孙，心梅为其婿，文为孙，肯续跋云巢来函

参上方欤？肯了无之谈何益，何梅，故其不取

断定云白老人为沈氏光大人　花将此八纸及云还之八纸，依乡里既寸

中无知云巢先生之婿为桂航，且为心梅，云巢（…）同名不送，而参及其肯，定之先亦乡

为肯沈氏何状，谱未不雅之处，此或继网之，先乡郁为献，而芳绵三札，俗亦为传人，而亦光，则大

以为不失其於乡述 肯是题来　云巢先生原是白广，因此传与生平时代（原著述）　　示之为孟刻，为此难续

暮年　　晚年　　芳烟　　男为肯云巢诗札一纸，并未云是　但先生此顾格　示之为仍印，云为书

八纸由此肯为　先生前来肯即也　　外当年蒸而定制，以其肯阅读而文献格，可以为此将本，字此为矣

屏廬道丈賜鑑

手教奉悉，晚為一文無能為之人，平時勞力之事多託

諸居熟之編東夫，中前年請尊齋送考閱者文卷林行挨冊等為

助人皆去叢編

許其擬檢則也

弟文每日以何時為宜，當於晴和之日爲其來往耳。晚病

松鶴製

務不廢酬應而場歸印條之不適深以為苦未定盤桓
攤書卷相親耳而過目便忘了不能記憶又聘倩友人
批校本過錄遺白往之不苦無底本如近倘得翁覃谿
衍石齋攀桐三先生批舉石齋詩沂有許以錢為購者只恐
授翠集曝書亭詞六陵詩記太清春夫婦詩蓄輯意諸
石諸批校本皆未能得底本又欲校東籬而不能得際本

松鶴製

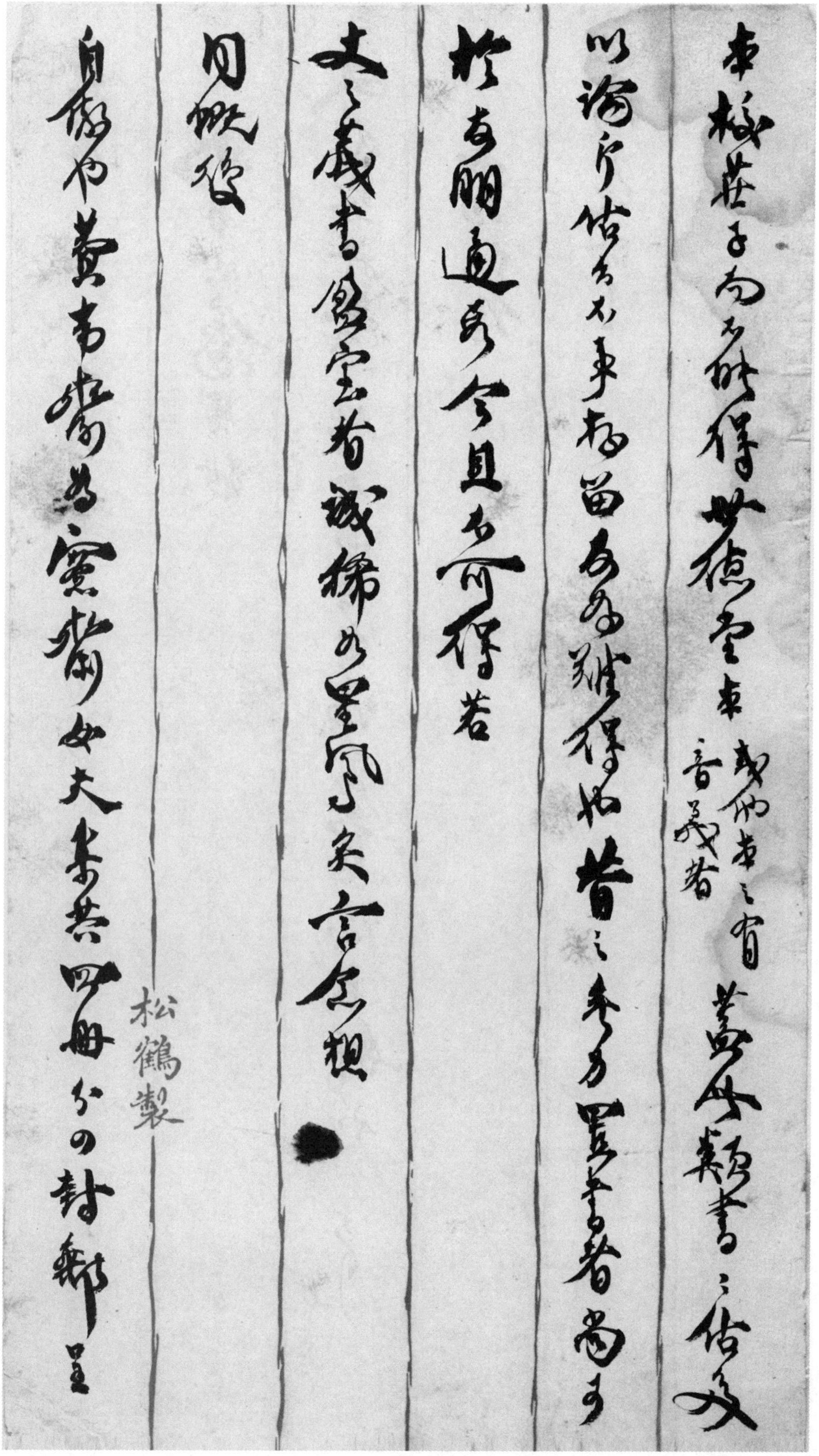
松鶴製

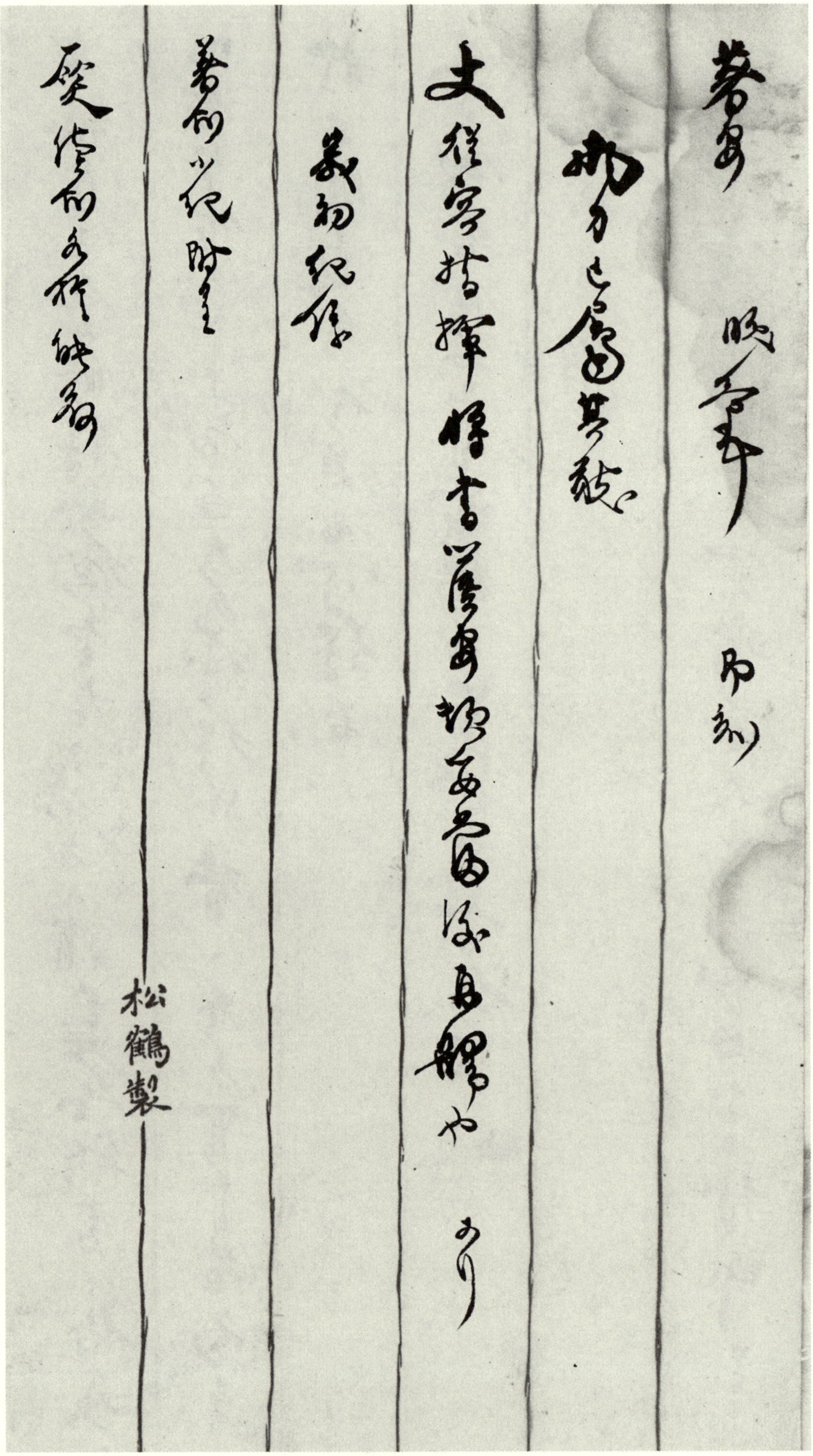
松鶴製

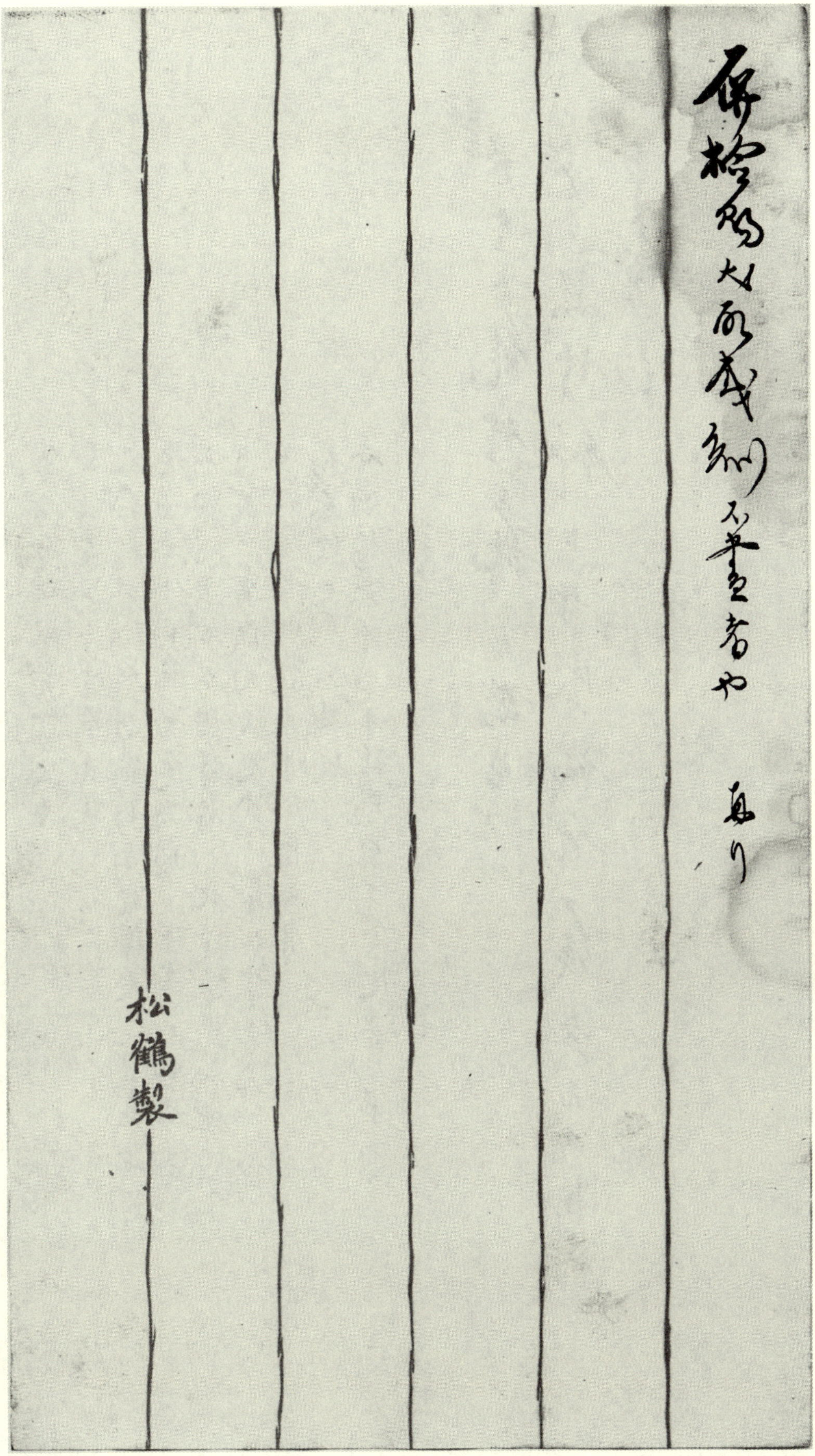
松鶴製

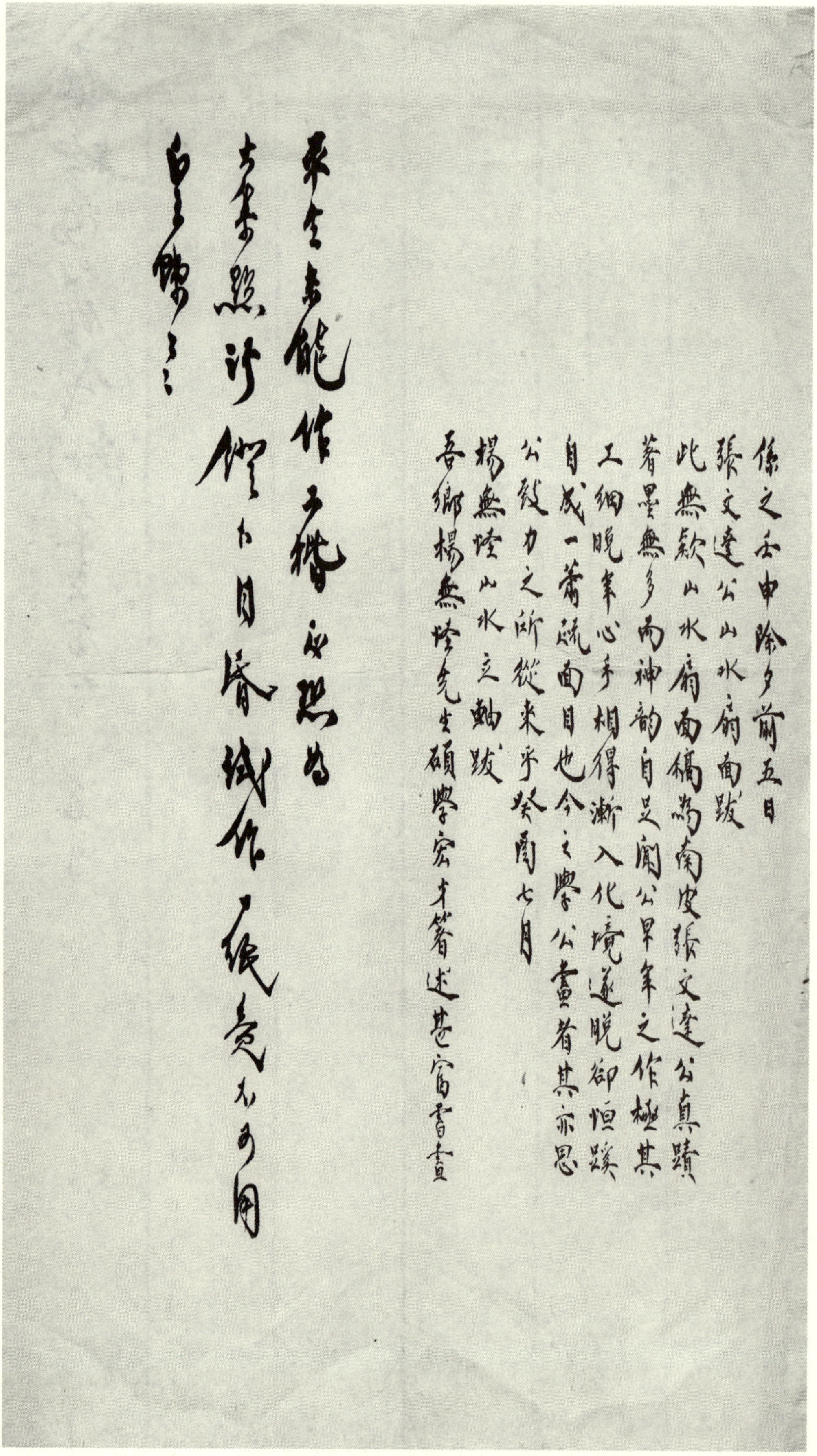

係之壬申除夕前五日
張文達公山水扇面跋
此無款山水扇面稱為南皮張文達公真蹟
着墨無多而神韻自足聞公早年之作極其
工細晚年心手相得漸入化境遂脫御恒蹊
自成一蕭疏面目也今之學公畫者其亦思
公致力之所從來乎癸酉七月
楊無埜山水之軸跋
吾鄉楊無埜先生碩學宏才箸述甚富旹畫

承念未能作書至歉為
去年寄詩僕大目昏識作一張竟未寄用
白之餘〻〻

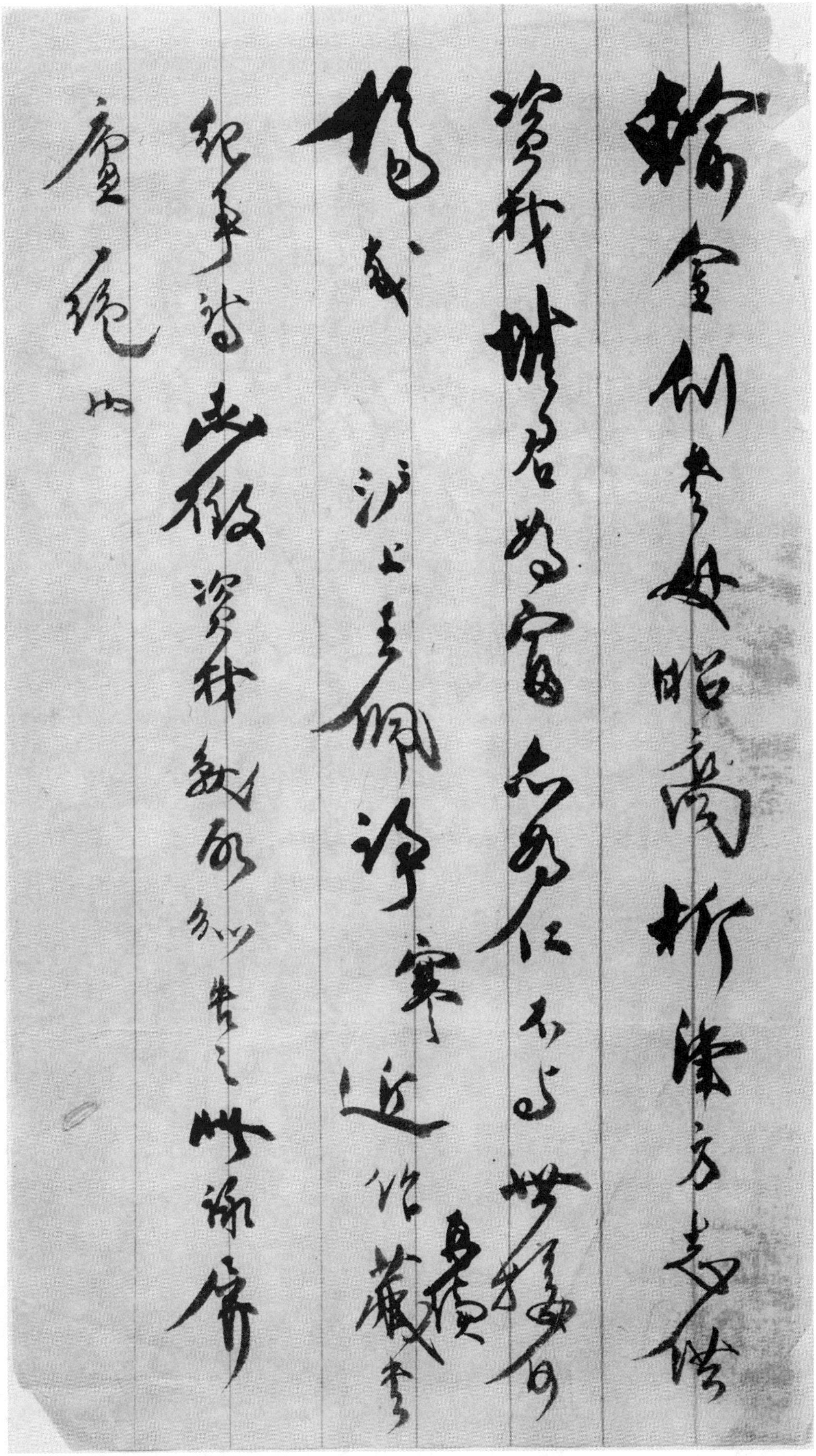

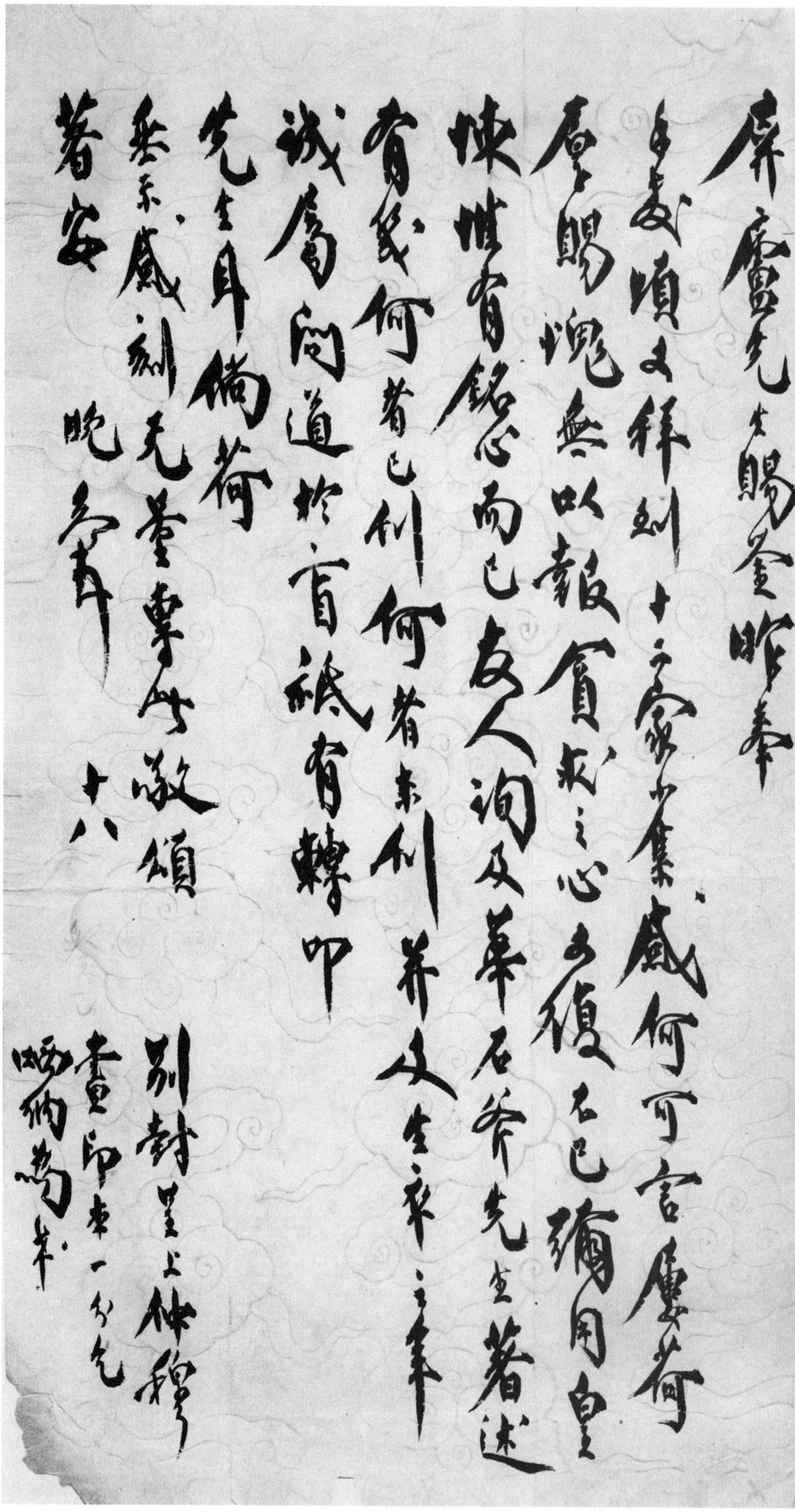
屏廬先生賜鑒：昨奉
手教，頌文拜到。十六家印集盛何可言，慶荷
厚賜，愧無以報。貪求之心又復不已，竊用皇
悚，惟有銘感而已。友人詢及華石斧先生著述
有幾，何者已刻，何者未刻，并乞先生示來。
識為向道於盲，祇有轉叩
先生耳。備荷
垂示盛刻，無量。專此，敬頌
著安。　晚名拜　十八
別封呈上仲穆
畫印本一紙，乞
哂納為荷。

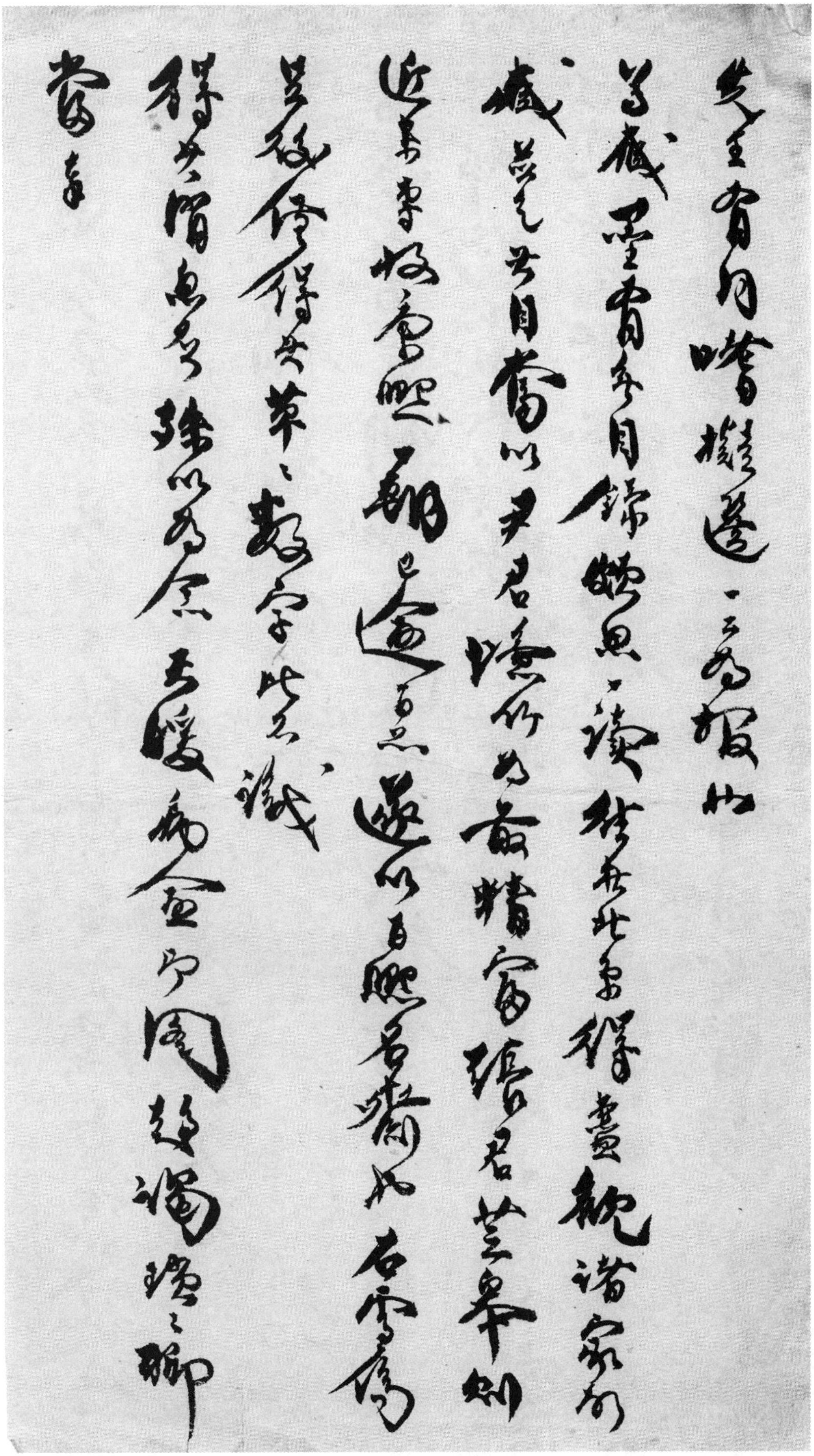

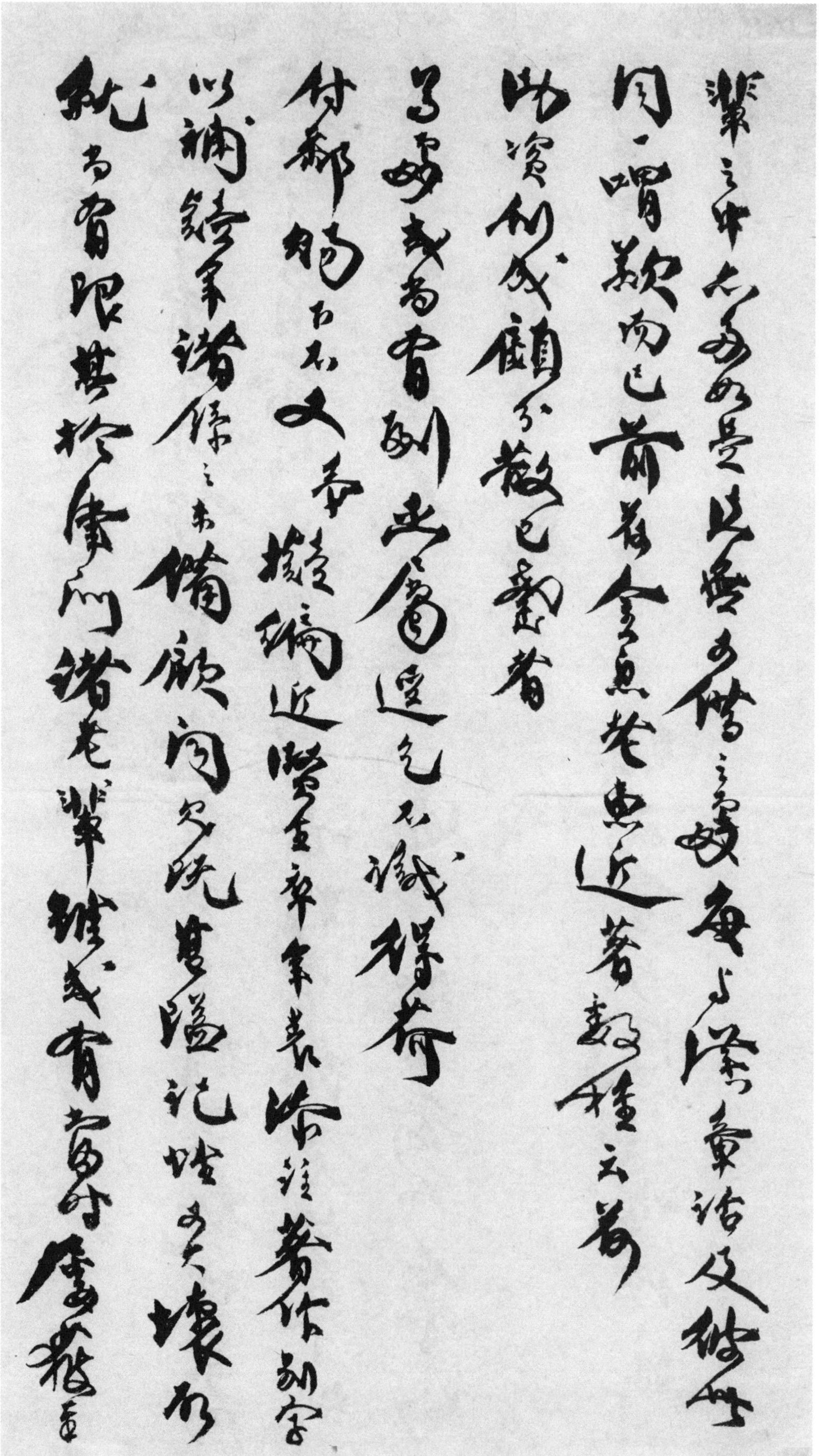

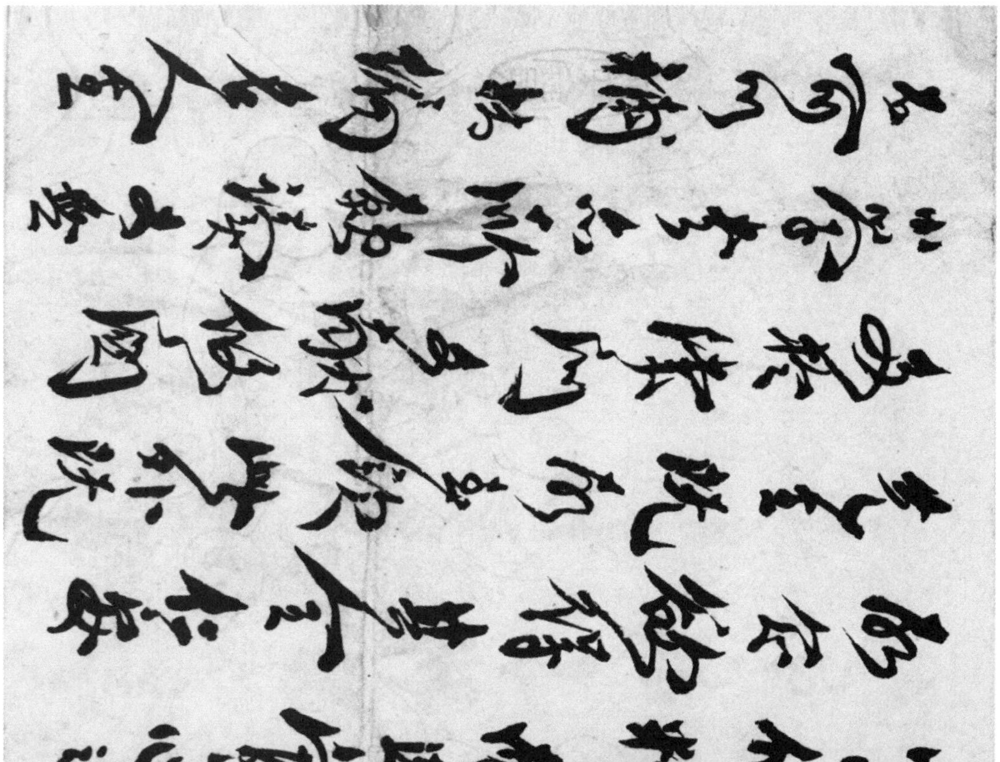

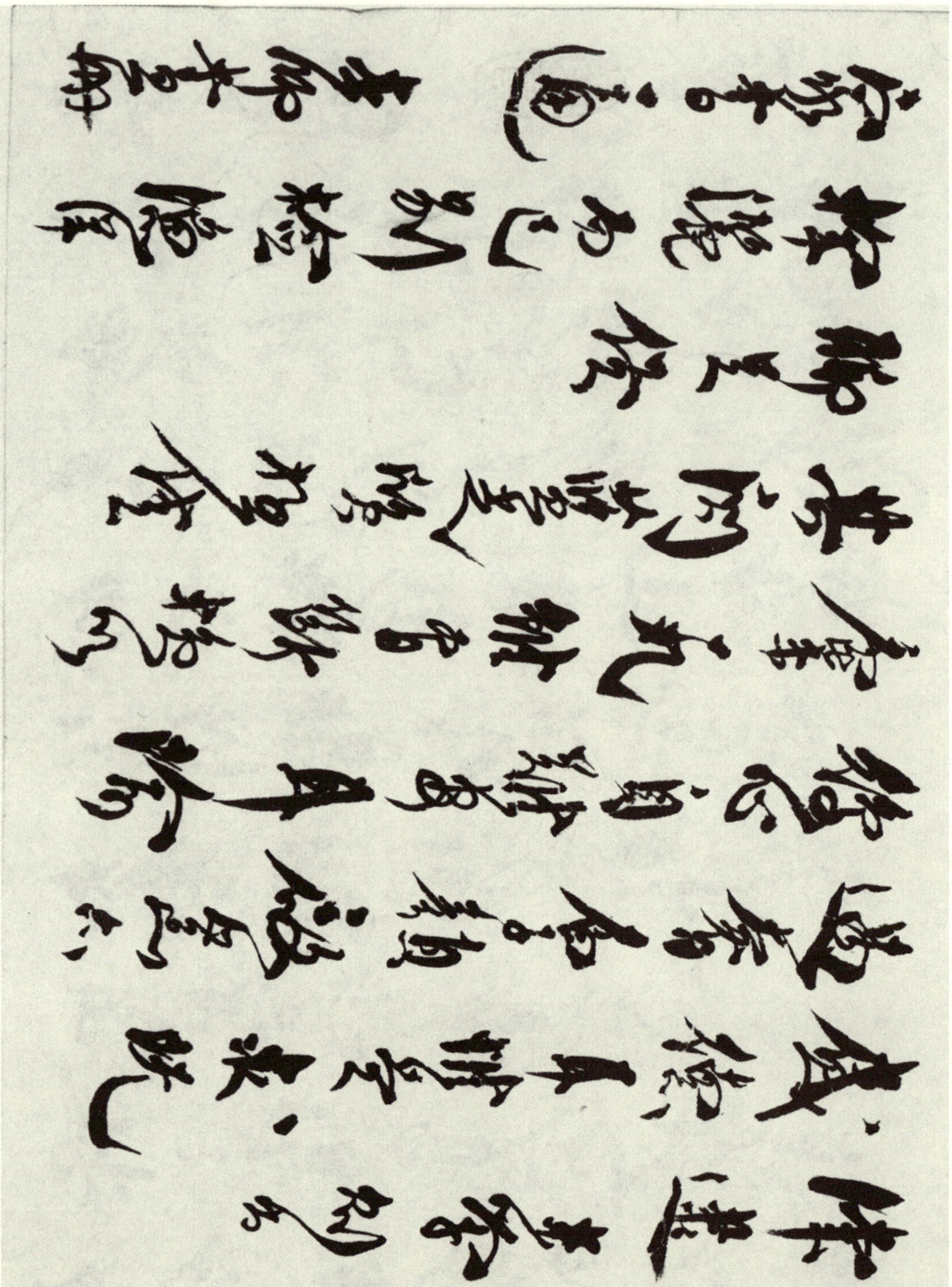

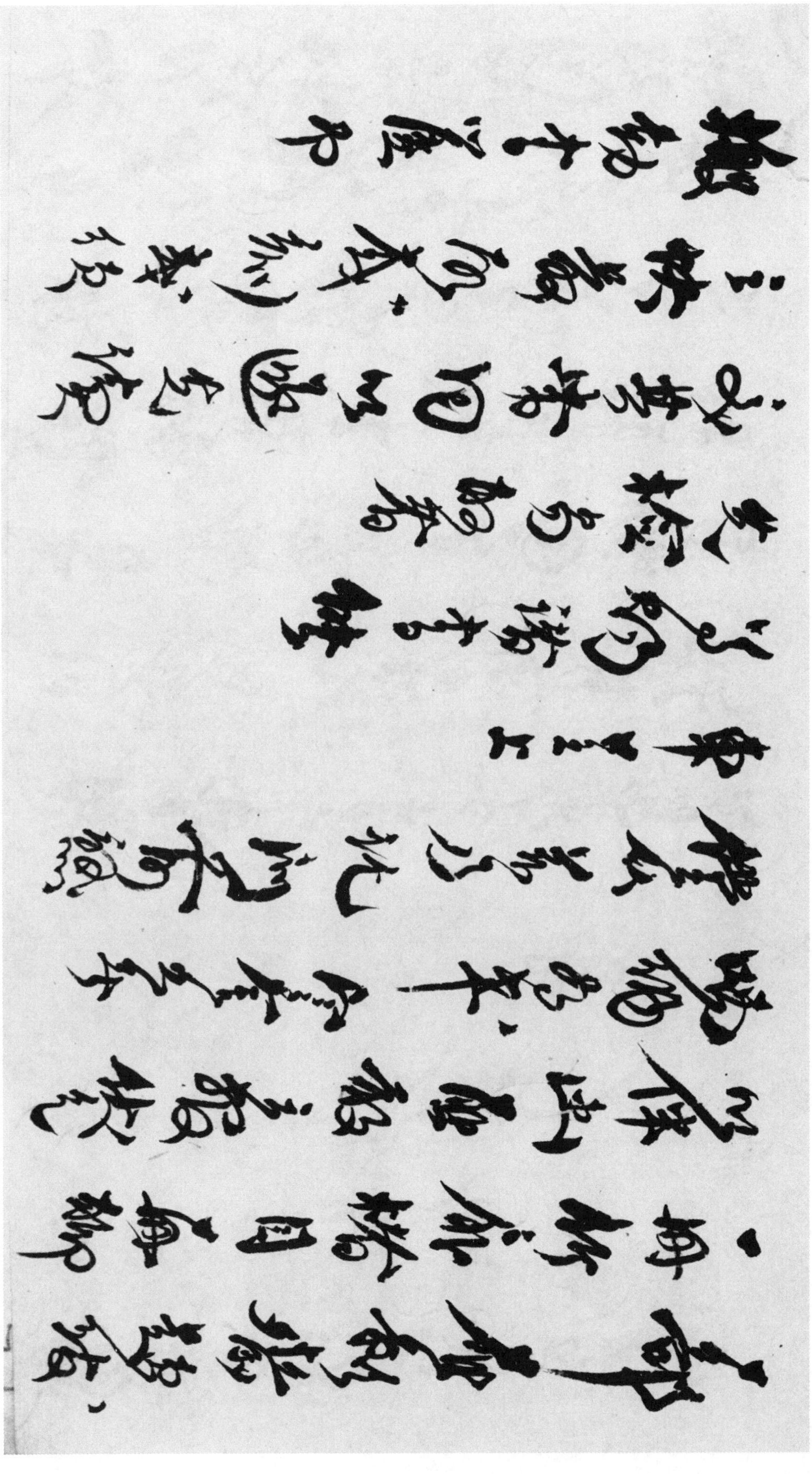

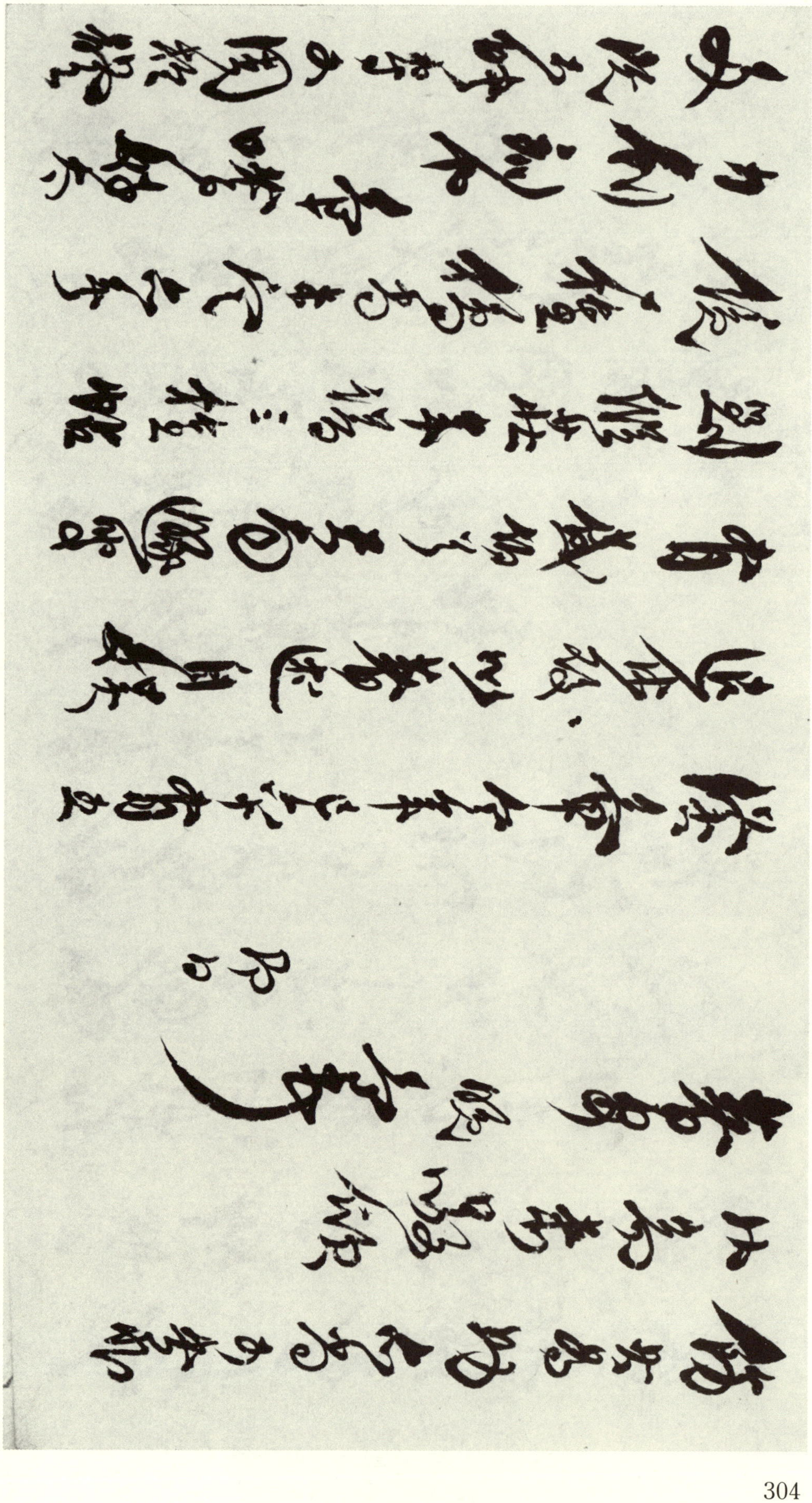

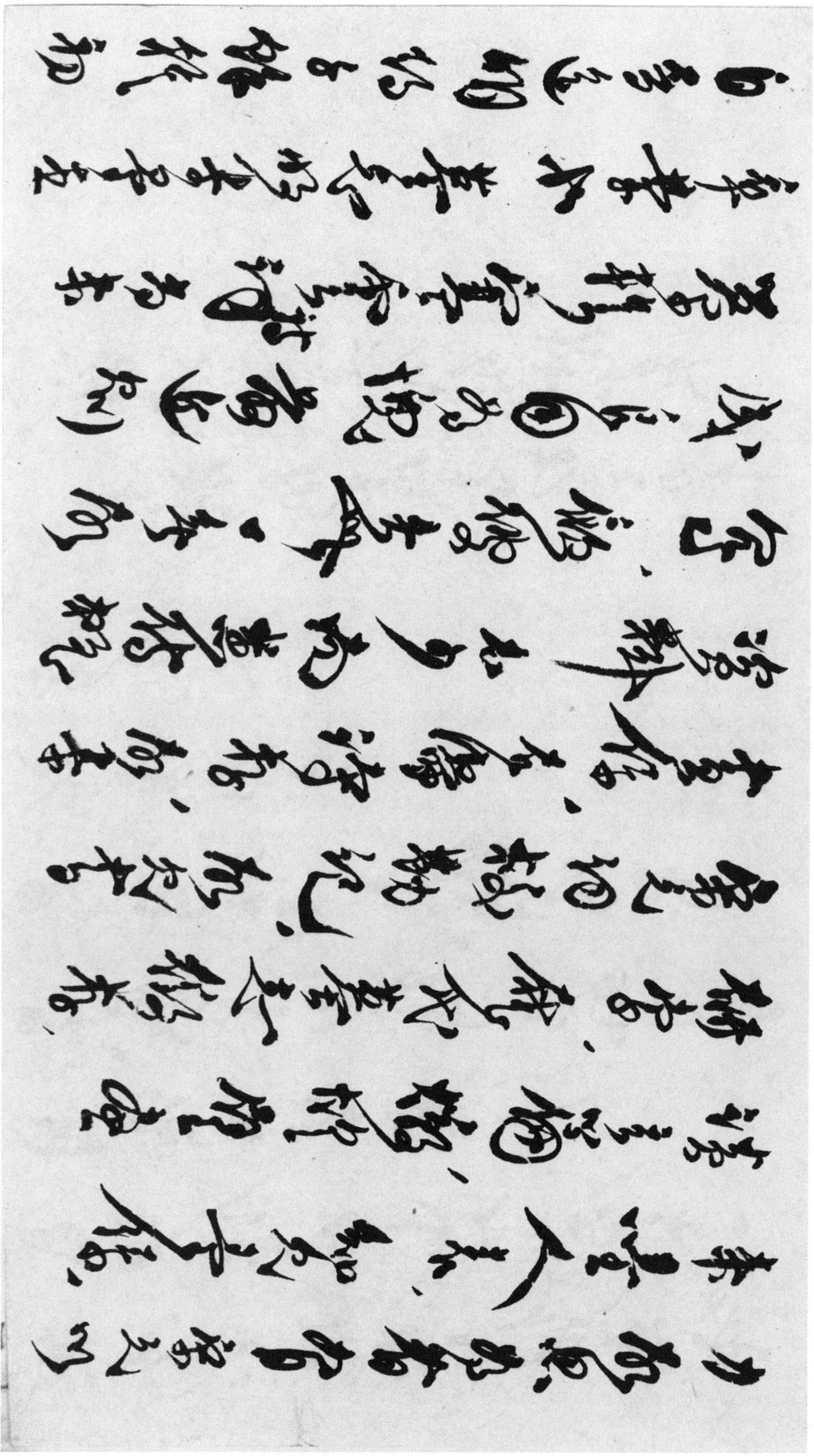

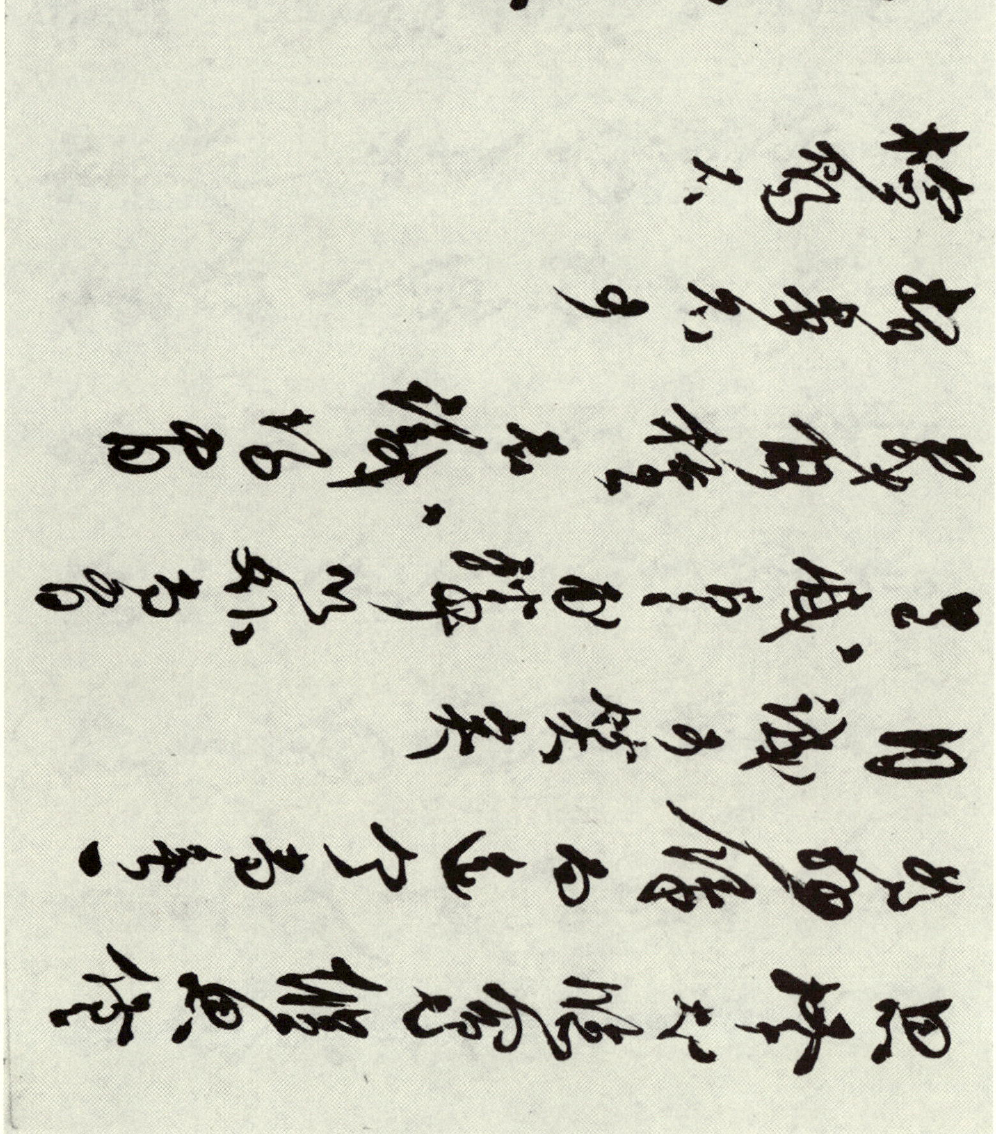

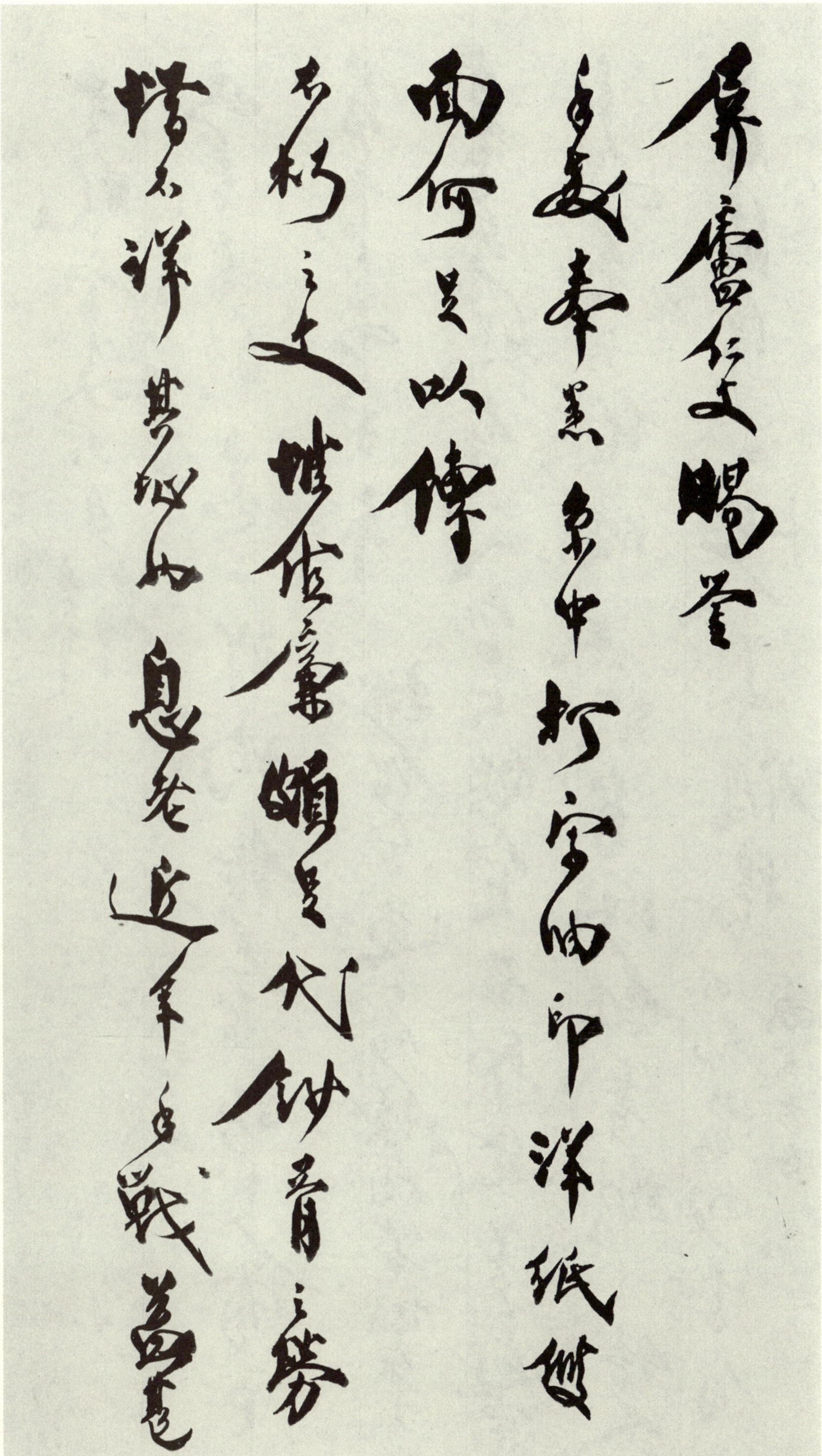

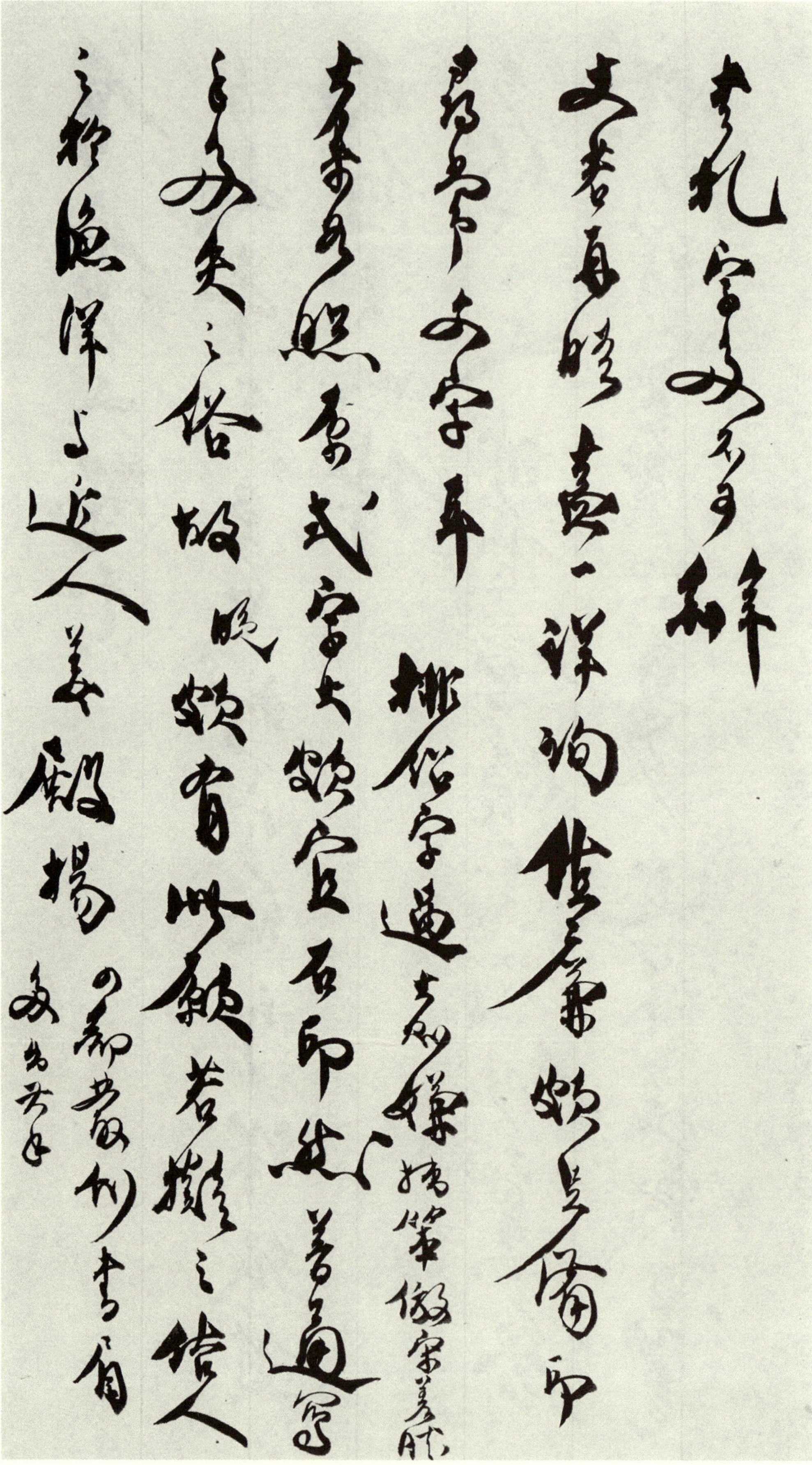

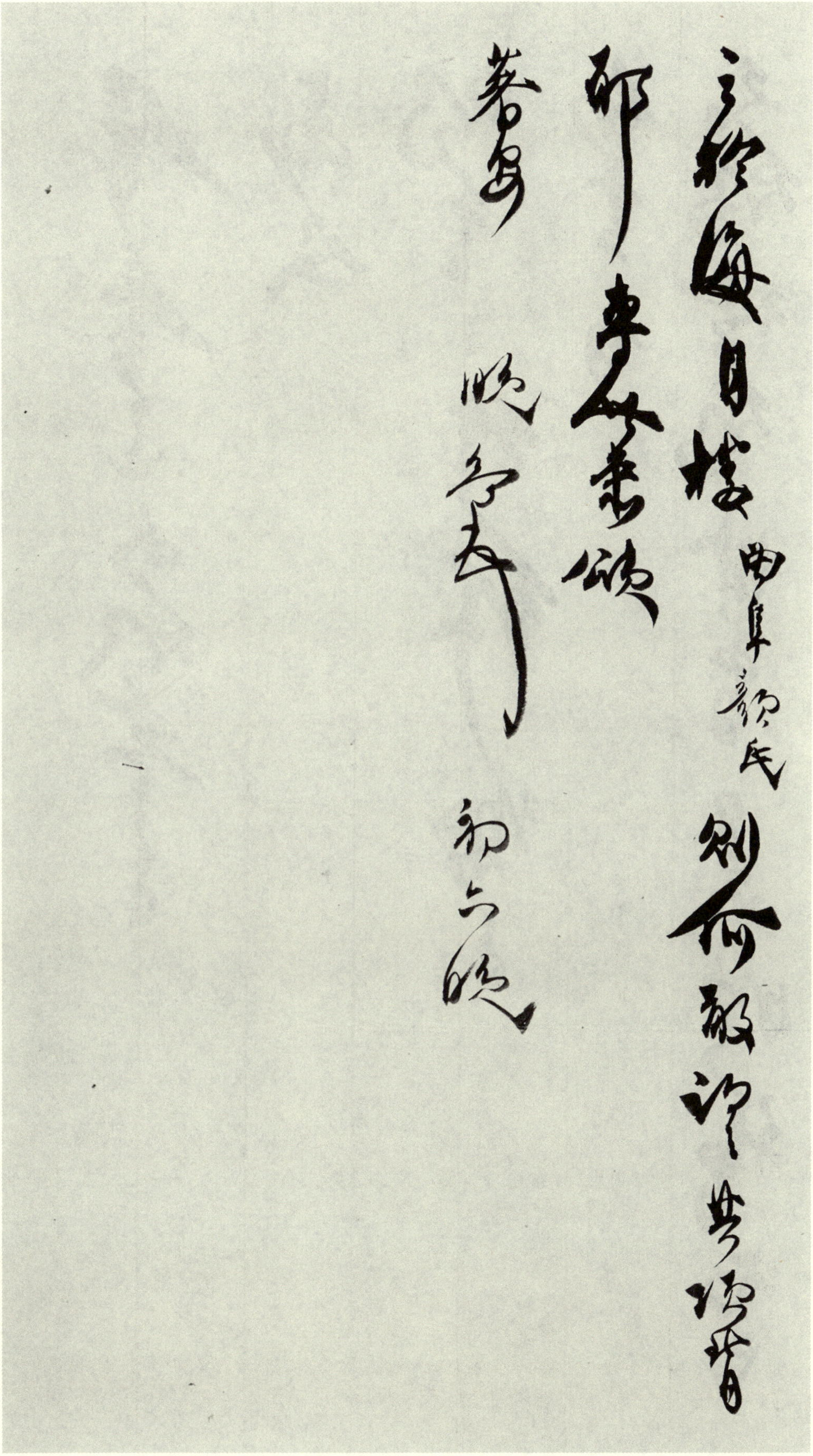

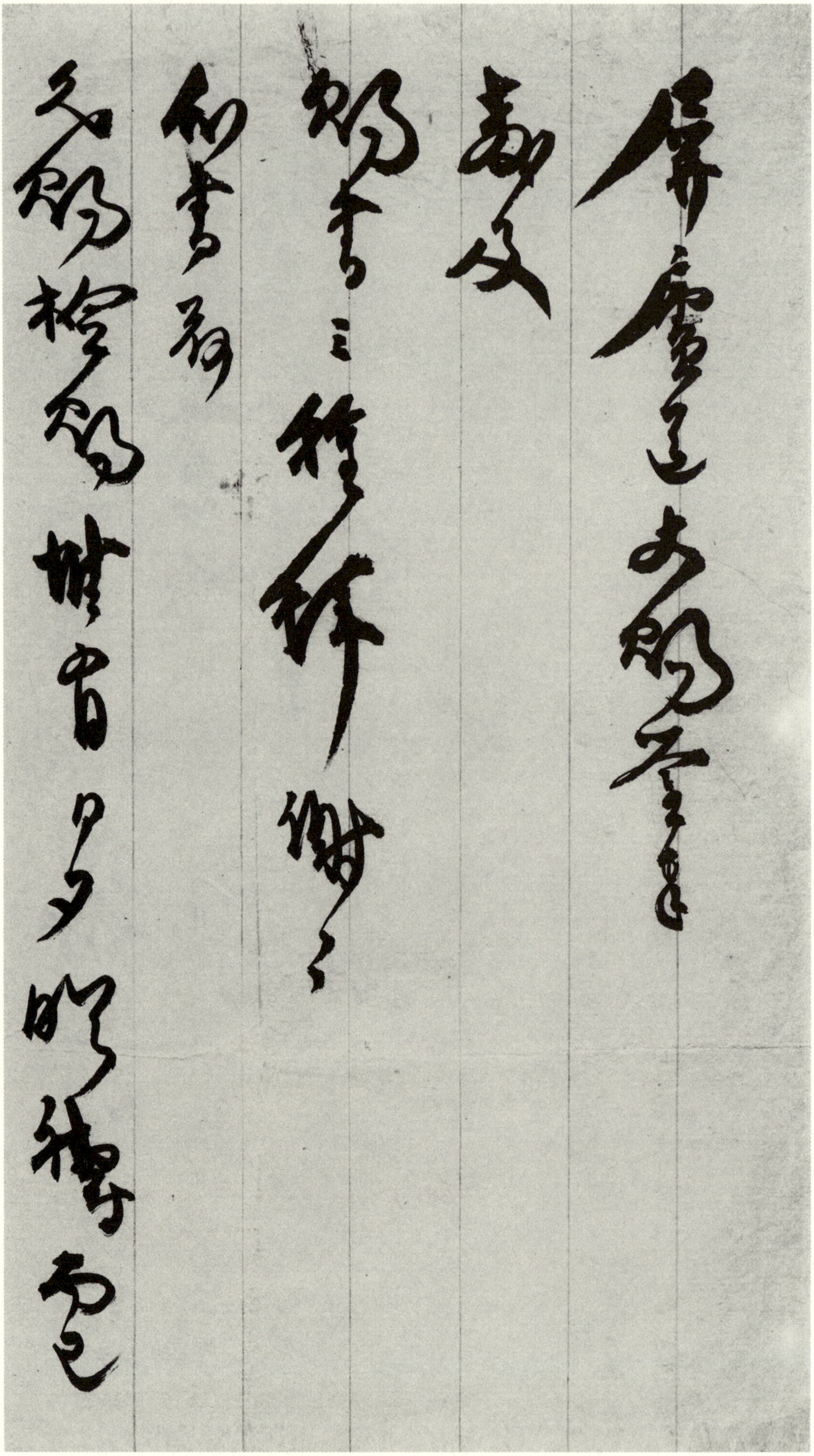

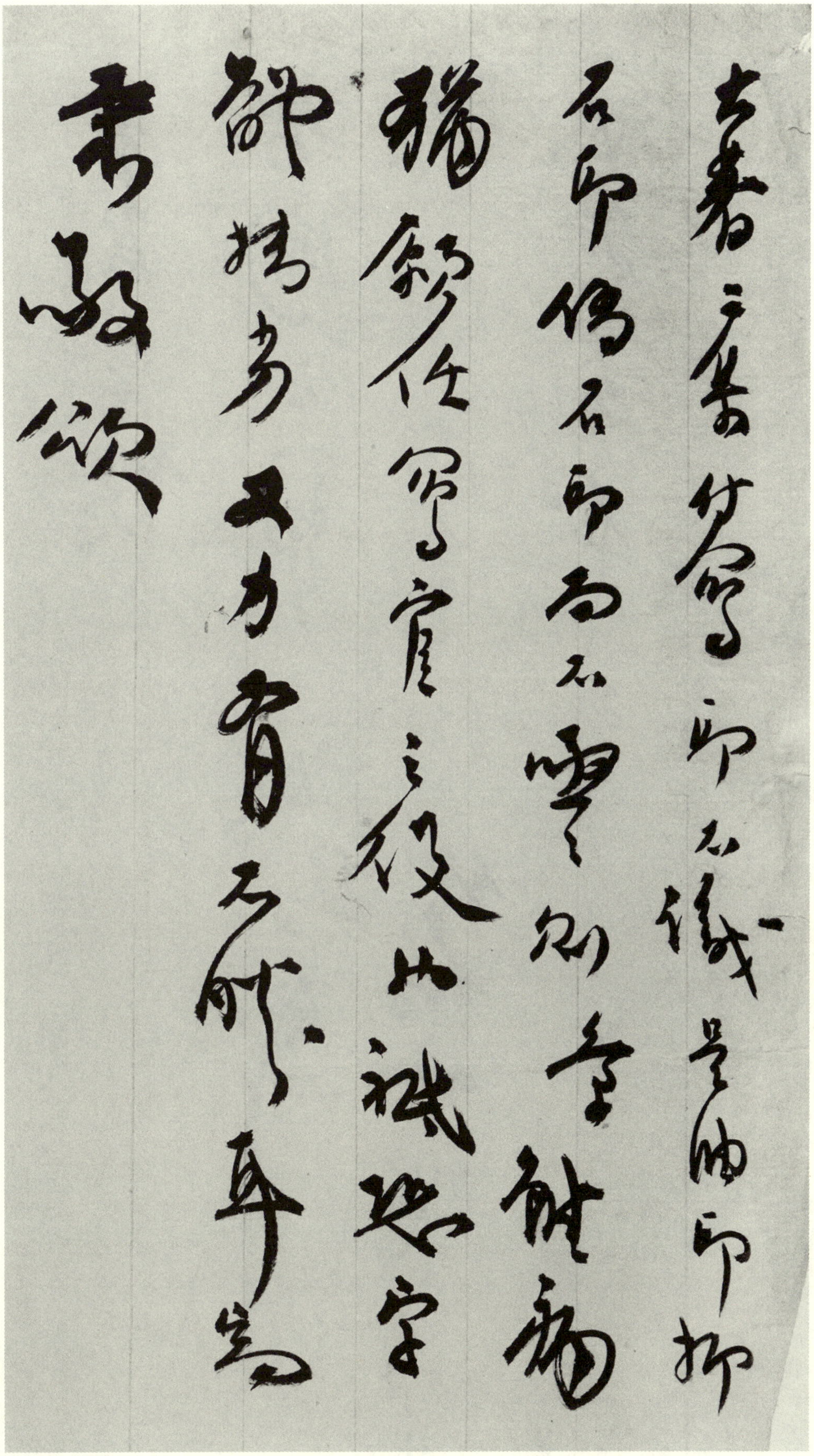

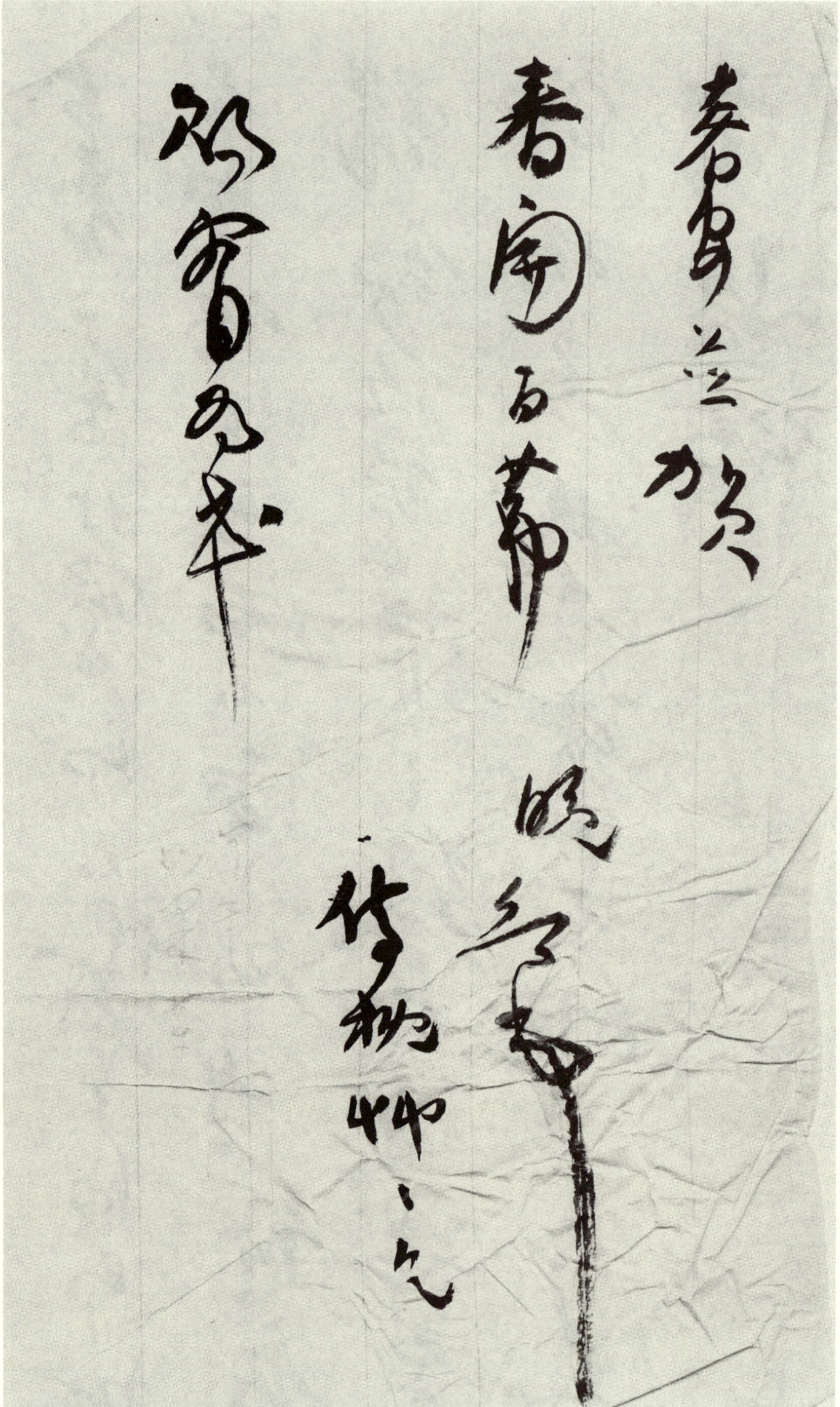

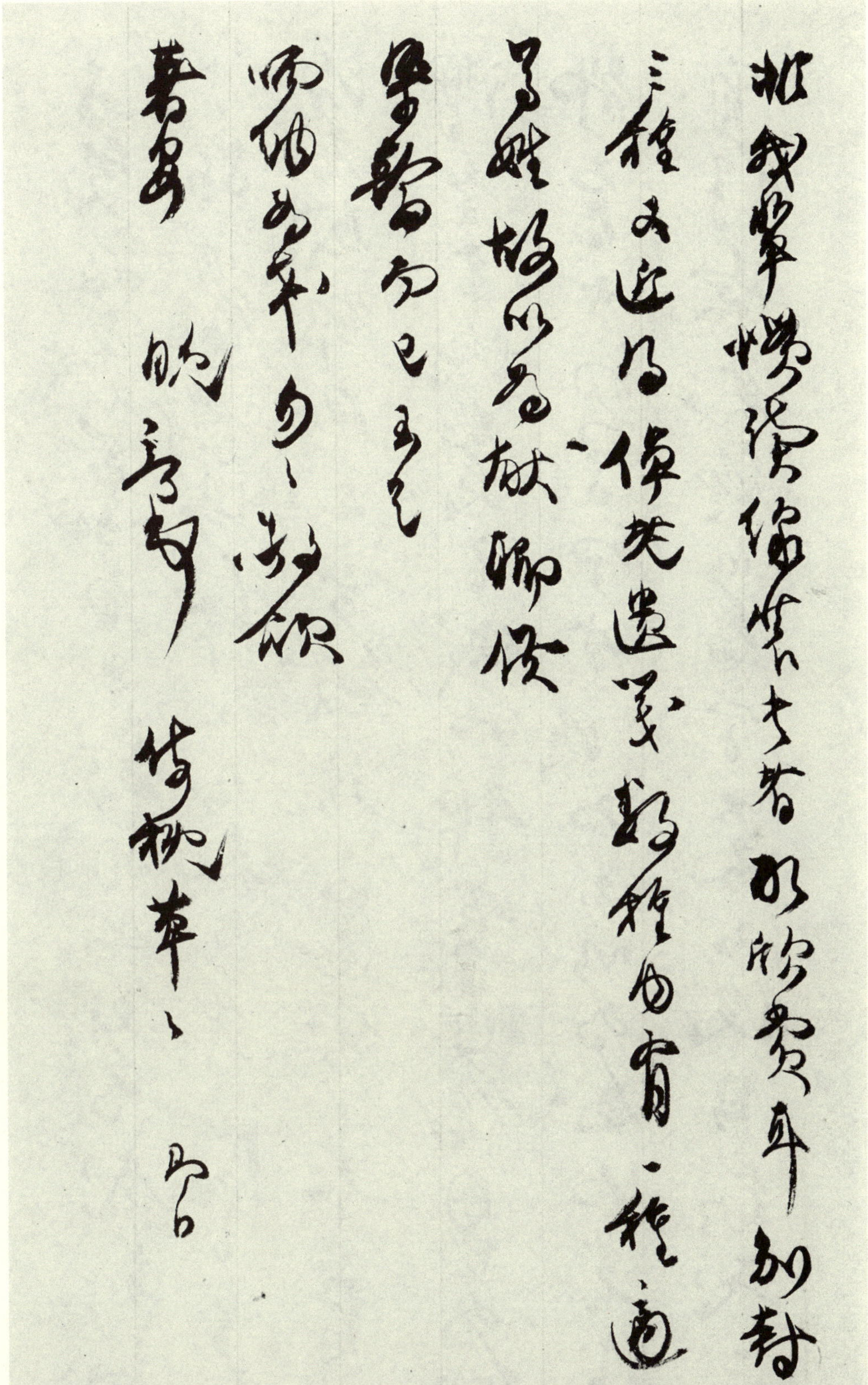

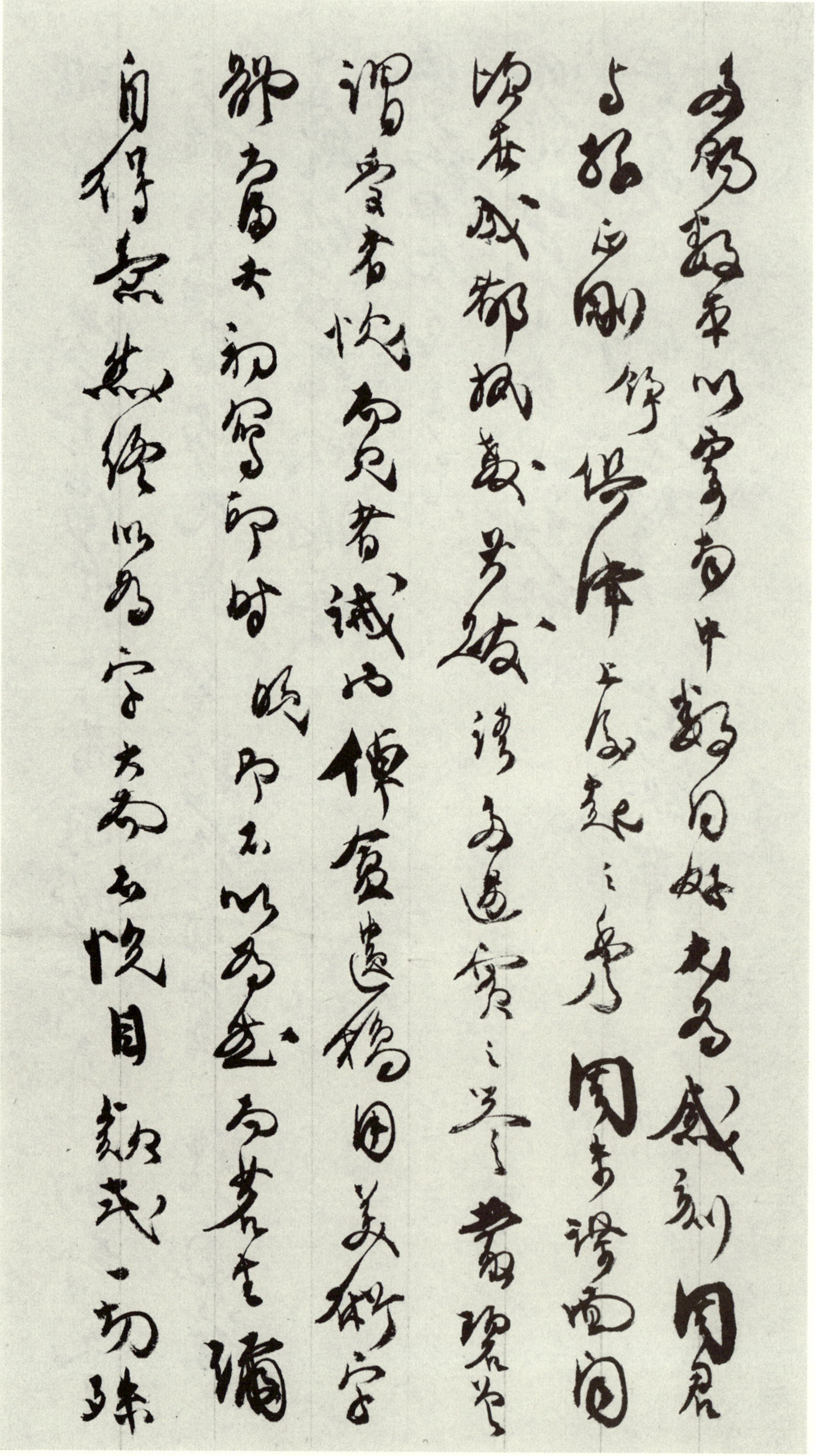

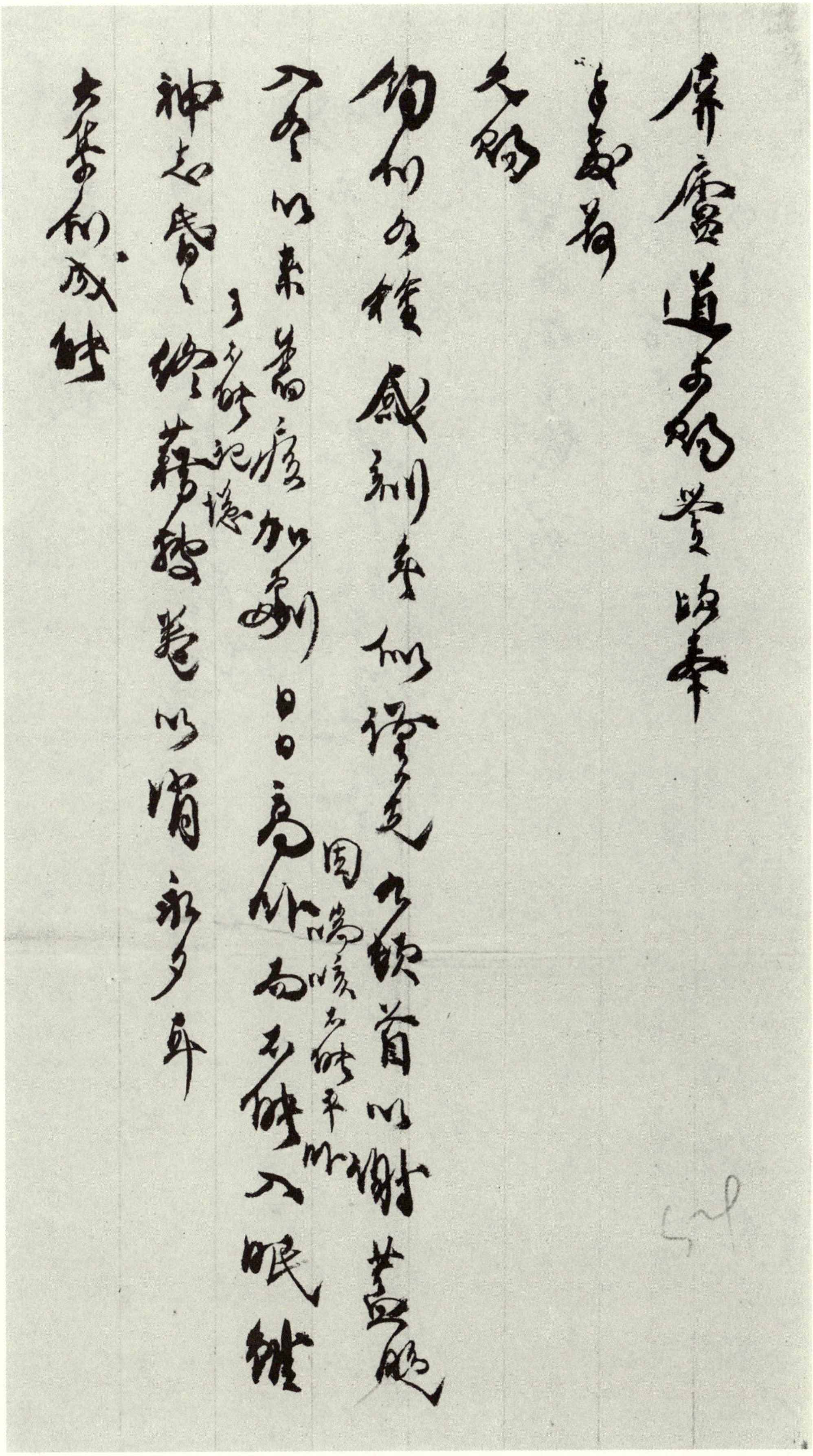

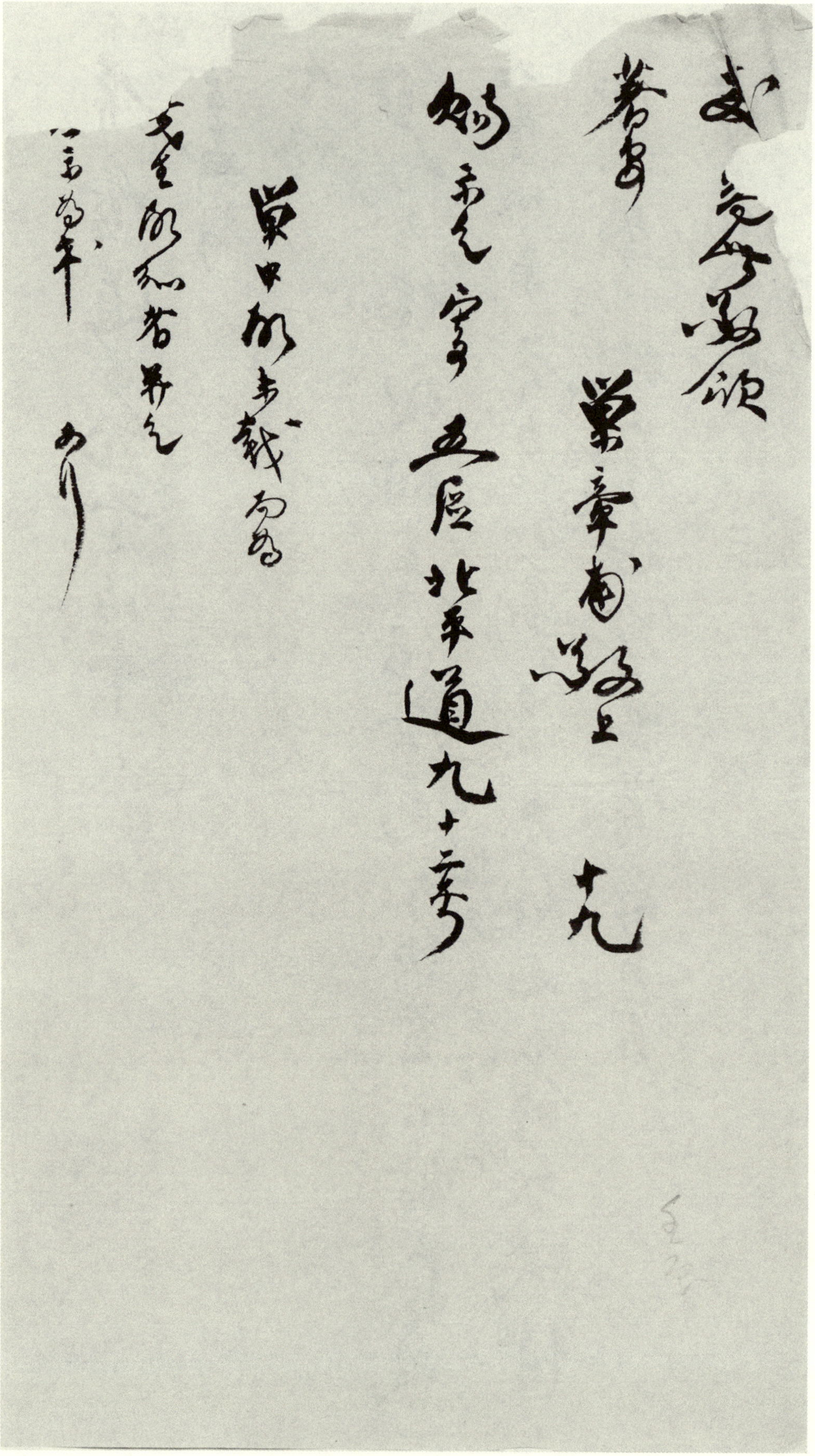

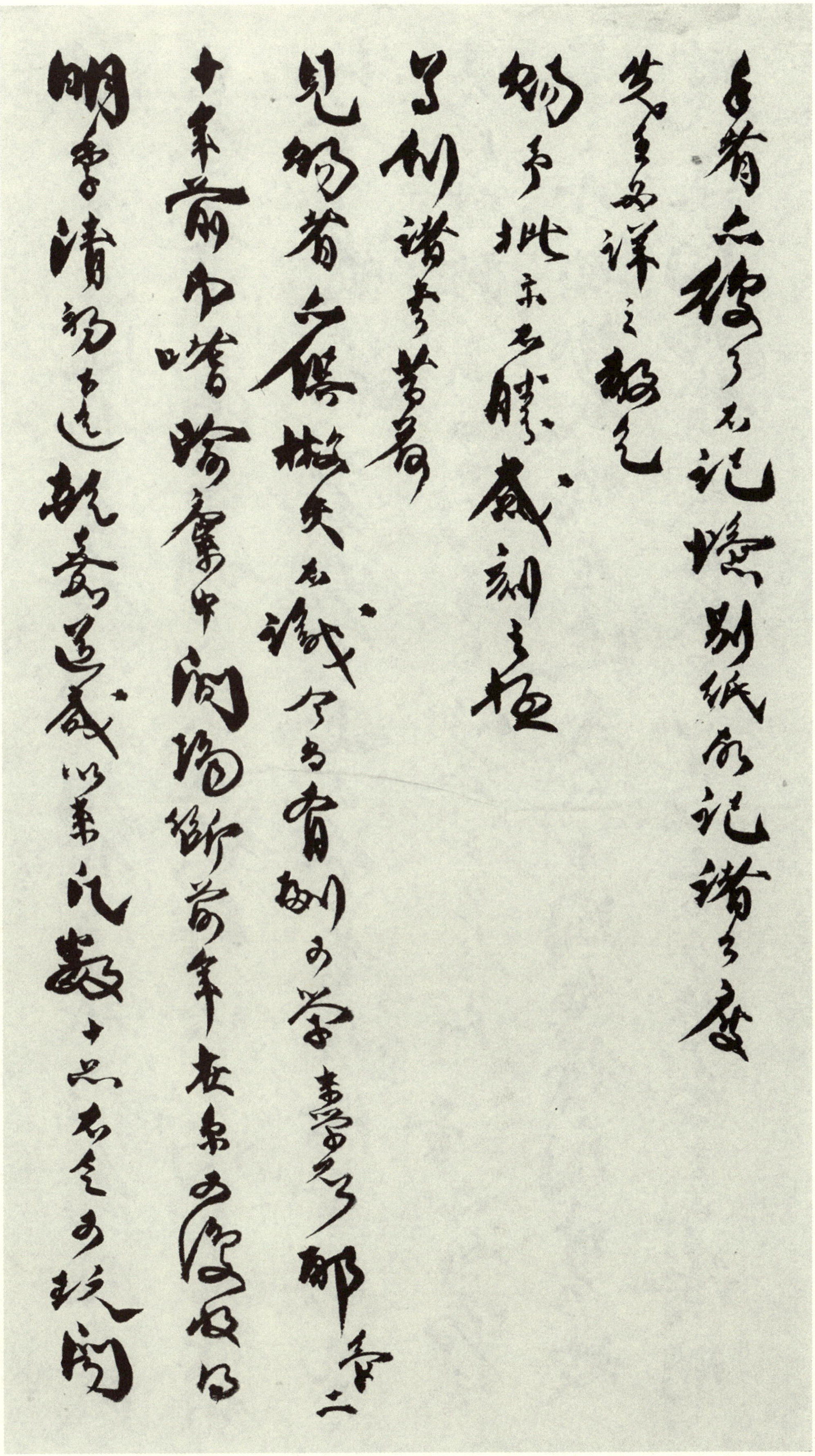

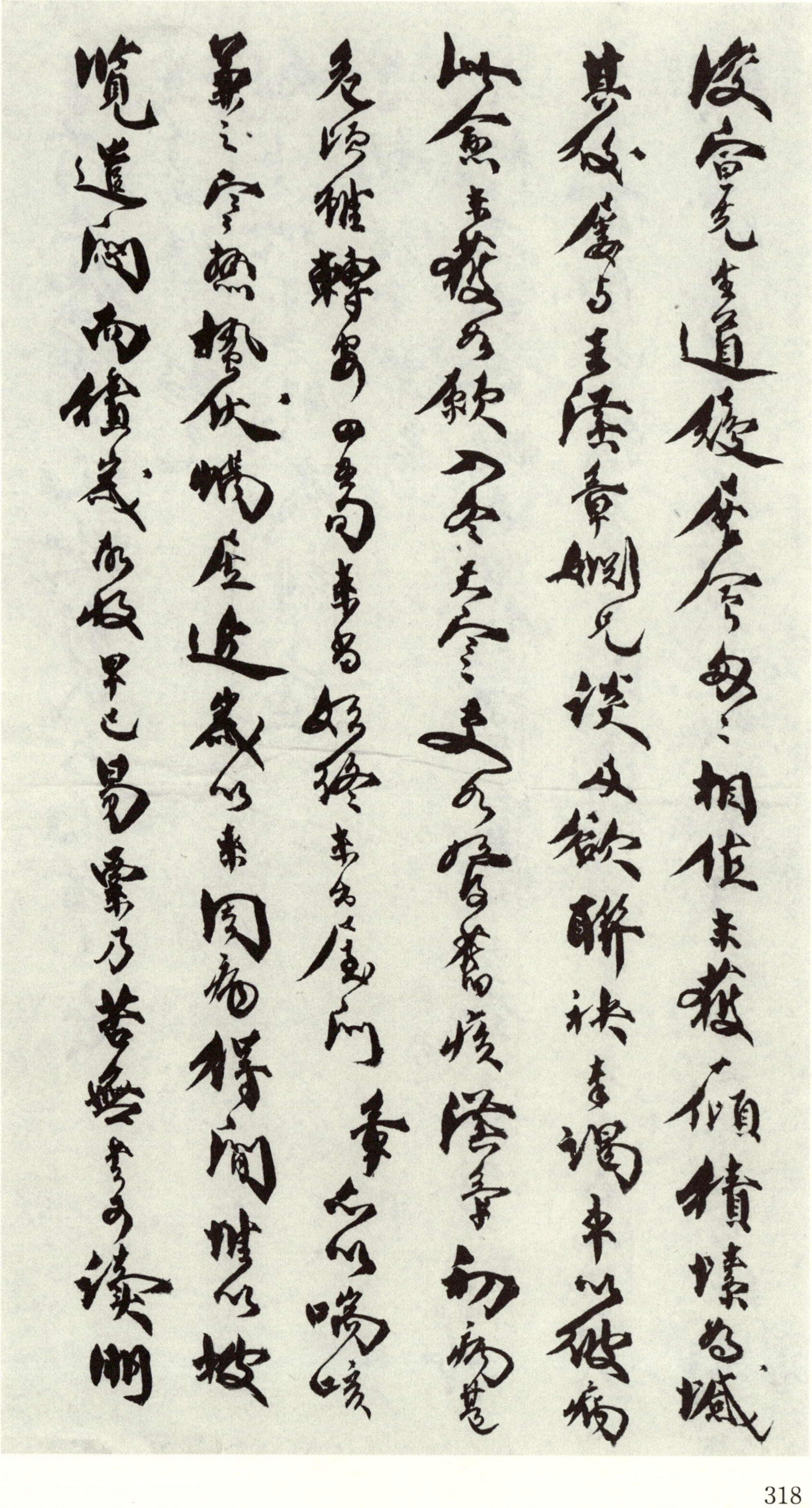

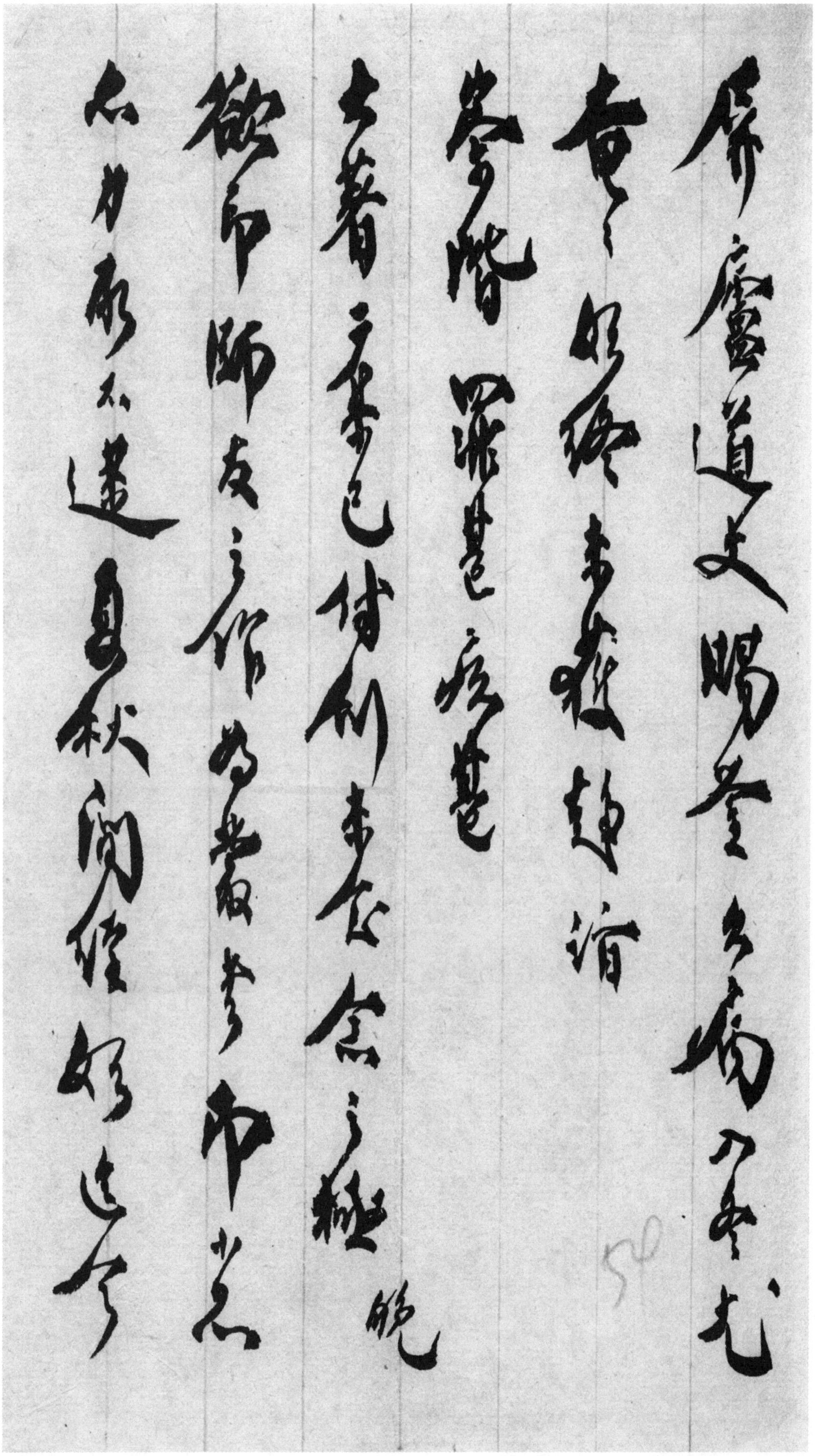

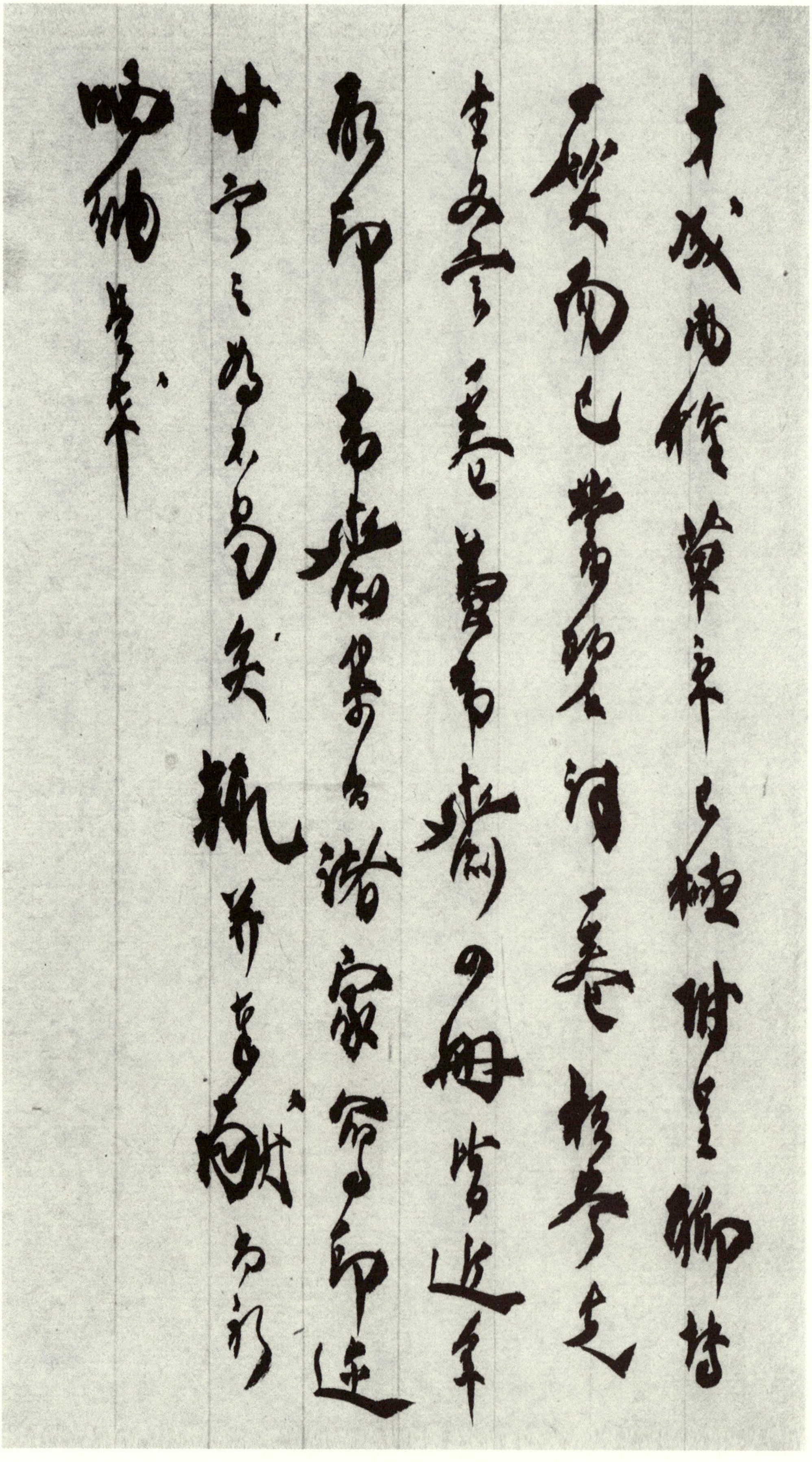

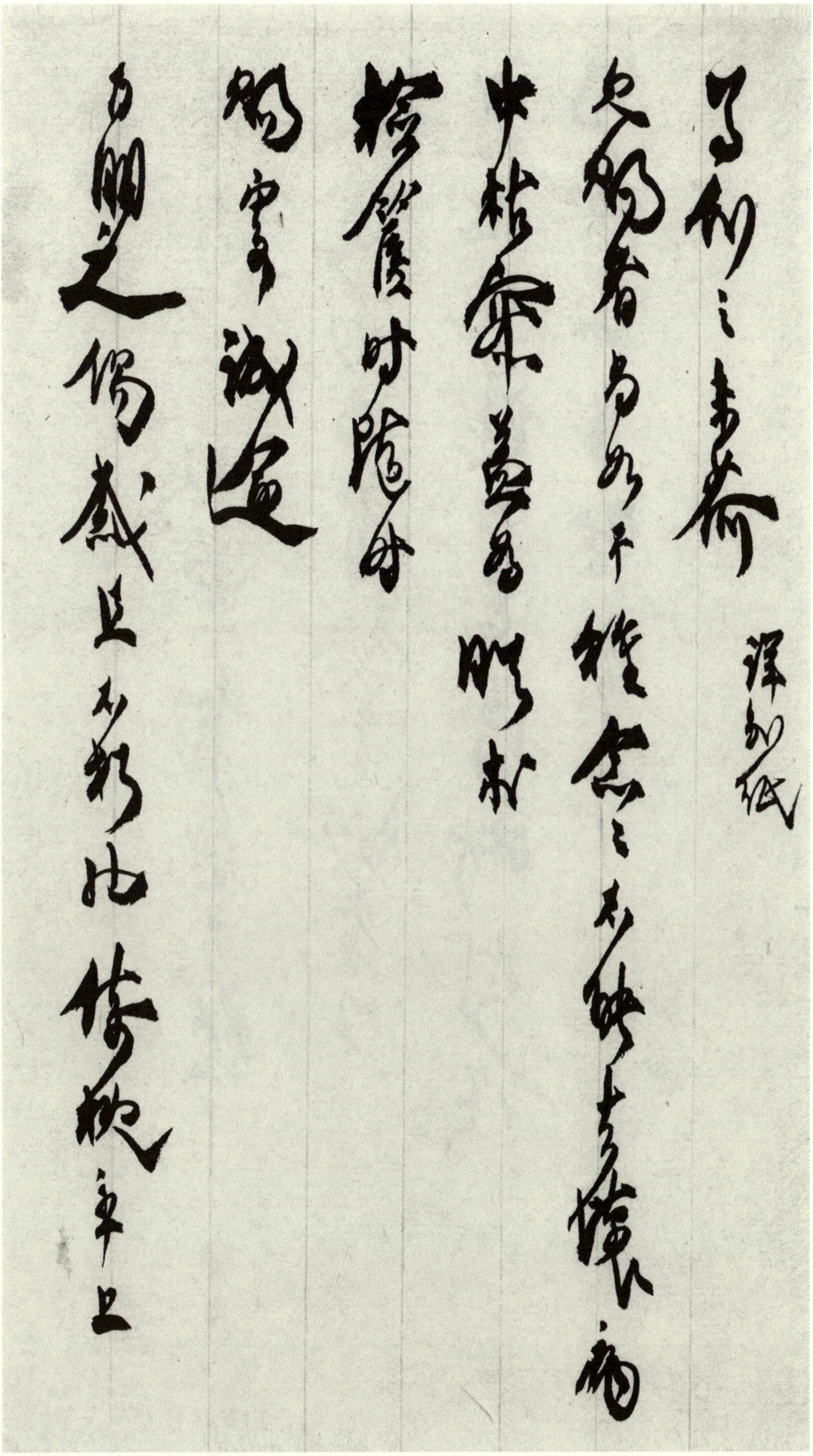

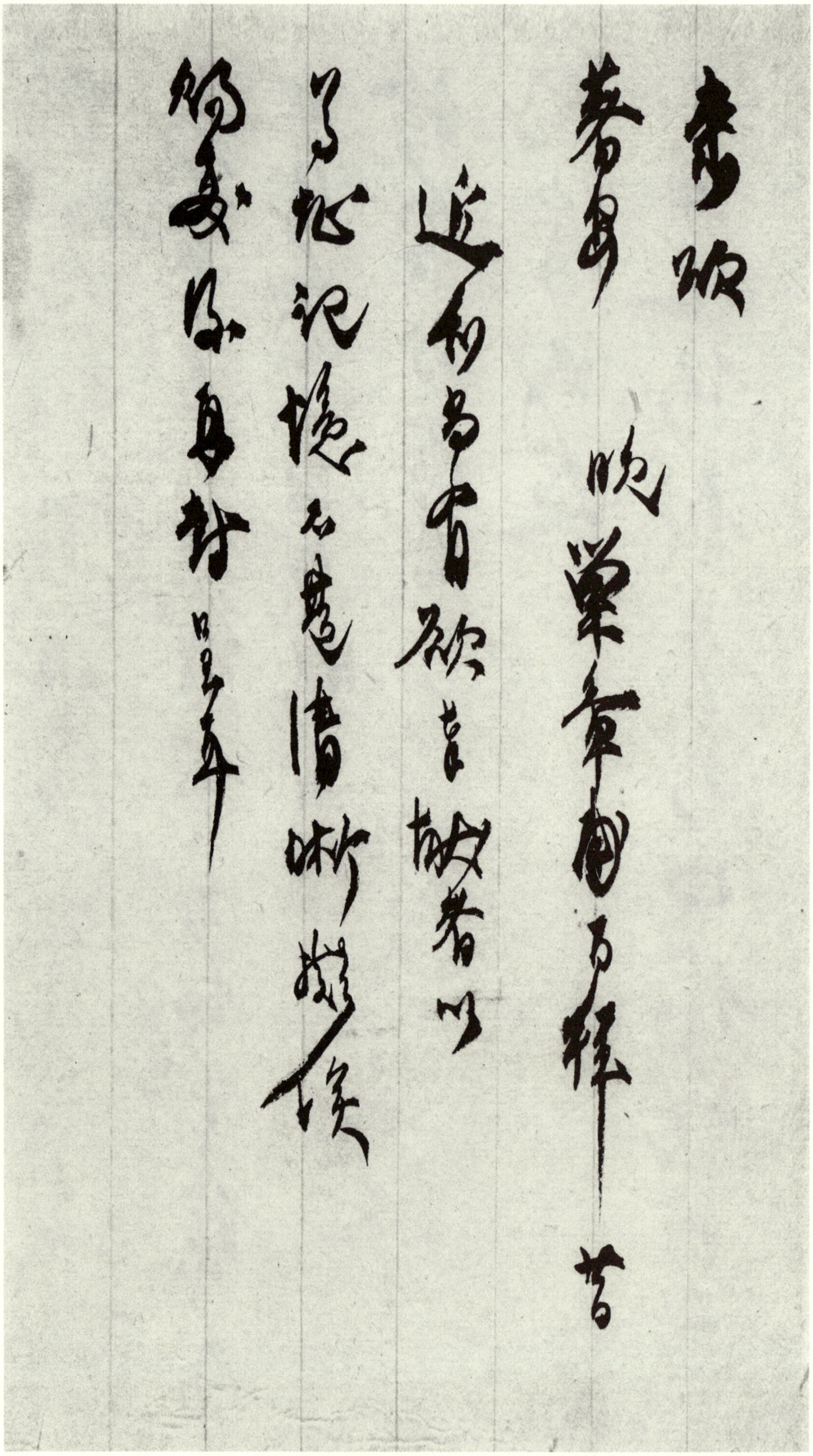

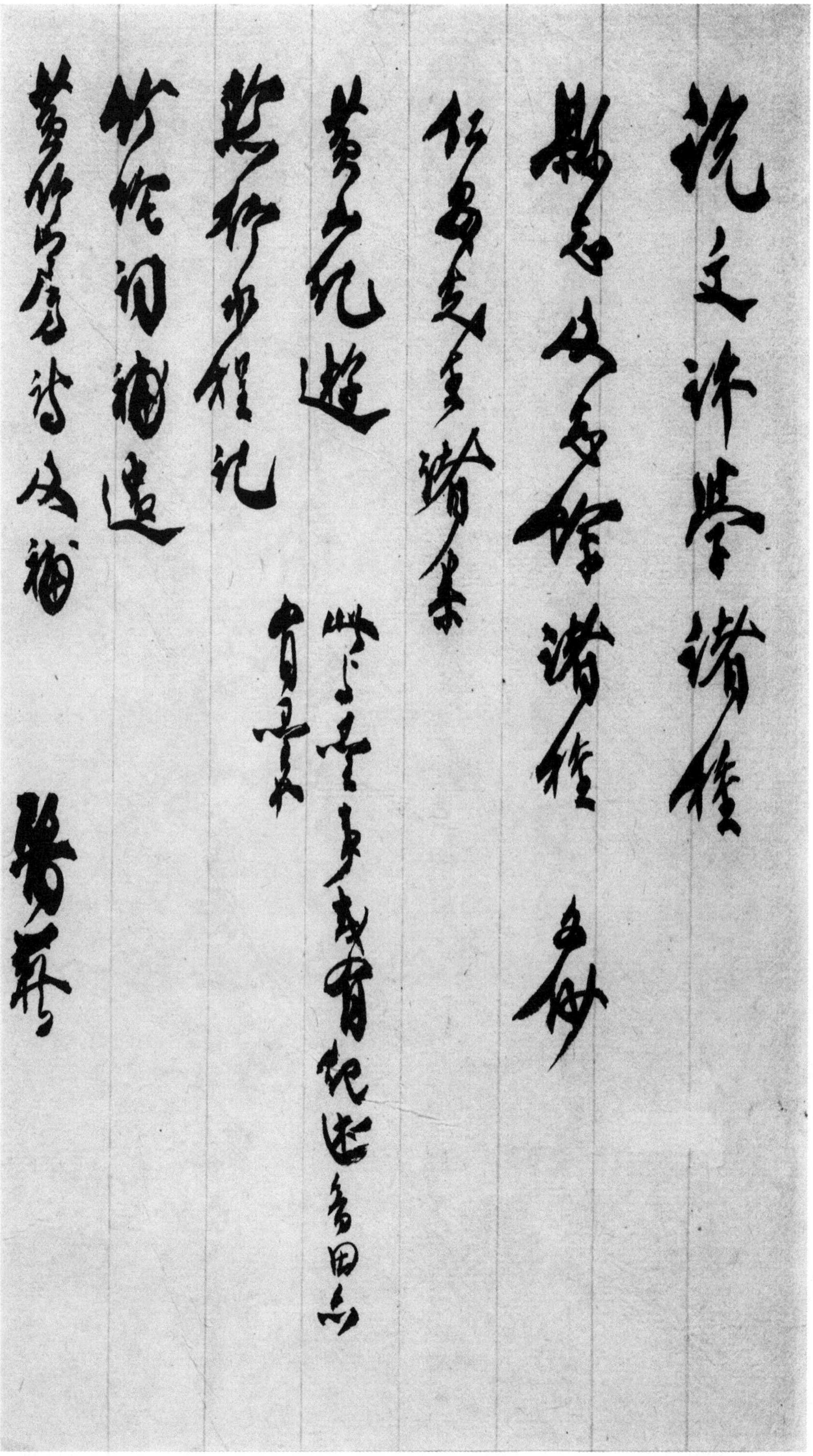
说文许学诸种
[illegible]
[illegible]
黄山纪游
燕行日程记
竹垞词补遗
黄竹山房诗文补

彝廬道兄[illegible]鑒：

手書奉悉。日前與李惠老借臨虎譚，

僕思打字油印六十元，負係如紙張即又其

打字之價高，未免若印亦須二万左右

與晚所識印局價稍廉而字較多，然即又

爲之同館紙爲之，務傳之久遠之道耳。

息兄修之文館，昔兄雪堂先生著述亦曾以照即
於照之非難兄所願，晚以為例即刪所擬題目
遍經州之諸不可耳。惟雪堂先生遺稿時有友
人見詢，惜不能詳。
文既已如年，略聞其作已告羅雪堂先生家屬
外觀有書籍字畫其別各全集，羅先生遺著無程
將來可部以上法無了部諸籍先為人生之餘書

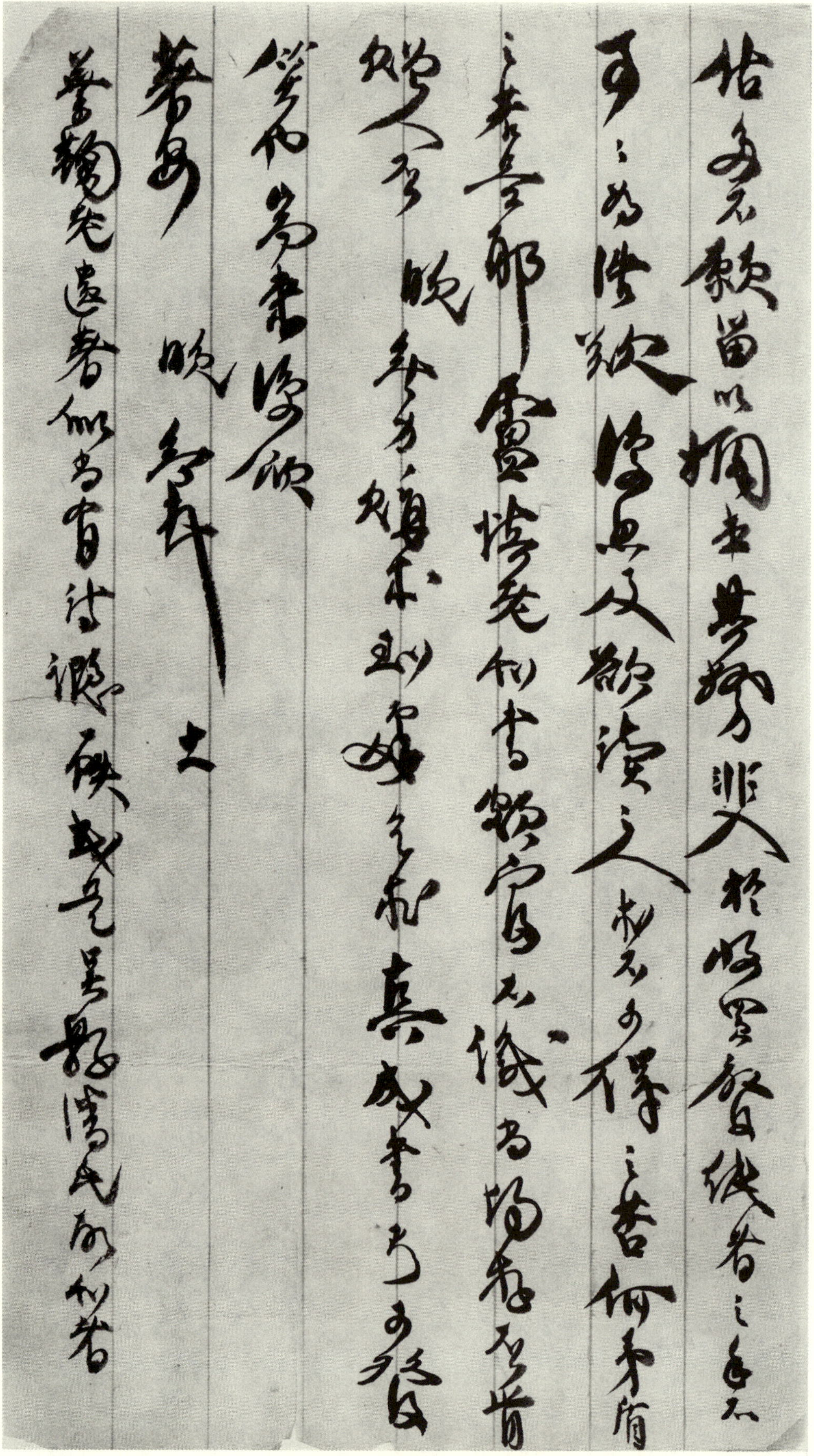

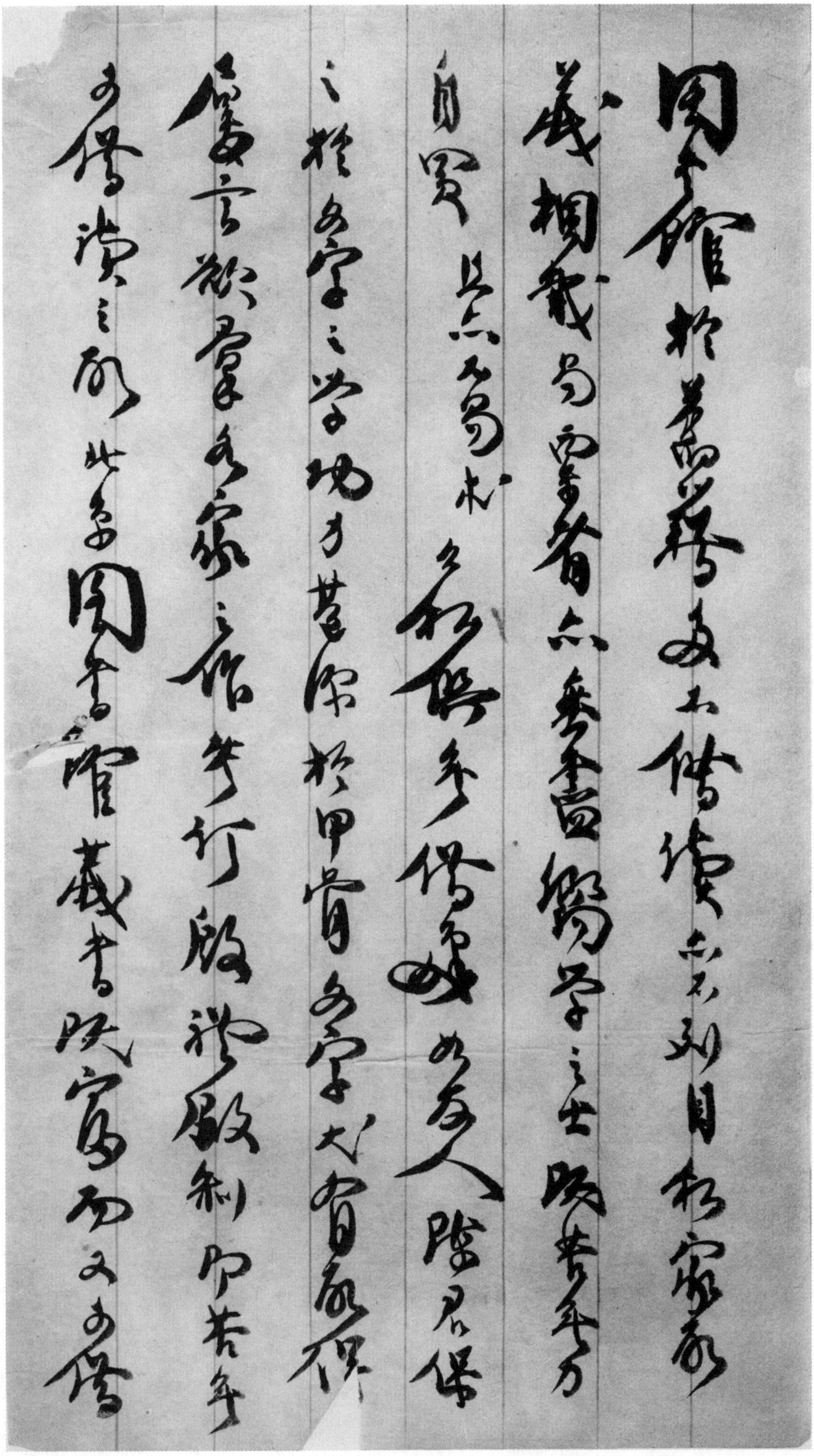

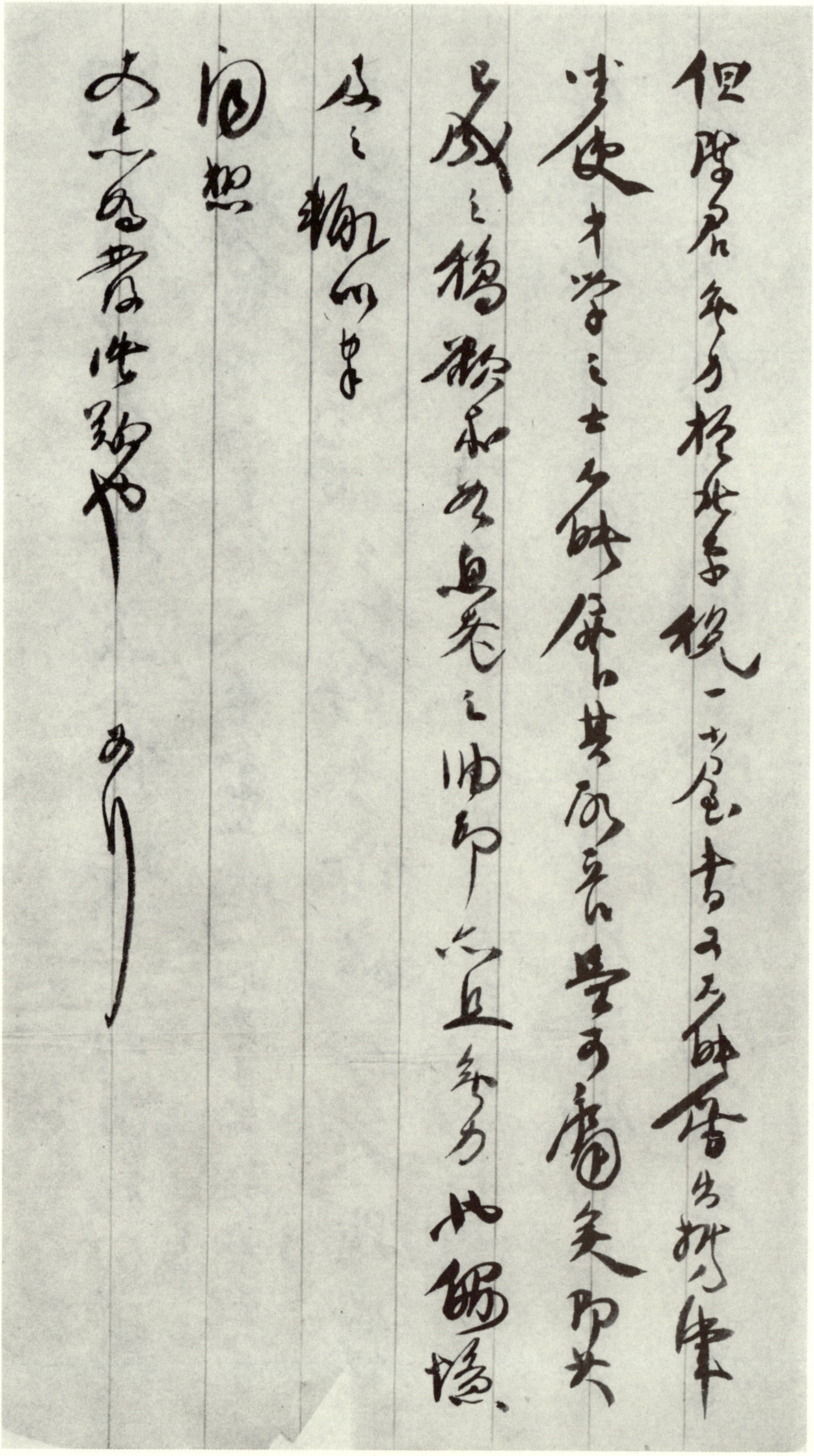

滄翁先生台鑒：逕啓者，適維

譚第清吉爲頌，亦因端陽節在邇，

必是商界清賬對賬之期，亦將

尊賬開列清單一紙並價呈上，

至希合閱。特此並候

文祺

文哲翁謹啓

六月十九日

計開

由廿二年更來結存洋貳百叁拾[illegible]元壹角叁分

元月 墨印花邊八才連史盧文弨 貳拾部 [illegible]

十二月廿八 補印八才夫連文弨序 [illegible]

補印八才夫連文弨 叁 [illegible]

補印棉連八才文弨序 [illegible]

郵寄盧文弨費 [illegible]

合洋[illegible]

除存淨欠洋[illegible]

金浚宣先生 台照

六月十九號

北京 宣武門外西磚胡同法源寺後門 文楷齋刻印書處 電話南局一千三百五十六

具

文楷齋記

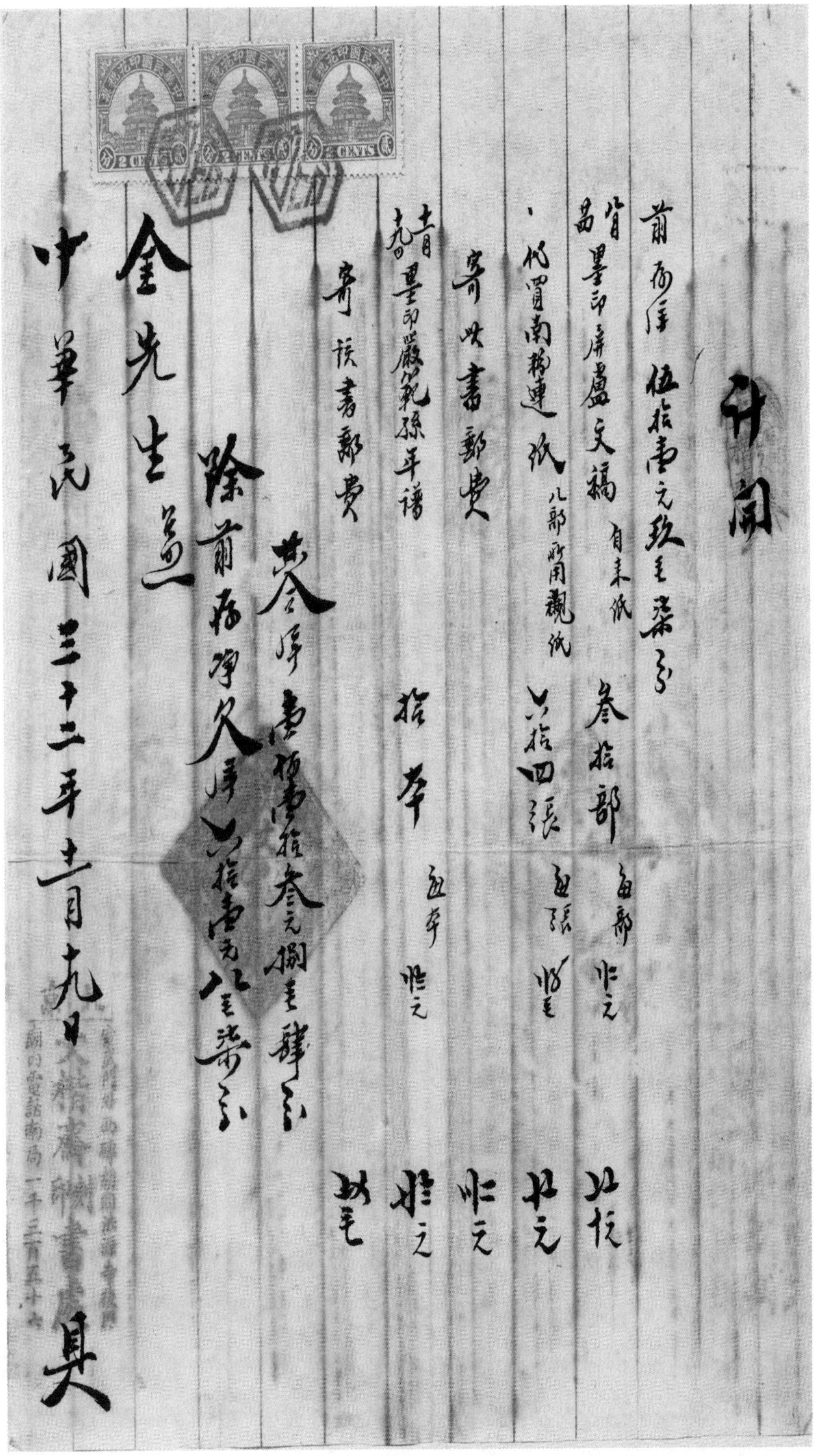
計開
前存洋伍拾壹元玖角柒分
十一月八日 墨印廬文弨文稿 自來紙 叁拾部 每部 [illegible]
、代買南務連紙 八部所用襯紙 六拾四張 每張 [illegible]
寄此書郵費 [illegible]
十二月九日 墨印嚴範孫年譜 拾本 每本 [illegible]
寄該書郵費 [illegible]
共合洋壹佰拾叁元捌角肆分
除前存淨欠洋陸拾壹元八角柒分
金先生 鑒
中華民國三十二年十二月九日 文楷齋刻印書處 具
電話南局一千三百五十六

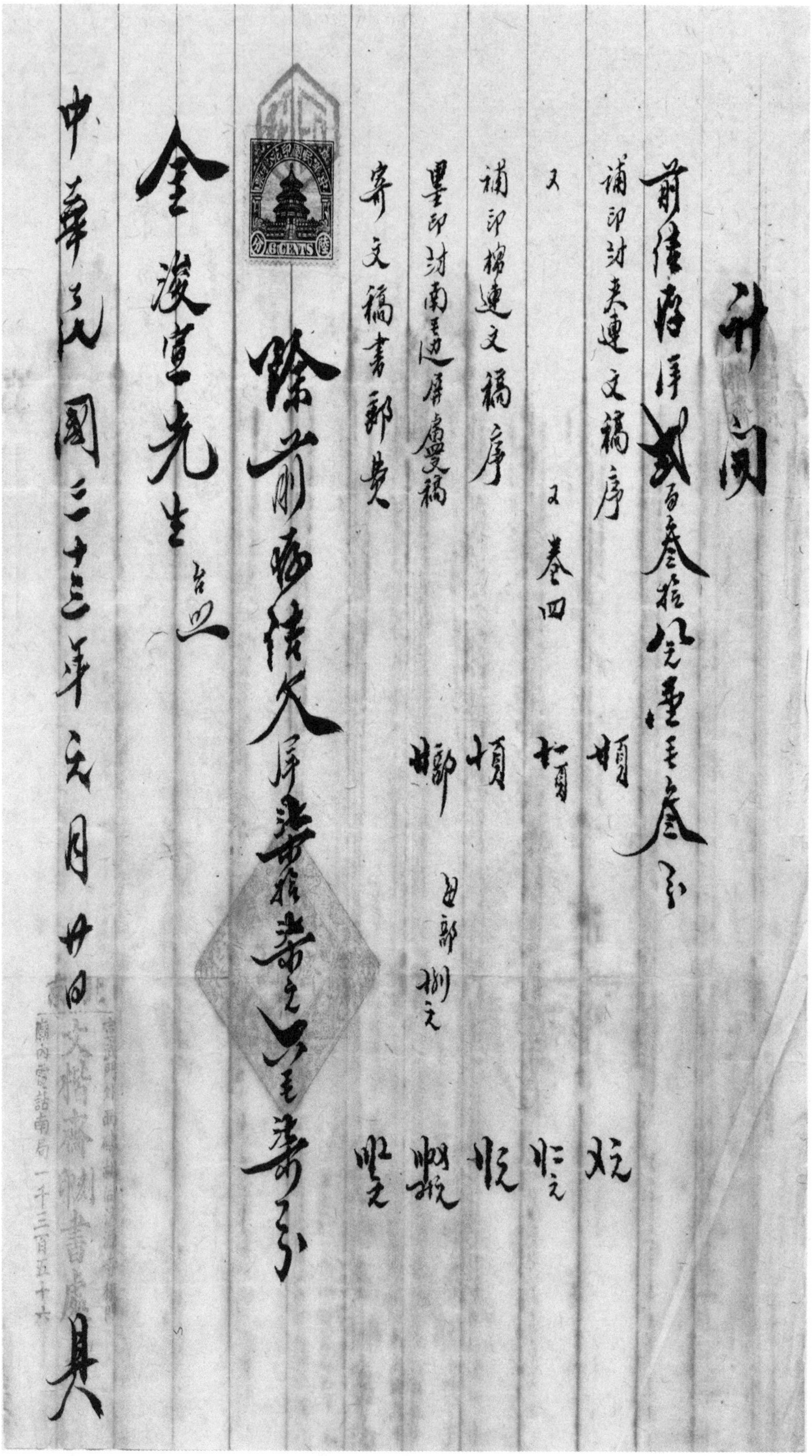

计开

前付序文贰百叁拾八元叁毛叁分

补印对夹连文稿序　廿页　[illegible]

又　又　卷四　七页　[illegible]

补印棉连文稿序　十页　[illegible]

墨印对南毛边屏卢爱稿　廿部　每部[illegible]　[illegible]

寄文稿书邮费　[illegible]

除前付外净欠洋[illegible]

全浚宣先生　台照

中华民国二十三年元月廿日　文楷斋刻书处　具

授翁先生大鑒逕啟者來信所云旭初詩

因本市此詩來源不廣現時短貨邊安詩

按卅八開計算每部捌元日前開明書局

來人云將此根取回之說但未知何故甚

為悶悶今將改樣及孫先生寫樣一並寄交

王先生處交上特此達知敬頌

文祺

文楷齋謹啟

四月廿七日

澹宧先生大鑒今將改備之字業已修
妥並書頁之大小樣合隨信奉上至希
貴閱是否適用回音示知再行開印
特此奉達即頌
時祺
文楷齋謹啓
六月廿四日

浚翁先生既知近年之商難諸多原諒為荷隨
信寄上騐行水程記估單 並請見後速將估單
與人一閱是否速來回音 日後如有工料漲落
另時另議 特此奉覆 敬頌
春安

墨印折邊綫六開廉盧文稿 五部 十八元
墨印毛邊綫六開廉盧文稿 五部 十四元
紅毛邊印五部外加洋伍元

四月十號 文楷齋謹啓

浚翁先生鈞鑒：敬啓者，來諭敬悉。今交郵局奉上王仁安四集廿六本，天津志紅梾四本。今將天津志、沿革表估價例後：分訂四本，中等報連六才每部合洋壹元六角，好毛邊紙每

郵令號畫免費角五分均不帶
掛信若用掛每郵加掛號費角
八分是草綠酌印若干郵票印
何紙示知專候奉復
即頌
大安
荅
文楷齋啟

澂蕲先生惠鉴：顷接来函，聆悉一切。承由本

月十八号校到汇刊集拾柒卷，已校入尊册，请

再者，若照前所印高丽遗文稿並新须序

叁拾玖元，因此係並限須依查之七八是否可

速寄信示知为盼。所问说文提要样订序

之板等，留意检得再行奉知。

特此敬请

文祺

文楷斋谨启

七月十一号

濬翁先生鈞鑒：敬稟者，要取文稿書板，開明書局昨日持信與文楷齋執事李某接洽，面云允許一言，查出該板來取可也。至期開明杜掌櫃親身往取，文楷齋又云由他處直接寄運尊處，故未推托，未能付給。見草諭，給文楷齋去信，將板藉交開明書局，或係其運津，再寄回鄙處均可；否則將紙交開明，轉交文楷印刷亦可。於何辦理，敬請示知為荷。專此奉請，並頌

大安

宗文堂劉明廣叩　廿五日

NO

昭和　年　月　日

金石書畫研究社用牋

屏庵道兄閣下：頃到刹垂寄到，承賜精刊先世詩集等四種，感謝之餘，當焚香拜讀也。敬頌
著安。弟張顗再拜

金先生

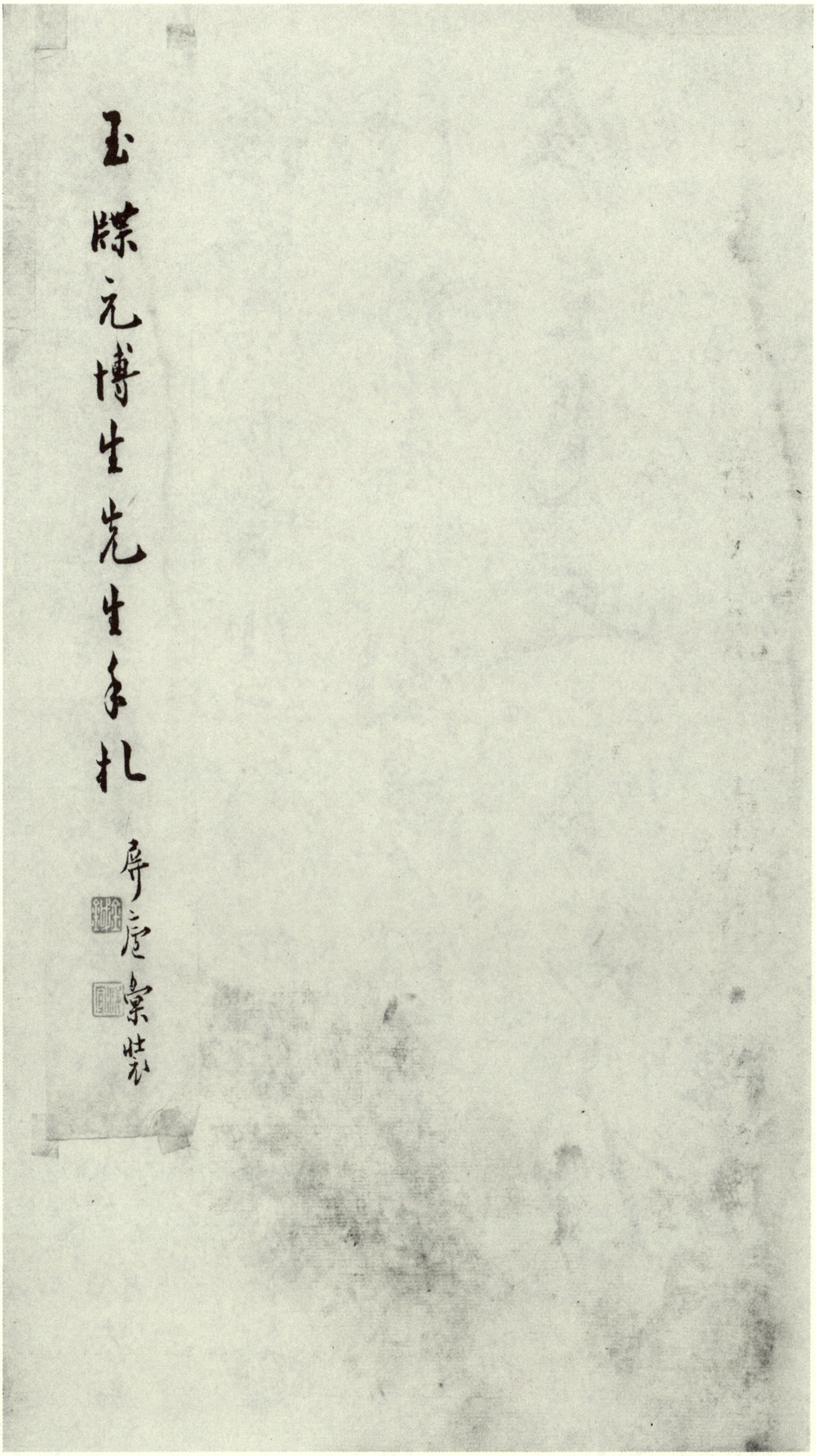
玉牒元博生先生手札

姻二姪方三件共同於一緘交來人代呈

檢收　弟初二日赴都　初五日晚車回

津歸來再圖暢敘不盡

浚宣仁兄大人　弟憲頓首

除夕

乙卯金運，胃土燥必大炎，肝木枯弱，既受二火之剋，

又受金氣之制，已能內蓄濁火，倘再感寒邪，經

則致疫，恐其發越，滿悶吐瀉，重則可為斑疹痧

喉、大頭天行之癘氣，要症所由生也，如稍見經濟之

先症，切不可誤認為傷寒，用辛溫（如麻桂荊防羌蘇之類）發表，但

以辛平之品，宣通肺氣，而微汗之，則風邪疫氣即可立解，

時醫能通內經運氣之學者，殊鮮其人，即傷寒傳經

之溫，與天行之癘，恐未必能分別明確，服藥自不慎耳，

○防疫法（古小毒之疫）

蒼术 貫仲 雄黄 明礬 雷丸

生草 桂枝 以上各三钱用布厚裹置水缸内 每日六月置水缸内一二時即取出 易則滿水藥味三矣

○又薰屋法

芸香 檀香 厚朴 白芷 生軍 蒼术

以上各等分爲細末焚之

或佩帶身上

○又避瘟清凉飲 無病之人於正二月可常服 大凡清金和土之品均與肝木有益功能推金平土和木調養也

淅貝三钱 焦梔子一钱 黑石蓮子三钱 澤瀉一钱 黄芩五分 桑葉二钱

竹葉一钱 炒山藥二钱 蘇葉 朴一钱 銀花一钱 生草一钱 蘇梗一钱

○肝鬱氣横者加丹皮 橘絡各一钱 ○有痰或嗽加廣皮 貝母 杏仁 前胡各一钱

○心中煩渴者加梔子 竹葉加木香二分 ○停飲脇腹脹加夏曲 桔梗 春一钱

○頭暈倍桑葉加薄荷 荆子一钱 ○不寐加遠志肉一钱

若無病避瘟而言 非以之治瘟也

無病者每月可服四五帖足矣

瘦宜作先天之人多痛者上
大約丸藥方一紙如以為堪用則送于靠下
藥店配合服用之也再至
先服補滋滯已瘥者急下經用土材
則溢之峻攻峻補皆非所宜也按從之名木
燥之人胃土如燥脾津液少損變燥金之燥（燥脾金也）
脾家自能滯濇不靈金一處云脾氣不濡
胃氣乃厚（厚作濁 滯解）大人疏脾必先平胃

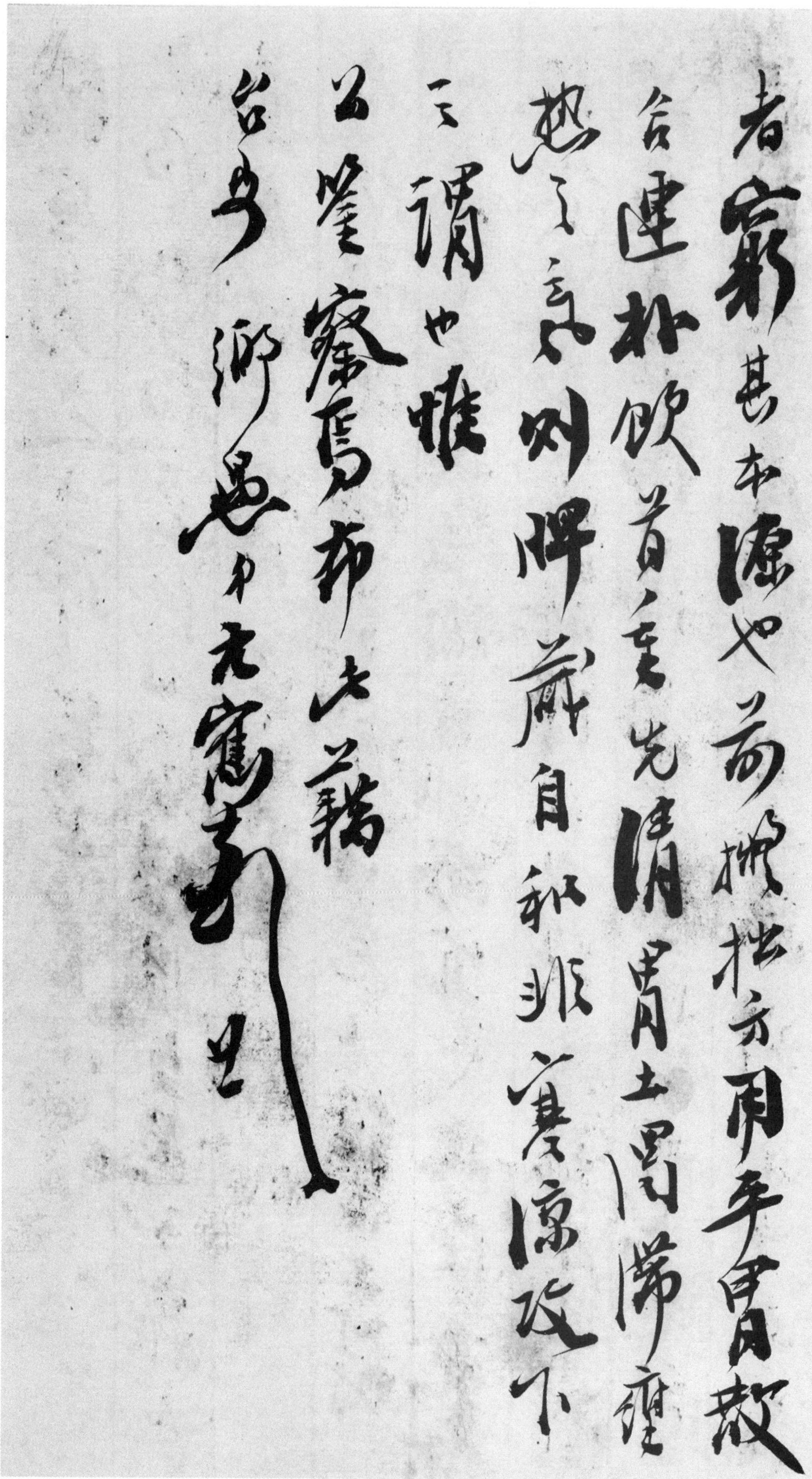

者寡甚，本懷也。前撫抵方周手書教
台逮，於飲首已先清胃土冒滯癯
想之云，則脾氣自秋非寒涼改下
之謂也。惟
亮鑒察焉，布上不備。
台兄鄉 愚弟方元寔頓首 具

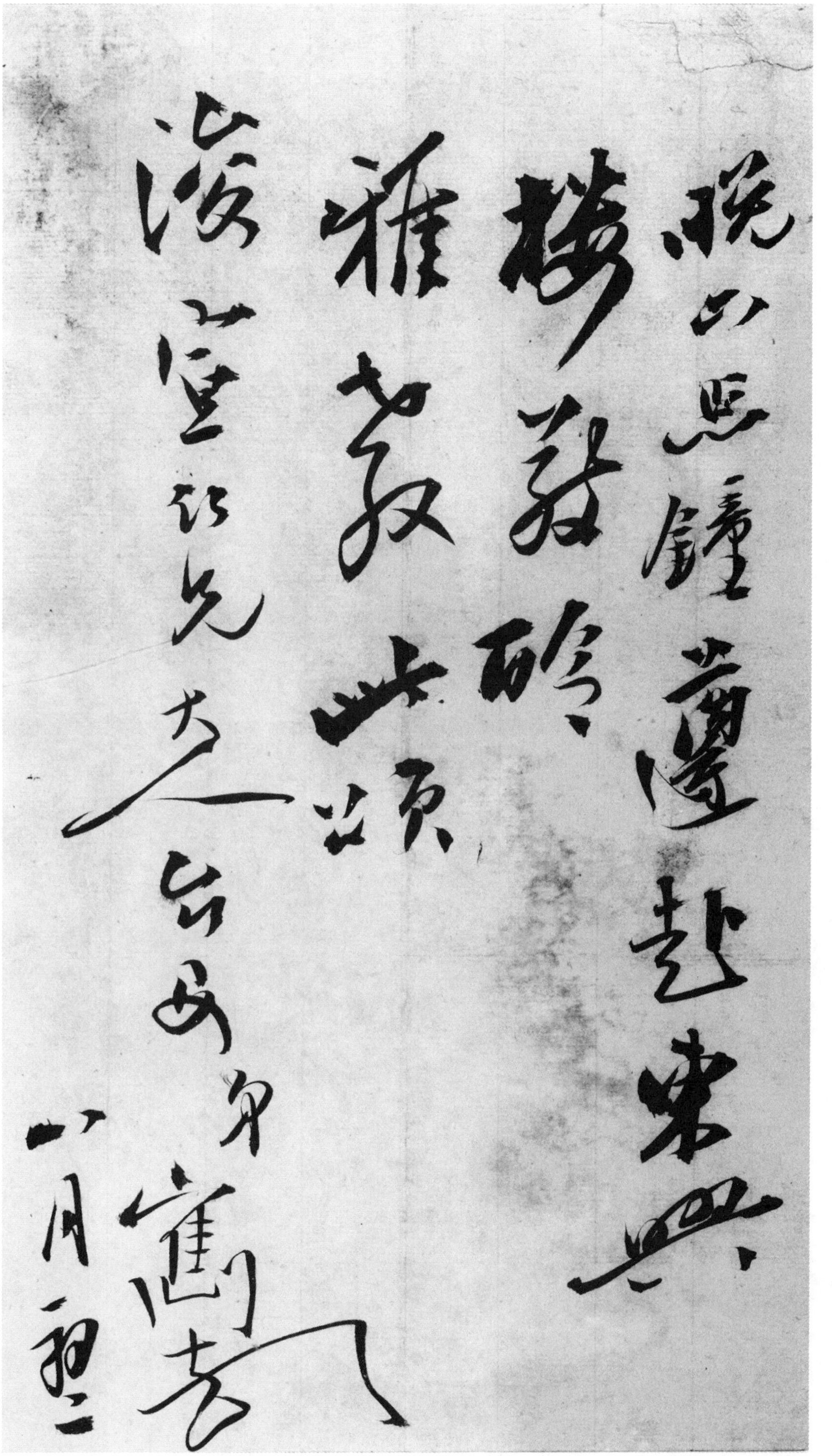

滂宣仁兄大人閣下：昨夕於樊樓詳[illegible]
令郎之發，起粟作癢之症，病雖現於皮
膚，而根乃留於心臟也。追溯病之源本，
由溽陽傷及支胃，鬱怒熱毒皆侵君（心）
之火，兩年失治，蘊蓄之火，上侵肺金而走之
皮毛（肺主皮毛），不移肝木而助風熱，（每）作抽搐，必
在一發，令者心君火因冬令之時也，症雖已經

两年不致痿证肝藏而成之痫疾者所幸
肺金之气泻纳外发而生之瘙之瘀来至燥金
内攻肾入肝藏也经旨大概以表为难入
气血为之挂见搅就其风热外向之机也
力保肝阴清解蕴热并藉势提邪外出柳可
火息风消宗之痿之以除之矣此才见如此手识
高明以为何如此嘱
近安 弟草寅九上
附药帖一纸

復

堂兄大人青鑒：昨據稟帖三紙收悉，

未盡所言，今特分別備陳於

鑒察爲幸。此次

所開方寫去之

一閱，肝滯腹時痛，皆肝熱鬱肝，並非脾

土和病，必並無許多熱滯。服昨方後，必

少陽瘧甚又（不調粘）無墜之意少不致作痛痹矣可改服芍藥甘草湯（芍白芍 甘草炙 各下）用以和升土養肝陰則痛自已

一大將之達服梅方心風乎解肝熱之乎經曰二陽之病發心脾刻下之病已向愈而又升甚識得者心火肝熱由脾土解散也總之不可久

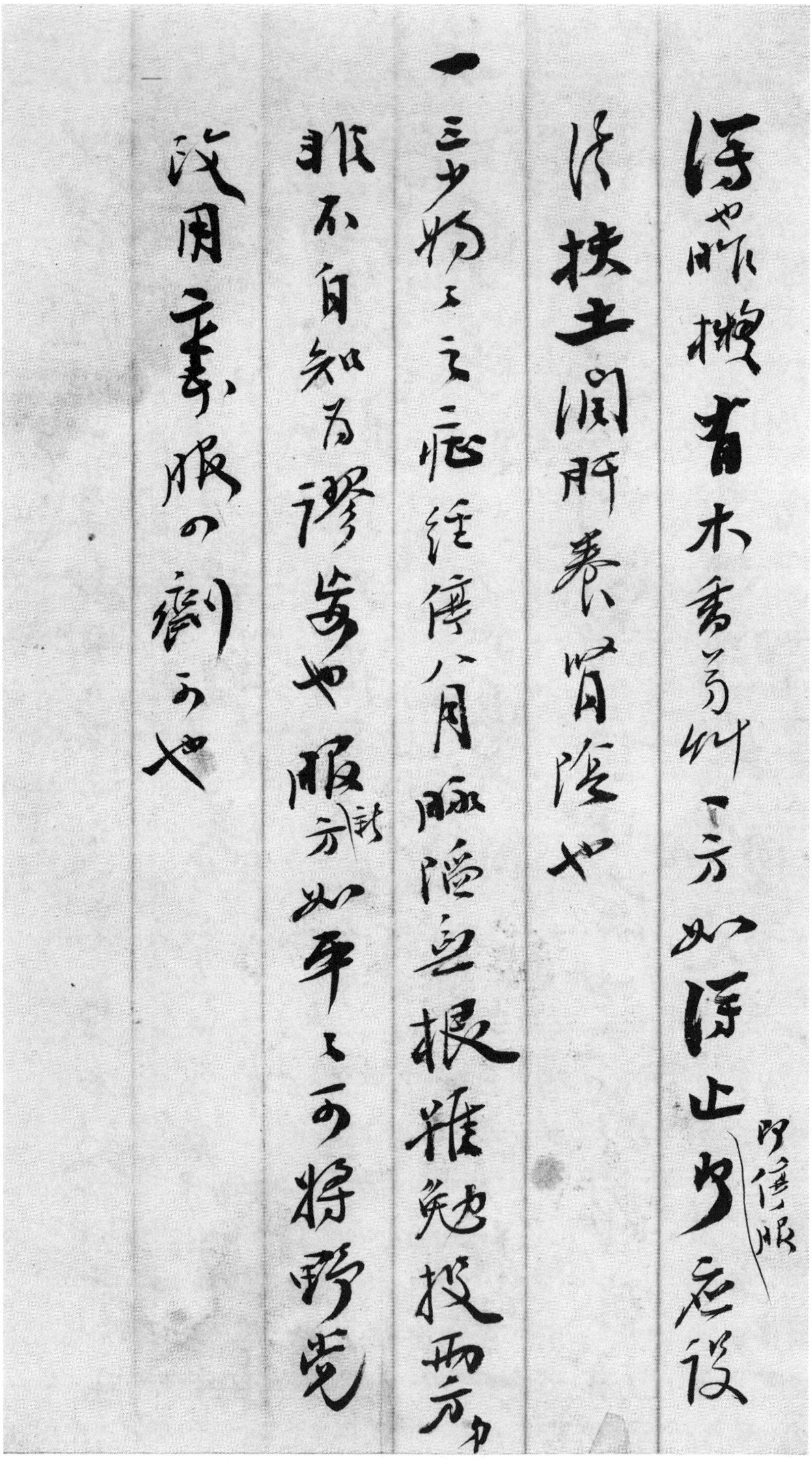

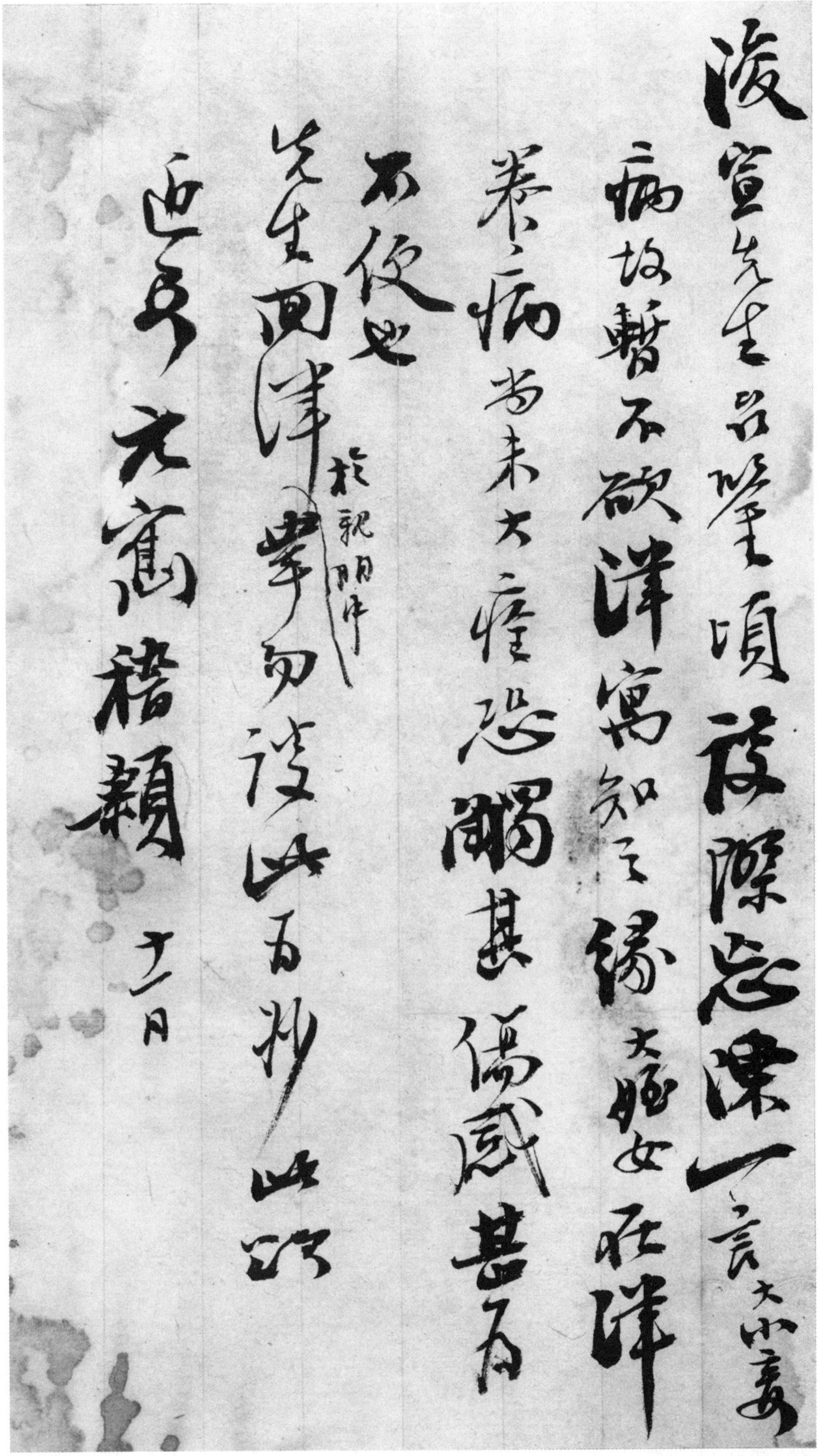
波
宣先生吾[illegible]頃讀[illegible]悉渠一一言大小姜
病故暫不欲洋寫知之緣大姪女在洋
兼之病尚未大痊恐觸甚傷感甚為
不便也
先生回洋於親朋處幸勿談此為妙此請
近安 大[illegible]稽顙 十二月

民國　年　月　日第　頁

滄波吾兄鑒：月前承
教，乃情奉
屬之件，曾向主管聯陳，主旨申述
尊意，冀為力擬為佈置，第以際此情
面甚不重，未肯明示，即乞
長者鑒尊見示為荷，肅此敬請
頤安
弟　楊亮功拜啟　十一月三日

天津特別市財政局第十區稽徵處用箋

滂老惠鑒：只以交通梗阻，致違
雅教，時屆半載，每憶
丰範，神馳左右。比維
履祉凝庥，
起居納祜，允符所祝。此次津埠洪
水為患，波濤澒洞，頃刻之間，膏腴繁華
之區變成澤國，逃而不及者葬身魚腹，弗
可勝計，流離顛沛、無家可棲者尤為慘恫，
蒼天作孽，實由人之大劫使然也。候問

遣小兒阿首還，遇阿如友人石承審[illegible]寄匯
小兒（該君與趙納穗君相善，據云數年前於坤南詩社相識閣下）
祇因該處居室狹小，匯小兒人位多，兼之蚊蠅
群集，半有兩月，小孩不堪其擾，故不揣
冒昧，投函
尊府以匯小兒，叨擾得居兩月，賤軀及全
家得獲壯健，不啻
兄台厚惠也。衷心銘感，何可筆述。惟刻
下經排小作業之稍速，匯大半未次第應淨

理應遷回原地，然以弟一時居之屋浸水

過久，潮濕之氣逼人，且年久失修，損壞

一角，因有弱小嬰兒，實有害於衛生，故已

解租，從新再覓相宜住宅，但又需要

急切間難得，在此情形下，實屬對不起

除仍另尋外，惟有函奉報酬，因知

兄台慷慨好義，忠厚待人，不情之處

尚祈予以原諒，是幸。餘容面詳，耑此，敬請

勛安，並候

愛好

弟 張子樞 [illegible]

浚宣先生賜鑒久仰
清譽未識荊州辰維　杖履康強潭祺百益慰
如所頌昨接徐鏡波先生來示知前懇代乞
尊著辛酉禊纂荷蒙　慨然惠賜已代領珍存
俟覓便擲下閱之欣幸何如我
公對於民族文化基礎深厚学有本原著述宏
富前於屏廬漫錄已見一斑俟捧閱辛酉禊纂
更当飽我眼福益我智識啟發丰富為惠

良深揩鏡翁詩注知我
公效法二陶造詣上确有把握而晚則愿效我
公惟以駑鈍恐瞠乎若後望塵莫及耳
頤養餘暇祈
一賜教言藉資策勵當肅鳴謝祗頌
康綏

晚蘇春庭謹上六月八日

浚宣姻弟大鑒久闊不晤甚念兄住居業經覓妥
不久移徙新址羅家胡同東客屋院現在是市立六
十二小學校租賃該吾
弟來時接收并祈將四箴堂所立租摺帶來兄亦將學
校租摺交還吾
弟以清手續兄近來久病不愈俟遷移竣事擬
赴京西山養痾約秋後始能返里風燭殘年又
兼多病長此以往不堪設想耑此敬請
暑安 小兄云方頓首

再者吾弟倘不得暇請孝昂世兄前
來接收爲最妙
云方又及
七月十日

吾家以画传者，始自吾曾伯祖芥舟公，伯祖冰如公、叔[illegible]云公、堂伯茶孙公、堂兄润田公，画得向宸志青公之传。孙声甫，而又得曾叔小雨公画名。及侄之孙思荣，亦知欣慕于吴诸序，平生事即成山景，究未能揽胜，[illegible]云公者足迹名遍，目数千古，彭凡山川，然邀竹杖，穿云酒瓢挂月，五岳之奇，林壑之点缀不能尽，更兼笔端诗意为其之高，怀抗爽，今人冥仰不置者已百余年矣。予昔有志遍历名胜，惜为家计所缚，是以枯笔难久，未观云表真气。以钝拙之笔写胸中感怀，今念及而惭且愧。忽洞湖壮怀，无消磨迨尽矣。爰作斯图，聊以抒发。后题一诗，以付思荣孙藏之。

梦想无劳已有年，（节）踪难寻九州烟，林泉无我承相约，嵩岱与胡竟负其缘，夜月啸猿思故友，昵时嵩华群峰拔苍仙，几时得从山家，画一叶舟，胸怀潇洒别天。

壬辰冬十月　龙节谨识

此系龙节公晚年作品，内中画很好。抄录原题，内“宸”字是一“园”字

得暇再将原画送上

句内错落三字，可见彼时生活情况，精神并不甚佳。润田、向宸公画不甚精，亦不大见。声甫、筱斋公因去世较早，大幅甚见。雨文公作画尚多，将来如有机会，可能系的，能得来印成册，亦一美事也。对于芥舟公作品评价，自可搜一篇读

十五世祖大安　孙梦鱼谨上

壬辰光绪十八年
1892
1962

竑宣十五弟兆面前由范勇呈公司张清轉去二函不知收到否前者千字

萬苦危險百般剥削一言又進法界不獲全面惟律师法院日月遍威

脅法警巡警搭满屋院押令騰房現值四面兆圍居仍屋塌实难我

房住恩巡大氏尚有食商以忍峯苦搭空而铺安置住宿飲食所備周道以我

弟兄同族承讓四十多年這一时们相逼迫三小女受驚恐得病目前而七

老妻因此卧病未痊我全家性命不保两餐不繼又百般為难生識不兆一死非

想弟也是我自作孽吾弟衣兴举乃为执事一派逼不得已為此

弟有高志呼屠屠吾庭兄到四又重呈苦难我弟兄見面自有妥商完兄呈

依来而法院不许我見面我的一切動產俱已查封拍賣前日律师協同法院官

發言開雇勝行多人硬指一切動產鄉紳族各長出來議項幫腰三日

試問吾弟兄尚能活乎若是然一旦莫其一旦在一途半途叩恩五兀　弟倚念

同族生行逼是律师法院援為執行等候求退有居一舟據廣办理我弟兄

見了面亦不难解决也门前法院佈告然满街巷亦有佈告上寫金竑宣与

全族兆欠租一家查封動產又貼佈告數次上寫金竑宣与金族兆欠租

一家拍賣動產来往行人亦諸不了親友兆看戲一般侍族甚覺丟臉

函不足惜深爲吾
弟嘆惜也兄六月餘所念惟進據此律師往院
三日一小函五日一大函能保住全家生命手足並非此生死恐嚇吾
弟不過表白兄現受苦難情形亦
弟法外施仁以全蟻命世世不忘吾
弟恩深兄心亂如絲
心急如焚文不成言幸原宥於格外也專此順頌
秋祺並候
回示
兄鏞拜具 十六号下午黄鄭

滂公大鑒 関祠堂對過房地契紙日内可由租界取
来但閲諸松年云三太〻有下列各意見(一)三太〻
因報載宗律師廣告謙益堂下無三太〻之具名
似不滿意擬請宗律師再登報声明時須有三太〻之
具名(二)或由薛葛選律师与宗律師共同登報声明
該房地產權確非全吳傑所有并一面由宗律師
向財政局請願登記處捐務處分別上呈請
明(三)関於登記費請由

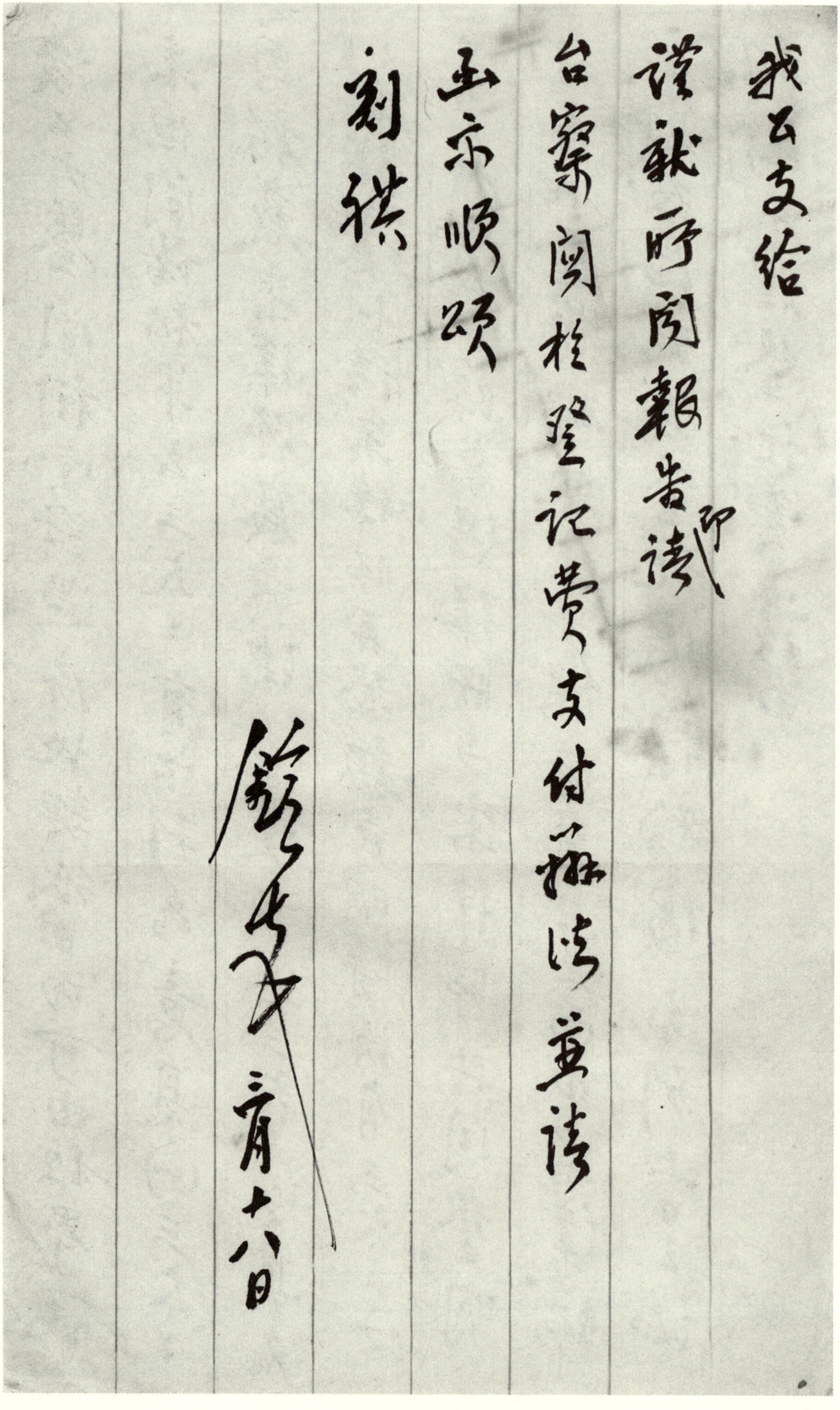

我公支給
謹將所閱報告請印
台察閱核登記費支付手續並請
函示順頌
刻祺

[illegible]

二月十八日

浚公大鑒：昨日秘书来此，仍询问李六爷有信
来否？其意或不仅在傢俱，尚希望补助费也。
傢具前单业发还，于当此新纠纷发生
之时，应否发还？抑再稍事慎重？请
迅予示下，兹将六月十六日至二十日收租清单及
收支清单附呈，敬祈
核阅。即颂
刻安。附六月十六至廿日收租清单、收支清单各一张
錢古文 六月廿日

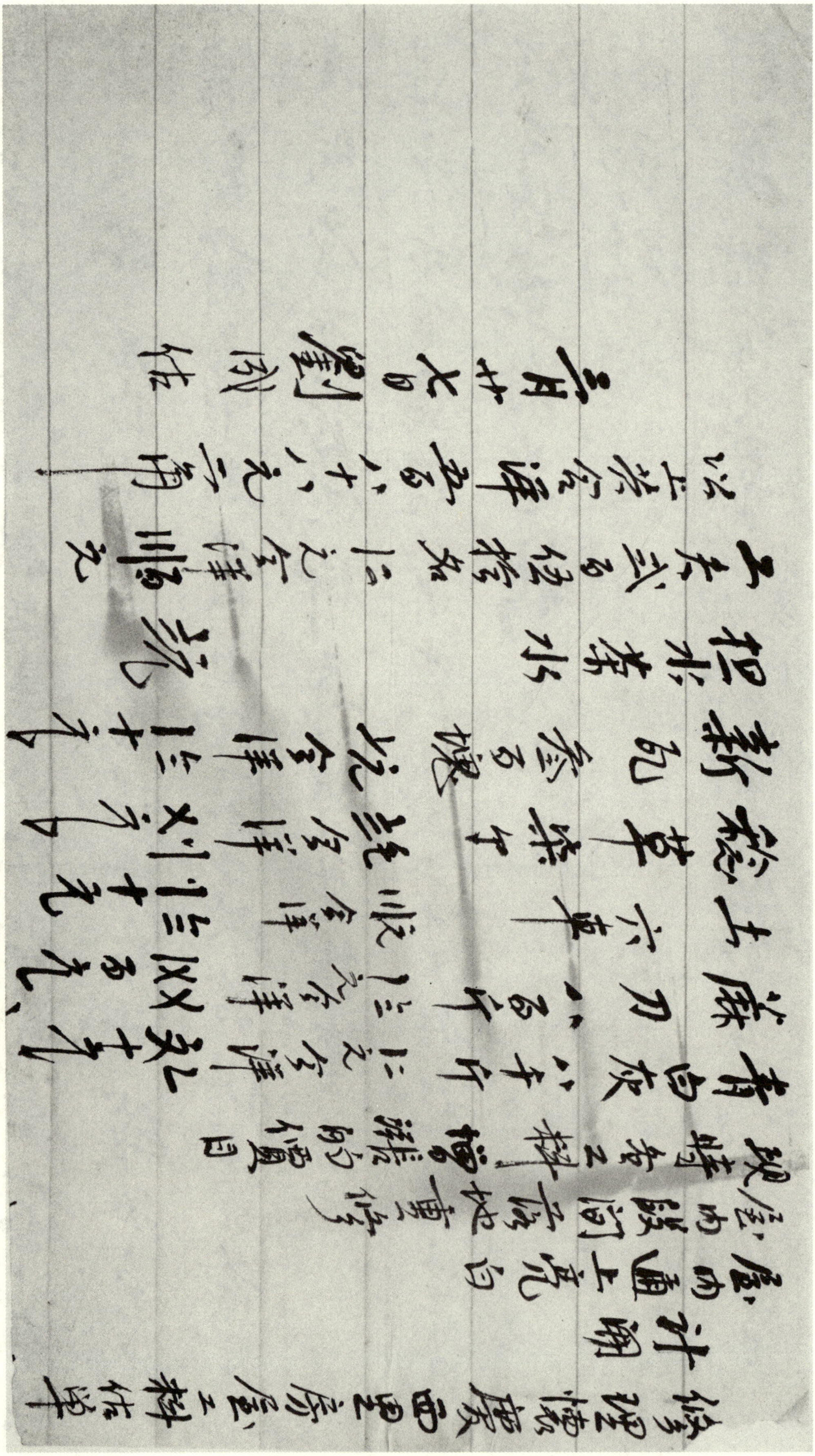

浚出大鑒：本月十八日暨廿一日寄國民飯店兩函均於昨日退
回。十八日之函內開於登記費一節請示如何辦法，函廿二日，松
年取去一百元辦理登記。當時既未接洽，而事在
緊迫，勢處兩難，權其輕重，終以
公與三太之共同保此產權為急務，與鴻植商酌，亦以
為然。函三太，三太方面亦經涉訟，則另是一事，故權
付登記費，以免因小失大。懷慶西里經鴻植與劉
成再經勘估，核減為五百八十八元二角，較前次所估減

約二百五十餘元前估係牆壁全部塗灰今改為僅塗
下半部僅謂穿裙子此係最低之價不能再減矣
以住戶屢催即照此數開工原單照抄請即
再為查一閱並將退回之信改寄一匯處即祈
查閱尚有廿五日寄五日報告單之函亦寄國民
飯店後退回時再轉寄即頌
刻安
附退回信二件
工料估單抄件一紙

[illegible]
二月廿八日

謨公真差榮光後收到張九翁夫人暨林
次和君訃文各二件張宅即送幛料
林宅如何可否亦送幛即補
還示以發引日迫時即由此向斟酌辦理
但兩家与
尊府關係如何小款稱謂頗難自擬也即請
真差　錫頁啓
張宅夏曆四月初二日送路初四日發引
林宅國曆五月十一日送路十二日發引

滌公大鑒：前由國民飯店退還信二件，改寄區寓，想已收
到。惟由二十一至廿五日收租及開支報告單，亦寄國民飯
店，並未退回。十八日寄國民飯店快信一件，亦未退回。茲
另繕由廿一至廿五日收租清單、收支清單，連同自
廿六日至廿九日收租清單、收支清單，暨三月份收支
總清單，一併寄上，即祈
核閱。懷慶西里修理迫不及待，即日開工，含併附
閱。手此敬啟，順頌

台安

附 三月廿一至廿五日收租清單一紙

又 收支清單一紙

三月廿六日至廿九日收租清單一紙

又 收支清單一紙

三月份全月收支總清單一紙

彭年

四月初六日晨

還去年冬敝公寓修理房屋已解決即日可動工矣至於該處租價

係山田律師事務所經收此間無租摺筆數不易查考據聞鴻楨

去年每年約五百九十元查山田律師事務所收租清單本年曾經

錄兩紙寄請即　　　了手續

查閱此單或知確數兼藏新西商務改令早晨派人來

對於每百元之租金扣歸多數蘇諒識及又部合眾或不能動之

須明無再議但前方擔任修築費之準數務請慫恿於蔣

或俾數房住客暫時看修築彼仍不願擔任此半數之修

理費此處修理費估計之數前已函達刻下未解決者甚
鉅緒存房租蓋房租不敷修理因之遲延修理遲延
則前允担任修理費之半數因之無關緊要矣況於年尚
須有請領執照之手續手續於今日下午又未依詢
蘇保標存之事答以尚未接復據請再續候又閣趙
樹棠概不去告前訂之租摺照由當户繳還並當户巨
謀租矣但彼擬向解答請律事務所仍租該房另訂租
摺照可云賸交幾其餘趙士君張恩泰兩户總

去冬我以趙樹棠交情面我為續租此事，瞬已半年
發辭，然鄉意似未肯將棉衣等件提前發還，
然僻鄉亦嚴冬，高年遭此，殊可憐也。
尊意以為何？讓樓事帖擬之，並交……於…… 陰歷本月廿四
然其代表今日係星期，恐郵局須於明日照寄，郵局星期停收 此信寄到亦必延期
傳取退費問題，設法收回，何時未審，要寄上，如何不一一，函中詳之。
果來傳遞者也，即頌
台祺
弟 錢玄同 十一月十三日晚十鐘
著 富

後公大鑒：陳順廷德與機已將去鴻樓[?]詢矣。又山田律 承示[?]語[?]亦[?]
師事務所前討伐收房租之合同已期滿，亦曾續訂，請
示後。天李二爺偕鴻樓及田兩澤赴東站迎韓嫂，曾
露根並送奠儀二元。昨看報上所[?]係去日報時刻，二時到
站，但接信時已在星期下午，鐵路開車時刻與時[?]，趕不及，祇得
作罷。兩澤近日未到宅，並[?]暇面談。 文[?]直[?] 福[?]今日專[?]來，即將最近所收[?]中來[?]意[?]告知
係中將去李二爺為[?]，亦將十一日以後日收支清單開呈，請核。即頌
禮安。 謝[?]支[?]頓首 十月初[?]日 晚十時

諭：二大爺李二爺已於前日（春）回城宅矣。承詢補如家俱器持第一次
運來之清單抄奉，所有物品名稱及價格均係法院所定，
全屬大件木器。既據法院原單照抄，果屬何項木質，莫由辨
識。第二次係棉衣及碟碗等磁器暨零星日用物品項目
煩雜，殊未及抄單，且非敝所承運，法院及律師事務所當
有清單也。右侯三爺及大物〻（居沙河縣）下月屆年關，應查照端午
中秋之例另加衬
俟示。前日收到劉宅（河北新大路）訴文一紙，已轉寄叢刊時日迫促

恐不及應函知矣陳子楨連日來坡其經辦田起林房一節無法詢問田起林於水災後曾自建房屋兩間果成事出手此項亦須於事前妥爲研究也亦待十六至廿日將租及收支清單隨呈請

察核即頌

新禧

龍蓀

十二月廿二日上午十時

附十二月十六日至廿日收支清單
收租清單　各一份

裕和傢俱清單一份

後又請鑒廿三日函奉到據此間所詢山田律師事務
所与甯宅租納情形与
尊函所示頗有異同據鴻樓所述山田事務所對於甯
宅租納固故不願代管甯宅則以有某種関係要求山
田事務所仍繼續代管請求楊大爺代為懇求續
訂租約云云至我方房租十二月份有少數收入因水
災期內外人逃散並未住房自免房租兩月水退
後再免租兩月蓋自八月至十一月無房租收入也其他

代管之房租亦均如此。以上係鴻樓報告，在接奉
廿三日函之前，亦以限制函件故，併入此時報告。補如房住
户，就此間所知，趙樹棠請求宋律師繼續租住，但應
章持租價中，易有一户已與宋律師訂妥租約，租
價或係每月每間四元，不知確否，其他一户則未詳。海
藏請師來謝帖，今附上。並將本月廿一至廿五日收租及收支
清單各一紙附呈，鑒核，即頌
冬安。
附廿一至廿五日收租清單、收支清單、謝帖各一紙
鈞泰
十一月廿五日晚九時

清單隨呈請

核印頌

旅祺

嗣後由二月起帳房飯食即照

尊函每半月連同點心食各名開支一次

僕役飯食每十日開支一次即按一次出帳

不必每日分別出帳以免紛亂

尊意如何

彭年

正月廿日

計附金城銀行（東馬路支行）匯款回單一紙

請修被災各房清單一紙

鵬

鵬

正月壹號至二十日收租清單一紙

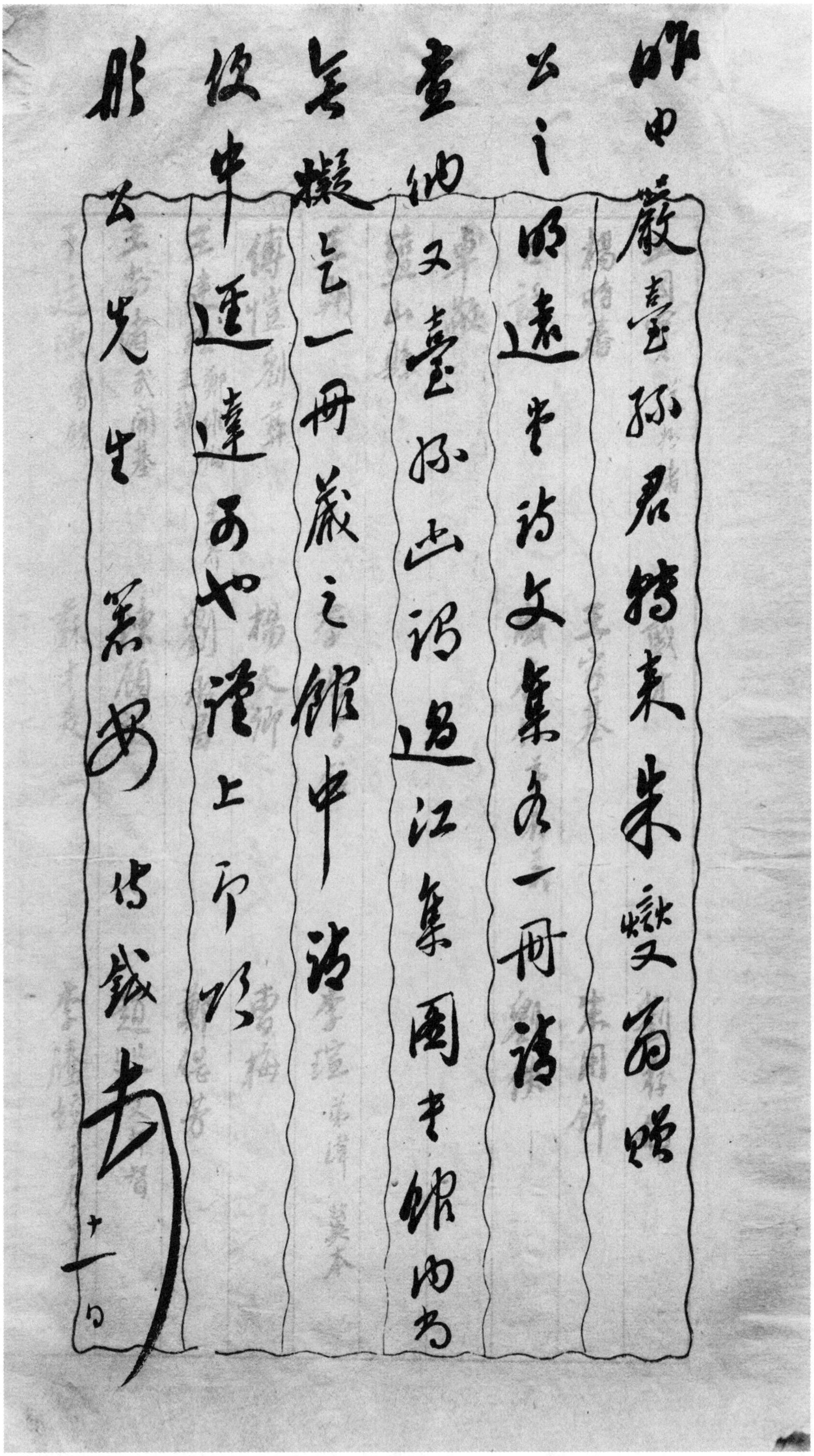
昨由嚴臺孫君轉來朱彝尊贈
公之明遠堂詩文集各一冊，請
查納。又臺孫出詞過江集，圖書館內為
長擬之一冊藏之館中，請
從中運達可也。謹上，即頌
彤公先生著安
傅鉞[illegible]
十一日

昨談擬將故歲 家黄竹老人畫

題詩移錄附于黄竹山房（詩鈔）之後

前已編就奉呈

賜覽匡謬為感 謹上敎請

彤以先生箸安 侍錢[illegible]

附呈黄竹山房詩鈔附一册 八月初五

手示敬悉，詩鈔承校過，後之題
詞題下增一章二字，書目錄篇章
記呈覽。
留案頭者無須擲還，摺扇乃前
遺此者，附呈，謹復，即請
彤公先生刻安。　竹錢　[illegible]

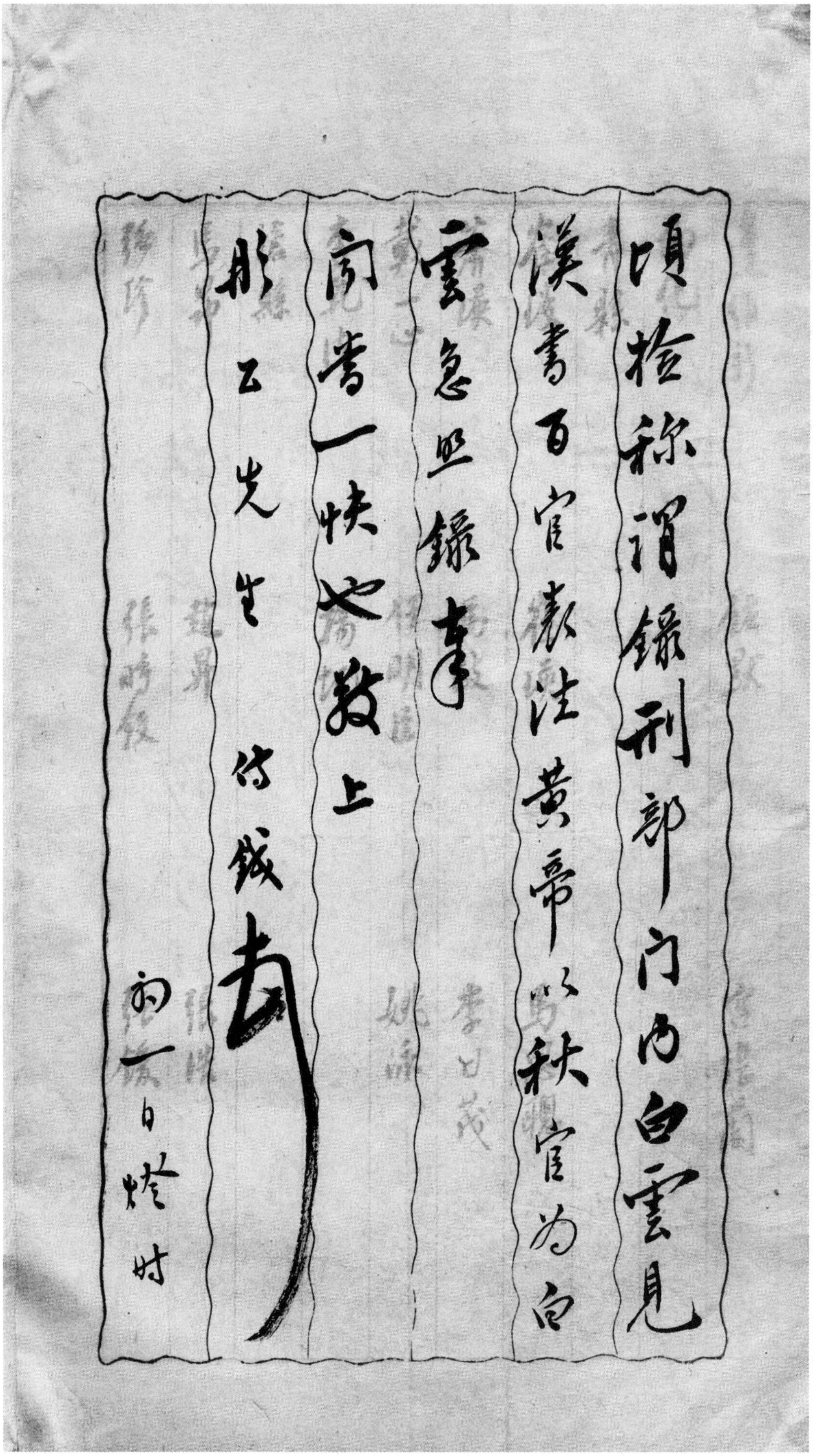

頃檢稱謂錄刑部門內白雲見
漢書百官表注黃帝以雲名官為白
雲急照錄奉
閱書一快也敬上
彤士先生　付錢[illegible]
初一日燈時

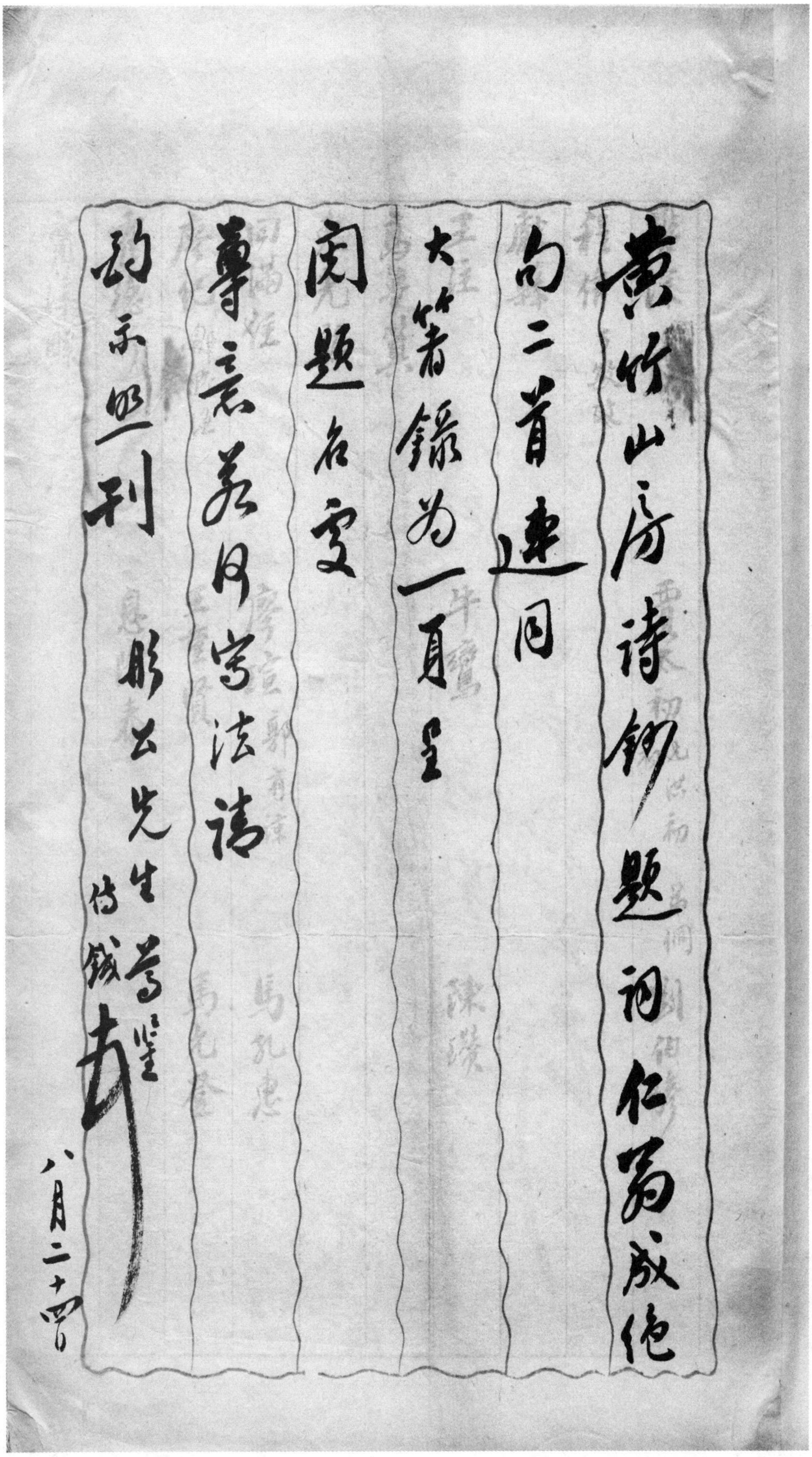
黃竹山房詩鈔題詞僕為成絕句二首連同
大箸錄為一頁呈
閱題名變
尊意若何寫法請
酌示照刊
彤公先生著鑒
侍錢武
八月二十四

頃晤梓蘇
尊於之共書聯一事已與之道
及承諾請送宣紙料或交國華
社或錢轉致均可 敬上
彤雲先生 大鑒 竹錢 [illegible]
九月初二晚

邊永 子鏞 孫憲 黃文 于大節

縣志已裝函寄來悉後背穿線式樣
仍與前次寄來樣本雖稍寬志無異
工人之愚頑可恨亦真可笑茲檢四部
奉上又單行本一部并請
存覽分贈知交謹上敬請
彤士先生著安 付錢 去
十二月廿八日

業經內新改之爵字、硃刊內新改之時字，本書均經抽換該頁，其餘上次所錯數字此番已更正無誤矣。

四部內有壹套共二部

文楷來信呈

閱有欲索樣書兩付紙工費去每部可即

惠下八元五角錢八元亦可如有欲集資定

印者請出示文楷原函每部作價八元五角

即可其小零之數故更換任無好數上

彤公先生荃鑒　侄錢

十二月初三日

癸酉

貴竹山房詩鈔蒙吉閱讀稿二本已

印出硃本尚精雅謹檢一部

奉請

鑒存該印成墨本再為呈

上請

代付帑錢自上月巨硃鄉後

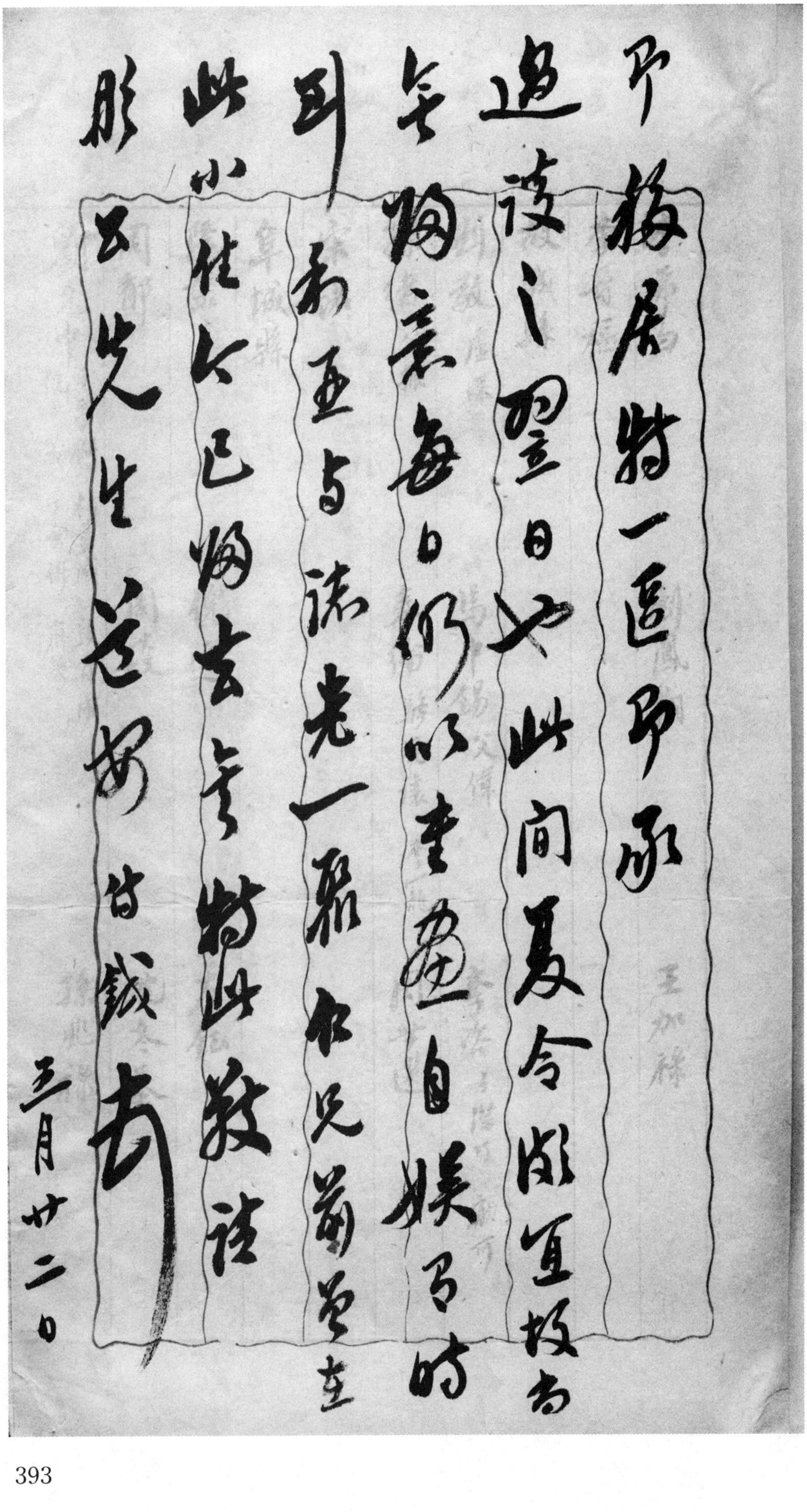

即發居將一區即承
過談之翌日以此間夏令頗宜攸去
念物產每日必查覈自媒可時
到氣至其諸光一類取足前費查
此小住今已將去冬將此數語
形容先生
莅安 竹銘 去
三月廿二日

承示及蔣竹山詞集中誤字書印出知之

樹侯校并停止分贈能正將此字單刷寄

來書請將原書粘改右將三紙附上如能粘點亦好頃接到

章式老來函又承校出十餘字原校單

呈閱乞

檢覈訂定仍候

四示再画文楷修板頃已（画）知其暫為停刷矣校單中等簡詞彚等道咸紫簡尚諸碼字如刺如巷謠記（原刻本未在手下）原如是（西泠本）（俟校單復）本亦懷疑但以不明地理無可改定瀚輪似須一查方好（去變）嶗原蹟為正但終原别謂仍改嶗為是刺字說文下从朿不从木

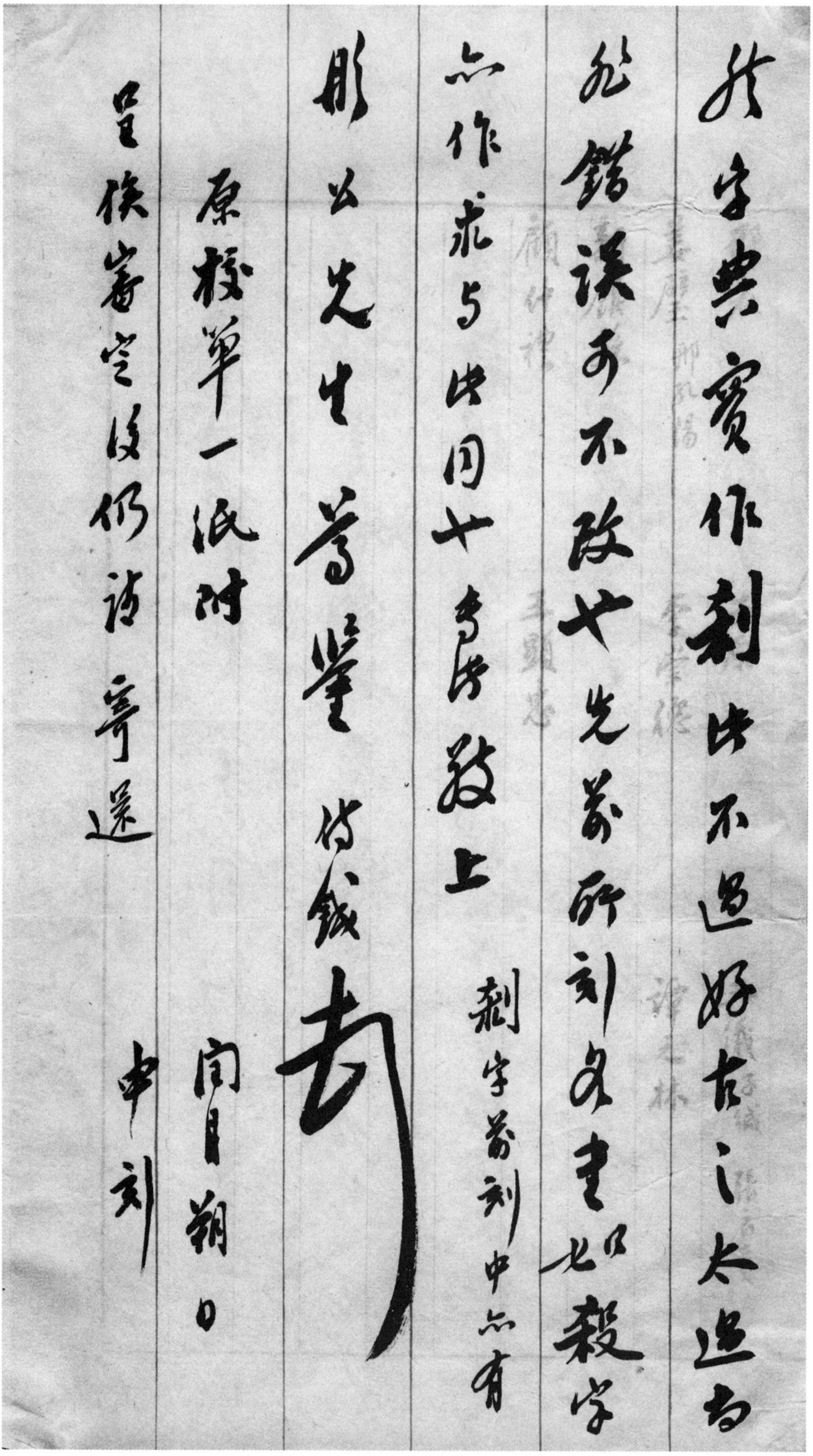
於字典實作剎，此不過好古之太過者
然錯誤亦不改，廿先生所刻各書以殺字
亦作杀，与此同，廿參房致上
剎字替刻中亦有
形，以先生著鑒 付鉞
原校單一紙附
閏月朔日
呈，俟審定後仍請寄還
中刻

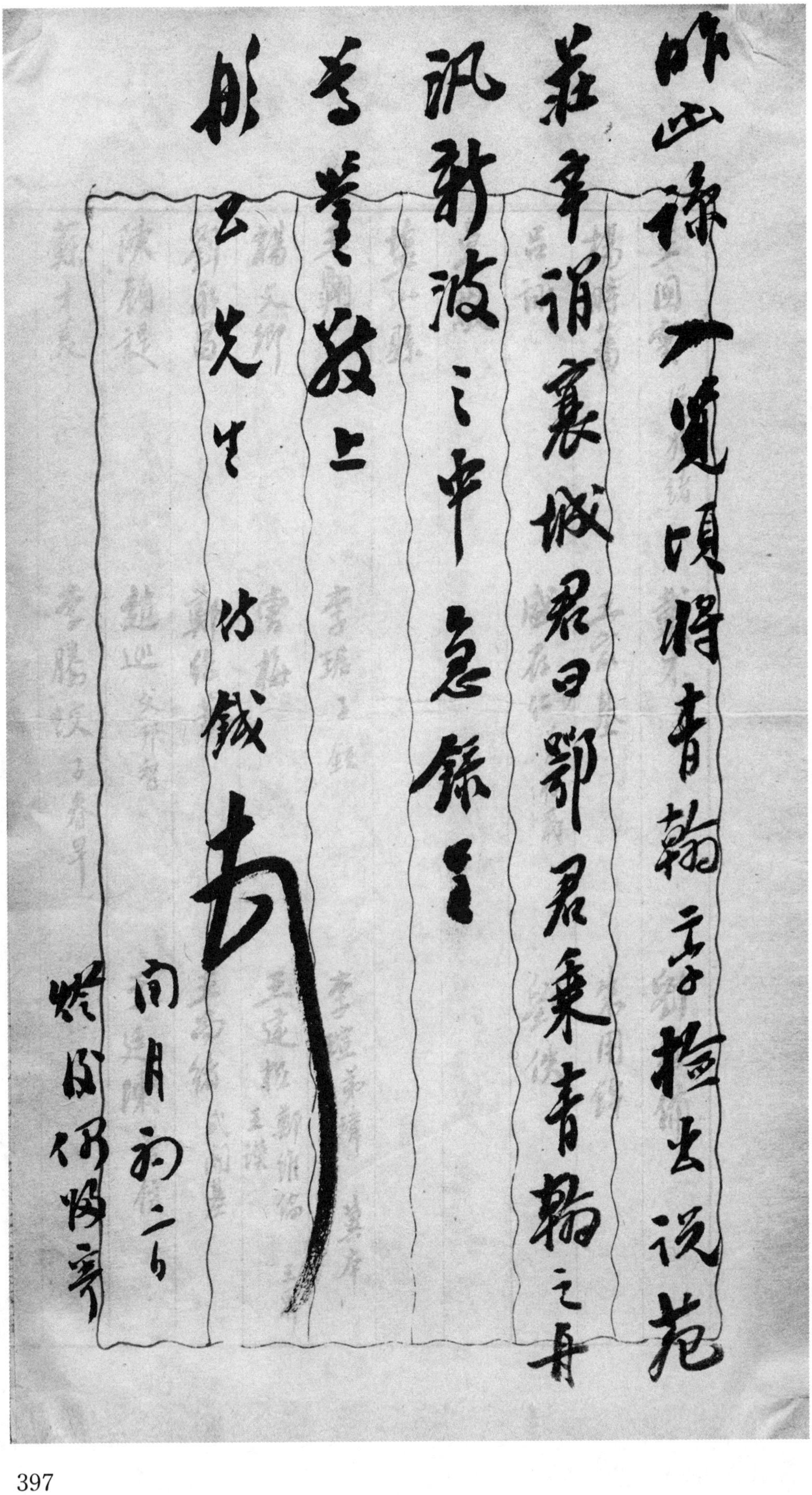

昨出錄一覽頃將青翰字檢出說苑
莊辛謂襄成君曰鄂君乘青翰之舟
汎新波之中急錄呈
考鑒教上
彤丘先生 竹錢玄
閏月初二日
於成何收齋

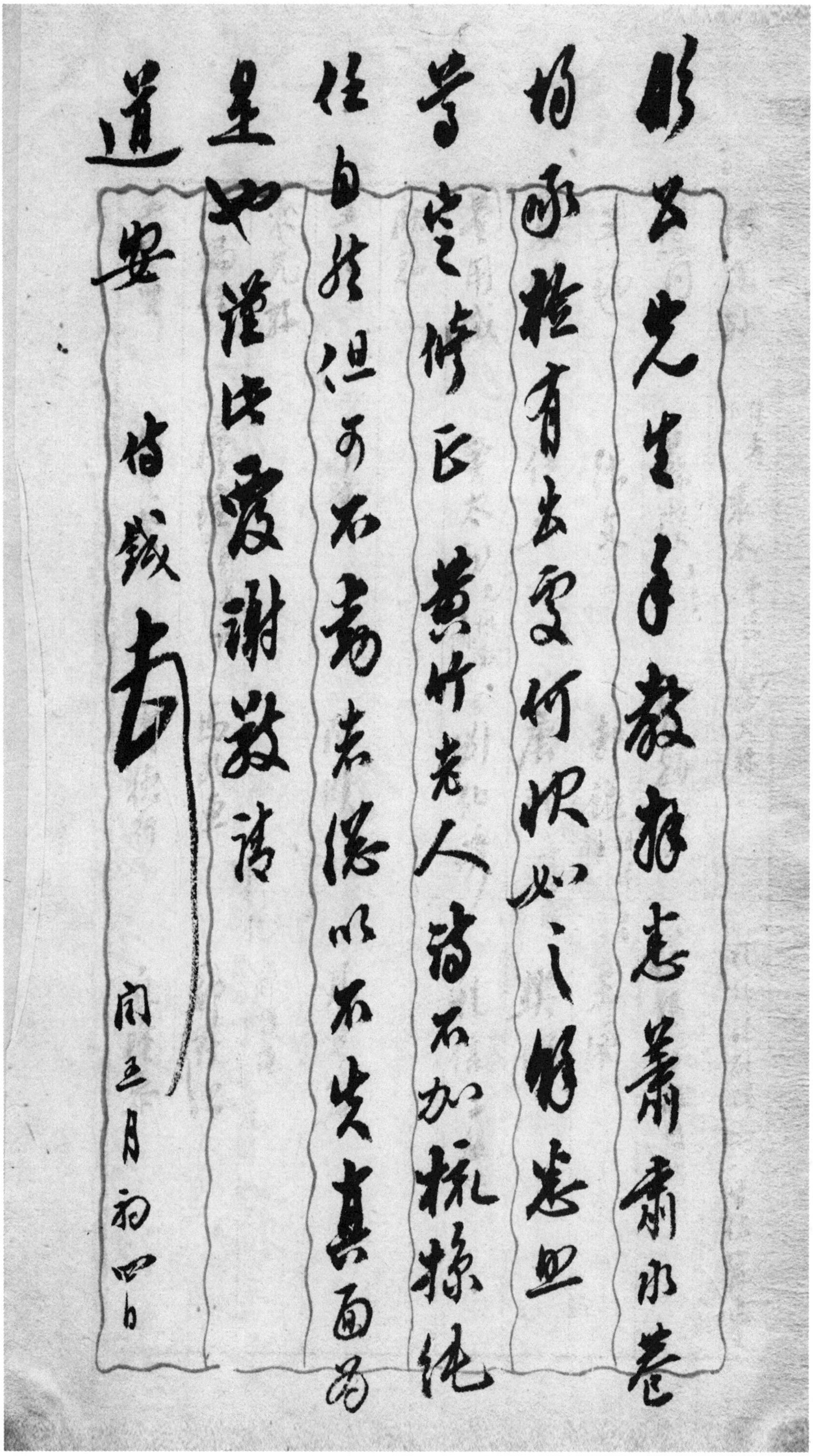

彤士先生手教并惠蕭肅水卷
捐承檢有出處何似如之愧悚豈
嘗宦傳臣黃竹老人詩不如杭棟純
任自然但可不為書者總以不失真面為
是也謹此覆謝教請
道安　俏鐵　啟　閏三月初四日

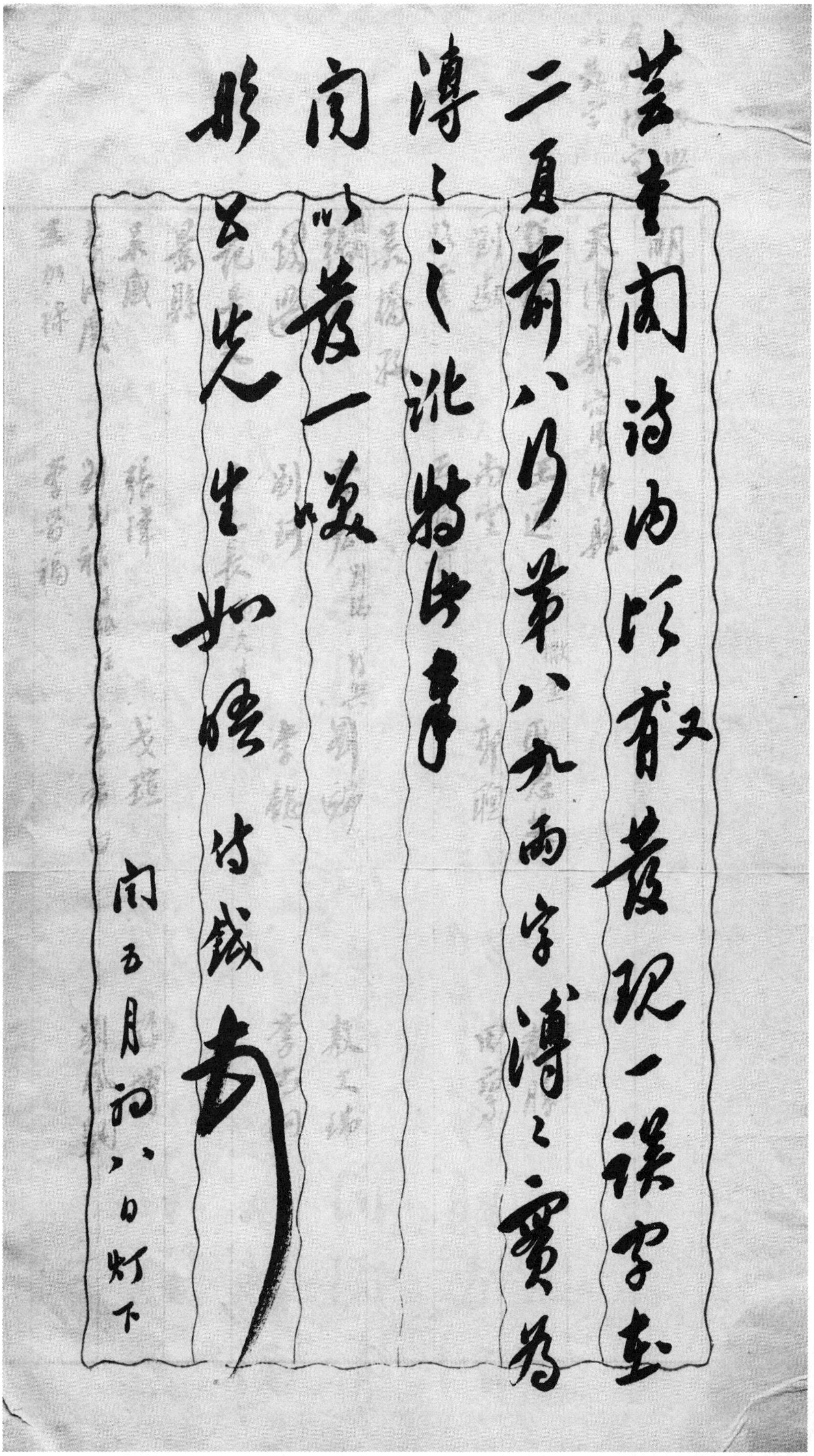

芸子閣詩內所敘又發現一誤字其
二頁前八行第八九兩字溥溥實為
溥溥之訛特此奉
聞以發一噱
此頌先生如晤 付錢
閏五月初八日灯下

貴竹山房詩鈔原跋所述梅楼君
先生一片至誠似不容泯復校又補刻
擬裝入原題詞之後其字句間閒有
未安者不避僭妄精加修訂頃已刊
成奉請

鑒定擬汝從山舟華及金氏家集
中輯錄百餘首補刻一卷此外
再得則見于展轉傳鈔者大抵
譌脫不完一時未易從事整理矣
君壽翁藏田盤紀游一卷未刻最

西漢鐵壺出廣州古鐵器有文字者兩漢外不多見雪盦無並記

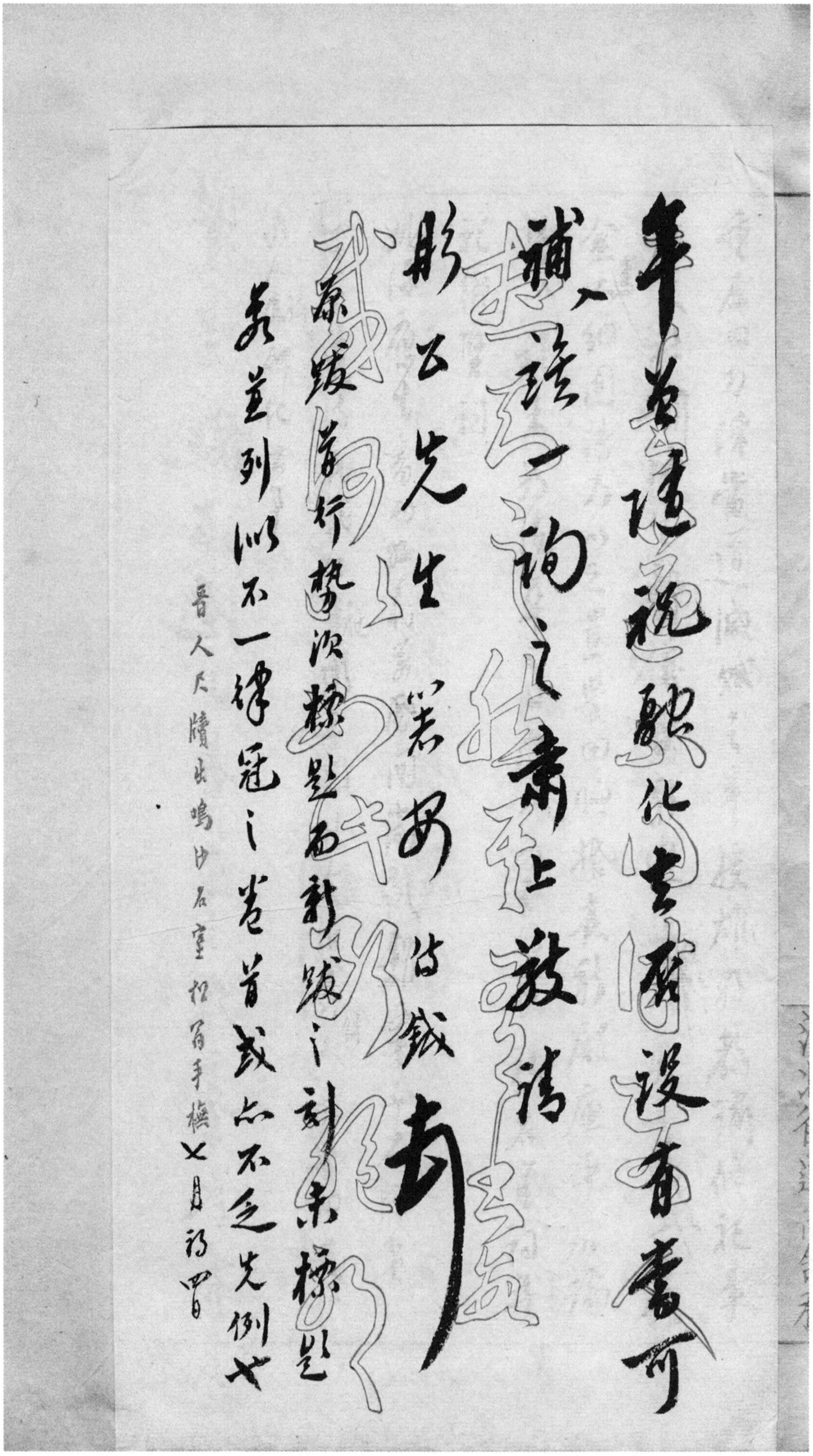

年若瞻視顋化去假設有書可
補入請一詢之肅上敬請
彤公先生著安　昭鈞啓
蔡跋皆行楷次標題而新綾之新來標題
若並列於不一律冠之卷首或亦不乏先例也
晋人尺牘出鳴沙石室但有手模　七月初四

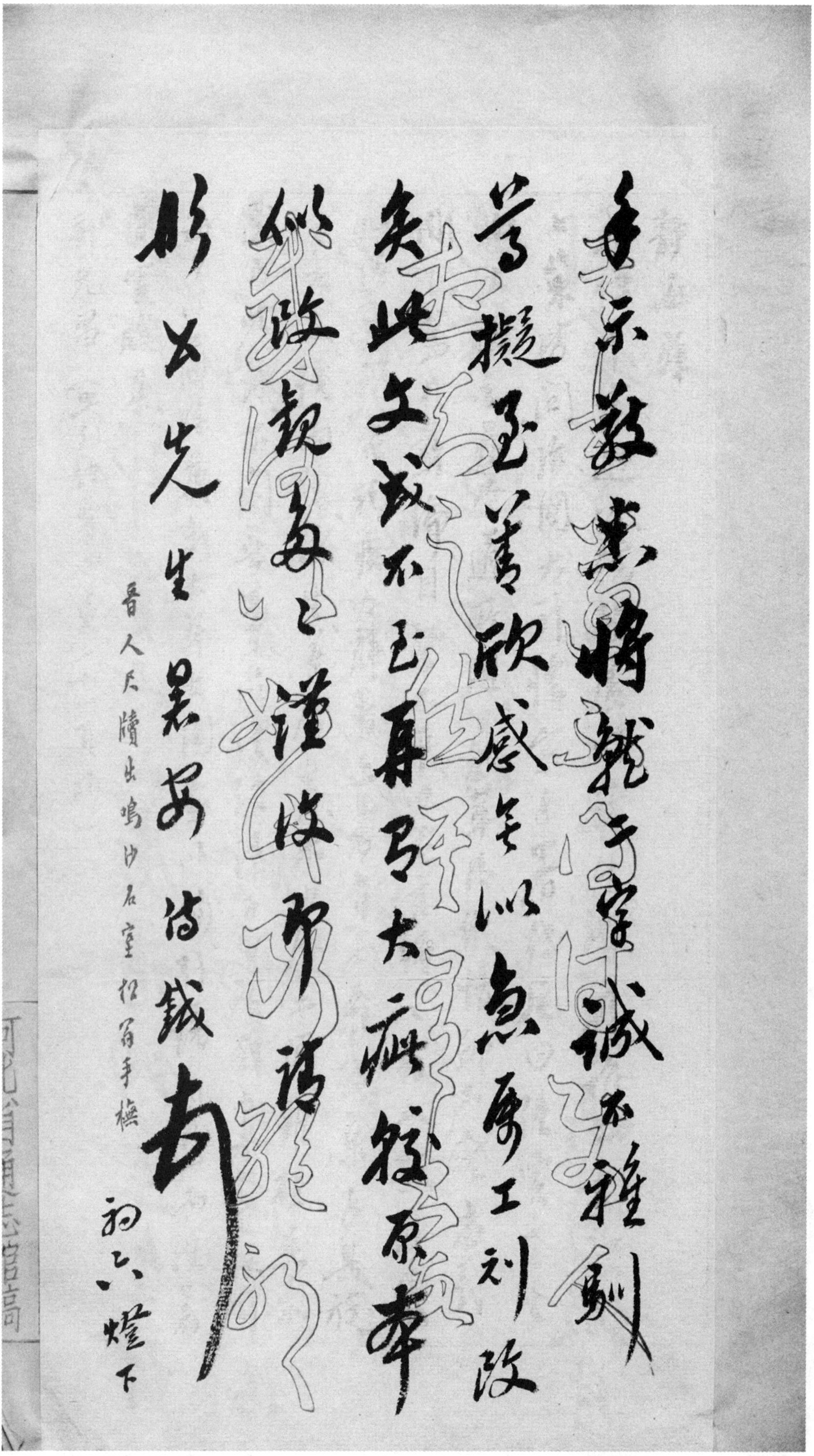
手示敬悉將龍門字識不雜劌
嘗擬至箸欣感無以急為工刻政
矣此文或不至再易大癡殺原本
微段觀每之謹俟即請
彤公先生墨安　皆鐵　古
晉人尺牘出鳴沙石室拟爲手橅
初六燈下

外志一部　黃竹山房詩鈔三包計
十二部　芸書閣賸稿十五冊并詩
惠存分贈　田盤紀游寫本仍求
賜校一過　謹何時
閱畢即請用原信箋填寫緘封

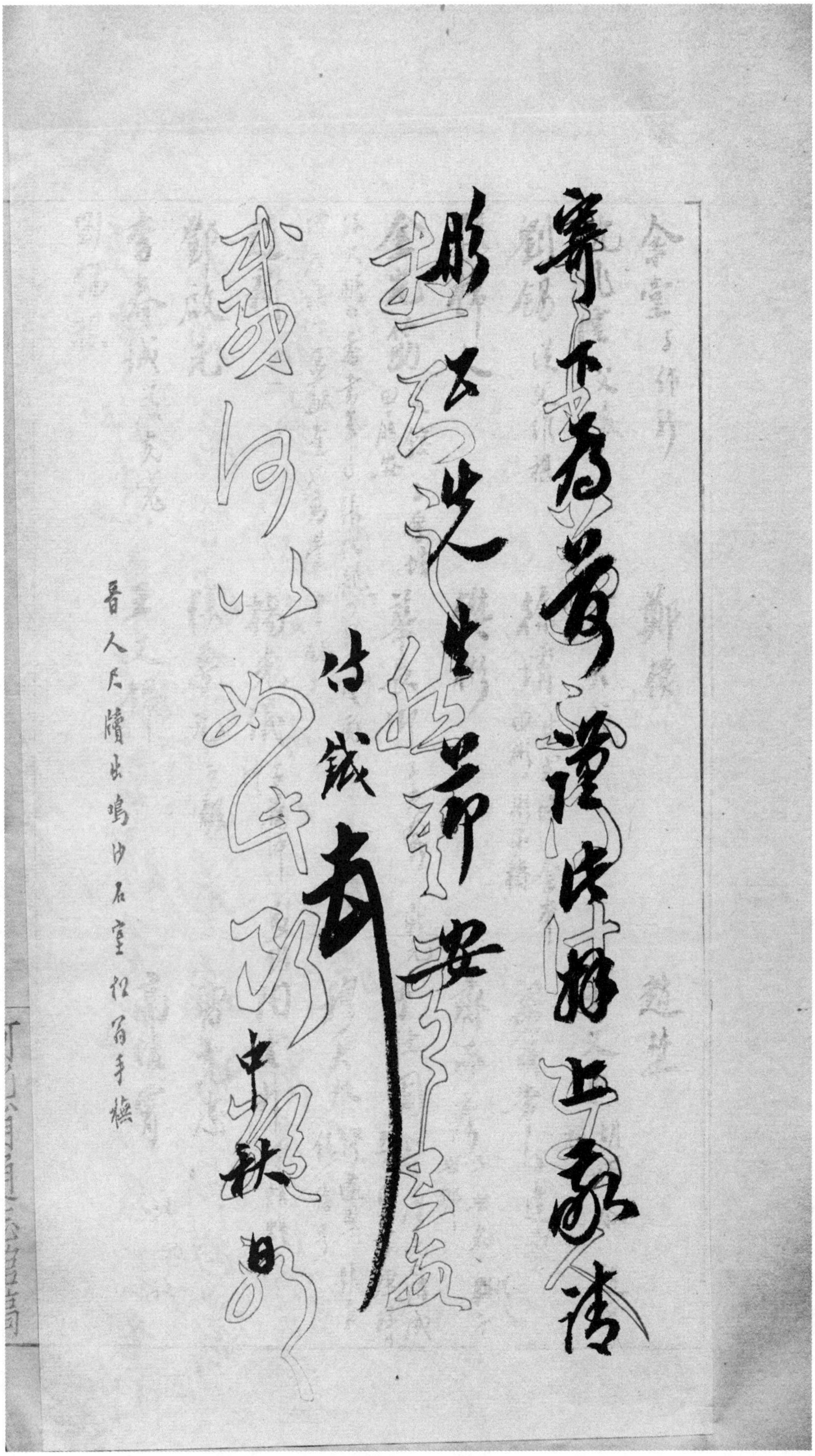
晋人尺牘出鳴沙石室

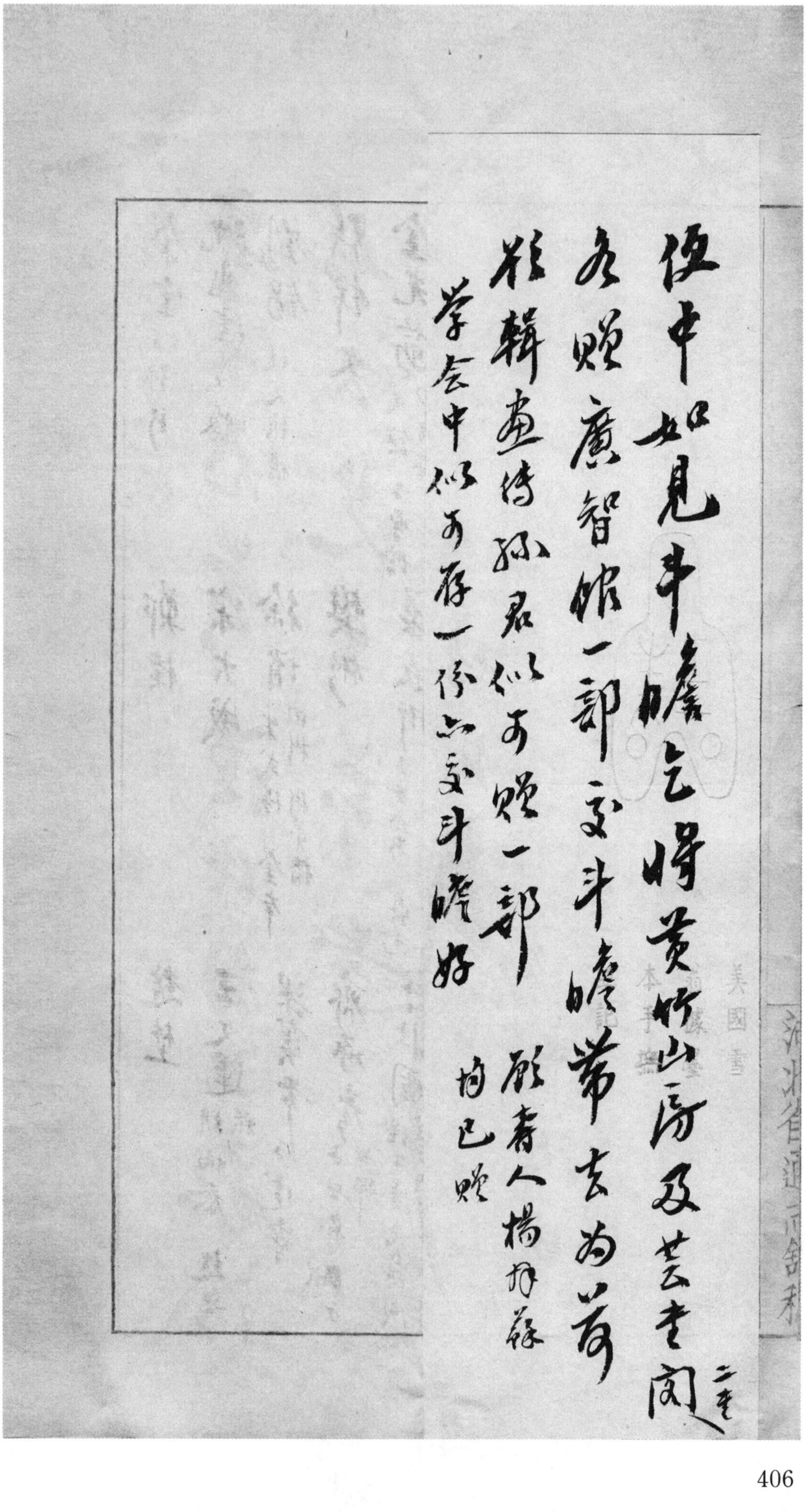

便中如见斗瞻乞将黄竹山房及芸台阅
二套
各照广智馆一部交斗瞻带去为荷
拟辑画诗孙君似可照一部
学会中似可存一份亦交斗瞻好
掬已照

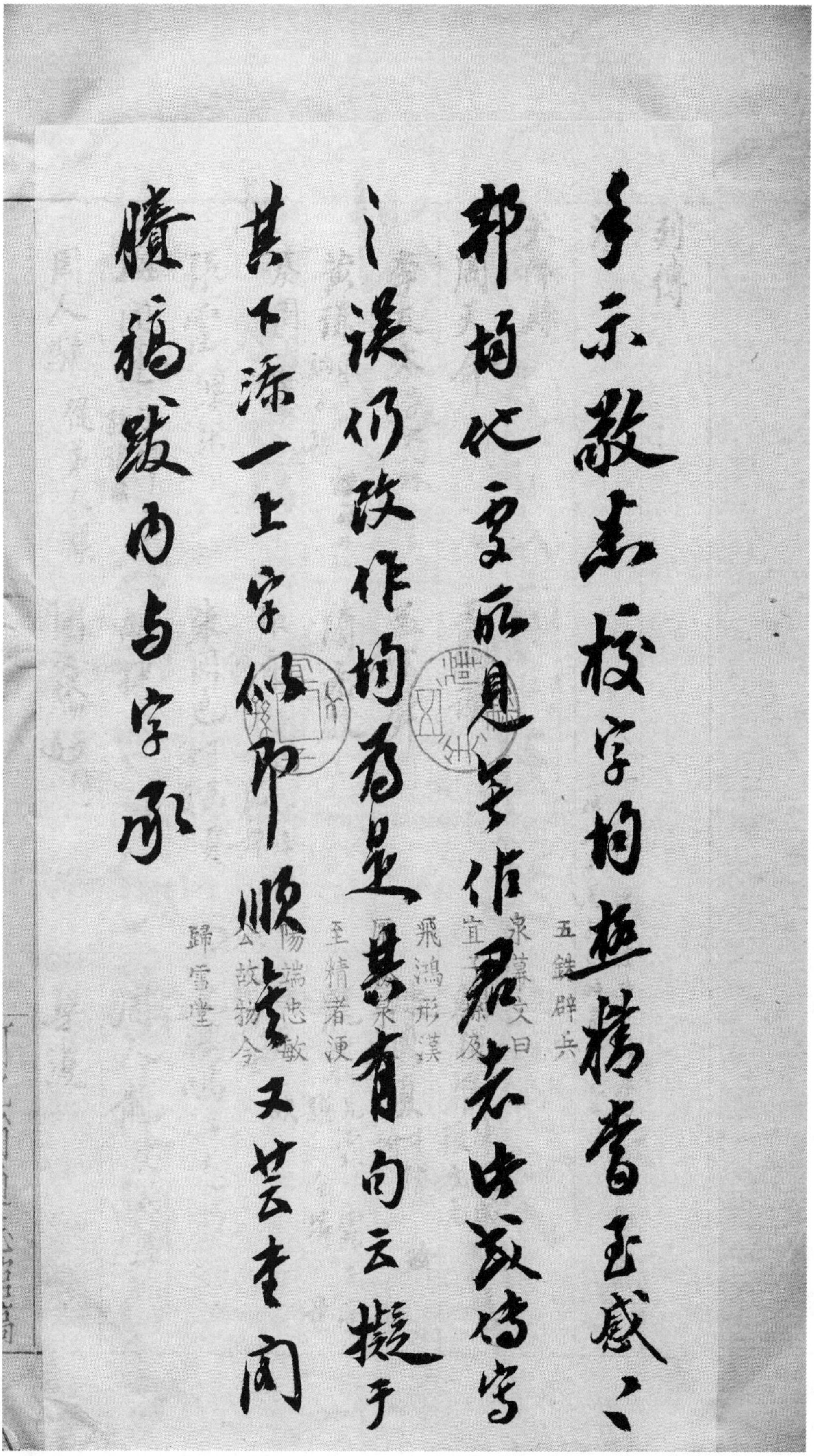
五銖辟兵
歸雪堂

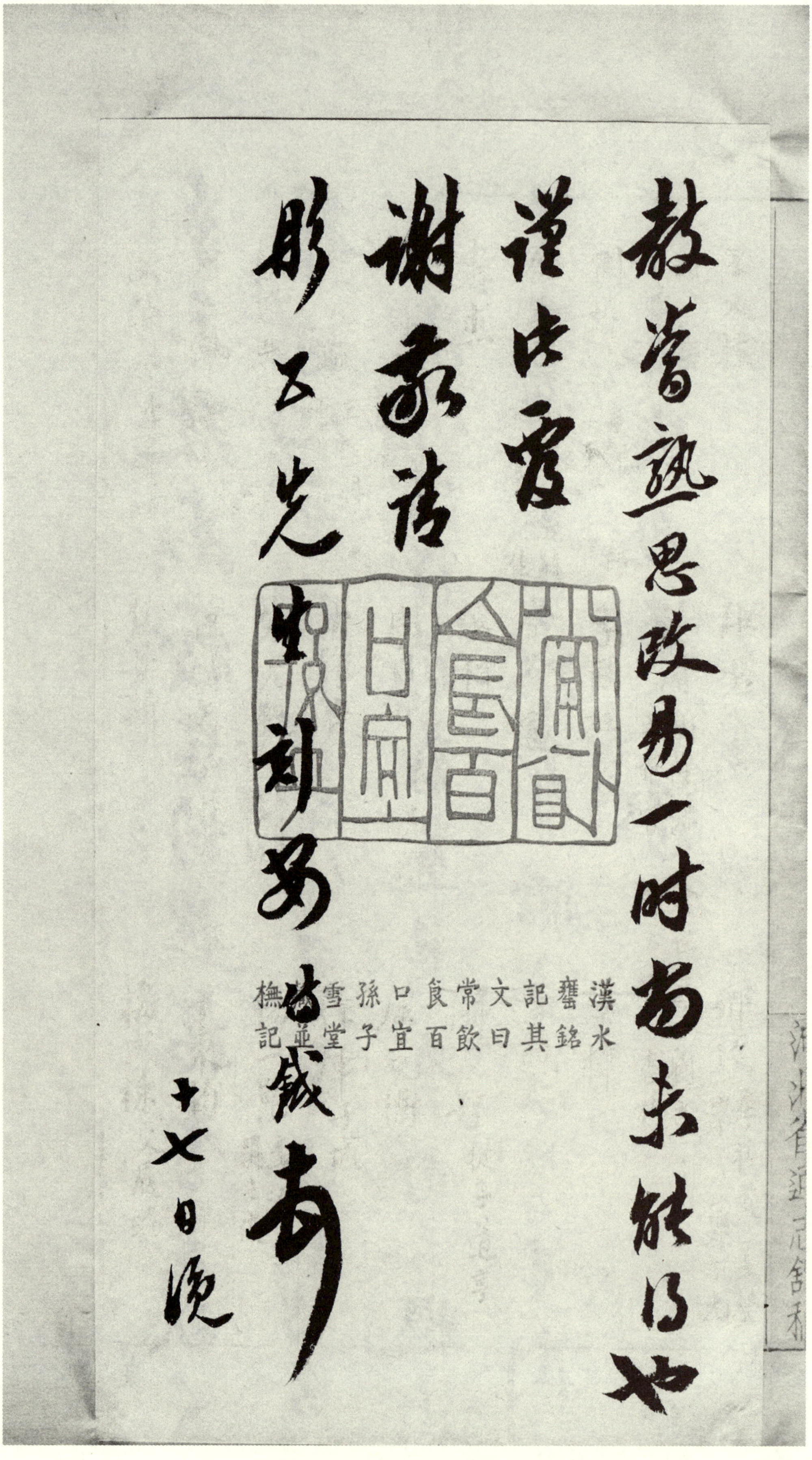
敬當謹思改易一時尚未能得也
謹此覆
謝教誨
彤石先生新歲
安
十七日溥
漢水甕銘記其文曰常飲食百口宜孫子雪堂手撫並記

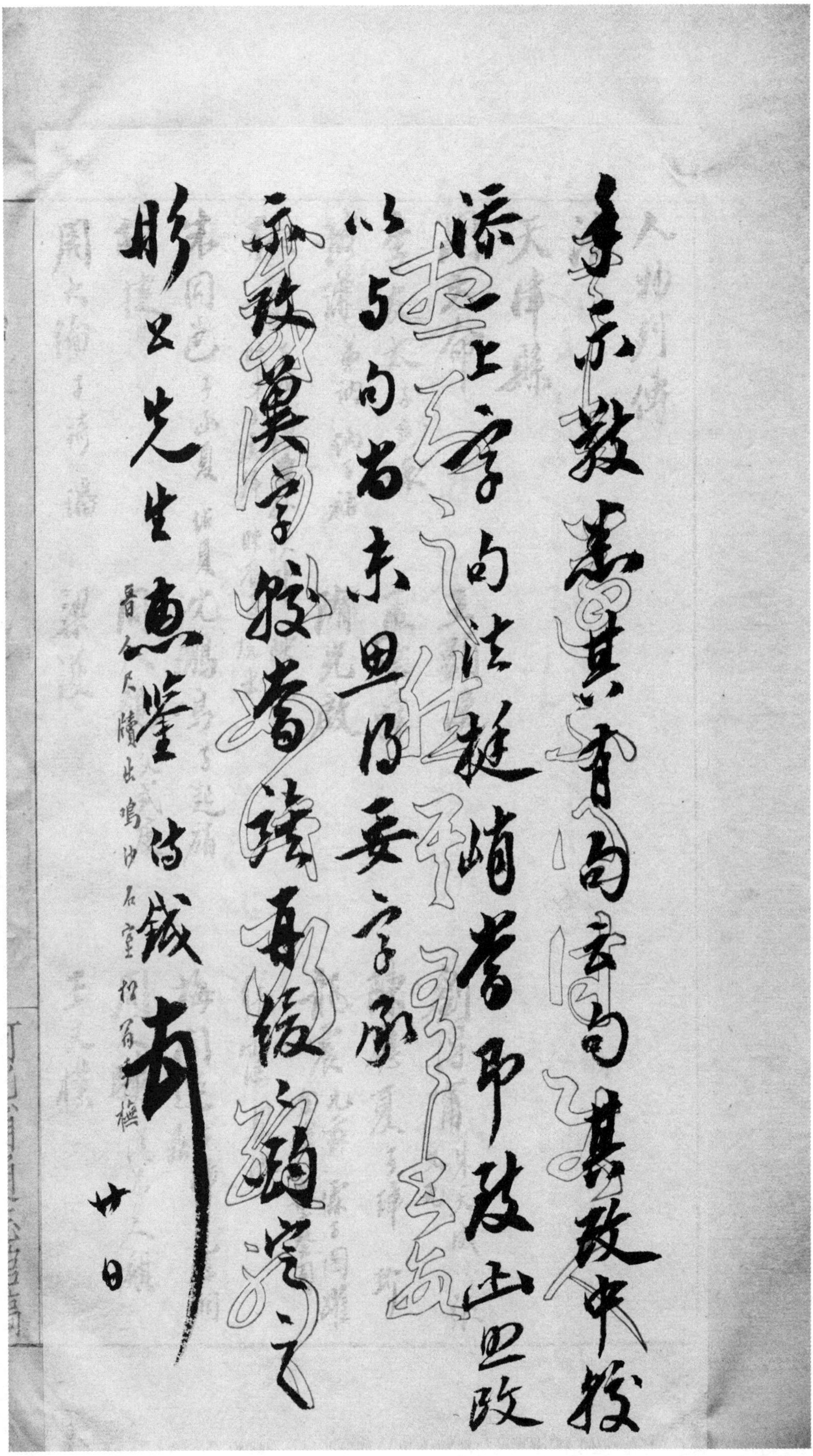

奉示敬悉。其首句去句，其改中段
添上字的法，疑皆即改，此四段
以上句當來思得，要字承
承技莫字，殺者讀再續確定之
彤甫先生惠鑒　皆鐵　甫
晉人尺牘出鳴沙石室擬寫手模
廿日

未奉
教並函又經月黃竹山房詩鈔補寫本
已校三周仍求
賜閱糾正底本二冊附呈卷尾淺語並乞
教定請何時閱畢請
飭紀電知特一

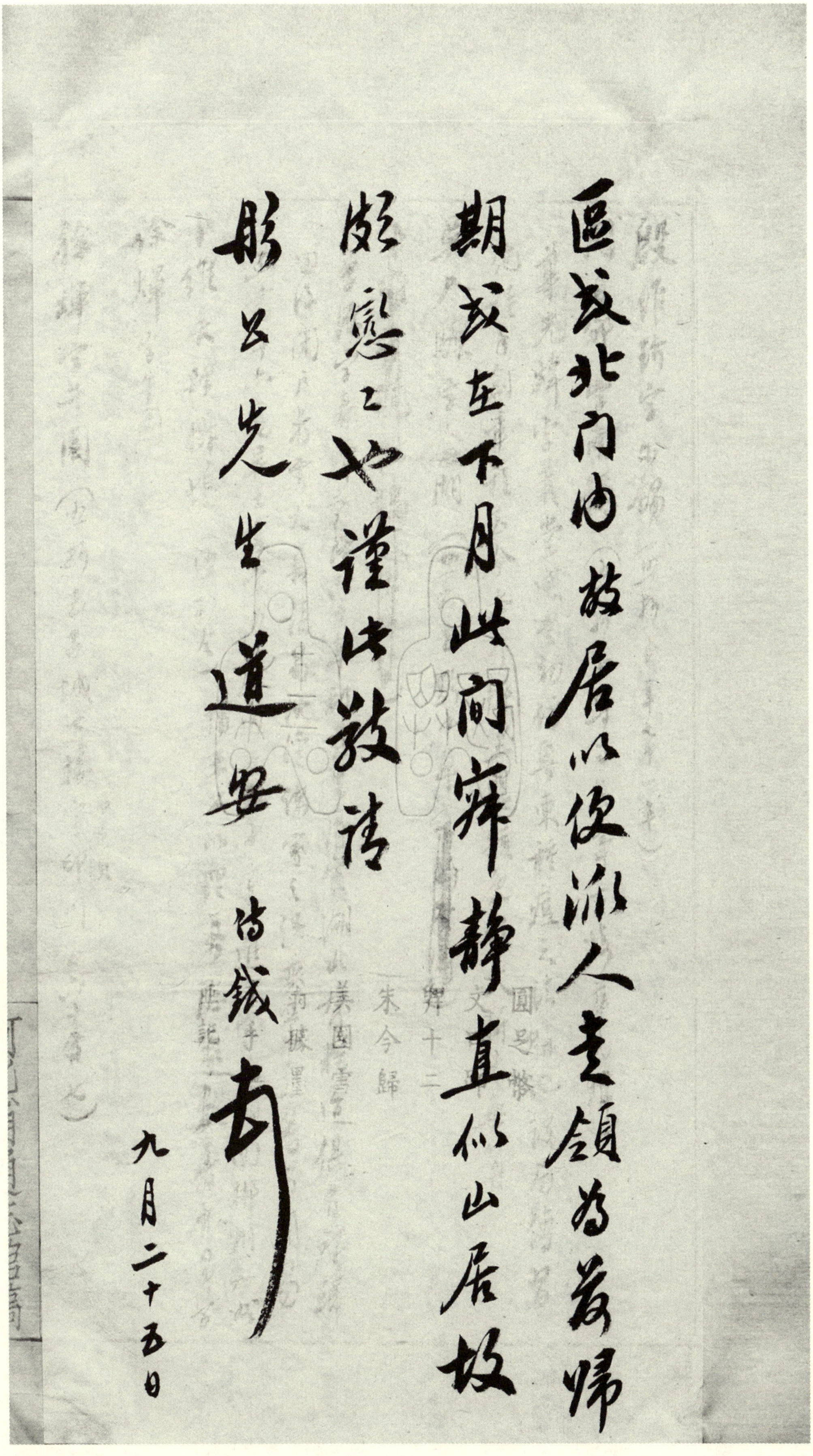
區我北門內故居以俟滬人來領為荷歸
期我在下月此間宿靜直似山居坡
殷懇之至謹此敬請
彤士先生道安
弟錢[illegible]
九月二十五日

再校黄竹山房詩鈔刻本近又校讀一過

卷三十三頁前九行內鱗鱗似應作粼粼或

作潾潾又卷五第三頁前三行內翺翺當是

翺翔無疑又卷六十三頁前五行自挽詩夫注

內上行先生二字擬改作按其二字現添一按字而

原刻之人亦係族裔其字允書

手示敬悉，並一一收到。黃竹山房詩補

承校出每條，至感之甚。謝石刻跋及墨

緣彙觀序均有錄，無名而瑣記儀周作

儀舟，墨緣彙觀作墨緣類觀，以此推之，恐

以愚尚蒙為啟亦未可知。然既為吾鄉文

戲定書攷的藝懷及蓮坡詩話中有云安氏一則似爲安氏贈蓮坡一姬人而蓮坡却之云云書體例皆載名或須有之若有則煩轉覓的日由城內取來詳閱可也

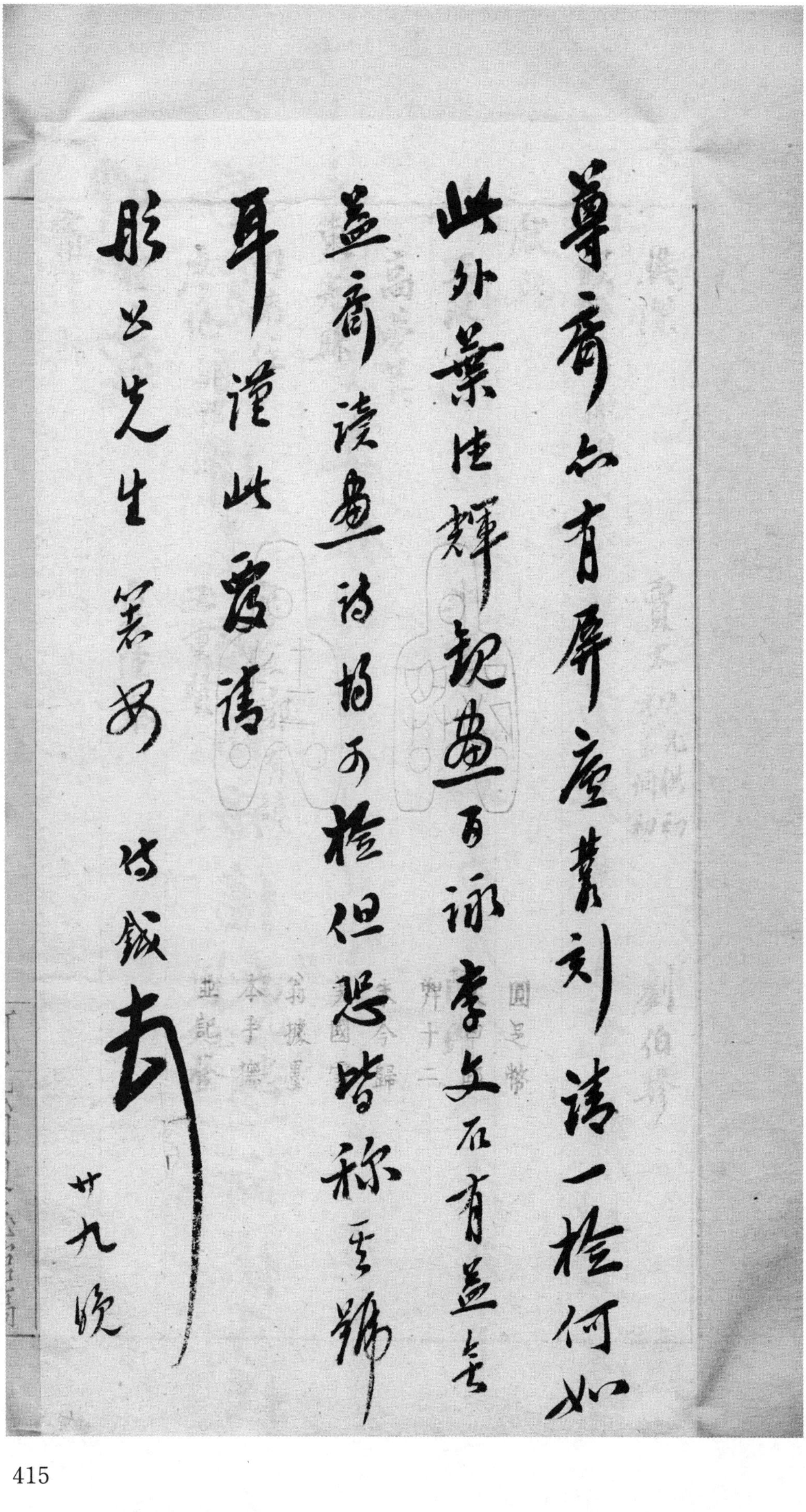
尊齋亦有屏廬叢刻，請一檢何如。此外葉德輝觀畫百詠、李文石有益無益齋讀畫詩均可檢，但恐皆稱不雅耳。謹此覆請
彤士先生箸安
世鉞啓
廿九晚

懿古不

昨承

登覽頃將蓮坡詩話繙閱一過所懷乃横

塘居士文欽明思一則明（安氏也）文之先為高麗

人璜記明安之先如高麗人坡誤及之

此則在卷中第九頁之末蘗村字儀

周生字似孫與洛名陂爲和相楹跋瑞板

所印名種書畫凡安氏舊藏其印章

非僞周印襲村而不見其名僞周與書

俞書甚爲兄畫梅題記可于銅鼓書畫

集中改之（其收）藏書印名家爲一石

義為封存，方足信，並存為一存字，為

一存而非一封，未仍不足信，恐為吾又

于先後所印文，只好每方備閱詳證

耳。謹上

彤公先生

鶴史付錢封

鳴沙石室佚書樣

廿日申刻

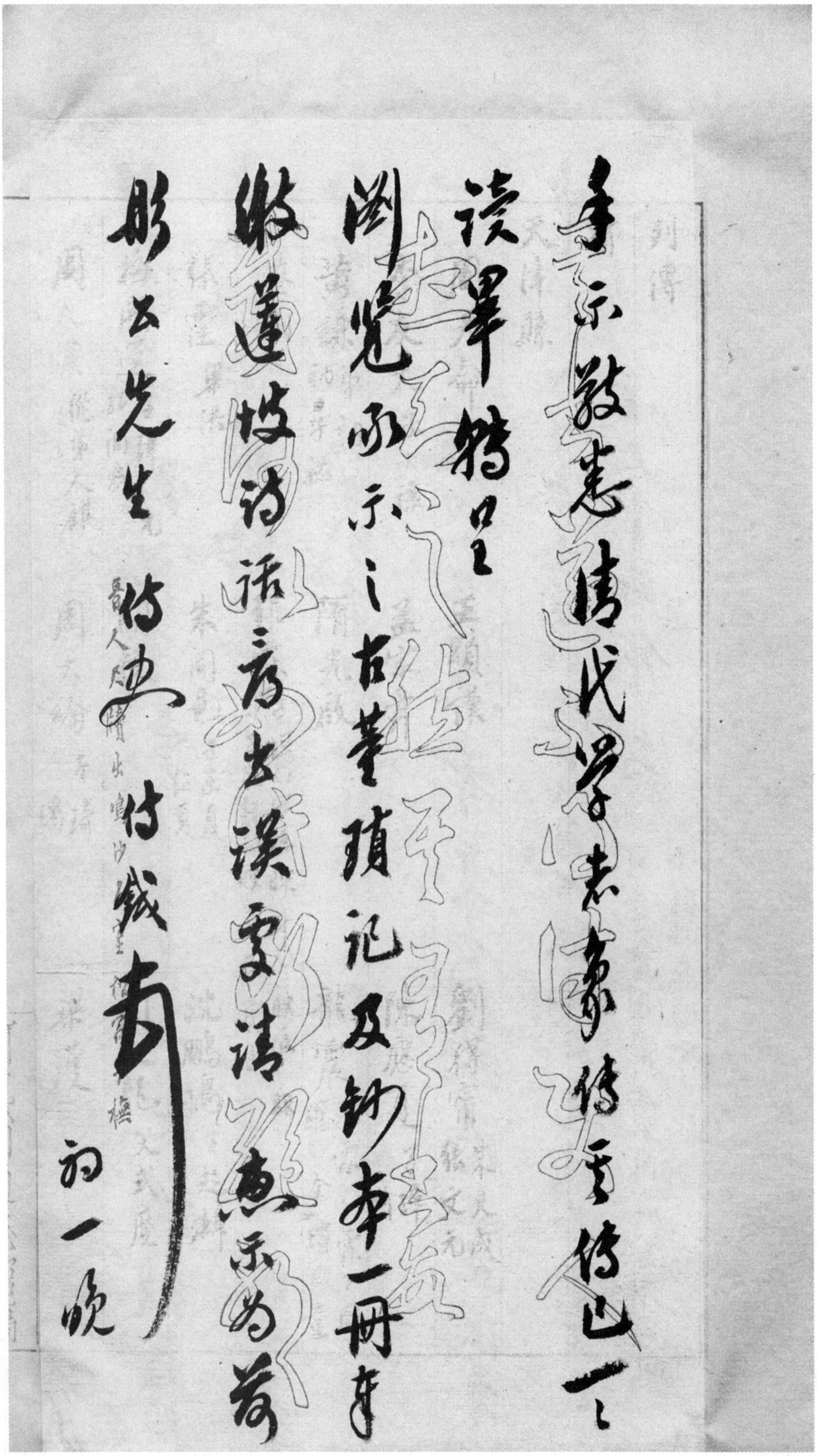
手示敬悉。請代寫志象傳已一一讀畢，謹呈瀏覽。承示之古董瑣記及鈔本一冊，奉繳。蓮坡詩話三府大漢雲請惠示為荷。

彤公先生 付鈔 付錢 封

初一晚

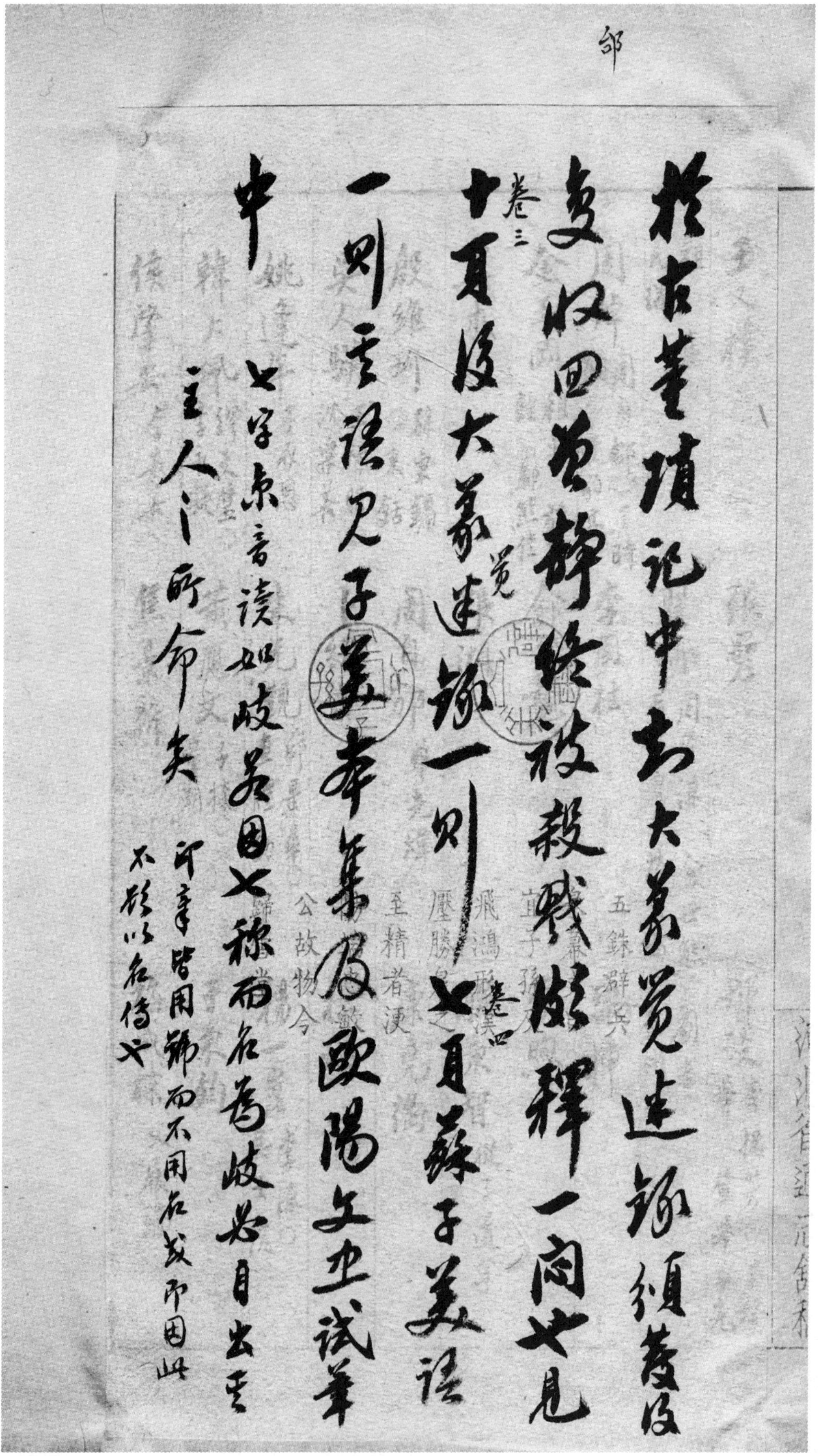
部

於古董瑣記中云大義覺迷録須覆段更收回覺靜終被殺戮縱釋一段之見十頁後大義覺迷録一則之頁蘇子美語一則云語見子美本集及歐陽文忠試筆中

之字京音讀如岐吾因之稱而名為岐忠自出于主人之所命矣

所幸皆用號而不用名哉亦因此不敢以名傳之

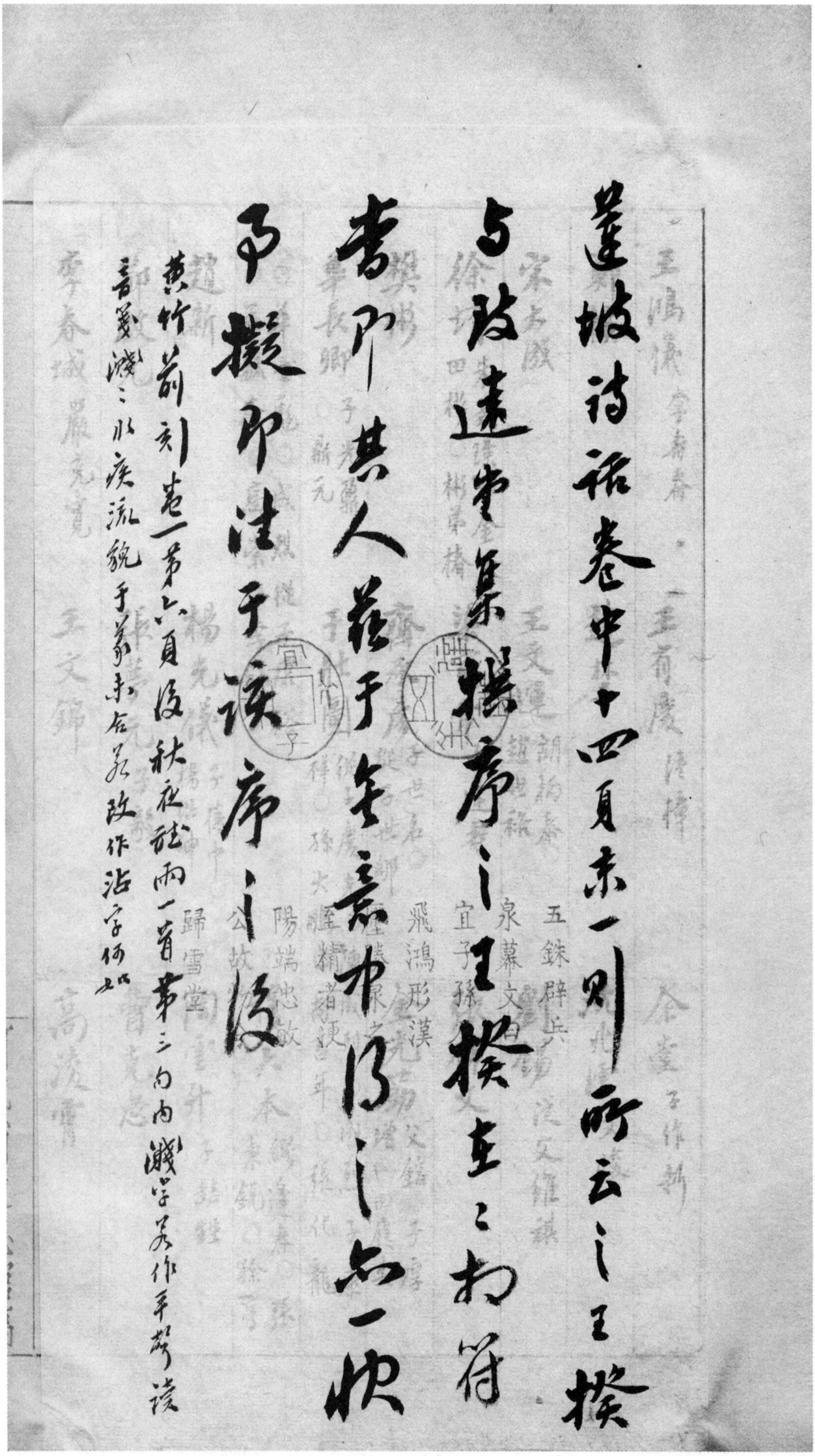

蓮坡詩話卷中十四頁末一則所云之王揆
与改遠堂集撰序之王揆生之名符
書即其人蓋于集中得之亦一快
事擬即注于該序之後
燕竹前刻卷一第六頁後秋夜訪雨一首第三句内戳字疑作平聲讀
音義識之水疾流貌于篆未合或改作沾字何如

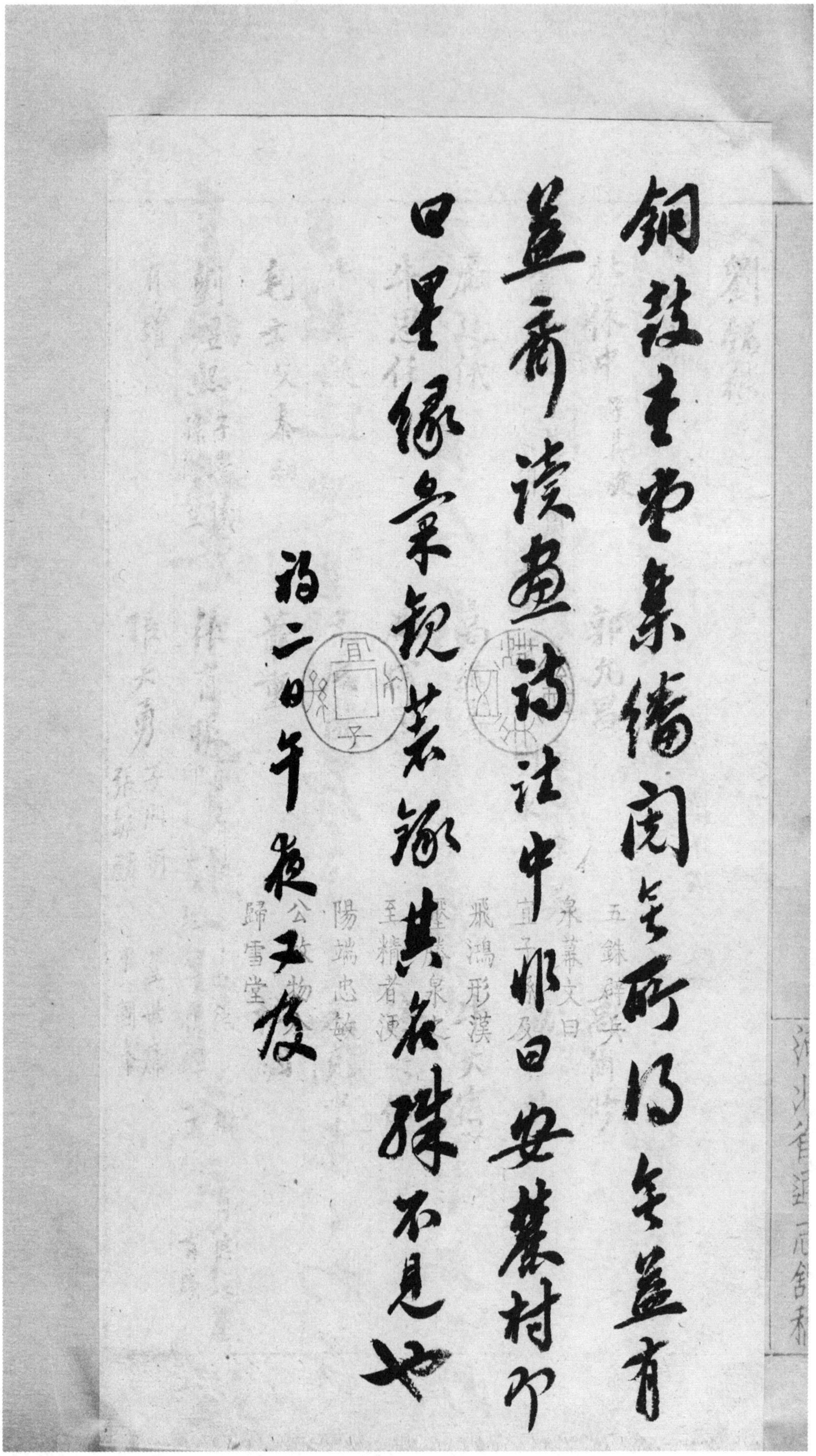

銅鼓書堂集備閱錢所得錢蓋有
益齋讀畫詩注中所曰安麓村所
曰墨緣彙觀著錄其名殊不見也
初二日午夜王俊

選泉家志頃至書店繙檢故宮刊
行之錢集續內呂眉山蘇氏三世遺
翰一種見安氏故物而圖章只呂安儀
周家藏一方又呂宗四家墨寶一種
亦安氏故物此冊內安氏圖章甚多

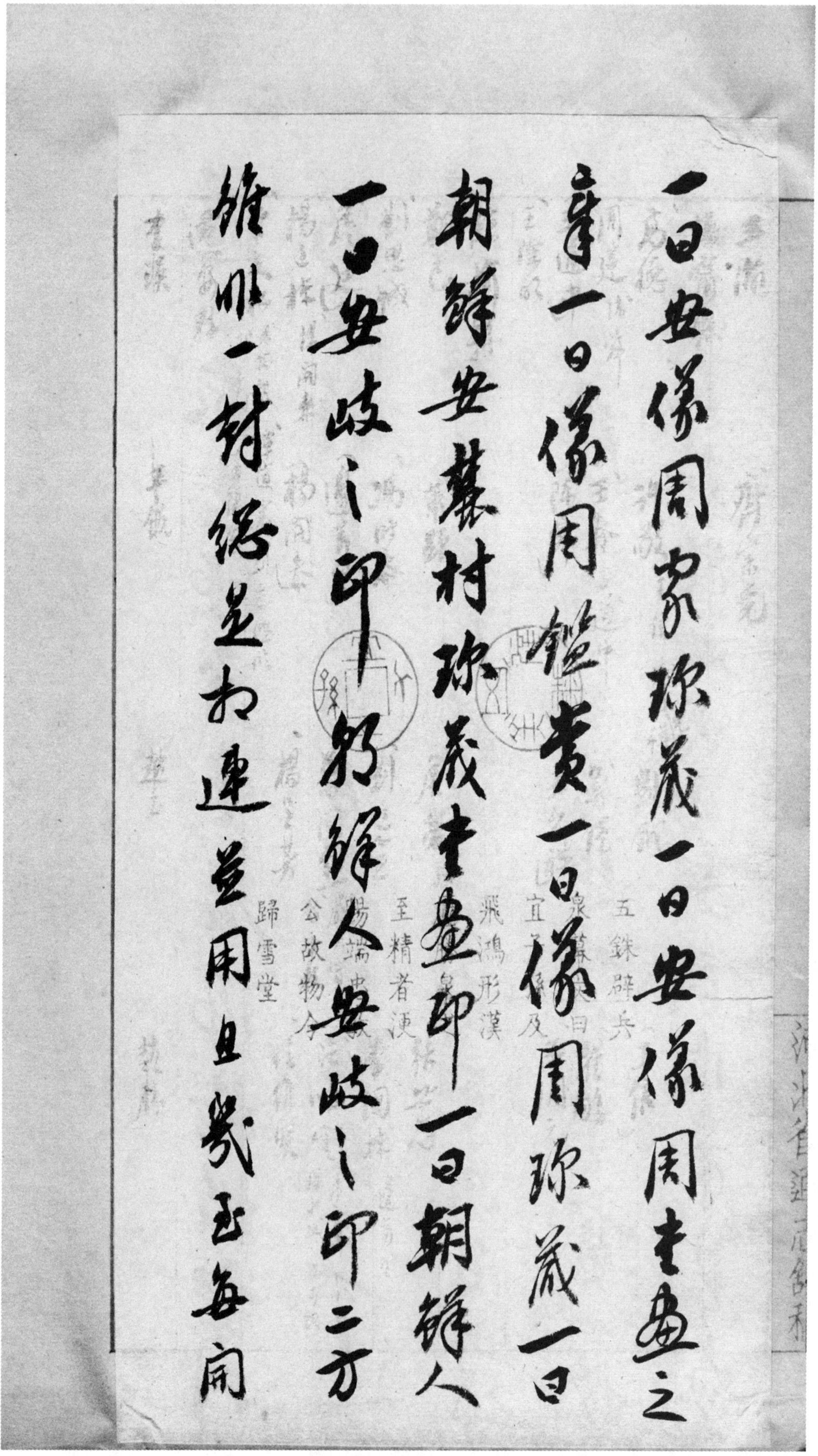
一日安倍周家琢蔵一日安倍周查画之
章一日倍周鎰貴一日倍周琢蔵一日
朝鮮安藝村琢蔵查画印一日朝鮮人
一日安岐之印[illegible]鮮人安岐之印二方
雖非一封總是和連並周旦戴玉每朗

五銖辟兵
泉[illegible]宜子孫及
飛鴻形漢
至精者湮
湯端申[illegible]公故物今
歸雪堂

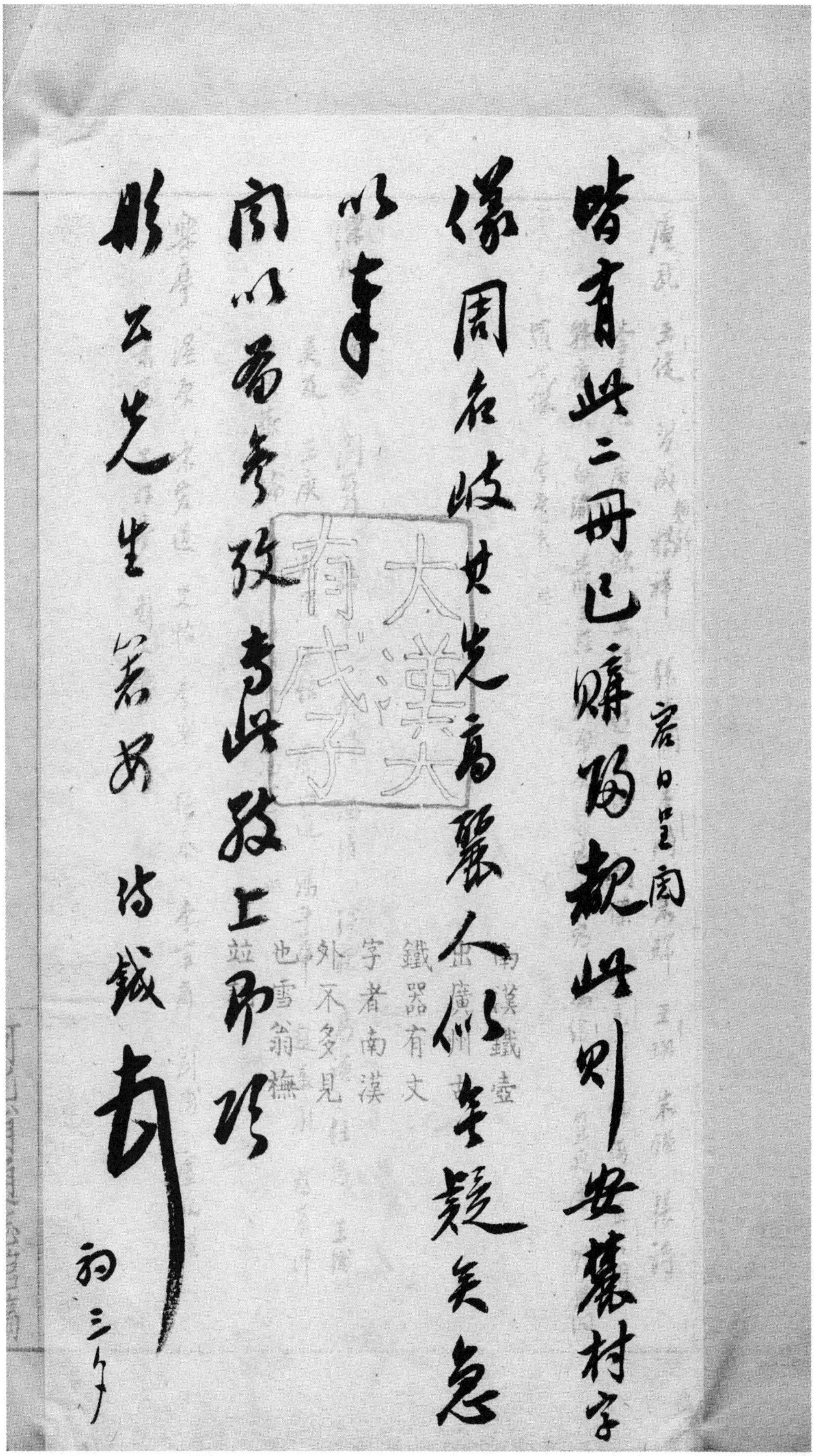
昨有此二冊已購得，觀此則安麓村字儀周，名岐，其先高麗人，似無疑矣。急以奉閱，以爲參攷，並與此攷上，即頌
彤士先生著安
悔鐵 頓首
初三日
大漢大有戊子
南漢鐵壺出廣州
鐵器有文字者南漢外不多見也
雪翁撫

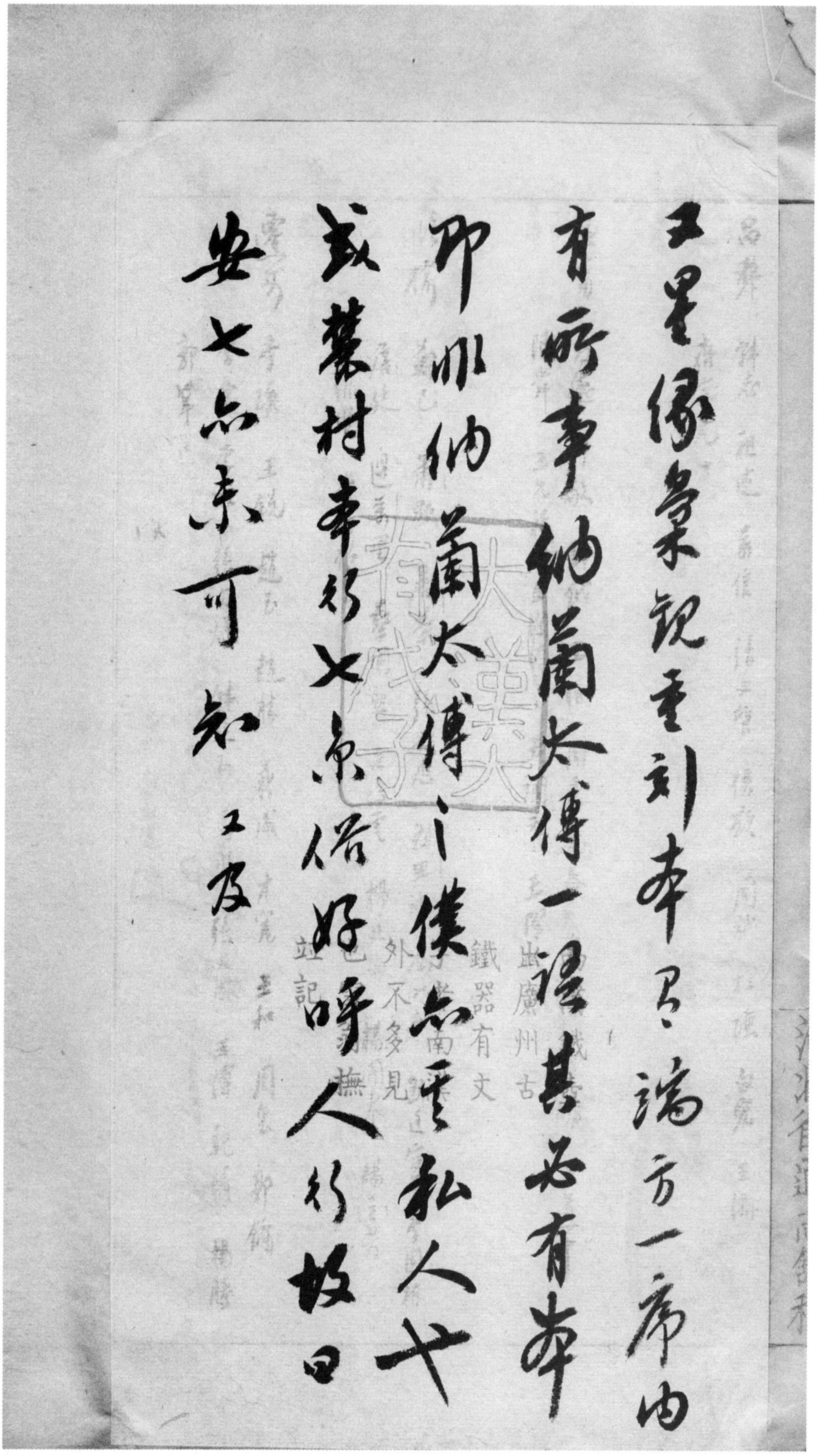

王墨緣彙觀重刻本只端方一序內
有所事納蘭太傅一語甚為有本
即以納蘭太傅之僕爲重私人十
或麓村本行七亦俗好呼人行故曰
安七亦未可知
王及

手蹟亦忠
學致以年撫之者爲碣均不移於
服之玉 近讀葉氏觀畫百詠周 見卷四二十一二頁
所論正同即鄭記所本知乃之矣玉
其別署於衆之故見予每益予益齋

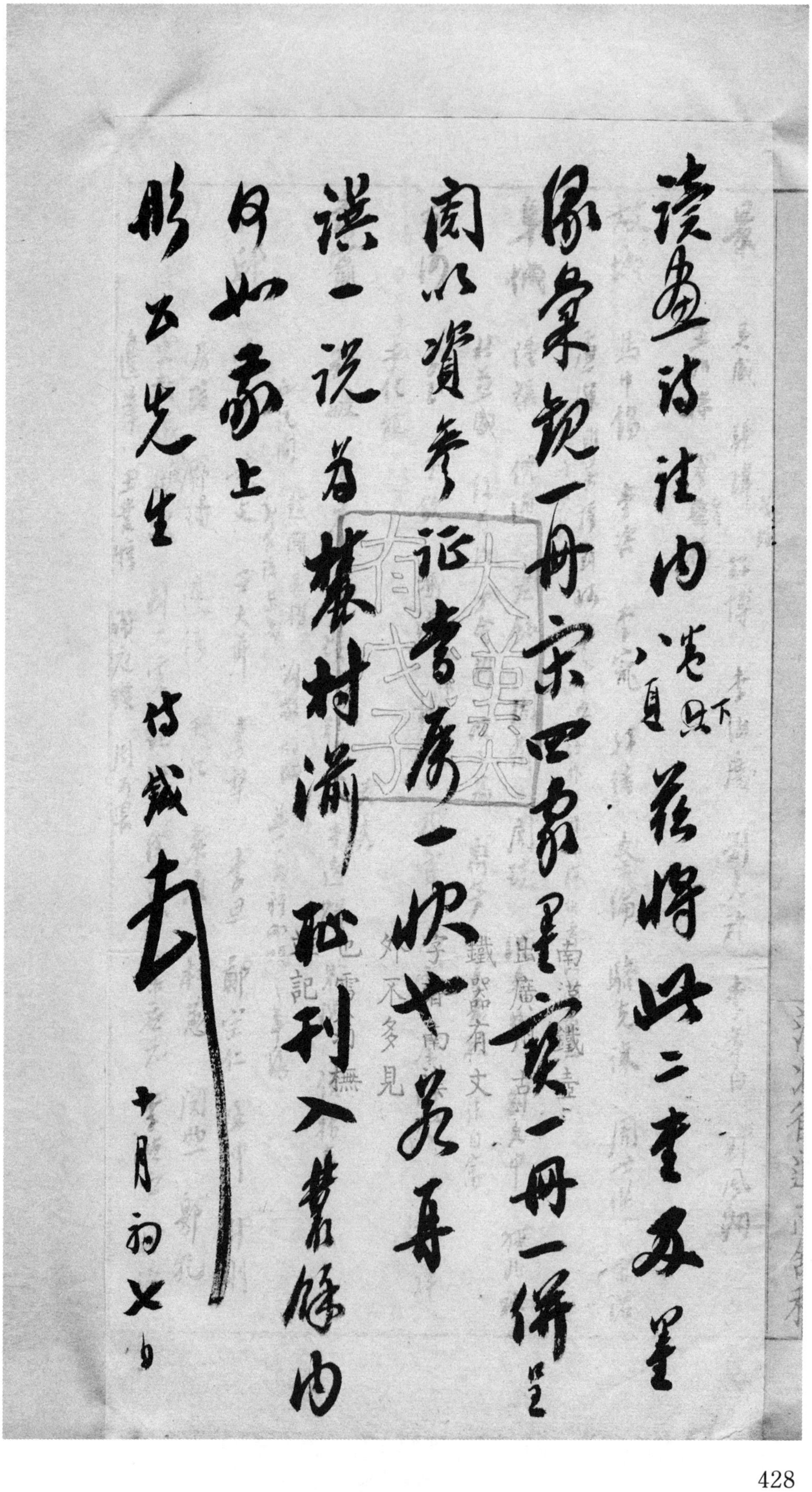

讀畫詩注內（卷八下頁五）茲將此二書及墨緣彙觀一冊、宋四家墨寶一冊一併呈閱，以資參證。書房一聯七言，尋撰一說，為榛村補刊入叢錄內，日如豪上

彤士先生

竹鐵 頓

十月初七日

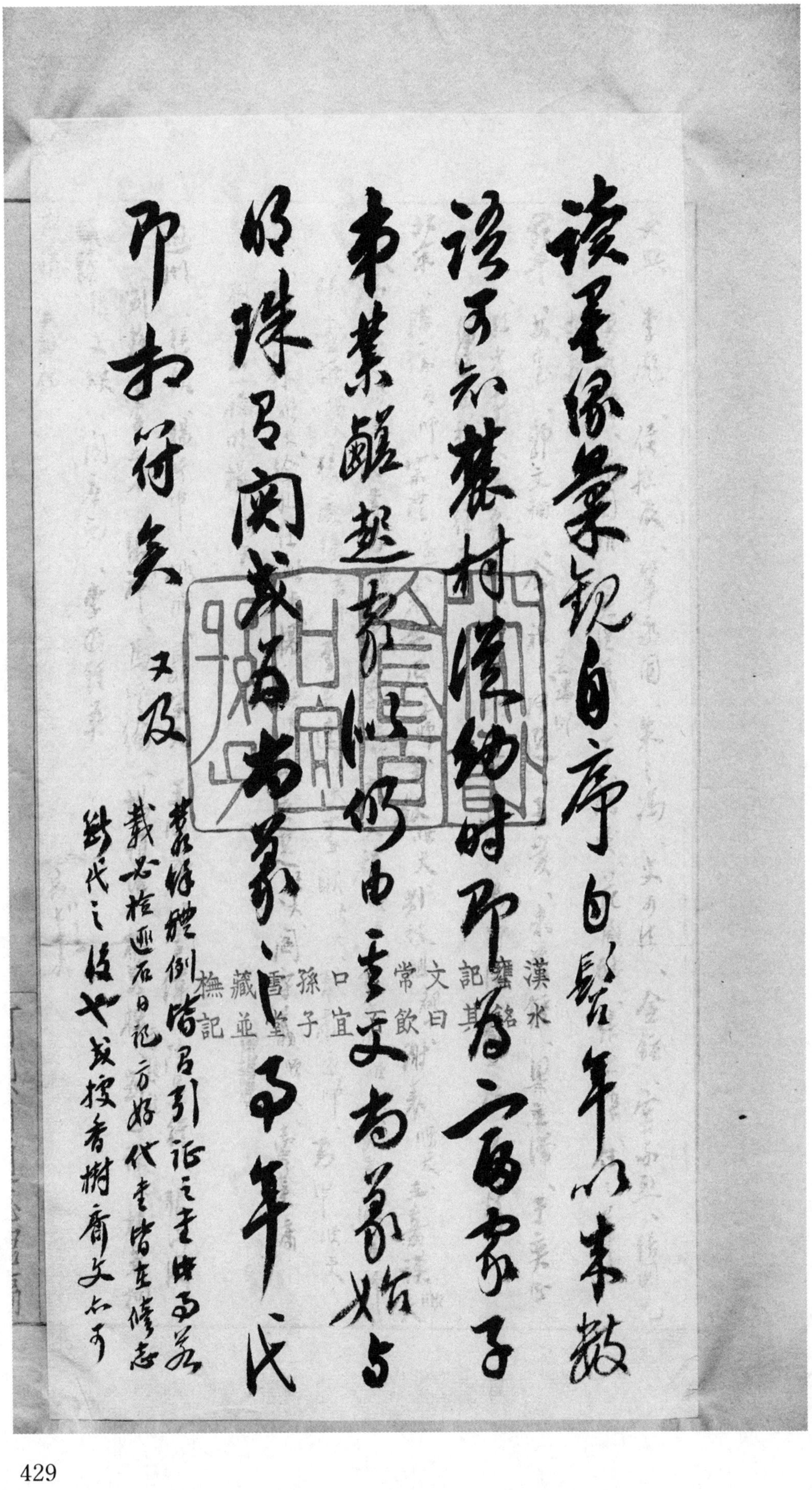

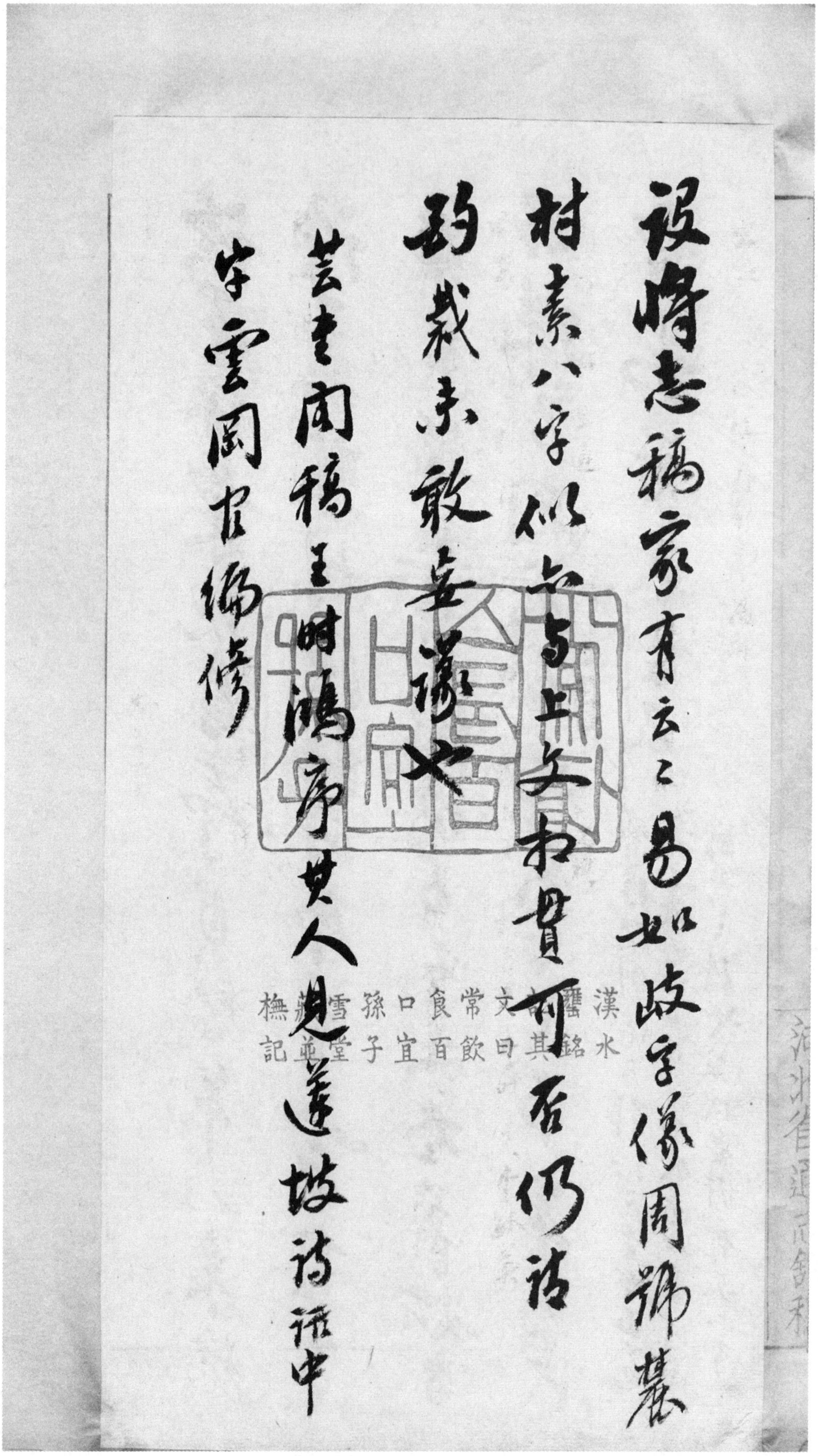
設將志稿家有云云易如岐字係周歸甚
村素八字似與上文不貫可否仍請
酌裁未敢妄議也
芸史閣稿呈時鴻序其人見蓮坡詩話中
守雲閣叟編修

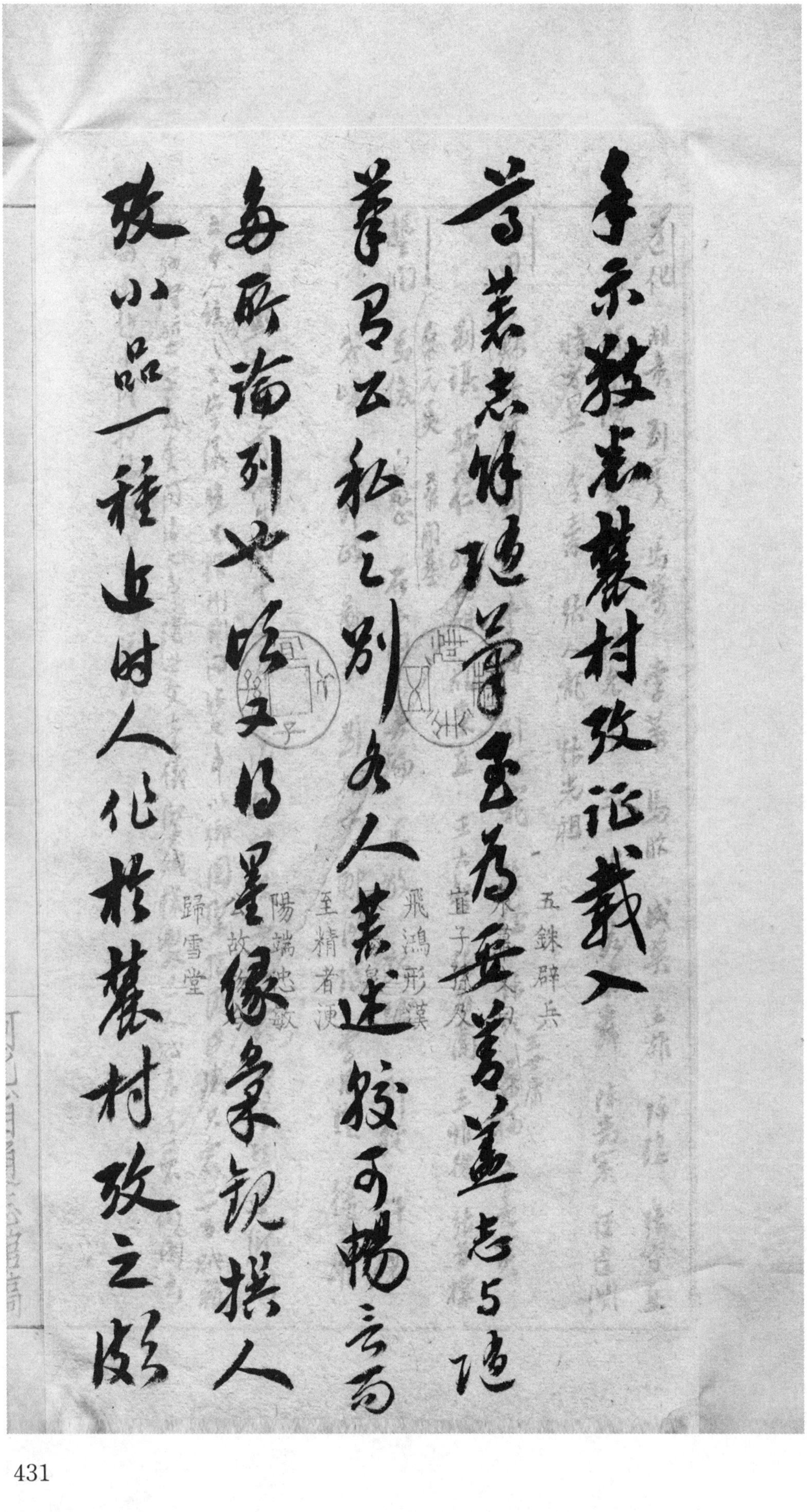
五銖辟兵
歸雪堂

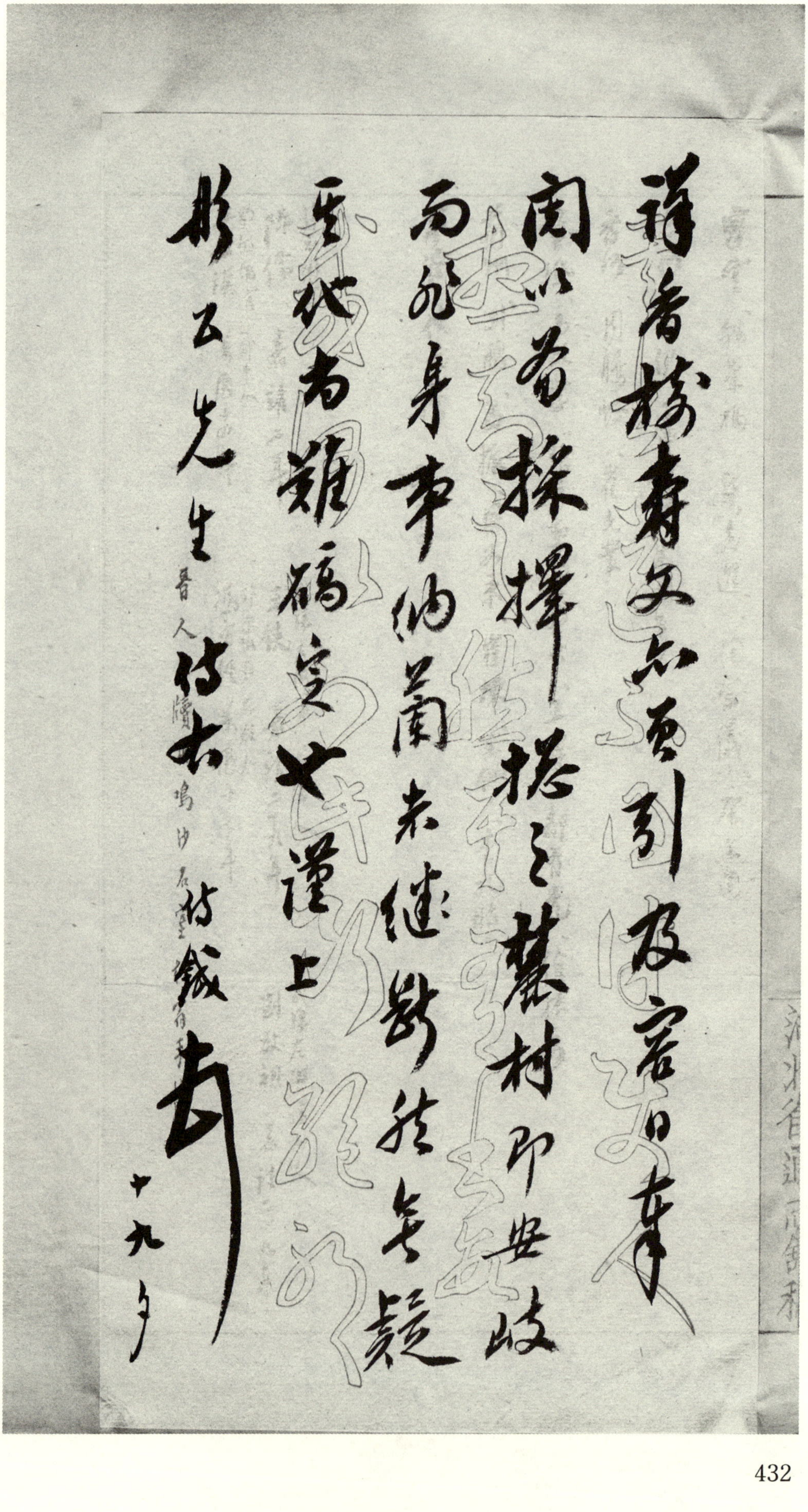
讀香樓壽文亦須刻成容日奉
閱以前採擇諸葉村印安岐
而見身事納蘭未能斷然無疑
至於所有雜稿定必謹上
彤云先生 吾人 竹書
竹鐵
十九日

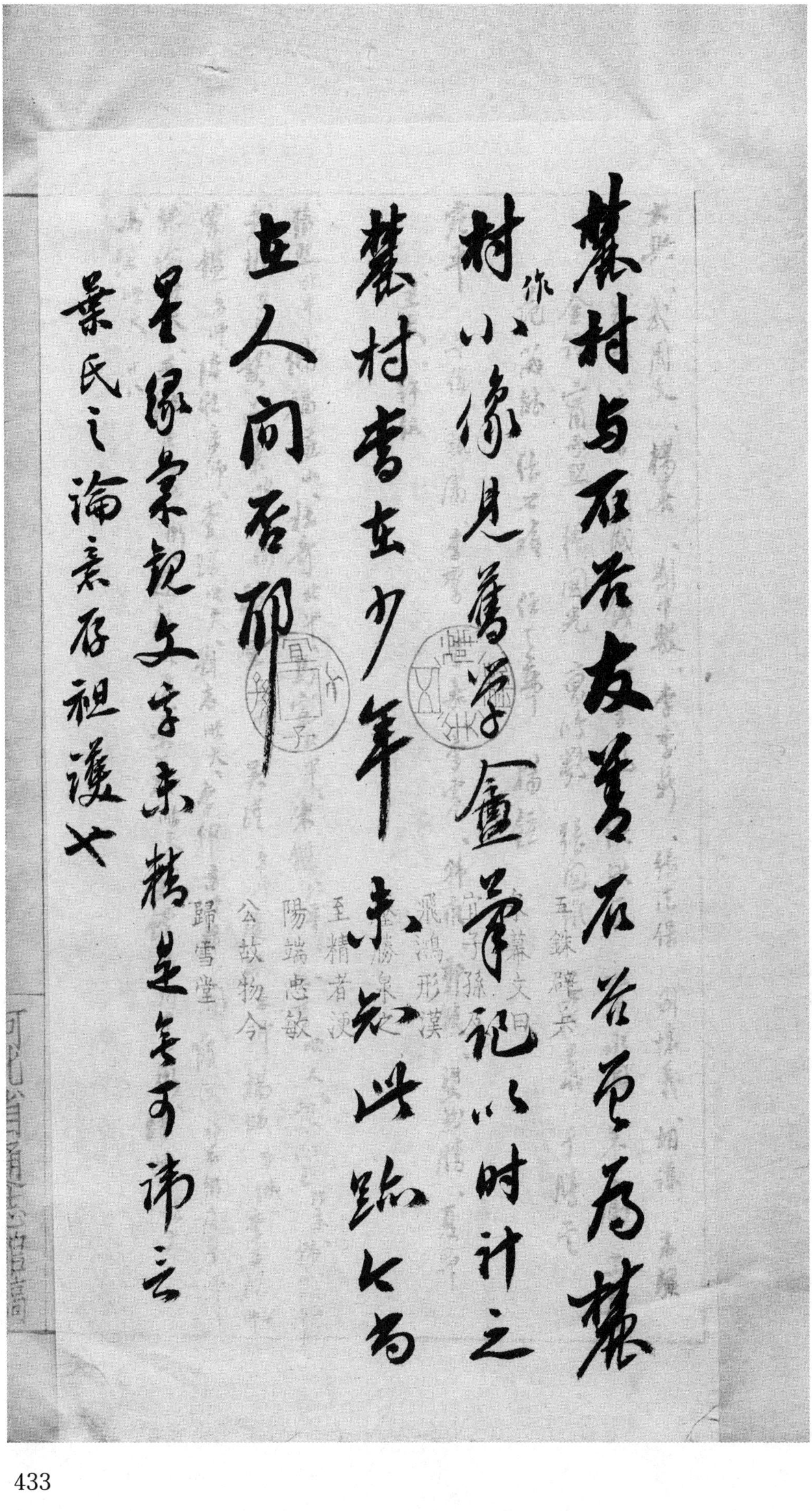
蘖村与石君友善石君為蘖
村作小像見舊鑑記以时计之
蘖村書在少年未知此跡亡為
在人向否耶
星緣棠觀文字未精是矣可諱云
某氏之論袁存祖護也

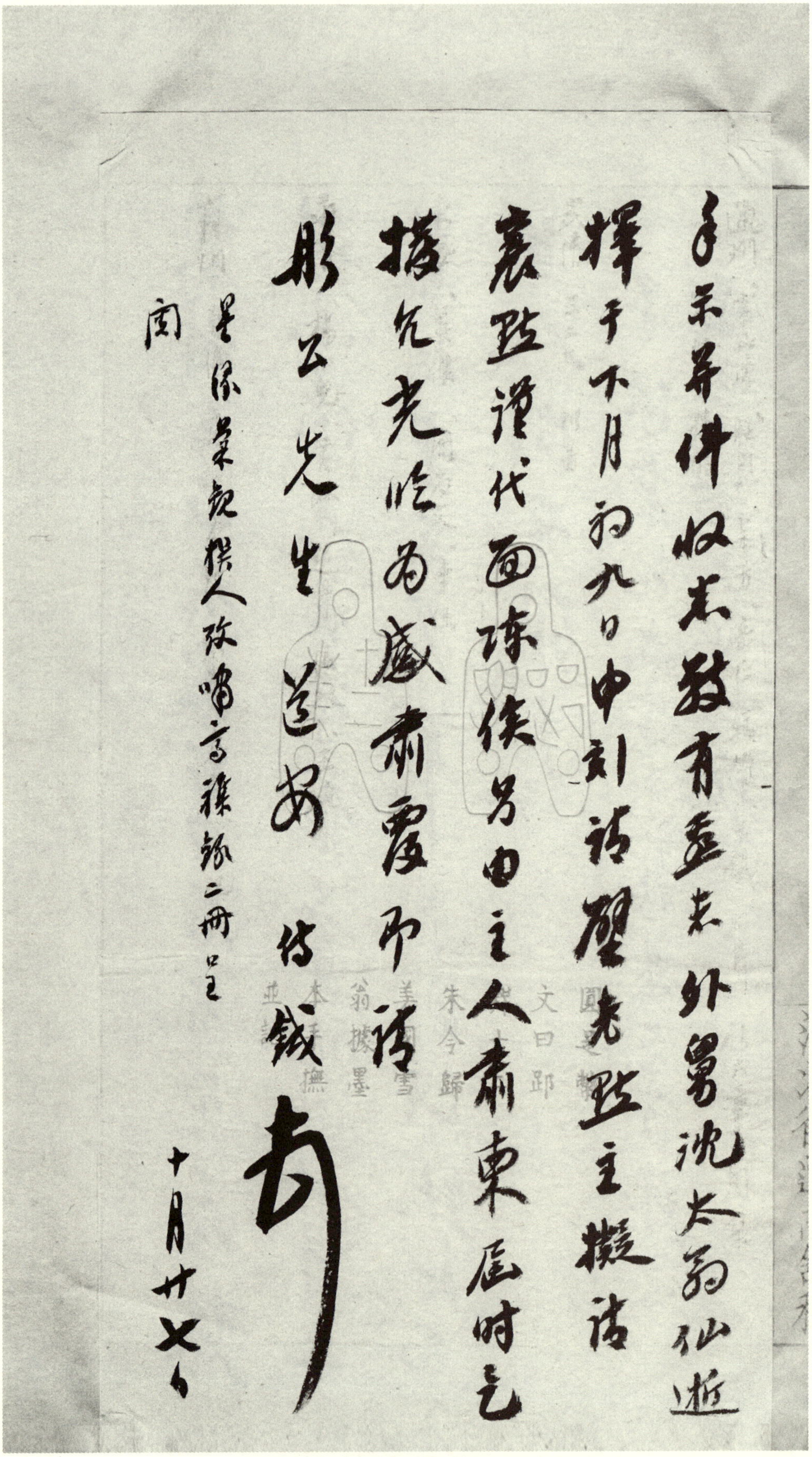
手示并件收悉。敖青盈来外舅沈太翁仙逝，择于下月初九日申刻请殷光题主，拟请
褒题，谨代函陈，俟另由主人肃柬届时乞
拨冗光临为感。肃覆，即请
彤公先生道安
侍钱杏
吴保泉观撰人玫啸言稿録二册呈
阅
十月廿七日

研討蔂村一事致嘯亭續録安三一則所云

其子孫居津門世為鹺商家巨富好書是

蔂村無疑而墨緣彙觀撰人考訂蔂村即

安圖之子岐天津府志明載岐父名尚義而

非名圖竊按志載尚義字易之其字與名於

義無取若曰名圖則老子圖難於其易

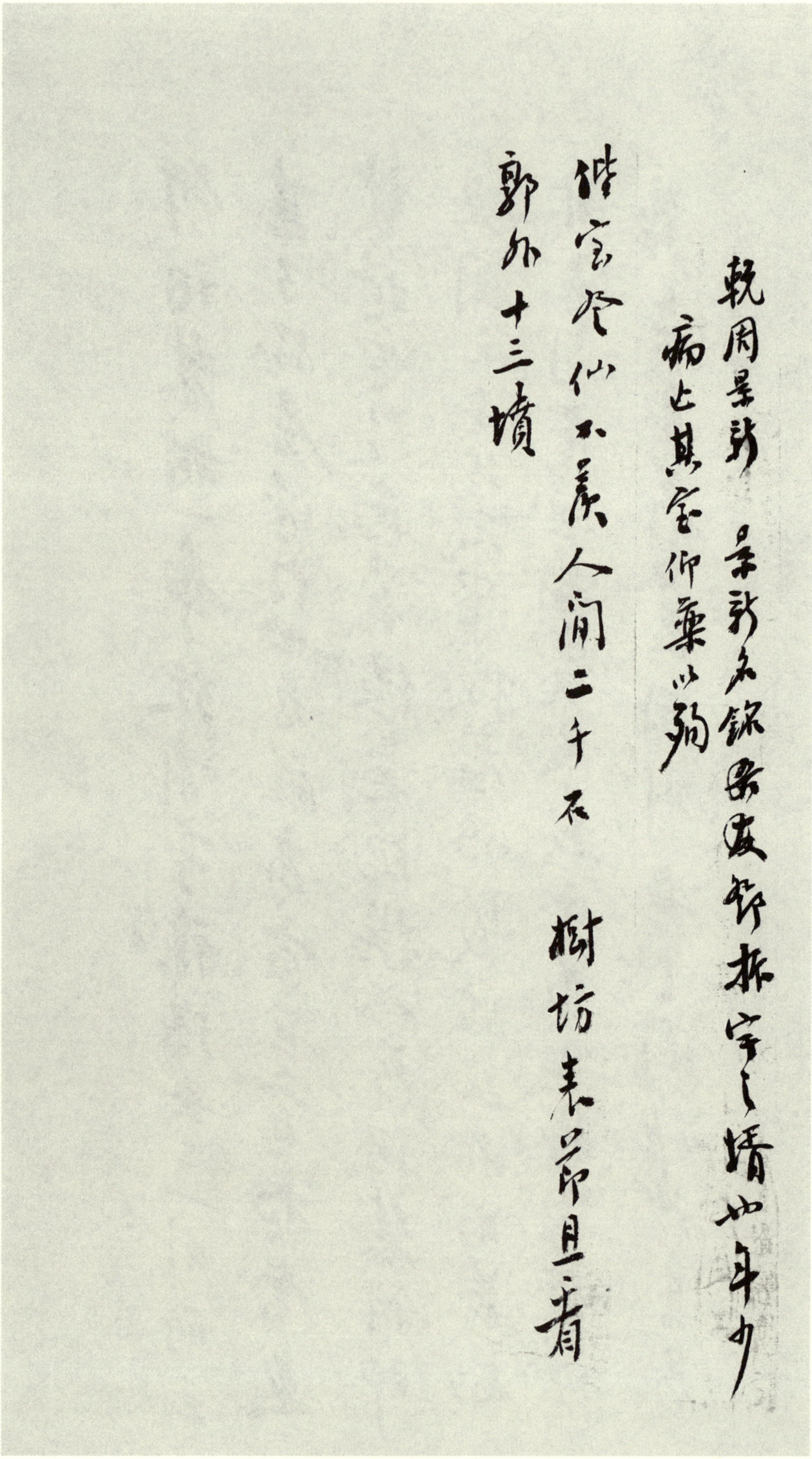
乾周景郭 景郭名錄安徽郭振宇之婿也年少
病亡其室仰藥以殉
借容各仙不羨人間二千石
郭外十三墳
樹坊表節旦之看

便垂閔合矣尚義之名只因捐資修城事
是於其中彼既捐此巨款以急公嘗局者
不能不援以入奏而安圖之名朝士盡知夫
以明相之私人蓄財至如此之多設以月張
膽上達天聽查安氏為多所顧忌況其時納
蘭之勢已微即太傅子孫亦不免有所斂

也於是姑易其名即曰為義而書局者又不忍令其湮沒無徵故附入偕子岐之文於右牘以資兩全令人捐資襄助善舉嘗有不欲露其本名而署別名者正同此類由斯推論一切應可釋然矣葉氏德輝知蘗村非身事納蘭太傅者而不知即安國

之子姚氏大榮知為安圖之子且既知有捐資
修城事竟未一登天津縣志遂不知志載岐
父名尚義非名圖當時修志去年代較近乃
然不知其詳殊有意為之諱言也觀錢文端
慕村壽序絕無一語及其先世已可玩味而
捐資之舉揮手達數十萬之巨筆字豪

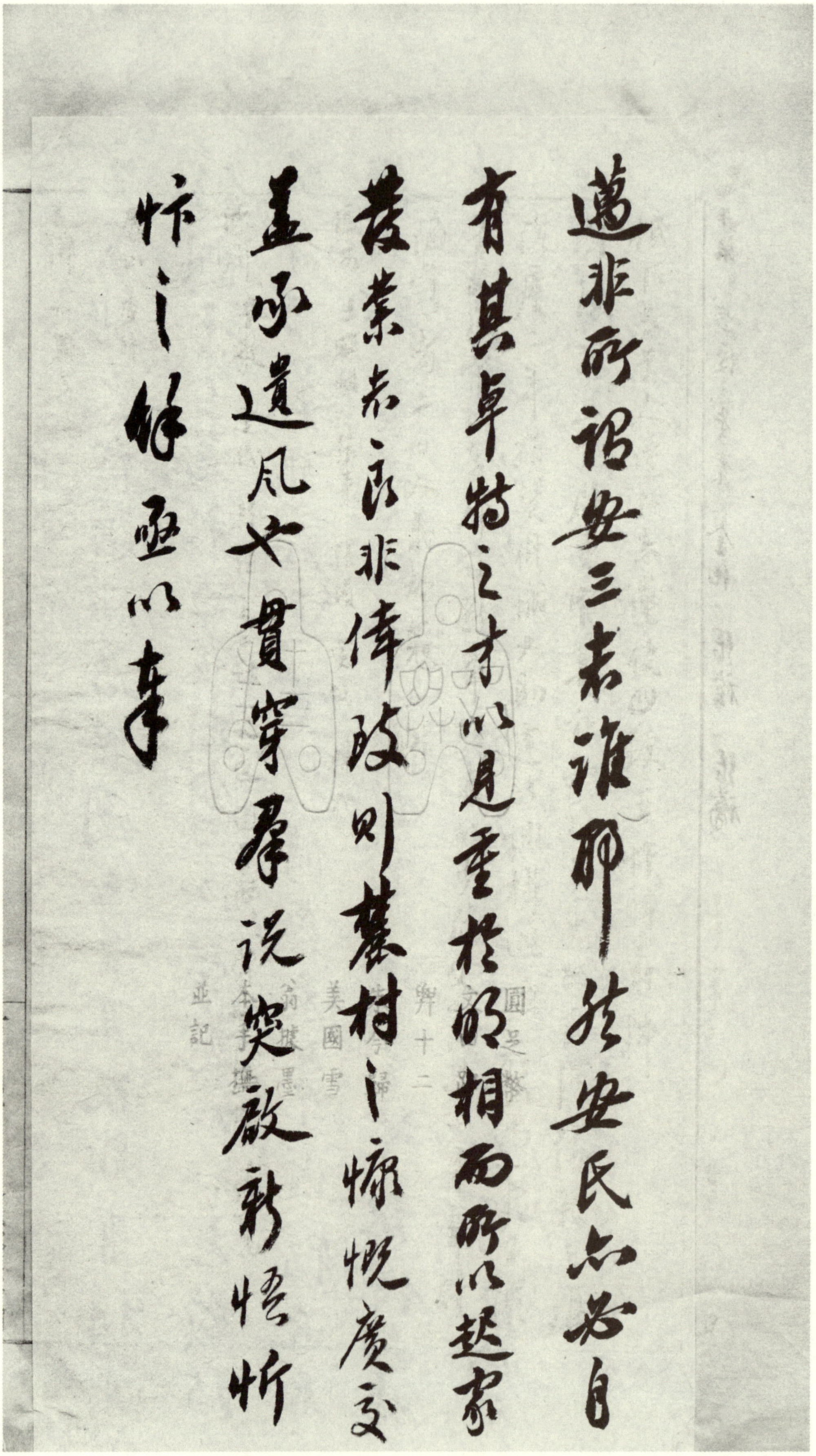
邁非所謂安三者誰耶　於安民亦必自
有其卓特之才以是重於明相而所以起家
基業者亦非倖致則蔡村之慷慨廣交
蓋承遺風文貫穿群說突啟新悟析
惊之緒亟以筆

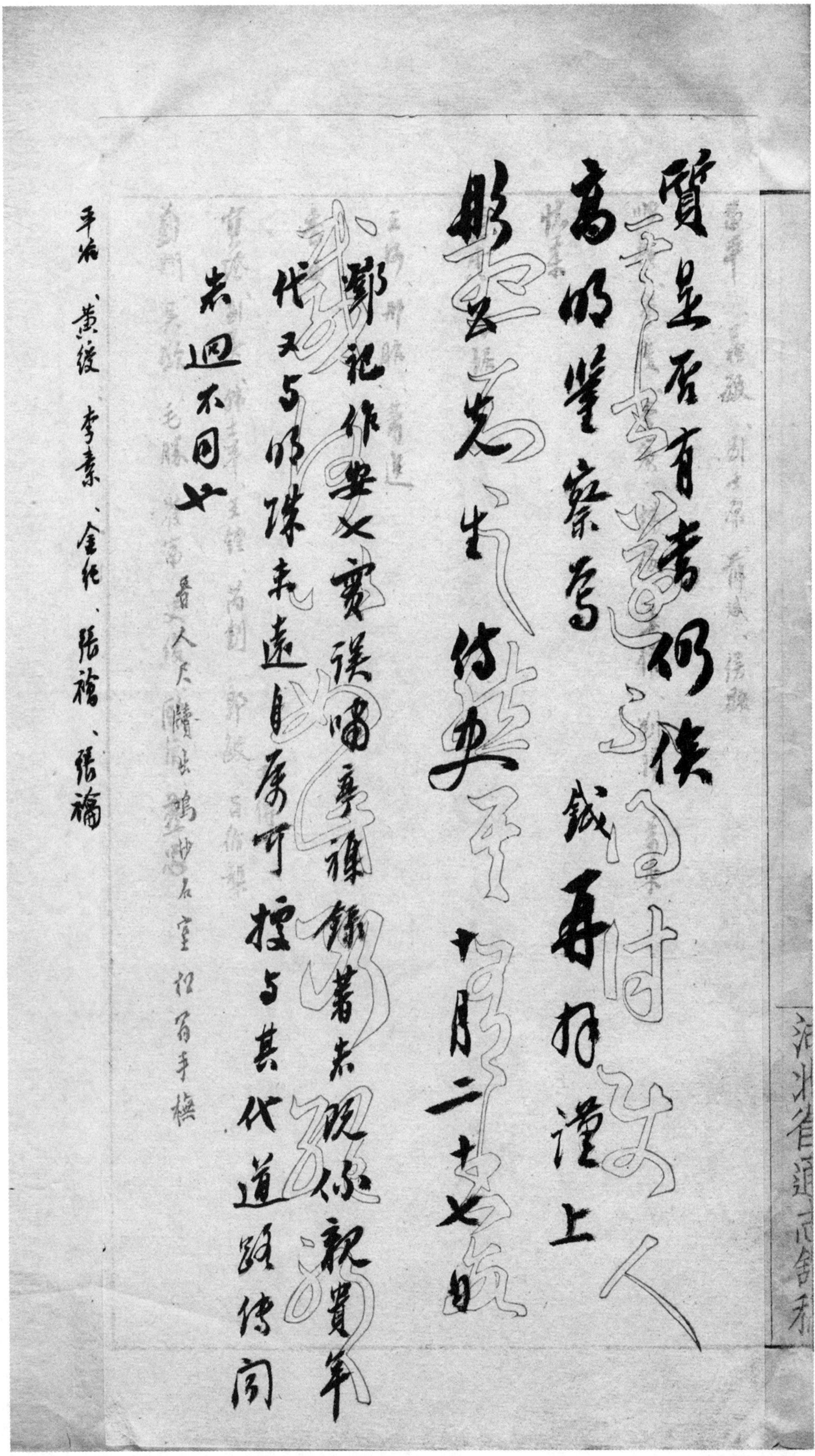

賢呈否，有請仍供
高明鑒察焉。錢再拜謹上
彤安先生侍史 十月二十七日
鄭記作要之實諆啫亭祿錄著未悉從親貫年
代又與明珠亲遠自序可推与其代道路傳聞
者迥不同也

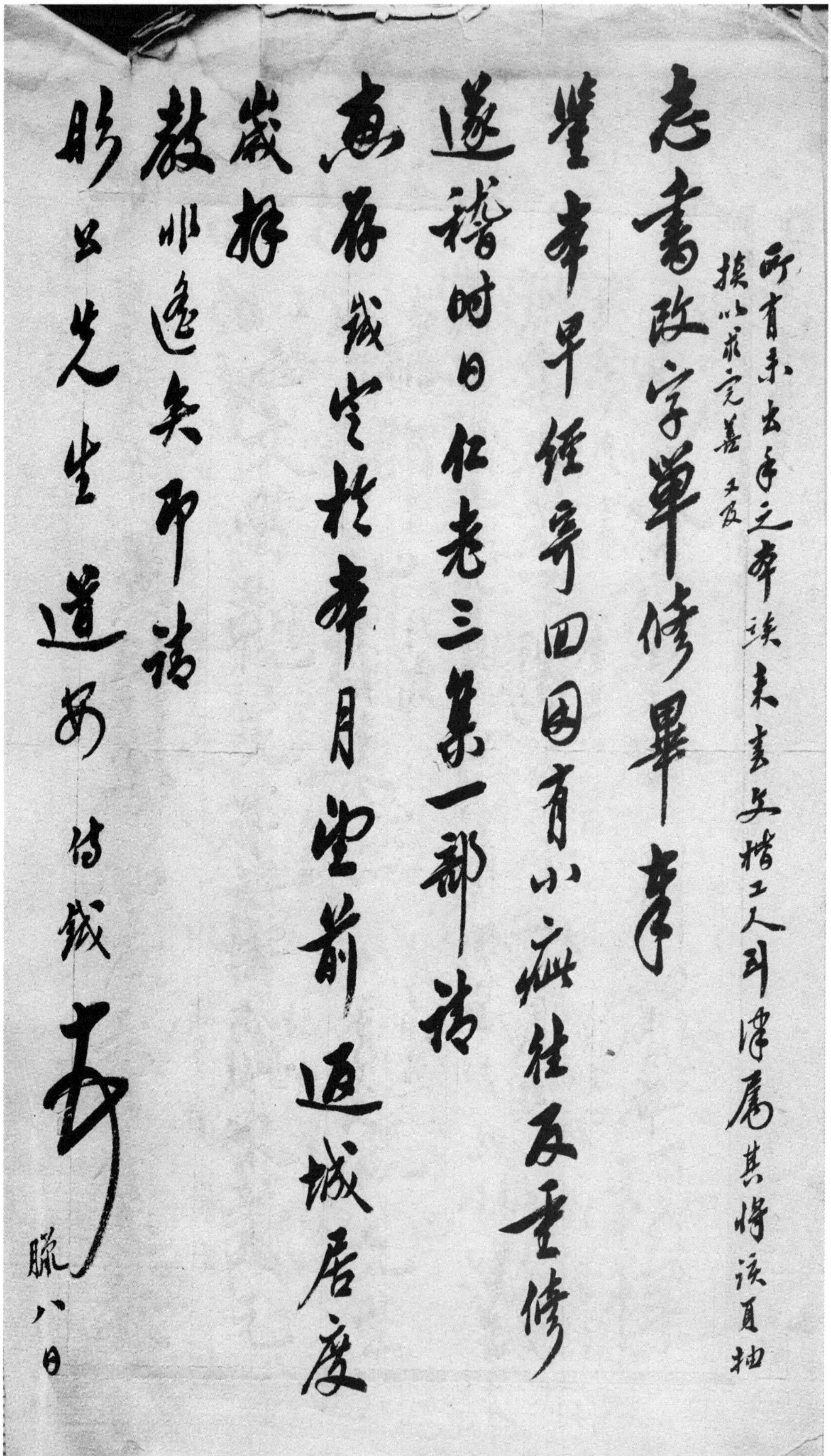
所有未出手之本，請未來主文楷工人斟酌，屬其將誤頁抽換，以求完善。又及

志書改字單修畢，本
鑒本早經寄回，因有小疵往返重修，
遂稽時日。仁老三集一部，請
惠存。我定於本月望前返城居度
歲，揀
教非遙矣。即請
彤士先生道安
侍錢[illegible]
臘八日

昨晚偶閲通鑑輯覽卷九十一第五頁皇
子竑惡史彌遠嘗指宫壁輿地圖瓊崖曰吾
他日得志置史彌遠於此又嘗呼彌遠為新
恩以他日非新州則恩州也按此則黄竹老人
詩遠道新恩悲夏影句之新恩二字似可乃
其出處與尊解適符為之懽抃不已亟節
録奉 閲當屬一快也謹上
彤公先生 坐前 即請
道安 竹鐵 拜

十二月十六日

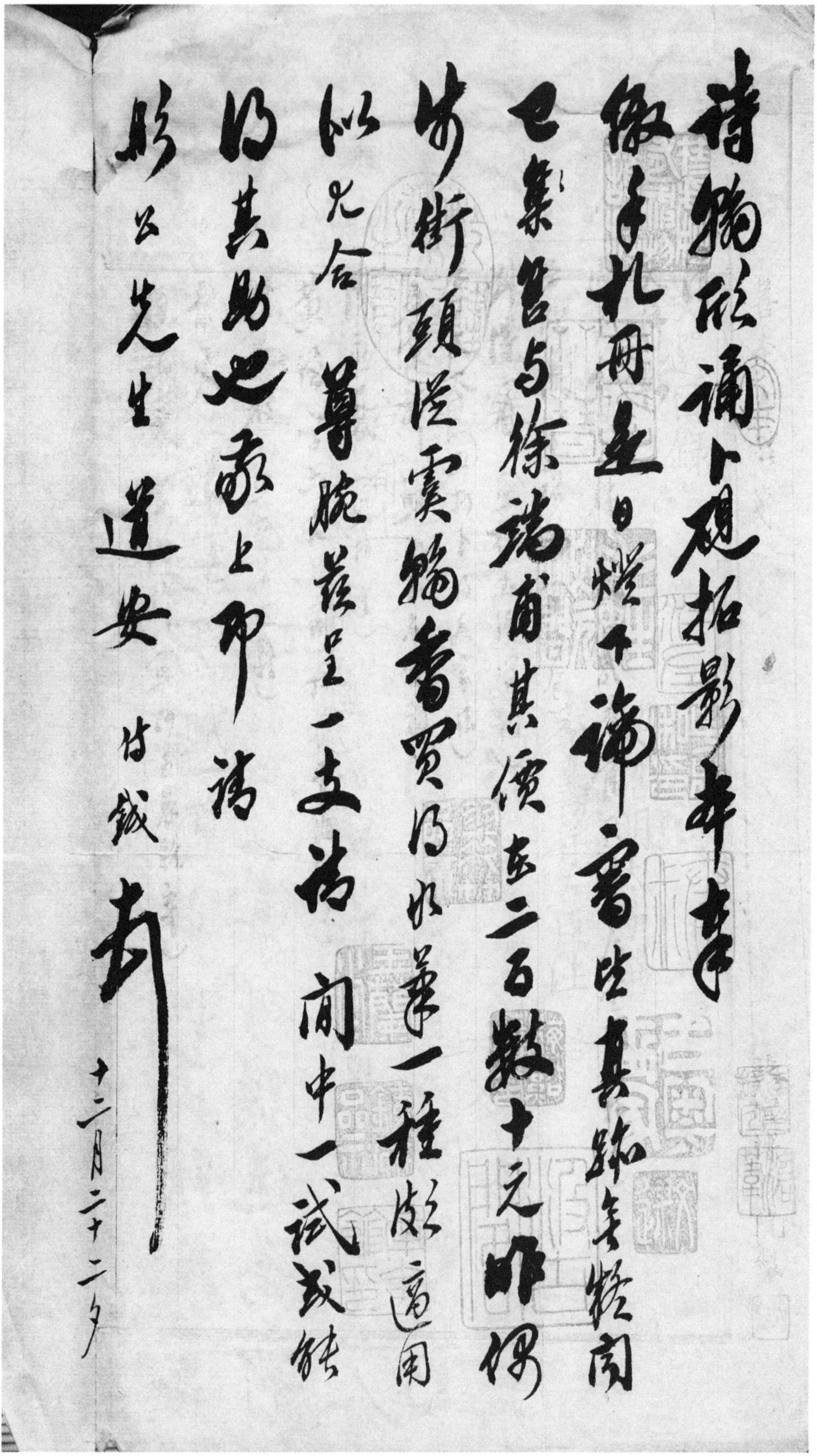
詩龕欣誦上硯拓影并華
緣手札冊呈日燈下論畫豈其餘筆縱閱
也集皆與徐瑞甫其價在二百數十元昨得
於街頭從震龕書賈得水筆一種微適用
似尤合尊腕茲呈一支請閒中一試或能
得其助也敬上即請
彤公先生道安　付鐵　赤
十二月二十二夕

尊諭親家之親俗讀如慶於古有徵
梁章鉅稱謂錄檢得另錄呈閱以當采輯
輟耕錄凡男女締姻兩家相謂曰親家
此二字見唐書蕭嵩傳嵩子衡（此梁注當屬章鉅）
尚新昌公主帝恒呼嵩為親家今世
俗通呼親字為去聲盧綸作王駙馬花
燭詩云人主人臣是親家則知前有所本矣

彤公先生惠鑒　　付鐵

十二月廿八日

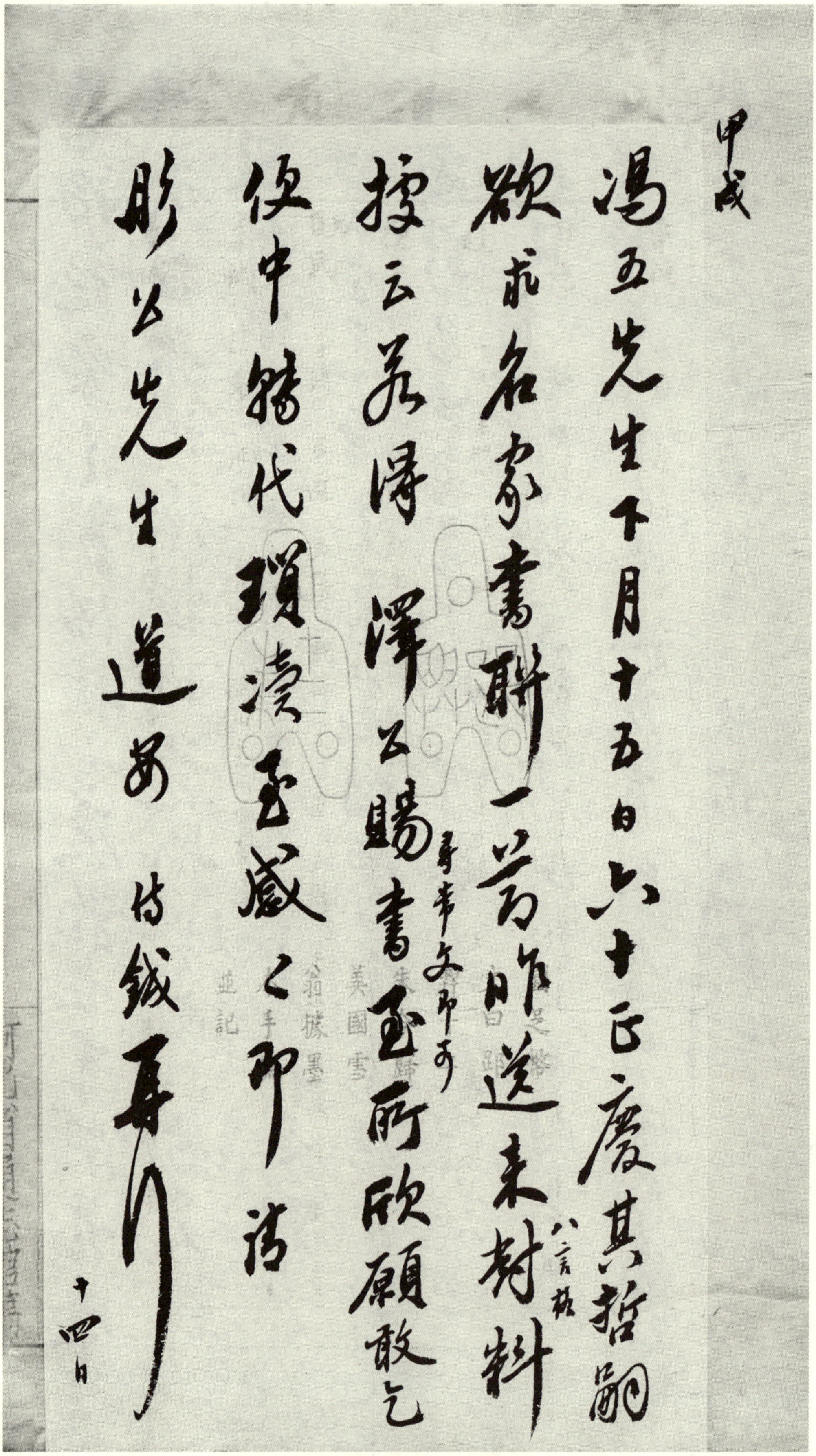
甲戌

馮五先生下月十五日六十正慶其哲嗣

欲求名家書聯一首作送來封料八言板

擬云莫得澤公賜書至所欣願敢乞壽常文印可

俟中轉代瑣瀆至感之即請

彤公先生道安 付錢壽門

十四日

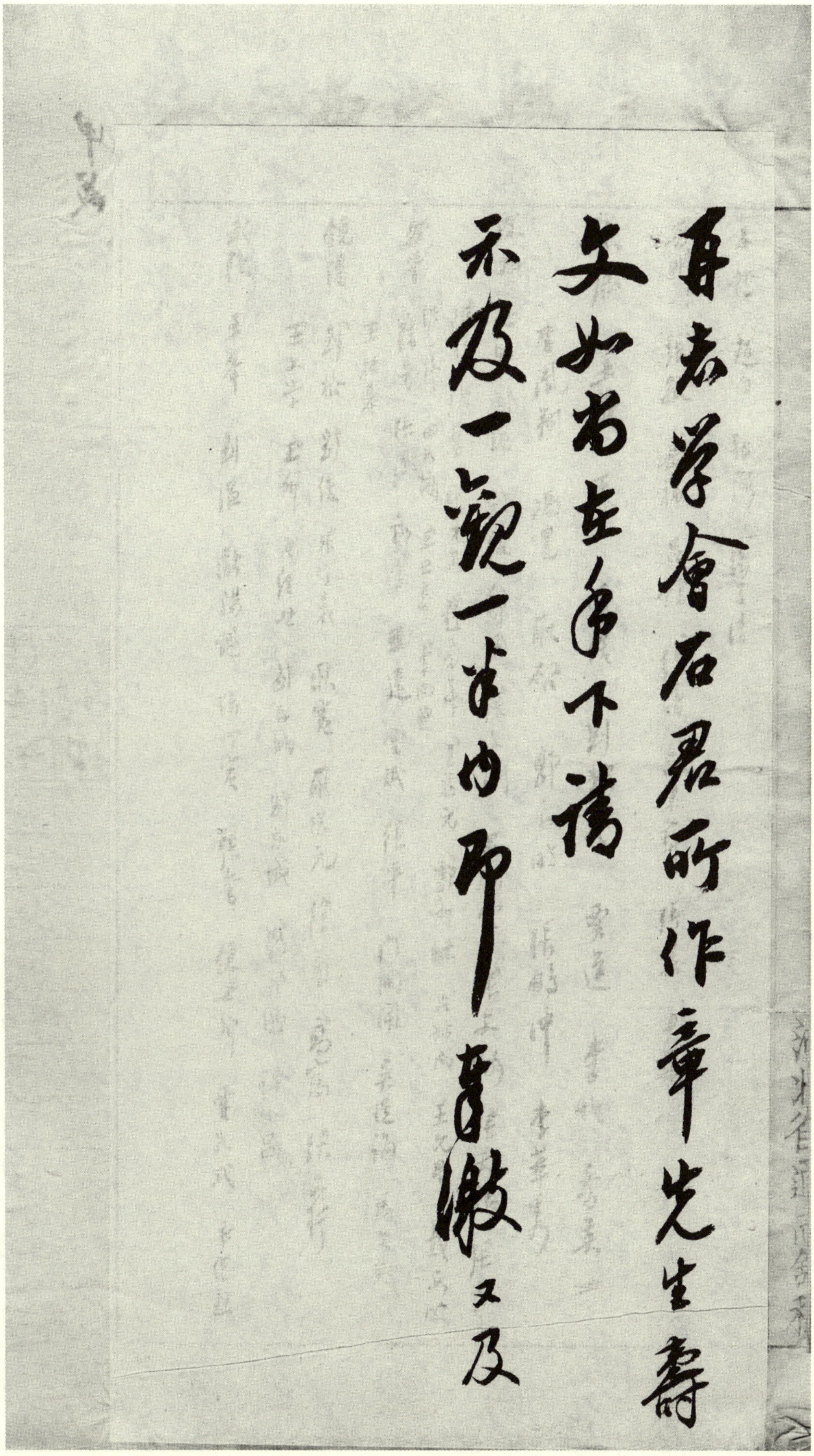
再春学會石君所作章先生壽
文如尚在手下請
示及一觀一半日内即
孝徽 又及

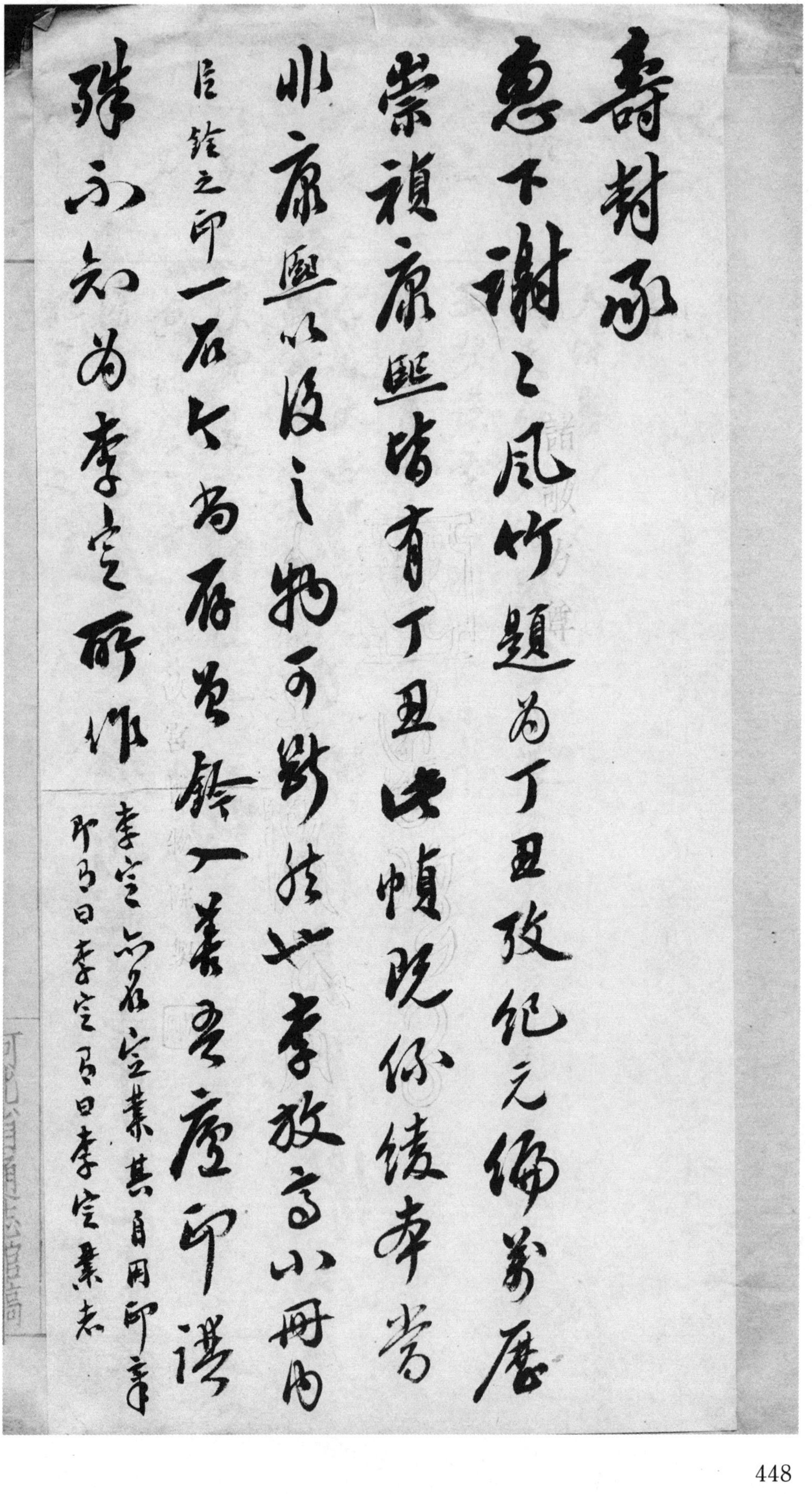

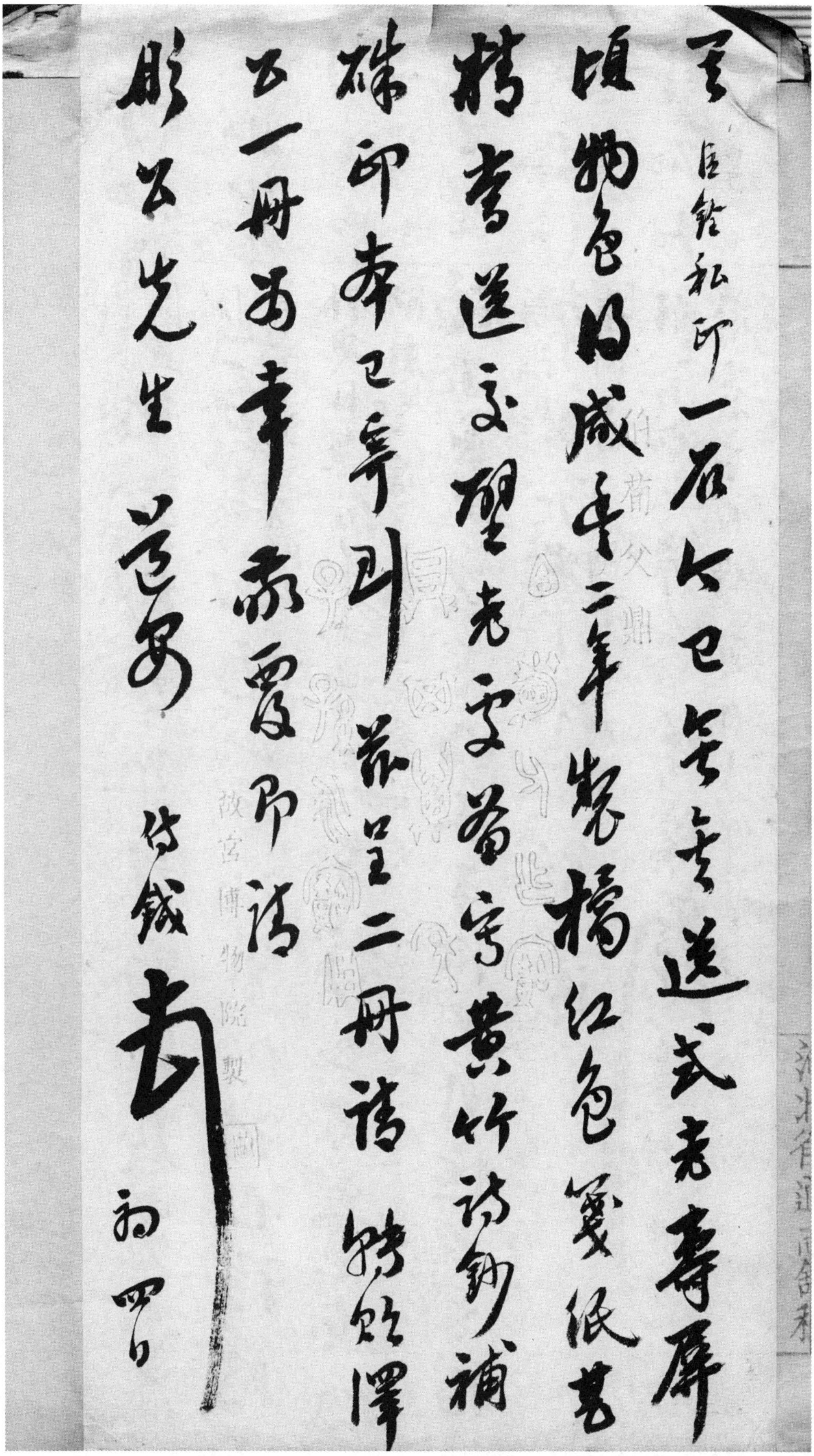
又臣錢私印一石、又巴箋送武光壽屏
頂物色的歲手二年紫橘红色箋紙甚
精，書送至望光雲蕭寫黄竹詩鈔補
祥印本已寄到，燕呈二冊，請轉致澤
五一冊，為李赤霞即請
彤士先生芒安　付錢
初四日

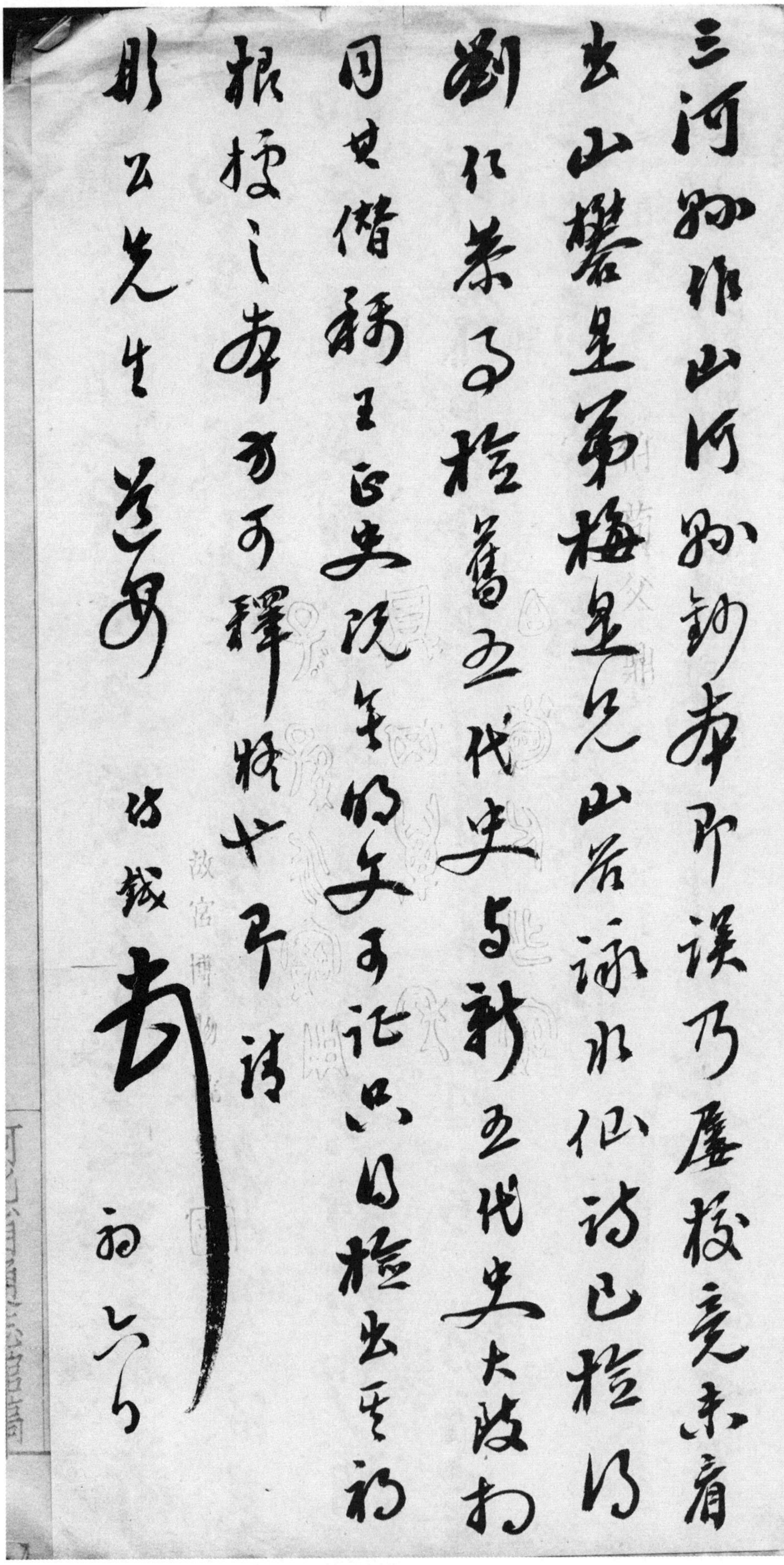

三河縣作山河縣，鈔本所誤，乃屢校竟未看出。山礬是弟梅是兄，山谷詠水仙詩，已檢得。劉仁恭為檢舊五代史與新五代史大致相同，其僭稱王，正史既無明文，可證只同。檢出再為根據之本，方可釋。特此奉請

彤公先生道安

弟錢[illegible]

初六

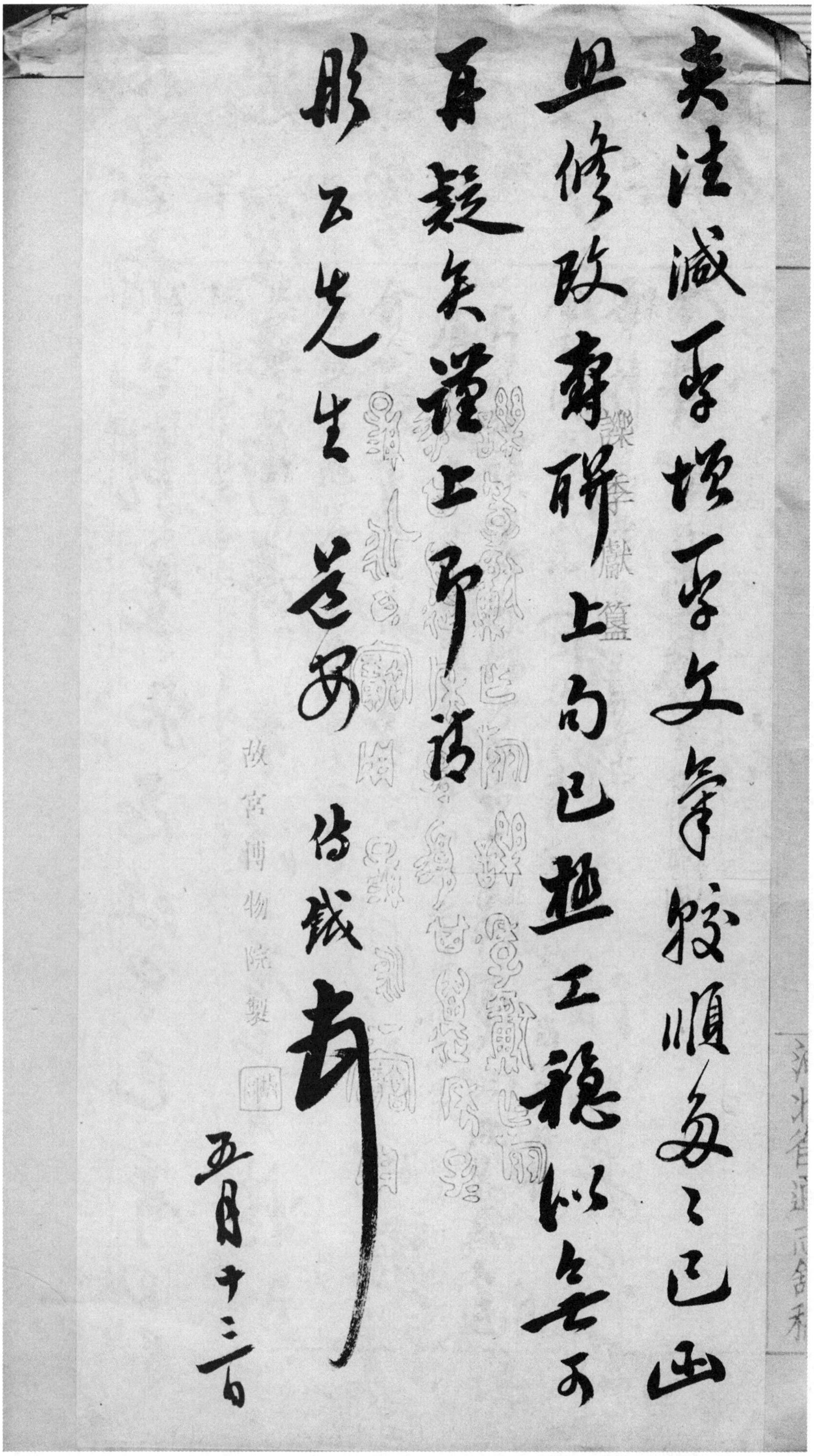
來注減字增字文筆較順每之已函
但修改壽聯上句已極工穩似無可
再疑矣謹上即請
彤士先生道安　侍錢[illegible]
五月十三日

故宮博物院製

微恙想已就痊知慰改字已寄回呈
覽塑老壽屏書法宜重精刻
乃留出作真如草之妙能此極滑之紙
不能通此境也聞塑老自以為不愜意
蓋與吾等用筆之法不要合乃
適為合作也畫以

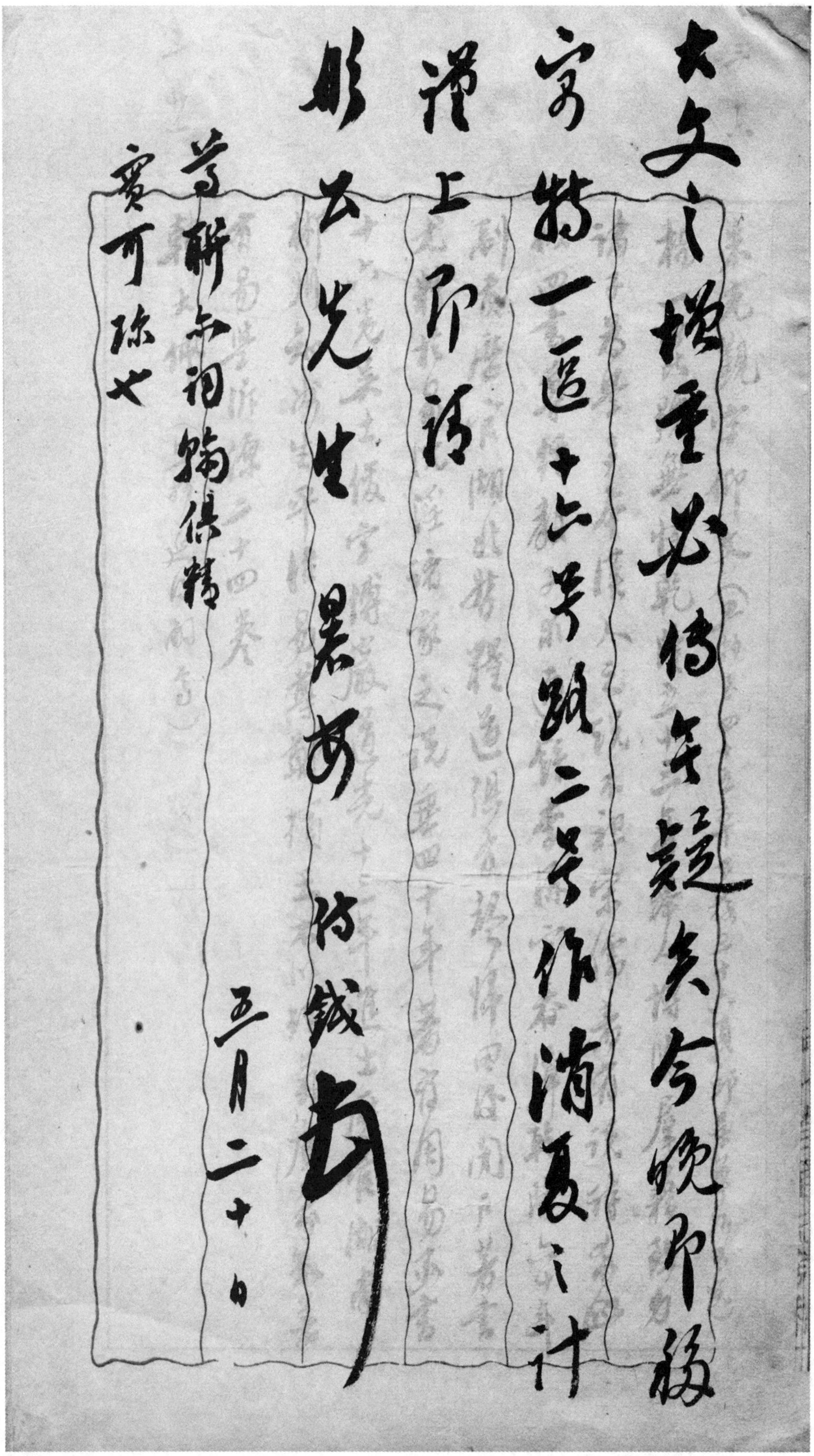

大文已撰重，必傳無疑矣，今晚即發
寄，特一道十六年號二號作消夏之計
禮上即請
彤雲先生晨安　弟傳鐵
五月二十日
蒿廬年祠編係精
賓可琛女

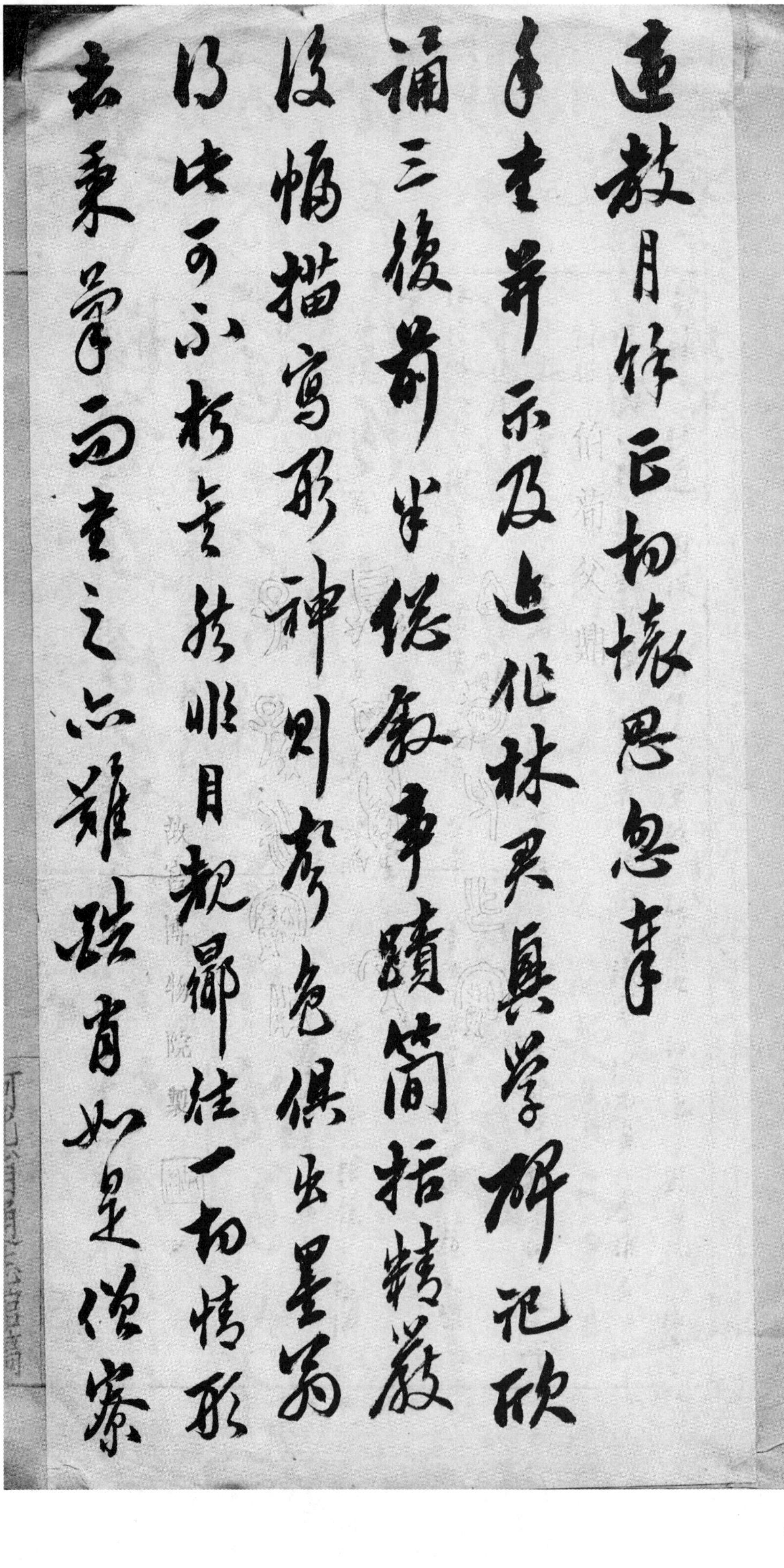

道範教誨乃三十年前之幻景，今尚有數人能道之哉。京兆自署姓名於文內，體格光雅，銘詞前四句讚已往，後兩勉方來，意濃旨遠，而稿紙二頁法書清腴，絕不類稀齡已逾耄之壽星，固當裝褾珍之矣。近日讀趙湘帆序異高

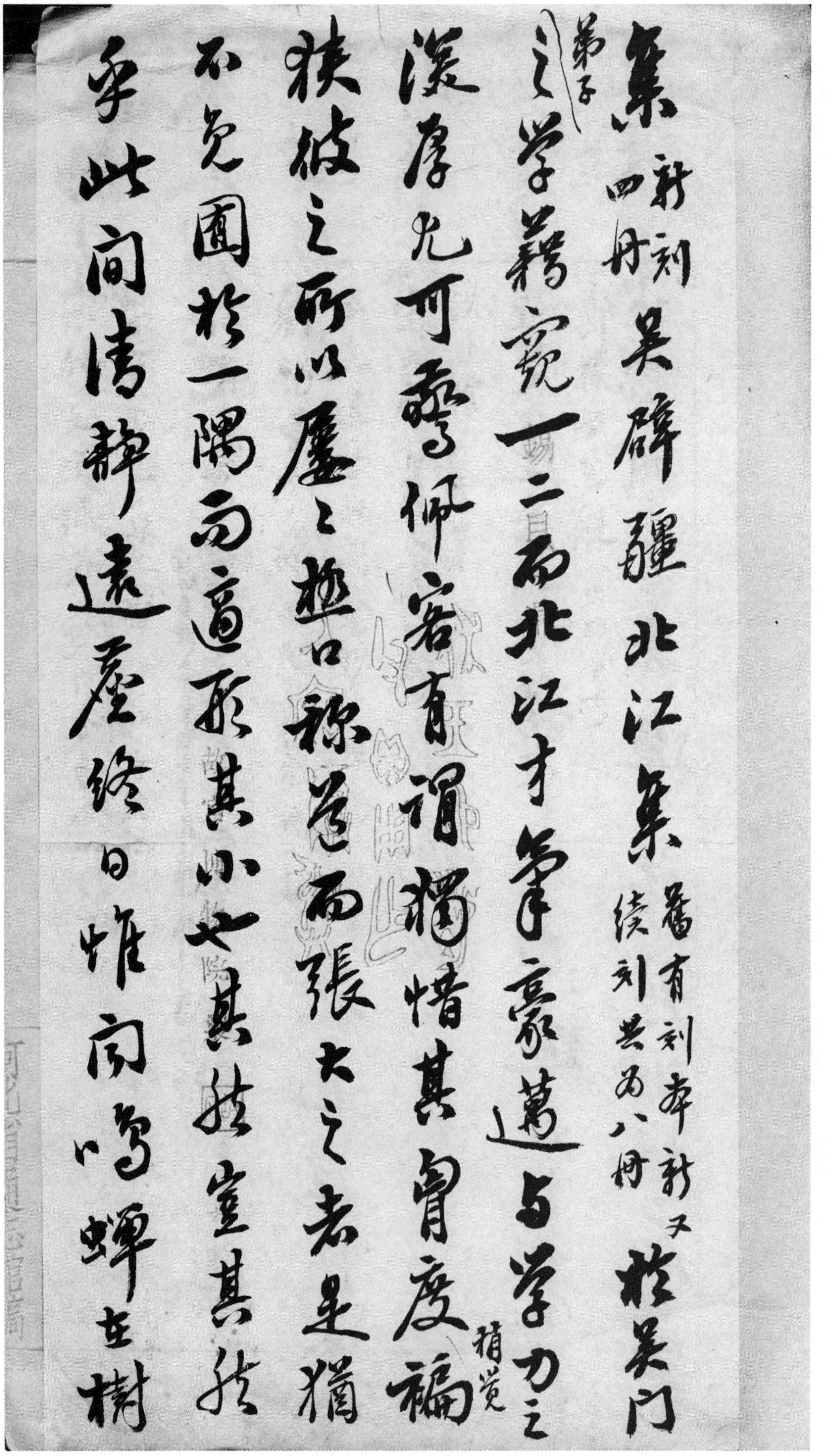

集（新刻四册）吴辟疆北江集（旧有刻本新又续刻共为八册）於吴门（弟子）之学藉窥一二而北江才笔豪迈与学力之深厚尤可惊佩密有谓独惜其胸度褊（精觉）狭彼之所以屡屡整口称其而张大之者是犹不免囿於一隅而适形其小也其於宦其能子此间清静远尘终日惟闻鸣蝉在树

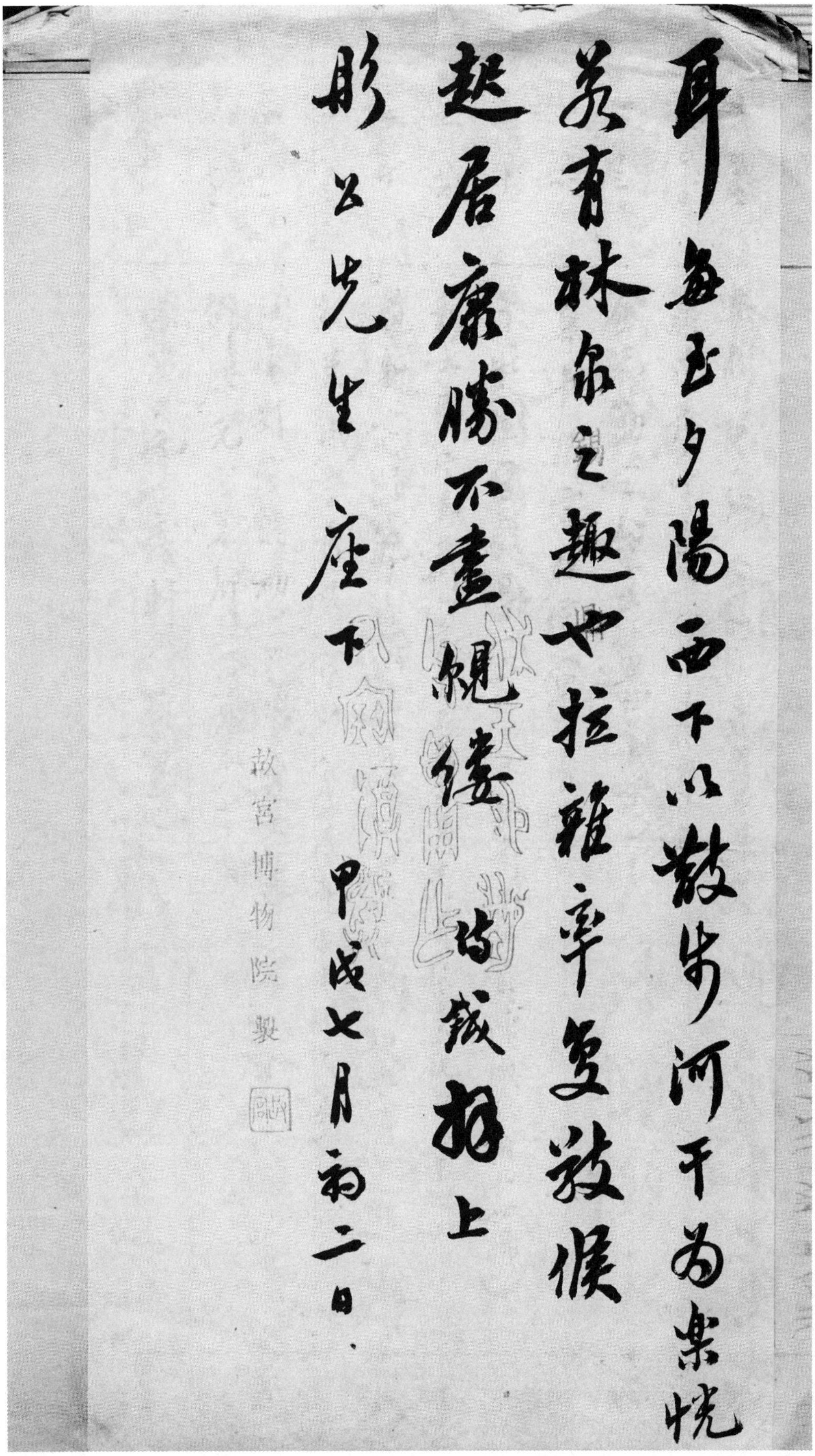

耳。每至夕陽西下，以散步河干為樂，恍若有林泉之趣也。拉雜率復，敬候

起居。康勝不盡覼縷。詒鐵拜上

彤公先生座下

甲戌七月初二日。

手示敬誦悉。外又得康熙進士一人，自應設法補入，無待猶疑也。諒垂盛異等貴法擬以李文忠記弟聞為文忠代筆與等改正符

所示七律一首，忠厚之旨，悱惻之言，字字可泣心脾，持讀迴環，不覺感

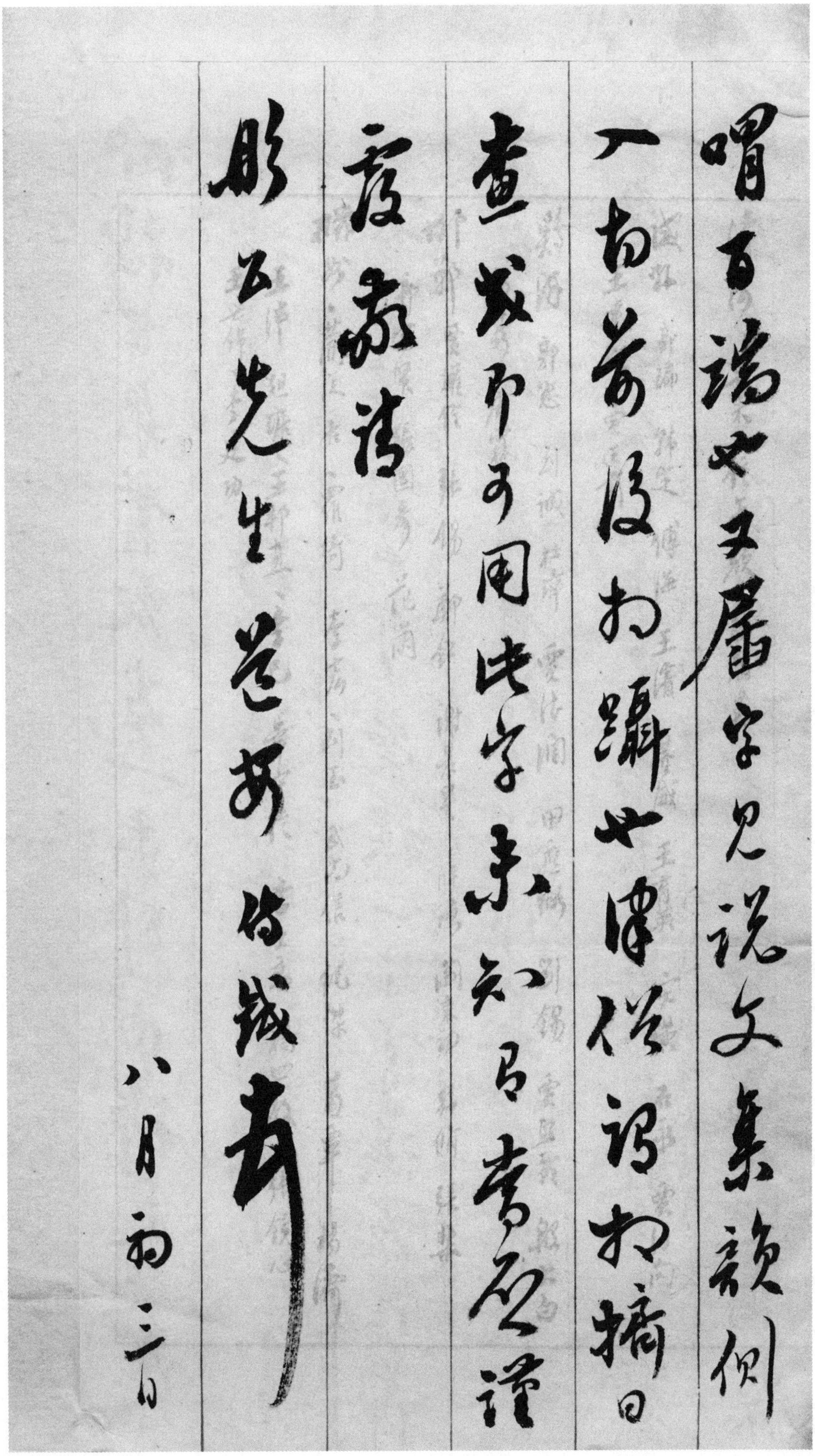
喟百端之王屬字見說文集韻側
一切前後各躡之律從詞各摘日
查找即可同此字來知已書處證
覆敬請
彤石先生著安 佑鐵 首
八月兩三日

叩校古泉叢攷卷一末則內許天啟既似崇禎時臣工斷不能用熹宗年號二字為名此必有誤不然即崇禎二字有誤原注出猗覺寮雜記君壽注為誤作益以為崇禎時乃不應出宋人著作中而未慮及天啟二字是熹宗年號亦不應崇禎時人用此為名也竊按宋

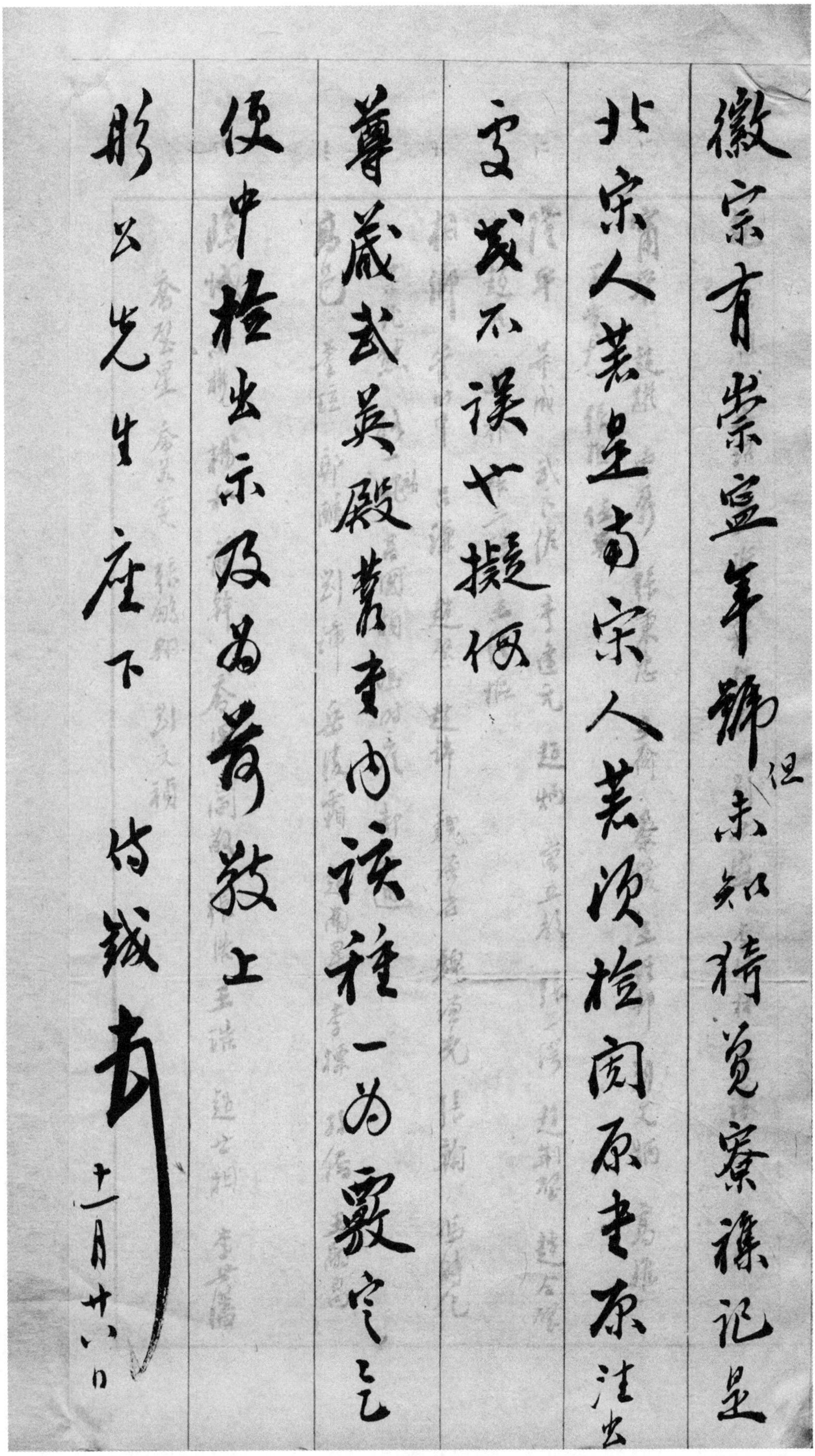

徽宗有崇寧年號，但未知待覓察樣記是
北宋人若是南宋人，若須檢閱原書原注出
處，茂不誤也。擬候
尊藏武英殿叢書內該種一為覈定之，
便中檢出示及為荷。敬上
彤公先生座下　竹鐵
十一月廿八日

拜手

遠示並承

惠假猗覺寮雜記讀洪邁序知其書為

南宋人著檢其卷下十九頁此條果在崇禎

確係崇寧之誤為之大快書即改出君

壽并將原書為證擬將吳壽注語刪去仍

政協出精覽察襟記此書暫為案頭擬

即邀讀過以廣見聞書孙志窺借來奉

上特此奉

聞書為攬收即請

彤公先生道安　侍錢功

十二月二十八日燈下

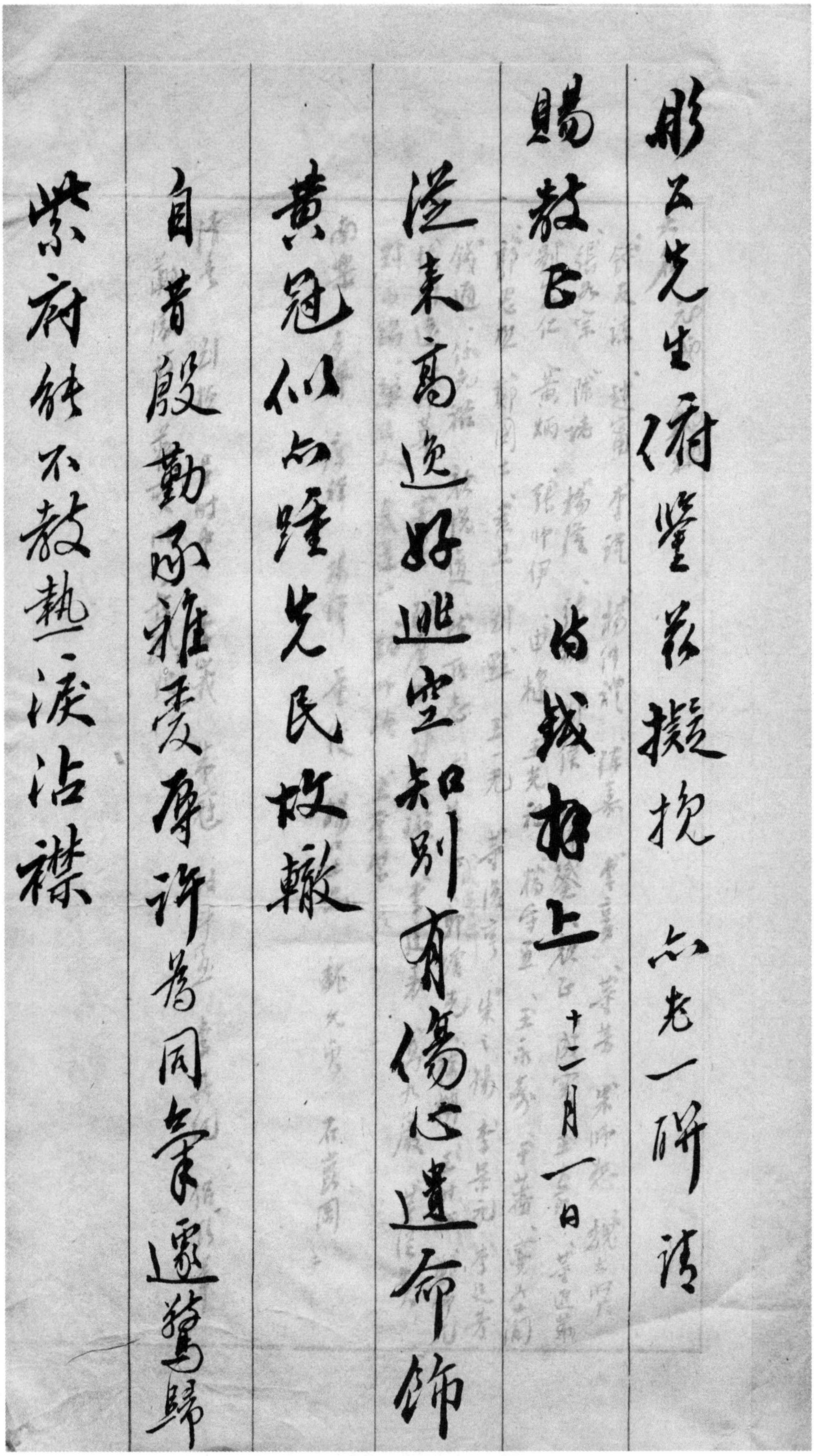

彤士先生府鑒：茲擬挽公老一聯，請
賜教正。尚鉞拜上 十二月一日

從來高逸好遊，空知別有傷心，遺命飾
黃冠，似公踵先民故轍；
自昔殷勤承雅愛，廣許爲同舍，還驚歸
紫府，餘不敢熱淚沾襟。

適奉
教言挽聯對語第二句擬改作每傾
談促膝似較為自然未知何如請
賜裁定
彤公先生座下 付箋 [illegible]
初一日燈下

少棠六十正慶，為彼倩諸名貴書題圖，特備紅箋一幅，敬乞代懇澤公賜書為感。昨任老來談與高梅詩「荊花零落全如血」句，似可不動，不過荊花如血恐無出處耳。即請彤公先生道安。符鐵年 十一日

特一区每二一照，是日天气甚凉，出门时又衣裘稍厚，遂未能久停，即归。彩赵竹间楼诗，校毕，凡笔画残者旁及眉标点笔画误者注于眉，又加签二字，请酌定再来。莲西赋抄刘本，拟请闲时检出

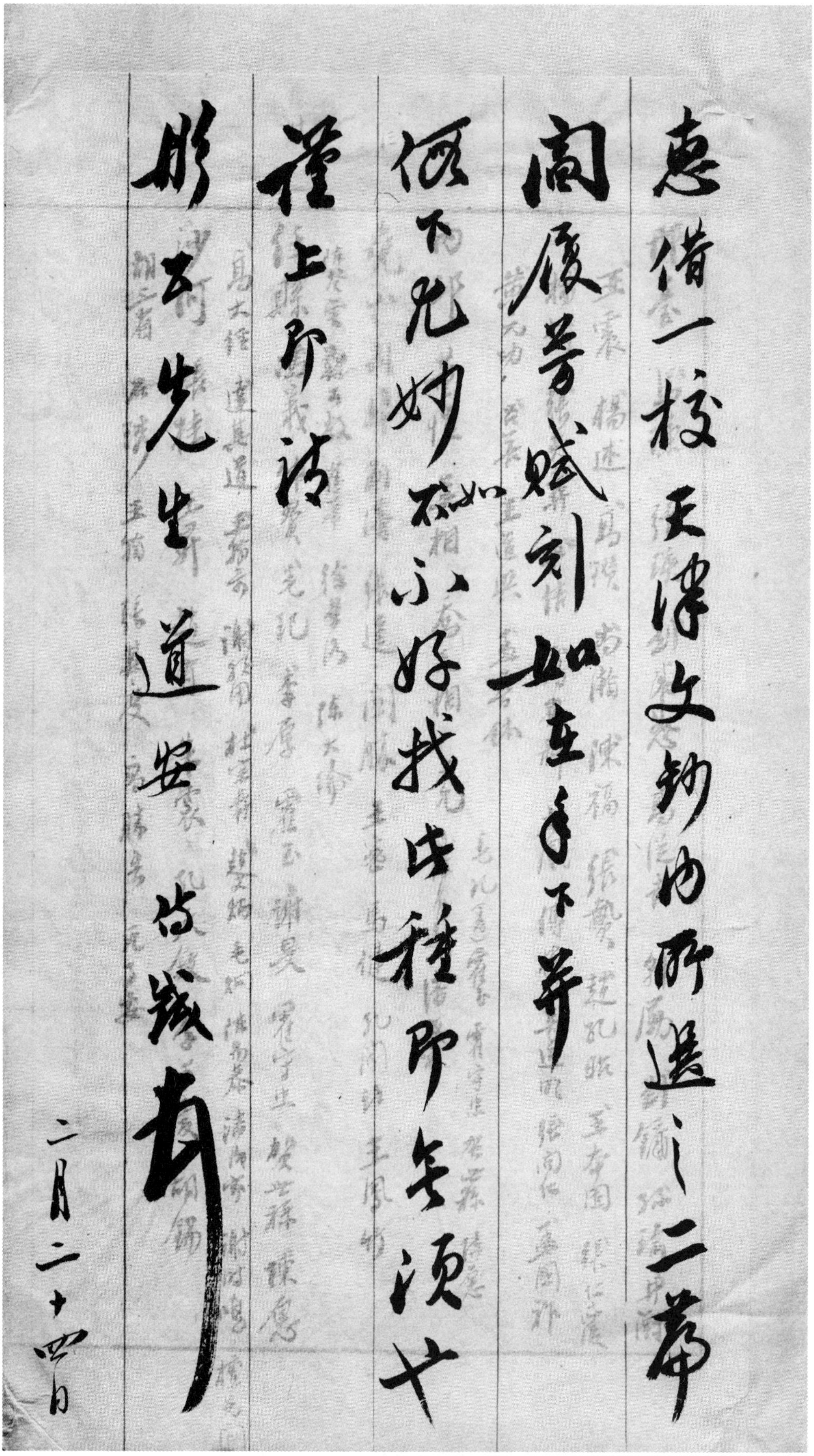

惠借一校天津文鈔內所選之二篇
閱。履芳賦刻如左，手下并
候下先妙，不如小好找此種，即無須十
禮上，即請
彤士先生道安
尚鉞
二月二十四日

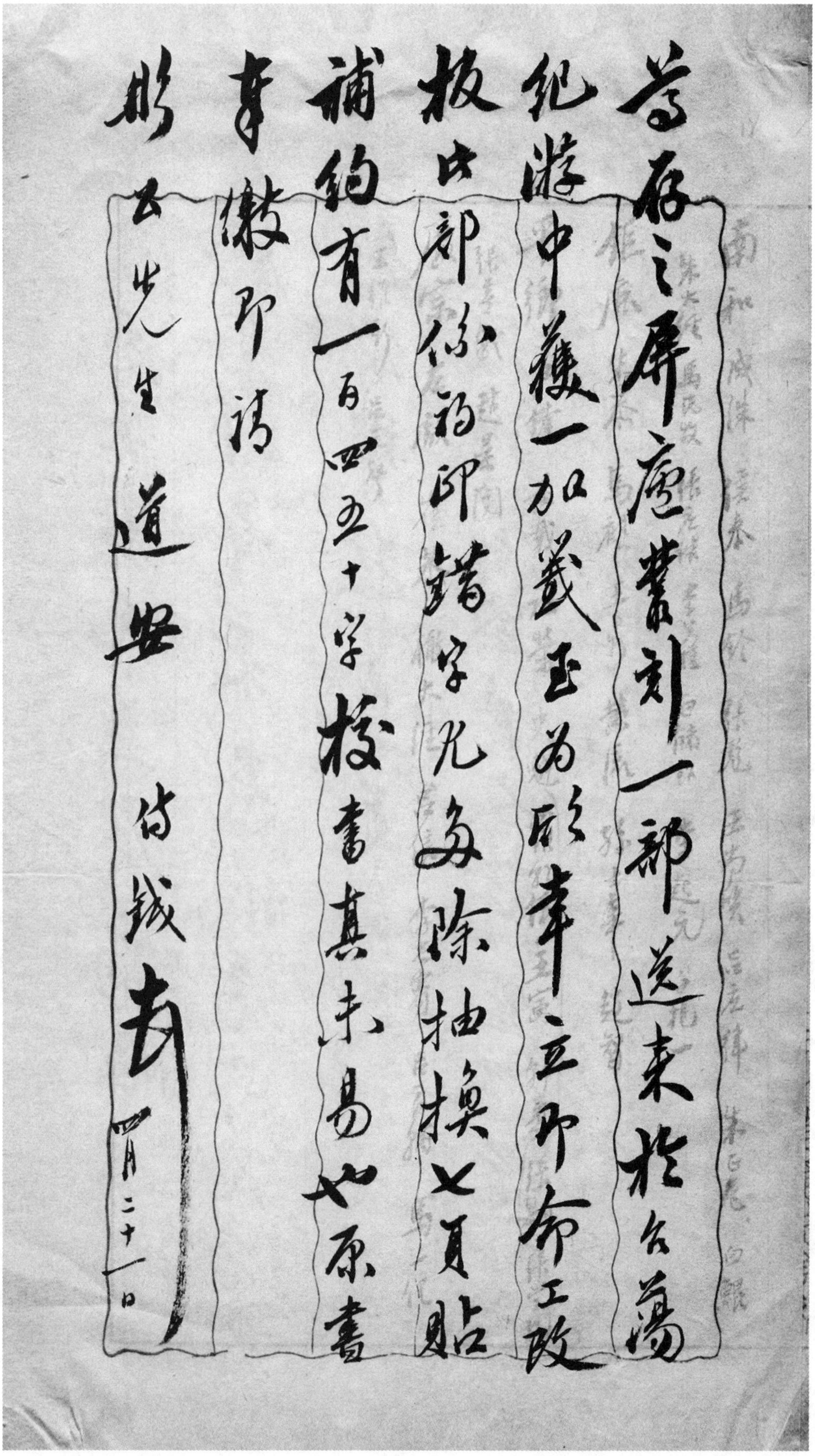
蒿存之屏廬叢刻一部送來於台端紀游中獲一加籤至為欣幸立即命工改板此部係將印錯字先為除抽換又貼補約有一百四五十字校書真未易也原書奉繳即請
彤士先生道安 付鐵 [illegible]
四月二十一日

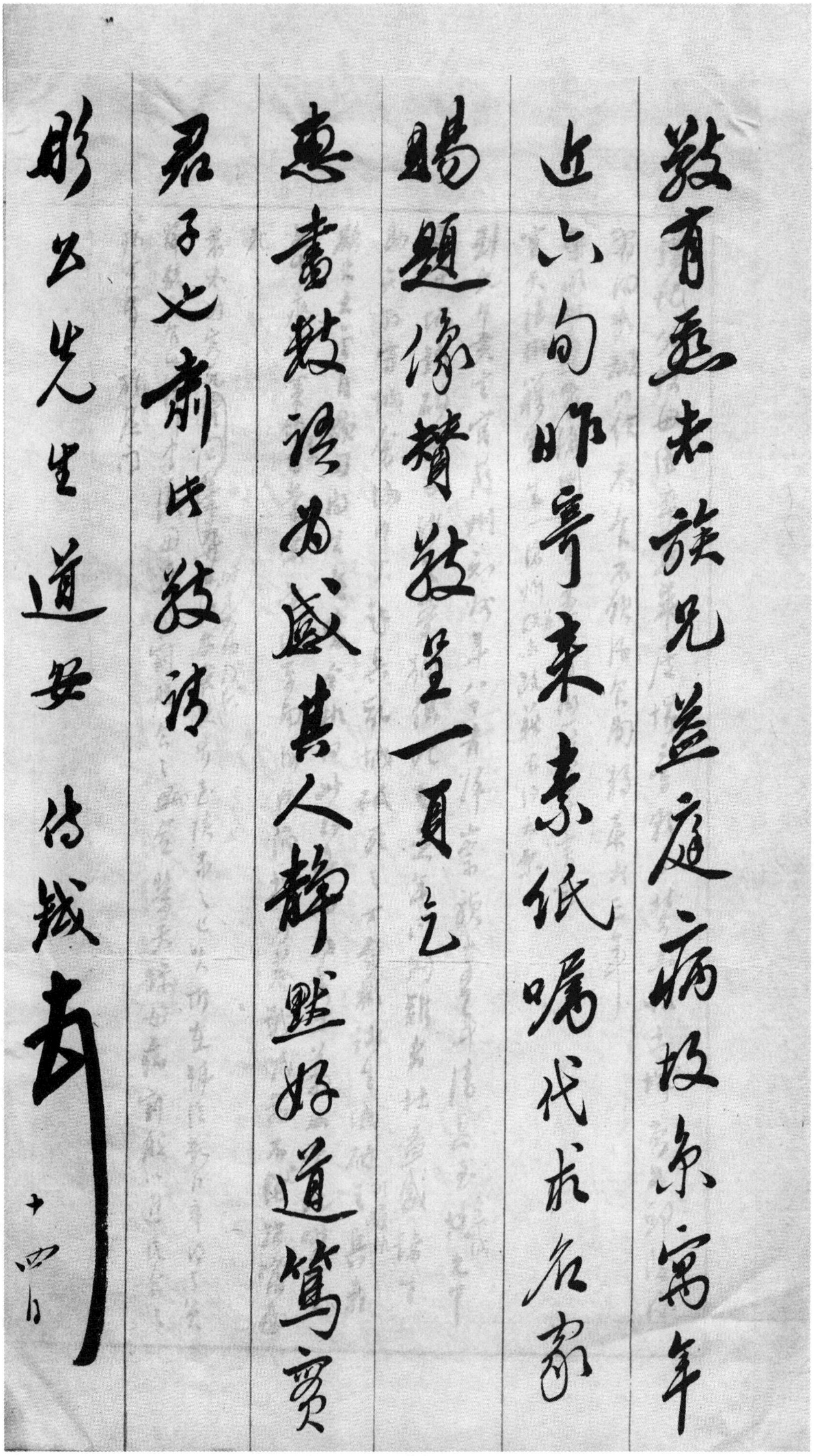
敬有懇者族兄益庭病故京寓年
近六旬昨寄來素紙囑代求名家
賜題像贊敬呈一頁乞
惠書數語為感其人靜默好道篤實
君子也肅此敬請
彤士先生道安 侍鐵
十四日

手示敬悉高陽孙公之謚檢明史云福王时謚文忠通鑑輯覽云本朝謚忠定而其集書籤題作孙文正公集翻閱其集中卷首及折頁中間原作高陽集弁首序文數篇標題及文內亦無文正字樣只嘉慶时知高陽縣事楊璽一跋題作孙文正公全集

序列於各序之次，於讀是文內亦並無
文正之稱，且自識跋其卷尾云云，當立題
曰序。徵異況集之編刊在順治時，此跋及
書籤必後來所補，蓋請書時筆誤，而世
俗又最重文正之稱，故遂以訛傳訛，未
之詳攷。至實在謚法，忠字較正字尚列前耳。

於究其何以傳諸我國之後人既不顧
從情鄙之談又不敢用俚鄙之談於是
故竟稱呼為文正公相沿日久耳習口
則鄉里不學之輩固未嘗加察而淹博
有識之士仍毋忍心哀其志亦復為之
申辯耶縱之書以明史及通鑑輯覽

为拟作二谥并原通志所奉拟谥忠定
既无文正之说且此等加恩往代节届
之谥似亦对不能再改定则文正为子
孙可无靳矣臆度如此拉杂奉复唯
鉴裁幸甚敬上
彤公先生座下 傅岳棻
二十七日

曾記前云吟望以不知竹嶼為何許人見詞話於無意中
獲有端倪遂為捡得

吳泰來

字企晉號竹嶼長洲人乾隆庚辰進士官內閣
中書工詩博學有歸硯堂淨名軒等集

未覩

教益，正切懷思，捧誦

惠詩，琮發之達。日讀唐宋詩醇，

甫竟李杜二家，昨得於書肆購得

隋謝却詒廠詩稿一冊，前有

萬題五古一首，其詩跋每題逸如迥

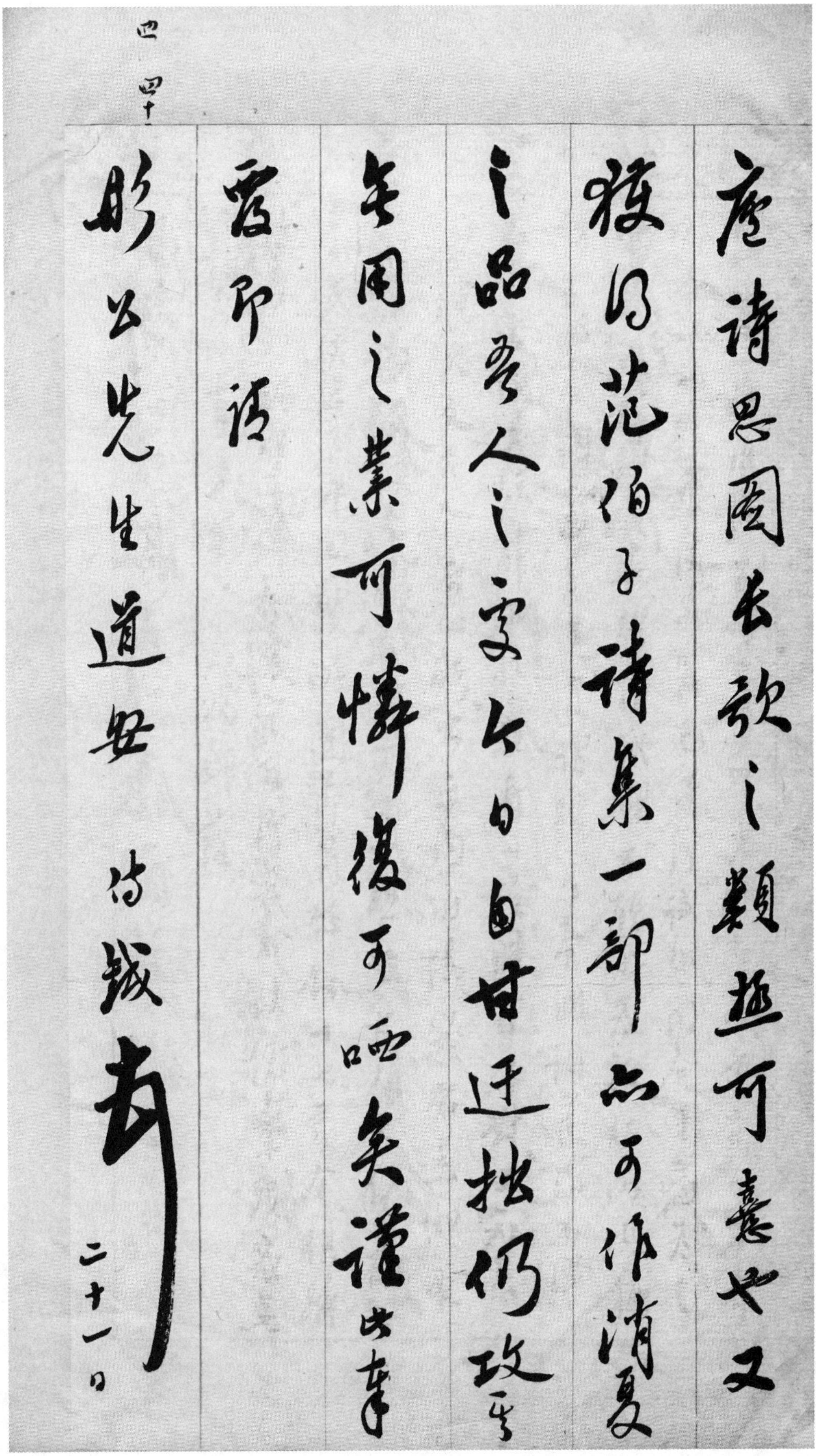

四　四十一

唐詩思圖長歌之類極可喜也又
樣明范伯子詩集一部亦可作消夏
之品吾人之字今日自甘迂拙仍攻乎
舊聞之業可憐復可嘆矣謹此奉
覆即請
彤公先生道安　侍鐵夫
二十一日

手示并書收到履園秦游二集蒐去

叢頭當未校前後共十種已校畢倩

畢者六種未校者四種當有劉李二

家者未交下總序目二頁已屬文楷印

樣來附上請

閱鈴越竹間樓一種擬即先行開印

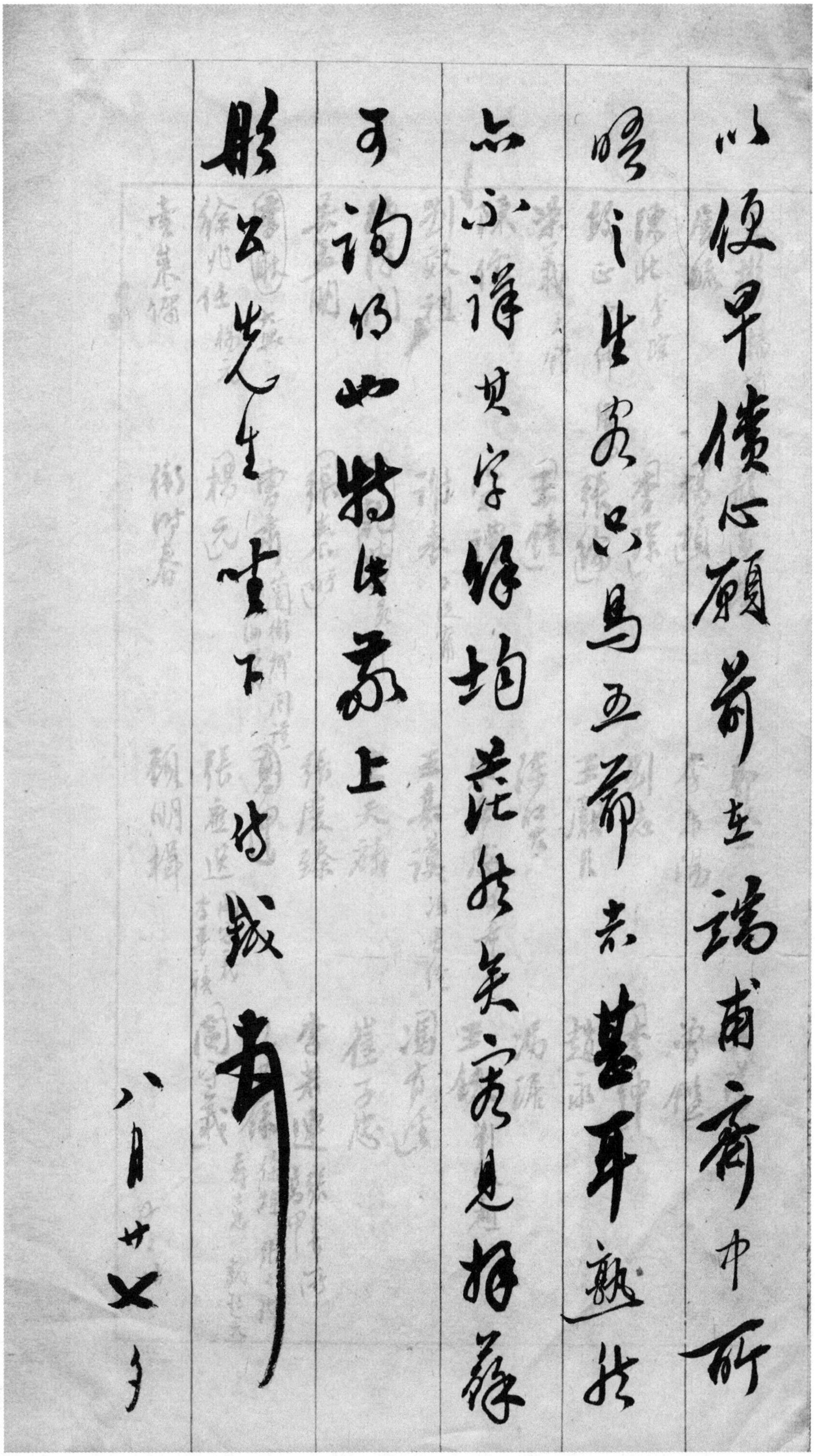
以便早償心願。前在端甫齋中所
晤之朱家只、馬五爺者，甚耳熟，於
亦示詳其字號、境況、於矣家、是何籍
可詢明也。特此奉上
髯公先生台下　付鐵
八月廿五日

手示敬悉梅集草即以示宜每所見
甚是刻本似蕭張一石最佳餘二石
在伯仲間張刻之本字頗不易識又
書置之第三矣不知以爲何如謹此即請
彤公先生道安 弟鐵頓首
八月廿九夕

手示文忠日記一種，本擬先行付梓，漫錄於叢刻。已刊各種體例終屬未合，暫置可耳。日記跋內仲愷述未還鄉數語，係仲愷令子霞校時所改，豈事實未是，遠年之事，其子亦不甚詳歟？賜跋不言其還鄉與否甚善，或不將此層敘入，於本年於任下即接函宗立甫云云，如何？緣莊嚴館詩存一篇，本係舊刻原槧同此

钞本西崖昨时竟忘带去，容再呈

览。石阡印景二十首，即印中，此录附日记末

续刻。已刊成三册，再将黔行水程记付刊

即足四册，暂作一段落，亦无不可矣。谨此奉

覆，即请

彤翁先生道安

侍、钱 [illegible]

十二月二十三晚

手示掌志續刻，冊數雖可少，種數亦可太少，
識語之類雖再集小品數種，亦須爲正著
始可，以鈔本爲限。靜嘉堂藏錄頗在手下，
第竟不爲整理，亦覺難於日本取出翻閱也。
思得一編錄之法，凡所摘鈔者悉刪去，於摘鈔
之下有低格按語者，合摘鈔爲一條；凡所自述者，
除將傳記一時瑣屑刪去外，其有關學問、關庶
與掌故者，概以大字頂格逐條排比，如此稿寫

以為無自矣又吟齋杜陵斷為名下見
選為二卷亦甚可觀沈譜字數太多且若
另刻本暫不從緩嚴譜抄另可觀僅十
一年為另補足總之此事及今不圖恐亦
竟成絕響矣異日留待後人則今世何世未免
太杳茫矣
先生以開九老人仍复孜孜不倦藐躬年
方及艾後死之責正今所居者亦正不知凡

我至境遇之通塞，殊莫能計，區區此心豈容已耶。綠蘿巖館詩存刻本，年前已託斗瞻帶呈，想當
入覽。謹上即請
彤翁先生道安，並賀
年禧
竹錢[illegible]
辛巳正月初六日

志脉随笔卷六第二十六页前六行十三字
是字未知是否为正字之误请
示及芳遂之四册及严先生年谱冲印本早经
收到严谱正在钞从钞毕再奉
缴是谱谓玉照五十九岁上初以为仅短一年今知
短十一年之多将来再为斟酌可耳孟志
寡嗣君仲恺匪但遂乡且曾久居咸作如是
说而先令子乃曰遂乐遂乡殊莫解先闲之系

118

静喜謙錄刪去摘鈔存之年表將來或

即存其自述較此爲正原書塗乙錯綜複鈔

大費事矣吟齋草（尺牘）存友處詳讀其去其

從者可存精品亦不多也謹上

彤老座下即請

道安　付錢去

六月朔日

先後寄到如也，敬悉。菲檏文楷來函隨筆即便何舊年增已囑開列並囑其開一帳單每部連郵費約干五十部共為若干，候開來呈閱。特願此五十部將來印成即由文楷運寄尊處何如？又匠孫前去交來二百八十二元，計為七十七人應同書七十七部，昨又交來四百六十七元，四角添印一百二十三部，合為二百部，呈款校謂係周四先生所贈，至可感謝。已函知文楷照

刷訖二百部寄到後即來數，交與正孫辦理可矣。頃正孫已有報告，用再奉聞。敬上

彬先座下。即請

道安

竹識

二月十四日

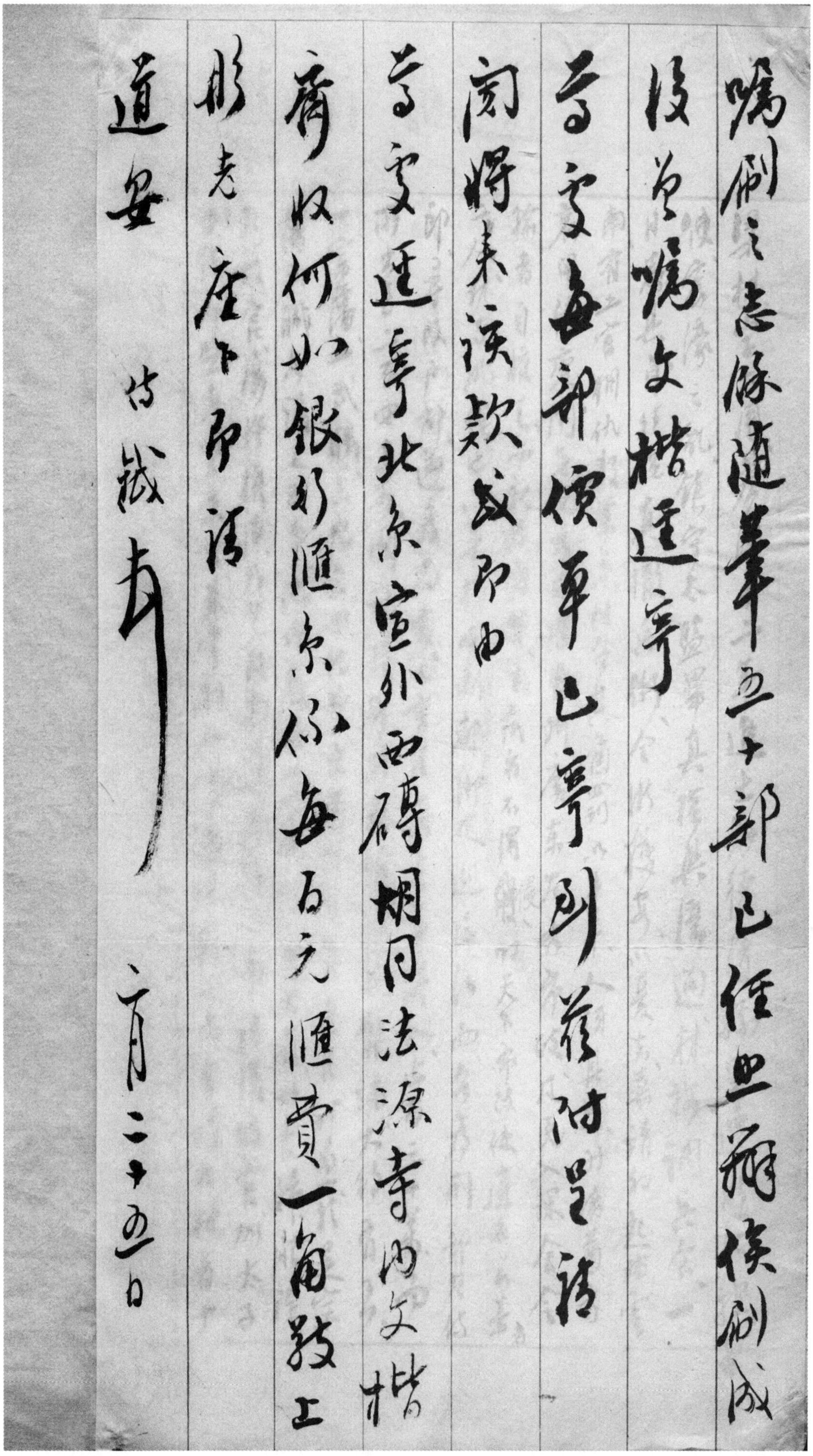
囑刷之志條通華五十部已經照辦俟刷成
後並囑文楷送寄
尊處每部價單已寄到茲附呈請
閱將來該款或即由
尊處送寄北京宣外西磚胡同法源寺內文楷
齋收何如銀行匯京似每百元匯費一角較上
彤老座下即請
道安　竹識頓首　六月二十五日

頃翻閱崇語鈴聖教帖（影印本）讀其跋尾並檢及
隨筆內首圖牛次原節録一則出以校對刻
本誤以百里為千里在第四十七頁後五行之末
應改正為是按諸上文當非千里請
鈞定印行
彤老刻安　　竹錢　書
二月初五日

來示奉悉。日昨斗兄枉過，交到
書款二百元，一切遵照辦理。聞斗兄云
尊處之五十部已攜歸，並得文楷齋亦有報
告，及此授謂此番仍刷成六十部，先為寄
來五十部，留用其餘續寄，新改之百字請
下次寄到之本書可改好否？上
彤老座下，即請
道安
付鐵
三月十二日

手示奉悉此次承署記為代印承志除自留五部
承方要五部者已寄到送去款已照付矣所留
現均未動客派人呈上一部即以報贈錦老甚
善百字小条亦印來隨出附上隨筆每卷之尾
近又添刻卷數字樣與卷首同併與最刻之種一律
形老侍鉴　付錢
五月初七日

來示敬悉，當即函知文楷照改，前一制字尚未改回正。蔡處書尚只寄郵來，與送去手下者正齊，前只是新改誤字貼補後再爲送去。黔行水程記正寄來少許，茲檢一冊交郵寄

呈請

惠覽，謹復即頌

彤翁先生暑安　廿鐵上

閏六月初六日

再者前接劉翰怡來函，謂將編清遺民傳一書，附寄排印之啓事及張菊生一紙。查閩吾鄉如幼樵、提學、錢、娓遺民之流其外，堪列此品者，尹澄甫、沈愛蒼、甫二公何如？陳石遺亦不甚詳，以知亦甘居寂寞者為之銘？

繇以可出之機遇而堅抱隱退者，方見高尚其志，藝展野處之輩則往往何足道哉。

衷中所及，搜羅一二，以聞速，潛章甚々。

附劉君啓事一紙

附呈林、陳也

道光二十三年学政冯芝拟此时示谕凡应试者于该门另名不列不了加字一人写之

示悉。水程记承校字，谢谢。查俭堂之
怂题上方二游记，首载铜鼓书堂遗稿中，
静春樵记每一展卷为之生畏，盖亦由一
时心绪不宁，亦难专一所致也。又楷改字乞
为录到，念念。影形将正廿苏要之，五十部早
为送去，即请东矣。即请
彤老暑安。竹铁上

闰六月十一日

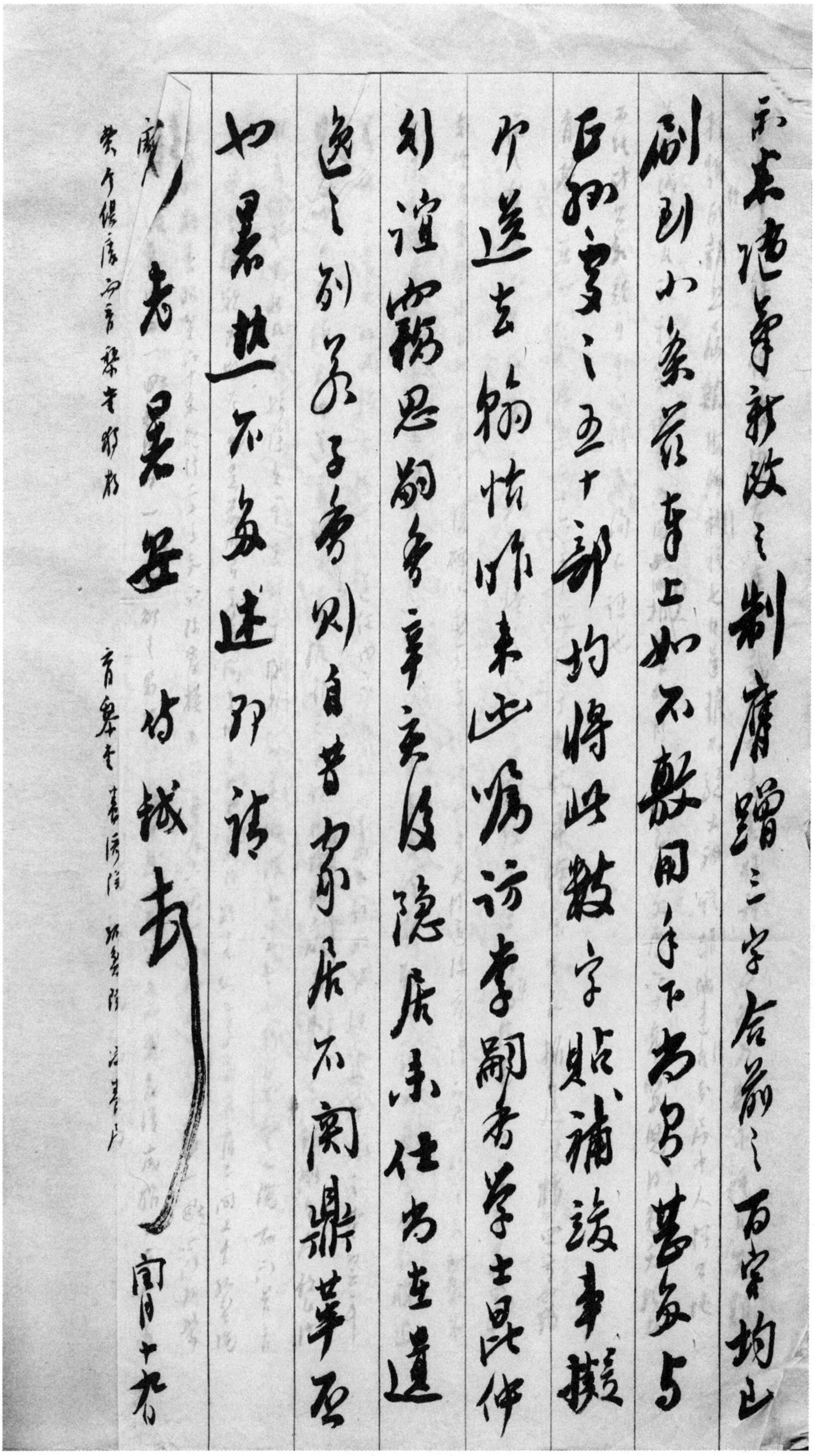

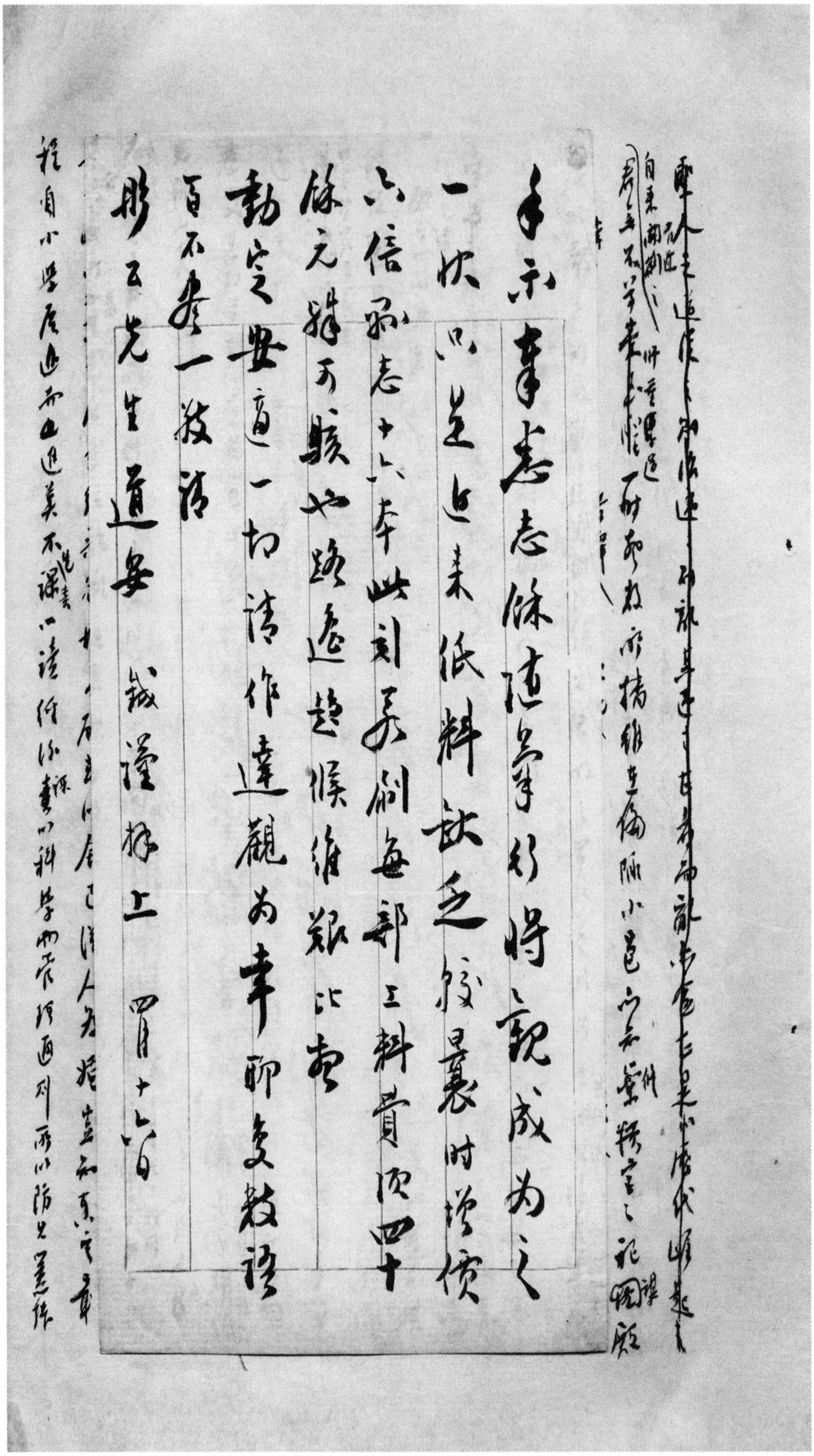

手示奉悉。志條陸年行將就成，為之一快。只是近來紙料缺乏，價裏時增價六倍。縣志十六本，此刻另刷，每部工料費須四十餘元。雖可騰也，路途遙遠，恐候往返。此書動定安適？一切請作達觀為幸。耶復教請，百不盡一。敬請
彤五先生道安
鉞謹稟上　四月十七日

手示奉悉隨筆修校正齋只封面及書
籤尚未刻來前曾囑其再刷一清本至
今亦未寄到
來函所云有誤一處未言係何卷何時
後修之四五六三卷亦悉交郵寄呈請
批注發回以便寄京照改時值暑熱諸維
珍衛謹復即請
彤公先生刻安　侍錢[illegible]　六月十一日

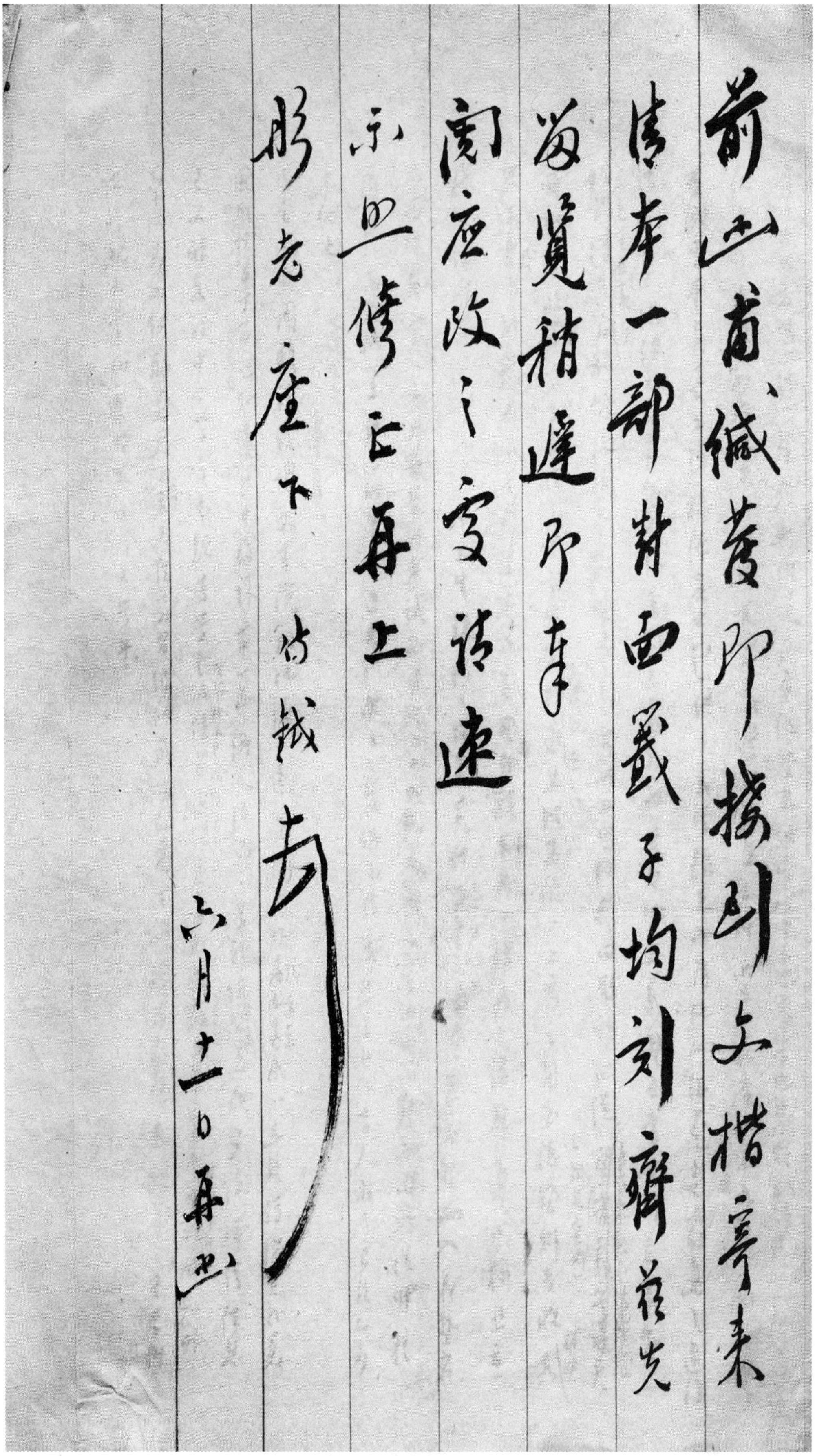
前函甫緘，即接到手楷并来
清本一部，對西、戳子均刻齊，兹先
寄覽，稍遲即奉
閱，應改之處請速
示知，俾得再上。
彤老座下　竹鐵　上
六月十二日再函

示悉嘱改之條當照修正新印之清本
茲甫讀畢一過除別紙記出殘筆字五十
餘又於卷三十七頁後魯黃回籍葬母起墓園
回思源莊云云一條內梅之樹之梅字誤樹旁校枝
是否另此失請錄清單後再將此新
印本寄呈將來擬印粉連二三十部外再印
另一種洋紙白如粉連厚如毛邊者其價尚
較毛邊為廉故可用也專覆羽志記何日章敬

变将出一部前此忘却答之见蒙达迟早
殊未阅也现在刻价每百字五分洋一元六角
适等何按旧价每百字六角但该号属以
不敷开销已为稍加兹此将后三卷每百字
加以加二角按八角计算自此以后再刻亦不能不照
时价矣敬复
影志赐鉴即请
著安　竹铁　六月十四

手示朱藍溪即朱玉隣已有確據
狀甚。從前亦嘗疑及此，奈無佐證，不能武
斷。蓋敬存竹床圖冊子有朱玉隣題詩，自
署澗蕢，朱玉隣小印二方，一曰澗蕢，一曰朱玉隣。
又蕉香庵詩存內知有其人，一詩其字亦爲澗蕢，
或者藍溪其字，澗蕢其號歟？可否援擬增之
名玉隣下，再將又號澗蕢增入，何如？仍請
鈞定。清本一部可即留存案頭備覽矣

頃獲還矣該此次修校畢事便可開
刷速
教經年渴想一傾積愫轉瞬即入秋令候
稍涼與書走謁
高齋作竟日談爲候
起居近狀幸甚幸甚敬上即請
彤老刻安
尚鉞 上
六月二十日

兩函奉悉已蒙照改昨乃文楷函謂連史

如用粉連六裁墨印每部工料價六元七角五分如

印硃色每部再加四元四角則為十一元一角五分未

免令人咋舌印花瑜板紙即前函所謂白如粉連每部

亦須三元八角似出情景硃印已不可能擬先印花瑜

厚如玉版之一種洋紙

板紙少許再尋精座紙料續印蓋自刻下無貨

且皆下品想不能永遠如斯俟時緩圖而已

彤老賜鑒　付錢　去

六月二十五日申刻

隨筆前後改字均已修正畢事可即開
刷以觀成矣茲將兩字添改每字表二頁
奉呈
一覽餘皆刷來以參即不附上謹上
彤士先生座下即請
道安
付鐵
七月二十一日

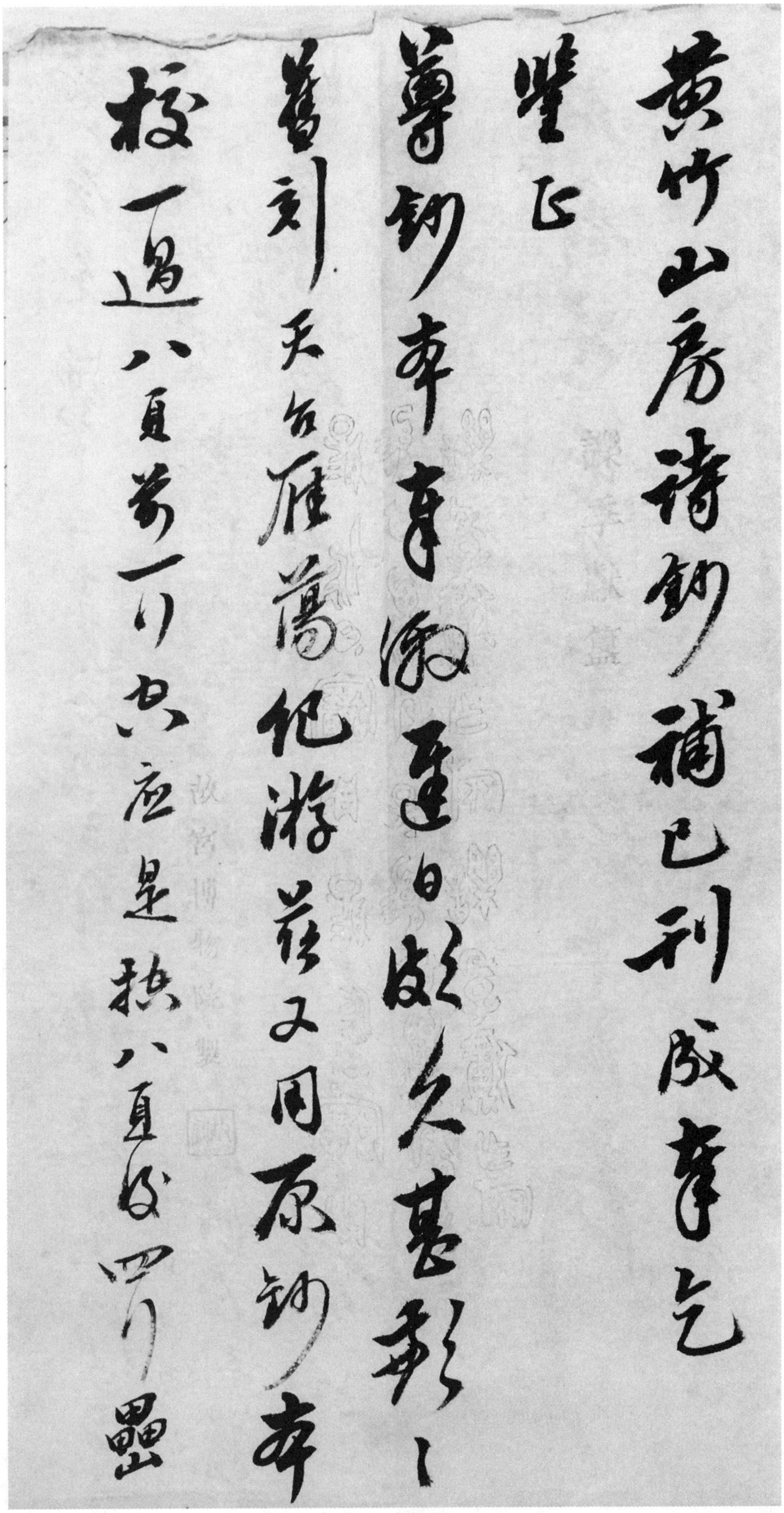
黄竹山房诗钞补已刊成幸乞
鉴正
尊钞本幸承远白数久甚歉歉
旧刻天台雁荡纪游兹又同原钞本
校一过八夏前一日其应是秋八夏晚四月叠

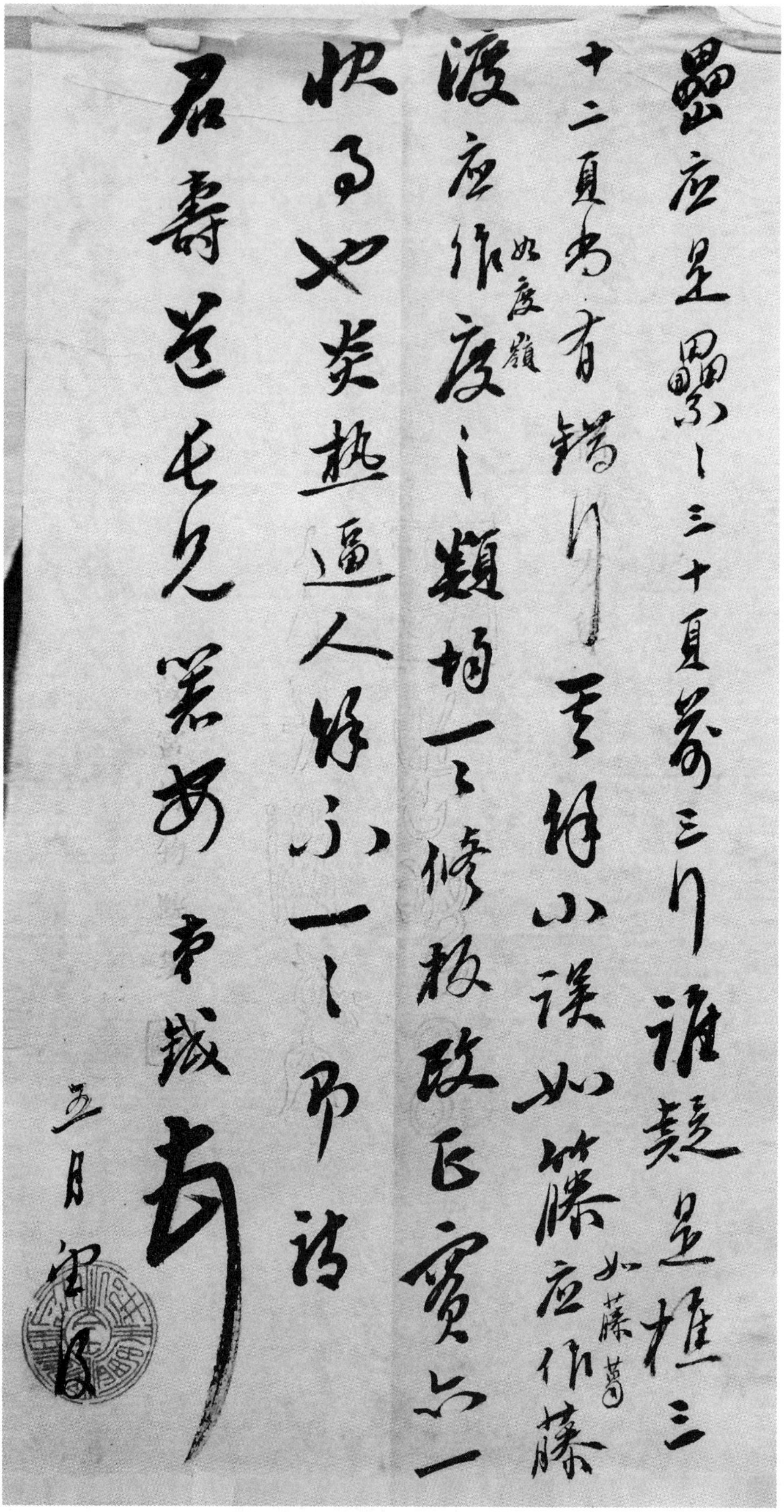

墨庄足下：墨ゝ三十頁，第三行誰堪足推，三
十二頁內有錯行，要得小謀如竹滕，應作藤（如藤葛），
渡應作度（如度嶺），度ゝ類均一ゝ修枝，段區實亦一
[illegible]也。炎熱逼人，好小一ゝ，即請
君壽世長見君安。　弟鐵[illegible]
五月[illegible]

34

壽和甲午秋日述懷

桑海頻經百鍊身書城困学未辭辛浮生若夢都成幻先覺遺編足讀貧且放天懷百慮息靜觀世事萬般新但明腰腳年年健扶杖逍遥作幸民

壽和庚午天津燒河樓事感賦

逞憤何嘗計重輕釁端突起勢難平四方甫定呈清景孰意應求遊用兵謀國已將全局

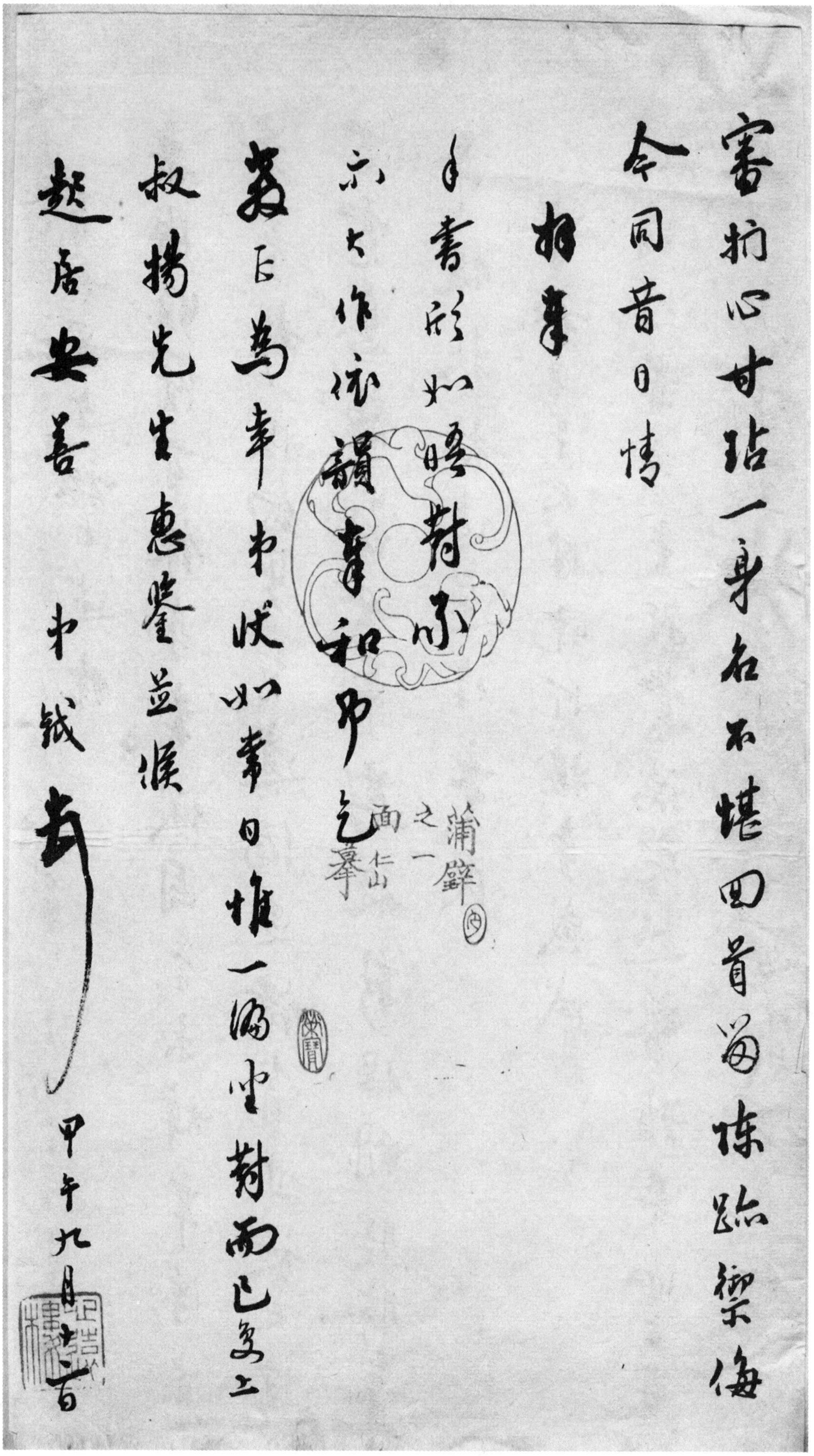
審於心甘貽一身名不堪回首每陳點染悔
今同音日情
相事
手書殷如晤對承
示大作依韻奉和即乞
教正為幸手此狀如常日惟一編空對而已多上
叔揚先生惠鑒並候
起居安善　弟鉞　頓首
甲午九月十八日
蒲鍔之一
面仁山峯

來書稱許逾量媿不敢承弟一獨坐對寄言
而已其實過目輒忘未能儲之腹笥也去年瀏
覽所及計龍威秘書十函先已事畢四函楚
辭集注一函金石林藏書中録金石例者十餘
種翁覃溪集龔定盦集李二曲集等皆
首尾讀竟又已讀碑傳集冊數太多擇取讀之
餘年以來讀畢李元度天岳山館文集十
六冊日來仍不時繙閱碑傳集洵一代文獻

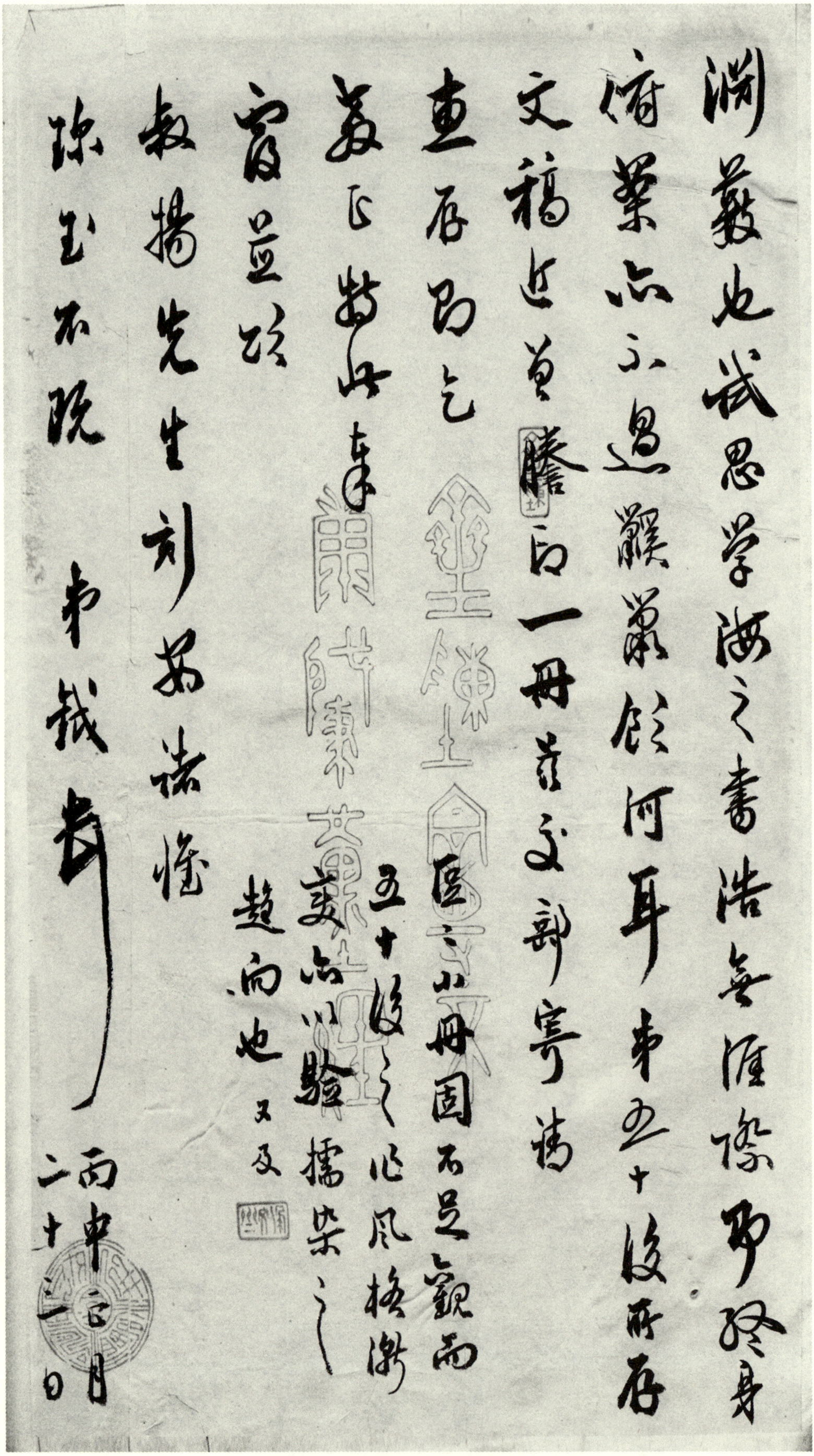
渊藪也哉思学海之書浩無涯際即終身
俯業亦不息遑顧河耳弟五十後所存
文稿近有謄日一册若干部寄請
惠存留之一册固不足觀而
義足散此集五十後之心風格
亦以驗播染之
寶豆許
趙向也　又及
教揚先生到茹法憐
璩玉不既　弟錢君
丙申二月二十二日

久未通候时切驰思且幸
手笺所如把晤藉慰
採薪近況以須静養看書寫字均非所宜至
可幸老伴起有人既無後顧之憂晚景自多
佳趣也弟眠食無恙惟晨夕與陳編為對聊
以自遣而已實則前路茫茫何堪設想淵明
詩有云縱浪大化中不喜亦不懼應盡便須盡
無多慮亦姑作如是觀耳

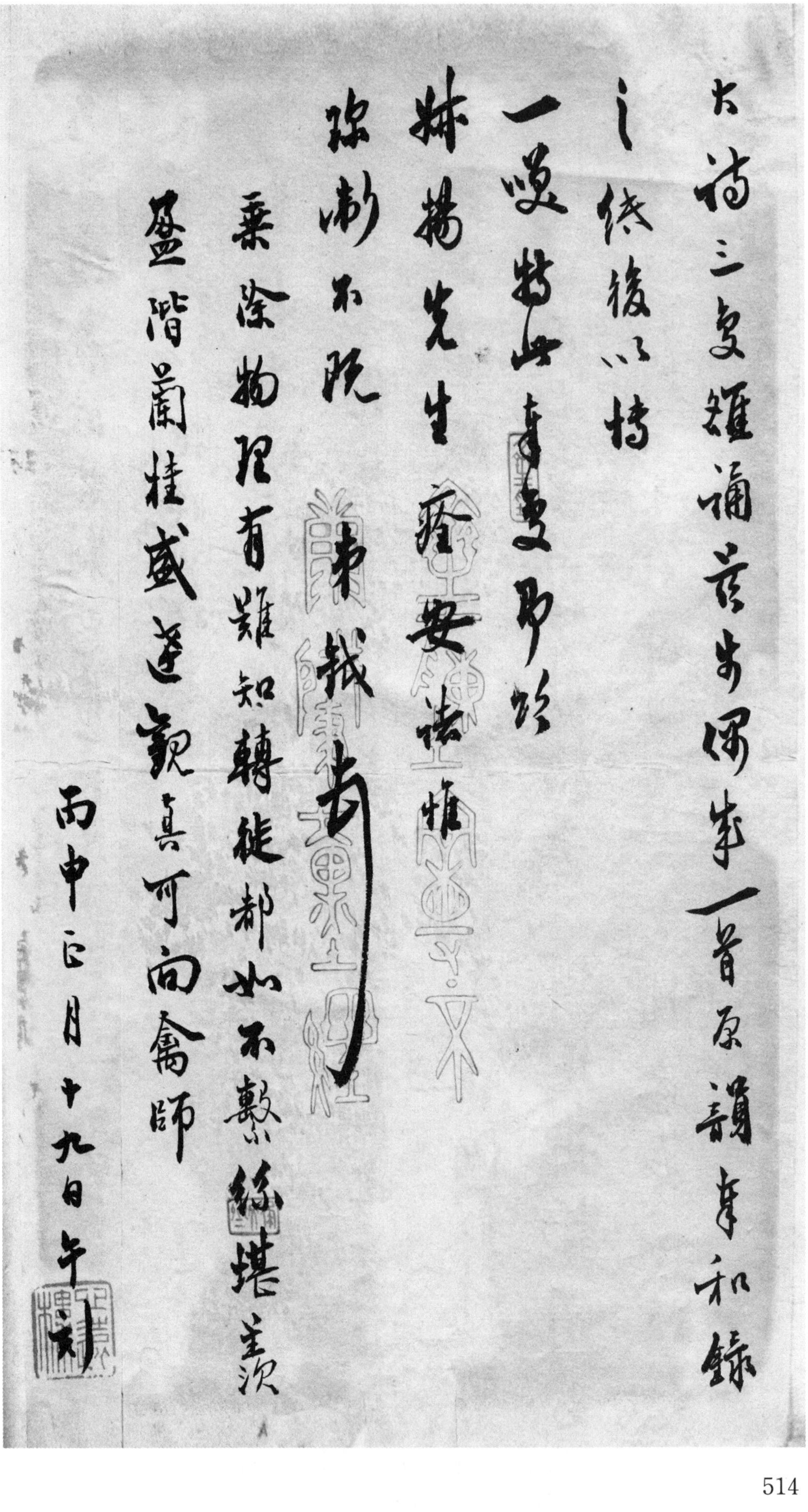
大詩三復雖誦莫步得步一首原韻奉和錄
之終後以博
一噱特此奉覆即頌
林揚先生痊安法惟
諒鑒不既
東錢去
乘除物理有難知轉徙都如不繫絲堪羨
盈階蘭桂盛達觀真可向禽師
丙申正月十九日午刻

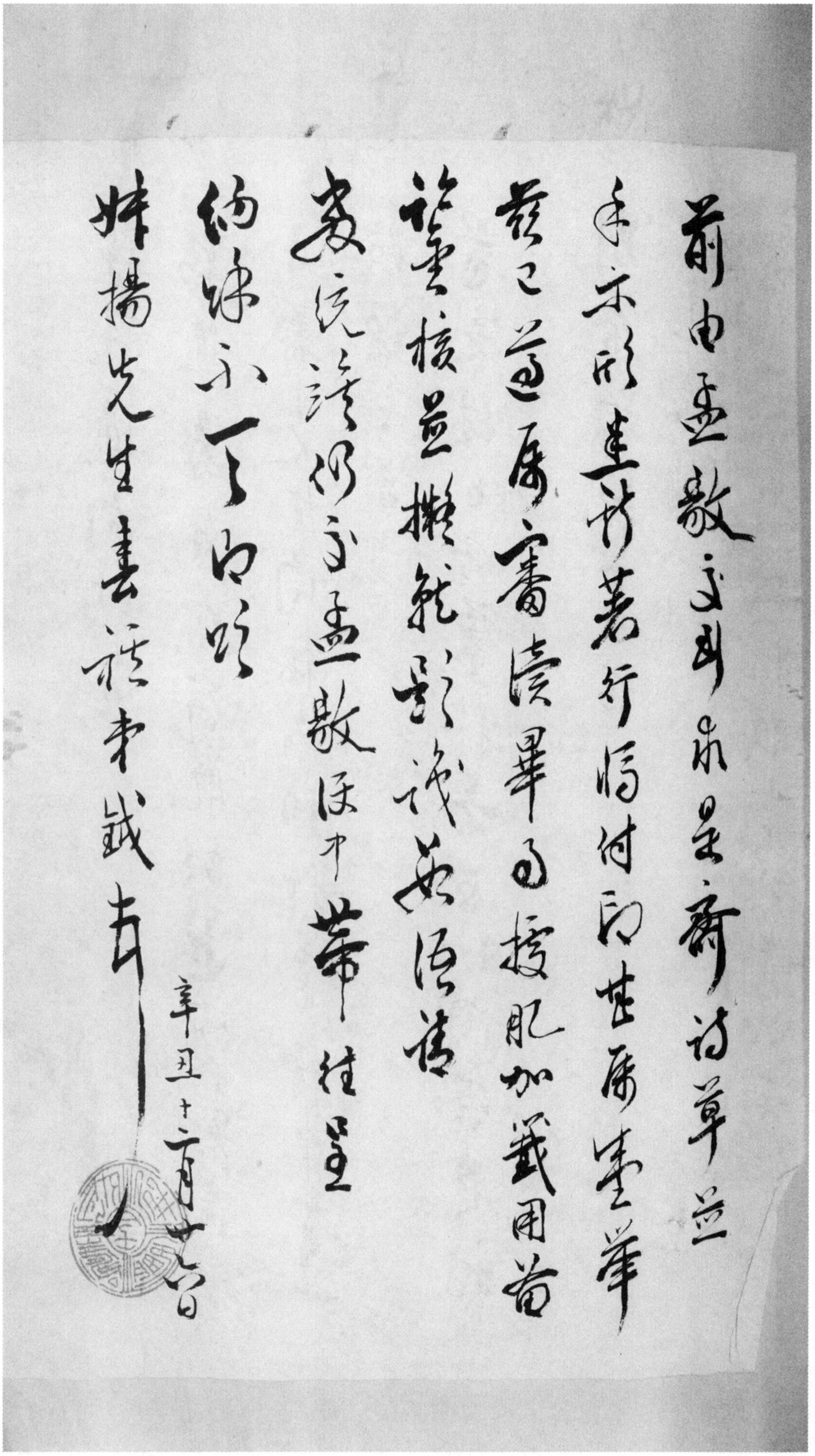
前由孟敬兄轉呈尊齋詩草並
手示祗悉所著行將付印其原書筆
蹟已遵屬審讀畢可授肌加箴用首
議重核並擬能影錢英語諸
交院諸仍子孟敬兄中帶往呈
納餘示下為盼
竹楊先生著祺李鉞手上
辛丑十二月廿六日

久未通問比想

清燕多佳定符所頌近何翻閱貴

子壽先生詢樓文鈔於書牘中有一

段語云与

尊意徒自所著終古已如何答者特

別錄二函錄寄請

入覽諒可

開顏一快也時收眠食均佳只老態日增

汪鈍翁議纂蓋不加暨元繼配某某等字此
泥統於一尊之説其實墓下埋文不過欲
後人有聞知則不可不詳況通禮有合葬則
並書之文是今制宜書也唐碑合葬並
書甚衆是古法無不可書也述狀本係
附見與誌墓不同則簽題似只可書府
君一人而不必題元繼配等字.

以上皆鈔陶樓文
鈔卷十二与吳議
祔書中語

耳仍不下白行
非揚先生近得未識耶
辛丑 書

王君翰臣負經濟才從事實業幾十
年周歷南北各省殆徧性耽風雅善
畫蘭工吟詠著有求是齋詩草卷中
十之八九皆記游之作君頎身嶽立卓
爾不群其恒不辭登涉之勞者亦以蓋
有濟勝之具也晚年里居不再遠行
但銳意設施仍弗少懈詠懷一首有

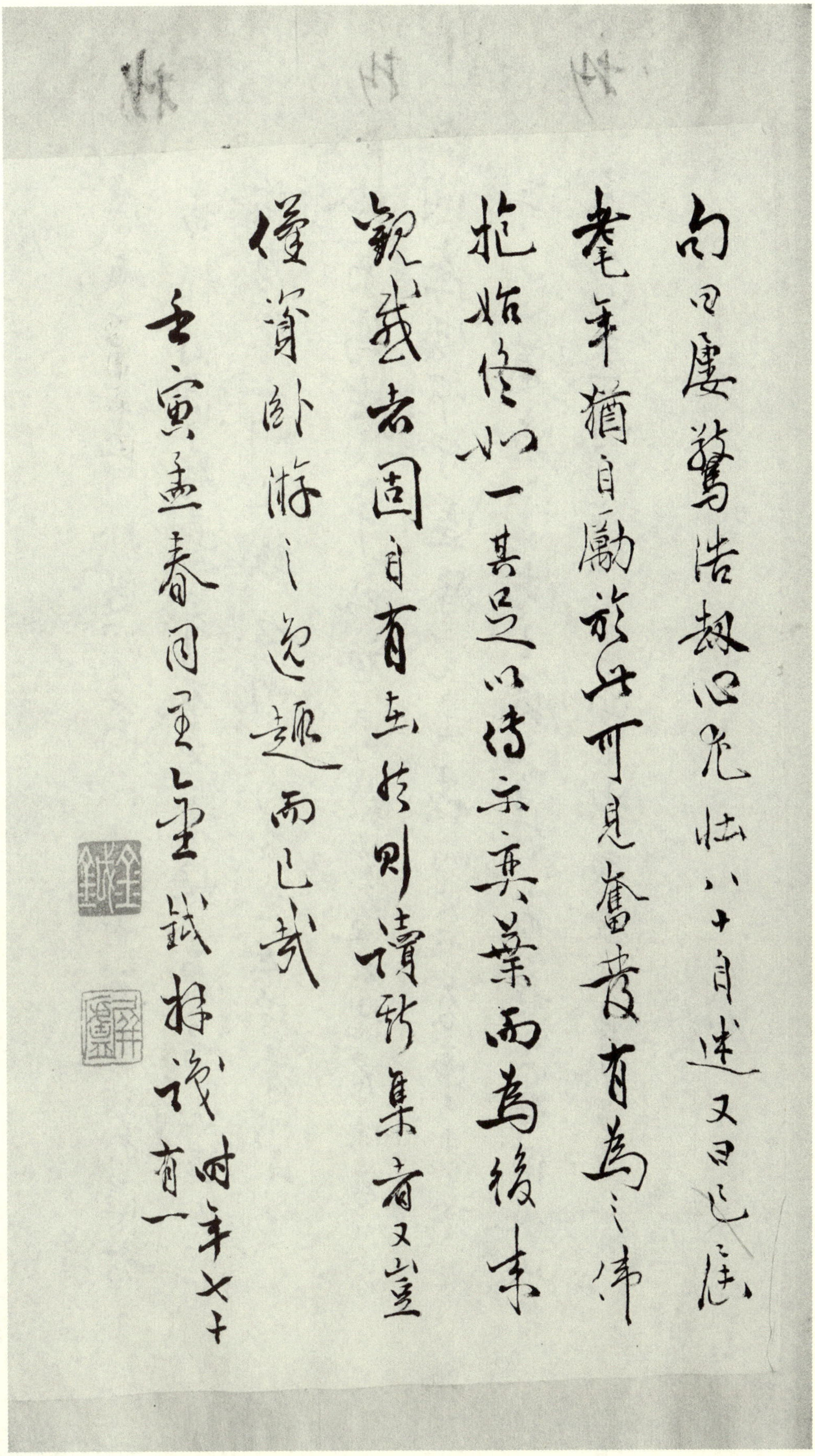
向日屢驚浩叔心危怯八十自述又曰已屆
耄年猶自勵於斯可見奮發有為之偉
抱始終如一甚足以傳示來葉而為後來
觀感者固自有在於則讀斯集者又豈
僅資臥游之逸趣而已哉
壬寅孟春同里後生錢□抒識 時年七十有一

感友二字不典 外得買一冊以遺易字所謂外得者

當指南洋群島之行而言 悔庚者究在與胚

胎庚律之內抱複 原刪之內些定但語氣仍未暢達

吟翁篤老之年精神自難貫注不揣冒昧妄加修

潤庶使印行益臻完善 錄不必以多事見責也

序文之簡處宜先生自定乃爲精 王吾鄉人此

未可以乘時先後年歲長次而擬比耳

卷十有賀王吟紫丈重賦鹿鳴院曰夫以有感而
又於雁行此殆吟翁戚友稱謂之由來者矣於則王
父之稱反改作王君最為合宜

嘯乃古人一種技術今已不傳史稱阮籍長嘯清
韻響亮蘇門隱士與之對嘯蓋與吟詩作同一類
之事也若曰歌嘯山林則可用指蕭峯以出東篆

寶之文收尾應字有以吳惠連之德以為之筆誤請
檢核原稿此文脫稿後即見過今已不能詳記但文
中有趣句仍彷彿也

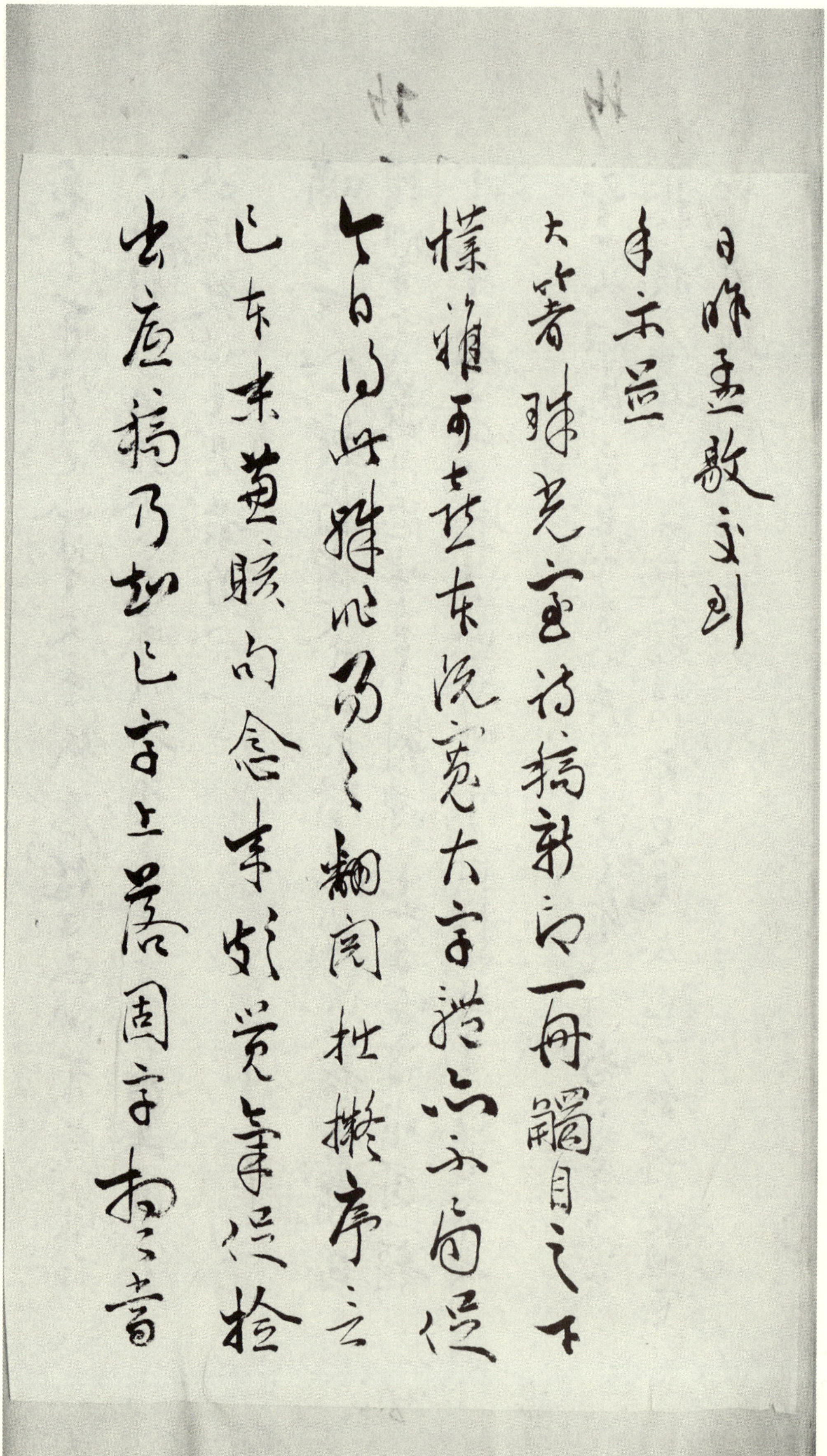

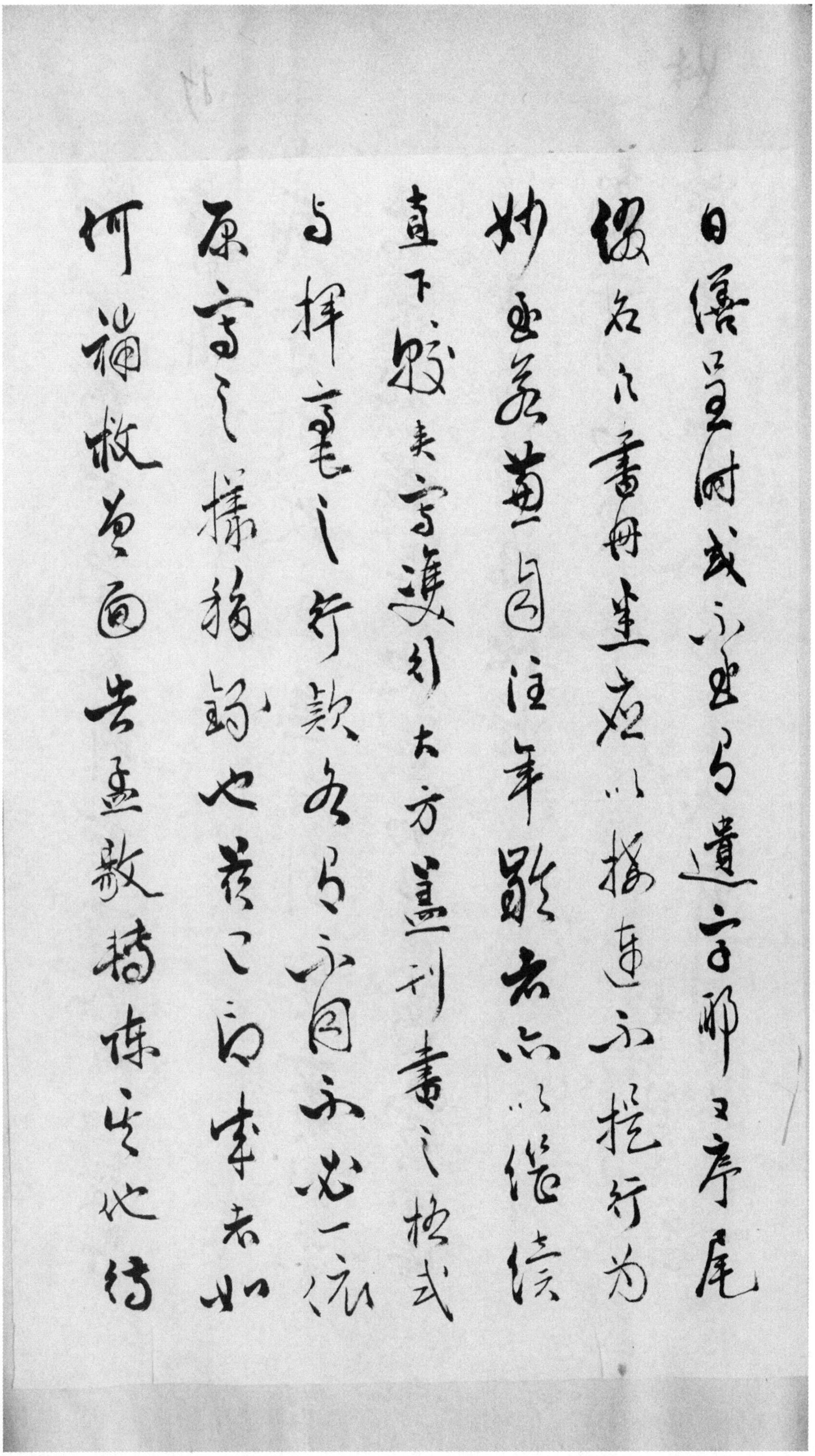

日來詩興以冒兄聊當一說而屢操觚
幸再
錢壽閣改定益名副其實以手
書來此樓居也所自上至高處四壁
後再為續陳謹悉
詞謹啓不一
株揚先生吟安弟鉞再

壬寅正月初九

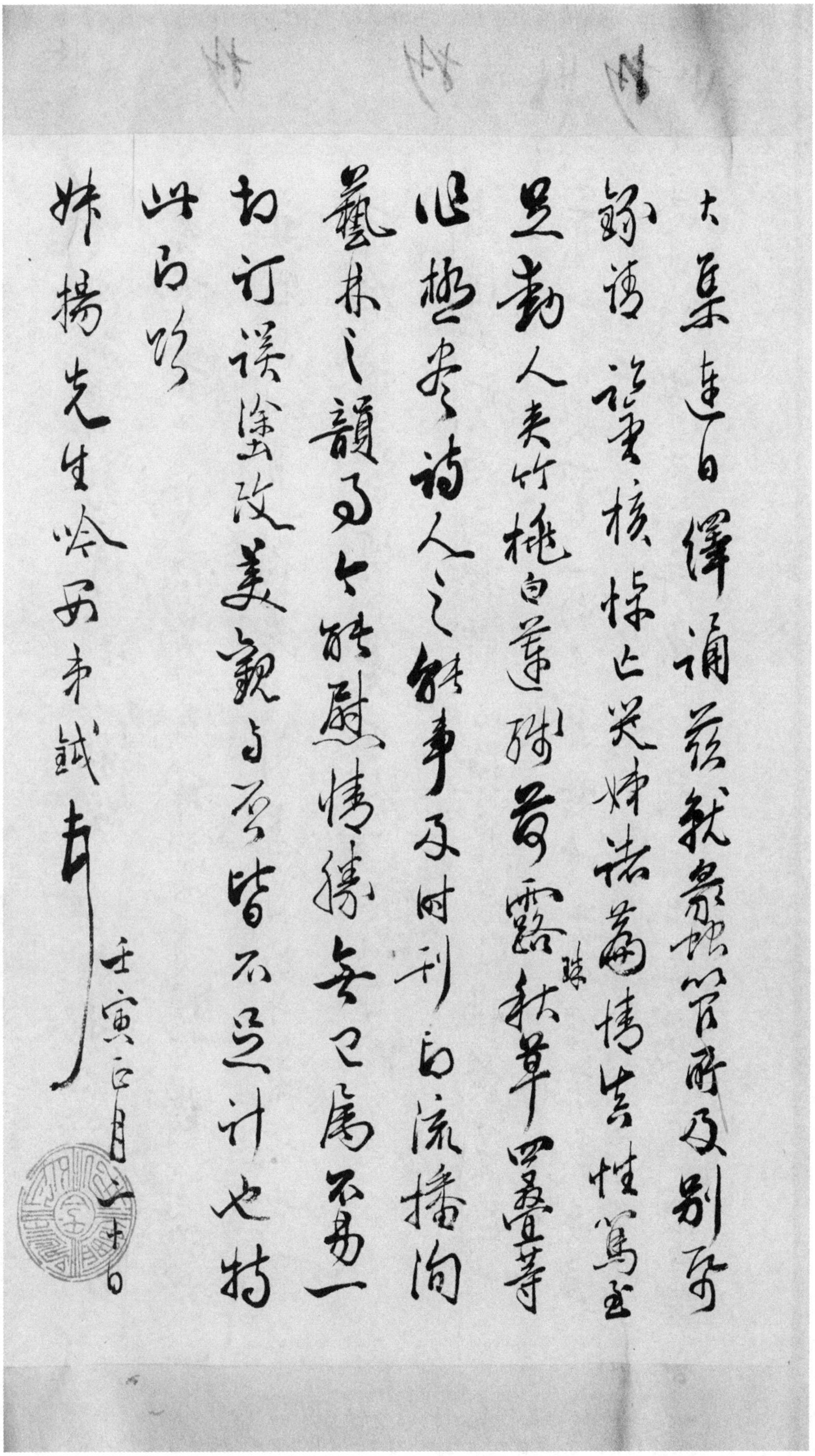

大集連日繹誦，茲就鄙見以管所及別錄請
誨。詳覽核悰，上巽坤諧篇，情性寫至
足動人。夫竹枝白菜蓮瑞萱露珠秋草四疊等
作，想來詩人之能事，及時刊印流播，洵
藝林之韻事，今能慰情操無已屬不易。一
切訂誤塗改，美觀與否，皆不足計也。特
此函頌
姝揚先生吟安　弟鉞上
壬寅正月二十日

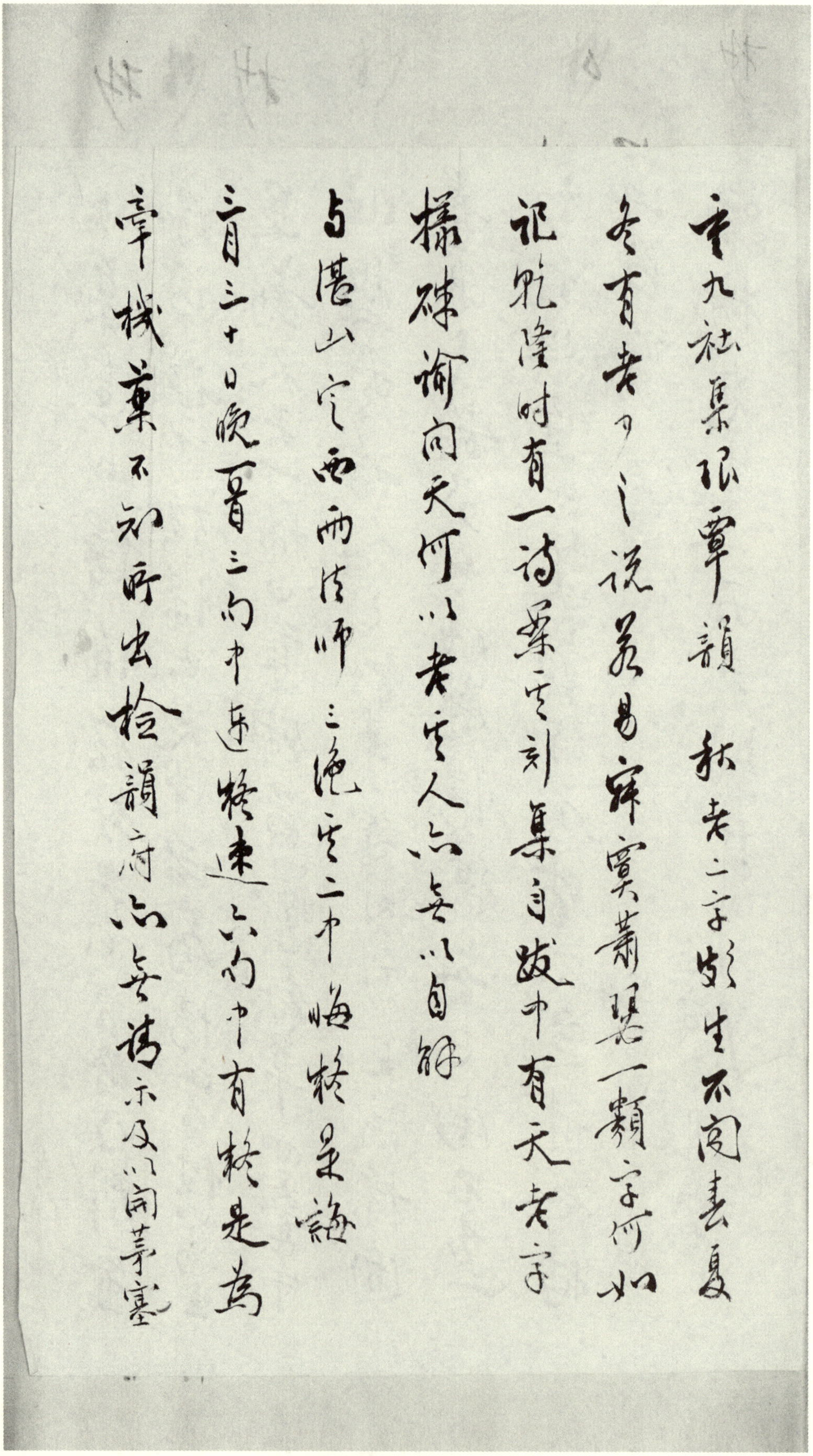
重九社集限覃韻　秋老二字出處不同去夏
冬有老之之說前易辭實蕭瑟一類字何如
記乾隆時有一詩案云刻集自跋中有天老字
樣殊諭內天何以老云人亦無以自解
与湛山定西兩法師三絕云二中晦校果通
三月三十日晚又首三句中來述校速二句中有校是爲
章棧葉不知所出檢韻府亦無詩示及以詢葉塞

贈黃檗甫　三四兩句皆側重一面渲染以見靈活擬
易三句心情自係以蓄空設揭或逕寫句易近乎莫怪未
疏敍謂緣無健筆賦登樓自注懶字以可易畏走
恐有青諸再推敲
膺邑　七句秋色老雅指草木凋謝不同於秋老亦何
若將老字易換或更為秋氣未手
跋中侵尋之侵習見皆从人旁此从水旁或別有所援
但與仕路二字恐不相屬撥易風塵可否採用或再易
易他字請與　濤翁商酌何如

示悉。老牟出京，先未检寻韵府，故不了了。

既有所专，自无过虑。虑之可慎矣。赠黄某一

首，就所揭示之，亦事他译，何妨自借用原

句而为不好，诸人会客过，成句缘难捷足，恰登

楼（某居楼上时，予因跌伤，足）楼上过亦二年，另易渴望如此。

白描以示，告知来赵於

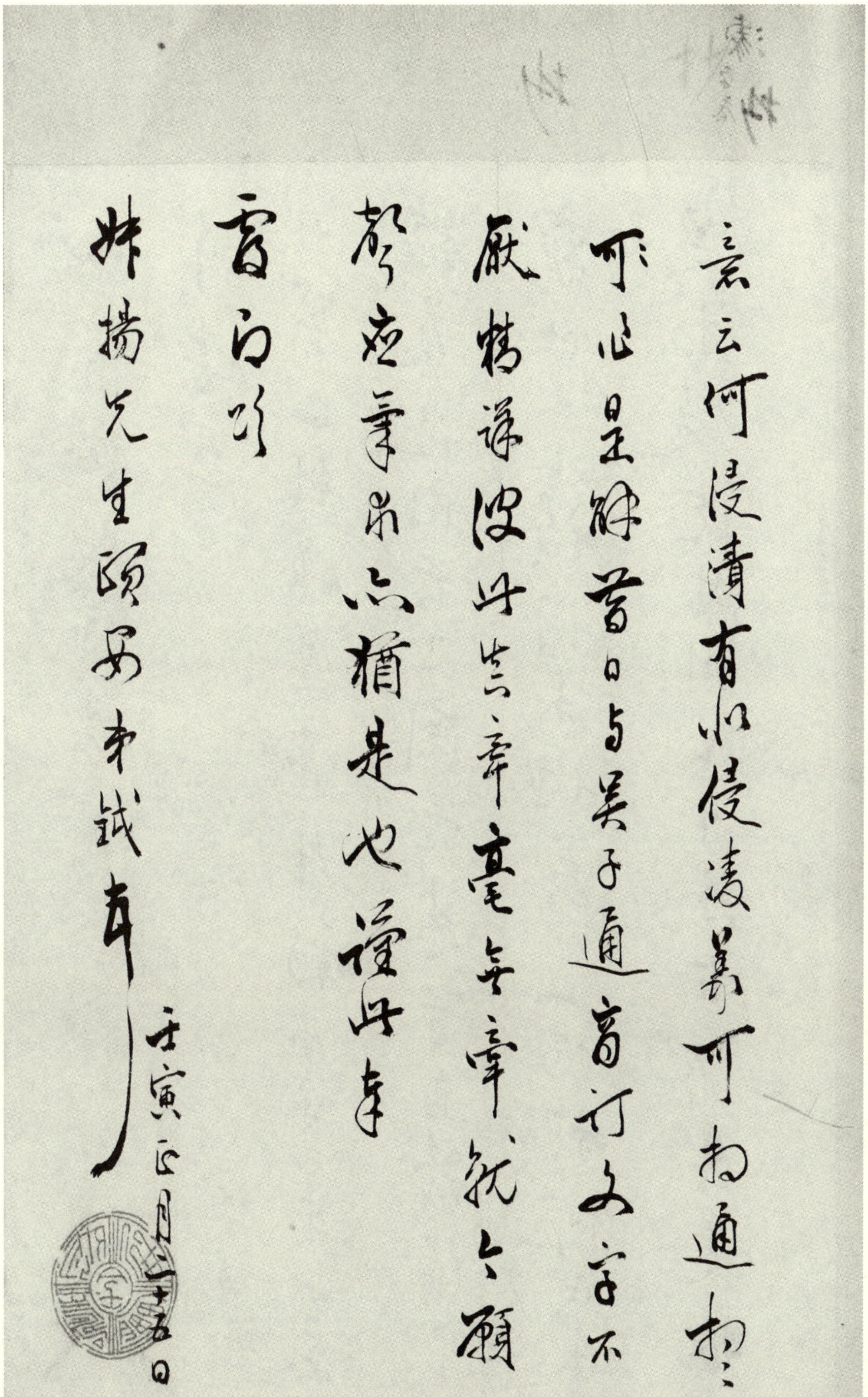
言云何浸清有似侵凌募可相通想想
亦必是解答日與吳子通商訂文字不
厭精詳波此呰呰齊毫無牽就之顧
慮筆下亦猶是也讀此卷
實曰跡
悲揚先生頤安弟鉞頓首
壬寅正月二十五日

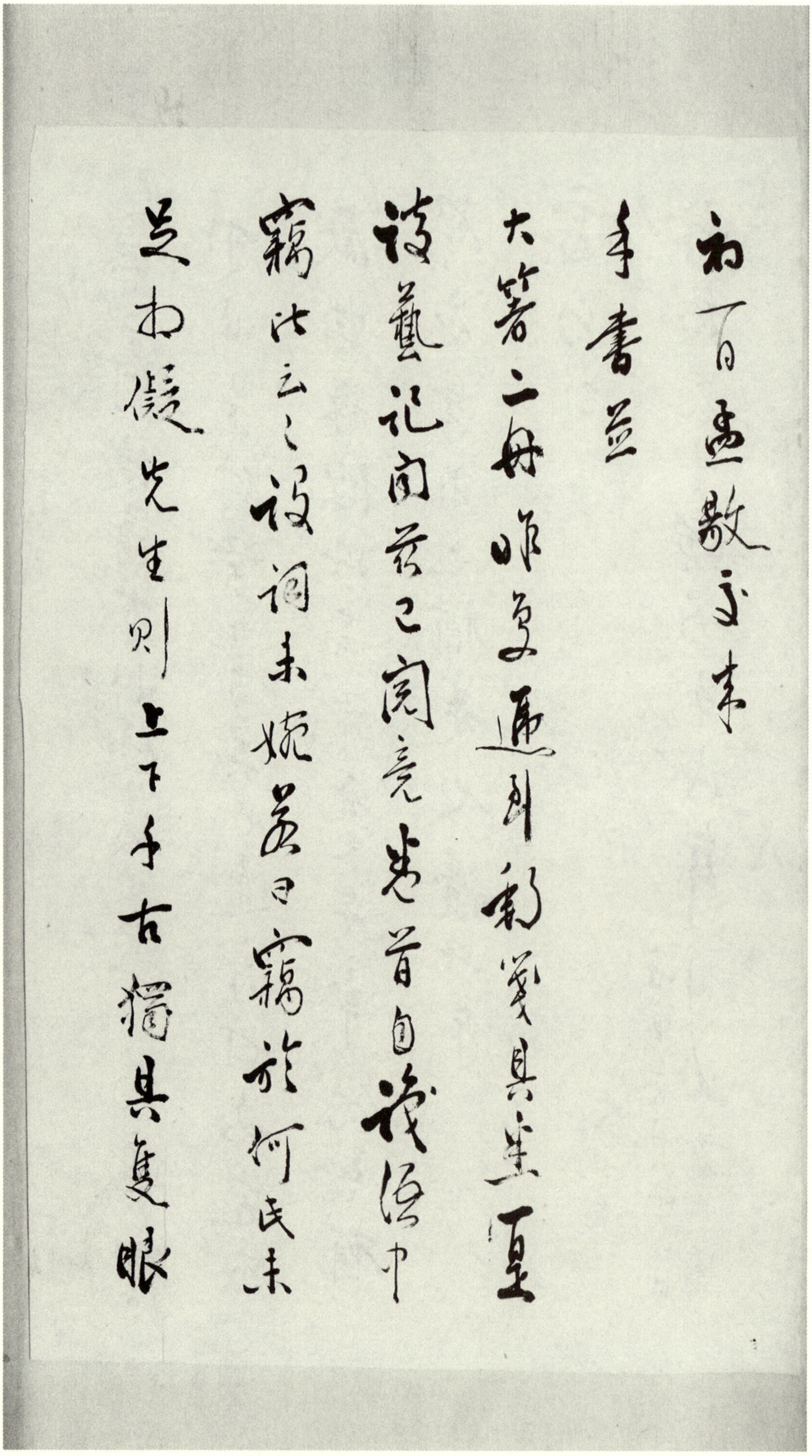
前日過敬承
手書並
大箸二冊昨夏遞到[illegible]其[illegible]至
詩藝記聞前已閱竟卷首自[illegible]緣[illegible]
竊比云云設詞未婉蓋日竊於何氏未
足爲儗先生則上下千古獨具隻眼

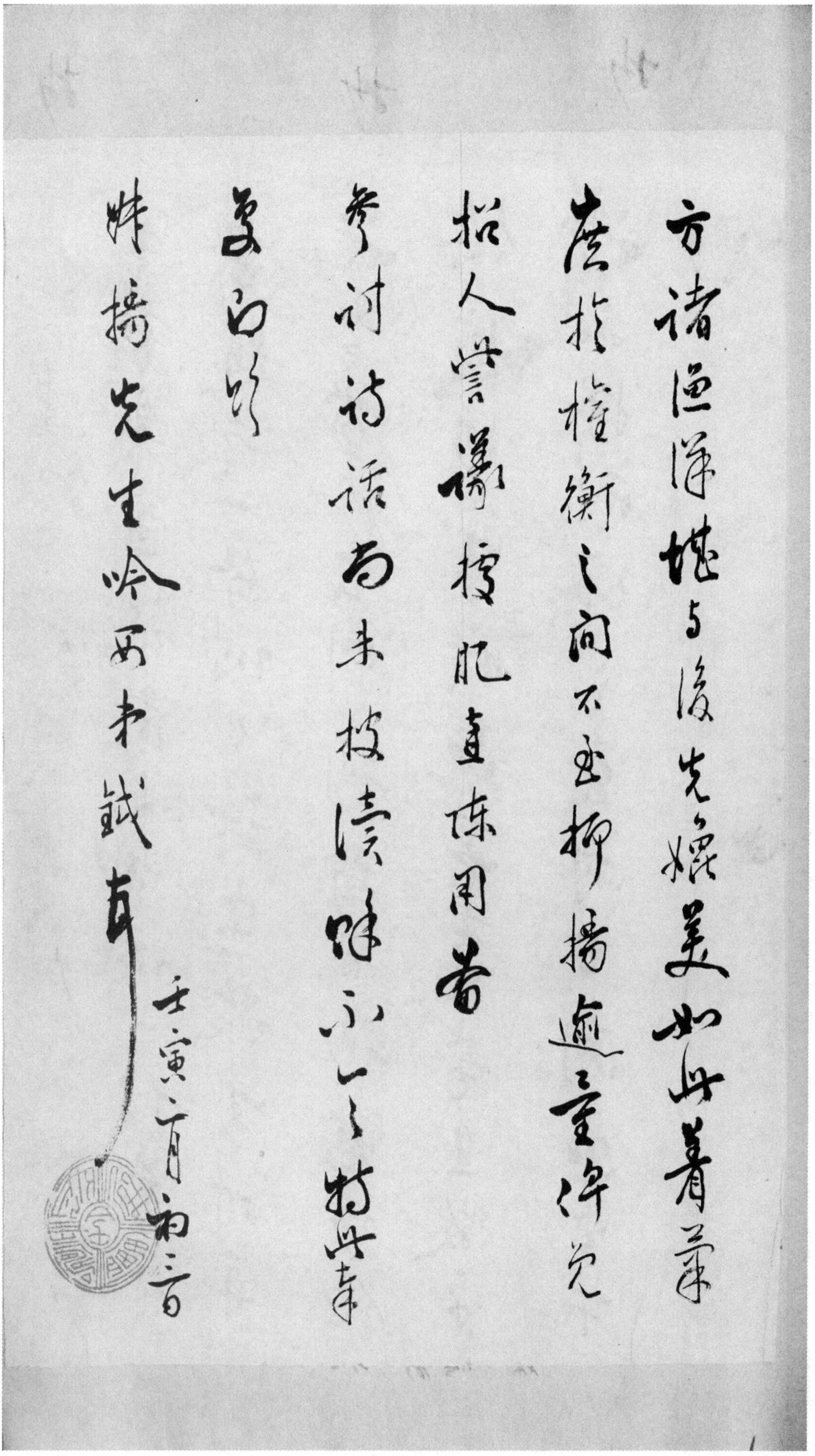
方諸漁洋殆與後先媲美，如丹青著筆
存於權衡之間，不在[illegible]揣[illegible][illegible][illegible]
昔人嘗謂[illegible][illegible]肥[illegible][illegible]用者
參討詩話尚未校讀，[illegible]不之[illegible]
复白[illegible]
[illegible]揣先生吟安
弟[illegible]頓首
壬寅二月初二日

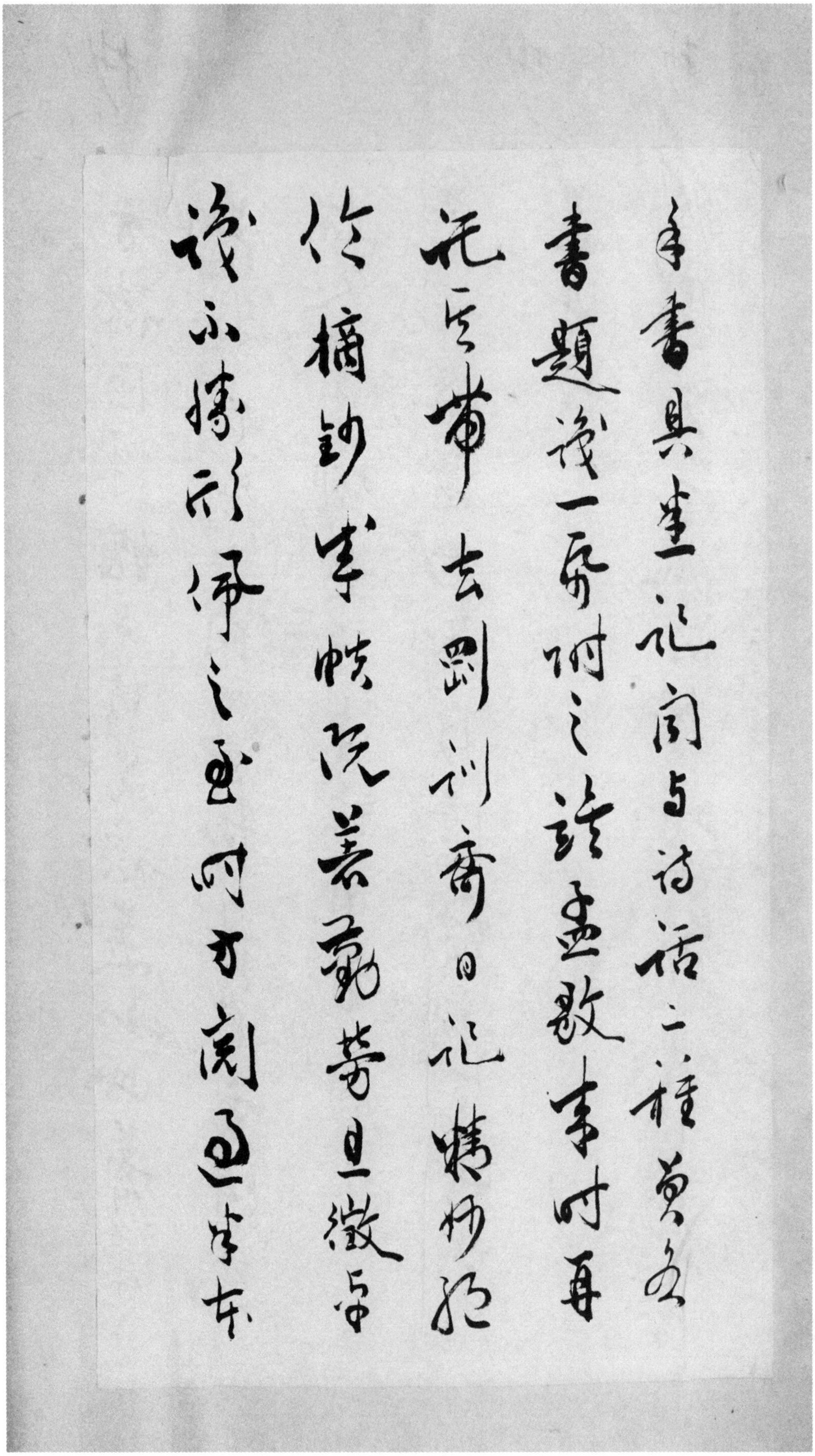
手书具悉论闻与诗话二种黄多
书题跋一节附之诗画叙事时每
托至常去刘刊斋日记精妙于
今摘钞成帙院善气势且微至
谈不协形体之盛时方阅过半东

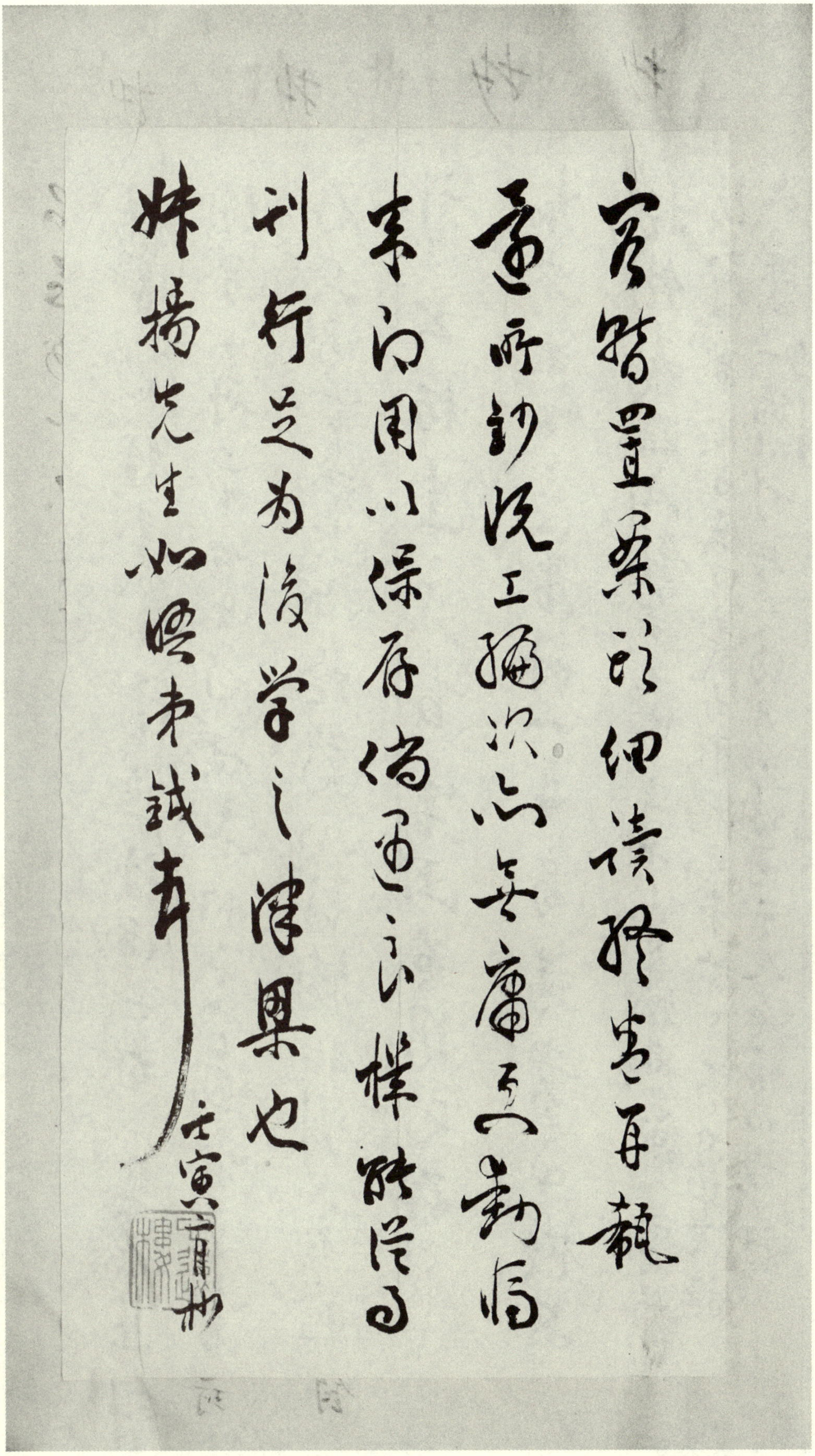
賓特置案頭細讀終當再執
[illegible]所鈔既工穩況亦無虞當[illegible][illegible]
未可用以保存傳通之樣[illegible][illegible][illegible]
刊行足為後學之津梁也
[illegible]橋先生如晤 弟錢[illegible]
壬寅六月[illegible]

楊子勤鍾羲之雪橋詩話共為三集每集
約可十冊上下古今詩話無以過之者其書
存只可一集久已捨爲不同輯怡劉二翁所
刻者板並之六百本武英殿所存之
亦為不下三萬冊一再商請書局撤去

楊鍾羲原名鍾廣，光緒十五年己丑翰林，典郡江寧，最
後入值南書房，與盛伯羲為中表兄弟，昔與壽同選八旗
文，彙為一編，以刊行之，約可十餘冊，其人淹雅而靜穆，

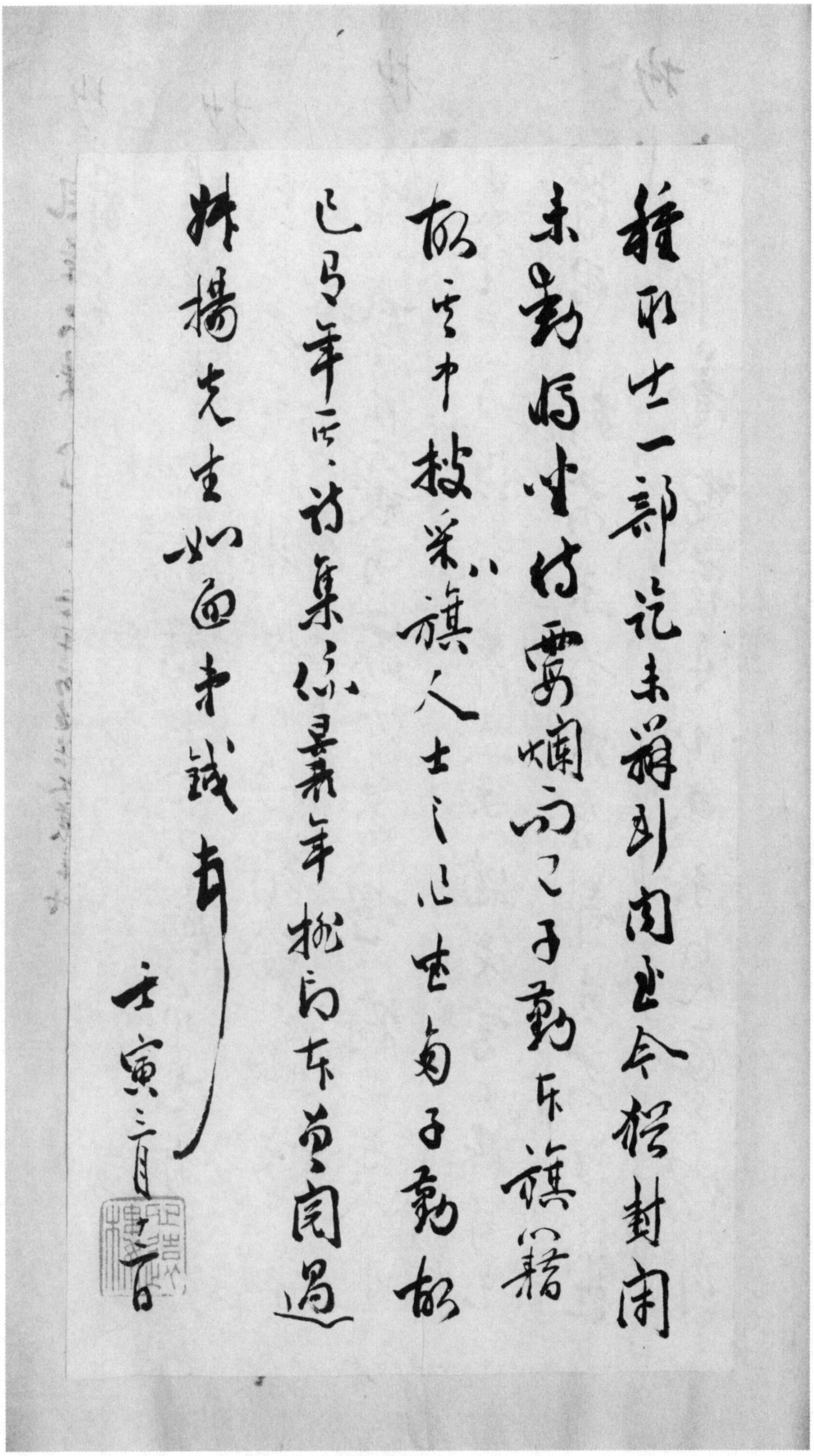

擬取廿一部記未歸列閣上今擬封閉
未動將此付要爛而已于勤東旗之精
故云中校采之旗人士之心血角子勤敬
已多年矣詩集之後是最年撫向東莞閲過
梓揚先生如面未識者
壬寅三月十日

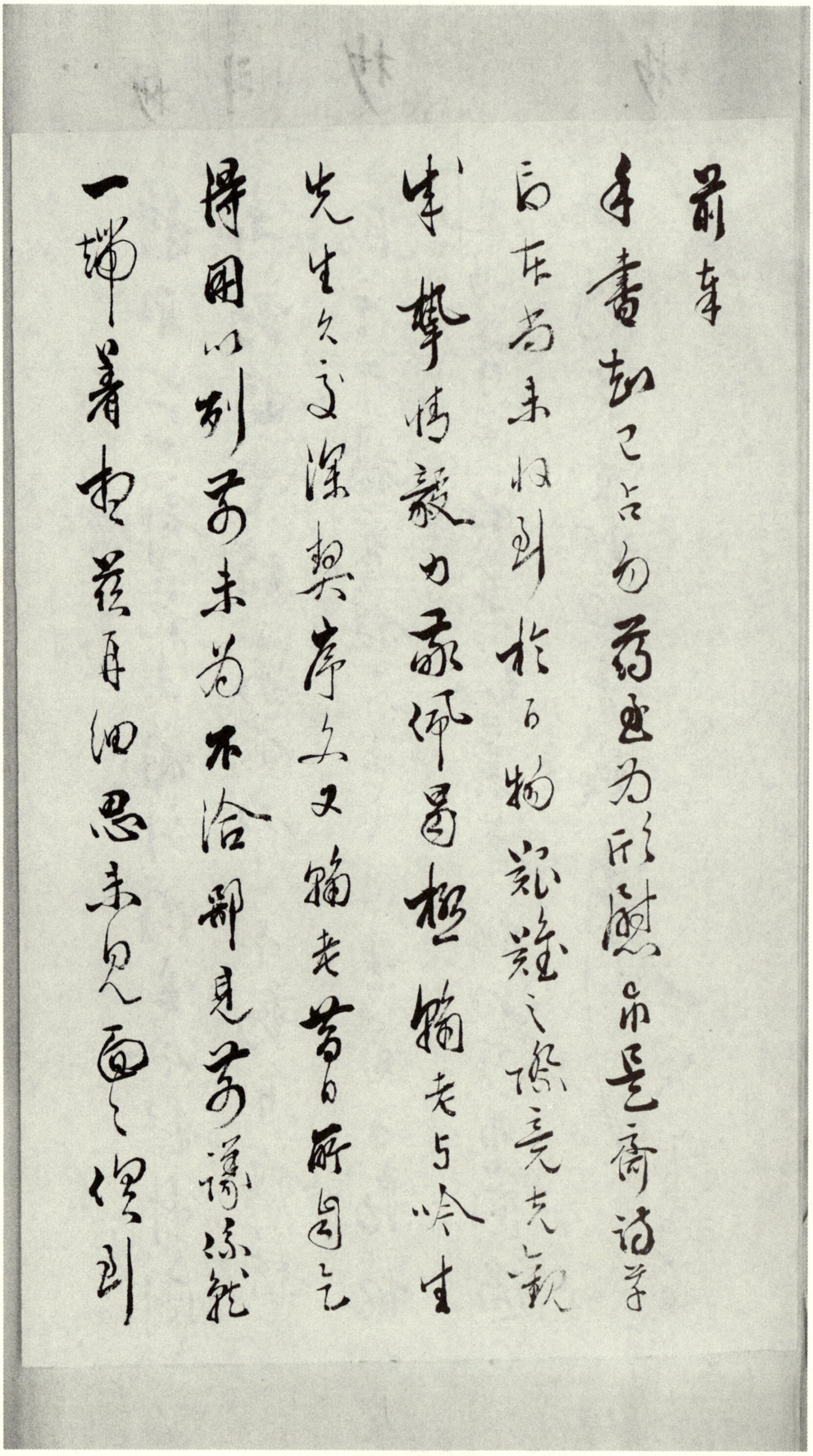
前奉
手書敬已占到，蒙速為所感，亦是齋詩字
局存尚未收到，於古物鑒雜之際，竟先欽
佩擊情毅力，承仰畧想，輪老與吟生
先生交深契厚，久又輪老昔日所用之
硯，因以別寄，未為不洽，鄙見寄請，你能
一端着想，茲再细思，未見面之便，到

也前介紹張鞠生先生詩稿一冊當由王君
送來業已閱竟並擬就題識交原請
代遞或王君得暇來取為盼惟此常
吾輩衰朽殘年莫無一能且只要寸心太平
眠食無恙足告即頌
樸揚先生春安弟鐵夫
壬寅四月二十九日

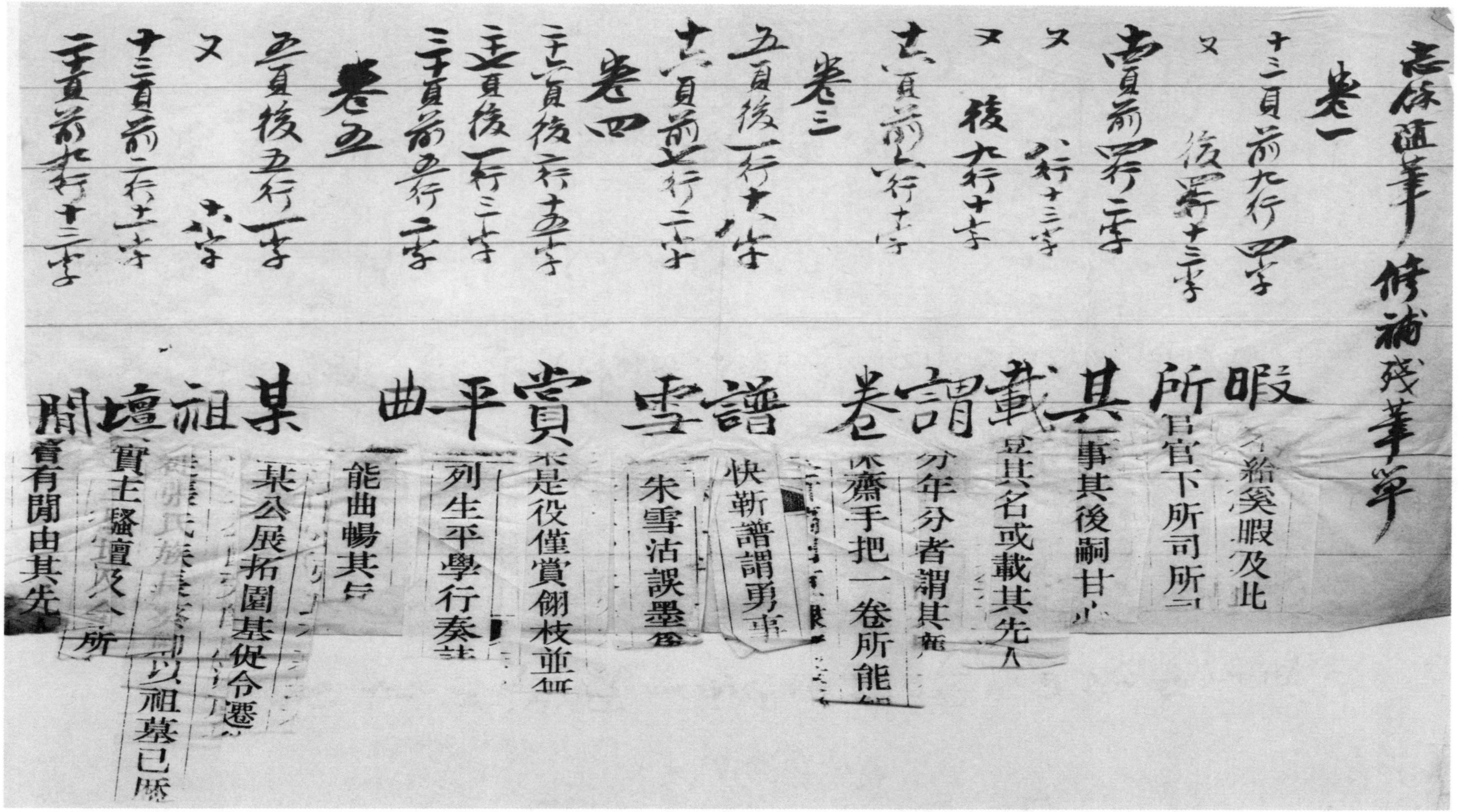
志保適筆，修補殘筆單
卷一
十三頁前九行四字
又 後四行十三字
十四頁前四行二字
又 八行十三字
又 後九行十字
十六頁前八行十七字
卷三
十六頁前七行二十字
五頁後一行十八字
卷四
二十六頁後二行十五字
二十五頁後一行三十字
三十頁前五行二字
卷五
五頁後五行一字
又 六字
十三頁前二行十一字
二十頁前七行十三字
暇 給溪暇及此
所 官官下所司所
其 事其後嗣甘
載 其名或載其先
謂 分年分者謂其
卷 齋手把一卷所能
譜 快斬譜謂勇
雪 朱雪沽誤墨
賞 是役僅賞劒枝並無
平 列生平學行奏
曲 能曲暢其
某 某公展拓圖基促令遷
祖 以祖墓已歷
壇 實主騷壇及今所
閒 會有閒由其先

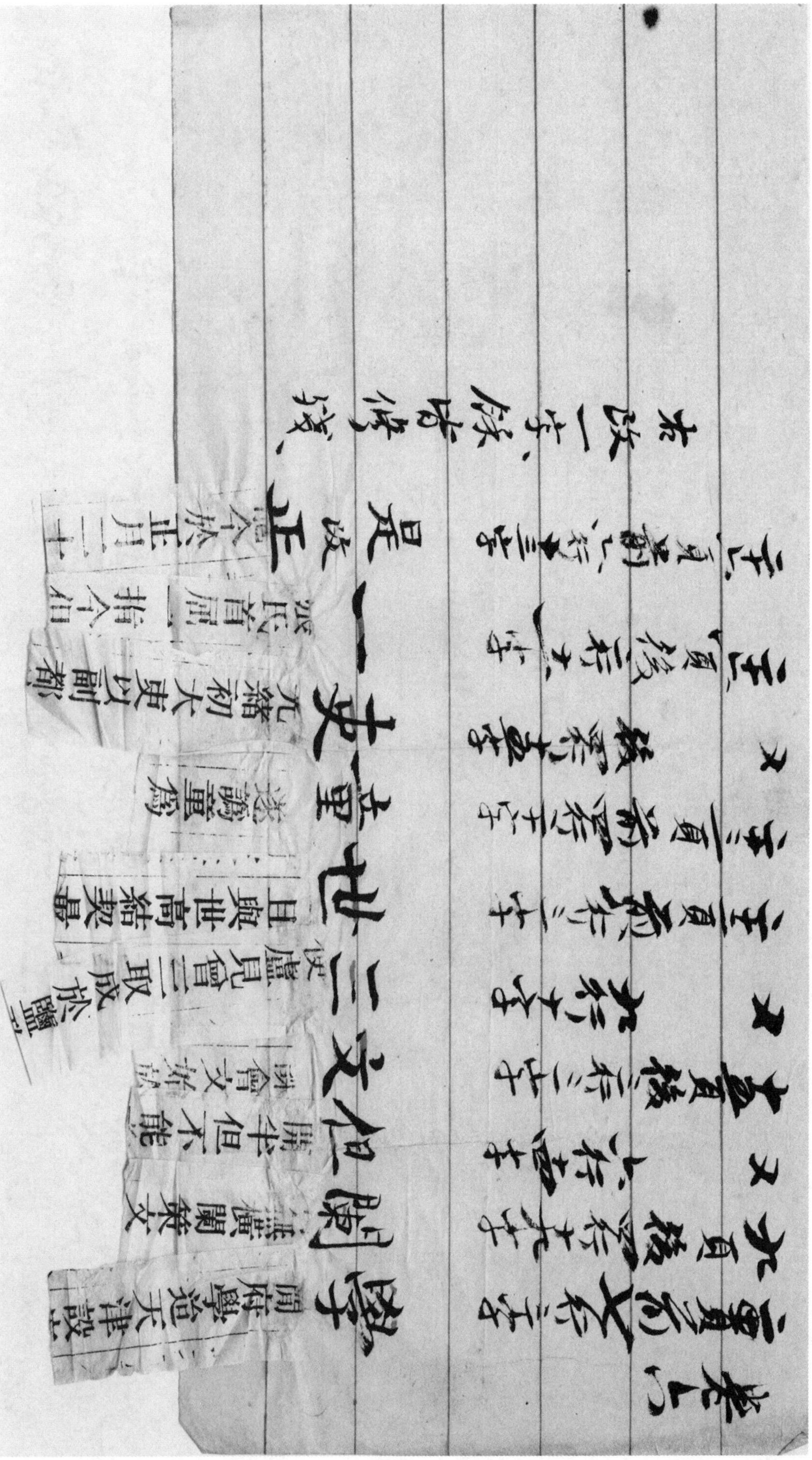

卷六
一頁前七行三字
九頁後四行十九字
又 六行廿四字
十五頁後二行二十一字
又 九行十字
二十一頁前八行二十字
二十三頁前四行二十字
二十二頁後二行十八字
又 後四行十五字
二十六頁前六行十三字

學 閑 但 文 三 世 童 吏 一 是改正

右改一字、餘皆修竣、

開府學道天津設
撫橫闌策文
開半但不能
爲會文始
使盧見曾三取成於鹽
且與世高結契最
遂謫童爲
光緒初大吏以副都
張氏首屈一指今但
諗今於正月二十

志餘隨筆

其間篇中廿頁後四行二字 月

志餘隨筆卷五 四頁前六行十七字 戕改戕

炳顛手戕其妻李

堂皇被戕一云某 二十六頁前四行八字 戕改戕

文各一卷 六十三頁後七行十字 首

雍乾間詩人 三頁前二行二字三字 乾間

友 一頁後一行二字 徵

中间山頭两豎削短些

及徵文考劇

又卷首二行 是名第五字 雯

除第四卷外，其第一二三五六卷，該字中豎與下文字之上邊削短，勿連成一筆

津高淩雯彤皆

高淩雯彤皆

津高淩雯彤皆

津高淩雯彤皆

高淩雯彤皆

志餘隨筆

其間篇中四頁後四行二字 閒

倡樂助者天行筆 七頁末行七字 者

堂皇被戕一云 二十六頁前四行八字 戕改戕

文各一首而免上 十三頁後七行十字 首

雍乾間詩人 三頁前二行二字三字 乾間

友 一頁後一行二字 徵 中間山頭兩豎一削短些

及徵文考劇

文卷首二行是在第五字 雯 除第四卷外，其第一二三五六卷，該字中豎與下文字之上些削短，勿連成一筆。

津高淩雯形皆

津高淩雯形皆

津高淩雯形皆

津高淩雯形皆

津高淩雯形皆

高淩雯形皆

卷一　十五頁後四行二字　閒

卷三　二十七頁末行七字　者

卷四　二十六頁前四行八字　戕　改　戕

卷六　十三頁後七行十字　首

卷六　二十三頁前二行二字三字　乾　閒

跋　一頁後一行二字　徵

中间山頭兩豎削短些

又卷首二行題名第五字　雯

除第四卷外，其第一二三五六卷，該字中豎與下文字上些削短，勿連成一筆。

津高淩雯形皆作高淩雯形

原作雯，應剔作雯，照卷四二行內用所好

志餘隨筆卷六

十二頁後四行八字　優行生員送應學　……後六行二十字　論

二十五頁前八行一字　者爲小功　文三首論二

以上補殘、此書想已刷齊、甚望早日寄

來、前者函寫、卷四、十七頁、後五行末字、千改百、

想早經照改好矣、

千楷齋台鑒　　金溪宣手啟

三月二十四日

志餘隨[illegible]卷三、
十二頁後四行八字[illegible]員　十三頁後六行二十字論
主[illegible]者
以上補錢、此書想已刷竣、甚望早日寄
來、前者山窗、卷四、十七頁後五行末字千改百、
想早經照改好矣、
子楷齋台鑒　金梁宣手啟
三月二十四日

志偉道兄：前……、五頁後末行八字卮

改卮，又卮字下之轉字補殘，又卷三、十五頁後四行

十五字闖，文闖，又卷一、十七頁前五行四字訪補殘

又卷一、十七頁前六行三字活補殘，以上照改畢可再刷

毛邊紙的二十部，一切照上次一樣，你確書皮子、

簽子貼在皮外，但不知現時紙價較上次時有漲

落否。

文楷齋 台鑒　金陵空手啟　十月初七日

乾漏卮轉甚此

明季避闖亂遷天

志雅堂[illegible]改之卷一、五頁後末行八字危

改危又危字下之轉字補殘又卷三、十五頁後四行

[illegible]刻文闕又卷一、十七頁前五行四字訪補殘

又卷一、十七頁前六行三二字而補殘　以上照改畢可再刷

毛邊紙的二十部、一切照上次一樣、你確查改子、

簽子貼在改外、但不知現時紙價、較上次刷時有漲

落否、

文楷齋　台鑒

金陵宣手啟　十月初七

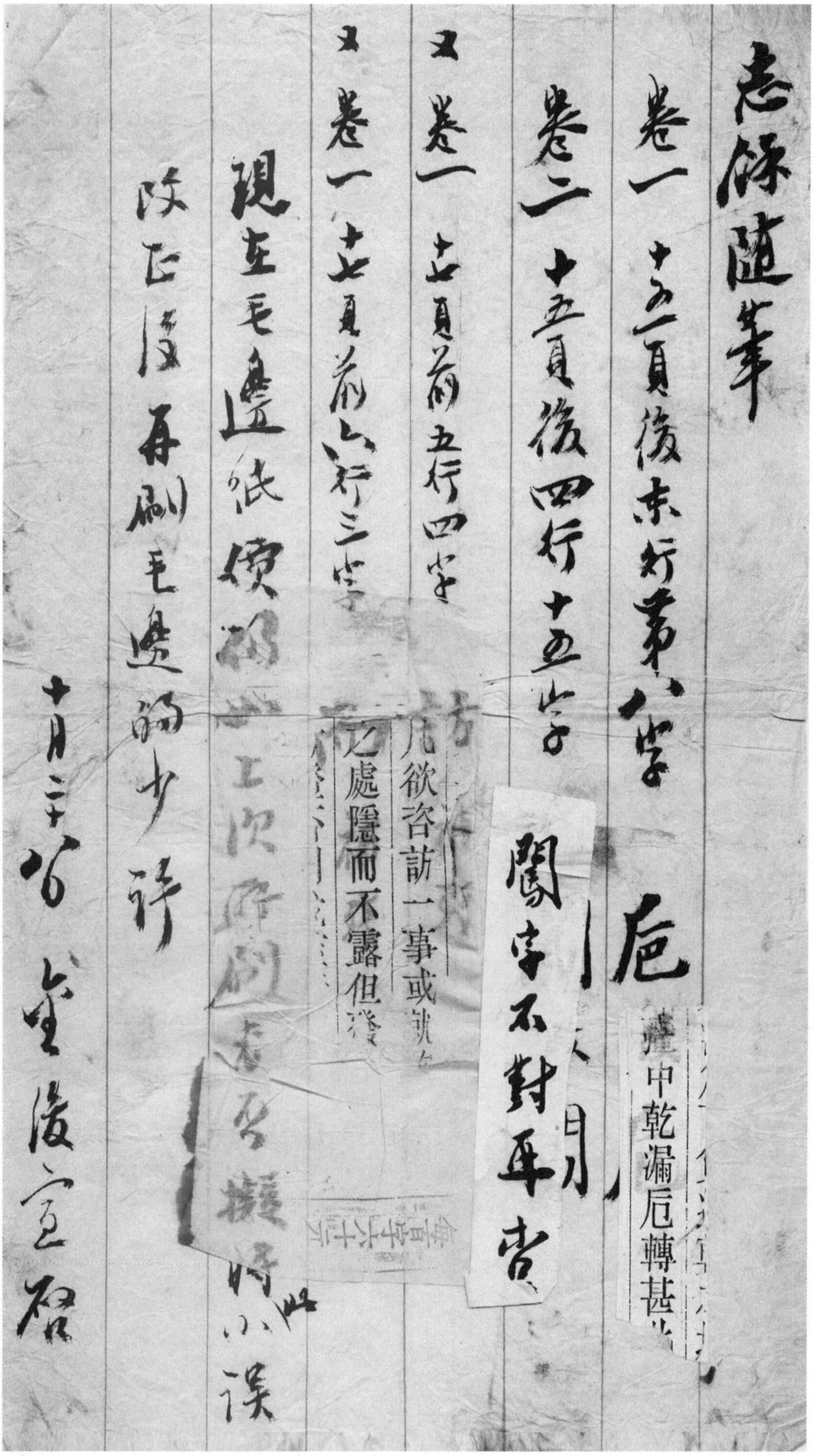

志保隨筆

卷一 十二頁後末行第八字

卷二 十五頁後四行十五字

又 卷一 十七頁前五行四字

又 卷一 十七頁前六行三字

現在毛邊紙價……擬將此小誤

改正後再刷毛邊紙少許

十月二十日 ……啓

危

闇字不對耳書

凡欲咨訪一事或就

之處隱而不露但從

中乾漏卮轉甚

志餘隨筆

卷一 十三頁後末行第八字 危

卷二 十五頁後行二 豕蛇蝎之字闖 闖改闖

卷一 …… 訪 補殘

卷一 十五頁 …… 而 補殘

現在毛邊工的 …… 此工次所刷者尚擬將此小誤

改正後再刷毛邊的少許

十月廿日 金後之君

文楷齋 簽 全漢宣手底 首廿六

天津政俗沿革記序一頁後三□□七字 勘 補殘小樣

取以勘校□

天津孫三……一頁前六行二字 事 補殘

考讀者因其辭簡

天軼事舊聞之

文楷齋 監 全俊宣手刷 肓廿八

箋支水浪草記序一頁後七行十七字 勘 補殘小樣

卷二十二之一第一頁前六行二字 事 補殘

各部。又該書有色面。（塗改）須拆開另換。（能不拆則更好矣。）務祈

合原色。方好與全部一律。至要至要。該板

一塊務代保存勿損是荷

文楷齋台鑒　　金後重啟　　十月十一日

又綠莊嚴館漫錄跋第一行照原稿擬添數字如左（並新寄去之包內）

為貴州石阡知府時萬里邊荒（孫蹤）一官落寞幸值承平事無鞅掌乃於公餘

閒燕　以上照紅字添改寫之

寄去寫樣內黔行水程記跋之中段、蘭字下（新添者係在欄上下小字）仕字上添嗜金石碑版五字、又遺族二字、改作家屬

又綠莊嚴館漫錄跋內第一行、華值二字改作世華

以上乞照辦盼早寄回為幸

文楷齋 台鑒

金陵宣哲頓

十月十二日

天津國民大飯店……箋

節兄如晤：昨承 枉過，特一述宗銘處罰極亟，本諳家鄉法律已畢，嚴而有循，瑞智慮滋多，務而鼓之，篤令昔相殺難免。劍業之才，為吳字成之責，瞻念前途，未容肩息，設或根本一擒，難免枝葉隨枯，自問非敗家之子，何攸蔭下場耶？因是極盡顧欲筆摘，誠非莫罪我者，更加體恤，俾獲保全，不然則不肯空存改過之人，奈絕還善之路，將來名裂身殘，死不足惜，獨懼無顏歸覲 先人矣。耿耿拯懷，專遂 洞鑒，諒希蔭翼。不宣。弟誠頓首 己卯六月二十六日

第　號　頁

年　月　日

電話三局 一八九六 一八三八 二一零零 二一零一 二一零二

法租界三十二號路……

光兄如晤：
相遇特一直放棄緒感無（哥）限而治家無法
律己單嚴而背循環器虎漲故能而婉之廖
雖無（令吾相殺）創業之才爲學守成之責瞻念前途未
宕宕肩甚設哉根本一（動）搖難免枝葉隨枯目
間非敗家之子何陵落此下場耶因是極
顧欽筆掬誠惟冀（力竭窮末）罪我者曲加體恤俾獲
保全不發財（射）不首空存改過自（之心奈）新遷善之路

將來名器局殘死不足惜獨權無顏
歸覲先人矣耿耿孤懷幸邀
洞鑒諒希
蔭翼不宣
己卯年月二十八東鐵拜言

貴處覺拜奉 手示，莊誦過環，倍承 教益，深感 盛情

而字字鐵砭，尤使弟惶愧無已。前塵既往，夫復何言，

惟有汗顏而已。尊議一切主張甚為美善，豈無不

可協商？弟第頃之計議，有筆墨所難傾寫之處，

非條晤談莫由詳悉，奈何奈何。退又在望，如阻天

涯，區區之狀殊非想同然也。弟代籌及將來一節，

老成遠慮，益堪欽佩。和衷亦當不擇屬寄說詩

以奠如斯，只思事與願違，徒勞寐耳。書不盡

肌統維 垂察。敬頌 崇祺 不既。弟鐵 拜

十月二十二日

叔華

來示敬讀，過殊不勝錯愕。鄙人因急需而售產，自欲急速
辦完，以資挹注。奈因枝節橫出，阻撓進行，總無妥協善
策，私心竊灼，與 閣下正同。乃 閣下反怒及鄙人，而加以詐
騙之名。竊思彼此交易，兩相情願，何詐之有？往雖曾蒙通融
惠款，當將全部契紙據交 貴處收執，並於原收據註明
如有糾紛，原款退還，並賠償一切損失。自出糾紛後，即
已設法周轉儲款，以待何時 見索，即照繳履行

又何騙之有，如此罪收，百思莫解，或者閣下輕信流
言，以（疑）為產，又他售，徵論鄙人不能作此兒童之舉。
且全部契紙現在貴處，吾何所憑而能復售，
此不待智者而知其流言之妄也。至刑事訴訟云云，
夫事實之是非，究不外乎情理，無果情理有虧，刑
事不可也，民事亦不可也；無果情理無虧，民事可也，
刑事亦可也。然鄙人迂拙，素守自審，生平絕不敢有
絲毫越軌之行，況今以衰朽餘年，復與人何爭，無論刑

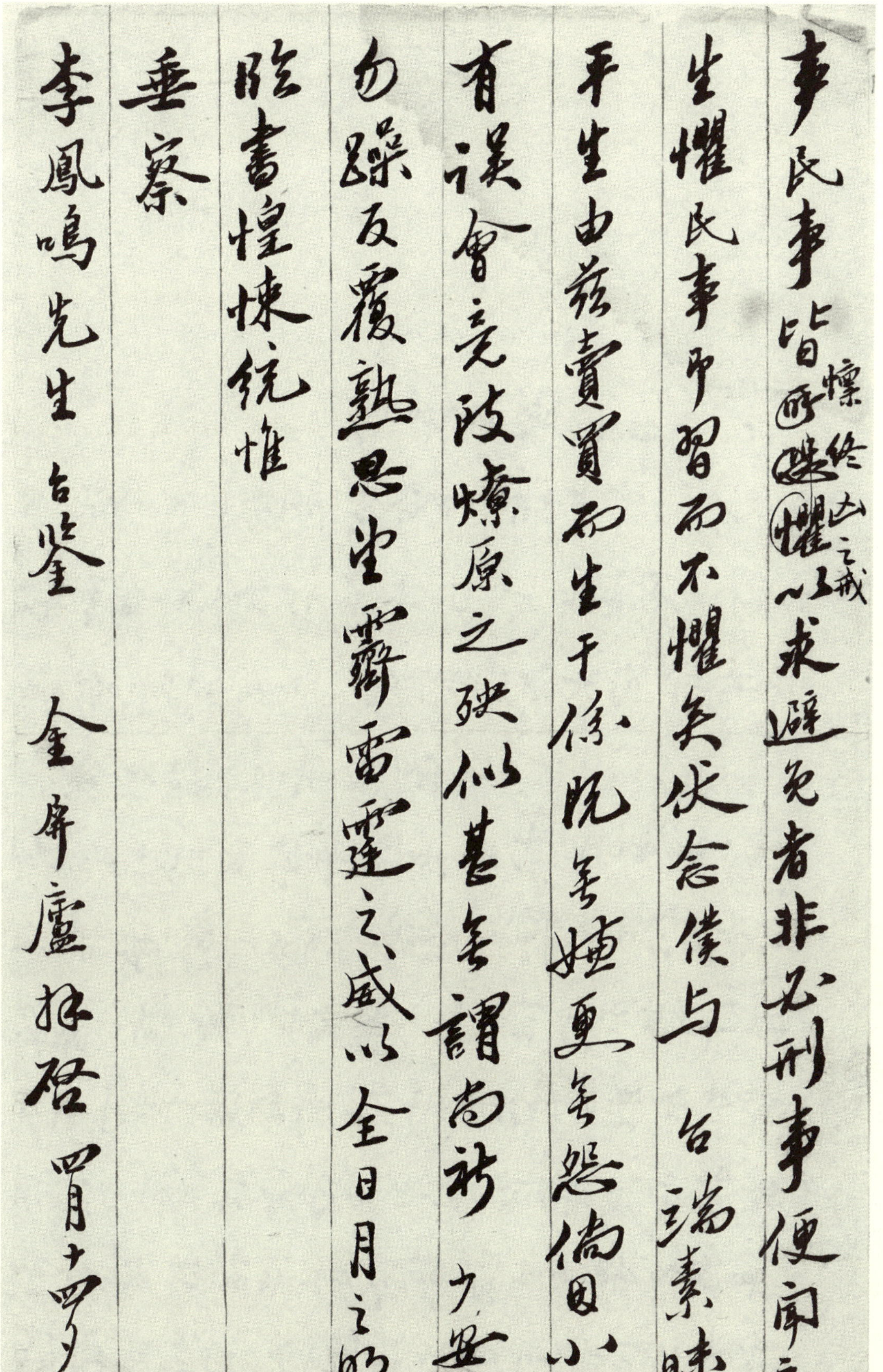

事民事皆所畏惧以求避免者非必刑事便为之生惧民事所习而不惧矣伏念仆与台端素昧平生由兹买卖而生干系既无嫌更无怨仇因小有误会竟陡燎原之势似甚无谓尚祈 少安勿躁反覆熟思当霁雷霆之威以全日月之明临书惶悚统惟
垂察
李凤鸣先生 台鉴
金屏卢拜启 四月十四夕

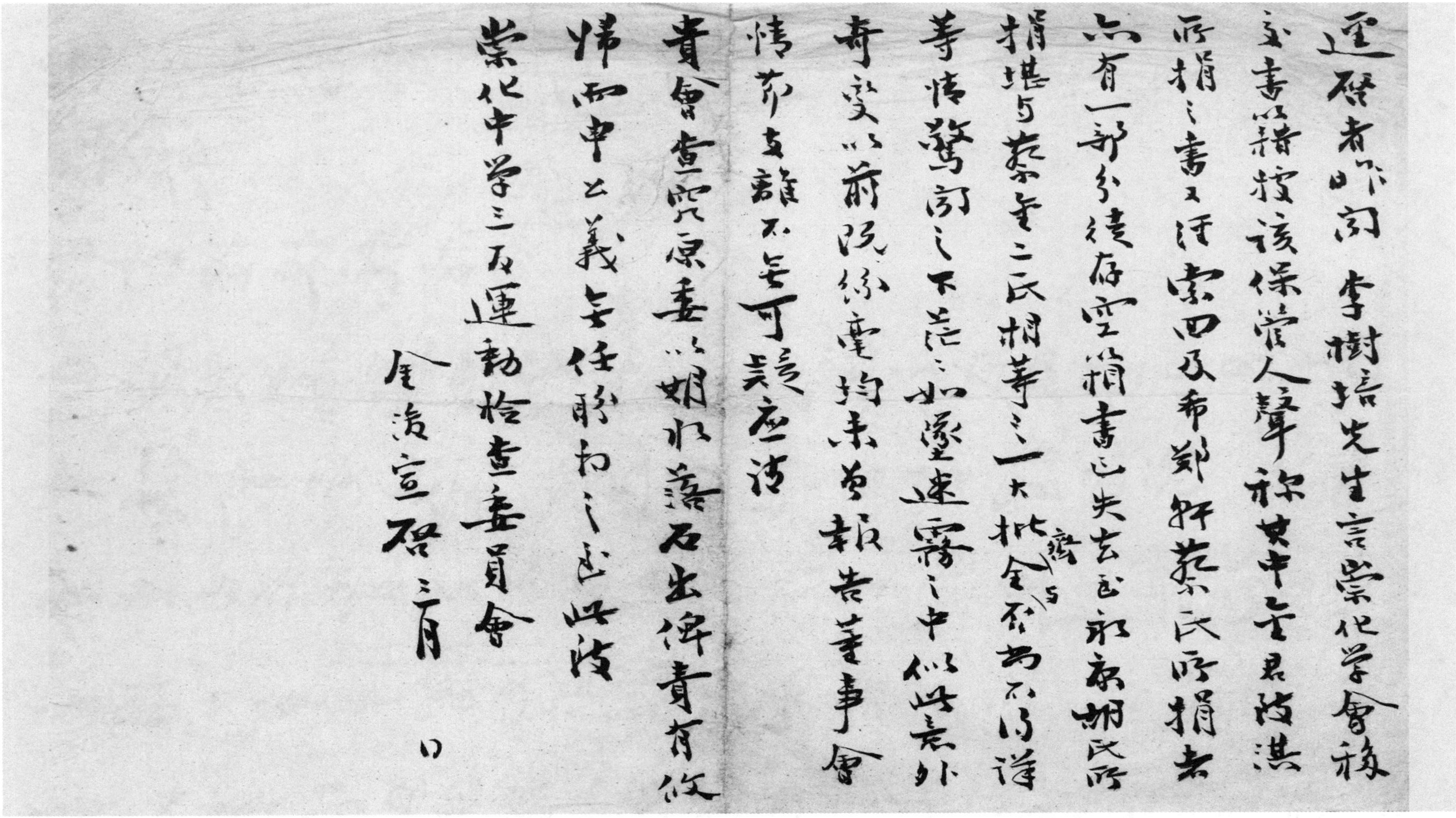
逕啓者：昨聞李樹培先生言，崇化學會務
之書籍，據該保管人韓穆甘中云君洪
所捐之書又經宗四及希鄭軒蔡氏所捐者
亦有一部分徒存空箱，書已失去，或被胡氏所
捐堪與蔡黄二氏相等之一大批（幾與）全不為不得詳
等情。驚訝之下，茫之如墜迷霧之中，似此意外
奇變，以前既經電均未曾報告董事會，
情節支離，不無可疑，應請
貴會查究原委，以明水落石出，俾責有攸
歸，而申公義，無任盼切之至。此致
崇化中學三反運動檢查委員會
金濟宣啓 三月　日

逕啓者昨晤 李楷培先生
談及崇化學會積存書籍據
保管人 王斗瞻稱有全部被竊指
書賈及學生竊書二次以等事聞之
不勝驚詫當時均未報告董
事會真偽可疑應請
董事會澈底盤查以明真象而重
公物至為切盼此致
崇化中學三反運動檢查委員會
王新銘啓 三月 日